孤芳不自赏

风弄 作品

[上卷]

百花洲文艺出版社

图书在版编目（CIP）数据

孤芳不自赏/风弄著.—南昌：百花洲文艺出版社，
2016.11
ISBN 978-7-5500-2009-2

Ⅰ.①孤… Ⅱ.①风… Ⅲ.①言情小说—中国—当代
Ⅳ.①I247.5

中国版本图书馆CIP数据核字（2016）第280232号

# 孤芳不自赏

### 风弄 著

| | | | | |
|---|---|---|---|---|
| 出 版 人 | 姚雪雪 | | 出 品 人 | 柯利明　林苑中 |
| 特约监制 | 丁元元 | | 责任编辑 | 王俊琴　李梦琦 |
| 特约策划 | 丁元元　杨超男 | | 特约编辑 | 杨超男 |
| 营销统筹 | 蕊 蕊 | | 营销推广 | 曹木青　蒋晨星 |
| 封面插画 | 呀 呀 | | 装帧设计 | 80零·小贾 |
| 责任印制 | 张军伟 | | | |

出 版 者　百花洲文艺出版社
社　　址　江西省南昌市红谷滩世贸路898号博能中心一期A座20楼　　邮编：330038
电　　话　0791-86895108（发行热线）　　　　0791-86894790（编辑热线）
网　　址　http://www.bhzwy.com
经　　销　全国新华书店
印　　刷　北京市平谷县早立印刷厂
开　　本　1/16　　710mm×980mm
印　　张　40.5　　　　　　　　　　　　字　　数　765千字
版　　次　2017年1月第1版　　　　　　　印　　次　2017年1月第1次印刷
书　　号　ISBN 978-7-5500-2009-2
定　　价　60.00元（全二册）

赣版权登字：05-2016-393

# 孤芳不自赏

〈再序〉

《孤芳不自赏》简体版要再版了，又要和大家见面了，心里当然很开心，想来想去，究竟开头还是只能很老土地说一句，大家好，好久不见。

每次写的书再版，打开文档写再版序言，都会自然而然想起当初写书的心情。

作为作者，对《孤芳不自赏》里的哪一段记得最深呢？

不是敬安王府悲惨的覆灭；不是白娉婷和楚北捷灵犀相通的初次相见；不是何侠和白娉婷的关系破裂，肝肠寸断；也不是白娉婷站在楚北捷身边，看着楚北捷为她出山，将军队命名为"亭军"，热血激昂的那一幕。

在我脑海里，记得最深的是东林王临终前，向和自己相伴一生的王后，提了一个问题。

我们一生过得颇顺遂，结合得顺理成章，恩爱得如同世间夫妻的标准楷模。

但，假如我们是楚北捷和白娉婷，结果将如何？

假如我们相爱，却面对全世界的反对，放弃还是坚持？

对我来说，《孤芳不自赏》不仅仅是一部言情小说。男女主角当然极重要，但我更想写当时自己所看见的这个世界。历史不过是时光的一眨眼，很多东西从古至今，未曾有变。

也许人世间到处都有真正的感情，但要确定真正的感情就发生在自己身上，往往需要苦难和挫折，就像神兵利器，总是藏在鞘中，从不曾拔出一试锋芒，就总少了那么一分真实。

我们每个人，都是一把剑。

我们在很小的时候，常常被教导要知道藏锋，即使锐利，你给我默默藏着。

因为木秀于林，风必摧之。更简单地来说，出头的鸟儿先挨枪。

藏锋是一种美德——如果有一天，这把剑能够在韬晦沉默多年后拔出，毅然面对这个比昨天更广阔的世界，终于亮睎了世人的眼。

藏锋是一种懦弱——如果到最后，锋芒还是躲在或朴素或华丽的剑鞘内，那么，是神兵利器，还是朽木，都无分别。

人生，毕竟需要一点热血，一点激情。

需要生命中，某个鲜衣怒马，一往无回的慷慨时刻。

所以我写了《孤芳不自赏》。

写白娉婷，写楚北捷。

假如每个人都是一把剑，那就拔剑，出鞘，战！

即使面对全世界的压力，不要胆怯，百折不回，至死不渝！

在现实中的你我，未必是此刻就要去做，可以韬光养晦，可以先隐居几年，也许明天，也许将来。

但心中明白，未来，必将有热血和激情做伴，而不是走到终点的沉默。

既然世界这样精彩，我们理应活得精彩，若遭遇消沉和郁郁，拔剑！不理会胜算几许，战之！

总比，浪费青春，要好。

总比，碌碌无为，要好。

比，庸碌地生，庸碌地忙，庸碌地死，好！太！多！

我对我自己如此说，感触着胸膛里那一点热血，和对未来的期待。

我感触着热血和期待，写下了一部小说。

它的名字，叫《孤芳不自赏》。

因为我最重要的，最爱的读者们，每一个，都有独特的锋芒待展，都有独特的芳香，将要弥漫。

自赏什么？无须自赏！

这个世界，一直在等着你出鞘，等着你精彩起来。

这个世界，一直在等待着，好好地，将你，欣赏一番！

风弄

# 目录

**目录**

# 目录

# 目录

第一卷

# 缘遇相孽

什么是名将，就是能分清孰重孰轻，

就是能舍私情、断私心。

你白婷婷纵使再聪明伶俐得他欢心，

也比不上归乐五年安宁。

# 楔子

百业渐兴。

有太平，方有盛世。回想多年前四国纷乱，天下生灵涂炭，若不是当今皇上、昔日名将楚北捷毅然出山，平定乱局，一统天下，谁知道还要多少年才能见到这一路上安定繁华的市镇。

一双纤纤玉手掀开了马车上的帘子，街市中的热闹景象像冲破了阻碍似的蹿了进来，叫卖声、大笑声、小媳妇们买菜时的嘀咕声……喧闹不断。一双透着聪慧的美目闪了闪，注视外面的世界一眼，又矜持地躲回暗处。

马车镶金配银，美轮美奂，连马匹的辔头都是纯银打造，连同前后共十八名骑马的护卫，静静行走在这片呈现兴盛的大地上。

车上坐着一男一女，都不是普通的贵人。女子正是蓓蕾欲放的年纪，面如桃花，唇不点朱而艳，难得骨子里尊贵的气质，任谁看了都不由得惊叹。

她是远方维昊族的公主，小名引萝，从小就是族中最著名的美人胚子，聪明可人，是族长的掌上明珠。身边那位是她的亲哥哥引宜。两兄妹远离家园，携带大批珍宝来到这片陌生的大地，却是为了一件关系到维昊族将来的大事。

"妹妹在想什么？"引宜问。

引萝沉思良久，答道："我在想，不知道那亭国的皇帝，是怎么一个模样？他的故事已经流传天下多年，到现在，一定是个老头子了吧？"

引宜失笑道："妹妹想到哪儿去了？这位皇帝年少时就是著名的猛将，十五岁领军戍卫东林国，征战无数，令敌将闻之丧胆，后来却不知为何隐居山林，不肯再问世事。直到四国大乱，天下将毁，他才出山平定，建立赫赫大亭国。亭国建国六年，这般计算过来，他也不过才三十多一点，正是男人最强盛的年纪。"

引萝也不知是否将哥哥的话听了进去，正悄悄掀起帘子一角，窥探外面，忽道："停车。"

"怎么了？"

"停车。"

引宜一脸诧异，喝停车夫，移到了引萝身边："怎么了？"他随着引萝的目光往外一看。

道旁是一家三层高的酒楼，厅堂大敞，门柱旁竖了面大旗，上书"专述本朝事，莫论往来人"。一位说书模样的先生摇头晃脑地坐在店门外，周围围了一大圈子看热闹的人。原来这酒楼今天开业，店主设了门口说书的来招揽客人，图个人气。

"把马车移到边上，靠近点。"

"妹妹……"

"不碍事，时间还早呢。"引萝抿嘴对哥哥轻柔一笑。

引宜见了妹子的甜笑，不忍扫兴，命随后的侍卫都在路旁停下等着，把马车靠近酒楼门口，又吩咐车夫去给酒楼主人一点赏钱，让说书先生大声点，使马车里面的人也能听见。

说书正说到精彩处：

"当今皇上听得送信的旧日属下将四国的乱况一说，虽然连连皱眉，却不肯改变原先的主意，对属下道：'我早已不再管这些事，你们再怎么说也无用。平定四国，天下英雄多得很，又何必定要我去。'瞧这意思，是怎样也不肯出山的。"

说到此处，满怀希望的听众都变了脸色，大叹数声，有人嚷道："怎么咱们皇帝还不出山啊？天下都乱成这样了。"

"你慌什么？皇帝要是不肯出山，咱们岂能有如今的太平？"说书先生呵呵笑了两声，端起茶润润嗓子，脸色一正，"那属下一听，当即就急了。这都什么时候了，王爷您还不出手？嘿，他这一急，居然让他急出个绝妙的法子来。他又对咱们皇上说：'天下英雄虽然多，但只有您一人才能救白姑娘。白姑娘如今身在危难中，您再不来，咱们将来的皇后娘娘可就保不住啦。'皇帝一听，脸色都变了，瞪大了眼睛，大吼道：'谁敢伤害朕的皇后，朕杀了他！'"

说书先生怒目瞪视，惟妙惟肖，听众无不动容，偏偏有一个不识趣的嗤笑起来："你这说书的瞎话也不会编。那时候大亭国还没有影子呢，那属下怎么知道白姑娘以后就是皇后娘娘？"

"哈，你不开口人家还不知道你没见识，一开口就露底细了。"说书先生正容道，"说起这位白姑娘，那可是来历不凡。她在归乐国的敬安王府长大，从小能歌善舞，别说女工琴艺，就连男子们的文武二事，也无人能及。有相士看过她的相，说她是天上仙女下凡，来辅助天下之主的。归乐王知道后，下旨要娶她，谁知白姑娘见了归乐王之后，说：'你不够资格娶我，我只嫁真正的天下之主。'后来，她果然选中了咱们皇帝。嗬，你说这眼光，能不厉害？"

引宜在车内听了，笑道："简直胡说八道。这样说来，那女人无所不知无所不能，岂不是妖怪？"

引萝微微笑了笑，不语，只是继续倾听。

又有人恭敬地问："先生，你说咱们皇后娘娘是仙女下凡，那她一定是个大美人吧？"

"那当然，白姑娘面若娇花，声如黄莺，美得不可方物，实在是天下第一颜色，无人能及啊。"说书先生一脸仰慕地赞叹，"当初咱们皇帝也是在百花丛中过的，只见了皇后娘娘一面，当即就忘了所有的美人，从此眼里只有皇后娘娘一人。"

"不对呀！"一个老头眯起眼睛，疑道，"我怎么听说，当年咱们皇后娘娘和皇上曾经在北漠国打过对阵，那个姓张的说书先生是这么说的。"他身边另有几人显然也听过这段，纷纷点头说是。

"胡扯！"说书先生吹胡子瞪眼，"皇上和皇后娘娘是恩恩爱爱的一对，怎么可能对峙沙场？少听姓张的胡说八道。"

酒楼内争论正烈，马车的帘子却轻轻放了下来。

"没什么好听的了，走吧。"

马儿缓缓踏步。

不过数刻，马车已出了这座小城镇。远远入目，是新铺的黄土大道，两旁稻田翠绿喜人，似看不到尽头。

引宜看着沉默的妹子，踌躇半天，开口道："妹妹别听那说书先生胡说，哪来的什么仙女。皇后再怎么貌美如花，那也美不过妹子，即使她真的美得过妹子，那又如何，年华逝去，怎及妹子年轻可人？妹子这一入宫，我看皇上的心一定会系在妹子身上。"

引萝闪亮的眸子瞅过来，扫了引宜一眼。引宜正自觉说得对理，怎知被她目光一照，竟像有什么透过身体似的，竟不由自主地闭上了嘴。

"亭国太强大了。自从统一了四国，亭国兵强马壮，我维昊族虽在远方，也隐隐受到威胁。父亲说得对，和亲恐怕是唯一能保证我族将来安泰的办法。"引萝幽幽叹气，苦笑道，"引萝只担心，这位亭国的皇帝并非美色所能诱。万一真的如此，引萝就白来了。"

她似忽然想起了什么，露出思索的神色，蹙眉喃喃道："亭国……亭国？那皇后娘娘的闺名，不正是'娉婷'吗？"

引宜心觉不安，强笑安慰道："妹妹千万不要妄自菲薄，我看天下还没有哪个男人能忽视妹妹的美貌。皇帝也是男人，皇后应该已经快三十了，夫妻对着这么些年，也该倦了，正是寻新欢的时候，只要妹妹略施手段，还怕……"

"哥哥别说了。"引萝别过头，"到底该如何行事，等见过那位高深莫测的皇后娘娘，我自有主意。"

黏稠的空气，沉滞在马蹄声中。

窗外，原野一望无际，看不到的尽头，就是此行的目的地：亭国的都城。

维昊族是享有盛名的远方外族。族中男子尚武，孔武有力，武艺精湛，女子美貌纤柔，是个出英雄出美人的地方。因为族风彪悍，向来不惧外人，所以很少受到掠夺侵占，族中历代积累的珍宝众多。

要不是亭国实在太过强大，年轻英明的皇帝令族长也心生惧意，维昊族绝不会史无前例地送出自己的美人和珍宝。

第二天的日暮时分，载着珍宝和美人的车队经过长途跋涉，终于到达亭国都城。

负责迎接的，是皇帝最为信任的跨虎大将军楚漠然。

楚漠然一马在前，领着车队到达巍峨王宫前，下马来到马车旁，朗声道："公主请下车。皇帝有旨，请公主先随我进宫去见皇后娘娘。"

引萝和引宜人在马车中，闻言都怔了怔，目光不由得碰到一处。

引宜奇道："我们远道而来，又打着和亲的旗号，怎么皇帝不先见我们，倒是皇后先来了？难不成你人才到，她就要施展下马威？"说着脸上显出三分恼火。

"如果宫里那位只是个知道施展下马威的妇人，引萝又何必惧怕？"引萝微微一笑，艳光四溢。

引宜信心大增："好妹妹，就该这个样子，不要折了维昊族第一公主名头。"说罢，他便扶着身穿维昊族最隆重服饰的引萝微步轻摇地下了马车。

楚漠然却拦住道："皇后娘娘召见的是公主殿下，王子请这边走。"

引宜不满地看向楚漠然，正要抗议，引萝却柔声道："哥哥不用担心，我迟早也要独自一人进宫的。"

"记着，没人能胜过你的美貌，没人能比你更有资格获得皇帝的宠爱。"引宜紧紧握着她的手，轻声道。

引萝深深地看了他一眼，点头道："引萝记住了。"

引萝莲步轻移，随着引路的人，一步步跨入重重宫门。


引宜在专门招待外族贵人的宾馆等了三天。

三天来，没有得到引萝的一丝消息。妹子到底如何？得了皇帝的宠爱吗？得了皇帝的欢心吗？斗得过皇后的势力吗？

一个字的消息也没有！

皇帝郑重地召见了他，接受了维昊族族长送来的书信和众多珍宝，也回赠了不

少珍宝。

高高在上的皇帝年轻英武，丝毫不像已经三十的人。

引宜代父亲表达了维昊族渴望和平相处的愿望，皇帝豪气地笑了："百姓已经受够了战乱之苦，朕不会无端兴兵。"他又加一句，"皇后也不喜欢打仗。"提起他的皇后，俊美的脸上掠过一丝怎么也掩饰不住的温柔。

引宜心中暗叫不好，趁此机会问起被皇后召去的妹妹。

"公主？"皇帝说，"皇后在宫里常常觉得闷，让公主陪伴几天也好。"

面对高深莫测的皇帝，引宜也问不出什么。

皇帝那天谈兴很好，他谈到天下大势，兵力、国界、百业，甚至还有今年稻谷的收成和朝廷大臣的家眷们在京城的所为。从微处推敲大处，随口便连着颁了几道圣旨，然后朝引宜微笑："王子觉得如何？"

引宜退了一步，深深低头。

他总算知道这个男人为何总令敌将担惊受怕。如此强大的魄力，能将人的心思看穿的锐利目光，可将强敌毁于无形。

向皇帝告退，离开大殿后，引宜向引路的侍卫叹道："亭国拥有一位睿智的皇帝，我看天下没有人能猜到这位皇帝的心思。"

侍卫闻言笑起来，回头道："王子这可就说错了。有人能猜到皇上的心思，百发百中。"

"哦？"

侍卫竖起一个指头，神秘地往远方一指。所指处，是烟雾弥漫的深深后宫。

"是……皇后吗？"

一种忐忑不安的感觉，从引宜脊梁骨最下端徐徐泛上。

三日来，这种忐忑不曾离去。引萝，他最宠爱的小妹妹，正在一个什么样的女人面前展露着维昊族第一公主的美貌？她是否会引起那女人的嫉恨？她是否会成为这场新的宫廷争斗的胜利者？

他忽然想起，当他向皇帝提及引萝时，皇帝称她为"公主"，而不是直接称呼名字。难道说，皇帝还未曾近过引萝的身？

引宜在宾馆里来回走着，像被困在囚笼中的野兽。

和平意愿已经达成，他们的目的已经达到。但他无法容忍引萝被抛弃在那深深宫廷中，假如引萝无法幸福，那将是怎样一种凄凉的下场。

人啊人，常常在达到目的后，才懊悔付出的代价。

"引萝公主到底情况如何？"

"我要见皇上。"

"我要见皇后。"

"都不行？那好，我要见那日领我妹妹入宫的跨虎大将军！"

好几次，他想拔出刀来冲杀出去，仿佛引萝已经被深宫中那阴毒的妇人暗中害了。他痛恨自己，他奇怪自己怎么能千里迢迢一路安然地将妹妹送到这个陌生的地方，来打这一场实力悬殊的仗。他当初安慰引萝的话，全是妄言，全是胡说八道！

他不过是一个将妹妹拿去交换安宁生活的浑蛋。

就在引宜快要急疯了的时候，引萝回来了。

她换上了亭国贵族女子的服饰，纯白的丝绸衬着瀑布般的青丝，尊贵成熟。

她进屋后，柔柔地看了哥哥好一会儿，低头抿嘴轻轻地笑起来，笑一阵，又抬头，看着引宜手足无措又惊又喜的样子。

"我见到了皇后。"良久，她才说了一句。

"她到底长什么样？我就不信，她真能美得过你？妹妹，她有没有用皇后的派头欺负你？"

引萝思索了很久，才喃喃道："不可以凡夫之见概之……"

"什么？"

"我说……"引萝带着回忆的表情，轻轻看向远处沐浴在晨光中的王宫，"不可以凡夫之见概之。"她忽然转头，朝引宜灿烂一笑，"哥哥，我们回去吧。皇后娘娘说，我可以选择留在亭国王宫，也可以选择回家。无论我如何选择，我的使命都已经完成，亭国和维昊族将是世代的友邦。"

她看着引宜不敢置信的表情，像被释放的凤凰，用轻盈的舞步快乐地转了一个圈。

"哥哥，我们回家吧。"乌黑的眼睛闪着青春的光芒。


美人之惑，一则以色，一则以韵。

色易弛，而韵芳远。一国之中，既然已有一位绝韵之后，又何须再添一位绝色之妃？

回家去吧，维昊族的第一公主。

纵使施尽招数，也未必可得到皇帝数日宠幸，而漫长的被遗忘的日子已经注定。这不是你该得的命运。

回家去吧，年轻美丽的女孩。

你不曾经历过那些——那怒马鲜衣、对峙三军的日子；那绝世古琴碾成飞灰的绝望；那忘尽怨恨、气吞天下的胆魄；那轰轰烈烈、世上万千说书人也无法道出其中滋味的爱情。

回家去吧，你的笑声如铃，应该回响在让你欢乐的故乡，回响在慈爱父母的耳畔。

夜深时分，重重宫门内，一双睿智的眼睛静静地凝视着天上明月。

宫女从门外无声无息地进来，躬身禀告："娘娘，那位公主殿下今夜已经起程，离开了都城。"

娉婷仰着头，惬意地靠在软枕上。

"跨虎大将军在哪？"她忽问。

"奴婢不知道。"

"是在他的官邸里？"

"听说他还没有回去。"

"是在陪皇上处理政务？"

"奴婢听皇上身边的侍从说，今天和皇上议政的是两位丞相，跨虎大将军并没有去。"

娉婷出神片刻，幽幽道："那他定是追去了。不知是独自一人，还是带着千军万马？"

宫女不解地看着她。

这位母仪天下的女子却扑哧一声，孩子似的笑了起来，轻轻击掌道："我猜他必定忍不住。漠然啊漠然，堂堂跨虎大将军，只不过三天，魂魄就被年轻的公主勾走了。也好，你也该尝尝这情的滋味了。"她接着又道，"该请皇上尽快安排人手接管跨虎大将军的军务，免得到时候找不到人手忙脚乱。"

刚巧楚北捷回来，他一边跨进宫殿，一边问道："什么找不到人？"

娉婷笑着将事情说了一遍，又道："你没看见漠然这几天总借故来我这里，又是什么新的贡品要皇后过目，又是王庭庆典快到了，诸多节要皇后先行审过，还不是冲着那位公主来的？只是我看那位公主太过聪明，不容易到手，漠然有苦头吃了。"

楚北捷哈哈笑道："他吃的苦头能有我的多吗？"楚北捷挥退众宫女，将娉婷打横抱起，送到床前。

娉婷被他看得满脸通红："你这人……已经是堂堂皇帝了，还不知道检点一些。"她别过头，却刚好被楚北捷偷了个空，将她头上凤钗抽了，青丝淌泻了一床。

楚北捷缓缓靠上来，嗅着她脖间的香气，轻声问："皇后还记得当年唱给朕听的降歌吗？"

"不记得。"娉婷妙目流转，幽怨道，"我只记得当年有人砸了我的琴，把我关在隐居的别院里，还百般欺负我。"

"我认错就是。"楚北捷连忙投降，又柔声诱惑，"如此良辰，皇后难道打算把时间都用在回忆我们漫长的故事上？"

娉婷抿嘴失笑，幽幽叹道："不错，好漫长的故事，一辈子也回忆不尽，这么长，这么长……"

　　当日和楚北捷一道隐居时，四国还未真正动乱。
　　要不是人心贪婪，为逞一己之欲，使天下苍生遭荼毒，又怎会有这强大的亭国，这一对帝后？
　　如此漫长的故事，如娉婷指下的一曲，奏尽人生的五音。

　　明月当空，柔和地将光芒洒在这对万人之上的人儿身上。
　　你可还记得，我们曾对月起誓，永不相负？
　　也许我们，真的从不曾相负。

楔
子

# 第一章

七月中，归乐国境内。

烈日当空，照得道路两旁的树木都低下了头。

三五个路人忍不住炎热，缩到树下乘凉。黄沙大道旁卖茶水的老头也因此多了两桩生意。

"来碗茶。"路人大力地扇着风，从怀里小心地掏出钱袋，拣出一枚小钱放在桌上。

"来啦，好茶一碗，清肝降火。"老头脸上堆着笑一手把茶端上，顺便搭讪两句，"好热的天，客人赶路？"

"对。这见鬼的天气，能把人热死。"客人啜一口茶，润润干渴的嗓子，似乎是高兴了点，他扬着眉说道，"我这是忙着送货回边境，唉，这两年东林国在边境闹事，弄得咱们生意人没口饭吃。幸亏小敬安王把那什么楚北什么的给打回去了，不然，我还不知道什么时候才能回去。"

"嘿，咱们小敬安王就是好样的！"

"你说的那个什么北的我知道，他是东林国大王的亲弟弟，也挺厉害。"

旁人笑着嚷道："厉害管什么用，碰上咱们小敬安王，还不是被打回老家去了？"说罢，他一口气喝干碗里的茶，又掏出一枚小钱慷慨地往桌上一放，"老头，再来一碗！"

一听"小敬安王"这四个字，卖茶的老头也立即点头，边倒茶边说："我听过，这可是我们归乐国的第一猛将啊，没有他打不胜的仗。"

众人正议论纷纷，忽然听见一声长叹："你们还敢提'小敬安王'这四个字？现在，小敬安王已经是归乐的叛臣了。"

此话宛如平地一声雷，惊得正聚在一起喝茶的几个人目瞪口呆。

卖茶老头手一抖，惊道："这位客人说什么？小敬安王……"

"都不知道吧？"来客坐下来，用袖子扇着风，"我昨天才从都城过来，小敬安王刺杀大王未遂后逃出都城。现在，大王已经下令全国缉捕敬安王府一干人等。我听说，赏金还不少呢。"

"可小敬安王不是才平定了边疆犯军，刚刚回到都城受赏吗？"

"嘿，你说奇怪不奇怪，就是回到都城的当天晚上，他就企图进宫刺杀大王。你们可知道当时用的是什么剑？"见周围众人都聚精会神听着自己说话，客人卖了一个关子。

"一定是什么宝剑吧？"有人猜。

"别听他瞎说。"也有人哂道，"我才不信小敬安王会造反。敬安王府世代都是归乐的忠心臣子，绝不会造反。"

客人见有人怀疑他的话，胡子一翘，嚷道："他就用大王亲自赏赐的黑墨宝剑刺杀大王。黑墨宝剑听说过吧？只要被它划到，多小的伤口都会漆黑一片，永远不褪。"

"可……"

他们正争论不休，忽听见错杂的马蹄声渐近。

又一队马车到了，极平常的商人车队，车窗车门都用厚布帘子遮得死死的。赶车的是个男人，一脸横肉，往桌上扔下两枚小钱，吼道："老头，来两碗茶！"

"来啦！"

"这鬼天，够热的！"

"对对，客人在树下乘乘凉再走吧，这里正讲小敬安王的事呢。"

"呸，老子赶着做买卖，管他什么这个王那个王。"昂头把茶咕噜咕噜地灌下喉咙，又把腰间的大水囊解下来递给老头，"把这里也装满了，老子要上路。"

老头连忙去帮他装水。

男人取过装满水的水囊，翻身上马，吆喝一声，马车又开始向前去了。

马车在黄沙道上摇晃前行，娉婷终于在没有停顿的颠簸中睁开了眼睛。

空气闷热，汗正沿着脖子往下滑，刚刚睁开的眼睛似乎还不能适应光亮，稍微眯了起来。

后脑隐隐发疼，一阵一阵的眩晕泛上来，像浪一波一波地要将人涌倒。

这是哪里？困惑地问着自己。待看清楚周围，心底无端冒出的警觉让娉婷清醒起来。黑白分明的大眼睛，立即瞪得溜圆。

记忆中是漫天的火光、激烈的厮杀声……

"娉婷，你在城外等着，我们再进去把局面搅乱一点，接应父亲。"

"那……少爷，黎明时分，我们在城外山冈上会合。"

王爷呢？少爷呢？还有那调皮捣蛋唯恐天下不乱的冬灼又在哪里？

记得约定后，自己立即朝山冈出发，最后的记忆在刚刚瞧见山冈的时候终止。当时后脑一疼，眼前发黑……

"醒了？"娉婷眼前的帘子忽然被人一把掀开，露出一张男人的脸，"早该醒了，再不醒老子真以为那一棒子把你给敲死了。"

人贩子？娉婷警惕地打量着这个人。

难道就在最关键的时候，少爷绝对不能少了自己伺候的时候，自己居然被人贩子抓了？真是没有天理，她白娉婷从小到大单独离开王府的次数少得可怜，居然一孤身就遇到人贩子。

"好了，老子现在要问你话。"男人坐进马车，扯出塞在娉婷口中以免她呼救的烂布，威吓道，"我问什么你答什么，敢不说实话，老子就抓你去喂狼。"

听到这种吓唬小孩的话，娉婷差点笑出来——娉婷自小便在小敬安王何侠跟前伺候，是唯一可以跟随何侠出征的女子，她年纪虽小，却已见识过不少杀戮场面，区区一句话，怎能将她吓住？

娉婷不待那男人发问，径直开口问道："你是在都城城门外两里的地方抓到我的？"

男人被她问得一怔，见她悠然自得，淡淡浅笑中不怒自威，居然点头回答："是。"

"我睡了几天？"

"两天半。"

娉婷一听回答，脸色稍变，暗叫不好。

娉婷推算，如果自己真的昏睡了两天半，大王的追兵定已开始在都城附近搜捕，那么，少爷他们将无法继续停留在与自己约定相会的山冈。如此一想，她心中焦急起来，又问："你要将我卖到什么地方去？"

"去……"连答了几个问题的男人忽然觉出不妥，醒悟道，"哎？明明该我问你，怎么反让你问起我来了？"当即脸露凶相地低吼道，"我问你，你是哪家富豪的逃妻？家在什么地方？"

逃妻？

娉婷一愣，低头看了自己一眼，随即便醒悟过来。

她虽是王府丫头，但从小深得主人喜爱，使的东西比普通人家小姐的更精致几分。一身绸缎的自己在黎明时分独自奔走在都城郊外，难怪被人贩子当成富豪的逃妻。

怪不得这人贩子会好心让自己昏睡两天而没有中途扔掉，原来是把自己当成了可以勒索钱财的筹码。

娉婷嫣然一笑，摇头道："我只是个丫头，并不是什么富豪的逃妻。"

"哼，丫头能穿这么好的绸缎？"

娉婷暗忖：大王恐怕已经下令全国通缉敬安王府的人，我可不能暴露身份。眼睛轻轻转了一圈："我本想偷偷出城会情郎的，因为爱美，偷了小姐的衣服换上。"归乐国民风豪放，女子私会情郎的事倒真是不少。

男人一听，立即眉头大皱，掀开车窗上的帘子大喝一声："老张，你给我过来！"

"来啦。"似乎人贩子不止一个，另一个正在其他马车上。

不一会儿，一张胖圆的脸从帘子外伸了进来："福二哥，有什么吩咐？"

原来面前这个男人叫福二哥。

"吩咐你个头！你不是跟老子说这女人瞧起来像富豪的逃妻，可以换很多钱吗？"福二哥瞪眼指着娉婷，"她是个丫头！呸呸，白养了两天！"

老张缩缩脑袋，瞅了不作声的娉婷一眼，谄笑道："福二哥别生气。抓都抓了，就算不是，至少也可以卖几个钱。"

"这种货色能卖什么钱？"粗粗的指头毫不客气地指到了娉婷鼻子上。

确实，娉婷的相貌不算上好，在敬安王府中，她勉强属于中等姿色，只落个清秀的评价而已。但整个敬安王府，却没有一人不知道娉婷的重要。

可娉婷从没想过今时今日竟然被一个人贩子指着鼻子说自己不值钱，她忍不住翻个了白眼。

福二哥对老张吼完后，露出一副自认倒霉的神色："算了，多少也能卖个五十钱吧。这偷小姐衣裳穿的死丫头，害老子以为有油水，这两天还招待她坐的还是老子的私人马车。去去，把她带到后面的马车里和其他人一块儿待着去。"


娉婷一入后面的马车，臭气迎面扑来，她立即明白为什么福二哥说自己头两天是受了优待的——比起刚才的马车，这辆马车真是破烂而拥挤，又脏又热。

马车上挤了七八个女孩，与娉婷一样，双手在背后反绑，口里都塞着一团烂布，个个眼中惊惶不安。在眼见又有同样遭遇的女孩被抓了进来，都用同情的眼光注视着娉婷。

"往里挤一挤，又来一个啊。"老张把娉婷推入马车，随手逐个地掏出其他女孩口里的烂布，"已经到荒野了，就免了堵你们的嘴吧，不然这天气热得闷也要闷死两个。都给我老老实实待着，听见了？！"老张吆喝两句就出了马车。

娉婷被老张推得跟跟跄跄，好不容易找了个角落坐下。

"咳咳……咳……"马车摇晃得厉害，娉婷嗓子发痒，猛地咳嗽了两声。

娉婷的不适感又冒了上来——这次随少爷出征染上的病，还没有好吗？娉婷蹙眉，闭上眼睛把头靠在硬邦邦的木壁上。

她稍微感觉舒服了一点，又忍不住开始思索——

敬安王府，她自小生活的敬安王府，该已是一片灰烬了吧？

肃王子，不，他已经是新登基的大王了。大王对手握重兵的敬安王府猜疑日重，不久前少爷再次立下战功，大王终于按捺不住设下毒计，在少爷凯旋之夜诬陷少爷谋反。幸亏敬安王府对大王多少有点提防，才不至于毫无反击之力。

如今，少爷应该已经策划好逃亡的路线了。

不知道他们会暗中逃到哪里。猜不出也好，逃亡最好就是逃到谁也猜不到的地方，那样，追兵才不会找到他们。

四周开始传来低低的啜泣声，方才被掏出堵嘴布的女孩们都为自己的不幸低泣起来。娉婷睁开眼睛，环视四周。

不错，果然个个都很漂亮，自己应该是所有人中最丑的吧？

人贩子向来都是挑美人下手的，好卖给达官贵人当小妾，因为如此价钱便可以抬高。娉婷想起福二哥给自己定的价钱是五十钱，她微微一笑——光是平日少爷赏给她的，已经足够让福二哥淹死在钱堆里。若福二哥知道自己鬼使神差抓到的是谁，不知会露出什么表情。

"这位姐姐……"旁边一个怯生生的女孩碰碰娉婷的肩膀，"你也是被他们抓来卖的吗？"

好惹人怜爱的小女孩，怪不得会惹来人贩子。娉婷点头："嗯。"

"你怕不怕？"

"不怕。"

女孩惊讶地看着她："不怕？"

眼看女孩还要张口发问，早就头疼的娉婷先一步问："你叫什么名字？"

"我……我叫小青。姐姐呢？"

"我叫小红。"随口就帮自己起了个新名字。总不能顶着"白娉婷"这个虽未四海皆知但也绝对不是默默无名的名字被人卖掉吧？

"姐姐，那……"

"知道我们现在正往哪里去吗？"娉婷又截断小青的提问——她要抓紧时间弄清楚形势。她并不感觉害怕，反而有些兴奋，就像是要跟随少爷出征，为少爷想破敌之计一样，只不过她现在是在孤军奋战。

"听那个胖子和那个很凶的男人聊天的时候说，好像是要把我们卖到东林。"

敌国？娉婷的眉头又皱得更紧了一点。

少爷这次在边境打败的正是东林军，娉婷一条引敌入山、开河淹道的计策让东林军惨败一场，以致全面溃退。当时，少爷还笑着说："现在全军都知道我们有一位女军师。回到都城，我要父亲重重赏你。你这次想要什么？"

假如她的身份在东林被揭穿，那后果可真是……

婷婷转念一想，看来借助人贩子的车马逃避大王追捕这一招是不能用了，她要看看何时有逃跑机会，能够离开人贩子的马车，再靠双腿去找寻少爷的下落。

婷婷考虑清楚后，太阳穴却突突地猛跳起来，如被什么东西用力扯动般疼痛着。倦意袭上全身，夺去她所有力气，婷婷又开始咳嗽起来。

"咳咳……"

"姐姐……"小青关心地看着她。

"没事。"婷婷好不容易停住咳嗽，却发觉喉咙里一阵腥甜。她心下一沉——难道又咳出血了？

如此一来，她要怎么逃跑？

婷婷的身子其实不弱，只不过这次出征时染了点地方小病，打仗的时候不想让少爷烦心，便硬撑着不说，又一路颠簸地回到都城，在回去的第一晚又发生变故。其中耗费心神的事自然不少，也难怪病情加重。

婷婷又考虑半天，幽幽地叹了一声："东林就东林吧。"

婷婷决定，暂随人贩子去到东林。毕竟，现在通缉敬安王府一干人等的王令，只在归乐国之内奏效。

敌国，也算是个不错的选择吧——只要身份不暴露的话。

过了几天，车队已经到了东林境内。

人贩子当然不会在边境的穷僻乡村叫卖。婷婷又随他们赶了几天路，直入东林都城莫恩。入城后，人贩子将抓来的女孩们赶下车，在客栈里梳洗干净，换上了干净衣服。

征战连年，买卖人口简直就是司空见惯，几乎每座大城市中都有专门买卖人口的市场。婷婷她们被人贩子带到市场，一个一个站在台上任买主评头论足。

婷婷在众人中最不起眼，被排在后面，倒免了许多不自在。她被抓时穿的那套绸缎衣裳，已经被人贩子剥下来让小青穿上，以抬高美人的价钱。

"归乐国美女！归乐国美女啊！"

想起自己这堂堂归乐国敬安王府第一侍女，居然会被放在这里叫卖，婷婷禁不住摇头苦笑。

难怪有人说，人生际遇变幻莫测。

婷婷在看台上站了半天，一同被抓来的几个女孩都有了买主。买小青的是个斯文书生，一副富家公子的打扮，看起来却很是和善。小青却依然惊怕，临走前哀叫

着："姐姐！姐姐！"她死死拉住娉婷的手，不肯放手。

但娉婷却知道，像小青这种生在穷苦人家的标致女孩，能进豪门当丫头已算幸运。娉婷当年若不是被王爷带回王府，只怕已经饿死在路旁。

"去吧，不要怕。"娉婷拍拍小青的手，目送她远去。

娉婷是最后被卖掉的。

看来姿色不佳果然不吃香，人贩子好说歹说，总算找到一个需要粗使丫头的管家，将娉婷以四十小钱的价格卖出了。

娉婷心想：若少爷知道自己才值"四十小钱"如此低廉的价格，怕会笑昏过去。

"这就是大门，记住地方了？"娉婷被带到一扇富丽的大门前，买下她的花管家指指上面的大牌匾说道，"你们这些粗使丫头只能从旁边的小门进出，知道吗？"

娉婷抬头，念着牌匾上的大字："花府。"

幸亏不是镇北王府，否则娉婷一定拔腿就跑。

镇北王楚北捷，那鼎鼎大名的东林大王的亲弟弟、东林国第一虎将——也是带兵进犯归乐国最终被少爷击退的人。

"嗯，不错，还认识几个字。"花管家点点头，把娉婷带到刚刚所说的小门前，"以后这就是你的新家，我们老爷小姐心肠都很好，你好好干活，定不会亏待你。"

就这样，花府多了一个平凡的丫头。

娉婷要干的活儿是洗衣服，她真不敢相信，她居然也有要洗这么多衣服的一天。

娉婷之前在敬安王府虽然是丫头的身份，地位却和少爷的妹妹差不多，平时除了给少爷端端茶摇摇扇子外，就是陪少爷读书画画弹琴，何曾洗过衣服？连她的衣服都是交给下面的小丫头去洗。

"总算洗好了。"娉婷将好不容易洗好的衣服拿到天井处晾起来，平素保养得嫩嫩的十指都起了水皱，她清秀的眉微蹙，但很快就又松开，"娉婷啊娉婷，谁叫你往日不干活呢？现在知道丫头的本分了吧？叫你一次都还回来。"娉婷自嘲两句，脸颊上现出两个小巧的酒窝。黑白分明的眸子闪着亮光，一种隐藏在内的气质不自禁地流露出来，虽然没有绝美的五官，却隐隐漾出旁人无法比拟的绝代芳华。

要是福二哥看见此时的娉婷，只怕要跺脚捶胸后悔只将她卖了四十小钱。

花府对下人确实不错，花管家知道娉婷久咳，还为她抓了点草药。药虽然不是什么罕见的珍贵药，但喝两剂下去，似乎也有点效果。

暗暗盘算着等身子再好一点就悄悄离开，一件小事却打乱了娉婷的计划。

# 第二章

这天天气稍好，大日头被挡在云后，没有前两天热。

娉婷刚刚把要洗的衣服洗好，擦擦汗，正打算去晒，陈妈妈进天井来了。

"小红啊，忙呢？"

"刚洗好。陈妈妈赶着要吗？昨天的已经干了，我收下来还没叠……"

"不急。"陈妈妈叫住端起盆子往晾衣竿走去的娉婷，笑着说，"先把衣服放下，有事和你说。"

于是娉婷放下盆子："什么事啊？"

"前两天我衣裳上那两个小口，是你补的？"

"我见破了一点，便找了针线缝补。陈妈妈看还过得去吗？"

陈妈妈啧啧道："岂止是过得去，我几乎瞧不出哪有口子了。难为你这么巧的手。"她捧起娉婷的手，叹着看了片刻，抬头道，"小红啊，你有这手功夫怎么不早说？我告诉你，小姐喜事近了，正赶着制衣裳呢。全府上下能使的针线丫头就那么几个，我只怕赶不及。从今天起，你不要干这些粗重活了，到里面做衣服去吧。"她是花小姐的奶娘，说起小姐的婚事比谁都起劲。

"这……"娉婷最近身体已经大好，正打算随时开溜。在外面当粗使丫头还好逃一点，一到里面，恐怕难度就大了。

"这什么？难道你还只想当个粗使丫头？"陈妈妈拍拍娉婷的手，"就这么办。花管家那里我和他说去。你今天就到里面去，专做女工，其他杂事一律不管。"不等娉婷张口，陈妈妈就高高兴兴地走了。

娉婷没有办法，只好收拾东西进了内院。

花府是东林都城中一家有名的商家，专做丝绸生意。花老爷只有一个女儿，婚事自然越隆重越好，光是准备出嫁时的衣裳就指定了四五个擅长女工的丫头。

从粗使丫头到内院的女工丫头，吃穿用度都好了不少。但娉婷从小在敬安王府

里受少爷宠溺，哪里会把这些看在眼里。娉婷本就是随遇而安的脾性，对生活环境的落差也从不计较上心。

不知为何，负责缝制嫁裳的丫头都被安排在花小姐所住的小院的侧屋。

"多漂亮的绸子，要是我嫁人时能穿上这么一件衣裳，不知会有多美。"小屋内，几个丫头各自坐在一角低着头拈针引线。做得乏了，便开口说说话。

"别瞎想了，你能有这么好的福气？"

先开口说话的是和娉婷一道被选进内院做女工的若儿，她模样娟秀，见紫花笑话她，哼了一声道："你怎么知道我没这个福气？"

"好了好了，快点干活吧。"陈妈妈本也在屋里忙着穿线，抬头见娉婷正静静地坐在角落里聚精会神地绣着，她不禁放下手里的活，悄悄地走了过去。

"哟！这好针线！"

陈妈妈高声一夸，把娉婷吓了一跳，手里的针几乎扎到自己。

"好小红啊，你真是手巧。"陈妈妈取过娉婷手上的衣裳，仔细对着光眯起眼睛看面料上绣得栩栩如生的彩凤——她在花府管事多年，对刺绣深有研究，却忽然疑惑道，"这等手艺，恐怕咱们东林找不出几个呢。哎？我怎么瞧着你这凤凰翅膀不像东林的绣法，倒有点像……"

娉婷心一跳，笑着将衣裳拿回来继续低头绣："什么这个绣法那个绣法的，就陈妈妈见识多，我可只管绣得好看就成。"

娉婷的刺绣在归乐国也算一绝，虽然敬安王府向来不外传她的绣品，但常常会有与王府来往密切的官宦家慕名托王府中人求一件她的绣品。

娉婷也是个懒散人，除了会为少爷绣一两件贴身之物外就不肯多动手了，结果，竟造成敬安王府娉婷姑娘的绣品千金难求的行情。

娉婷趁陈妈妈不注意，便将手中已经绣好的凤凰翅膀全部挑了线重绣——如今她身在险地，万万不可大意暴露了身份。

娉婷好不容易将挑了的凤凰翅膀绣好，刚想歇一歇眼睛，却见帘子一掀，走进来一个年轻的美人。她身段苗条，穿着一件淡紫的绣花衣裳，两只水汪汪的眼睛，小巧的鼻头，脖子上戴着一串亮闪闪的珍珠链子。

陈妈妈一见，连忙站了起来，笑着嚷道："小姐怎么来了？"

来人是花小姐。娉婷一直在外面干粗活，今天还是第一次见到小姐。而此时，屋里的丫头也立即都站了起来。

"奶娘，你也在？"

"当然，小姐的嫁衣，我怎能不好好盯着进度？你看看这珠片，是我一片一片从……"

花小姐似乎并不喜欢陈妈妈唠叨，她的目光扫过喜气洋洋的红绸，眼中却掠过一丝厌烦，然后就把眼光转到几个负责女工的丫头身上，似乎在寻找着谁。

她将丫头们一个一个打量过去，最后目光落在娉婷处。

"你，跟我来一下。"花小姐指着娉婷说了一句，接着立刻就转身走了出去。

"我？"娉婷惊讶地指指自己，再看向陈妈妈。

"小姐叫你去呢，傻站着干什么？去啊。"陈妈妈轻轻在她肩上一推。

花小姐找我干什么？难道是我露出了什么马脚？

娉婷暗自揣测，掀帘子走了出去。娉婷一入小姐住的主屋，就闻到一阵让人舒服的幽香。娉婷深深吸了一口，暗道：这花老爷对小姐真不错。这种产自严寒地带的冰香极为珍贵，只有王公贵人才买得起，他竟然买来给女儿用。

花小姐见娉婷入了屋，对她招手道："你过来。"

娉婷走到跟前，花小姐亲自掩了门，扔给她一套衣裳，吩咐道："你换上。"

衣裳做工精致，布料质地上乘，一看就知道是花小姐自己的衣裳。

花小姐见娉婷一脸困惑，一手拿着衣裳，脸上却是思索的表情，她嘴角一翘，露出个狡黠的笑容："我看了看，只有你的身形最像我。唉，我本来不想另找人的，偏偏冬儿那丫头今天病了，只好临时找个人。"

"好美！"花小姐逼着娉婷换了衣服，便兴奋地绕着娉婷转了一圈，眼中光芒绽现，她兴奋道，"没想到你的身形真的和我一样，若不看脸，旁人定不会怀疑你是个美人。"她天真烂漫，说话毫无顾忌。

娉婷微微一笑，也不和她计较。

"你叫什么名字？"

"小红。"

"小红，我要你办一件事。"花小姐神色忽然一变，悄声道，"办好了，我重重赏赐你；办砸了……我就狠狠地罚你。还有，这件事绝对不能让别人知道，要是说出去了，我就叫花管家抽你鞭子！"她话虽狠，却没有一点威吓的感觉。

娉婷不禁觉得好笑，装出畏缩模样："小姐，我一定不跟人说，一定好好听小姐的话。"

"嗯，那就对了。你不要怕，我其实不凶的。"花小姐反过来安慰娉婷两句，解释道，"我要你今天陪我去城门外的半山寺上香。等到了寺里你穿着我的衣服，乖乖坐在静思楼里弹琴就好了。对了，你会不会弹琴？"真是冒失，到现在才想起这个至关紧要的问题。

娉婷见花小姐紧张兮兮地看着自己，轻轻点头："会一点……"

"会就好。"花小姐又吩咐一遍，将关键处叮嘱了三四次，最后说，"不要怕，

凡事有我。"拍拍自己胸口，又眨眨眼睛，好生可爱。

婷婷不用问也知道花小姐要去私会情郎。如此大胆又率性的女子，真为她未来的夫家叹气。

到了中午，轿子和花管家还有随行的家丁已经等在门口。花小姐出身大户人家，虽然很受父亲宠爱，但可以出门的机会总是少的，每次出门都是难得的见情郎的日子，她自然又兴奋又紧张。

"小红陪着我坐轿子。"来到大门，花小姐携婷婷的手一起上了轿子。她生性娇纵，下的命令通常莫名其妙，忽然硬要一个负责女工的丫头陪她去上香，自然没有人敢置疑。

婷婷仍穿着自己平日的衣裳，花小姐要她换的衣裳放在随身的包袱里。婷婷从小就在敬安王府里和少爷一起调皮捣蛋什么祸都敢闯，如今见花小姐可爱天真，也起了兴致，免不了全心全意帮她的忙。

幸亏轿子很大，两个女孩坐着一点也不挤。

"以前没见过你。"

婷婷掠掠头发："我都在外院洗衣服呢，小姐怎么会见到我？"

"洗衣服？好累的活。"花小姐动动身子，换一边侧坐，取过一块桂花糕送进嘴，又拈起一块问，"你要不要？"

婷婷也爱甜食。每次有好吃的点心，王爷总命人为婷婷留下一份。此刻一见桂花糕，点头应道："要。"

花小姐嘻嘻一笑，将手中的糕点送到了婷婷的嘴里。

桂花糕入口即化，一阵淡淡的桂花香味盘旋在舌尖。

婷婷当了整整两个月的丫头，好久没能尝到这些细致的点心，刚咽下去脸上便露出一副陶醉的样子，啧啧道："真好吃。"

两人在轿子里说了好些话，渐渐熟络起来。

不多时，一行人已经出了城门。

轿子落地，花管家在外面毕恭毕敬道："小姐，我们到了。"

花小姐应了一声，携着婷婷出轿。早有庙里的师父迎了上来，将花小姐请入静思楼。

婷婷心下揣思——看来花家是这寺庙的大施主。

花管家和家丁、轿夫都不能进静思楼。花小姐和婷婷一入楼内，就立马把门反锁。

"花管家有时会远远地透过窗子的缝隙看。你穿上我的衣裳，坐在那里弹琴。"花小姐叮嘱道，"记住，琴声不要停太久，听不见琴声，师父们和花管家可能会进来查看的。"

花小姐一边说，一边匆匆换上了一套早已准备好的书生衣裳，然后把脸上的胭脂全抹干净，当即化身为一名俊俏的公子，还朝同样换上衣裳的娉婷眨眨眼睛，一副风流倜傥的模样。花小姐动作利落，看来这样的事早做过不止一次。

"我走了，时间到了自然会回来。"花小姐钻到角落，找到机关，打开一道暗门，得意扬扬地朝娉婷道，"这条暗道除了我和他，谁也不知道。"

娉婷在王府见多了机关暗道，这些东西几乎每座大府邸都会有，丝毫不觉得诧异，见花小姐兴奋的背影转眼消失在自己的眼前，只微笑无奈地摇了摇头。

娉婷按照花小姐的吩咐坐在琴前，手轻轻地抚在琴上。

五指触弦的感觉，让她蓦感亲切——

娉婷很喜欢弹琴。当她的手指在琴弦上挑拨得畅快，简直就像是喝下了最醇美的酒一样，让人情不自禁地迷醉。

敬安王府传奇一般的娉婷姑娘，没有多少人见过她的模样，大家却都知道她的智谋，她的刺绣，还有她出众的琴技……

连归乐大王都羡慕敬安王府有这么一个面面俱能的侍女。

铮……

娉婷如骤见满桌佳肴，要先尝一口开胃小菜般地用手指轻轻一挑——一声淡淡虚渺的低音传出——沉而不钝，轻而有质。

低音过后，是连着几个高亢的亮音，如黎明时分山间蓦然被走兽惊起的白鹭拍打翅膀高飞出林。

娉婷唇角含笑，纤纤玉指在琴弦上挑拨。铮铮琴音绕梁而升，叫人心旷神怡，慨然感叹。

一曲完，娉婷有点累了，只取了手帕抹抹额头的细汗，想起花小姐的嘱咐，不由得苦笑："要不停地弹琴，岂不连手都要断了？可见这花小姐是不懂琴的。"

忽然，门外响起一个男声。

"在下一生之中，从未听闻如此仙曲。不知在下可有福分一睹小姐仙容？"声音清朗斯文，令人一听顿生好感。

这人一定早就站在门外，听她弹完一曲才说话，可见是位知音。

娉婷听见门外有人，略有心慌，不由得责怪自己忘了分寸，不经意间施展了琴技。娉婷啊娉婷，明明身在敌国，卖弄什么？小姐正在和她的情人相会，若这人推门而入，那可把什么都拆穿了。

娉婷的尾指在琴弦上轻轻一挑，刚要回绝，那人忽道："小姐琴音中有遗憾之声，看来今天不欲赐见。既然如此，只能等有缘之日了。"

好一位善解人意的公子。

娉婷暗赞一声，仔细去听门外动静——隐隐一声低笑后再无声音传来。娉婷悄悄走到窗边向外窥看，廊下已空无一人。

已经离开了？娉婷担忧的心放松下来，灵动的眸子却掠过一丝遗憾。

娉婷在窗前踌躇片刻，看见花管家正站在远处的大槐树下朝这边张望，连忙把头缩了回去。

到了傍晚，花小姐及时从密道返回，腮边泛出红晕，一脸欢悦，显然是开心地过了一天。花小姐和娉婷换回衣裳，唤来花管家，打道回府。

上了轿子，花小姐一路上叽叽喳喳地和娉婷说着她今日会情郎的事，说到高兴时，还忍不住捂住嘴偷笑。娉婷见她如此活泼，也不禁为她高兴。

"唉，可是一天这么快就过去了。"说到后面，花小姐又叹了一声，"若能不成婚，那该有多好……"

娉婷也正觉得奇怪："老爷这样疼爱小姐，为何会不顾小姐的意愿将小姐许配给陈家呢？"

花小姐提起婚事就愁眉苦脸："爹爹虽然疼我，却和许家是生意对头，他怎肯让我嫁给他最恨的人的儿子。这件事千万不能让爹爹知道，不然他一定会尽快把我嫁出去的。"

"小姐啊，你的婚期已经近了，再怎么躲也躲不了多久的。"

"这我也知道……"花小姐黯然，她看看娉婷，似乎忽然想到什么法子，抓住娉婷的手，瞪大眼睛道，"小红，只要你不把我的嫁衣绣好，那我不就不用出嫁了？啊……妙极妙极，你以后每天偷偷在我的嫁衣上开个小口，让陈妈妈她们忙活去，好不好？"她得意地眨眨眼睛，像是在等娉婷夸赞她主意高明。

娉婷心中大叫幼稚，忍不住翻个白眼，她刚要开口告诉花小姐这个主意实在不高明时，轿外却传来一阵异动。

一群不明来路的男人散开，将她们的轿子围得密不透风。接着，疏疏落落十几匹马，迎面缓缓逼近。

这些人虽都是百姓打扮，却个个神色精悍，行动一致。

天色已经有点发灰，花家轿子还未进城，路上不见其他行人来往。轿夫只道遇上大群强盗，都束手无策地缩在一角。花管家总算还是忠心护主，胖脸抽搐着，勉强站在轿前，对着下了马迎面走来的一个似乎是头领的年轻男人拱手道："这位大爷，轿子里是我家小姐。今天我们出来上香，带的银子都捐给寺里了，剩下的不多……"

那年轻男人眉清目秀，看着花管家哆哆嗦嗦好不容易把话说完，只微微一笑：

"管家误会了，我是代我家主人送礼来的。"转身对轿子躬了一下，朗声道，"下属无礼，让小姐受惊了。"

花小姐娇生惯养不知风险，只觉得大为有趣，隔着轿帘问："你家主人要送什么礼物？"

"小姐琴技无双，主人命我将这古琴送与小姐。"

娉婷"咦"了一声，立即想起今日在门外求见的男子，她靠过去在花小姐耳边说了一句。

"你家主人是谁？"花小姐又问。

那男子彬彬有礼地答道："请小姐恕罪，主人未曾允许在下说出他的名字。但主人说过，日后有缘，定当登门拜访。"说完，他又行一礼，将怀中的古琴小心翼翼地交给花管家，便上马离开。

其余人见他离开，也缓缓散开，各自去了。

花管家见他们果然离开，立即松了一口气，将古琴递进轿子里，喘着大气说："可真吓了我一跳！嘻嘻，一定是小姐在静思楼弹琴时，让这位有钱的公子听见了。我也觉得小姐今天的琴弹得真好，连我都听得发呆了呢。"

花小姐向娉婷打个眼色，轻道："原来你的琴弹得这样好，我倒看不出来。"

娉婷低头看那古琴，琴身为老桐木，曲指轻敲，桐木铿锵有声。

娉婷不由得变色道："凤桐古琴？"

凤桐古琴极为罕见，少爷曾不惜千金仍未能求得。不知那主人是何身份，竟会轻易将这般贵重的礼物送出。

"好琴赠佳人啊，没想到我无意中竟做了一次媒人，有趣有趣。"花小姐却很高兴，对娉婷道，"那人说他主人有缘会来拜访，我看他定是对你有意。"归乐、东林都是民风豪放之国，女子说到情爱之事毫不腼腆，直来直往。

对我有意？娉婷静静打量那琴。

心湖如被突如其来的微风轻抚，不经意地泛起涟漪。

对方做事果断，张弛有度，不疾不徐，先于门外驻足听琴，接着出言求见，不得允而潇洒告退后，此刻又派人以浩大声势赠琴，每一步都蕴含深意，暗合兵法。

虽没有见过面，却已让娉婷好奇心大起。

"小红，瞧你只顾发呆的样子。"花小姐在她肩上一推，嘻嘻笑道。

娉婷自失地一笑，目光还是没有离开古琴。

东林不是吉祥之地，要处处小心才好。

第二章

# 第三章

　　自娉婷陪花小姐一同去上香后，花小姐对娉婷好感大增，跟娉婷总像是有说不完的话，对娉婷也比对跟了自己几年的丫头还亲切，恰恰花小姐的贴身丫头冬儿渐渐病得厉害，只得送回家让父母照顾，这样一来，花小姐索性指定娉婷到她身边近身伺候。

　　这样一来，娉婷从粗使丫头到女工丫头，再从女工丫头到小姐的贴身丫头，连跳两级，羡煞旁人。

　　九月，虽不是盛夏，但秋老虎还是挺猛的。

　　小院树下常传出一两声少女的轻笑。

　　"是这样？"

　　"不对。"

　　"那是这样？"

　　"不对。"

　　花小姐把针线摆弄了半天还是摸不着窍门，懊恼地把手上的绣圈一丢："不学了，一点也不好玩，瞧我手上扎出好几个血点。"

　　娉婷笑道："早跟小姐说了不好玩。我当初学这个的时候，十个指头都扎肿了呢，小姐这几个点点算什么。"按说，她早该偷偷溜走，但因一直打探不到少爷和敬安王府其他人的消息，即使走了也没有地方去，只好暂时滞留在花府。至于那张古琴——娉婷虽然极为喜爱，这来历却着实诡异，便将它摆在了小姐房中。说到底，这琴乃是别人指明送给花府小姐的。

　　"我想亲自绣一点东西给他嘛……"花小姐口中的他，自然就是她心爱的情郎。

　　"小姐……"花管家似乎正在找花小姐，步履匆忙地跨进了小院，他抬头看见她们两人，笑道，"原来小姐在这儿，让我好找。外面有客人求见小姐呢。"

　　"是谁要见我？"

"是个年轻英俊的公子，身边带着上次半路拦轿子送琴的那个男子。那位公子说他叫冬定南。"

娉婷神色微变，暗道：居然真找上门了。

"请他到里面来吧。"花小姐吩咐了管家，转头兴奋地握住娉婷的双手，眼睛发亮道，"如何，我猜对了吧？他果然来找你了。"

娉婷笑道："他找的是小姐，可不是我。"

花小姐哂道："得了，这个时候扭捏什么？跟我来。"

花小姐拉着娉婷入了屋子，刚在垂帘后坐好，花管家就领着来客走了进来。

"小姐，冬公子来了。"

"知道了。花管家，你先出去。"

花小姐和娉婷在帘后悄悄窥看。

花管家转身离开，帘子对面只剩一年轻男子。他衣着不繁丽却带着贵气，布料都是上好的丝绸，眉目浓黑，眸中炯炯有神，气宇轩昂，举手投足间一派王者气概，竟是个难得的美男子。

花小姐愣了一下，附在娉婷耳边说："看来会弹琴真不错，竟能引来这样好看的男人。"

娉婷和花小姐一样惊讶，心中想的却不是同一回事——

她在敬安王府见多识广，一眼便看出这冬定南举止神态尊贵中隐隐带着傲气，不是普通的有钱子弟。

难道这人是东林大臣？

甚至……是东林王族？

这种可能性不能说没有，毕竟这里就是东林都城，是东林权贵云集之地。而冬定南派下属送琴的气势和送礼的大手笔，更让人生疑。

冬定南进到屋中，见面前一幅垂帘，知道佳人一定正在里面窥看。他向来对自己信心十足，朗声道："在下冬定南，冒昧拜访小姐。"他对着帘子拱手，朝里面潇洒地笑笑。

他其实不姓冬，也不叫定南，而是当今东林大王的亲弟弟楚北捷。楚北捷常年征战在外，已经习惯战场上的权谋智计和血腥轰烈，骤然回到锦绣华丽的都城，心中烦闷无比。前两天带着侍从到郊外半山寺散心，忽然听到一阵优美的琴声，竟让人精神一爽，浑身说不出地舒服。

如此佳人，怎可错过？

身为王弟，东林第一王爷的镇北王楚北捷当即展开攻势。谋定而后动，求见、送琴、察访花家底细，最后才登门拜访。

花小姐见娉婷静静看着帘外不语，只道她欢喜过头，不知要说什么。花小姐眼珠一转，扬声道："你既然知道唐突，为何还要求见我家小姐？我家小姐向来不见外人的。"

娉婷蹙眉看着花小姐，可花小姐却只管得意扬扬地朝她使着眼色。

"琴声动人，奢求再听一曲，以了心愿。"楚北捷回答得简洁明了，光明磊落。

娉婷正反复琢磨这冬定南的来历，绞尽脑汁都记不起东林有姓冬的达官贵人，暗想：此人用了假名，若是查出我的底细来，那可大大不妙。娉婷见花小姐又要说话，忙轻轻摆手，开口问道："公子当真是来求曲的？"

"是。"

"公子送来千金难求的凤桐古琴，可是希望我用此琴弹奏一曲给公子听？"

"不错。"

娉婷垂首沉吟，坐在琴前，起指一挑。

清幽的琴声，越帘而来，如山泉出于岩间，潺潺顺山势而下，悠远动人。

四周俱静，似乎人人都屏住了呼吸。

琴声渐渐从悠扬转为急促，又慢慢渗入甜蜜的温柔，最后却以一个高亢颤音结束此曲。

一曲既罢，娉婷道："琴声随风而逝，一现即没。一曲之后，公子可会再求一曲？"

楚北捷欣然道："小姐实在善解人意，定南确实想再求一曲。"

"公子赠琴之礼，我方才那一曲已经还了。"娉婷声音忽然转冷，淡淡道，"弹琴原是小事，但要弹给一个连姓名都要隐瞒的人听，却不是滋味。"

楚北捷微微一愕，拱手问："小姐何以认为我用了假名？"

"公子不要问我是如何猜出来的。"娉婷知道自己果然算计对了，脸上勾起一抹狡黠的笑，轻声问道，"公子只要告诉我，我有没有猜对？"

楚北捷眼睛一亮，炯炯有神地望向帘子——他只道花府小姐是个琴技无双的佳人，如今看来，竟是兰心蕙质，举世难求。他沉声回答："小姐厉害，'冬定南'是我的化名，不料竟被小姐一眼看穿。"

"公子为何用假名？"

楚北捷与娉婷隔帘相对，只觉里面的女子聪明伶俐，和她说话竟有种临阵对敌的激昂感觉，当即收起倾慕佳人的谦逊心态，淡淡一笑，反击道："那小姐为何要垂帘见客？"

"见面很重要吗？"

"那名字很重要吗？"

"公子怎能这样相比？公子为曲而来，有求于我，自然应该诚心诚意，报上真名。"

楚北捷坐在茶几旁，尝了一口微凉的茶，反问："小姐难道无所求？"

"哦？"娉婷皱眉，"我求什么？"

"小姐求的，自然是一位知音。"低沉的笑声，从喉中逸出。

娉婷暗叹此人难缠，但又不得不承认他有一种自信的魅力，竟让别人觉得他傲气得合情合理。

娉婷芳心扑扑地跳着，她不由得站起来凑到帘前偷偷向外望去。

楚北捷正大大方方坐着，面目坦然，却是一副我知道你正在偷看的样子。娉婷的目光在他那宛如天神亲自打造的俊美线条上盘旋片刻，落到楚北捷腰间佩戴的玉佩上。

帘后的窈窕身影立即微微一震——

玉佩华光流溢，一看就知道是极品，更引人注意的是，上面竟有东林王族的标记。

他定是东林王族中人。

娉婷忽然眼睛一亮。她流落东林已经数月，花府闭塞，一点敬安王府的消息都不知道，为何不趁这个机会，向这位看来颇有势力的冬定南打探一下？

想到这里，娉婷漆黑的眸子蒙上一层狡黠。

"公子既是知音，对方才一曲可有感想？"

"感想？"楚北捷凝视垂帘，嘴角忽然上扬，露出一个傲气的笑容，缓声道，"方才一曲如仙鹤穿云高飞，又如雄鹰俯瞰大地，可见小姐对天下万物怀有无限兴趣，不是屈于闺阁之辈，其中豪情壮志更胜男儿。"

娉婷娇躯剧震——

没想到这冬定南如此厉害，竟真的在一曲之间看破自己的本性。警钟高响之时，她又不由得对这位风度翩翩的男子生出一丝敬佩。

娉婷叹道："公子确实厉害，可惜我身不由己，无法像男人一样闯荡天下。外面的世界，一定很大很美。"

这话说中所有被命运束缚的女子的心事，一直在旁听他们交谈的花小姐也忙点头表示同意。

娉婷叹息片刻，又问："听说……东林之侧，有一个归乐国，风景异常美丽，人人爱唱歌谣？"

"不错。归乐国崇山峻岭甚多，国人爱好歌舞，但归乐国最宝贵的，却是数之不尽的铜矿。归乐国一年所产的铜，是东林三年的数量。"谈起归乐，楚北捷的兴

致立即被挑起来了。他多年的心思都倾注在归乐国上，几乎每天都对着归乐国的地图殚精竭虑，当下竟不假思索地便与娉婷说起归乐的矿藏来。

"怪不得都说归乐富庶，原来它有这么多的铜矿。"

"富庶虽是富庶，但国富却造就了目中无人的民风，包括大王在内的王公贵族，不懂居安思危，只知暗中争斗。"

楚北捷一针见血，把归乐政局最大的弊端指了出来。娉婷不由得感叹——

敬安王府原本就在归乐朝局中举足轻重，娉婷从小在那里长大，所见所闻不比常人，对朝廷中种种明争暗斗了如指掌。

若非大王对敬安王府心生忌惮，暗中加害，赫赫扬名百年的敬安王府又怎会一夜成了火海？

今日听这"敌人"坦然自若地把归乐国的死穴说出口，娉婷怎能不叹，轻按琴面，又问："难道归乐国中就没有顾全大局的王公大臣吗？"

"有，敬安王是归乐重臣，多年来掌管兵权，为归乐肃乱党、清边患。"楚北捷平和温雅的笑容透出一丝欣赏，"但敬安王府也因为兵权过大，犯了归乐新王的忌讳，已在一夜之间被荡平。"

"啊？！"垂帘之内传来惊讶的娇声，"公子不是说敬安王府的人是好人吗？那归乐大王也太糊涂了。"

楚北捷挺腰坐直，显出俯瞰天下的雄心，浅浅笑道："对归乐忠心耿耿的敬安王府对我东林而言却是心腹大患。如今敬安王府一去，归乐再无猛将。我东林大王睿智英明，要收服区区归乐易如反掌。"

娉婷心中暗恼，语调却欢欣无比："真是如此，那我们东林就更富强了。但……难道敬安王府的人就一个都没逃出来？"

"敬安王府的人狡猾得很，尤其是他们的小王爷何侠。听说他们在归乐大王赶尽杀绝之前已经得到消息，最后举族逃离归乐都城，何肃下了王令正追捕他们呢。可惜，可惜。"他最后两个"可惜"，当然是可惜敬安王府没有被何肃铲除干净。

娉婷总算知道少爷他们暂时没有被大王抓到，心中稍定。

少爷他们，应该正躲藏在安全的地方暗中探察时局的变化吧？这个时候去找他们，恐怕也没有线索。不如就先留在这里陪花小姐刺绣聊天，顺便借这东林王族打探消息，以利将来？

娉婷想到这里，食指轻挑。

楚北捷坐在帘外，忽听见铮铮悦耳的琴声，悠扬婉转，流水般从帘内淌泻出来。比起方才一曲，豪情壮志不减，又添了点闺阁女儿家的娇媚。

还不及惊叹时，一声低润动人的清音随琴声渐起。

"故乱世，方现英雄；故英雄，方有佳人。奈何纷乱，奈何纷乱……"

嗓音委婉圆润，竟如天籁一般。

楚北捷被这猝不及防的歌声一扰，心神都微颤起来。

他年方二十，却从小学遍经书兵法，才识过人，见惯王宫中各色美人，开始还觉得艳丽可人，见多了，也不免渐渐厌恶起那些莺莺燕燕来。从此，他再不理会那些庸脂俗粉，立下心愿要找一位真真正正的绝代佳人。

帘内之人，琴技已是无双国手，谈吐不俗，连歌声也分外动人，虽不曾见面，但下属呈上的画像美艳动人。看来，堪伴终身的人儿，就是她了。


唱出的每个字如玉珠落盘，敲击听者心头，声声婉转缠绵。接着"奈何纷乱"几次连唱，琴声忽从高亢处回转直下，渐渐沉寂。

楚北捷闭目欣赏，半天才回过神来，赞道："这'奈何纷乱'本来是唱佳人的无奈和悲伤的，但出自小姐之口，却多了豁达，少了无奈和悲伤。"

"公子过奖了。"娉婷低声答谢，脸上却多了疲惫之色。弹琴唱歌对她来说都是极耗心神的事情，但为了保持这冬定南的兴致，只好勉强为之。

"公子，敬安王府小王爷何侠的事迹，我也曾经听说过。人人都说他是归乐第一猛将，对吗？"

"不错。"

"那……我们东林赫赫有名的镇北王和他比，哪一位厉害？"

听佳人提及自己，楚北捷唇边勾起一抹淡笑，不动声色道："依小姐看呢？"

"我常年在家，怎会知道？不过，听家里仆人的远亲说起过，何侠曾与镇北王在归乐边境对战。"

"嗯。"

"这一战，不知谁胜？"娉婷自然知道赢的是自家少爷。但她总觉得这场战役的胜利另有蹊跷。以镇北王当时的兵力，即使被她以计策小胜一场，也不该立即认输退兵。

那镇北王楚北捷回到东林都城后，可会因为兵败而遭受责罚？若东林大王削掉楚北捷的兵权就好了，等于为归乐除掉一个心腹大患。

"何侠胜了。"楚北捷若无其事道。

"这么说，镇北王输了？"

"不，镇北王也胜了。"

"哦？"

楚北捷别有深意地逸出一丝笑意："何侠小胜，镇北王大胜。"

第三章

这话别人听来不明所以，娉婷却深深一震。

她对这场边疆之战实在是太了解了，边境被侵整整两年，一开始归乐大王执意不派少爷上阵，到归乐大军即将溃败时，才匆匆发出调令，责令少爷一定要守住边城。

而伤病、缺粮、酷热，还有东林严整的军队，都威胁着归乐军的士气、实力。

为什么会赢？她在这个问题上有许多个假设，而冬定南的回答，正确定了她最不希望成真的一种假设。

镇北王是有意撤退，是为了刺激归乐大王，让归乐大王痛下决心对付敬安王府。如此一来，失去敬安王府的归乐，迟早都会落入东林的掌握之中。

"小姐为何不语？"帘外传来低沉的问话。

娉婷闷了片刻，方叹道："世间争斗不断，真叫人心烦。"

楚北捷听出佳人心中郁闷，不明白个中因由："国事劳神，小姐本不该为这些事情心烦。不如说点雅致的事儿。"

"也好。谈谈风月花草，才是正经。"

娉婷不欲引起对方疑心，便随他的意思转了话题。心中隐隐担心太多见识会露了底子，并不主动多言，总用好奇的口吻向楚北捷请教各地风俗人情。

楚北捷得了极好的表现自己的机会，却一点也不轻浮炫耀，对四方风俗侃侃而谈，但他骨子里是王族血脉，时刻不忘如何拓展版图，往往说到风俗后，一会儿便转到此地的地形，然后话锋一偏，又论到若进攻厮杀该用何种手段——为何强攻，为何暗袭，进攻后如何安抚人心，铁腕统治好还是怀柔统治好……都说得头头是道。

听见帘内半天没有动静，楚北捷才自失地一笑，道："在下言语无味，竟又说到领兵打仗去了。"

娉婷在帘内正听得心口俱服，猜想这位定是敌国猛将，旋即不禁惊疑起来，暗想：难道这人就是镇北王？

不会的，哪有这么巧的事？娉婷连忙甩头丢开这个猜想，对帘外轻声道："公子高见，我区区一个女子，并不懂这些事。"

两人如此隔帘相谈，居然也聊了整整一个下午。

待天将黑，房门忽然被轻轻叩了两下，上次送琴的年轻人无声无息走进来，俯首在楚北捷耳边说了两句。

娉婷看在眼里，不禁暗中揣测他们也许在说军中消息，说不定就有少爷和敬安王府的消息，不禁焦灼起来，可恨隔得太远，他们两人又是低声说话，连片言只语也听不见。

楚北捷听完下属禀报，嘴角微微一扬，坐直身子对着垂帘一拱手，温言道："今日听了如斯美曲，又与小姐一番畅谈，真叫定南身心俱悦。不敢再打搅小姐，定南告辞。过两日再登门求见。"

他这时急着告辞，娉婷隐隐中更觉得此事和少爷有关，换了声调，冷冷道："怕是有别家小姐登门拜访冬公子来了。"

她语气风度与方才截然不同，楚北捷不免愕然，觉得"花小姐"此话太无礼貌，对她的好感失了大半，刚要回答，娉婷忽然在帘内扑哧一声笑出来，天真地说："我知道能吸引冬公子的定不是佳人，只有兵啊战啊才是公子喜欢的东西。有这些有趣的东西，我这里自然留不住公子。"

她柔柔的笑声从帘内泉水般流淌出来，楚北捷只觉指尖微微一颤，眼中已经带了笑意，不觉说道："小姐刚刚提及的归乐小敬安王，说不定日内就能见着呢。"

这话如惊雷一样在娉婷头顶炸开，她的手微微一震，差点扫倒身旁的茶杯——难道少爷的下落已经被东林敌军掌握了？或者少爷已经被捕，正押解到东林都城来？

娉婷刚要再问，楚北捷倜傥一立，拱手问道："实在不能久留，告辞了。"

娉婷勉强压抑着声音中的惊惶，唤道："公子请留步。"

楚北捷似乎真的遇到重要军情，只再拱拱手，便大步流星去了。

# 第四章

"啊……好戏可看完了。"楚北捷一走，花小姐总算畅快地打了个哈欠，跳起来将帘子掀开，一脸无聊道，"完全的兵呆子，就模样好看，也不会说点好玩的，亏你能和他聊上半天。咦，小红，怎么不说话？"

娉婷心里焦急，正在蹙眉沉思，随口应了一声，思绪仍萦绕在离开的楚北捷身上。

少爷有消息了吗？敬安王府众人都平安吗？冬定南做什么去了？

他那走路的身形，那谈笑间论兵的气度，那外人面前对下属低语吩咐的谨慎，都是娉婷深深熟悉的——那是当大将军的人。

大将军？她开始在心中搜寻东林那些鼎鼎大名的将军，年轻又有真本事，还要是东林王族……镇北王的名字第一个跳了出来。她眨眨眼睛，苦恼于当日没有派人临摹一张楚北捷的画像来。

可如果是镇北王却神差鬼使送琴求见她——敬安王府的侍女，这也太玄了吧？

花小姐看她发呆，掩嘴笑起来："人都走了，你还痴痴的。难道真是郎情妾意，已经开始相思了？"说着用手绢在娉婷脸前一挥。

娉婷的睫毛被手绢碰到，这才回过神来，她对花小姐道："好困，我想回房休息了。"

"还没吃饭呢。"

"明早再补吧。"

娉婷回了房，躺在干净硬实的床上，又开始思索。

"少爷……"娉婷咬咬牙，心里越发烦闷，似有一股闷火在胸膛里轻轻地烧，待发觉自己开始着急，又轻声叮嘱自己，"别急，娉婷，急会坏事。"

乱窜的思绪渐渐被拉回来了，娉婷冷静地深吸两口气，闭上眼，脑海里浮现出熟悉的敬安王旗，她想起少爷，想起敬安王府，想起他们在得胜回都城的路上……

小敬安王刚刚打了胜仗，大军缓缓而行，鲜艳的敬安王旗高高飘扬，左右两边副旗各四面，更是威风凛凛。

当头的那位将军，胯下骑着高头大马，内穿紫色蟠龙纹袍，外披打磨得光亮的盔甲，腰间宝剑镶金嵌玉，华贵无比，正是众人口中啧啧称赞的何侠。

那日，得胜而归的何侠并无欢颜，一双极有性格的浓眉紧紧皱起。

"少爷。"伴着从后追来的马蹄声，一道清脆的女声也传入耳中。

何侠不用回头，也知道来的是何人："娉婷，你这两天不是不舒服吗？我特意吩咐你坐轿子，怎么又骑马了？"

娉婷赶上何侠，与他并肩而行："哪里就这么娇贵了？不过咳嗽两声罢了，偏偏冬灼就吓坏了似的，忙着禀告少爷。我真怕少爷以为我虚弱多病，下次不许我随军出征呢。"

"不带你出征，你肯答应？唉，只是太委屈你，一个女孩在刀枪里来去，病了也没有好大夫看护。"

娉婷扑哧一笑，掠了掠被风吹乱的头发："我才不委屈呢。哪个丫头有我这么好命，可以跟着少爷到处跑？"

娉婷笑了两声，忽然眉头一皱，微微咳嗽起来。

何侠转头："怎么了？没有好就不要硬撑，这么大的太阳，偏要骑马跟着我。再不听话，我倒真不许你随军了。"

喉咙一阵发痒，娉婷忙捂住嘴掩住咳嗽声，待她抬眼，只见何侠一脸担心，娉婷微笑道："少爷不要担心，我向来比马还壮。"灵巧的眸子轻轻扫了何侠一眼，垂下眼帘，轻轻道，"我只是怕……唉，怕少爷心里烦的时候没个人陪着。"

娉婷幽幽一叹，正戳中何侠心窝。

何侠一怔，苦笑摇头："精怪丫头，什么都瞒不过你。"见娉婷脸色不似平日红润，便勒住缰绳，转过脸笑道，"过来吧，让我搭着你，免你劳神。咱们好好说点心事。"

"嗯。"娉婷点头下马。

何侠伸手将娉婷抱起，放在坐骑前面，自己一手护住她的腰肢，一手扯着缰绳，斟酌方才正在想的事情，他细语道："这次奉命扫荡边境东林犯军，与楚北捷交手两个月，表面上是胜了，实际却是败了。"

娉婷点头："少爷说得不错。东林虽然退兵，归乐国却元气大伤，只要东林再有侵犯边境之举，恐怕归乐再无大军可用。唉，若不是大王对敬安王府心存忌惮，两年来都不肯下王令让少爷出征，局势又怎么会糟糕成这样？"

"娉婷，不要随意议论大王。"何侠沉声道，"你记住，新王再不是未登基前的肃王子。"

娉婷嘴角一翘刚要反驳，想起肃王子登基后确实变了许多，心里一滞，把话咽了下去，转而安慰道："我知道少爷心里的委屈，大军元气大伤不是少爷的错，两年的不利局面，可以维持成这样已经难得。大王等局势已经糟糕到了谷底才让少爷接管边境战事，分明是想看少爷难堪。"

"就是这样我才担心——假如此仗不胜，回到都城恐怕会立即被论罪，连父亲也会被连累。敬安王府的势力确实太大了，若我是大王，也会想尽办法削权。"

想起新王登基后种种冷待刁难，两人心里都暗暗一寒。

眼见自己的小侍女又开始愁眉不展地为王府的事心烦，何侠扬起嘴角，伸指宠溺地揉揉那清秀的眉心："别想了，说点高兴的事吧。这次多亏你那引敌入山开河淹道的妙计，才让楚北捷大败一场，惊惶而退，现在全军都知道我们有一位女军师。回到都城，我要父亲重重赏你。说，你想要什么？"

"还赏？王爷给我的赏赐，我十辈子都花不完了。"娉婷看看天空，太阳稍稍偏到了一旁，旁边高举的敬安王旗正巧为她遮挡住大半热晒。她回头仔细地打量何侠一眼，又把头转回来，望着前方低声道，"少爷，有件事，我不知该不该说。"

"你跟我还有什么该不该说的事？"

娉婷思索片刻，忽然启齿笑道："我还是不说了，说了，你心里又烦了。"

何侠似乎猜到娉婷要说的事，脸上笑容微微一滞。

两人便不说话，只是骑马慢慢走着。

马蹄嗒嗒嗒地踏在被太阳晒得滚烫的黄土上，扬起一阵轻尘。

娉婷静静看着前方，不知在想什么。何侠知道他这以聪慧闻名的侍女正在思考，于是默默搂着她，让马儿放慢脚步。

隔了一会儿，娉婷道："我还是说吧……"

"洗耳恭听。"一见娉婷露出严肃的样子，何侠就忍不住促狭起来。

"少爷，我若猜对了，事情会非常糟糕，我可不是闹着玩的。"娉婷带点嗔怪地回头瞅了何侠一眼，摆出认真神色道，"以楚北捷的本事，不可能不知道我军几乎无法再战。他只要坚持两个月，边境的归乐大军就完了。他故意在我们快坚持不下去的时候撤退，是为了……为了让少爷凯旋。"

"不错。这个我们都知道，但他为什么要这样做？"

娉婷黑色的眼珠灵活地转了两圈，似乎已经有了答案，沉吟道："假如少爷战败，大王会责怪一番，趁机削去敬安王府大半兵权。少爷，大王应该不会因为一次败仗而杀你吧？"

何侠摇头："当然不会，我敬安王府世代是归乐重臣，大王如果毫不留情杀了我，一定会引起轩然大波。"

"那假如少爷得胜而回呢，大王是否一定要赏赐少爷？"

"打仗得胜，大王当然要赏赐。作为一国之君一定要赏罚分明，才能赢得人心。"何侠淡然，"但是我不在乎那些赏赐。"

"少爷得胜回朝，百姓更加爱戴少爷。大王虽然表面上不得不赏赐少爷，暗地里却会更加忌惮敬安王府。这样一来，敬安王府就危险了。"

"如此一来，大王势必要动手除掉敬安王府。敬安王府一除，归乐国内动荡，东林就会趁机进犯。呵呵，楚北捷好大的野心，他要的不是边境的几个城池，而是我整个归乐国。"

"那就对了！"娉婷双掌一拍，黑白分明的眸子流露出一点讨人喜欢的得意。她从指点迷津的军师变回活泼可爱的小侍女，圆圆的脸上露出两个酒窝，回头对何侠笑道，"少爷真厉害，什么镇北王的心思，被少爷一想就想到了。"

何侠忍不住笑道："最厉害的是我们白大军师，你要是男儿，我哪里还能坐在主帅的位子上？"

两人言笑一路，虽然表面欢声不断，心里却都是沉甸甸的。

黄沙漫天，前路艰难。

虽然已有了最坏的打算，但万万没有想到，他们担心的事情会在转眼间发生。


回程五日，终于到达都城，归乐大王何肃亲自到城门迎接。城中百姓知道声名远播的小敬安王得胜回朝，纷纷从四处赶来看热闹。两排威严的持刀士兵之后，密密麻麻挤满了百姓，一个个把脖子伸得长长的。

"哪个是小敬安王？"

"你连小敬安王都没见过？"有人指点一下，"大军最前面那个威风凛凛的就是。都城里的人谁不认识小敬安王！"

"呵呵，我第一次来都城探亲，没想到竟有福气亲眼一见大名鼎鼎的小敬安王。这回回家可有故事讲了！"

百姓交头接耳时，大军已在城门停定。

何侠从马上下来，立即拜倒，朗声道："大王万福！末将侥幸得胜，已经击退东林贼子！"

何肃一身象征天子尊贵的黄袍，头上戴着垂珠王冠，鹰一般的犀利眼睛藏在轻颤的珍珠帘后。他的唇角微微上扬，眼中却掠过一道寒芒，他连忙亲自将何侠扶起："爱卿请起。难为你又为寡人解决了一个难题，归乐国有敬安王府在，便不怕任何敌人。"

他亲切地携起何侠的手，一道转身。

"看啊，那就是小敬安王！"

"小敬安王！"

百姓中发出一阵欢呼。

何肃对何侠笑道："爱卿深得民心，寡人欣慰不已。"然后登上早准备好的高台，端起侍从奉上的美酒，朗声道，"众人听着，东林贼子犯我边境两年有余，今日小敬安王得胜而归，又为归乐立了一件大功，寡人要重重赏他。"

人人抬头，猜度着大王会如何赏赐何侠。

何侠跪下，拱手道："得胜都是大王指挥有方，末将只是执行大王的军令而已。不敢求大王赏赐。"

"不不，爱卿是归乐第一猛将，战功赫赫人人皆知，寡人怎能不赏？"何肃道，"寡人赏你三样。第一，寡人赏你一杯美酒。"

何侠身后的宫中侍从立即奉上美酒。何侠接过，昂头看着大王。何肃首先仰头饮下，抬手示意："喝吧。"

看着何侠喝下杯中美酒，何肃欣然道："第二，寡人要赏你一把绝世宝剑。来人啊，拿上来。"

一个盖着红绸的方盘呈到何侠面前。

何侠本就暗自为这诡异不明的局势头疼，现在更弄不清楚大王葫芦里卖什么药，只能拱手道："多谢大王。"轻轻揭开红绸，眼睛猛地瞪大，"啊"了一声。

红绸下放着一把宝剑，宝剑无鞘，剑身漆黑，竟是已经失传多年的黑墨宝剑。传说此剑锋利无比，而且有一个特点：假如被此剑所伤，无论多么轻微的伤，伤口会永远漆黑一片，难看无比。

何侠出身豪门，从不把金银珠宝放在眼里，唯独嗜好兵器，所以骤然见到黑墨宝剑，不禁惊诧。

何肃在高台上慈笑着轻道："如何？喜欢吗？"

"此剑珍贵无比，末将怎敢……"

"就是珍贵才要赏给爱卿。寡人知道你最喜欢奇兵利器，收下吧。"

何侠又惊又喜，两眼发亮："谢大王！"他亲自接过，转身去寻娉婷的身影。娉婷立刻从后面闪出来，双手接了方盘，正要退下，忽然听见何肃诧道："这不是娉婷吗？"他面带微笑，走下高台，"又跟着何侠出征了？"

娉婷双手举着方盘，低头行礼："参见大王。"

"别多礼了。当年你在何侠身边伴读，背书竟比我们都快，还是我们公认的才女呢。寡人登基一年，总待在王宫里，宫里面美人不少，却没一个比你聪慧。何侠，你比寡人有福气。"说着，何肃转头对何侠笑笑，"第三个赏赐很俗气，还是金银珠宝、各式珍玩。我知道你不喜欢看那些，所以叫宫里的侍从们先送到敬安王府里了。"

"谢大王！"

"我们是一起长大的，就像兄弟一样，何必多礼？"何肃亲切地对何侠说了一句，看见娉婷正想退下，叫住她，"娉婷。"

娉婷一路颠簸，浑身酸疼，正想偷溜回马车中休息，不料何肃眼光犀利，被他一声叫住，只好转身，低声问："大王有何吩咐？"

娉婷虽然不美，嗓音却悦耳动听，从舌尖跳出来的每一字都如冰珠般清澈剔透。

何肃静静瞅着她低垂的颈项片刻，似乎走了神。

"大王？"

"呃？"何肃回神，唇角扬起，摆手道，"去吧。"

娉婷趁机退下，将已经捧到手酸的方盘递给他人，吩咐道："小心看好了，小王爷很看重这把黑不溜秋的东西。"她学识过人，当然知道这就是黑墨宝剑，但她天性不喜欢兵器，总爱把何侠视为心肝的那些宝贝一口一个"东西"。


当夜，敬安王府处处张灯结彩，灯火通明。

仆人们个个喜气洋洋。小王爷得胜回来了，大王又赏赐了许多东西，他们也会得到打赏。

前来贺喜的官员坐满了十二桌，敬安王何莫坐在正中的主人席位上，眉开眼笑地听着众人奉承。

何侠四处敬酒，算来已经喝了足足三瓶。


娉婷算是敬安王府的大总管，可这日却并未留在夜宴上。

娉婷自住的小院里，离那些喧哗热闹已经很远了。皎洁的月亮挂在天边，月光洒满小院，娉婷在屋内点着灯，纸窗上映出她优雅的影子。

"娉婷……"何侠忽然转了进来。

娉婷放下手里的针线，抬头笑道："外面这么多宾客，少爷怎么来了？"

"来瞧瞧你。"何侠拿起绣到一半的鸳鸯，赞道，"都说世无完人，我看不对。你就什么都会，诗歌文章计谋不输男人，针线也做得巧夺天工。"

娉婷扑哧一笑，道："连'巧夺天工'都出来了，有这么夸张吗？乱用字眼。"她从何侠手中取回刺绣，绣了两针，忽然停了下来微微叹气。

"娉婷，父亲跟你说了？"

"嗯。"

"这事，我也是刚刚听冬灼讲的。"何侠看看娉婷没有波澜的脸，挑了对面一

张椅子坐下，"父亲真是，也不先问问我。"

"王爷是为我好，他说了，我虽然不能做少爷的王妃，但排场会和王妃一样。日后除了少爷的正王妃，其他入门的都要叫我姐姐。"

何侠见娉婷缓缓道出，心里发堵，截断道："娉婷，你真想嫁我？"

"我不配？"娉婷转头，盈盈眼睛瞅着何侠。

"胡说！"何侠摇头，猛然站起来，在桌旁走来走去，"我心里明白，这些年来我们一起读书一起玩耍，甚至一起策马出征，一同出生入死，但你只把我当成哥哥，我也只当你是妹妹。就这样嫁给我，你心里不冤？"何侠见娉婷仍是无动于衷的模样，转身一掌覆在桌上，焦急地说，"你不同一般女子，有自己的主意，有自己的志向。我实在不想你受委屈。"

隔了多时，娉婷方轻轻道："这是王爷的主意，我能怎么办？少爷知道，娉婷是王爷从路边捡回来的，多年来王爷把我当自己的女儿一样对待。王爷对娉婷恩重如山，别说要娉婷做少爷的妾，就算王爷要娉婷的命，娉婷也认了。"

"当年是谁说一定要找个最合意的郎君，否则宁愿终身孤老的？"这丫头平日伶俐聪明，今天怎么迂腐起来了？何侠被娉婷的温暾气得直叹气，将桌子拍得啪啪作响。

两人正在僵持，冬灼跑进屋来："少爷快到前院接王令。还有，大王派来的使者说，娉婷也要一起去。"

何侠诧道："王令和娉婷有什么关系？"

"不要问了，去了就知道了。"

三人匆匆去到前院。

前院已没有方才热闹，夜深了，来贺喜的客人走了七八成，剩下的大多数都醉得厉害，有几个伏在桌上呼呼大睡。

前院中站着一个身穿王宫侍从服饰捧着王令的人，一见何侠他们，便朗声道："奉大王王令，召小敬安王和白娉婷姑娘入宫。"宣读完后，又笑着凑近，"请小敬安王带上今天大王赐的黑墨宝剑，这是奴才临走的时候大王吩咐的。"

何侠奇道："为何这么晚了，大王还召我们入宫？"

"这个奴才刚好知道。"那使者呵呵笑着答道，"今夜大王和王后进膳时，说起敬安王府今夜必定热闹。后来，不知王后说了什么，大王又提起小敬安王的剑术，说当年一块读书的时候常看您练剑，威风八面，还有个在一旁伺候的娉婷姑娘，也是个难得的妙人，聪慧得世间少见。"

"嗬，今夜大王可把我们都夸遍了。"

"是啊，所以您看，大王这样一夸，就把王后的好奇心给勾起来了，王后吵着要看小敬安王舞剑，还要听娉婷姑娘弹琴。小敬安王你也知道大王对王后是千依百顺的，所以下了王令，召你们两位入宫。"使者又添了一句，"大王还说，虽然夜深了，月亮却正圆，刚好可以一起赏月，再观日出。"

何侠微微点头："原来如此。"回头对娉婷吩咐，"王后想听你弹琴，你把家里那张好琴带上。"

娉婷走进里院，不多时，便抱着一张琴出来，脸上也蒙了一块薄纱。

何侠带了五名侍从，领着娉婷和冬灼出门，都不坐轿子，一人一匹马。

大街两旁的铺子都关着门，临街的窗户都没有透出一点光，人们显然都睡沉了。在寂静的夜色中，马蹄踏在石路上，发出有节奏的嗒嗒嗒的声音。

眼看使者一行人在不远的前方缓缓而行，娉婷策马靠近何侠，低声道："少爷，大王要动手了。"

"我也觉得不妥。"何侠观察着前方一行人的身形，"你看，使者带过来的那几个侍卫，都是高手。"

"大王要少爷带黑墨宝剑入宫，王令上却不讲明，只是要使者传话，显然有诈。"正在慢慢踏步的马儿似乎也感受到潜伏的危机，不安地踏歪一步，娉婷忙扯动缰绳安抚着马儿，一边道，"我只怕大王会以黑墨宝剑为借口，诬陷少爷擅自带剑入宫，意图刺杀。到时候伏兵一拥而上，我们百口莫辩。"

何侠环视四周，侧头道："此路上也有伏兵，我们一有异动，他们立即会冲杀出来。"

冬灼听着两人商议，早紧张得死死握住缰绳，插嘴道："不错，有杀气。"毕竟多次跟随何侠征战，也是有些见识的。

随在他们身后的王府随从也聚精会神，监视四方。

现在离王宫还有一半路程，假如大王真的要赶尽杀绝，进了王宫就死定了。

"现在该怎么办？"何侠问。

娉婷轻声道："我方才入内取琴时已将顾虑告诉王爷，王府中人手众多，骤然生变不会吃亏，再不济也能趁黑逃出都城。至于我们……"白皙手掌一翻，现出四五颗漆黑的铁丸。

这是什么何侠自然清楚。

"好！"何侠沉声夸奖，与娉婷相视一笑。

娉婷高声嚷道："前面的公公请留步！"

前面带路的使者和随身侍从果然转身，娉婷看准时机将手一扬，只听噼里啪啦几声，大街上瞬间火光冲天，隔断了两边人马。

锵！黑墨宝剑挥出。

# 第五章

"大王迫害功臣啊！我们杀出去！"冬灼高声喊道。

果然不出所料，何侠他们一有动静，寂静的街道两旁立即冲出伏兵。

顷刻间杀声震天。

"杀啊！"

"上！一个也不许跑了！"

"大王有令，活捉何侠和那个女的！"

娉婷抬眼看去，伏兵人数不多，心中暗松一口气。

看来何肃以为他们必定中计，而且为了不泄露风声，并没有调用大军。何况，敬安王府掌管大军多年，何肃若用军队暗害他们，难道不怕将士临阵倒戈，杀入王宫？

"杀啊！"

何侠所带的几人除了娉婷外都是身经百战的勇士，一旦抓住时机更无人可敌。他们连番厮杀，不到片刻已经冲出包围圈。

"敬安王府造反了！"

"大王残害忠臣！大王残害忠臣！"

"何侠意图谋反啊！"

"敬安王府要被灭门了！"

杀声满天中，鲜血飞溅，两边人马竟都不忘为自己奔走呼号。

娉婷不识武功，搏杀伊始就被何侠护在身后，时不时抛出一两颗点燃的霹雳弹。如果全城大乱，那敬安王府的人杀出城去的机会就大。

娉婷将手中的霹雳弹全部抛出后，何侠一行人已经冲出城门，个个浑身浴血，连冬灼都挨了两刀，幸亏都不严重。

他们一行人冲出城门后，这边拼杀已经结束，夜色中只余战马喘着粗气的声响。

娉婷眺望远方，指着城内一处火光道："少爷快看，大王开始对王府动手了。

希望王爷他们不要吃亏。我猜大王以为可以将我们抓到手加以要挟，所以应该没有带多少人包围王府。"

何侠随她目光朝敬安王府望去，始终放心不下父亲，勒转马头道："娉婷，你在城外等着，我们再进去把局面搅乱一点，接应父亲。"

娉婷也知道自己不会武功，这个时候只是个累赘，从马上跳下来："城外我们常去的那个山冈，日出前在那等你们。"

"好！"何侠点头答应一声，旋即又领着冬灼冲进城去。

娉婷看着亲如兄长的人远远驰去，暗自盘算：何肃虽是大王，但做这些残害忠良的事也只敢动用亲信，如此一来，至少在天亮前这混乱的局面未结束前，都城中的军队都会按兵不动。只要军队不出动，敬安王府的人要逃脱就不会受到太大阻挠。

至于天亮后何肃给他们安个什么罪名然后调动大军追杀，那已经不重要了。那个时候，敬安王府的人早跑得不见影子了。

娉婷凝神想了两三次，觉得不会有差错，才放下心转身朝约定的山冈缓缓走去。

山冈在城门外两里，平日骑马一会儿就到，现在要靠脚走当然辛苦一点。

娉婷走了一刻，远远看见山冈在灰白色的天边露出一点小尖尖。她掠了掠耳边乱发，刚要继续走，忽然听见身后传出异动……

　

窗外忽然响起喵呜一声，打断了娉婷的回忆。

她睁开在漆黑中发亮的眼睛，对着窗外银铃般轻笑道："这讨厌的猫儿，明日想个法子捉弄你才好。"再想到敬安王府众人的安危，脸颊上漂亮的酒窝又消失了。

"怎么办才好？"夜深人静，娉婷下床摸索到桌边，喝了碗冷茶，忍不住烦恼。

若没有被人贩子抓住，现在自己应该还在少爷身边，也不用为少爷担心。冬灼好动又顽皮，希望他不要给少爷惹祸。

若明日就离开，去哪儿找少爷呢？

她虽然聪明，年纪却还小，一个人失了依靠，只觉得势单力薄。猛然，冬定南俊美的脸浮出脑海，那双精明犀利的眼睛，仿佛一下就可以看破人的魂魄似的。

"该不该再把那个冬公子请来，打探一下消息？"她心里藏着冬定南说不定就是楚北捷的疑虑，生出一点忐忑不安，"万一露馅……"

娉婷脑海里又忽然闪现那凤桐古琴，她像初次见到古琴的时候一样，心猛烈地跳起来：想起冬定南的谈吐，想起冬定南的见识，想起冬定南豪放又高贵的举止，娉婷的脸不知为何忽然烧着似的热。

娉婷跺跺脚，摸着脸蛋嗔道："娉婷，你胡想什么？现在找少爷要紧。"胡思乱想中，天已经快亮了。

　　娉婷梳洗后进屋里服侍小姐。花小姐一见她便拍手取笑："昨晚连晚饭都没吃就睡了，怎么却睡出一对黑眼圈来？我看你想情郎想了一夜吧？"

　　娉婷转头照镜子，果然挂着两个黑眼圈，脸不由得微微透出粉色，不满道："小姐胡说什么？再这样我不伺候你了。"

　　她从小在敬安王府里就这样跟少爷说话，也不觉得不敬。偏花小姐被人奉承多了，单单喜欢娉婷的脾气，反而忍住笑劝道："别生气。我明白的，当日我第一次见他，好几天晚上都睡不着呢。"

　　娉婷本来没有这样的想头，被花小姐这么一说，心反而怦怦地跳得厉害，垂了眼帘，正经道："快让我帮你梳洗吧，水都凉了。"

　　"才不要你，笨手笨脚的，还是我自己梳洗的好。"花小姐夺了娉婷手中拧好的毛巾，"你本来就不是服侍人的料。"

　　"我不是服侍人的料？"娉婷睁大眼睛。她从小就服侍调皮捣蛋最难伺候的少爷，只有人夸，从没人说过一句不好。琴棋书画，聪明伶俐，谈心论事，善解人意，谁能比得上她？娉婷自尊受损，"不过前日帮你梳头弄断了几根头发而已。"

　　"你必定从来没有帮人梳过头。"

　　花小姐这倒猜对了，娉婷在敬安王府里有自己的丫头服侍，别说别人的头发，就连自己的头发也不常动手梳。偶尔兴致来了，就抓着少爷帮他梳头，何侠断了头发挨了疼自然不作声。

　　梳洗后，花小姐缠着娉婷要学刺绣。没一会儿，花小姐纤纤十指挨了几针，便又叫起苦来。娉婷无奈："说了学这个要吃苦，小姐偏偏要学。每次都是缠着我教，学了又叫苦。小姐怎么就不倦呢？"

　　花小姐娇声叹了一口气，用手托着腮帮子，无聊地盯着绣花屏风道："有什么法子？我一会儿想他了，就想帮他绣件东西；一会儿手指疼了，又怨他，都是他给我惹事……后来想想，我在这里为他这么辛苦，他又什么都不知道，只觉得心里发酸……"

　　娉婷见她果然痴心，原本要笑，此刻却笑不出了。低头专心管自己手上的绣活，冬定南的模样偏偏这个时候出来捣乱，在她眼前一晃，针猛地扎在手上。

　　"哎哟！"

　　花小姐拍掌，侧着头笑道："你可也扎着了，我说这针偏心，怎么净往我指头刺呢。"

　　两人闲聊多时，娉婷看似兴致勃勃，其实心不在焉，她本来以为冬定南今天会来，刚好可以打探一下少爷的消息，可眼看日头渐渐从东走到西，都没有任何人登门拜访。

花小姐把她那模样看在眼里，嘴角微微一翘，俏皮地劝道："不要急，他三天内定来。若三天内不来，我们再不理他。"

她不明白娉婷心里正在想什么，满脸都是逗趣的神色。

入夜，两人一块在屋里吃了晚饭，花管家匆匆过来，在门外道："小姐，有人求见。"

娉婷猛一抬头。花小姐高声吩咐："快请进来。"

放下了帘子，娉婷的心突突突地急跳起来，直盯着门外。

不一会儿，沉稳的脚步声传来，门外一个影子闪了闪，现出高大的身形。此人刚入门，就对着帘子极有礼地一躬，朗声道："拜见花小姐，小人楚漠然，又奉命送礼来了。"原来不是冬定南，是他那下属。

娉婷像烧旺的火头被人猛泼一盆冷水，失望透顶。

楚漠然彬彬有礼地笑着："这是归乐铸造的铜饰，虽然不算名贵，手工倒还过得去。"

娉婷从帘缝望去，她眼光厉害，一眼就看出楚漠然亲手奉上的归乐铜饰其实非常名贵，竟是三十年前逝世的归乐铜器大师洛宾所造。

这是一个正在山间弹琴浅唱的少女铜像，神态逼真、栩栩如生，让人一见便爱不释手，想必冬定南是用这绝世珍品恭维她的琴技。

娉婷既惊于冬定南的出手大方又赞他心计过人。但此时却用冷冰冰的语调回道："如此大礼，小女子不敢领受。请将此物带回。"

楚漠然愕然："花小姐，这是我家主人……"

"上次是古琴，今天是铜像，明日又是什么？"娉婷珍珠落地般的声音清晰地传出，"若以物易物，我一介女子，身无可回赠之物；若想用这些换别的，也没这么容易。"

花小姐机灵非常，在旁边脆生生补了一句："只叫下人送礼过来，人怎么不见影子？如此不诚心诚意，怨不得我们小姐恼。"嘴角忍着笑，扬声唤道，"花管家，送客！"

"小姐，请听我解释，实在是……"

花小姐不容情地道："不听不听，你们男人只知道伤女子的心。"不知是否她想起了自己的情郎如今不知踪迹，居然把火气顺道撒在楚漠然身上，连声叫花管家送客。

楚漠然还没有机会解释，花管家已经到了，对他连连拱手："客人请回吧，我们小姐累了，要歇息了。你看，天也晚了……"一边鞠躬一边让道，把楚漠然连同

那铜像一起送出了花府。

　　楚漠然为镇北王办差事从不曾丢过这样的脸。在花府，他顾忌着这是主子心爱的小姐，不好失礼，只好回到镇北王府把事情从头到尾对楚北捷讲述一遍。

　　他历来干练，说完事情就闭嘴，把铜像恭恭敬敬地放在桌上。

　　楚北捷正埋头批公文，听完了，正好把一摞公文批完，抬起头哈哈大笑："料不到她这样有气魄。若是男人，我定要他到我帐下当个将军，这样的人是能带千军万马的。"笑了一会儿，犀利的眼睛半眯起来，"棋逢敌手，看来我可不能轻敌。"

　　楚漠然沉吟道："如此佳人，容貌上好，难得琴技无双，见识也广。王爷若喜欢，不如明日打了镇北王的旗号上门提亲？"

　　"不。"楚北捷沉声道，"她不同于宫里那些莺莺燕燕。她是凤凰，我便用凤凰之礼求之。"站起来，将宽大的黑披风往背上一旋，"走，去表现一下我的诚意。"

　　"现在？"

　　楚北捷并不接话，只是大笑着离去。

# 第六章

今夜娉婷又睡不着，平白无故撵走了人家派来送礼的使者，她有八成的把握——明日冬定南会登门拜访。

若他来，先要好言化解他的怒气，再来……自然是挑起关于敬安王府的话头……唉，冬定南那双乌黑深邃的眼睛又跳出来捣乱，让娉婷心神不安。明天要和一个还不清楚来历的男人"交战"，而这个男人，正在热烈地追求自己。追求也罢了，她白娉婷虽然不是美人，但在敬安王府时也有不少爱慕者。可这个男人，偏偏那么霸气；那么霸气，偏偏又挺有心计；那么有心计，偏偏又不显得狡诈，反而带着一种叫人生不出厌恶之感的潇洒。

"娉婷，你又乱想什么？"她挨在窗前，蹙眉问自己。

窗外的地上一片银霜，今夜月亮真圆。她索性披上衣服出来赏月。

花府的假山造景平日看有点俗气，此刻被月亮一照，竟显出从容淡雅。周围安安静静，连虫子也识趣不叫唤。娉婷抬头望月，眼角余光突然看到有个影子一闪，不禁吓了一跳。

墙头上立着一个高大身影！

有贼！

娉婷刚要作声，那影子已经像振翅而飞的老鹰似的，从高墙上朝她直扑下来。还来不及叫出一丝声音，娉婷嘴巴连鼻子就被粗糙的大掌牢牢捂住，一股男人的气息将她笼罩。

"别作声。"男人沉声命令。

娉婷瞠目一看，居然是他！

楚北捷在她耳边轻轻道："你是花小姐的侍女吧？在下冬定南，并无恶意。我放开你，你不要叫唤。"他一手捂着娉婷的嘴，一手将腰间的宝剑拍了拍，发出斯文有礼的声音，让人感觉不到恶意。

娉婷点点头。楚北捷看她目光清澈，是个聪明人，当真放了手，对她微笑颔首。

他眉浓眼亮，鼻子高而挺，唇边带着一丝若有若无的笑意。娉婷第一次如此靠近看他，心居然忍不住一阵剧跳，想起那日他在帘外表达仰慕之情，只觉得似有花蕊间的蜜渗到齿边，一片清甜。

楚北捷从小被宫中女人围绕，早习惯了受人倾慕，根本不在意，问娉婷道："小姐已经睡了？"

娉婷怕他听出自己的声音，不敢答话，点点头。

楚北捷暗道：用兵须先探敌情，这个侍女既然在佳人身边伺候，定然知道她的喜好。微微扬起唇角，又问："你家小姐喜欢弹琴，你可知道她的琴技是跟谁学的？"

娉婷指指喉咙，发出"呀呀"的两声。

楚北捷立即明白："原来你是个哑巴。"无法打探佳人的事情，他也不沮丧，走到花小姐卧房外，站着不作声，像在倾听什么。

这人到底要干什么？娉婷不敢随便走开，跟过去站在楚北捷身边。

她真想问问那日他说很快可以见到小敬安王是怎么回事，可恨她此刻是侍女，又是"哑巴"，只能空着急。

楚北捷看出她眼中焦灼，却误会了其中含义，沉声道："你别担心，我不会打搅你家小姐。我只是为心爱的凤凰守夜而已。"

娉婷一愣，东林风俗，将要成亲的情侣，男子要站在心上人卧房外守上三夜，以示会竭尽全力保护心上人。这是在婚礼的前三天才会发生的事。此人如此深情如此大胆，未有婚约，竟越墙前来守夜。

娉婷想起自己对他一直隐瞒、利用，心中不禁内疚。微微垂下眼帘，在心里对自己说：我也是没有办法，若他知道我是归乐敬安王府的人，说不定会立即把我拿下送到大牢里。

"你去睡吧。"

娉婷看他一眼，不走不好，走又觉得不忍心。难得这样深情的男人，万一他日后知道他为之守夜的女子并非他心目中的佳人，那……

"去吧，睡觉去。这是东林男人该做的事。"楚北捷打定主意要赢得佳人芳心。

娉婷无奈，只好低头回房。

回房又怎么睡得着？她在床上翻了四五次身，劝自己道：我没叫他守夜，这与我有什么相干？可过了一会儿，又觉得自己太凉薄。

忍不住悄悄起来，在窗后窥看。

楚北捷还站在原地，仰头看着月亮。他身材高大，气宇不凡，黄晕的月色洒在他身上，骤然一看，像天将下凡。

娉婷把他刀雕般的轮廓仔细看了几遍，楚北捷忽然微微一动，娉婷如受惊的小兔般往一边缩，脸猛然一红。

手按在胸口上，心却似乎已经不在里面了。

坐下歇歇吧，你怎么不坐一坐呢？

呆子啊，守夜也不必这样虔诚吧？难道此刻会有人来瞧你是站着还是坐着？

娉婷只盼着天亮……天亮，他就可以休息了。铁打的人也不能这样折腾啊。

天边总算露了一丝灰白，娉婷欲转身出门。

谁知一转身，脚全麻了，她轻轻惊叫一声，几乎倒在地上。

原来楚北捷一夜不睡，她竟然也陪了整晚。

"这不是发疯了吗？"娉婷边笑话自己，边慢慢扶墙站起来，等血气畅通了，才开门走到楚北捷身边。

楚北捷站了一夜，居然还是神采奕奕，听见脚步声，一回头，发现昨晚的哑巴侍女又来了。

"你醒得真早，要服侍你家小姐梳洗？"

娉婷点点头。

楚北捷原不想再理会她，但转过头去，总觉得身后一道目光热热暖暖。他见识无数，从没有被女子的目光扰乱过心神，今日居然对一个小小侍女的注视感到不自在。他再转头，碰上娉婷专注的眼神。

一双晶莹剔透的眸子。

这双眸子像是会说话，似乎清澈坦诚得像条小溪，可仔细望进去，又如深潭一般。彩光在瞳内流溢，一个眼神，便藏了千言万语。

楚北捷不由得心中一颤："你家小姐一定很喜欢你，你有一双谁也比不上的眼睛。"

娉婷唇角刚欲微扬，楚北捷接着叹道："能有如此侍女，可以想象花小姐是何等佳人。"

听了这话，娉婷只觉得被人用棍子敲了一下，但仍脸色不变，还是一副温婉老实的模样，扭头进了花小姐的卧房。

娉婷在卧房里等了将近一个时辰，花小姐才懒洋洋地起来。

伺候花小姐洗脸、梳头，娉婷几乎一言不发。

花小姐奇道："你今天怎么了？"

"没什么。"娉婷思量着是否要把冬定南守夜的事告诉花小姐，但若说了花小姐定又要取笑她。

她一直为少爷心焦，又要提防被人识破身份，心里有不安、恼怒和内疚，这些滋味夹杂起来真不好受，自然也不愿招惹花小姐的取笑。

就让那男人站个够吧。

磨蹭了许久，花小姐和娉婷才出了卧房。娉婷一看，冬定南居然不见踪影了。

"看什么？这院子忽然变漂亮了？"

娉婷又仔细看了四周，居然真的不见冬定南，他显然已经回去了，心中不由得好感又生。原本以为他站了一夜，第二天一定会有意无意向小姐显露，不料他居然一点炫耀的企图都没有，小姐一醒，就静静离开，显出男子汉的风度。

花小姐在后面推她："走吧，花店老板答应了今天送我两盆紫牡丹呢，去前厅看看花到了没有。"

娉婷若有所思，走到半路，忽然"哎呀"一声叫起来。

花小姐被吓了一跳，忙问："怎么了？"

万一守夜至清晨的冬定南此刻仍未走远，她和小姐出了院子，三人碰上的话……一说话，不就什么都被拆穿了吗？让冬定南知道心中佳人是个侍女不要紧，可自己以后如何打探少爷的消息？想到这里，娉婷吓出一身冷汗，暗责自己思虑不周，又暗暗奇怪：自己昨晚到底怎么了？这些大事全没有考虑，却傻傻地陪那男人一夜不眠。可想起自己陪冬定南站了一夜，心头又甜丝丝的。

娉婷患得患失的心情在晚饭时完全转为愤怒。出乎意料，冬定南今天没有登门拜访，而她反复思量的用以打探少爷消息的问题，一个也派不上用场。

一顿晚饭吃得异常沉闷，连大大咧咧的花小姐也瞧出娉婷不对劲，饭后没有缠着娉婷说这说那，直接让娉婷回屋休息。

昨晚一夜无眠，娉婷此刻虽累，却睡不着。睁大眼睛盯着房顶的木梁，心中忽然无来由地一动，她翻身下床，悄悄挨上窗边往外一看。

果然，花小姐卧房外又出现了那道魁梧的人影。

不在乎世俗的深情，还是那样潇洒、神气。娉婷静静看着，有点痴了，过了半响，回过神来，到底觉得不忍心。

楚北捷今日清晨回了镇北王府后，又马不停蹄进王宫面见王兄。公务繁忙，可他还是来守夜了，站在花小姐卧房外，耳边似乎响起花小姐绝美的歌声和琴声，当日每一句对答，都让他不禁微笑。

身后脚步声响起，他转身："又是你？"

娉婷垂着眼帘，搬来一张凳子，又在凳子上垫了一块皮垫，指指楚北捷，又指指凳子。

"我不累，不用坐。"

那双应该是天下最明亮的眼睛望了过来，幽幽的，像山间清泉一样沁人心田。楚北捷忽然觉得这样拒绝人家的好意确实不该。

娉婷大大的眼睛里藏着忧虑、焦急与疑惑，没有人比她更善于使用这双会说话的眸子，她静静瞅着楚北捷，直到楚北捷说："那好，多谢了。"

听到他的话，那双可爱的眼睛更明亮了，似乎里面放了两颗罕见的夜明珠。楚北捷看着娉婷的眼睛，身体仿佛被暖水浸着，浑身说不出地舒服，觉得坐下真是一件好事。

娉婷见楚北捷坐下，便转身离开。

楚北捷走神似的看着她的背影，一阵失落，猛然想起自己要守候的凤凰，才立即警醒，把心神扯回来。

过了不多时，脚步声又响起来了。楚北捷眼睛骤然眯起，却不回头。果然，娉婷过来了，在楚北捷身旁放下一个盘子，里面放着一只小杯、一壶热茶，居然还有一碟小巧的点心。

"难为你想得周到。"

娉婷绕了个大圈子从厨房弄了这些点心来，听见楚北捷夸她，笑意从唇边慢慢逸出来，不由得抿嘴笑了笑，全身都充满了盈盈的喜悦。

月光下楚北捷忽然看得发愣，眼前可是一位绝世美人？他再定睛一看，还是那个哑巴侍女，一双大眼睛，略为清秀的容貌，只能算中等姿色。

而他见过花小姐的画像，是一位美人。

娉婷被月光照着，被楚北捷这样瞅着，似乎有点醉了。他低沉稳重的气息占据了整个花府，他虽然坐在凳子上，却似乎比任何人都高大，这是个真正的男子汉吧？娉婷偷眼看他，一个小小的讨厌的声音却蹦出来，提醒她别忘了少爷的事。

对，现在向他打听少爷的事，他会回答吗？月亮那么温柔，他脸色这么柔和，应该会轻轻告诉她一句两句吧。

再看一眼楚北捷坚毅的脸庞，娉婷清醒过来。不行，那怎么可能？这人不是会被女色迷惑的庸俗之辈。

她的心乱起来，渐渐厌恶起自己的身份，侍女娉婷，骗子娉婷，只觉得自己窝囊透了，可恶透了。这么想着，她猛然转身，不管楚北捷的注视，自己回了房。

躲在窗边，她又看了楚北捷一晚。

天亮后，楚北捷依然消失得无声无息。

而娉婷，连熬了两夜，没有根治的咳嗽居然再犯，连着高烧，竟大病起来。

第六章

花小姐知道她病了，命人请了大夫来医治，宽慰道："你好好养病吃药，我那里另有人伺候。还有，今天可不许下床。"

娉婷昏昏沉沉，也知道孤身在外，身体可是第一要紧的，果然听花小姐的话，咬牙把苦药喝下，好好睡了一觉。

醒来时，天已经黑了。

刚巧花小姐吃过晚饭来看她，笑道："睡了整整一个白天呢，我看你精神好多了。今天啊，你那位冬定南公子来了。我不敢答话，怕露馅，只好装嗓子疼，把他打发走了。"

娉婷"呀"了一声，整个人从床上坐起来，一脸懊恼。

"别急啊，他若对你有意，日后还会来的。"

娉婷心里着急，白白错过打探消息的机会。事情越拖越久，她不知何时才可以回到敬安王府。而待在花府，心又越来越乱，像管不住自己似的。

她感觉自己陷入了一个泥潭，挣扎不是，不挣扎也不是。

花小姐不懂她的心事，想她病了所以有点脾气，耐心地劝解两句，吩咐其他侍女送饭熬药，便轻轻快快地去了。


这夜，楚北捷又来了，他还是站在花小姐卧房外屹然不动。他仔细听着周围的动静，那个哑巴侍女的身影仿佛就在他身边转啊转，想抓住，却一溜烟就不见了。楚北捷对自己很不满，不是来为凤凰守夜的吗？竟动了别的心思，他感觉自己对不起心目中天下无双的佳人，很少出现的愧疚浮出头来。

可那侍女会说话的眼睛，还是不肯离开他的脑海。

幽幽的、无声说话的眸子。

脚步声真的又来了，一丝喜悦在楚北捷心里轻轻唱起歌。

他转头，刚想露出温柔的笑，脸色忽然微变："怎么了？"

娉婷脚步虚浮，像随时会倒似的。楚北捷自然地一伸手，拉住她的手腕将她扶住。

触手，是不同于平常的热度。

"病了？"他低声问。

娉婷心头猛地一酸，眼泪已凝在眼眶里，仿佛这么多天来，自己这么孤单的影子终于有人来照应一样。她病一场，花小姐花管家陈妈妈也费了不少心，安慰了不少，可什么也顶不上身边这人轻轻的两个字。

就两个字，已像什么都够了。

她露出柔弱，可怜兮兮地瞅了楚北捷一眼。

那一眼，竟把楚北捷的心揪住了。他简直快忘了他的凤凰。

"你的房间在哪儿？"

娉婷点点头，紧接着发生的事几乎让她惊叫起来，她紧紧咬着下唇，才没有出声露馅。

楚北捷把她打横抱起："休息去。这么晚的天，又病着，你们小姐怎么不照料一下？"大步流星地进了房间，将娉婷轻轻放在床上。

他向来随心所欲，也不在乎世间礼俗，笨手笨脚帮娉婷盖上被子，才直起腰杆。

"睡吧。"他看着他喜欢的这双眼睛里满是倦色，失了几分神采，浑身便觉不舒服，叫娉婷睡觉的语气倒像平日在战场上对士兵下达命令。

娉婷只觉得安心，听话地闭上眼睛，片刻，又不舍得似的把眼睛睁开。

楚北捷正想走，发现"士兵"并没有听话："闭上眼睛，睡觉。"

娉婷忽然觉得有趣，像小时候捉弄少爷一样，可以唱点小小的反调，心里说不出地愉悦，于是睁大眼睛，静静地瞧着楚北捷。

楚北捷被她幽幽地盯着，居然手足无措起来，他觉得心在狂跳，血都涌起来了，一种从来不曾出现的感觉突如其来，比战场上的厮杀更让他激昂。

他很不服气，一直呼风唤雨的镇北王什么场面没有见过，却在此时忽然被一根线在心头肉上牵动一下，令呼吸沉重。

居高临下，床上的小哑巴成了不折不扣的美人。嘴巴鼻子脸蛋不要紧，她骨子里的风情雅致都露出来了，能经久不衰的，该是这份旁人没有的气质。

"闭上眼睛。"楚北捷沙哑着嗓子说，"我出去了。"

娉婷居然有点失望，这次，她乖乖闭上眼睛。

楚北捷是正人君子，他真的出去了。

又是一夜，比昨夜难熬，比前夜难熬。


娉婷凌晨入睡，迷迷糊糊睡到中午。

花小姐神神秘秘地进来，对她附耳道："你可知道那个冬定南是谁？"

娉婷的心猛地跳了跳。

"我告诉你，他是我们东林的镇北王！我昨日才见了他的画像，天呀，鼎鼎大名的镇北王！"

娉婷脸色一阵发白，身子摇晃两下，才勉强坐稳。

镇北王！冬定南，那个夜夜守候在外面的男人，抱起她的男人，叫她意乱神迷的男人，居然真的是镇北王——东林的王爷，东林最厉害的将军，归乐最大的敌人，少爷最可怕的对手。

花小姐把这当成奇遇，为娉婷感到高兴，又兴奋地拍着她的肩膀说："好小红，

我们就像姐妹一样，你一定会帮我对不对？"

"嗯？"

"这个忙很简单，我已经派花管家送信给镇北王。说明花小姐有婚约在身，不得自由，只要他愿意帮花小姐退婚，万事都可商量。"花小姐得意扬扬道，"这下爹可不能逼我成亲了……等退了亲事，我们把话向镇北王说清楚，我再送你一套丰盛的嫁妆。对了！我的嫁衣可以送你。"

娉婷听到一半，已经急得浑身颤抖："小姐……你……你疯了吗？镇北王岂是好惹的，他比你十个夫家还厉害，万一知道我们骗他，花府是要出事的！"她仍在病中，一口气提不上来，满眼都是金星。

花小姐仍不在意："他对你仰慕甚深，虽然不知道你的真实身份和模样，可我想堂堂镇北王不会在意这个的。"

"不是这么回事！"娉婷抓住她，"你快叫花管家回来，这信不能送！"

花小姐见娉婷激动，不由得有点害怕，怯怯地低头："可花管家已经回来了，还带着镇北王的回话。"

"他怎么回？"

"他说，明日，花小姐必定恢复自由身。"

"明日？！"

花小姐瞧娉婷神态不对，吐吐舌头："我该练琴去了，明日再说。"说罢，她赶忙溜走。

娉婷愣了半天，才将此事从头到尾思量一番。

"不会善罢甘休的……镇北王，他居然真是镇北王……"她沉吟片刻，眸中精光一闪，已经下了决定，"少爷还没有找到，我不能莫名其妙被困在这里。花府……花府自求多福吧。"

她勉强下床，收拾了衣物，想想花府上下对自己着实不错，又觉得不忍。可不忍还是要走，她是东林敌国的人，万一被镇北王发现，花府更逃不过去。

将东西匆匆收拾，越过花府不常使用的小后门，娉婷离开了花府。

出了花府，第一夜投宿客店。她似乎习惯了陪楚北捷守夜，总无法入睡，许多事一起涌上心头，反反复复煎熬着她。

咳嗽又重了，一声接一声地咳，浑身都没有劲似的。

第二天，她病得厉害，无法出门，向店伙计问了问外头的风声，城里似乎没出大事，风平浪静。

又咳了一夜，第三天早上，店伙计一早过来送热水，随口道："昨天夜里出大事了，城里挺殷实的花家，不知为何，竟把镇北王得罪了，要全部砍头呢。"

娉婷浑身一震，不敢置信地瞪大眼睛："什么？全部砍头？"

"不知道什么事让镇北王气成这样。"店伙计叹了一口气，"花家一定做了见不得人的事，才会遭灭族之祸。镇北王可是一位好王爷……"

后面的唠叨娉婷全没有听进去。她猜到楚北捷会怒，但料不到是这样地震怒，将花府满门抄斩，那是多少条人命啊！

楚北捷倔强的眉、刚毅的轮廓浮现在眼前。她闭上眼睛……是的，她早知道这个男人不能惹。他是个雄心勃勃的男子汉，但杀戮起来，也是最血腥的魔王。娉婷见识过镇北王在战场上的冷酷无情，归乐士兵流成河的血，凝聚在这个男人脚下。

"他要灭花府满门？"娉婷眼前简单的桌子、椅子、屏风、摆设都晃动起来。她喃喃着摇头，"不该……"

可是，以镇北王在东林的权势，莫说灭区区一个花府，就算灭十个花府，也没有人敢吭一声。

花老爷、花小姐、花管家、陈妈妈、若儿、紫花……他们的人头通通要被血淋淋地砍下来。娉婷忽然觉得胸口发闷，几乎要呕吐起来。

"不行，我不能这么眼睁睁地看着。"她挣扎着从床上爬起来。

第六章

# 第七章

　　镇北王府这日比平日更肃静，两队侍卫目不斜视地站在大门外，内里的侍女们都踮着脚尖走动，谁若觉得嗓子痒，只能赶紧悄悄走到远离王爷的地方，才敢轻轻咳嗽一声。

　　连一向镇定从容的楚漠然，此刻也垂手站在书房里，额头渗出了汗珠。

　　楚北捷在成堆的公文中抬头："你很热？"

　　"不是。"

　　"擦擦汗。"

　　"遵命。"

　　楚北捷倒不像娉婷想象中那般气急败坏。

　　前日为花小姐解除了婚约，准备了一个晚上，再次登门时，花小姐对他坦言相告。他没有瞠目结舌，没有勃然大怒，更没有持刀动杖，只在娉婷的屋外站了半晌，最后一句话也不说地走了。

　　当时花小姐还以为危机已过，天真地对花管家笑道："我没猜错吧？镇北王气量大着呢。小红这次可糊涂了。"

　　回到王府，楚北捷坐下慢慢喝了杯热茶。楚漠然跟在一旁，喘气都不敢大声，他知道，主子怒了。

　　果然，楚北捷把热茶喝完，放下杯子，淡淡吩咐："明日太阳落山时，在王府门前斩花府一门。"

　　见楚北捷发话，楚漠然才敢换了一口气，立即朗声道："遵命。"

　　"鸡犬不留。"楚北捷加了四个字。

　　现在，太阳快下山了，哀号的花府一门已经被反绑着押到王府大门前跪着，磨利的刀抵在每个人脖子上，只等王爷一声令下。

　　"王爷……"楚漠然看看天色，恭声道，"时辰已经到了。"

　　"时辰已经到了？"楚北捷静静凝听周围动静，一片寂静，他所期待的事仿佛落了空，神色一变，严肃冷漠中带着平日少见的嗜血张狂，冷笑一声，"斩吧。"

话音未落，微风忽送，风中带着悠扬琴音，越过王府高大的围墙，擦过侍卫们如山塔般魁梧的身躯，穿过书房敞开的窗，飘进楚北捷的耳中。

"故乱世，方现英雄；故英雄，方有佳人。奈何纷乱，奈何纷乱……"幽幽低唱的，正是当日帘内之曲。温润动听的语调，忽然含着说不尽的机敏悠然一转——

"故嗜兵，方成盛名；故盛名，方不厌诈。兵不厌诈，兵不厌诈……"

和着吟唱，琴声悦耳，一会儿似瀑布将晶莹水花泻满一地，一会儿似山间小溪追逐着擦过青青绿草，一会儿似云中飞鸟轻盈展翅钻入云霄。

楚北捷嘴角扬起。

楚漠然听得愣了，好半天才想起接了王爷的令，刚要出去传令，楚北捷的声音从身后传过来："花府暂且不斩。你把那弹琴的姑娘给我请到王府里来。"

"遵命！"


很快，楚北捷又见到那双可爱又可恨的乌黑眼睛。

此刻，乌黑眼睛滴溜溜地看着他，不逃避，也不挑衅；不畏畏缩缩，也不扬扬得意。娉婷柔柔看他一眼，温顺地行礼："拜见王爷。"

熟悉的、当日隔着帘子听见的声音让楚北捷抿起薄薄的唇。

他眯起眼睛，居高临下地看着这个胆大包天的女子："今天我可算开了眼界。你既是小姐，又是侍女；既是哑巴，又会吟唱。还有什么本事，让本王瞧瞧。"

危险藏在强势的话语中向娉婷迎面袭来，面对镇北王的不怒而威，最勇猛的战士也会簌簌地发抖。娉婷却微微笑了，含着少许委屈轻问："王爷生气了？"

楚北捷冷哼一声，不答反问："你可知道兵不厌诈，诈成则胜，诈空则败？"

"成则为王，败为寇。"娉婷收敛了笑容，叹道，"如此，只好请王爷处置了。"说罢，当真提着裙低头跪倒。

楚北捷取过桌上一方玉镇慢慢把玩，在她头顶似笑非笑地扬眉。"我知道你目的何在，危难中不忍抛弃花府，也算你这个侍女有点良心。好，花府我暂且饶恕，不过……"他顿了一下，冷冰冰道，"你留在王府。"

"留在王府伺候王爷？"

楚北捷戏谑道："你还打算来这儿做王妃？"

脚下的人儿不再作声，缓缓行了一礼。

小红，她叫小红。这名字远远不如她本人有趣。

楚北捷平白无故为自己添了个侍女，隐隐中多了种说不出来的期盼，就像遇上一道千年难得一尝的佳肴，心动着，偏偏不舍得下筷。

冒犯过镇北王，被镇北王扣留在王府里的小红，就这样被扔在王府最偏僻的小屋里，连着两天无人问津。

楚北捷想召她来，不知为何却又按捺着自己。

他不是圣人，当然也有怒气，好几回夜深人静时想起自己堂堂王爷被一个侍女耍得团团转，还在另一个女人卧房外站了整整三夜，男子汉的自尊被打击得七零八落。每到这个时候，他就忍不住磨牙，双手握成拳头，要把那可恶的女人用绳索绑了，扔到大牢里，扔到满是野兽的丛林里，扔到悬崖下。

"来人！"

"在！王爷有何吩咐？"

楚漠然出现在门后，楚北捷又忽然冷静下来。

不，他不想轻易地弄死她。这女人该一辈子在王府里赎罪，有空的时候去逗逗她，让她哭着求饶。


第二天夜里，正当楚北捷盘算着如何报复娉婷时，娉婷病倒了。

"病了？"楚北捷犀利的眼睛往楚漠然脸上一扫，冷笑，"又来一招兵不厌诈？"

楚漠然认真地说："属下也曾怀疑她装病，可大夫亲自诊断过，确实病得不轻。"

楚北捷眼中讶色一闪，沉吟道："什么病？"

"日久的病根，咳得厉害，人也昏沉。"

楚北捷想起那夜，娉婷确实病了，他亲自抱着她回小屋，热热的肌肤触感似乎还残留着。他清晰地记得床上那闭上眼睛又甜又乖的脸，月光下，有那么一瞬间他以为看到了绝世美人。

"王爷……要去看看吗？"

一道凌厉的目光立即停在楚漠然头顶，他倒退一步，连忙低头道："属下只是……只是想……"

楚北捷将目光收回，转过身，重新坐回桌前，抓起一份公文仔细瞧着。过了一会儿，漫不经心地问："请的是哪个大夫？"

"陈观止。"

"一个侍女，用得着这样好的大夫吗？！"

楚漠然多年为楚北捷办事，甚少被训斥，此刻不由得脸色一白："是，属下立即换一个……"

"不用了。"楚北捷拿起笔，在公文上唰唰几笔，龙飞凤舞写了两行批文，似乎冷静了一点，"已经请了，别再麻烦。"

"是。"

"用药呢？"

"照陈观止的药方抓了药，正在熬。"

楚北捷冷冷道："冒犯了本王，还要人为她请医煎药，她也算病得及时。可惜本王是血淋淋沙场上的将军，不是那些喜欢风花雪月的公子。等她醒了，你去和她说，在我的王府里少作怪。"

楚漠然听主子说得蛮横，不敢再多说什么，只点头应道："是。"

楚北捷看着公文，忽然想起一事，又对正要退出书房的楚漠然淡淡吩咐："大王上回赏的两盒玉梅天香丸，你顺道拿去给她。王府里没有女眷，放着也是放着。"

楚漠然连着应了两声，楚北捷不再说话，继续批阅公文。

娉婷的确病了，她身子向来结实，只是上次出征时受了风寒失于调养，后来又接连出了无数事端，竟渐渐地虚弱起来。那日忍着病到镇北王府救花府一门，和楚北捷仅对上两三句话，已经一头冷汗，几乎站不起来。

楚漠然负责安置娉婷，他猜不透王爷的心意，不敢对她太好，又不敢对她太差，斟酌半天，把她送到王府一处幽静的小屋里。


每天楚漠然都向楚北捷禀报娉婷的病况："小红姑娘今天还是头昏。"

"小红姑娘今天喝了一点稀粥。"

"小红姑娘昨晚咳嗽少了点，只是今早又开始发热。"

楚北捷听了，不发一言，像没有听到。

过了五天，楚漠然又来报告，楚北捷不知为何心情糟糕，听他说到"小红姑娘今天还是咳"，忽然火冒三丈，皱起浓眉："咳，咳！怎么还是咳？不是用了玉梅天香丸吗？陈观止这没有用的东西，看个女人也看不好！"

吓得楚漠然一愣，第二天再不敢随便禀报，只是委婉地说："咳嗽好一点了，过几天就能下床。"

"几天？"

楚漠然没料到正埋头公务的楚北捷会忽然提问，没有把握地回答："大概……十天。"

楚北捷"嗯"了一声，不置可否。

到了第十天，楚漠然来禀报娉婷病况，还未开口，楚北捷已经从桌旁站起来，扬扬下巴道："走，去看看她的苦肉计使到头没有。"大步踏出书房，果然径直朝娉婷所住的小屋去了。


小屋自成院落，屋外歪歪斜斜种着几丛不知名的小红花。

楚北捷走到门外，忽然停下脚步，思索片刻，无声无息地移到窗边。零星话语从屋里传出，他听出其中有一个熟悉的声音。

"还有别的没有？"

"多着呢。"低柔的答话缓缓的，带着笑意，"比如骨头锅，先在骨头上横破几刀，露出一截骨髓——可别砍断了，用扁荠和厚百叶衬着，好让味道浸在骨头上。煮的时候把红景天、锁阳、香茅根碾成粉，用油炒，炒好后放进汤里，再放骨头，等汤熬到一半，把新鲜的莲藕、胡萝卜切成小块，一起放进去合盖慢熬。"

"乖乖，我做了多少年厨房，还没听过这样的做法。啧啧，只听听就觉得饿了。"

楚北捷听了一会儿，都是做菜的绝招，其中种种手法几乎闻所未闻。

娉婷今天精神好了点，刚巧和每天为她送药的张妈聊起煮菜，来了兴致，将平日知道的顺手拈来几款。正谈到酸菜，射进门的阳光忽然被一个阴影挡了八九分，抬头一看，碰上一张严肃冰冷的俊脸。

"啊！王爷……"张妈几乎从床边跳了起来，手足无措地行礼。

楚北捷瞅也不瞅张妈，目光停留在娉婷血色未复的脸上。

张妈哆嗦着喃喃："我该回厨房了。"收拾了喝空的药碗，小心翼翼地倒退着出了小屋，在门外差点摔了一跤。

小屋去了一人，更显得寂静，仿佛冷飕飕的空气忽然从地下冒了出来。刀雕般刚毅的脸上，看不出一丝表情。楚北捷的目光如严冬般寒冷。

娉婷对上他的眼睛，心蓦然怦怦乱跳了两下，赶紧微微低头掩饰过去。

"王爷来了？"她扶着床沿慢慢下床，跪下行礼，"王爷安康。"

楚北捷将双手环在胸前，目光深邃的眼睛盯着她半晌，用贵族惯用的邪魅语调，戏谑地问："听说你病了？"

娉婷本来以为自己一病，楚北捷若念旧情，多少会对她好点，那样一来，渐渐化了他的怨愤，才有机会打探少爷的消息，将来也才有机会逃跑。谁知一病十来天，楚北捷不闻不问，她装作不在意，嘴里还讥讽自己道："你又不是美人，掀了帘子见了真面目，还能使什么美人计、苦肉计？"但心里到底还是隐隐疼了、酸了。

今日见了楚北捷，打定主意不存妄想。可听见他冷冰冰的调子，却骤然想起那夜花府里他一声低沉的询问——病了？还将她打横抱进屋中，迫她闭上眼睛睡觉，既体贴又霸道。

霎时，和少爷分离后的酸甜苦辣、艰辛委屈都被一把看不见的铲子从心底翻了出来，五味杂陈，睫毛不听使唤地一扇，居然扇出两串晶莹透亮的眼泪来。

楚北捷居高临下问了一句，半天得不到答复，怒气又起，刚要教训她，低头发现娉婷肩膀微颤。他弯下腰，指尖在她嫩滑的脸蛋上一挑，看见两只微红的眼睛和一张湿漉漉的脸。跪在地上的人儿原来已经无声无息地哭得一塌糊涂。

"哭什么？"他拧眉，"给本王停下。"

在镇北王面前流泪不是娉婷本意，她只得死死咬住下唇忍住下坠的泪珠，想站起来，腿却发软，手撑在床边只是打战。

楚北捷看了一会儿，黑着脸往她手臂上一抓，把她扶了起来，沉声道："别咬，本王现在准你哭。"

娉婷蒙上一层水雾的眸子朝他一转，别过头，还是咬着唇落泪。

被人挑衅的感觉让楚北捷不满，他轻巧地拧住娉婷的下巴，逼她看着自己，压低声音道："你再哭，本王就灭了花府。"

娉婷看着楚北捷威胁的眼神，知道他不是说笑，在镇北王心中花府又算什么？

她把下唇更使劲地咬出一道淤痕，乌黑的眼睛里积蓄着不服，到楚北捷被挑衅得要怒目相对时，她把眼角一抹，抹净泪湿，秀气的脸露出几分少见的倔强，直直对上楚北捷灼热的目光。

她倒不知道，自己这个神态真是动人极了，让楚北捷心中一颤。

"女人的眼泪我见多了，没用。"他低沉的话语和身躯同时靠近，贴着她精致的耳垂，令娉婷心惊肉跳地想要躲开。

他伸手一拉，轻而易举地制止："给我坐下。"让她跌坐在自己怀里。

"啊……"

"别动，小心摔到地上。"闻着她身上不同于寻常脂粉的香味，看着她脖子红了一截，他忽然快活起来，故意轻薄地擦过她的脸侧，"嗯，你用的是什么香？"

娉婷又急又羞，楚北捷身上那种男人的气息和热度霸占了她的所有感觉，微醺的意识和被调戏的屈辱感缠绕起来。她无力挣扎，手抵在强壮如山的身躯上竟有点像欲拒还迎，索性眼眸一转，放松了身子，乖乖挨在楚北捷怀中。

"这味道好闻？"她刻意放柔了声音，学着青楼女子的声调问。

她说变就变，楚北捷似乎不能适应，身体一僵。

她笑得更甜，抬头看着那张英俊的脸："王爷是无所不知的能人，难道没有听过四方草？"

楚北捷目光如电，射到娉婷笑盈盈的脸上。

"四方草是天下奇毒，叶有四色，味清新。"娉婷慢条斯理道，"反正我开罪王爷，活着也是受罪，不如一了百了。旁人若是嗅到，只怕会与我同归于尽。"

小小侍女，哪来的天下奇毒？楚北捷根本不信，看了娉婷两眼，见她神态娇憨，可爱非常，怀中暖玉温香，不禁热血上涌，好整以暇道："既然是难得的天下奇毒，那本王可要好好尝尝。"手臂一使力，把娉婷箍得更牢，缓缓向红唇压来。

粗重的呼吸喷在略显苍白的脸上，一脸掠夺之色的男人越逼越近。

娉婷从没有遇到这样的事，顿时手足无措，慌乱之刻，她猛然大叫："漠然快去告诉大王，镇北王亲我了！"

楚北捷一愣。

门外传来砰的一声，原来楚漠然真的在门外候着，早听见里面你来我往的脸红话，娉婷忽然大叫，把他吓得一脚把旁边的木凳弄翻了。

"快去告诉大王，他和王后娘娘的打赌赢了！镇北王真的亲我了！"

事出突然，楚北捷以为自己真的被人设套，一分神就放松了力道。娉婷不能动弹的身体恢复了些许自由，她用尽蓄起来的力气，猛地一翻身，滚到床角里，抱着膝盖，警惕地瞅着楚北捷。

翻身间，楚北捷已经明白自己又中了她的计，眯起双眼，狠狠地问："你又骗我？"

"王爷权势如天，美女招手即来，何必轻薄一个侍女？"

"美女都可任我挑选，何况我自己王府中的侍女？"楚北捷勾勾指头，嘴角溢出一丝邪气的笑意，"过来。"

娉婷当真害怕起来，但脸上勉强撑着不露怯色，笑道："要小红伺候其实不难，只要王爷和我打一个赌。若王爷赢了，小红对王爷百依百顺。王爷可敢接受？"打赌这种把戏她和少爷玩得多了，电光石火间已经想好该赌什么。

"打赌？"楚北捷做出思考的模样，沉吟片刻，哈哈笑起来，"你明明是本王的人，本王要你，何需打赌？"听他意思似乎打算恃强凌弱，娉婷不由得惊惶起来。不料楚北捷话锋一转，"不过本王今天暂且不想要你，等你好了再说。"深深凝视娉婷一眼，转身出了小屋。

这次轮到娉婷愣住了。

眼看楚北捷伟岸的背影消失在门外，娉婷才将目光收回，喃喃道："糟，这人居然如此不好对付。以退为进，欲擒故纵，谁家姑娘能逃得出他的掌心？"脸儿猛然一红，胜了窗外斜阳十倍。

静养了三天，娉婷每天都心神不宁。

　　窗外红花开得正盛，争夺着小院里最美丽的地位。娉婷痴痴的目光滑过花，落在不起眼的绿叶上。

　　三天了，楚北捷都没有出现。

　　"不来也罢……"

　　三天来，她患得患失，怕楚北捷再次出现，又怕他完全忘了这间小屋。"等你好了再说"，这话到底什么意思？她苦思冥想，像有猫挠着她的心窝，羞涩的脸透出粉色。送药的张妈直夸："小红姑娘，你脸色可好看多了，红嫩嫩的。"

　　这日未到中午，楚漠然跨进门，向娉婷传达楚北捷的话："胃口不好，做两个好菜，送到房里来。"

　　做菜？娉婷咬了半天唇，走向厨房。


　　一向随心所欲的镇北王已经忍了三天。今天他心情愉快，打算好好和他可爱伶俐的侍女相处。

　　小红不漂亮，但她是特别的，值得他花心思。她每个举动都让楚北捷在回味时情不自禁流露出笑容，现在回想小红当初的言行举止，也情有可原。他是王爷，而她不过是侍女。

　　再说，她毕竟病了这么久，老天给她的惩罚已经够了。

　　楚北捷不是容易原谅他人的人，但对这个多才多艺的女子例外。今天的风分外清爽，他打算吃点小红做的美食，再听一遍天上人间都难寻的琴音和缠绵悱恻的歌喉，最后，用镇北王最自豪的气概和魅力，让她的脖子更红一些。这些常人俗气的享乐欲望，在他那只装着征战厮杀的心里冒出苗子，全为了一个不算美丽的女子。

　　直到喝下一口娉婷带着满头大汗端上来的汤，他嘴角不由自主挂起的一抹笑意才完全消失。

娉婷仔细观察他的反应。

"我的主人从没吃过我做的菜。"

楚北捷脸色古怪，点点头："你的主人真是聪明极了……"他忍了一下，老实地说，"汤很难喝。"

英俊的脸苦兮兮的，和一向严肃沉稳的神态截然不同。娉婷本来还为来见楚北捷而心藏警惕、忐忑不安，此刻见他作怪，只觉得亲昵，忍不住扑哧一声笑了，露出两个酒窝。

楚北捷叹道："我今天才知道，懂菜谱的人，不一定会做菜。"

娉婷点头："懂兵法的人，也未必会打仗。"

这话大合楚北捷胃口，他手往大腿上一拍，大笑道："说得有理！说得有理！"仰头笑了一会儿，忽然收了笑声，漆黑的眸子盯着娉婷，沉声道，"病已经全好了吧？"

声音沙哑，里面藏了太多暧昧。情欲的香在华丽的卧房里冉冉升起，娉婷敏感地感觉出禁忌，不安地退了一步。

不动还罢，一动，楚北捷动得比她更快。他并不起身，手一伸，拦住不盈一握的腰肢，狠狠往自己怀里带。

"呀！"娉婷轻叫，撞入楚北捷坚硬的怀中。她抬头，略有惶恐的眸子迎上别有意味的黑瞳。

楚北捷一手搂得娉婷动弹不得，唇几乎咬上她发红的耳垂，像台上唱戏般彬彬有礼地问："危机临头，小姐还有何计可施？"

娉婷耳朵一阵发痒，心几乎要跳出嗓子眼，有点怕，又有点莫名其妙地想笑。她别过眼，蹙眉道："将军大获全胜，败将已降，难道还要赶尽杀绝？"

楚北捷不为所动，摇头道："哪里降了，我可没听见降歌。"

他的肌肤几乎贴上娉婷嫩白的脖子，灼热气息袭来，娉婷在楚北捷怀里受惊似的缩了缩，楚楚可怜道："自古只有胜歌，哪里有什么降歌？"

"你唱第一曲，从此就有了。"楚北捷含笑威胁，"再不唱，可别怪本王赶尽杀绝。"作势要强吻下去。

"别……"娉婷无可奈何，对上这人，败局仿佛已是天定，只好朝他狠狠瞪上一眼，算为自己出了一口气。

楚北捷在极近的距离被一个幽怨的眼神摄了魂魄，不由自主地想搂着怀里人吻个畅快，还未低头，娉婷在他怀中轻轻唱了起来：

"故飞燕，方惹多情；故多情，方害相思；一望成欢，一望成欢……"

娉婷的歌声圆润动人，楚北捷闭上眼睛，静静听完，良久才睁开眼睛："从此以后，你唱歌时不可有外人在。不然，会惹多少多情，害多少相思。"他叹息两声，脸色从喜转肃，沉声道，"卿乃如此佳人，不可能出自花府仆役。你到底是何人？"

一句话如五雷轰顶。娉婷随少爷多次出征，足智多谋，却未曾试过如此"短兵相接"，何况对手是鼎鼎大名的镇北王。

楚北捷见她脸色苍白，不由怜爱，抚开她额前的发丝，柔声道："你不必害怕，只要坦言相告，本王会保护你，不让任何人伤害你。"

娉婷苦笑——

如果楚北捷知道她就是归乐敬安王府的白娉婷，知道就是她使计淹没了他颇为自豪的镇北军，知道她心怀敬安王府甚至是归乐王室那些大大小小的秘密，那恐怕就不是楚北捷是否会保护她的问题了。

后果让人不敢想象。

"说吧。"楚北捷可以看透人心的漆黑眼眸紧逼不放，"不管你是谁，本王都能帮你。"

"我……"

"你说。"

娉婷氤氲的眸子哀切地看向楚北捷，在楚北捷鼓励的目光下，深吸一口气，缓缓道："我是当今归乐大王未登基时，养在王子府中的琴伎。"

楚北捷愣住。

"小红本名阳凤，自幼卖身入了王子府，因为擅琴，甚得肃王子喜爱，王子每每在花园中喝酒，都会唤我弹奏相陪。"

"阳凤？"楚北捷沉吟，"既然如此，怎么又流落到了花府？"

娉婷垂眼，幽幽叹道："不瞒王爷，小女子在归乐也算薄有微名，倚着这点名声，又受了主人宠爱，不免得罪了人。也不知是谁在王后面前挑拨，诬我一个不敬的罪名，瞬间大祸临头。幸亏王宫里有一两个知交肯出手相助，才得以匆忙逃出。谁知祸不单行，我不幸遇上人贩子，被卖到东林花府，又鬼使神差……碰见了王爷。"她触动情肠，眼睛红了一圈，强笑道，"可见世事弄人。"

楚北捷深沉的目光轻轻朝她一扫，道："我猜得不错，你也该是宫廷或豪门里出来的人。"他对王宫中的事了如指掌，当然明白小婢命如蝼蚁的现实，温柔地对娉婷道，"你不用担心，别说归乐王后，就算何肃亲自来，也拿你无可奈何。"

娉婷听他语气真挚，不由得满心惭愧，耳廓微微发红，看在楚北捷眼里倒成了感激。她低头，又向楚北捷福了一福："多谢王爷。"

"起来吧。"楚北捷扬起嘴角，扶起娉婷。她那嫩滑的手软玉一般，暖暖的，盯着这双手，他压低声音道，"这才真是弹琴的手。"啧啧夸了两句，紧握着不肯放。

娉婷想躲又躲不了，仿佛楚北捷握住的是自己的心，顿时脸颊红了一半，试着抽出手，抽不出来，只好蹙眉对楚北捷一瞅："王爷……"正巧对上楚北捷似笑非笑的目光，一阵心慌意乱。

待楚北捷看够了娉婷脸上的红晕，这才松手："方才听了降歌，现在想听你弹琴了。小红，不，阳凤，你给我弹上一曲吧。"楚北捷朝房里一指，桌上已端放着一张古琴。

娉婷应了，坐下一看，正是凤桐古琴。


悠扬琴声起……

初见寒山，老松遒劲，北风凛冽，一片凄清。

渐渐，风稍停，雪又来了，纷纷扬扬，虽冷，却比先头多了一点生气。雪还未止，丛林中突然钻出觅食的小兽，精灵乖巧，在松树下翻找被雪埋住的果子。一会儿，小兽立身静止不动，似在静听，接着猛然一蹿，溜个无影无踪。

山谷寂静下来。

不一会儿，远远地传来开怀的笑声。三五个顽童约了一起来打雪仗，顿时，雪球四处飞，有落空砸到松树上的，有误中自己人的……他们边玩边叫，叽叽喳喳，好不欢快。

琴声在最欢畅的时候骤停。

楚北捷舒服地靠在椅子上，睁开眼睛："好曲子。怎么缺了余音？"

"天下无不散的筵席，最高兴的时候停，岂不最好？"娉婷俏皮地笑道。

两人对视一眼，都觉得心跳异常地快。楚北捷嗓子更沉两分，伸手道："阳凤，你过来。"

娉婷从古琴前站起来，走前一步，还未被楚北捷抓到便猛地一侧身，站到与楚北捷隔了一张桌子的地方，带着顽皮的神色问："王爷还要喝汤吗？"

提起那难喝的汤，楚北捷立即摇头。

"那……我端出去了。"

纤纤玉指把已冷的汤端起，匆匆出了房门。

楚北捷若有所思地看着她的背影，轻拍手掌。

楚漠然从门后转出来。

"王爷。"

"归乐有个叫阳凤的琴伎。"楚北捷淡淡道，"你去查一查。"

"遵命，属下立即就去。"

娉婷在镇北王府算是安定下来了。伺候楚北捷并不难，和在敬安王府里一样，她也不用端茶倒水做下等活计，只是闲时为楚北捷弹弹琴，陪他说说话就好。

府中众人都知道她得了宠爱，没人敢差使她，称呼也按王爷的吩咐，一口一个"阳凤姑娘"。

炎夏未过，荷花盛开。饭后得了空闲，两人在池边聊天。

"天下到底有多大？"

"这问题，该问王爷才对。我怎么知道？"娉婷侧着头，眸子灵巧地悠悠一转，"难道王爷想弄明白了，好领兵把天下的土地都归到东林来？"

楚北捷哈哈大笑："有何不可？"

娉婷看似不经意地说道："我才不信天下这么容易征服。四国都有名将镇守，东林当然有王爷你，其他三国，单单是归乐的小敬安王就不好对付。"

"何侠？"楚北捷轻轻哼了一声，露出一个神秘的笑容。

"对了，王爷上次说不日内就能见到小敬安王，到底是怎么回事？"娉婷露出回忆的神色，"我当初在王子府时曾偷偷在帘后看过他一眼，真是个英雄人物，气宇轩昂，不同凡响。"话音未落，腰肢一疼，已经被楚北捷圈在怀里。

"气宇轩昂，不同凡响？"楚北捷狠狠地重复。

娉婷扑哧一声笑起来，掩着嘴，转着眼波轻问："王爷嫉妒？"见楚北捷果然一脸醋意，她柔声道，"王爷也太小气了。听说他因为谋害大王已经被归乐视为乱臣贼子，如今正四处逃亡，天下要用他的人头换取赏金的人可不少，也许他早就死于非命了。"

楚北捷笑着摇头："呵呵，何侠要是这么容易死，就不是何侠了。"

娉婷的心怦怦地狂跳起来，她等这机会已经等得快发疯了，好不容易可以不知不觉地套问消息，忙掩饰了内心的激动，顺着楚北捷的话问："那么说，王爷知道他的下落？"

"何侠逃离归乐都城后，因为追兵不断，曾一度潜入东林。唉，本王前几日差点就把他抓住了。"感觉怀里人浑身一震，楚北捷疑道，"阳凤，你不舒服？"

"不，不。"娉婷摇头，她自觉脸色苍白，知道楚北捷为人精明，必定怀疑，遂蹙眉装恼，"上次是桂花，这次又成了月季，下次该是什么？"

"嗯？"

"王爷每次入宫，带回的香气都不同呢。"娉婷幽怨地瞅他一眼，作势要挣脱楚北捷。

楚北捷疑心顿去，潇洒笑道："玉芙蓉易得，解语花难求，你何必为这些生气？日后我选王妃，不看姿色，只看谁够胆色陪我上沙场。"

"王爷，何侠的故事还没有说完呢。"

"有什么好说的。他一入东林，我们安插的眼线就禀报上来。我命漠然立即备好兵马去围捕，谁知这何侠好厉害，不知如何得知我们的计划，不但杀了我们的人，还躲开埋伏，转身逃回归乐境内了。大好机会，白白错过。"

娉婷放下心来。

# 第九章

知道何侠暂时无碍，娉婷便打算寻机离开了。

其实，早该走了。离开镇北王府并不难，她向楚北捷提过要出去走走。开始的两次，后面都远远缀着人跟踪，最近的一两次，楚北捷已经放心让她独自出门了。

盘缠没有，但楚北捷送她的两三个镯子已经够使了。

至于路线，更不在话下。

她思虑周全，却迟迟没有付诸行动。

过了十月，秋天到了。树上的叶子眼看着一天比一天黄，再过不久就会悠悠飘下，归到根旁。

已经到了该走的时候，可她居然舍不得。

楚北捷习惯了每日要她弹琴、唱曲，他总是闭着眼睛静静地听，手上打着拍子，露出欢畅的笑容。

那笑容印在娉婷心里，是甜的。

娉婷也习惯了为他弹琴、唱曲。哪天楚北捷不唤她来弹琴，她就知道一定出了事情。不是王宫里出了不愉快的纷争，就是边关将领又做了不该做的事。当然，有时候是另外一些原因。

像前日，楚北捷便不许她弹琴："昨夜里又咳嗽了？不用掩着，这么大的王府，里面的事我能不知道？又不是请不起大夫，你瞒着我干什么？"

数落娉婷一顿，楚北捷的脸色居然一直都冷着。她不知道，晚饭后楚漠然也被训斥了一顿。他的反应比娉婷大，连夜为娉婷换了间上好的屋子，备好新丝被新枕头，还把了陈观止来诊脉。

"这个人有什么好？"娉婷倚着窗，出神地看着风中黄叶，"本来就是对头。偏偏又欺负人，又轻薄人，半天不说一句好话。一会儿谦谦君子模样，一会儿又摆王爷的款。"最后她叹了一声，"真是个叫人琢磨不透的人，谁跟他谁吃亏。"

侍女请她去陪楚北捷吃饭。娉婷进了屋，楚北捷说："今天的菜你一定爱吃。"

果然，上来的都是地道的归乐风味，其中一碟蒸茄子、一碟酱八宝最为诱人。

"你最近总不吃东西。今日一定要吃多点，我特意请归乐厨子做的。"楚北捷兴致好，连连为娉婷夹菜。

娉婷尝了一口，享受着唇齿间的茄香，再试酱八宝，轻轻笑起来："说起吃东西，王爷不如我呢。你请来的归乐厨子并不地道，做的也不全是归乐菜。例如酱八宝，明明是北漠国的名菜，怎么就掺在里面了？"

楚北捷恍然："原来是这样，我换了他，下次叫新来的厨子做归乐的八宝菜。"

娉婷却又摇头，指着酱八宝说："我最喜欢吃这个。王爷不知道，我是北漠人。"

"哦？"

"嗯，不过从小被卖到归乐而已。我从前最爱吃这道菜。"她为楚北捷夹了一块放到他碗里，"王爷也尝尝吧。"

烛光辉映，两颊添了光彩，楚北捷听她柔声笑语，不禁靠了过去。

"我想尝你。"他直言。

娉婷心中一凛。

男人的身躯缓缓逼近，腰肢又被他轻薄地搂紧，让人躲也躲不过去。她羞涩地扭头，结果把耳朵送进了"虎口"。

"哎呀！"耳朵猛然生疼，手上的筷子啪嗒一声掉到地上。

"王爷……不……"

"不什么？"楚北捷邪气地低笑，含着她精致的耳垂，细致地舔着，"我早就认定你了，你想跑也跑不了。日后，我上沙场也带着你去。"

唇被狠狠吻住，娉婷惊惶的目光如导火线，将楚北捷的欲望燃成一片火海。

"我要娶你。"让娉婷稍得喘息的空隙，楚北捷沉声说。

"王爷？"娉婷难以置信地看着楚北捷。她困惑地皱眉，一切来得太快，这根本不合她的计算。难道若即若离的相处没有奏效？

她是阳凤，归乐的琴伎，一个逃跑的侍女。

而他，堂堂东林镇北王，说要娶她。

楚北捷沉下脸："不愿意？"

娉婷瞪大眼睛，楚北捷离她太近，搂着她的身躯太灼热，此刻的他太英俊，一切来自他的举动都充满了诡异的魅力。

娉婷向来自豪的冷静此刻逃得无影无踪。

"嫁给我。"

"为什么？"

"你擅琴、能歌、兰心、巧手。"楚北捷俊朗的笑容像毒药一样侵蚀她的心，

"跟那些女人比，我宁愿娶你。"

"我……"

"我们对月起誓，永不相负。"

娉婷楚楚可怜地被他桎梏在怀，楚北捷的语气温柔如水，浸过她的口鼻，她几乎站不稳，仿佛要融在楚北捷的掌心里。

"永不相负？"一个字一个字从她齿间清晰地跳出来。

楚北捷将她搂得更紧，细细噬咬着她的脖子，粗犷的男人气息笼罩着她："不错，从今之后，你是我的王妃，我是你的夫君。"

镇北王一如往日在沙场上那般步步紧逼，娉婷节节败退。

"不行的……"她低声挣扎。

"为什么？"

"我是……是琴伎。"

"我喜欢你的琴。"

"我配不上王爷。"

"我配得上你。"

她还是仓皇地摇头，咬着唇："我……我不够美。"

楚北捷凝视着她，咧嘴笑了："给我一个人看，够了。"

娉婷沉默了。她水灵灵的眼波哀怨地转了一圈，心头不知不觉泛滥着酸和痛。离了，明日便要离了，这不是归乐，这是东林。面前男人的千军万马踏毁了她生长的地方，他虎视眈眈地看着归乐，用计促使大王迫害敬安王府。

可楚北捷的怀抱如此温暖，暖得叫人舍不得推开，在他深情的凝视下，她也舍不得说一声"不"。

她的心从怦怦乱跳渐渐平静下来。冷静没有回来，想的事情居然更疯狂了。既然要走，既然要离，便是一放手不回头。"不甘心"三个字，从她内心深处猛地跳到眼前。

一道精光闪过善言的眸子，娉婷已经打定了主意。

"王爷……"她轻轻地唤着，忐忑不安地抬头看着他，"我不奢望当王妃，可我……"话到中途，又咬住下唇。

楚北捷温柔地抚过她的唇："说下去。"

"不，不说了。"酸楚和快乐交织成动人的歌，娉婷快止不住自己的泪水，她长叹一声，仿佛一瞬间舍弃了所有的矜持，猛地抱上楚北捷，仰头楚楚道，"金风玉露，只求今夜一次相逢。"

痛快地，舍弃了，拥有了。

自己的坚贞、自己的身子，都抛到脑后。明日起无缘再见已是幸事，说不定还要在沙场厮杀时刀剑相向。

她不管，今夜是属于自己的。自己是属于他的。

楚北捷以为自己听错了，先是愣住，转眼却意气风发，仰天长笑。打横抱起面前佳人，大步跨进卧房，将她轻轻平放在床榻上。

低头，仔细打量一遍那清秀的眉、白皙的手。

他说："我们一辈子都在一起。"

"嗯。"娉婷点头，眼泪淌了下来。

宝钗落地，青丝散开铺在枕上，好一道惊心动魄的瀑布。情是灼人的，不经意对上的眼眸，已叫人看痴了。

轻轻一扯，丝带飘到床下，白皙的肌肤露出一点端倪，吞了楚北捷的魂魄，让他的热血从脚底涌上来，轰地冲上头顶。

"绝世有佳人……"他喃喃着俯首去吻。那红唇透着属于娉婷的香气，甜美如桂花。

"王爷……"

"不是王爷。"

她心领神会，改口："北捷。"

"当日定南，今日北捷。"他试图缓解她的紧张，说起了旧话，低沉的声音在屋中回响。

窗外，月正圆。

镇北王府内，低吟如歌。东林归乐两地的人儿，一个丢了魂，一个失了心。

纯白丝衣，衣角坠着朵朵梅花。楚北捷拨开遮挡着红唇的青丝，怜爱地抚着眼前秀丽的睡容。娉婷在梦中甜甜微笑，吐出安逸的呼吸。

她累了。楚北捷知道她是多么地乏，方才让星星都脸红的呻吟，还有余韵留在屋内，带来满怀的馨香。

优美的唇、高挺的胸、细嫩的腰，还有纤长的腿上，都有楚北捷留下的烙印。

楚北捷不知想到什么，笑容消失了，浓眉微皱。他走出卧房，轻轻掩了门。

楚漠然正等在书房里。

楚北捷迈着沉重的步子进来，没有表情地坐下。他的袖中，藏着楚漠然今早呈给他的一张纸条——

阳凤，北漠人，自幼卖入归乐王子府，擅琴，乃当今归乐两琴之一。养于深院，何肃甚宠，极少露面。爱养花草。喜吃食物：酱八宝；喜色：深蓝。因被诬陷而见罪，今下落不明。

他把纸条掏出，重新看了一遍。

四周的空气仿佛被他冷冷的威势搅动起来，纷乱不安地翻滚着。

"一点破绽都没有。"楚北捷嘴角逸出苦笑。

很少看见自家主子有这种无助的神态，楚漠然惶惑地低头："王爷的意思是……"

"归乐两琴……"楚北捷沉吟，"另一琴是谁？"

"回禀王爷，是敬安王府的一个侍女，姓白。"

楚北捷困倦地闭上眼睛，再睁开时，已恢复炯炯神光，齿间迸出一个字："查。"

"遵命。"


娉婷在微亮的晨曦中醒来。

青丝在光裸的脊背上流泻，有人正温柔地吻着她的肩膀。

她一扭头就撞上一双洞彻人心的黑瞳，猛然想起昨夜的呻吟娇喘，娉婷惊叫一声，把发烧的脸埋进被中。

"木已成舟，不用躲了。"楚北捷把玩着娉婷的发丝，看着她露出小女人的娇态。见她仍躲着不起，笑了一声，促狭地在她的嫩肩上轻咬一口。

"啊！"娉婷轻呼着翻身。楚北捷守株待兔般把她抓个正着，搂着她的腰，狠狠吻上她鲜红欲滴的唇。

"啧啧，天下最美味的早点。"

"你……你……"

"我什么？从今天起要叫我夫君。"

娉婷横他一眼，不服气道："谁答应嫁给你了？"

楚北捷握住她的手，似乎要将她的手揉碎似的，深黑的眼睛直盯着她，沉声道："嫁了我，再不要离开。"

娉婷像心窝上忽然挨了一刀，怔怔看着楚北捷。

楚北捷认真地说："什么也别想，跟着我。地陷天塌，都有我在。"

地陷天塌吗？她抬头，睫毛颤动地看着面前的男人。

那么高大的身形，那么强悍的气势，那么浓黑的眉目……哪一道不是女人心目中的最爱？

有他在身边一站，什么都是踏实的。

可她……可她是一定要走的。

泪珠在眼眶里打转，娉婷依旧仰头，舍不得挪开目光。

楚北捷粗糙的大掌在她脸上温柔地一抹："好端端的，怎么哭了？"

"我也不知道为什么，好端端的就哭了。"娉婷擦了泪，自嘲地笑了。

越摇摆心越疼得厉害，越疼，娉婷越咬紧了牙关要走。

舍不得有什么用？楚北捷的嬉笑怒骂，都是必须舍弃的。少爷人在天涯，她不能反倒进了东林的王府，当了东林的王妃。

走，一定要走。

此去经年，当是良辰美景虚设。

被他拥着，舍不得入睡，贪看他的丝丝点点。每夜巫山云雨，到浑身精力被压榨透了，实在不得不闭眼了，还要紧紧抓着他灼热的手，依在他的怀中。

偶尔，楚北捷沉重的叹息传至耳畔，让她心疼。

这人，哪来这么多的野心。朝堂、沙场、权力、荣誉……没有一样他肯放下，连梦里也劳累自己。

要走，一定要走。她已陷入会把人溺死的流沙，抽腿虽然不易，却不得不做。

但初夜后恩爱如胶，楚北捷居然放弃了日复一日的公务，整日抽空陪她。

"十月桂花香满头……"

香气扑鼻的桂花被心爱的人亲自插入自己的发髻中，娉婷翩然回头，心中凄苦，却回楚北捷一个甜美的微笑。

楚北捷附在她耳边轻道："等春天后院的花开了，我必每日亲手摘一朵最美的，插在你发间。"

"人本来就不美，被花一衬，岂不更难看？"

"那你就唱歌，让花都惭愧死。"

楚北捷的笑声在王府里回荡着。

娉婷却暗自神伤。

春天，百花开放时，你在东林，我在何方？

一连二十天，楚北捷不离她寸步，仿佛冥冥中知道会失去她，像顽童一样纠缠着，像饥渴的人贪婪地索取着。

娉婷的心，已快化成水。

"怎么不见漠然？"

"我派他办差事去了，昨日刚回。"

"什么重要的事，居然把他派出去？"

楚北捷搂着她的娇肩，叹道："这世上最重要的事，莫过于把你留在我身边。"

娉婷翻个白眼，小巧的鼻子一皱："甜言蜜语。"

"不错，我的嘴是甜的。王妃请品尝。"抓到机会便不容佳人逃避，将身子压迫过去，直到哇哇大叫的娉婷被他封住了唇，只能扭动着身躯，发出"嗯嗯"的呻吟，才满意地放开，还一副意犹未尽的模样，"我们回房可好？"

"不好！啊！"又一声惊呼逸出喉咙，人已经被楚北捷打横抱起。

娉婷挥拳，狠敲他的脊背："你这个色狼，我不要回去。天，你不会又要……饶了我吧。"

楚北捷大笑："等下自然有你求饶的时候。"


雪花欲飘的时节，还未有机会离开镇北王府，患得患失的忧虑，让娉婷几乎扯坏了手绢。

这日，好不容易楚北捷出门，居然吩咐了楚漠然："好好看着未来的王妃，我去去就回。"

难得的机会，娉婷怎肯放过？亲自在门前送了楚北捷，看他骑着马意气风发地离开，似乎这是最后一次看到他的背影，不由得痴了，怔怔地在王府大门外站了半晌。

楚漠然隔她几步恭敬地停下："阳凤姑娘，天冷，请回。"

楚北捷的背影消失后，被掏空的冷静缓缓回归，娉婷转身，唇边带笑："明日恐怕要下雪了。"说着浑身轻松跨进大门，斜眼看去，楚漠然不徐不疾地跟在身后。

"漠然，你去忙吧。"

"奉王爷的命令，漠然要跟随阳凤姑娘。"

娉婷冷了脸："你要监视我？"

"不敢。"

"我要出门，你要不要把我捆起来交给王爷发落？"

"不敢。"不愧是楚漠然，淡淡的神色，一点也不恼。

娉婷低头想了想，重新露出了笑容，她低声道："是我不好，王爷走了，我心情不好，倒拿你撒气。"

楚漠然瞅她一眼，还是一派温文尔雅。

用霹雳弹还是迷魂药？娉婷算计着，脚不停步地进了里屋。

霹雳弹原料难弄点，制作也不易，迷魂药却有许多制法，有一个方法，几种常见的草药掺和起来秘法炮制，就可以当迷魂药使。

想到这，不由得恨自己当年为何不好好跟着少爷习武，否则猛地一拔剑，楚漠然猝不及防，定然敌不过她。

那就用迷魂药吧。

第九章

"咳……咳咳……"娉婷抚着喉咙装出两声咳嗽。

楚漠然小心地走前两步:"阳凤姑娘不舒服?我请陈观止来……"

"不用,他的药压根没用,吃了多日也不见好点。"娉婷蹙眉,"我自己开的方子恐怕还好点。"她走到桌前,研墨,细致地写了一张纸,递给楚漠然,"劳烦你,帮我买这几味草药来。"

娉婷镇定地让楚漠然检查药方。

看不出玄虚,楚漠然点头:"好。"

扬声唤了一名侍卫,把纸条递给他:"去,照方子抓药回来。"

娉婷朝楚漠然感激地笑笑,退回房中,关了房门。

楚漠然静候在门外。

华丽的房间是楚北捷特意为她重新布置的:雕花窗、绣屏风、芙蓉帐、霓裳衣,一张精致的梳妆台摆在角落,两三根乌黑的发丝盘旋着静卧在镜前,那是今晨楚北捷为她梳头时掉的。

水银般的眸子留恋地扫视一遍,忍住嗓子里一声长长的叹息,娉婷走到梳妆台前,打开首饰盒。

凡家女子一辈子的渴望都无声地躺在盒中:金钗、玉环、翡翠、铃铛,还有小族进贡的珍珠链子,饱满温润。

她随意选了两三样不起眼的,放在袖中。

万事俱备,只欠东风。有了迷魂药,摆平楚漠然易如反掌,要离开镇北王府就非难事。

此刻余光,正好缅怀当日,缅怀后就要抛开,离去时方能忍住心肠不再回首。

那侍卫办事也慢,整整两个时辰不见踪影。刚开始娉婷怕楚漠然起疑没有追问,后来渐渐不耐烦起来,装模作样猛咳两声,让房外静候的楚漠然听清楚她的"病情",刚要隔着窗子开口问"药怎么还没到",有人就推门而入。

"怎么,又不好了?"楚北捷大步走进来,马鞭随意往身后一扔,拥住她,"天冷,你竟然就这样干坐着。"语气中充满浓浓的责怪。

"怎么这么快就回来了?"娉婷愕然,先头还以为再见不着,此刻他又真真切切地站在面前,真不知该怎么形容自己的心情,"事情办完了?"

"没办完。漠然打发侍卫告诉我,说你犯病了,咳得厉害。"

娉婷顿时恨楚漠然恨得咬牙,是他害她没了逃跑的机会。只能打起精神笑道:"我好好的,一点都没有。漠然大惊小怪,你不要管,安心办自己的事情去。你是王爷,别整天待在女人身边。"用手轻轻把他往外推。

"呵呵,果然有王妃的样子了。"楚北捷松了手,解释道,"事情不大,抓了个何侠身边的人，我正打算亲审，就听到你病了，立即赶了回来。"

娉婷浑身一震，装作连连咳嗽，捂着嘴掩饰过去。

楚北捷轻拍她的背："怎么了？你这病根早晚要想法子治。我已经命他们去弄药了。"

娉婷止了咳，抬头问："那你的事呢？犯人也没审，怎么向大王交差？"

"已经命人把他押过来了，在王府里审也是一样。"

"是什么大人物？"

"算不上大人物，是个小鬼，叫冬灼。"

娉婷又一凛，脸上却不动声色："这个名字我听过，是小敬安王身边的一个侍从，极得宠爱，有一次小敬安王到王子府，身边就带着他。"

楚北捷抚弄她的头发："要不要陪我一起审？"


刑审设在地牢。

火光熊熊，照得牢房亮如白昼，形状古怪的各种刑具摆在两侧，上面残留着黑色的血迹。

娉婷第一次进这里，跟在楚北捷身后仔细打量。

牢壁坚固，外攻不易，内破倒有可能。眸子轻转，将看见的一一刻在心中。

楚北捷的热气喷在她耳中："若怕，就抱紧我。"

娉婷缩缩头，让楚北捷豪迈地大笑起来。

到了尽头，火光更盛。一少年低垂着头被吊在半空，双手双脚都铐上了重镣，铁链拉扯着四肢。

娉婷只看一眼，已经知道确实是冬灼。他衣服破烂，伤痕却不多，看来并未吃多大苦头。

"小子，快点醒！我们王爷来了。"地牢里负责看管的粗壮牢头用鞭子握把挑起冬灼的下巴，让楚北捷看清楚这张青涩帅气的脸。

冬灼的目光多了几分往日看不见的冷冽，直直地与楚北捷对望："哼，楚北捷。"

敬安王府的头号敌人，就站在面前。

"本王没有恶意，只是对小敬安王心生仰慕，希望可以劝说小敬安王归顺我东林。"楚北捷浅笑着，豪迈中透着诚恳，"既然小敬安王已经无法容身于归乐，为何不另寻良主？"

冬灼冷哼："任你怎么说，我都不会告诉你一个字。"

楚北捷啧啧摇头，露出惋惜之色："硬汉子本王是很佩服的。可惜在本王的地牢里，能当硬汉的人不多。"后退一步，双手环在胸前，朝旁边的下属点点头。

　　娉婷藏在楚北捷身后静观变化，见他的举动分明是要动刑，低头焦急地想着阻止的办法，却听见鞭子破空的声音。

　　啪！

　　鞭子着肉的脆响，让娉婷猛颤一下。

　　啪！啪！啪！

　　接着又是几下，外面北风刮得厉害，地牢里却闷热到几乎无法呼吸的地步。

　　铁链摇晃撞击发出的响声，随着鞭子的挥动时重时轻时紧时松。

　　残忍的鞭子狠狠咬上冬灼的皮肉，冬灼倒也硬挺，哼都没哼一声。

　　楚北捷挡在娉婷身前，似乎感到娉婷的颤抖，大手在她背上轻柔地拍拍。娉婷抬头，看见他笔直的脊梁和被火光映红的无情侧脸。

　　"还不说吗？"楚北捷好整以暇，"要知道，鞭打，不过是牢狱里最常用的刑罚，不过是餐前小菜。用上后面的花样，恐怕即使你肯说了也要落个残废。"

　　冬灼嘶哑着喉咙，中气倒还很足："敬安王府没有怕死的人！"

　　楚北捷哈哈笑起来。娉婷抬头，看见邪气从他唇边逸出，危险的笑意叫人心里发寒。看来冬灼今晚不妙。

　　眼看楚北捷又要开口下令，娉婷不假思索地将楚北捷的衣袖猛地一抓，打断了他的命令。

　　楚北捷果然低头看她，柔声道："脸色怎么苍白成这样？你怕？不用怕，有我在呢。"

　　"好多血。"声音里掺了许多胆怯畏缩。

　　铁链忽然发出当啷的轻响，仿佛冬灼震了一震。

　　"怕血？"楚北捷摇头，戏谑地问，"我楚北捷的女人若是怕血，将来怎么跟我上沙场？"

　　娉婷抬头，露出半个清秀的脸蛋，柔弱地看着楚北捷。眼角余光扫到被悬吊在半空浑身鲜血的冬灼。冬灼眼睛瞪得老大，不敢置信的目光一闪即过，旋即明了什么似的，掩饰般将头低低垂下。

　　"我不舒服。"她摸着额头，把身子靠在楚北捷身上。

　　如此地娇柔，倒不常见。楚北捷爱怜起来，忙扶着，低头沉声问："哪里不舒服？不该叫你一同来的。"

　　娉婷没有看冬灼一眼，澄清的眼睛里只映出楚北捷一人："这里好闷，我想咳，又咳不出来。找个人送我出去，王爷慢慢处理公务吧。"

　　"本王陪你。"

　　"公务要紧……"

"你要紧。"

性感的声音贴着耳垂传来，身子一轻，已被他打横抱在怀里。

"啊！"娉婷轻叱，想到冬灼就在身旁，脸更红得不堪，这会儿是真心把头埋进楚北捷怀中了。

牢头拿着染上血迹的鞭子，向前走了一步，小心翼翼问："王爷，那犯人……"

"好好看管，敬安王府的人，哼哼，留着本王明日亲自刑审。"

"是。"牢头又请示，"那是否要多派点人看守？"

楚北捷锐利的眼神扫过来："难道何侠还敢闯我的王府？"

"是是，属下明白。"

一路轻飘飘的，被楚北捷抱回了房。娉婷藏在他怀中，眼睛却睁得大大的，回来的路线，关口几个，看守几个，暗哨几个，都记在心上。

进了房，温润的香气袭来，贵家女子的娇居和方才阴森的地牢迥然不同。

楚北捷把娉婷放在床上，为她盖被："别冻着。"回头唤人端来热茶。

"我不渴。"娉婷蹙眉。

强硬又温柔地把热茶灌下红唇，又命人捧来点心。

"我不饿。"

柔弱的回绝依然无效，点心也进了腹。

吃完点心，轮到楚北捷吃"甜点"。

"嗯……你……你又不正经……"

"本王只对你不正经。"舌头强硬地进来，卷着狂风似的，扫荡牙床，每一颗贝齿都逃不过劫难，最后，逃窜的丁香也被俘虏，落在敌军的掌握中。

娉婷勉强闪躲着，而又大又亮的眼睛装满了羞涩，求饶道："我……哎呀……呜……咳咳……"耐不住楚北捷的索求，猛然咳嗽起来。

楚北捷吃了一惊，忙退开一点，抚着她额头问："真病了？我只道你怕血，过一会儿就好。"转头扬声，"来人，把陈观止叫来！"

娉婷拉住他的衣袖："不用。休息一下就好。再说，我不喜欢陈观止的药方，苦死了。"

"苦口良药嘛。"楚北捷回头看她，那一脸楚楚可怜的模样让他松了语气，"要真不喜欢，就另找个大夫。"

"何必另找？我今天已经开了方子给漠然，熬好了喝一剂……"

正说话间，房外忽然传来声音。

"启禀王爷，大王传令召见。"

楚北捷捏着娉婷纤若无骨的小手，沉声道："什么事要半夜进宫？"

楚漠然道："派去北漠的使团好像出了事……"

楚北捷"咦"了一声。娉婷正盼他离开，忙推推他的肩膀："大事要紧，快去吧。不要让大王等急了。"

"那你好好待着，我吩咐他们熬药。"

"别耽搁，我会吩咐。去吧。"

楚北捷脸露内疚，又嘱咐了两句，柔声道："我尽快回来。"

"嗯。"

看着楚北捷高大的背影消失在门外，娉婷浑身按捺已久的热血终于沸腾起来。

她在被窝里耐心地听着门外的动静，过了一会儿，她深吸一口气，将被子掀开，跳下床来，麻利地套好衣服，走到窗边，乌黑的眼睛警觉地从窗户缝隙里望出去，扫了院子一圈。

楚漠然似乎送楚北捷出门去了，并没有站在外面。

小巧的唇勾起狡黠的微笑，转身到桌前取了草药，快速研磨起来。

"独门秘方的迷魂药，再加霹雳弹。"她自言自语地估量着，"王府地牢守卫不多，应该可以应付了。"

从床下深藏的盒子里掏出暗中辛苦制了很久的霹雳弹，利索的动作略微停滞。

"他要知道了，不知会怎么恨我。"心仿佛被扯了一下，一阵微微地疼，秀气的脸上染上一抹幽怨，叹道，"怕就怕他……"

不过，忧虑只是一瞬而过，片刻之后她的动作又恢复了利落："别想了，我当然要帮少爷和冬灼。"

按照早定下的计划一步一步做来，不过用了一刻钟左右，她便准备妥当。

娉婷看看屋外，楚漠然还未回来，于是携了迷药和霹雳弹，款款走出房门。

冬夜，虫儿早绝了踪迹。天上一弯镰月挂着，发出冷冷淡淡的光。

她呵一口气，朝地牢的方向走去。

根据多日的观察，要避开王府里巡逻有序的侍卫并不难。偶尔碰上的侍女仆役，一见是娉婷这熟悉面孔，都笑着打个招呼便走开了。

娉婷绕过枯竹假山，无声无息到了地牢门口。

牢头眼尖，看见远远一个人影过来，仔细一瞧，居然是"阳凤姑娘"，迎上去笑道："阳凤姑娘怎么来了？哇，好冷的天。"

"掉了根簪子，来找找。"

"簪子？"牢头愣了愣，"不会是掉在房里了吧？"

"找过了，都没有。我想多半是掉在地牢里了。"娉婷压低声音柔声道，"这是王爷今天才送的，刚戴就没了影儿，明日王爷问起，我怎么交代？帮个忙，开门让我进去找找吧。"

"这……"牢头为难，"地牢重地，不能随便放人进来。"

"我今天不就进去过吗？"

牢头堆出笑脸："姑娘，这不是为难我吗？万一王爷问起来……"

娉婷也不勉强，做出焦急的模样："那请您进去帮我看看吧，地上台阶上都仔细看看，我在这儿等。"说罢，似乎受了冷风，捂着嘴剧烈地咳嗽起来。

北风入骨，牢头站在地牢入口也冷得直跺脚，听着娉婷剧咳，担心起来："外头太冷，姑娘先回去吧，等找到了，我亲自送过去。"

"不不，我在这儿等着就好，咳咳咳……咳……我……咳……我心里着急，额头火烧似的，也不觉得冷。"她颤着声音说道。

牢头犹豫起来，他知道这女人极得王爷喜爱，为了她的病特意请了名医陈观止坐镇王府，说不定她往后就是他们的王妃。这么冷的天，让她站在地牢外等，要是病了，那可就……

思量了一会儿，牢头咬牙道："还是进来吧，里面暖和点。姑娘自己找过，也放心。"开了地牢大门，放娉婷进去，又仔细地把门关上。

地牢尽头，漆黑一片的牢房里，冬灼正低头休息。

他不觉得冷，浑身的伤滚烫，像被几十个火把同时燎着。凝结着血的衣裳硬邦邦地黏在身上，稍一动弹便扯动伤口。

他靠着墙休养，尽量保存体力。

吱呀……

寂静中，铁铸的大门被轻轻推开，一丝光线从外面透进来。

冬灼心有灵犀地睁开眼睛。

"冬灼？"娉婷持着火把，出现在门外。

冬灼嘴角泛起微笑，用一贯调皮的语气说："正等着你呢。"他站起来，扯动了伤口，疼得他直咧嘴，手脚上的镣铐一阵脆响。

娉婷闪进来，手上拿着钥匙晃晃，笑了笑。

镣铐全部解开，冬灼问："外面的人呢？"

"都倒了。"娉婷圆圆的大眼睛里转着波光，抿唇道，"连霹雳弹都没用上。"

"就是从前差点迷倒整个敬安王府的独门秘方？"

娉婷得意地扬着唇角："跟我来。"

出了牢房，牢头和侍卫果然三三两两倒在地上。两人都是经历过大风大浪的，机敏地换上王府侍卫的衣裳，娉婷轻车熟路，带着冬灼趁夜色到了马房。

天还未亮，马夫正呼呼大睡。

冬灼选了两匹好马，一匹给娉婷，一匹给自己。

"看来楚北捷还没有回来，真是老天帮忙。"娉婷抬头望天，"这个时候小后门是老张在看，对付他极容易，你动作利落点。"

在小后门把正打盹的老张敲昏，两人无惊无险，出了镇北王府。

相视一笑，不由得感慨万分。

他们挥鞭疾驰，想着离危地越远越好。

不一会儿就出了城，再狂奔一气，满眼已是郊野的景色，灰蒙蒙的苍穹下，哆嗦着发抖的黄草和骄傲挺直的枯树跳入眼帘。

想着离危险渐远，马步也稍稍慢下。

两人都筋疲力尽，下马选了个地方，坐下休息。

冬灼低头思量了一会儿，忍不住问："这问题本该以后再问，可……娉婷，你怎么入了楚北捷的王府？"

娉婷的笑容微微一滞，又很快如常，低声道："你过来，我告诉你。"

冬灼附耳过去，听娉婷耳语，神色渐变，听到后来，猛然抬头，惊愕地看着娉婷。

娉婷神色寻常："怎么？"

"居然是这样……"

"好了，先说正事。"娉婷道，"王府丢了犯人，楚北捷一定大派追兵。我们两个需一人诱引追兵，一人去见少爷。"

"娉婷，我看这事还是三思为好。"

娉婷脸色一冷，毅然道："事已至此，有什么可三思的？"不等冬灼说话，站直了身子，昂首道，"我刚从镇北王府出来，有不少事要面禀少爷，只好由你去引开追兵了。我走东去见少爷，你走西。去吧。"

冬灼仍在犹豫，娉婷已推他上马，在马后抽了一鞭，看着马儿放开四蹄飞奔而去。

"少爷，娉婷终于可以见到你了。"喃喃几遍，看着冬灼消失在广阔的平原尽头，她才上马，按着说定的方向前进。

娉婷没有猜错，这日果然大雪。清晨，太阳稍稍露脸后就欷歔地躲到云层后，不过一个时辰，天空就完全笼罩着灰白色。

娉婷在马上仰头，看见大片大片的雪花飘下来。

"啊，好大的雪花。"伸手，在半空中捞住一片，看它化在冻得通红的掌心里，娉婷露出孩子般的笑容。

好久没有见过这样的好雪。

往年每逢这个时候，少爷都会连声叫唤娉婷："快，快，赏雪去！还有琴，记得把琴带上。"

风流潇洒的少爷，就算现在一身风尘，也会为了这雪而高兴吧？

她也不疾行，而是慢悠悠地欣赏雪花在天空中旋转飘落的纯白美景。原来马背上放着的一件白狐披风已经被她取出来披在身上。

这披风是楚北捷新送的，似乎是哪个小国的贡品，确是件好东西，穿在身上，一丝风也不透。她料到有大雪，为了自己着想当然早有准备。

"故乱世，方现英雄；故英雄，方有佳人。奈何纷乱，奈何纷乱……"

景致好。虽冷，娉婷却有了兴致，轻声唱起歌来。

淡淡的影子在脑海里扰着她。她唇边带着笑，眼底却泛着一点不确定的疑惑。

可歌声，还是那么动人。

"故嗜兵，方成盛名；故盛名，方不厌诈。兵不厌诈，兵不厌诈……"

不由得想到楚北捷知道被骗后气恼的样子。

脸颊忽然红了，像染了胭脂。

那人，那个男人……娉婷停了歌声，幽幽叹气，那个男人啊，真是怎么形容都不足。

大雪连下三天，她一直朝东走了三天。

三天后，雪停。娉婷在雪中载歌挥鞭，已经到了东林边境。她在距离东林和归乐边界半日路程的地方停了下来。

第九章

# 第十章

大地苍茫。

娉婷停下，第一次向路人打听："这位大爷，三分燕子崖怎么走？"

"往前走，看见前面那条羊肠小路没有？它的尽头有左右两条岔路，走右边的，再骑半天马就到了。"老人扛着一袋夏天晒好的粮食，抬头问，"天好冷，还赶路呢？"

"是呢！"谢了老人，娉婷勒转马头，喃喃道，"羊肠小路……"

就在前面。

想到少爷温暖的微笑……少爷见到她时，不知会露出怎样的神情？

她按捺不住激动的心情，往马后挥了一鞭，马儿嘶鸣着小跑起来。

羊肠小路就在面前。两边高而陡的悬壁夹住这条仅可以并行三匹马的小路，抬头只能看见一线天。

灰白的光洒下来。

娉婷默默站在羊肠小路的入口。

窄道穿堂风，刺骨的冷冽，呼呼地卷起沙砾，空气里藏着叫人心神不宁的气息。

"追兵……"红唇轻启，叹道。片刻后，仿佛感受到危险将近，娉婷瞳孔一缩，猛然抽鞭，重重打在马身上，"驾！"

黑马似乎也嗅到不安的气息，亢奋地长嘶起来，四蹄飞扬，呼呼生风地冲进羊肠小路。

两边的悬崖阴森地压迫过来。

身后，轰鸣的马蹄声蓦然响起，像地下潜伏的恶魔忽然重临人间。

追兵，是追兵！

镇北王府追兵已到！

像要踏破这茫茫大地的蹄声，在身后炸响，越来越近，震耳欲聋。不难想象身后那些杀气冲天的东林士兵和闪着寒光的锐利兵刀。

娉婷不回头，猛向前冲。

旋风般的呼啸紧随不舍。

"阳凤！"高昂威严的呼唤传进耳中。

楚北捷追来了！

马上纤细的身躯微颤。娉婷闭上双眼，任黑马在小路上狂冲。

冲，冲！风迎着脸嚣张地刮着，生疼。

"白娉婷！"还是同一个人的声音，饱含令人惊惧的怒气。

娉婷再震。

这人温柔的声音，她深深记得。

他说，我们对月起誓，永不相负。

他说，春来时，要每日为她挑一朵鲜花，插在发间。

但他现在怒火冲天，像被激怒的狮子，凶猛嗜血。

那是沙场上领着千军万马冲锋陷阵，破敌时下令大肆屠杀的恶魔的声音。

蹄声又迫近了，仿佛就在身后。

她用尽全力命令坐骑奔驰，扬起手想要再下一记狠鞭。

鞭子没有挥下去，有人已经追上来，一手扯下她手中的鞭，再狠狠地一把搂住她的腰，像要发泄所有怒气似的用上极大的力道。

"啊！"惊叫，她掉进一个厚实的充满火药味的怀抱里。

睁开眼，对上一双酝着危险的黑瞳。

"跑得够远了。"一手勒马，一手紧抓着他的俘虏，楚北捷勾起唇，逸出邪魅的笑，"看你，多不听话，竟走了这么远。"

出乎意料的温言里藏着重重的危险，娉婷静静看他："何时知道我是白娉婷？"

"还好，不算晚的时候。"他低头，眯着眼睛打量她。

纤细的脖子，白皙的手，秀气的脸。眼神还是那么沉着，慧光深深藏在眸子后面。

她一定不知道什么是真正的酷刑，也不知道生气的镇北王有多可怕。

该怎么惩罚她呢？

"冬灼呢？"娉婷无法从楚北捷手中挣脱，索性放松了身体，偎依着他的胸膛，温柔地仰头问道。

"跑了。放心，我会抓住他的，你们很快会再见面。"楚北捷冷冷道，"三分燕子崖，对吗？"

娉婷轻笑起来。

楚北捷柔声道："害怕就哭吧，我最心疼你的眼泪。"

娉婷停了笑："王爷身边，一定有善于追踪的能手。"

“不错。”

“从一开始王爷就怀疑我的身份了。抓到敬安王府的人，拿来试探我。”

“你若沉得住气，让那小鬼被我打死，恐怕就可以消除我的怀疑。”

“王爷故意制造机会，让我救了他，暗中跟踪我们找小敬安王的藏身之处。”

楚北捷别有深意地看她一眼：“已另有兵马围剿三分燕子崖。你的缓兵之计没用。”

“还是王爷怀里最暖。”娉婷似乎倦了，闭上眼睛，乖巧地贴着楚北捷，“王爷如此厉害，为何没有抓到冬灼？”

楚北捷被她提醒，似乎想到什么，身躯变僵，猛地举剑发令：“退！退出这里！”

娉婷娇笑：“迟了呢。”

所有人一脸懵懂。

还未明白过来，只听见头顶一声长啸，抬头看去，左右两边悬崖上骤然冒出许多弓箭，寒光闪闪的箭头全部朝下。

若乱箭齐发，再有本领的人也无法幸免。

“有埋伏！”

“啊！敬安王府的人！”

“糟啦！快跑，啊……”

小道中众人哗然，不少东林士兵匆匆纵马要逃出这里，稍一动弹，箭矢已经穿透心窝。

战马人立，萧萧长嘶。连声惨叫，鲜血飞溅，不少士兵从马上摔下来。

嗖嗖嗖地射下一阵箭雨，都只对准逃命的人。射杀了数人后，崖上大叫：“投降不杀！投降不杀！”

身入险地，敌上我下，胜败已分。

楚北捷心里知道自己大意，今日恐怕大难临头。他英雄胆略，临危不乱，举手喝道：“全部下马，牵好自己的马匹，不许动！”

连喝两声，部下都镇定下来，果然下马，团团围绕在楚北捷身边，拔刀对外，在闪闪刀光中，抬头盯着森森弓箭。

楚北捷低头，看见一双狡黠的眸子。

“你特意和那小鬼道别，选这么一个地方，原来是有如此深意。附耳言谈间，已经定下计策，要诱我到这死地。”

“王爷过奖。这种地方着实不好找，要让冬灼可以平安归去，而你的探子无法当着我的面追踪，花了我不少心思呢。”

一路上赏着风花雪月缓缓而行，也是为了让冬灼把计策禀告少爷，让他们有时间准备好这次埋伏。幸亏平日读书多，知道东林边境有这样一处羊肠险地，还有一个适合藏匿人马的三分燕子崖。

楚北捷话锋忽然一转："可惜你算错了一个地方。"

"哦？"

"如果没有算错，你怎么会落到我手上？"楚北捷冷哼道，"万箭齐发，我纵然活不成，你也不能幸免。"

娉婷斜睨他一眼，淡淡道："我负了你，陪你送死又如何？"

楚北捷犀利的目光深深刺进她的一肤一发："不必花言巧语，我不信你打定主意送死。"

娉婷道："王爷英雄一世，当然不甘愿这样窝囊地结束吧？其实我又何尝想要王爷的性命？只要王爷答应一件事，上面的弓箭会立即消失，再不伤害这里任何一个人。"

"说。"

"要求很简单，五年内，东林不得有一兵一卒进犯归乐。"

楚北捷沉声道："兵国大事，必须大王首肯。"

"王爷是大王亲弟，又是东林第一大将，难道没有这点担当？归乐五年太平，换王爷宝贵的性命，怎么说也值得。"她抿唇，低声道，"识时务者为俊杰。你活，我自然活着。你死，我也只能陪着你死。"

楚北捷纵然知道怀中女子狡猾非常，心里还是不禁一动。

温香暖玉，依然记得缠绵时的触感。可温柔的后面，藏的竟是数不尽的欺骗与诡计。

楚北捷咬牙，脖子上的青筋冒起。

他一生中，从未被人如此钳制。

这是绝不可原谅的侮辱。

娉婷何尝不知道楚北捷已怒潮暴涨，他的目光刺到自己脸上，比剑更利。

楚北捷痛心地拧紧浓眉，让她的心肠也纠结起来。

无法再忍受楚北捷过于压迫的凝视，娉婷侧过脸，轻声催促："王爷，该下决定了。"

"哈，哈，哈哈哈！"听见怀中人加意催促，今日势要逼他发誓，楚北捷怒极反笑，仰头狂笑数声，低头狠狠盯着娉婷，沉声道，"如你所愿。"

从腰间拔出素日最看重的宝剑，往地上一扔。宝剑撞击砾石，碰出几点火星。

"我，东林镇北王楚北捷以我东林王族威名发誓，五年内，东林无一兵一卒进入归乐。此剑留下，当作信物。"

含着愤懑的声音回荡在狭长小道中，如天涯尽头的暮歌一般低沉悲怆，崖上崖下皆听得清清楚楚。

楚北捷话声落地，崖上闪出一人，躬身为礼，款款笑道："镇北王能屈能伸，真君子也。我何侠相信镇北王一定会遵守承诺，在此代归乐所有不想有战乱的百姓多谢镇北王。"风流潇洒，白衣如雪，正是与楚北捷齐名，目前正遭归乐大王四面追杀的小敬安王。

娉婷骤见何侠，心情激动，不由得脱口喊道："少爷！"

何侠远远看娉婷一眼，点头道："娉婷，你做得很好。我……"有话哽咽着卡在喉头，似乎不好当众说出，转视镇北王，"请镇北王放回小王的侍女。我们契约已订，镇北王可自行退去，不会遭受任何攻击。"

楚北捷不言，低头再看娉婷。

放回？

松手，放她下马。如此简单的动作，楚北捷却做不到，手臂反而不受控制似的将她越圈越紧。

恨她，天上地下，无人比她更大胆狂妄。咬牙切齿，纵使将天下酷刑加诸其身，把她囚在身边折磨一辈子，也不足以抚平心中之愤恨。

这身子无比单薄的女子，却毒如蛇蝎，陷他于绝境，他应该视她为生平大敌，杀之而后快。

为何手臂却另有自己的意志似的，将她越圈越紧？

不想放手！

柔弱的身子、纤细的指尖和秀气的脸蛋此刻是冰的，冻出一点潮红。平日，只要冻得肌肤发红，她必定像胆怯的猫儿似的，缩在他怀中。

惯了听她抚琴吟唱，惯了听她笑谈风云，惯了让她懒洋洋倚在床边，陪他夜读公文。

早知她来历不简单，却以为可以轻而易举暗中控制，只要略施小计，擒了何侠，便能将总爱说谎的人儿再抓回身边。

谁料顷刻间天地变色，施计者反中计。以为牢牢抓在手中的翠鸟忽然展翅，要飞回主人身边。

而他，却仍不愿松开桎梏她的臂弯。惯了搂她抱她亲她吻她。指端，残留着抚过红唇的触感。他惯了。

恨到极点，爱未转薄。

惯了……

天地间此女最可恶最可恨最该杀，天地间此女最柔弱最聪慧最应怜。

可怜他苦苦追逐的，竟是这样一位绝世佳人。

楚北捷闭起神光炯炯的双目，百般滋味绕上心头。

"王爷，请放开我的侍女。"何侠淡淡的声音再次传来。

楚北捷似从回忆的云端摔回这羊肠小路，神情一动。低头，她仍在怀里，发亮的眼睛盯着自己。

"王爷，请放我下马。"她低低地说。

楚北捷恍若未闻。

下马？你去哪里？

你骗我诱我，怎能说去便去？

普天之下，只有一人，我想得到。

恨意重重，爱念深深，我要你身与心都无处可逃。

楚北捷冷冷道："我只答应东林五年内不出兵归乐，可没有答应放你回去。"

娉婷不徐不疾，仰头道："崖上伏兵未退，这个时候贸然生事，于王爷不利。"

"不愧是何侠的女军师。"楚北捷薄唇扬起一丝诡异，笑道，"如果此刻我当着何侠的面把你生生掐死在怀中，你认为如何？"

娉婷丝毫不惧，甜笑道："万箭齐下，娉婷与王爷同日同时死。"

"错。"楚北捷笃定道，"何侠不会放箭。只要我依然肯遵守五年之约，他仍会让我平安归去。最多射杀我一众侍从，以泄怒火。"

娉婷脸色微变，虽然瞬间恢复常态，却哪里逃得过楚北捷犀利的目光。

楚北捷叹道："你是何侠贴身侍女，难道不知道他是当世名将？什么是名将？就是能分清孰重孰轻，就是能舍私情、断私心。你白娉婷纵使再聪明伶俐得他欢心，也比不上归乐五年安宁。"

娉婷幽幽道："王爷如此恨我？"

楚北捷深深凝视她，不语。

娉婷惨笑："也罢，王爷这就动手吧。"

话音刚顿，腰身一轻，双脚居然挨了地。她讶然抬头，看着骑在马上气宇轩昂的男人。

"最后给你一个机会。"楚北捷叹道，"自愿上马来，跟何侠告别。从此，你不叫白娉婷，你会姓楚。"

娉婷娇躯剧震，想不到到了这个地步楚北捷仍为她留一分余地。此情此意，怎叫人不感激涕零？

晶莹的双眸怔怔定在宛如刀雕般的俊脸上，数月的轻怜蜜爱，耳边细语，重重叠叠，铺天盖地而来。

镇北王府中古琴犹在。

那曾插在发间的花儿，已凋零不知去向。

我这是雪月魂魄红颜纤手，你那是天地心志强弩宝刀，中间，隔了国恨如山。

山高入云，你看不见我，我望不见你。

心痛如绞，不曾稍止。

娉婷远远望一眼站在崖上的何侠，眼底波光颤动，猛一咬牙，退开半步："王爷请回，娉婷不送。"

只见楚北捷面无表情，冰冷的目光停留在她脸上，点头轻道："好、好、好……"连说三个"好"字，冷冷道，"总有一日，你会知道什么是锥心之痛。"勒转马头，猛力挥鞭。

骏马高嘶，呼啸而去，蹄声铿锵，尘土飞扬。

只剩一个落寞身影，落在斜阳下。

# 第一卷

# 国悲情殇

怎么才能让阳凤明白，
她爱上一个男人，她爱他，
又害了他，骗了他，
到最后拼了命地离开他，
却回不到原以为会待一辈子的敬安王府？

# 第十一章

冬去，春来。

山花烂漫，蝶儿飞来，停在指端。

地处归乐和北漠边境的一处大山庄内，娉婷倚窗而立。

"最近，你憔悴不少。"何侠站在她身后，轻叹，"娉婷，你变了。"

"变了？"娉婷浅笑，指头一动，惊飞休憩的蝴蝶。她转头，"谁变了？娉婷还是姓白，还是跟着少爷，还是天天抚琴吟唱。"

何侠凝视着她，直到她耐不住这探询的目光侧过头去，方从身后取出一样东西，递到娉婷面前："给你。"

"什么？"娉婷仔细一看，居然是楚北捷留作信物的宝剑，"这是两国信物，怎可交给娉婷？"

"楚北捷有一个习惯，每上沙场，腰间左右皆系剑。这次留下的信物，是他左腰之剑。"何侠稍顿，沉声解释，"这剑，叫离魂。"

娉婷眼波转到这把古色古香的百年宝剑上，伸出纤手摩挲着，痴痴重复："离魂？"

"我当日不明白他为什么把最看重的左腰之剑留下，而不留次之的右腰神威宝剑。这下总算明白过来了。这剑是他留给你的，如今的你，已经离魂。"何侠将宝剑塞到娉婷手中，再长叹一声，走出房门。

离魂？

娉婷搂剑入怀，冰冷的剑身贴近肌肤。

她失神。

不错，魂魄已离，随那马上的身影去了。

怎能忘记楚北捷？春光明媚，正是折花入鬓的佳时。

安定下来后的时间是那么多，让她日日夜夜、仔仔细细回忆楚北捷的点点滴滴。

为什么心肠软成泥，化成水？

记不起尔虞我诈，计中有计，胜则成王败则寇。只记得花府三夜，他一脸至诚，无声静立，从此系住一颗芳心。

"你到底是个怎样的人？"娉婷仰头，对云轻问，"你恨我，还是爱我？临别前的一言，是不舍，还是决绝？"

日夜相对，温柔入骨，不是假的。

互相欺瞒，用计诱骗，也不是假的。

她聪明一世，此刻却糊涂起来，犹如深陷泥潭，无法自拔。

肩后忽然被人重重一拍，娉婷一震，猛然转身。

"哈哈，又在发呆？"冬灼做着鬼脸，看清娉婷的神色，顿时咋舌收敛笑容，"哎，哎？怎么哭了？"

娉婷匆忙抹去脸上湿漉，瞪眼道："一天到晚不正经！上次险急时，见你略有长进，才安定几天，你就又不安分了。"

冬灼嘿嘿笑着挠头，瞥她片刻，坐下捧起茶碗："我来看看你，顺便哄你高兴。你倒好，一见我就板起脸来教训。"

娉婷听他这么一说，反而不好意思起来，低头，讪讪地开口："你们不必为我担心，我好端端的，过几天就好。"

"过几天？我们明日就要离开了，你还不快快变清爽点。"

"明日？"娉婷一怔，"去哪？"

冬灼愕然，似乎不曾料到娉婷不知情，脸上掠过一丝尴尬，当即转了口风，言语闪烁道："我也只是依稀听少爷说过两回，好像是说……这个地方虽然是王府多年前暗中布置的产业，但毕竟在归乐国境内。如今大王仍在追捕敬安王府，还是小心点好，早日去……不知道去哪。"他不自然地笑了两声，猛拍额头，"哦，少爷交代我的差事，我现在都没有办好呢。"

娉婷静静地看着冬灼匆匆离开，久久才收回目光。

陌生感骤生，回思，真不能怪少爷和冬灼。

自己自从回到少爷身边，每日都像丢了魂魄似的，往往别人说上十句，她才懒洋洋应一句。

往日管理府内事务都是她分内之事，她流落东林的这段时间，少爷身边也渐渐栽培出几个得力的侍女。她回来后自然也懒得再管。

就这样，自己仿佛与敬安王府脱了节。

少爷顾虑得对，这里虽然偏僻，但到底还是归乐大王管辖的地方，应该早做防备。如果是往日，她早该想到并提醒少爷，现在……难道自己经历一番磨炼，反而

失了聪明？

次日，果然有侍女过来告知要收拾行装离开。

娉婷问："我们去哪？"

"我也不知道。"

"小王爷呢？"

"小王爷正忙呢。"跟随王府众人上了路，发现不见冬灼，转头问："冬灼去哪了？"

"我哪知道这些？娉婷姐姐，你安心乘车就好了。"

"小王爷在哪辆车上？我向来与他同乘。"

"娉婷姐姐，是小王爷吩咐你和我们一车的。小王爷在哪，我也不知道。"

十问九不知，一路上无惊无险，又到了一处别院，似乎还是敬安王府昔年暗中布置的产业。

娉婷起了疑，不得不从楚北捷留下的旋涡中抽出三分神，打量身边的一切。

少爷数日不见踪影……

无端地，众人与她日益生疏。

她之前为楚北捷失神，不曾察觉，现在可都看出来了。

"怎么不见王爷？"

"王爷不和我们一道。"

"那王爷在什么地方？"

"不知道呀。"

知道下面的侍女确实不知道什么，她便想出房找少爷，却被人拦在门口："姐姐要找小王爷，我们去请吧。"

片刻后侍女回来说："小王爷不在，回来就会来看姐姐吧。"

数日不见何侠，消息仿佛被隔绝般。娉婷看不见周围，无论远近都是一片迷茫。

很难让她不心寒。流落在外一段时间，自己身边怎会有这样大的不同？

敬安王府在变，还是她在变？

不久，去年染的旧疾又发。

娉婷夜间醒来，咳嗽不断，请医煎药忙了一夜。

次日，何侠终于出现。

"怎么又病倒了？"何侠皱眉，责怪地问，"总不肯好好照顾自己，看看，好好的又把身子弄坏了，何苦？"亲自端了药碗，喂娉婷喝药。

娉婷怔怔看着何侠，片刻后笑了出来："少爷最近好忙，怎么也见不着。"

"我怕你心烦，又怕你操劳，所以把会让你心烦、会让你操劳的事都瞒住了。"

"敬安王府将来如何打算，少爷和王爷商量过没有？"

"看看，叫你不要操心……一切安排都有我。"

撑起半身喝了草药，娉婷闭目养神。何侠也不忙着走，坐在她身边，轻轻为她揉肩："睡吧，你都瘦成一把骨头了。多睡多吃，才是福气。你现在总蹙眉不语，我倒想起小时候你总爱把碟子扔进水井的顽皮来。"

"小时候多好，两小无猜。"

"我们现在也很好。"

带着倦意的笑容泛上消瘦的脸，娉婷忽然想起一事，微微睁眼："少爷，楚北捷和我说过一句话。"

"他说什么？"

"他说：'你是何侠贴身侍女，难道不知道他是当世名将？什么是名将？就是能分清孰重孰轻，就是能舍私情、断私心。你白娉婷纵使再聪明伶俐得他欢心，也……也算不得什么。'"

何侠摇头道："糊涂丫头，你就只把他的话记在心上？"

"他虽是敌将，但他这句话我是信的。"娉婷柔弱的目光落在何侠脸上，轻声道，"少爷是当世名将。"

何侠低头不语。

"娉婷，自从你回来后，没有和我提过镇北王府中的事。"

"楚北捷对我早有疑心，他批阅公文时我虽然也在房中，但上面写些什么，是一个字也看不到的。"

翠环明珰，今日何在？

归乐都城中曾风光一时的敬安王府，如今陋室空堂，颓檐败瓦，世事难料，又怎能怪人心骤变？

"归乐已有五年安宁，凭这五年，大王可以集整军力，对抗东林。我们做到这一步，算是对得起世代国恩了。何肃说什么也是归乐大王，他不仁，我们却不能不忠。从此以后，敬安王府不复存在，我们决定归隐山林，永不出现。"何侠静默片刻，又道，"但何肃恨不得我们死，敬安王府仇家也不少，各国都有权贵欲追杀我们，所以，我们的行踪是否能保密，是我们生死存亡之所在。"

一阵刺骨的寒冷绕上娉婷心头，像绳索一样勒得她呼吸蓦止。

"少爷……"娉婷咬紧贝齿，颤了一会儿，才挤出话来，"你疑我？"

"你计诱楚北捷，为归乐立下不世功勋，是深明大义的奇女子。我信你。"何侠仰天闭目，沉默片刻，睁开眼睛，忽然淡淡问，"可是，娉婷你信你自己吗？"

十字一问，字字穿心。

娉婷真真正正地，怔住。不敢置信和心痛，刻满一脸。

"少爷说什么？"找回声音，她气若游丝地问。

何侠不答反问："你手中握着的，是什么？"

"离魂。"娉婷说，"少爷给我的。"

"不，是楚北捷给你的。"何侠叹道，"若那日我给你离魂，你拒而不收，我还会存一线希望。希望你不曾被楚北捷蛊惑，不曾丢了魂魄和理智。可你收了。接过离魂，你只记得楚北捷，却忘记了归乐。你可曾想过，那是两国的信物，是归乐百姓五年安家度日的保证？"

"我若忘了归乐，怎么会把楚北捷诱入陷阱？"

何侠深深看她："原来是身在险地，情根种下茫然不知，一离别，相思就入骨。"

"不是的……"

"娉婷，你回来后，再不肯和我同乘一骑，从前，我们出征归来，都像兄妹般亲密。那日，我看见他放你下马，一个落入陷阱的男人肯这样放一个算计他的女人下马……"

"别说了，别说了！"娉婷连连摇头，苍白着憔悴的脸庞，闭上双眼，晶莹泪珠滚落两颊，凄然道，"我明白了。"

反间计。

她骗楚北捷真情，楚北捷用真情害她。

情是真的，计也是真的。

和少爷相伴十五年的信任，抵不过楚北捷一个计策。

生平第一次，娉婷眼睁睁看着自己中计而无可奈何。她无法让何侠释去疑心，确实，她已动情。

世间男女，一旦动情，就很难判断是非曲直。

万一日后遇上楚北捷，难保她的言行举止不会在不经意间泄露敬安王府的一切。

何侠防她，情有可原。

反间。

这就是，楚北捷临去前最后一招，锥心之痛。

睁眼直到天明，听见鸡鸣，娉婷猛然一惊，从床上坐起。被窝里一样硬硬的东西碰到腰眼，她像失了神般，缓缓把手伸进去，摩挲那东西上面熟悉的花纹。

"离魂"两个古字龙飞凤舞地篆刻在剑柄上。

楚北捷当日扔下宝剑所迸发的火星似乎在眼前一闪，娉婷的心蓦然抽紧，想起何侠的话。

若不接这宝剑，还有一丝希望。

若接了……

十五年养育恩义，被此剑无声无息地断个干净。

她素不爱哭，近日眼泪却多了不少。现在心冷得结了冰似的，想哭，反而淌不出一滴泪。

怔怔坐在床上，只觉得满脑子迷迷糊糊，娉婷抬手抚着额头。

哦，又烧起来了，冰冷的指尖触碰灼热的肌肤，忍不住打了个寒战。

何侠指派来的侍女铃铛进来，小心翼翼地说："姐姐，要起来了？"她连问了两三遍，娉婷才恍惚着回头："嗯？"

铃铛麻利地端来热水，拧干毛巾递给娉婷。总在逃亡奔波，这里来那里去，日常用的东西都乱糟糟地塞在大木匣子里，铃铛到处翻找娉婷常用的梳子。

娉婷在她身后说："别找了。你把冬灼找来。"

"冬灼？"

"他不在？"

铃铛摇头，笑道："我瞧瞧去。"


太阳很好，春天的味道越来越浓。门帘的垂珠被铃铛俏皮地一掀，反射着耀眼的光。刹那，娉婷又想起花府那道垂帘。

她和花小姐偷偷藏在帘后，窥看登门拜访的来客。

那是，看见楚北捷的第一眼。

只剩一人的房间冷冷清清，冷得娉婷不用旁人惊动也蓦然回了神。下了床，取出梳子倚在窗边慢慢梳理长长的黑发，一边看外面生气勃勃的景致。

红色和紫色的花正半开，池塘边绿草茵茵，景色虽美，却很陌生。

不是敬安王府，也不是镇北王府。

"自愿上马来，跟何侠告别。从此，你不叫白娉婷，你会姓楚。"

"接过离魂，你只记得楚北捷，却忘记了归乐。你可曾想过，那是两国的信物，是归乐百姓五年安家度日的保证？"

她忽然蹙眉，心口疼得像快断了呼吸一样，苍白的指节紧紧拽住胸前的衣裳，回头看着静静放在床边的宝剑。

离魂。

离了楚北捷，却回不了敬安王府。她白娉婷，小敬安王身边最有分量的侍女，随主出征定计灭敌的女军师，逼敌国大将立下誓言保住归乐五年平安的女子，为何居然在这十天九地中，成了孤魂？

　　"娉婷，你找我？"冬灼的声音传来，就在身后。

　　娉婷放下梳子，转头时，唇角已经勾起往日熟悉的浅笑："有事和你说。"

　　冬灼有点手足无措。奔波中，许多日没有见到娉婷，他也隐隐觉察到许多叫人心寒的迹象。一见往日伙伴这般憔悴，冬灼脸上一贯的吊儿郎当的表情通通不见了，反而像个大孩子犯了错一样搓着手，低头道："你说吧。"

　　"我要走了。"

　　平静的四个字，重重压在冬灼心上。

　　"走？"他霍然抬头，满脸惊讶地对上娉婷乌黑的眸子。这些日子他见到的听到的想到的种种事情一下子在脑海中浮了出来。冬灼像被针扎了一下似的，想冲出口的话被刺痛压了下去。他只得低下头，讪讪地问："少爷知道吗？"

　　娉婷柔柔地笑了，放软了身子倚在窗台上，对冬灼招招手："冬灼，来。"

　　握住冬灼的手，她仔细打量了半天，忽然俏皮起来，逗他道："你这小子，总娉婷娉婷叫个不停，我可比你大上几个月呢。叫声姐姐来听听。"

　　冬灼难过地咬着牙，酝酿了半天，轻轻叫了声："姐姐。"

　　"好弟弟。"娉婷当真拿出姐姐的模样，细心教导，"人最难的，是知道进退。当日计诱楚北捷，我进了。如今，我该退了。"

　　"可你是敬安王府的人，再说，你能走到哪去？大王追捕敬安王府众人的名册上有你的名字，楚北捷也不会放过你。"

　　"我自有安排。"

　　冬灼压在心底多日的郁闷这一刻渴望着爆发出来，他愤然道："我知道少爷疑你。我去和少爷说！"

　　"不许去。"

　　"我憋不住了，这是少爷不对。他这样，跟灭我们敬安王府的大王有什么两样？"

　　"站住！"娉婷扯住他，盯着他一字一字道，"少爷疑得对。"

　　冬灼愣住，茫然地蹙眉："你说什么？我不信你对敬安王府有外心。"

　　娉婷怔了半晌，长叹一声："说了你也不明白。反正，我走了，对王府，对少爷，对我，都是好事。少爷正是焦头烂额的时候，我不能帮他，那就至少不让他心烦。"

　　"你怎么会让少爷心烦？"

　　"冬灼呀……"娉婷温柔地看着他，苦涩地笑笑，"论功劳，少爷不能怠慢我；论后患，少爷不能信任我。敬安王府的踪迹最需要隐蔽的时候，他不想关我，不想害我，也不想让我伤心。唉，我都替少爷焦心呢。"

　　"可你要是走了……"

　　"我走了，敬安王府和我再没有瓜葛。你们的下落我一概不知，想泄密也泄不了。"

冬灼还是摇头："不行。你这样,不等于说少爷忘恩负义,逼迫功臣？"

娉婷发亮的眼睛眨眨："所以我才要你帮忙呀。我要偷偷地走,不让少爷知道地离开。"

"不不,我瞒不过少爷的。"

"你当然瞒不过少爷,但少爷会瞒你。打个赌吧,他若知道我们的计划,不但不会作声,还会暗中安排方便。"

"我真弄不懂你们！"冬灼挠头,焦躁地走来走去,霍然转身说,"帮你没问题,反正不管少爷知道不知道,这事你不该受委屈,我也不信你会出卖王府。但……你能去哪？你还病着,不如过两天……"

娉婷截道："不,我今夜就要离开。"她语气淡淡,却饱含着不可动摇的坚毅。

冬灼拧起眉毛,在胸前环起双手和娉婷对峙："不告诉我你打算去哪,我绝不帮你。你在外面孤身一人,万一出了什么事,我一辈子也不能安睡。"

"离了这里,我就轻轻松松一人,上天入地都不是问题。你也知道许多人在寻我,我怎能把踪迹告诉你这毛躁的小子？不过我打算去的方位……"娉婷附耳,轻声道,"北方。"

北方的春天,是否比这里来得晚？

昔日在何肃的王子府,好友阳凤曾悄悄说起那令人向往的地方。北漠国的草原一望无际,成千上万的牛羊马匹低头嚼草,甩着尾巴。其中若有一匹发足狂奔,则全部都会跟着奔跑起来,轰轰的蹄声像大地要裂开一样。

归乐不能待,东林更是龙潭虎穴。不如——北漠。

目及远方一片黑暗,红日将在那里初起。娉婷深深呼吸一口清冷的空气,她倦了太久,连筋骨也疏散许多,困在狭小阴暗的圈子里,看不见天日,忽然深深地怀念起那个胆大包天,借王后的诬陷不顾一切远逃北漠的好友。

阳凤的笑脸,定比当初灿烂吧。

夜风中，平安出了戒备森严的别院。

娉婷手里挽着简单的包袱，身后只跟着一个冬灼。她回头看了看隐藏在半山中的点点灯光。

哪一点才是少爷书桌上的光亮？回眸间，竟有哽咽的感觉。

"不要送了。"娉婷止住冬灼，"回去吧。"

"我……"冬灼欲言又止，把缰绳递到娉婷手中，别过头，闷闷地说，"你自己保重。"

娉婷上马，猛然发力，竟有点摇摇欲坠，忙咬牙坐稳了。未挥鞭，冬灼轻轻喊了一声："姐姐……"

娉婷不禁回首。

冬灼似乎还是藏不住心里的话，仰头对她道："其实，我把今晚的事都告诉少爷了。"

娉婷瞅瞅冬灼，忍不住回头再看一眼敬安王府众人正休憩的地方。明日，他们又该出发，换一个更安全的巢穴。一股隐隐约约的悲凉从四面八方涌来，她不动声色地问："少爷怎么说？"

"少爷说，若你相信自己，是绝不会离开我们的。你要走，我们不该拦，也没法子拦。"

"还有呢？"

冬灼低头："没有了。"

娉婷扬起唇角笑了笑，幽幽叹道："冬灼，你真的长大了，也会骗人了。"

"我……"冬灼把头垂得更低，半天才嗫动着嘴唇说，"少爷说，你本来靠自己就能走，偏偏要找上我，其实……其实不过是想对少爷再用一计，逼他进退失据。他说本来他宁愿中计，也要留你在身边，可现在……"

"现在是王府生死存亡的关头，他不能不舍弃一个侍女。"娉婷慢悠悠地接了一句，仰头看看满天星光，苦笑着点头，"我告诉你，少爷没猜错呢。"

不待冬灼再开口，娉婷挥下马鞭，骑尘而去。

精挑的王府骏马嘶叫着放开蹄子驰骋，娉婷握着缰绳，任泪水模糊了双眼。

别了，敬安王府。你昔日的金碧辉煌，你此时的韬光养晦，不再与娉婷相干。

离魂宝剑放在窗台，明日太阳升起时，阳光在剑身上反射出的耀眼光芒会映在我空荡荡的床上。那曾是我们年少时常玩的游戏。

可惜娉婷不够无情。

我若无情，将剑身稍稍倾斜，阳光便会反射到对面屋顶打磨得像镜面一样光亮的大铜钟上，那铜钟再将光芒反射到远处，就会惊动在附近搜寻敬安王府的官兵。

少爷，呵，何侠，明日当你看见离魂，会做何想？

月隐没在淡淡云霞之后，太阳在东边缓缓爬升。

一骑快马扬起烟尘，奔跑在往北的黄土路上。

秀气的脸庞上，泪痕已被风沙掩盖，娉婷转头，半眯着眼眺望橘红的太阳。太阳将要升起，暖烘烘的感觉，一定会越来越强吧。

"驾！"她豪气地喝一声，再挥一鞭。

风迎着脸扑过来，跑吧，驰过这一片似乎无边无尽的黄土，就是北漠，那里没有何侠，也没有楚北捷。


终于到达北漠的地界。绿草茵茵的原野，果然如阳凤所说那般美丽。原野尽头，有高大的山峰。经过严寒的冬天，北方春的气息比南方更张狂些，山上茂盛的林木下，一丛丛活泼的灌木仰起头来。

一条清澈的溪流从山顶蜿蜒而下，直到山脚。

远来的客人挑了处溪水清澈的岸边下马，将缰绳系在树干上。仍有些清冷的空气温柔地包围着她娇小的身躯，不算美丽的脸庞略瘦了点，一双眼睛比水银还灵动，她缓缓举起柔荑搭在额上，回望刚刚驰骋过的草原。

远处豁达的牧民正在扯着嗓子放歌。

"雄鹰飞来了，天更高了，美丽的姑娘啊，追着小马驹在草原上……"

娉婷忍不住笑起来，弯腰掬起一捧水。

好冰，应该是山顶融化的雪水吧。她畅快地喝一口，闭上眼睛尽情地呼气，真甜。

快到了，叫人疲倦但心神舒畅的奔波尽头，是闺中好友的藏身之处。

阳凤舍弃一切而选择的道路，走对了吗？再过半日，就能知道答案。

如今自己选择的路呢？到北漠应该不错，蓝天白云绿草，也许她天生就适合这

样的地方，粗犷淳朴的民风，少了算计的阴暗人性。

挑了一棵苍老挺直的大树，娉婷倚着树干闭目休息片刻。

流水潺潺，青山巍巍。

闭目养神间，忽然有脚步声响起。

有人？娉婷睁眼看向声音的来处。另一名过客显然也看上了这里的好景致和清澈的溪水，下了马正牵着缰绳过来。

是个男人。他的眼睛炯炯有神，满脸络腮胡子让人看不出他确切的年龄，肩膀很宽阔，腰间的剑和背上的弓似乎常年不离身的。

发现此地已经有人，而且是一个大眼睛的女子，那男人微微愕然。

"好马。"男人对娉婷没有兴趣，目光落到娉婷的马上，露出欣赏的目光。娉婷浅笑，站起来解缰绳，她该走了。

"姑娘，这马卖吗？"好大的嗓门，是惯吆喝的草原男儿。

他眼光不错，这马是敬安王府里数一数二的好马。冬灼这小伙子还算有点良心，除了好马，还有不少金银都给了娉婷。

"不卖。"娉婷爽快地跳上马，过度洒脱的代价是一阵头昏眼花，她静静地在马背上适应着尚未痊愈的身体的抗议，半天才睁开眼睛，"这位大哥，朵朵尔山寨就在前面吧？"

"你要去朵朵尔山寨？"

"对。"

"你是朵朵尔山寨的人？"

"不是，找人呢。"

男人笑道："山寨搬空了，你去的话找不着人的。"

"搬了？"娉婷惊讶，"为什么搬？搬去哪儿了？"心中无数个念头闪过。阳凤不会无缘无故搬迁，除非出了事。

为了保守秘密，娉婷知道阳凤的落脚处后就再没有和她联络，此时便无从得知其中缘由。

"新近才搬的。"

"山寨中的人到哪里去了？"

"喂，姑娘，你这马卖给我吧。"好马在牧民心中就像自己喜爱的姑娘一样重要。

娉婷弯起嘴角："你知道朵朵尔山寨的事？你叫什么名字？"

"我叫阿汉。你的马到底卖不卖？"

她轻盈地跳下马，把缰绳抛给那人："白送你吧。我要知道我朋友的消息。"

阿汉微笑着摇头："我不白要你的东西。"说着掏出比购买寻常马匹多两倍的银两塞给娉婷，"告诉你，朵朵尔山寨的寨主是大人物呢！他就是威名赫赫的则尹将军。谁想到他会归隐在一个小山寨呢？可现在大王重新把他找出来了，给他更多的赏赐，要他当我们北漠的上将军。所以，则尹将军要出山了，朵朵尔山寨没有了，山寨里的人都搬到都城北崖里去了。"

"是吗？"娉婷蹙眉，沉吟一会儿，把阿汉塞给她的银两又抛回给阿汉，"拿着，我用这些买你的马。你买了我的马，我总要买一匹坐骑。"她早该换一匹没有敬安王府烙印的马了。

"不行，我的马没有你的马好，我不占你这个便宜。"

娉婷径自解下他拴在树干上的缰绳，跳上他的马，回头俏皮地眨眨眼睛："大个子，把钱存起来娶个好媳妇，你是个好人呢！"马鞭轻轻在马屁股上划过，留下一串银铃般的笑声。

草原上的空气依然叫人欢悦，绿草的清新味是归乐和东林最别致的景色都无法媲美的。牧民欢快的歌声还在继续，乐悠悠地传到娉婷耳中。

"草原啊，牛和马的故乡，奔跑的河流还有嫩绿的草儿，比不上我心上的姑娘……"

娉婷微笑，可眉间仍有掩不住的忧虑。

则尹，那个威猛的北漠大将，不是决定归隐山林让阳凤一生快乐吗？如今却答应北漠大王重回朝廷，那代表了什么？

本来只要再跑半天就能见到阳凤，可朵朵尔山寨人去寨空，只得再奔北漠都城——北崖里。

"想好好快活几天都不可以吗？"娉婷皱着小巧的鼻子看天。

这一路上，独自一人让她习惯了自言自语。

背上没了"敬安王府"这四个金漆大字算不算好事？东林那边呢？唉，楚北捷……

不知不觉中又紧蹙了眉，她伸手揉揉眉头，仿佛这样就可以把隐隐扯着心肝的痛楚揉掉似的。

学草原上的人们那样放声吆喝，挥动马鞭。烟尘又起，草原上婀娜的身影越去越小。

风尘仆仆，夕阳又将西下，断肠人何在？

我盼天有灵性，赐我青草茵茵与忘忧之水，天涯海角，逍遥去也。


北漠大将则尹在大王再三下诏后，重回北漠朝廷。

北漠王对则尹，不是一般地看重。

当年这员猛将请去，北漠王在王宫中整整闷了三天，劝了三天。声名日上的年轻勇将，北漠姑娘心目中的好男儿、真英雄，忽然为了一个怎么都不肯说出口的原因，要放弃大好前程。

"定是为情。"北漠王猜也能猜到。

不爱江山爱美人，不是传说，真有其事。

则尹雄赳赳站在北漠王面前，悠悠一笑。这样充满憧憬的笑容出现，北漠王已知道他这个王定留不住北漠最有能耐的大将。

当一个男人爱上一个女人，什么也阻止不了他想干的傻事。

北漠王不得不点头。

现在，则尹回来了。

曾经被北漠人民爱戴崇敬的大将军回来了，他要再度领兵保卫北漠的边疆，这是让举国欢腾的消息。

北崖里一片欢歌，则尹率领朵朵尔山寨众人入城的时候，不但受到成千上万百姓的欢迎，更有北漠王亲自率众官迎接。

专为则尹新建的上将军府更是张灯结彩，一片辉煌。阳凤在最精致华丽的屋内，听着隔了重重围墙仍能传进来的喧闹声。则尹又被召进宫去了，而她，则惊喜交加地迎来了故人。

侍女将门外不肯报出姓名的来客的信物递上时，阳凤的眼睛瞪得几乎要掉下来。

"你要看多久？"娉婷坐在椅子上，唇角含着笑问道。

"这么久没见，不许我好好看看你？"阳凤幽幽叹了一声，伸出嫩白如水葱的五指，"娉婷，来，让我好好看看你。"

娉婷扑哧笑道："遵命，我的大将军……不，该是上将军夫人。"她款款移步，走到床边挨着阳凤坐下。

两双同样聪慧的眼睛静静对视，水银般灵动的眸子映出彼此的影子。

"你瘦了。"

娉婷忍不住逸出笑意："你变美了。"

"我真想你，想我们小时候的事。除了你，我真找不出一个可以聊天的人。"

"阳凤……"娉婷忽道，"你为什么不问？"

"问？"阳凤笑容一凝，低下头去，"我……不敢问。你若不是万不得已，怎肯离开你家少爷？能让你万不得已的事，一定很可怕很可怕。"

像胀胀的鼓皮被针骤戳了一下，娉婷强笑道："确实惊险得很。你为我弹支曲儿，我原原本本告诉你。"

惯用的琴就在床边的小几上，阳凤深深看她一眼，撩起长长的流云袖，指尖在尾弦上轻轻一挑。

铮——

几乎微不可闻的一声，弦颤，心也猛然跟着颤抖。压在心底的悲伤失望彷徨连着根被扯了起来，种种委屈翻江倒海般要冲破闸口。

"阳凤！"娉婷颤巍巍高声一叫，扑到阳凤怀中，大哭不止。

让眼泪痛快地流吧，滴进土地。这不是归乐，也不是东林，让她伤心的人不在这里，让她离魂的人不在这里。怎么才能忘记那明媚的冬日、温柔的夜晚、挺拔的身影和十五年清清楚楚的王府记忆？

怎么才能让阳凤明白，她爱上一个男人，她爱他，又害了他，骗了他，到最后拼了命地离开他，却回不到原以为会待一辈子的敬安王府？

今日在阳凤哀怜的眼神中，娉婷终于痛快地大哭出来，把心里的委屈像倒豆子一样通通倒出来。

苍天之下，恐怕只有阳凤可以明白她的心。

娉婷只哭不说，阳凤也猜到三分。不掺和了情，娉婷不会伤心至此。

谁有这般本事让高傲的娉婷动心？

"他叫什么名字？"阳凤抚她的长发。

娉婷泪眼婆娑，咬牙，清晰地吐出日日缠在心头、勒得她发疼的三个字："楚、北、捷。"

东林的镇北王？阳凤稍稍失神，半晌才幽幽叹气，柔声道："哭吧，好好哭一场。"

眼泪关不上闸似的流淌，娉婷伏在阳凤怀中哭得天昏地暗。

"阳凤，我如今，总算是……"娉婷凄楚地在阳凤膝头撑起身子，话到一半却骤然停了，喉头一阵发腥，竟哇的一声，吐出一口鲜血来。

"娉婷！"阳凤霍然站起来，睁大眼睛看着被染红的裙裾，"来人！来人啊！"

重重忧愤尽情发泄，大哭后就是大病。

昨日谈笑用兵，运筹帷幄，风云变幻而不色变的佳人竟落魄如此。

娉婷旧病复发。病来得又急又险。

幸亏上将军府里一应俱全，人参熊胆源源不绝地送上。娉婷在阳凤无微不至的照顾下病情渐渐好转。

歇息几日，娉婷已经可以坐起来了。哭尽积怨，胸口不再时时刻刻发疼，病虽猛，却好得比以前快了，不再断断续续地复发。

帘外熟悉的身影模糊一闪，接着是珠帘被掀开的叮叮当当的声音。阳凤走进来笑道："气色好多了，大夫说过两天就能下床呢。你可把我吓坏了。"

"来，坐我这。"娉婷拍拍床边。

阳凤过来坐下，从怀里取出一支上好的簪子，小心地插在娉婷头上，然后仔细地瞅："这是大王赏给则尹的，我戴着总觉得不好，还是你戴好看。"

娉婷对着阳凤递过来的铜镜照了照。"特意拿来给我的？"顿了顿，轻问，"上将军知道我的来历吗？"

"他没问。"阳凤回答，"只要是我的朋友，他一定会竭尽全力保护，只是……"比娉婷稍微丰满的脸黯然，"他快要领兵离开都城了。"

空气忽然沉闷，似乌云遮了日头般阴沉得让人发慌。

娉婷接过阳凤手中的铜镜，随手放在床边，抿唇不语。

阳凤道："我们俩从小亲密，论琴技我不输你，但若论谋略，我是万万比不上你的。"

娉婷勉强扯着唇角笑道："你向来傲气，怎么忽然谦虚起来？"

"我有的不过是小聪明，闺房之中，高墙之内，周旋夫家众人，管着一个朵朵尔山寨或者一个将军府还可以。可说到军国大事，你才是女中丈夫。"阳凤深黑的眸子看着娉婷，轻声问，"为何北漠王会忽然急召则尹，让他重掌兵权？则尹不是贪慕名利的人，除非北漠危在旦夕，否则他不会不顾一切违背当年对我发下的重誓回到这里。我不懂国家大事，娉婷，你告诉我，这到底是怎么了？"阳凤一字一顿。

窗外鸟语花香，房中却寂静非常。

娉婷沉默，垂头不语。

阳凤探询的目光热辣辣停在她头顶，不知过了多久，娉婷似乎累了，把头抬起，后仰着靠在床头的软枕上，苦笑着说："楚北捷曾经不慎中计，被迫留下宝剑作为信物，发誓五年内不侵归乐。东林王正竭力扩张疆土，他们兵精将猛，既然暂时无法得到归乐，自然会掉转矛头，另找目标。这么说，东林已经对北漠边境用兵了？"

"不错。"阳凤疲倦地皱眉，"这些日子，楚北捷这个名字天天挂在则尹嘴上，东林的第一猛将，镇北王……前线回来的探子把他说成是一个地府里来的魔王，北漠的大将死在他手下的不少。"

她颤动的眸子盯了娉婷半响，才自失地扯动嘴角，如花般柔柔笑开，宽慰道："别多想，男人们的事，我们管不着。真不明白，为什么大王们总盼着扩张疆土呢？成就千秋功业真的这么重要？则尹出发在即，我这两天要多陪陪他。"她站起来，双手轻轻按在挣扎着要起床的娉婷的肩膀上，"你病刚好，躺着吧。要是闷了，叫侍女们到花园里摘些刚开的花儿送进来，有事就叫她们找我。"

阳凤离去，珠帘被轻轻掀开，又一阵叮当作响，直让娉婷心烦意乱，紧蹙秀眉。

东西南北，冥冥中似乎总有罗网，将人轻而易举罩在网中。

乏透了。

# 第十三章

青绿的草原似乎也不能成为娉婷的世外桃源。四更，即将拂晓，窗前静静伫立的身影带着说不出的疲倦。

阳光下的鸟语花香在此刻失了踪影，若隐若现的烛光中，摇曳的花枝倒更像恶魔可怕的利爪，正在寻觅猎物。

阳凤的夫君已经踏上征途。娉婷在深深庭院中，也听见奴婢们窃窃私语，说起上将军出发时的威武豪迈。那些钦佩又期盼的语气中，含着几分对战果不安的揣测。

别去想。

娉婷摇头，目光从黑暗中看不清原本面目的花树移到天上的明月，却蓦然痴立。

"我们对月起誓，永不相负。"

低沉的嗓音，是那个人……对月，不负……她的心突突地狂跳起来，忙用手按着心口，咬住唇。

别去想，却不争气地恨……对月起誓的时候，其实你欺了我，我负了你。

娉婷暗自神伤时，远处有点点亮光在闪动，她定睛看去，一盏小红灯笼从远至近，离她数十步时才看清楚来人。

"怎么还没睡？"

阳凤不料窗前有人，诧异地停下脚步，笑道："该我问你呢，怎么还不睡？难不成我这主人招待不周，哪里不合你的意了？"

娉婷转出房门，扫一眼阳凤身后打灯陪伴的侍女，轻笑着携了阳凤的手入房。

"我们许久不曾好好说话，今夜我客人留主吧。"

两人像从前般亲密地挤在床上，娉婷低声问："这么晚还上香祈祷？"

"他去了几天，我夜夜都睡不着。"阳凤有几分倦意，轻轻叹了一声，靠在枕上，用半边脸儿摩挲滑腻的锦缎枕巾，带着小女人的娇憨瞅瞅娉婷，"你可不许笑话我。"

娉婷竟真的忍不住抿嘴笑起来，接着瞥阳凤一眼，也不作声。

"说了不许笑。"阳凤见她笑，直起腰来拧了她一把。

"想念夫君又不是什么见不得人的事，我笑笑又何妨？听说上将军出征前被将军夫人缠得急了，许诺每日都写家书，可有此事？"

阳凤嫩白的脸唰地红了一片："你还笑？你还笑，我便回房去了。"

可娉婷仍抿着唇笑，阳凤没有法子，恶狠狠地横她一眼，便又躺下。

清脆的低笑在房中流动，像山中的泉水滴淌时发出悦耳的声音。

两人仿佛回到从前，畅快地笑了一回。接着阳凤叹了一口气道："自从当了将军夫人，我再没有这样笑过。"

一句话把从前无忧无虑的时光都收进了记忆的口袋。娉婷情不自禁收了笑意，垂首不语。

阳凤犹豫许久，方轻轻问："这次出征，他们会在沙场上碰面吗？"

最不愿谈及的问题终于被提起，屋里的空气凝重起来。

阳凤似不愿面对娉婷，翻身把脸朝向墙壁，又问："他们若相遇，谁胜？"

"兵家无常，胜负要看天时地利人和。我……我不知道。"

阳凤片刻沉默，方沉声再问："不问天时地利人和，只以将帅之才而论，则尹与楚北捷，谁胜？"

娉婷还是摇头，目光落在窗外摇曳的花枝上："你真是……要我怎么答？楚北捷是东林猛将，行军征战自有一套。你夫君也是北漠名将，我尚未见识，怎能给你答案？"她想泛出一个足以让阳凤宽心的微笑，却用尽千钧之力也挤不出一点笑意。

窗外明月，你不该如此无情，见证情人间的蜜语，又无动于衷看着沙场上斑斑血迹。

烛芯发出吱吱声，娉婷转头去看那蜡烛。

一阵风如不速之客般忽然吹进来，烛光微微晃动，猛然亮了许多，随后一闪，灭了。

片刻的寂静中，黑夜像沉重的幕一样向她们压过来。

"娉婷……"阳凤黯然道，"你不肯实言相告？"

娉婷一惊，手撑着枕边坐起来，急道："阳凤，何出此言？"

阳凤面朝里躺着，只是沉默。娉婷见她香肩颤动，似在强忍哭泣，忙道："你别哭，征战大事，不是我们可以做主的，上天一定会保佑你夫君平安归来。阳凤，你……你不是说我们都不管吗？"

阳凤双肩颤得越发厉害，她向来从容镇定，不曾如此失态，娉婷不由得着急，

第十三章

107

柔声劝着，跪到阳凤身边要将她翻过身来面对自己。

阳凤却蓦然坐了起来，侧过头看了娉婷一眼，双颊上尽是泪痕。

娉婷惊疑未定，轻轻唤道："阳凤？"

阳凤不答，动作却分外敏捷地下了床，当即双膝一软，向娉婷跪倒。

娉婷更是惊讶，跳下床拉起阳凤，急问："你这是为何？"

阳凤却铁了心似的不肯起来，跪着拽娉婷的袖子，昂起头，凄声反问："娉婷，你真不明白？"

娉婷愣住，她站在阳凤跟前，乌黑的眸子盯住自己的好友。

"若连小敬安王都疲于抵抗，则尹怎能对付携怒火而来的楚北捷？"阳凤字字泣求，抓着娉婷的手腕哭道，"你能使楚北捷订下五年不侵归乐之盟，又怎会没有办法让楚北捷带兵退出北漠？"

"阳凤，我……"娉婷退后数步，颓然坐到床上，别过头道，"我做不到。"

她无法面对楚北捷，阳凤怎能明白她的感受？

那个男人，纵使不在面前，也在梦里纠缠不休，时时刻刻夺了她的魂魄，勾得她泪珠儿成串。

"娉婷，我求求你。"

阳凤祈求的目光让娉婷浑身发冷，她不忍心看那总是藏着睿智的温柔眸子染上绝望的色彩。

但她还是摇头："不行。"

两双乌黑的眸子颤动着无言相对，彼此的呼吸似倏然停止。

阳凤怔怔看了她半晌，惨然笑道："不怪你，男人们……军国大事……我到底不如你看得透。"她轻笑数声，泪珠一串串滑落，双手温柔地按在小腹上。

娉婷见她神态举止异常，心不由得一顿，惊疑不定地问道："阳凤，莫非你……"目光停留在阳凤尚未凸起的小腹上。

阳凤咬着牙，微微点了点头。

娉婷长叹一声，靠上床栏。

她、阳凤，她们终归不可以置身事外。

夜，别了清风，静静离去。

露珠初凝。

当红日在东边探头，给庄严的北漠王宫覆上一层娇艳的颜色时，北漠王已经醒来。北漠王睡得并不好，他已经失眠好几天，自从东林大军压境，随着北漠边境防线一天比一天退往都城，他睡得一天比一天少。

昨日快马送来军报，楚北捷近日又开始攻城，北漠将士死伤众多，则尹浴血奋战，好不容易保住边城堪布，但以目前北漠军的兵力看来，要抵挡东林敌军下一轮的攻城几乎是不可能的。

失去堪布只是迟早的问题。

东林敌军得到堪布，就等于得到了一条通往北漠都城的大道。北漠危矣。

阳凤一早便求见北漠王。

"阳凤今天带了一个人来见大王。"阳凤身穿北漠王亲自赏赐的贵妇服饰，行礼后款款起身。

北漠王对则尹这位重臣向来宠爱有加，对阳凤也是爱屋及乌，慈祥笑道："哦？何人如此重要，竟要上将军夫人亲自引荐？"

阳凤柔声道："大王英明。此人聪慧机智，边疆战局说不定会因她而扭转。"

阳凤自随则尹回都城，便成为北漠朝局中引人注目的贵妇。她骨子里天生一股清秀贵气，让人印象深刻，北漠王早从则尹处听过她的性子，知她不会信口开河，敢说出这样的话来一定有七八成的把握，不禁愕然道："何人如此能耐？快传进来。"

阳凤却不急，屈膝低头道："请大王恕罪，此人姓白名娉婷，是阳凤从小一起长大的好友。她本不想牵扯其中，是被阳凤百般央求才答应相助，但她提出了三个条件。"

"说。"

"是。"阳凤道，"第一，她只会在北漠被进犯时相助。若有一日东林败退，她立即抽身，不再和北漠有任何牵扯。"

北漠王倒不在乎这个，现在边疆几乎不保，哪还有心思妄想追击东林的事，欣然点头道："我北漠并无侵犯他国之心，这一点不足虑。"

"第二，北漠任何人不得查究她的来历。"

"这……"如今四国纷争，各国皆有细作潜伏各地，朝廷用人一定要仔细查究来历，否则不小心让敌国奸细潜入朝堂，岂不断送江山？这白娉婷到底是何方神圣，这般神神秘秘？因为举荐她的人是阳凤，北漠王不好直言驳斥，但心中未免有点不满。

阳凤察言观色，轻声道："大王不必多虑。我这位朋友自有伤心往事，不欲被人知道她的来历。但她绝对不会是奸细，这一点阳凤可用将军府上下众人的性命担保。"

这么一说，北漠王当即放下心来，嘴上哈哈笑道："用人得当乃大王的责任，

是否可信本王一看便知，何需你将军府满门性命担保？第三个条件又是什么？"

阳凤道："大王若想她为北漠化解危机，需全部按照她所说的去做，不能有一丝更改。"

这等于将北漠的兴亡完全放于外人手中，北漠王笑容一敛，沉默下来，半晌方冷冷道："若她要北漠兵权，本王难道就要将虎符给她？"

不料阳凤竟立即答道："兵权正是她所要求的其中一样东西。阳凤请大王将边疆兵权交给娉婷，她定有法子让东林敌军退去。"

北漠王脸色蓦变，但到底顾虑则尹的颜面，勉强笑道："你那朋友好大的口气。东林敌帅是赫赫有名的猛将楚北捷，你夫君则尹尚不敢轻敌，她区区一个……"忽然心中一动，岔道，"是个女子？"

"是。"

北漠王更不以为然，往王座上一靠，摆手道："区区一个女子，哪有这等本事？罢，让本王赏赐她一番，让她回家去吧。"可笑，敌军压境国家危急之际，多少大臣等着向他奏报国事，自己居然浪费时间听了妇道人家一番没有见识的话。

阳凤低头片刻，知道若不把话说清楚，休想从北漠王处得到支持。失去娉婷的帮助，自己夫君的性命岂不危险？猛一咬唇道："大王听我最后一句话。"

北漠王不想让她难堪，仍大度地点头道："说吧。"

阳凤踌躇片刻，走前几步，对北漠王附耳轻道："此事我曾答应过娉婷不向任何人泄漏，但事关北漠存亡，阳凤不得不说。大王千万莫小看娉婷，楚北捷智勇双全，则尹亦未必是他的对手，娉婷却一定可以克制楚北捷。"

"怎么说？"

"因为娉婷就是迫使楚北捷与归乐订下五年不侵犯盟约的人。"

北漠王蓦然一震，转头盯着阳凤。

阳凤毫不逃避北漠王的目光，缓缓点头，轻声道："楚北捷对娉婷情根已种。只要他知道娉婷在北漠军中，势必投鼠忌器，不敢全力发动对北漠军的进攻。如此一来，则尹才有更大的胜算。"

"万一……"

"万一楚北捷不念旧情，那……"阳凤噎住，一脸哀容，幽幽道，"大王怎忍心问阳凤这般残忍的问题？"想起在宫殿外等候的娉婷，顿时心疼如绞，忍着眼泪咬牙道，"请大王立即召见娉婷。"

"传白娉婷。"

"传白娉婷！"

一声接着一声的传唤，直达娉婷等候的侧殿。她放下手中已经发凉的茶碗，稍稍整理衣裳，深深叹了一口气，跨出侧殿，向北漠王所在的正殿从容走去。

　　天下哪里有真的可以逃避纷争的地方？她终于还是被卷入了北漠的军事政治中。

# 第十四章

"民女拜见大王。"娉婷轻轻踏进北漠王所在的正殿,躬身行礼。

对于娉婷没有行跪拜大礼,北漠王不但不见怪,反而露出笑颜:"免礼。上将军夫人对小姐再三推崇,说小姐有妙计可让东林退兵,此事属实?"

娉婷心中暗叹,从北漠王不惜纡尊降贵对她以"小姐"称呼,就可猜想到北漠军在前线的状况是多么不妙,因此北漠王才把她看成从天而降的救星。

她真能帮北漠打败楚北捷?娉婷心中苦恼,可已经骑虎难下,她看了一眼正站在一旁焦急地等待她表态的阳凤,轻叹道:"民女一定竭尽所能。"

"有小姐此言,北漠有救了。"北漠王拊掌大笑,与阳凤交换一个眼神,露出诚恳的表情,虚心问道,"军情紧急,东林军现在已在攻打堪布,请问小姐有何退敌妙计?"

娉婷自从决定帮助北漠,便连夜查看北漠边境地图,早就初步分析过形势,但却不知道东林军攻打堪布一事,略为惊讶:"北漠军难道已经败退到最后一道边城防线?为何上将军府负责打探军情的人竟不知道?"

她所有关于战况的情报都从阳凤处得来,于是目视阳凤。阳凤显然也是刚刚才知道这个坏消息,脸色苍白,对娉婷微微摇头。

北漠王苦笑:"这是昨天深夜才送来的消息,北崖里正人心惶惶,因此本王暂时不许消息外泄。幸亏有则尹在前方坚守,不然局势更糟。但堪布能支撑几天,连则尹也不敢作保。"他负手在后,仰天长叹一声,静静看着娉婷。

娉婷迎上北漠王的目光,明了地点头:"难怪大王竟肯起用我这个外人呢。"情势竟然比她料想的更糟糕,楚北捷果然不负东林第一名将的威名。

她知道假如想不出办法,阳凤肚子里的孩儿就见不到爹了,于是不得不按捺着心中烦恼,静下心来,闭上双目,苦苦思索。

北漠王和阳凤知道她正在苦想,都不作声,只是静静等待。

偌大的正殿充满令人窒息的沉默。

闭目片刻，娉婷缓缓睁开明亮的眼睛，似乎已经智珠在握，她先对阳凤微微一笑，才转向北漠王，笃定地说："或许有办法，可需要大王全力配合。"

北漠王早前得到阳凤的提醒，一丝犹豫也没有地点头："小姐尽管提条件，要钱有钱，要物有物。"

"那好，先请大王实言相告，北漠在东林王身边是否安排了细作？"

北漠王蓦然沉默，他只猜到娉婷会要前线大军的指挥权，却完全没有想到她会问这个。天下纷争，各国都会竭尽所能在他国君主身边安插眼线，好刺探最机密的情报。而各国君主对自己身边的人都会万分小心，以防奸细潜伏，这样的情况下，能安插进去的眼线是极少的。于是，细作的情况也成为各国的最高机密。

娉婷见北漠王犹豫，解释道："民女并不想刺探什么，只是这个计策需要通过潜伏在东林王身边的人才可以完成。大王不需要说出细作的名字和他在东林的职位，只要告诉民女，此人是否可以接近东林王的任何饮食就可以了。"

"啊！"阳凤惊道，"娉婷难道是想对东林大王用毒？"

北漠王皱眉道："此计恐怕行不通。不瞒小姐，本王确实安插了一两个人在东林王身边，抓住时机，他们也可以接触到东林王的饮食。但各国大王为了防范下毒，饮食都会加倍小心，在进口前定由亲信查验是否有毒，那些亲信都是对毒物非常了解的人。本王的人即使在食物中下了毒，但在东林王吃下前就会被发现，这样不但无济于事，反而白白葬送了好不容易潜伏进去的眼线。"

娉婷不慌不忙道："如果有一种不会被查验出来的药，那就不成问题了。"

"有这样的毒药？"

"也不算是毒药，只能说是一种迷药。"娉婷笑道，"这是当年我闲着无事自己配出来的方子，放进饭菜后，用各种方法都检验不出，大人吃了后会昏迷十多天，而且脉搏变弱，像随时会撒手而去的样子，但药效过后就会清醒过来。"

北漠王喜道："如果可以瞒过查验的人，问题便迎刃而解。没想到小姐居然有这等本事，不知道炼制这药需要多长时间？"

"配方所需草药四处可得，我们时间不多，必须赶在堪布被攻破前让东林王陷入昏迷……"娉婷边思索边回答，"一天时间，我可以配出一剂来。"

"好！"北漠王笑道，"东林王忽然昏迷，东林王族一定大乱，光是为了镇住蠢蠢欲动想要争夺王位的各派，楚北捷就不得不领兵赶回东林去。"他笑了一会儿，似乎想到什么，又叹了一声。

阳凤不解，娉婷却明白过来，微微一笑："大王忽然感叹，恐怕是在叹这药的效力为何只是让人昏迷十几天而已。如果有一种可以躲过查验而置人于死地的毒药，让东林王一命呜呼，岂不一劳永逸？"她说中北漠王的心思，却毫无得意之态，反

倒幽幽叹道，"我费了不少心血，不断改良配方，却还是无法使它取人性命，否则归乐就不会被东林屡屡侵犯。也许天意如此吧，如果真配出那样一种毒药，从此无论哪国的权贵都不能安寝了。"

阳凤听着这些话，想起正在堪布浴血奋战的则尹，心生感触，微不可闻地道："世人皆好杀戮，这是何苦？"

北漠王心系危局，很快转回正题："配好迷药后，本王会命人立即交给东林王身边的人，择机下药。不过，配药加上路程来回需要时间……堪布现在岌岌可危，小姐有何对策？"

"大王考虑得很对。"婷婷料到北漠王会有此问，好整以暇道，"我们应该一边派人在东林军中散布谣言，说东林王族内讧，东林王病危。谣言一旦传入楚北捷耳中，他一定会派人回东林打探消息，这样可以保证东林王昏迷的消息早日传到东林军中，逼楚北捷回撤。"

北漠王露出欣赏的目光，赞道："小姐果然厉害，思虑周全，攻敌攻心。"

"大王过奖了。"婷婷敛眉垂目，不卑不亢，接着道，"另一边，万一堪布被攻破，东林敌军将会势如破竹地向北崖里进发，到时候恐怕东林王的任何消息都无法阻挡楚北捷的劲骑。所以，必须派遣可以对抗楚北捷的人守卫堪布，让楚北捷明白要攻进北崖里并不是短短的时日就可办到的。"

"除了小姐，再难找到这样的人。"

话说到这个份儿上，北漠王哪还会迟疑，取过早准备好的虎符和王令，走下台阶，双手递上。他凝视面前这个即将接手北漠边疆最高兵权，看起来柔弱万分的女子，沉声道："小姐保重，北漠的安危就看小姐的了。"

阳凤深深吸进一口清冷的空气，走到婷婷身旁："我会给则尹写亲笔信，向他说明你的事。有他在，你不会遇上将士不服新帅的头疼事。"

婷婷手持虎符和王令，独立不语，心已飞往远方刀光剑影的堪布。怎能不感慨，即将与楚北捷的再遇，将会隔着千军万马、血迹斑斑的战场——对垒。

一天后，迷药已经炼制妥当。婷婷没有再次进宫，而是将迷药交给阳凤，交代了用法，嘱咐道："记住，这里只有迷倒一个人的剂量。"

阳凤小心翼翼接过，不解地问："怎么不多配两剂？万一出了什么岔子，那就前功尽弃了。"

婷婷高深莫测地一笑："我自有道理，你不必多问。能潜伏在敌国君主身边的都是智勇双全的人物，绝不会鲁莽行事，浪费药剂。放心好了。"

见她一副成竹在胸的模样，阳凤也安心下来，将迷药贴身藏好，道："我等会儿入宫将迷药亲自交给大王。护送你的车队随时可出发，只等你一声令下。"阳凤又从袖中取出一封盖了上将军府戳印的信笺，交到娉婷手里，"这信你收好，见到则尹的时候交给他。"

"你将我的事情都写在上面了？"

"让他知道全部情况会比较好，也方便你指挥大军。"阳凤见娉婷漆黑的眸子中隐隐藏着狡黠笑意，脸上顿时飞起两片红云，警告道，"不许偷看，里面除了说你的事，剩下的是夫妻间的私话，你一个小女孩也看不懂。"

娉婷笑道："既然看不懂，看看又何妨。"见阳凤跺脚，又摇头啧啧道，"亏你还是上将军夫人呢，怎么不知道要心怀城府？被我一激就激出来了。我身负重任，要赶赴沙场厮杀去了，吩咐护送的车队这就上路吧。"说罢跨出房门。

"娉婷！"

"怎么？"娉婷转身，心中暗暗叫苦，好不容易装出一副潇洒模样出发，如果这个时候阳凤演一出泪眼送别，那定会惹得她也哭起来。

被人知道新主帅红着眼圈出征，北漠大军怎会心服？

阳凤追出房门，在娉婷面前停住脚步，漆黑的眼珠盯着娉婷片刻，垂首道："你到底是女孩，做主帅就好好待在帅帐里筹谋，千万莫逞强亲自上战场。"

娉婷愕然，半天才听明白，心下感动，轻轻握住阳凤的手，柔声道："放心吧，我哪会这般不爱惜自己？刚刚说什么沙场厮杀，我说着玩的，我连那些刀啊剑啊都拿不动……时间不早了，我真的要走了，等得胜回来再好好抱抱你和则尹的宝宝。哦，那时候宝宝应该还没有出生吧？"

阳凤心里难过，勉强忍着快要涌出来的眼泪，咬着唇嗔道："当了主帅还开这样的玩笑。"默然片刻，眼泪终于淌下。

抬头时，娉婷已不在面前。花园小门处，绿袖一拂，人已去远了。

马车疾驰，黄沙滚滚，几乎让人看不清前路。

娉婷掀开帘子，眯着眼睛观察附近地形。在路上的这段时间，她把堪布的地图看了一遍又一遍，将堪布附近每处坡地山峰河流的名字方位熟记于心，北漠王交给的北漠大军的情况她也分析得清清楚楚，每位将领的名字和专长都倒背如流。

"堪布快到了。"娉婷自言自语，禁不住微微叹气。

头很痛。醒着的时候，她几乎每时每刻都在看地图和名册，将所有情况烂熟于心。每当想起到达堪布后就必须与楚北捷对峙沙场，她的头就不可救药地嗡嗡作响，疼得厉害。

被楚北捷猛攻的堪布，一定正处于最艰难的时刻，如果守城的不是北漠名将则尹，恐怕未等她到达，堪布就被攻陷了。

她真的可以对抗楚北捷吗？车轮每向前滚一圈，她就更靠近那个男人一步，更情不自禁地想起他在沙场上威风凛凛的模样。

不去想他，不去想他，娉婷缓缓摇头。

深深呼吸，慢慢张开眼睛，眼眸染上一丝坚毅。堪布之战，已经不仅仅是东林和北漠的战争，更是楚北捷和白娉婷之间的较量。

她真的想赢吗？娉婷静静凝视身旁宛如千斤重的虎符和王令。

马车猛地震动一下后停了下来，娉婷的沉思被打断。车外响起负责护送娉婷的将领若韩熟悉的声音："堪布已到，小姐请下车吧，上将军亲自来接了。"

掀开车帘，高高的城墙映入眼帘，城墙上有多处破损和烟烧痕迹，还有许多深深嵌入墙内的铁箭尚未拔出，表明了堪布战况的惨烈。娉婷从车上袅娜而下，目光从城墙缓缓移到面前的一队北漠将领身上。

领头的一人满身黄尘，虽然脸上一把杂草似的胡子几乎掩盖了一半面容，但双眼却射出坚毅，一看就知道是不易屈服之辈。

娉婷露出一个羞涩的笑容，款款行礼："这位一定是则尹上将军，劳上将军久等，实在折杀小女子。"

则尹一个箭步上前，止住娉婷道："小姐这次是以主帅身份前来，千万不要对属下如此多礼。"接着低声道，"大王已经派快马送来王令，则尹定当全力辅助小姐。入城再说如何？"

娉婷点头同意。她取出阳凤的信递给则尹。则尹一见阳凤的字迹，唇边逸出一丝暖洋洋的微笑，双手接过称谢。

其他将领纷纷过来行礼，报上名号职别。

一行人进入守卫森严的关防，则尹对娉婷非常友善，时时处处将她作为主帅看待，还将自己的行辕让出来给娉婷暂住。

屋内以蓝黑两色为主，尽显则尹慷慨豪迈的个性，墙上挂着一把黑亮的大弓，案台上铺着一幅堪布地形图，似乎在娉婷到来之前，则尹正对着地图苦思破敌良策。

娉婷妙目轻转一圈，看过屋内简洁的摆设后，已对则尹的为人有了大致的了解。如果不是家有娇妻，上将军府不会那般华丽雅致，因为则尹并不是一个喜爱奢华的人。

不能不感叹老天的奇妙安排，偏偏是这粗犷的大汉，掳得从不将归乐权贵子弟看在眼里的阳凤的芳心。

则尹吩咐其他将领暂时在屋外等候，转身对娉婷拱手道："小姐对这里还满意吗？因为时间仓促，只能请小姐将就一下。如果小姐觉得这里色调太暗沉，可以吩咐亲兵找些颜色鲜艳的布匹来……不过，能不能找到还是个问题……"

婷婷看出他心中其实急于商讨军务，但表面上却不动声色，一派镇定从容，于是浅浅笑道："上将军客气了。军情紧急，哪有时间管那些琐事？请上将军将最近的战况详细道来，我们好商量对策。"

则尹正等她这一句，立刻道："小姐请坐。"

两人各自坐下，则尹神色一正，沉声道："十三天前我军退到堪布，楚北捷率兵全力围攻，幸亏堪布城墙高厚，易守难攻，北漠众将士拼死抵抗，才屡次击退东林军。不过东林军毕竟有兵力上的优势，连我也没有把握可以将他们完全击溃。而且，楚北捷不愧是名将，屡次识破我方的惑敌之术。"

"我有一事需向上将军请教，希望上将军不要介意。"婷婷淡淡问道，"北漠边城防守向来严密，又有上将军坐镇，怎么会在这么短的时日内被连破几道防线，被迫退到堪布这最后一道关防来？"

则尹一震，目光转厉，直视婷婷，见婷婷晶莹的眸子不露丝毫怯意，方仰天长叹一声，肃然道："要不是阳凤多次向我提起她闺中好友的为人，我一定认为小姐这个问题是想对我施下马威。唉，小姐的问题的确一针见血。我军节节败退，被迫困守堪布，主要原因并不在于敌众我寡——这次东林军号称十万兵马，其实真正的数目不超过七万。我军失利的原因在于主帅。"

则尹没有注意到婷婷脸上的异色，站起来低头凝视案台上的堪布地图，露出回忆的神色："则尹也算北漠数得出名号的沙场老将，可遇上楚北捷，才知道什么是名将之威。他屡次识破我方的惑敌之术，身先士卒，武艺高强。第一次交锋时，他亲自叫阵，在双方大军阵前三招砍杀我手下第一勇将蒙初，震慑我军将士，让所有人目睹他天下无敌的剑术。楚北捷那不可战胜的气势重重打击了我军军心，导致我军节节溃败。"

婷婷从他话中听出北漠军对楚北捷的恐惧，不禁遥想楚北捷在千军万马前干净利落地三招击杀北漠大将的英姿，默然片刻才回过神来，安慰道："上将军千万不要灰心。楚北捷虽然有本事，但不是也被上将军挡在堪布城墙外十三天吗？"

则尹没有立即接话，半天才道："我刚刚进门前已经看过阳凤的信，小姐既然对楚北捷深有了解，应该比我更明白目前是怎样一种形势。现在大家都知道只要堪布被攻破，东林军将长驱直入，直捣都城北崖里，那我们都会成为亡国奴。因为已置之死地，所以之前因楚北捷而动摇的北漠军心才得以稳定下来，人人都拼死奋战。"

"上将军想得很对。"婷婷点头道，"现在堪布守军军心最团结、士气最盛，也是各种防守达到最佳状态的时候。如果凭现在的优势依然无法击退东林军，那东林军迟早会攻占堪布。"

沙场对阵和王府内斗智完全是两回事，后者婷婷或许有能力一比，前者却和对

手差了几个级数。想到楚北捷能运筹帷幄，决胜千里，而她却要带领一群被楚北捷吓破胆的濒败之兵对抗，娉婷不得不在心里长叹。

但隐隐中又觉得骄傲，论征战沙场，天下间又有谁能比得上楚北捷？

胡思乱想一通，才蓦然想起身边还有一个则尹正在和她讨论军情，只得收敛心神，摆出主帅泰山崩于眼前而不乱的从容。

娉婷三言两语道破则尹心中的忧虑，让则尹不得不更佩服她，他赞同道："小姐所言极是。楚北捷头几天试过强攻，我们双方都伤亡惨重，从第十天开始，东林军按兵不动，至今毫无动静。我看他是想等我军军心涣散，然后才挥军进攻。"

"不。"娉婷抿唇，蹙眉不语，片刻后抬起头来，脸色严肃，一字一顿道，"如果楚北捷按兵不动，那么应该是他已经想到更好的办法攻城了。以他的心计手段，使用的策略一定诡异不可猜测，一旦开战就是雷霆万钧，说不定会迅速瓦解堪布的防守。"

则尹露出怀疑的神色："能有这样的事？"

娉婷没有继续解释，而是转移话题问："我军是否派出探子打探东林军动向？"

"有，我们不断派出探子。但楚北捷对这方面非常注意，经常派大队士兵扫荡他们营地附近，我们的探子无法久留，只知道东林军大致上没有移动。"则尹叹气道，"凡是冒险潜伏进去试图多刺探一点情报的探子，没有一个回来的。"

"这就对了，因为楚北捷正在暗中实施他的计划。"娉婷边思索边说道，"上将军，我的身份和接管主帅之位的事，暂时只能让高级将领知道，莫让消息外传。"

则尹痛快答道："小姐放心，今天来见小姐的都是我的心腹亲信，也只有他们知道小姐是大王派来的主帅。另外，小姐的身份在堪布只有则尹和护送小姐来的若韩知道，我们只以'小姐'称呼。这些大王已经在给我的王令中说清楚了。"

他身为北漠上将军，一直称呼娉婷为"小姐"，自然有原因。

娉婷放心地点点头，目光幽幽一转，移到门外笔直通往前厅的卵石小道，轻轻吩咐："那么，我们先上城墙看看吧。"

站在宏伟壮观的堪布城墙上，前方被战火洗礼过的大平原和周围的山峦丛林尽入眼帘，则尹站在娉婷身边，指着东南方道："那就是东林军大营。"

心狂跳起来。

"东林军大营……"娉婷极目远眺，无奈相隔太远，连一两面隐隐约约飘扬的锦旗都看不清，更别说楚北捷如刀雕斧凿般的俊容。

楚北捷，你知道吗？白娉婷来了。

逃不开，只好来了。

当务之急，是要弄清楚楚北捷到底会使什么诡计。

娉婷没有独掌大权的念头，她向北漠王要来虎符，不过是为了关键时刻让北漠军听从她的策略对抗东林军，因此除了第一天到达时与各高级将领匆匆见过一面之外，便没有再以主帅的身份召集众人。

处理军务的地点在则尹为她腾出来的行辕内，和她一起研究战略的只有则尹。这位北漠上将军对她这个突然冒出来的主帅不但毫不排挤，反而处处为她着想，光是这份磊落胸襟，就值得娉婷佩服。

北漠军处于劣势，不是则尹不行，而是楚北捷确实太强。

"小姐在想什么？"则尹打破行辕内的沉默，放下刚刚才得到的情报，"这次我方折损了数十个能干的前线探子，只获得一些没有多大用处的消息，真是得不偿失。"

娉婷也在心里分析这个最新情报，暂时没有回应则尹的话，她摊开地图，纤纤玉指缓缓移动，指着地图的右下方，蹙眉自言自语道："往南数十里都是连绵不尽的茂密丛林，楚北捷为何连日来不断派兵到那里去？"

则尹也走到地图前，眉毛一扬，似乎想到什么，旋即又否定地摇头："要越过南边百里茂林从背后攻打堪布那是不可能的。那样不但要绕一个圈子，令军队劳乏，而且林中危险重重，毒蛇毒虫多不胜数，恐怕还没有到达堪布后防大军就已经半数伤亡了。"

娉婷正翻看书柜上一大摞沉甸甸的堪布志记，闻言心中一动："关于百里茂林，可有相关记载？"

"那地方阴森恐怖，肯去的人很少。"则尹道，"不过堪布前任护城官是个挺认真负责的人，曾经收集整理了堪布附近的风物资料，还集结成册，留存了下来。在这些书里应该会有对百里茂林的记载，就不知道是否齐全。小姐要看，我这就去取。"

不一会儿，他从另外一间书房里抱来积满灰尘的一大套旧书卷，啪啦啪啦地放满整个案台。

他希望在楚北捷使出他那招奇计之前，东林王昏迷的消息可以传到，否则若娉婷无法及时识破敌计，堪布就将失守，失去堪布就等于敲响北漠国和所有北漠人的丧钟。

事到如今，则尹也失了几分往日在沙场上骁勇刚健的气概，唯有寄希望于据说是楚北捷克星的娉婷。这真是一种令人丧气的感觉，谁叫他对上在沙场上从无敌手的楚北捷呢？

娉婷察觉到则尹的黯然，抬头用体谅的目光打量他，悠然叹道："上将军已经几天没有合眼了？养精蓄锐才可以对抗敌人，去好好睡一觉吧。"

"我还可以坚持。"

娉婷淡淡一笑，柔声道："上将军若强撑的话，岂不正合了楚北捷的意？他最拿手的就是用计迫得对手日夜警惕，精神濒溃，等折磨到一定时候，不待他攻城，守军就已经丧魂落魄了。"

则尹顿悟，点头道："小姐说得对，过度的紧张反而消耗我们自己的元气。"嘴角勾起一丝苦笑，坦白道，"不瞒小姐，自和东林军交战以来，我便没有睡过一个好觉。今晚我一定要好好休息，养足精神和东林军厮杀。巡视兵营后，我便去睡觉。"他长身而起，推门去了。

东林大营内，除了负责守夜巡查的人，其余士兵早沉入甜甜梦乡。

没人担心北漠军会夜袭。在屡次轻率的不知死活的夜袭失败后，北漠军不会重复注定失败的行动。

也没人忧心是否能突破堪布，取得最后的胜利，衣锦荣归。他们有天下无敌的统帅，只要镇北王旗仍在，他们就坚信旗帜指向的地方就是他们胜利的方向。

镇北王旗，此刻正高高插在大营最中央的帅帐之上，迎着从远处百里茂林送来的强劲山风招展，猎猎作响。

帅帐门帘处漏出光亮，楚北捷仍未入睡。金片织就的战甲挂在帐壁上，偶尔反射着摇曳的烛光。楚漠然静静站在一旁，等待楚北捷指示。自从接过探子的最新情报，楚北捷就没有出过一声。

良久，楚北捷才将手上的军报放回几案上，不动声色地问道："那位忽然接替主帅之位的小姐，会是何人？"

一个被忌讳的名字电光石火间闪过楚漠然脑中，他微微后移一步，垂首道："那新主帅的真名和来历都被敌军视为机密，属下派出去的人尚未查探到消息。"

楚北捷坐下，扫一眼楚漠然，温言道："我们猜到一处去了。"

楚漠然愕然，猛地抬头对上楚北捷犀利的眼神，犹豫着问："假如真是那人，王爷打算如何处置？"

"有什么不好处置的？"

"我们现在还不能确定对方主帅是否就是她，那原本定下的计策，明早是否……"

楚北捷摆手道："你多虑了。叫探子不必再查探敌军主帅的来历，如果来的真是白娉婷，她应该能在黎明前凭我军动向猜出本王的计策。"

楚漠然斗胆问道："假如来的真是她，而她却没有及时猜出王爷计策，岂不是会随北漠军一同葬身堪布？"语毕骤然碰上楚北捷扫过来的冰一般冷冽的目光，立即识趣地闭嘴，不再作声。

"猜不出……"楚北捷心中似乎也觉得焦躁，站起身来踱到帐帘处，一把掀起垂帘，仰头静观天上的明月，呼吸着夜里清冷的空气，渐渐压下心头躁动，眼中射出决断的精光，沉声道，"她若没有那般聪慧，又怎值得本王深爱？"他转身看着手下心腹大将，笑道，"看你的样子，心中还有疑问？痛快说出来吧。"

大战在即，主帅的指示绝不可以模棱两可，但楚漠然深知自己的疑问正是楚北捷的心病，于是斟酌着问："王爷不是要生擒白娉婷吗？"

"你觉得本王要生擒白娉婷是为了报仇？"楚北捷淡淡道，"你记住，主帅不可以执着于一次胜败，那会成为你的致命伤。本王想生擒白娉婷，是因为我佩服她。"他俯身扫开案上杂物，再次铺开已经细看过无数次的羊皮地图，目光深邃，仿佛他凝视的是那个唯一能在他梦中缱绻不去的女子，"假如她不再令我佩服，那又何必一定要生擒？"

"王爷可曾想过……"楚漠然敛眉道，"即使她可以猜出王爷的妙计，也没有办法做任何抵挡。"

"你错了。只要她能猜出来，就能抵挡。"楚北捷从容不迫道，"旭日东升时，就让本王看看她是否正是这世上最值得本王钟爱的女人吧。娉婷啊娉婷，你要真敢到堪布城来，就千万不要让本王失望。"

第十四章

# 第十五章

堪布城内，则尹刚刚睡下。

才刚刚睡下，又立即被夜深人静中分外响亮的拍门声吵醒了。敢三更半夜闯进他的住处敲门的只有一人，他于公于私都不能对这人的冒昧表露任何不满。

"我想到了。"不知是不是由于兴奋，娉婷苍白的双颊此刻染上了两片淡淡的红晕。她手捧一卷看似年代久远的书卷走进屋内，先调亮烛火，把烛台移到桌上一角，再将书卷摊在桌上，边道，"幸亏看完前任守城官的志记后又去翻了翻其他的老书，不然真会待我军伤亡无数后仍不知道吃了什么亏。上将军请看这里。"

则尹低头看她纤纤玉指指点处，浓眉微扬："毒蜂？"

"据记载此蜂只在堪布附近山脉出现，其巢穴应该在林木茂盛的地方。毒蜂毒性剧烈，只要被它们轻轻蜇上一针，野牛也会不支倒地。娉婷素来醉心草药之术，对这毒蜂也曾经略有耳闻，今天幸得上将军提醒，脑中隐隐约约觉得不妥，所以连夜查阅书卷，总算找出它来。"娉婷看见则尹脸上难以掩饰的不以为然的神色，直言相问，"上将军觉得有何不妥？"

"小姐是猜测楚北捷打算用毒蜂攻击我军？"则尹道，"此事说来容易，做起来却困难。这种毒蜂我知道，更曾有几个东林士兵被蜇身亡。毒蜂虽然厉害，但要使一座城池的防守崩溃，还是难以做到。哪有这么多毒蜂来蜇人？"

娉婷早思考过这个问题，耐心解释道："这就是楚北捷派人到百里茂林的原因。那里是毒蜂的巢穴所在，只有在那里才能收集到足够的毒蜂。"

"楚北捷虽然厉害，也不是无所不能。他不是北漠人，怎么知道有毒蜂的存在并且利用毒蜂？"

娉婷叹道："上将军到了这个时候竟仍低估楚北捷的能力。他数万兵马驻扎附近，手下又有士兵曾被毒蜂夺取性命，以楚北捷的为人，一旦知道附近有这种天然武器，肯定会立即派人查探毒蜂习性好加以利用。我想这也是东林军最近停止攻城的原因。"

则尹仍摇头不语。

娉婷毅然道："书卷上记载，毒蜂对三花树汁液的气味特别敏感，三花树的汁液可以使毒蜂狂性大发。堪布城外东西两侧就有大片三花树林，假如楚北捷想用毒蜂攻击我军，一定会命人暗中砍伐树林。只要将渗着汁液的三花树枝用弓箭射进堪布城内再放出大量毒蜂，北漠守军必定死伤过半。等毒蜂尽去后东林军再攻城，便可轻易突破北漠的最后一道防线。"

则尹听娉婷说的情况严重，不由得将信将疑起来。"我立即派人查看城外东西两侧的三花树林，看是否被人砍伐过。"当即叫来随身亲兵，吩咐下去，才转身道，"如果真是如此，那楚北捷用计之诡异大胆，实在出人意料。"顿了顿，又道，"不过则尹还有一点不明白。恕则尹直言，此计实在匪夷所思，小姐对自己的猜测到底有几分把握？"

"几分把握？"娉婷神色一变，收敛了识破敌军奇策的兴奋，轻轻坐下抚着发髻，怔怔片刻，挤出一丝凄怆的微笑，"对这样不可思议的怪计，若说我有十分把握，上将军心中定然觉得可笑。可是不知为何，当我猛然想到毒蜂之计时，就打心底肯定那是楚北捷会做的事。"她看着则尹，勉强笑笑，不无自嘲地道，"若白娉婷不能猜到楚北捷的心思，对北漠来说还有什么用？"

屋内烛光闪动，屋外流萤飞舞。

明月高悬，普照城内城外。城内城外，都有在梦乡中思家的将士，他们的生或死，皆在于高高在上者一念之间。

猜中或猜不中，只教人越发觉得这是一场残忍的博弈。

对手，偏偏是他。

娉婷抚过自己的发端，再温柔也抵不过他的指，曾那么轻轻地、一点点地掠过她如丝的发，在黑夜中逸出一丝悠然的笑，说一声："这是我的。"

谁知心碎成这般，也无人来疼。

"上将军可知道我现在最想做什么吗？"

"小姐的心思，则尹实在猜不出来。"

娉婷抿唇，浅笑："和上将军一样，想好好睡一觉。"眉心紧得发疼，用指尖轻轻揉着，淡淡道，"遇上楚北捷，谁又真能安心睡个好觉？"

忍不住叹了一口气，娉婷对自己微微摇头，主帅是不该叹气的，她到底不是个好主帅。月下伊人，默然怀愁。则尹暗悔失言惹得娉婷伤感，轻咳一声，转移话题道："还有一事我们必须弄明白，被毒蜂蜇到是否有药可治？"

娉婷愁眉道："这是另一个我肯定楚北捷会使用毒蜂的原因。蜂毒一进血液就会置人于死地，但如果在未被蜇到前先喝下掺了三花树汁液的草药，就可以预防蜂

毒。书卷上记载，从前要进入百里茂林的人都会事先熬药服用，以防备毒蜂袭击。如果东林众将士预先喝下这种草药，就不用担心被毒蜂误伤。"

"竟有这样的事？"则尹浓眉几乎挤成一团，摸着下巴上的大胡子道，"如果东林军在攻城时放出毒蜂，我们的士兵躲则无法守城，不躲则必遭蜂蜇。"

正忐忑不安时，派去的亲兵跑了回来，进门便跪倒，大声禀报："上将军，城外东西两侧的三花树林果然都被人砍了。"

则尹霍然转身，厉声道："怎么会被人砍了林子也不知道？"

亲兵不知道里头玄机，但也心知不妙，连忙道："东西两侧离城墙很远，自从上将军下令集中兵力严守城墙，就撤回在那里驻守的千人队了。东林军定是大批出动，偷偷砍伐了树林，随后迅速离开，竟没让我们城中的守军察觉到异常。"

娉婷插了一句："仔细查看过被砍的三花树没有？能猜测大概砍了多久了？"

"被砍的树干上已经结胶，看来至迟是前天的事。"

则尹与娉婷交换了一个"果然如此"的眼神，咬牙道："传令！立即支起大锅准备熬药，你领一千精兵去三花树林，将剩下的树全部给我砍回来。"

"慢！"娉婷挥手制止，徐徐道，"且不说楚北捷是否会在树林里埋下一支奇兵等我们自投罗网，就算真能收集到足够的三花树汁液，现在熬药也来不及了——上将军，天将亮了。"说着往窗外一指，天已灰白。

"楚北捷未必料到我们能猜中他的毒蜂之计，毒蜂也未必已收集够了。"则尹瞪着天，沉声道，"只要他不是今天攻城，我们就能趁其不备，大胜一场。"

娉婷叹道："楚北捷不会做让对手有机可乘的事情，砍下三花树一天半就可以熬出药给士兵服用，剩余的三花树汁液用来引导毒蜂。三花树前日被砍，到今天，他已准备妥当。"

则尹猛地一震，瞪圆双眼，半天才从牙缝里挤出声音："那我们该怎么办？"

娉婷没有立即作声，只是踱到窗前，伸手将原先只开了一半的窗子完全推开，闭上眼睛深深呼吸黎明清新的空气，待清凉的空气在感觉憋闷的胸膛里转了一圈，才缓缓睁开双目，凛然道："上将军不必担心，娉婷从北崖里出发前就已经料想到会有今日。历来在沙场上和楚北捷碰头的人都没有什么好下场，除非楚北捷故意示弱。"

当年归乐边境一战的情景掠过脑海，娉婷将头倚着窗，极目远眺片刻，方徐徐转身，悠然笑道："不知堪布是否还能找出一张不缺弦还可以弹奏的琴？娉婷忽然琴兴大发呢。"

"弹琴？"

"而且要在城楼上，楚北捷可以听见的地方弹。"

则尹脸色大变，摇头道："小姐虽然和楚北捷不是寻常交情，但如今两军对垒，开不得玩笑。小姐出现在让敌人看得清清楚楚的城楼上，别说毒蜂，恐怕楚北捷奋力一箭就能夺了小姐性命，他那三百石强弓的厉害可不是胡吹的。"

"我是主帅，上将军不依，娉婷可要出动虎符了。"娉婷想摆起主帅的架子，却扑哧一声笑出来，见则尹仍一脸严肃，又觉得心里不安，柔声道，"上将军定受了阳凤嘱咐，要处处照顾娉婷。何苦来哉？若楚北捷真肯赏娉婷穿胸一箭，对娉婷而言说不定是一种解脱呢。"说罢跨出门，袅娜去了。

东林军营中，将士们早已醒来。此刻，他们轮流到大锅前舀一勺味道不算太糟糕的草药仰头喝下，然后集队列阵，刀刃在手。

数十个圆鼓鼓的大牛皮袋子被楚北捷的亲兵每人一个小心翼翼地拿在手上，嗡嗡声萦耳不去。

另一队人马浑身包裹严实，正在把刚刚才做好的还黏着汁液的三花树枝制成的箭成批放上鞍。他们要将这些可以引发毒蜂狂性的箭射入堪布城中。他们执行这项任务，自己身上不免也会沾上若干招惹毒蜂的味道，虽然喝了可以预防蜂毒的草药，不过被蜇毕竟不是好受的事，因此还是穿得严严实实，手脚脸脖都用铁罩遮挡。

楚北捷带着楚漠然等将领巡视一遍，查问各项事宜，直到确认再无纰漏，才返回帅帐。

"兵临城下时，她会在哪？"入了帅帐，楚北捷皱眉发问。

众将中只有楚漠然明白楚北捷的心事，不过，他也明白楚北捷只是借此问舒散心中的烦闷，事关主帅的儿女之情，最聪明的方法当然是像其他人那样装傻，便不言语，只站在一旁静候楚北捷发令。

等了好一会儿，仍不见楚北捷发令，众将你看看我，我看看你，无人敢打断楚北捷的沉思，于是对楚漠然猛使眼色。

身为副帅，楚漠然只好硬着头皮上前道："王爷，时辰已到。"

"好。"楚北捷从沉默中抬头，环视这些心腹大将，从容笑道，"本王已经很久没有今天这种满怀期待的兴奋感觉。当我们东林大军兵临城下的时候，这场堪布攻城战或许会成为非常有趣的一场仗，它可能是一个结束，也可能只是一个开始，一切……只看堪布城内的北漠主帅是否真值得本王全力以赴，不惜一切得偿所愿。"他眼中神光炯炯，喝道，"出发！"

众人齐声称是，帅令层层传出，直达每一个斗志昂扬的东林士兵耳中。

气势浩荡的东林军终于在短暂的休整后，挟镇北王赫赫之威，正式兵临堪布城下。

鼓声雷动。东林陈兵堪布城下，兵列齐整，刀光闪闪，杀气沸腾，人人眼中透

出嗜血光芒，只等主帅一声令下。

帅旗移动，号角长鸣，汹涌的兵潮从中分开一条道，众将簇拥着东林主帅出现。

娉婷在城墙上骤然睐起双眼。

楚北捷，东林主帅已到，骑在高头大马上，英姿飒爽，顾盼生辉，三招取敌将性命的宝剑悬在腰间，马鞍上斜挂三百石强弓。

隔着城门前荒芜的空地，一个上眺，一个下望，目光在半空中相遇，仿佛撞击出火花。难以言喻的激动，从足心涌向喉头。

他在千军万马前从容不迫威风凛凛，她在城墙上袖起翩翩乘风欲飞。

相视的电光石火间，娉婷全身像被抽干了血似的，眼前一阵模糊，手脚失了力气，身躯微晃，几乎软倒，幸亏暗暗扶着石柱，才不至于摇摇坠下。

低头，看不见兵临城下，她眼里只有那双眼睛，深邃得似要吞了她，灼热得似要烧了她。

不见血色的双唇间挤出一丝苦笑，何需千军万马，只是一个眼神，楚北捷就已让她魂飞魄散。她恨不得看清他每一根发丝，于是忍不住前移了两步。

"小姐小心！"留下负责护卫的若韩在她后面小声唤道。

猛一回神，脚步终于在高达数丈、毫无遮拦的城墙上及时停住。

"小姐？"

娉婷怔怔回头，哦，她是主帅。堪布的将来，北漠的将来，连同阳凤和她孩子的将来，都在她一念之间。

黯淡的眸子逐渐回复神采，莲步移至城楼，坐到早已预备好的古琴前。

净手，焚香，每一步皆一丝不苟，娉婷淡淡吩咐："传令，依计行事。"

"是。"

城下，楚北捷的目光不曾离开过城楼上单薄的身影。

她什么都不怕，一如他所料想。

还是那样坦然无惧，一举一动，弱不禁风中带着只有她才有的坚强果断。

楚漠然扯动缰绳，靠近楚北捷，低声道："王爷，果然是她。"

仰头看去，高高城楼上，一道纤柔身影。

"她猜到了。"楚北捷沉声道。

"是否立即放出毒蜂？"

楚北捷正要回答，浓眉猛然一拧。

铮！琴音，从城楼上飘然而至。短促一声，急而尖锐，凄楚动人，像针尖刺进人的心窝。

楚北捷那双能叫人心惊胆战的虎目盯着城楼上单薄的身影，骤然睐起，轻道：

"弦断了。"

铮！又一声，凄厉更胜前声。

"第二根。"

铮！

"第三根……这就是你的退敌之计，我的小娉婷？"楚北捷定定注视着城楼，心领神会的笑意在俊脸上一掠而过，举手一挥，低喝，"传令，退兵二十里。"

"退兵？"楚漠然大诧。

众将面面相觑，一起看向主帅。

"退兵。"吐出两个字，楚北捷最后看一眼属于他的女人，勒转马头。

"王爷有令，退兵！"

"传令，退兵！"

"退！退！"

蹄声、脚步声轰然响起，东林军潮水似的退去。

楚北捷一马当先，脸色如常，看不出端倪。楚漠然忐忑不安地挥鞭跟随，也不敢贸然说话。

楚北捷策马奔了片刻，放缓速度，让楚漠然与他并肩而行。

"若攻城，娉婷会以身殉城。毒蜂放出，她势不能幸免。"

"这就是她的抵挡良策？"楚漠然小心斟酌道，"这样说来，王爷如果希望娉婷姑娘安然无恙，就不能使用毒蜂之计。她也算大胆，竟以身犯险。若王爷不念旧情，她岂不白白送了小命？"

"只此一句，已知你识我不如娉婷。"楚北捷笑道，"我是绝不会下令攻城的。她现在是北漠军最高统帅，代表北漠王在军中的威望，不惜以身犯险，正是要树立她对强兵坦然无惧的形象。假如我们在众目睽睽下用这种手段害死娉婷，将激起北漠守军最后的热血，纵然拿下堪布，被她壮烈赴死而激励起来的北漠子民将会前仆后继，不惜一切攻击我们直捣北漠都城的疲军，使我们的伤亡达到无法估算的地步。百姓因热血而振奋时，是无法用强兵镇压的，这股由她的生命激起的逆流最终会使我东林大军失去所有优势。"

楚漠然恍然大悟，低头暗自品味，又叹道："不但如此，假如王爷出手用毒物加害手无寸铁的女子，在世人心中，王爷光明磊落的名将之风必蒙尘，这定会严重打击我军上下如虹的气势。此消彼长下，北漠之战再不是我们预料的局面。"

楚北捷欣赏地看楚漠然一眼，握着缰绳淡然道："她虽然使了攻心之计，却让我不得不感激非常。要不是对我信任到可以托付性命的地步,她断断不会行这一步。"

楚漠然听出楚北捷心情甚好，也朗笑道："所谓棋逢对手，王爷不也立即回敬

一招，痛痛快快撤兵二十里。天下男人虽多，却没有多少人能为她毫不犹豫放弃一座城池。"笑后又轻叹一声，恭敬问道，"王爷请恕漠然驽钝，漠然心中仍有一个疑问。"

楚北捷怎会猜不到心腹爱将想问什么，唇角勾出一丝邪魅的微笑："即使没有任何理由，本王也不会下令攻城。失去白娉婷，会是我楚北捷一生中最大的遗憾。区区一座堪布城池，怎及她半根头发？"

楚漠然也早料到主子的心意，不过亲耳听他道来，心头依然忍不住涌起男子汉的豪气，赞道："娉婷姑娘福气不小，竟得王爷眷爱。可我军接下来该如何行动，是否一直停在二十里外？"

楚北捷心中已有定计，凝视前方，道："三个时辰后，发兵攻城。"

"攻堪布？"楚漠然不解道，"只要娉婷姑娘仍留在城楼上，即使我们不用毒蜂，也还是无法发动进攻啊，因为进攻的话，仅是射上城楼的乱箭就能要了她的性命。"

"漠然啊，你识我不如娉婷，识娉婷也不如我。"楚北捷胸有成竹道，"以身犯险之计她只会用一次。每次兵临城下都用自己的性命要挟，我楚北捷看上的女人才不会这么没出息。我敢保证，当东林大军再次到达堪布城下时，她已另有应对之策。"说罢仰头长笑，过了一会儿，又豪气满腔地说道，"有她在，堪布之战将变得前所未有地精彩，这会是我楚北捷一生中最精彩的一场仗。"

楚漠然却不禁担忧："王爷终于遇上旗鼓相当的对手，胜负岂不难料？"

"记得我与归乐订五年之约时留下的宝剑吗？"

"记得，是王爷最心爱的离魂。"

"此战本王必胜，战利品就是未来的镇北王王妃。"楚北捷悠然道，"娉婷虽聪慧，却已离魂，为我——楚北捷离魂。"说罢猛抽一鞭，意气风发，踏尘而去。

三个时辰后，东林大军轰然再临，气势更胜之前，见识过自家主帅超凡气度的士兵们精神抖擞，准备给堪布城最后一击。

帅旗迎风招展，猎猎作响。

楚北捷从容镇定，骑在马上，凝视面前寂静得异常的堪布城。

很快，派出的探子飞报："禀王爷，堪布城中竟然无一兵一卒，北漠军不战而撤！"

众将震动，连楚北捷也皱起英挺的眉，沉声道："再探！"

"是！"

楚北捷点名道："漠然，你说说。"

楚漠然思索片刻，徐徐道："当务之急是要摸清楚北漠大军的动向。如果他们撤往北崖里方向，我军可衔尾追击，一举击溃敌军。如果他们绕过堪布，屯兵南边的百里茂林，那可就不妙了。"

正商议时，探子已回，飞身拜倒，高声禀报："王爷，北漠军入了百里茂林！"

众将脸色大变，显然都已明白北漠军主帅的用意——这一招虽然冒险，但确实是目前最可行的计策。

"北漠大军屯兵百里茂林，既可随时突袭我方粮草库，又可断我军退路，隔断王兄继续派来的援军，假如我们继续深进北崖里，将成为孤军。"楚北捷默然片刻，忽然朗声笑道，"刚刚识破毒蜂之计，竟又让你利用起百里茂林。娉婷啊娉婷，叫本王怎能不爱你敬你？可此计并不能彻底阻碍我东林大军，只能拖延几天而已，你到底在打什么主意？"笑罢，面色渐转凝重，沉声道，"驻兵堪布，神威将军全权指挥。"

楚北捷将令箭递给神威将军君舍，冷冷一笑："本王亲率一万精兵，破她百里茂林中的大军。"

"王爷三思，北漠军人数不下五万，一万精兵恐怕不够。"

"一万足够了。"楚北捷以睨视天下的豪气，含笑轻道，"没本事怎能夺得美人归？娉婷啊，楚北捷这次要你输得心服口服。"

一万精兵，继北漠大军后，发往连绵百里人迹罕至的百里茂林。

# 第十六章

　　楚北捷领兵入了百里茂林，先挑了一处林木并不茂密的地方扎营，然后派出一批能干的探子深入丛林打探北漠军动向。

　　他和楚漠然入了临时支起的帅帐，两人摊开地图仔细研究起来。

　　"百里茂林沿堪布山脉连绵近百里，许多地方至今无人到达，北漠军不会太过深入，最适合他们驻扎的地方，是这里、这里，还有这里。"楚北捷手指移动，先后指出地图上的三座山头。

　　楚漠然沉吟道："北漠军将近五万人，在百里茂林中不可能不留下蛛丝马迹，探子一定能探出他们的去向。不过如果他们选择居高临下的据点，摆出只守不攻的阵势，只怕我军难以速战速决。"

　　楚北捷微微一笑，温和地问："你可知本王为什么只率一万精兵追击？"

　　楚漠然得他点拨，眼睛一亮："王爷是想诱他们来攻？"

　　"北漠军自与我军交锋，节节受挫，他们需要一场胜利来振奋军心。"楚北捷将目光转回羊皮地图上，指着西南方一座高峻的山峰，笃定道，"若我所料无差，娉婷将屯兵在这里。"

　　"王爷刚刚才说适合北漠军驻扎的地方有三处，那王爷如何认定是这座山峰呢？"

　　"适合驻扎的地方虽然有三处，但最符合娉婷胃口的，却是这里。"

　　楚漠然犹想再问，帐外忽然高声禀报："禀王爷，探到北漠军下落。"

　　"进来。说。"

　　探子进来跪道："北漠军驻军于典青峰。"正是楚北捷刚刚点出的那座山峰。

　　楚北捷满怀信心地微笑，转头对楚漠然说道："你不是奇怪本王为何能猜出来吗？因为这典青峰山势险恶，而且地图上标明，典青峰山腰处有一条奇特的泉流，是附近数十条山涧的源头。"稍顿，反问道，"如果换了你做北漠军主帅，会如何应对本王这一万精兵？"

楚漠然也是沙场老将，闻言应道："行军打仗时扎营向来都选择靠近河流、溪涧的地方，就是为了方便士兵、战马取水饮用。我若是北漠军主帅，会抢先占领水源，在水中下毒，让敌军不战而溃。"

"此计只能趁我军阵脚未稳时使用，不然等我们弄明白地形，洞悉她占据水流源头就无效了。娉婷以为我军劳师远征，对百里茂林未必了解，怎知道本王最重视地利，每到一个地方必先全面勘察地形。"说到这儿，楚北捷不由得朗笑道，"所以本王料她会于今晚下毒，随后派兵下山，围剿我这一万精兵。"

楚漠然看着楚北捷的神色，知道主帅已经胸有成竹，拱手道："王爷请发令。"

楚北捷掀开帐帘，仰头凝视被云雾笼罩的峻拔山峰，思绪万千，沉默后带着期待的语气道："娉婷自持心有妙计，又认定两军会于山下交战，山上帅营的防守一定不严，我们就让她大吃一惊吧。"猛喝道，"传令！每人砍树枝扎成一个假人，穿戴上外套盔甲，放置在营地中，务必使敌军探子以为我军正扎营休息，以待明日之战。"

楚漠然忙掀帘传令。

帐外众将士都忙活起来，喧声不断。不一会儿，楚漠然回来禀报："已按王爷的吩咐办了。"

楚北捷点头，穿戴起盔甲，一手提宝剑，跨出帅帐，喝令："全体上马，走云崖索道，奇袭北漠帅营！"

众兵轰然应是，留下一顶顶空帐篷和近万个惑敌的假人。

一万精兵，借茂密树林的天然掩护，无声无息攀上典青峰对面的山腰，即将通过高高悬在半空中连接两峰的令人看之心惊胆战的云崖索道，偷袭娉婷所在的帅营。

北漠军中的情势，确实如楚北捷所料。

娉婷将五万兵力的大部分留在水源附近的山腰处，帅营则驻在离顶峰较近的地方，占据高处之利，鸟瞰四周。

其他将领都在山腰处管着大军主力，帅帐里此刻只有娉婷、则尹、若韩，三人正围成一圈，研究他们所能找到的最详细的百里茂林的地图。

"妙计！"则尹拍腿叹道，"小姐不愧是最有资格当楚北捷对手的人。东林军初入百里茂林，定不了解地形，趁他们还未明白过来，先在泉流中下毒，我在天色掩护下率军杀入敌营。哼，希望这一万东林兵中有楚北捷，让他尝尝我北漠男儿的厉害。"

若韩眼中流露出仰慕之色，拱手道："若能生擒楚北捷，小姐会因为此计成为第一位名动四国的女主帅。"

娉婷脸上没有丝毫悦色，反而隐约露出忧虑，叹道："上将军切莫高兴得太早，

娉婷方才所说之计，使在别人身上定能成功，却无法用在楚北捷身上。"

则尹正笑得畅快，闻言愕然道："这是为何？"

"楚北捷是当世名将，思虑周全。他曾派兵深入林中捕捉毒蜂，又怎会不命人探路，了解百里茂林的地形？低估对手是为将者的致命伤，如果以为占据了水源就可以让楚北捷摔跟头，那今晚被俘的将是娉婷自己。"

若韩脸上变色道："楚北捷真的如此厉害？那我们该怎样应对？"

娉婷凝神细看地图后，朝若韩柔柔一笑，从容道："楚北捷在得到我军驻扎典青峰的情报后，不需片刻就能识破我们占据水流源头欲下毒再施以突袭的计策。不瞒两位将军，娉婷选择典青峰驻扎，正是为了给楚北捷造成这个错觉呢。"

连说了许多话，耗了不少精神，娉婷的脸颊染上两片嫣红，稍喘口气，水银般的眸子灵巧地转了一圈，才接着道："楚北捷用兵极险，他自以为识破了我们的计谋，必会先发制人，寻一条最令人意想不到的路径，突袭在他的推测中应该空虚的帅营。"

则尹和若韩听得心服口服。

则尹脸上的大胡子一抖一抖地说道："我们在帅营中埋下重兵，让楚北捷有来无回。"

娉婷却摇头道："这并不是可行的法子，典青峰这处并不适合设埋伏。"

"有一事还请小姐指教。"若韩深思道，"小姐刚刚说楚北捷会寻一条最令人意想不到的路径，依小姐所见，该是哪条路？"

"若韩将军说到重点了呢。"娉婷欣然道，纤纤玉指往地图上一点。

则尹和若韩齐齐低头一看，都愣了愣。

过了一会儿，若韩才舒出一口气道："楚北捷竟敢领一万兵马过这出了名的云崖索道，他好大的胆子。不过假若我军对东林军的行踪一无所知，他确实会得手。"

"他善用奇计，但这次会自讨苦吃。"则尹冷哼道，"我这就领兵下山，绕到他身后，给他一个'惊喜'。"说着朝娉婷一拱手，"请主帅下令吧。"

娉婷淡淡一笑，取过令箭，用黄莺般悦耳的声音发令："则尹上将军听令，本帅命你尽起大军，下山截断敌军后路，务必将这一万精兵围堵在对面壁雷峰上。"回心一想，又低声吩咐道，"我军兵力远胜楚北捷，摆出阵势围堵即可，没有我的帅令，不可擅自攻击。"

"这……"

娉婷拿出主帅架子，摆手道："楚北捷乃东林军主帅，又是东林王亲弟，生擒了他，东林大军自然退去。"接着取出另一道令箭，唤道，"若韩将军。"

"末将在！"

"请将军另领一百士兵，割断云崖索道，使东林军不能到达典青峰。"

若韩接过令箭，高声应是。

娉婷嘱咐："若韩将军是沙场勇将，完成这个任务后，不必回来复命，可自行下山助上将军一臂之力。"

诸事处理妥当后，娉婷才长长呼出一口气，眼前忽然一片模糊，知道是费神过度，忙坐下闭目养神。

很快，大部分人马意气风发地随则尹下山，准备反偷袭一直把他们压制得难以喘息的劲敌。

营地里一阵脚步声、马蹄声之后，四周渐渐安静。

娉婷静静坐在帅帐内，倾听寂寞一丝一丝醒来，在空中无声飞舞。

又是一计。

计中有计，她皱眉，忍不住伸手揉揉阵阵发疼的眉心。

倦了，乏了。

短几上的虎符直教人看得刺眼，定下无数计谋后，才蓦然想起这不再是从前的儿戏或演练。她每一个计策，都有可能使许多渴望归家的将士死去。

而楚北捷，为她退兵二十里的镇北王，再次看错了人。

他定料不到白娉婷竟真能这般心狠手辣。


眼睛干干的，流不出半滴晶莹泪珠。安静的百里茂林，暗流涌动，杀戮潜藏。娉婷缓缓站起，目视威严肃穆的帅营，怔怔走出帐门。

典青峰一役，将阻挡你前进的脚步。

北捷，是我，又是我，为了阳凤，为了千万流离失所的北漠人。

心疼来得无声无息，刺伤五脏六腑，恨不得这一切统统化为一场可以苏醒的梦。

"这是前世的冤孽吗？"娉婷咬破红唇，哽咽不能语。

血，和这连连环环的计，怎对得起曾插在发间那朵弱不禁风的雏菊？

想他，想他！娉婷疼得捧着心窝，摇摇欲坠。她是主帅，她答应过阳凤，和她肚里的孩儿。


离魂，少爷说得没错，她已经离魂。无处安家，芳魂盼着随风而起，到千里之外的镇北王府，再摸一摸蒙上尘埃的古琴，弹一曲英雄佳人。

可惜山风不肯如人意，只是吹乱她的鬓发，却吹不动她孤零零的魂魄。

"像一场梦。"娉婷站在风中喃喃道，"这个梦真长啊，苦透了……"

则尹正领兵潜入他的后方，血色将染红天边。

若韩正在捣毁云崖索道，断他的前路。

如此无情——一切已无可挽回。

也许她和他，本来就没什么可以挽回的。

想想也可笑，定下计策后，她这个主帅仿佛已经没有多大用处了，只剩胡思乱想的份儿。

两个时辰后，该是则尹围堵到楚北捷的时候。若楚北捷被俘，一定恨她入骨。

但他神勇盖世，也许会逃去。心突突跳起来，仿佛在为想象中的他的逃脱而喝彩似的。

不管怎样，他还是会恨她入骨。

一阵心灰意冷。

若楚北捷战死……娉婷一直不愿想这个，但又忍不住折磨自己似的去想。

"你活，我自然活着。你死，我也陪你一道死。"依稀是自己说过的话，那时她在楚北捷怀里，温柔得像要化成水。

娉婷咬着唇微笑，若楚北捷死了，最好不过，她便把命赔给他吧。

"便把命给你吧。"不经意吐出几个字，才惊觉自己快痴了，不知什么时候坐在营地的草地上，让来来往往走过营地的那几个留下负责保护主帅的亲兵惊讶地瞅着。

临时改了尺寸衬出不盈一握的纤腰的战袍沾上了尘土。娉婷站起来，暗叹自己又走了神。

"杀啊！"

"杀杀杀！"

还未回到帅帐，蓦然传来震天杀声。

娉婷吃了一惊，猛地转身，漆黑眸子蓦然瞪大。东林军！不可能，这怎么可能？

"杀啊！活捉敌帅！"

"王爷有令，敌军将领要生擒！"

楚北捷的帅旗在营地外围出现，林中接连不断地冲出东林士兵。

血光满天。

"保护主帅！保护主帅！"留守的亲兵奋力迎战，无奈北漠军大部分兵力早跟随则尹而去，哪抵挡得了如狼似虎几倍之多的东林军。

亲兵们浑身浴血，手持刀剑簇拥过来："帅营保不住了！小姐快上马！"

保不住？

输了，她输给了楚北捷，兵败如山倒。

她到底还是输了。

娉婷瞪大眼睛，昏昏沉沉，被众人拼死送上马背。一张被鲜血和尘土掩住的脸跳进她的眼帘："小姐！帅营保不住了！快跑！快跑！"

东林军那要将人震聋的狂吼和北漠士兵们临死前凄厉的惨叫同时传入耳中，娉婷终于清醒过来。

"抽鞭，跑！跑啊！"

满耳都是杀戮声，血光映红漆黑的眸子。亲兵们将娉婷送上马后，又返身与已经杀入帅营的敌人肉搏。

"啊！"又是一声惨叫。

娉婷转头，惊惶的眼眸对上一道叫人停住呼吸的目光。

楚北捷骑着马，就在营外，威风凛凛，不可一世，冷冷看着轻易攻破北漠帅营的战果。

北捷，你要杀我？

目光相遇，娉婷已经心碎了。她从不知心可以碎得如此轻易，没个声响，就散成了千万瓣。

泪眼婆娑中，娉婷惊觉，楚北捷正策马越过营地边缘的围栏。

她不假思索地勒转马头，挥鞭。

跑吧，跑吧，在百里茂林中狂奔，逃开这人，再不要相见。

这感觉如此熟悉，像当日羊肠绝崖的重演。

同样肝胆俱裂，心痛似绞。

"娉婷！"身后传来楚北捷的吼声。

娉婷闭上眼睛，抽鞭，任风呼呼地刮在她嫩白的双颊上。

别追，已经无可挽回，没什么可以挽回。白娉婷已离魂，魂回不了昔日的敬安王府，也回不了你的镇北王府。

我们对月起誓，永不相负。

泪水模糊双眼，依稀看见往日他温柔的笑容。

永不，永不，相负。

原来一心一意，这般难。

挥鞭，再挥鞭！不顾刮得脸生疼的风，只要逃出他目之所及，逃出有他呼吸的天地。

身后马蹄声仍在，楚北捷在追。

娉婷疯了似的，只管向前冲。

两人两骑，在黄昏淡红色的天光中疾速地穿过茂密的丛林，直冲典青峰之巅。

不顾一切地策马狂奔仿佛持续了一个轮回，娉婷再次举起手中的鞭，骏马竟猛

然嘶叫一声，人立起来，将娉婷摔了下去。

"小心！"楚北捷的惊呼传来。

娉婷重重摔在草地上，一阵头昏眼花，咬着牙勉强站起来，终于明白自己的马为何忽然停步——前面竟是深不可测的断崖。没想到则尹为自己留下的良驹竟如此聪慧。

可她怎能容自己以被俘之帅的身份回到楚北捷身边？

与其受辱，不如只留下那一段花儿般芬芳的回忆。

面对没有退路的断崖，娉婷居然平静下来，站在断崖边上，悠然回头，朝正欲飞身扑上来的楚北捷微笑，柔声道："此处风景独好，使娉婷歌兴大发。娉婷为王爷清唱一曲可好？"满怀柔情，眼中泪光颤动，依依不舍地凝视楚北捷。

楚北捷见她太过平静，大感不妙，心知此刻一言不对，这烟雾般无法捉摸的奇女子就会毫不犹豫跳下悬崖，脑子里急速转过千百个念头，忽然想到了什么，还娉婷一个温暖的微笑，从容道："东林归乐的五年契约是本王与娉婷订的。娉婷若在此纵身一跳，契约立即无效，本王将尽起东林大军，挥兵直取归乐。请三思。"

这话一矢中的，娉婷脸上笑容尽去，动弹不得。

楚北捷徐徐举步，在她面前停下。

娉婷忍着泪，垂首轻道："王爷为何要来？"

"为了你。"楚北捷沉声应道，牵过坐骑，翻身上马。

坐定后，楚北捷在马上伸出手，凝视着娉婷："随我上马来，从此，你不姓白，你姓楚。"

娉婷如遭落雷，浑身一震，仰头凄声道："北捷！"恍若三生的哀怨情愁在一刹那全数涌来，道不尽其中酸甜苦辣，只余流也流不完的热泪。

此般深情，居然属于她，区区一个白娉婷。

楚北捷沉默半晌，叹道："有你这一声'北捷'，北漠又算什么？"仰天长笑，状极欢畅，笑罢低头，眼中透出前所未有的温柔，伸手道，"娉婷，到我这来。"

娉婷静静凝视那满是茧子的宽大手掌。记得它的热度吗？抚过她的发、她的脸、她的哭泣和欢笑，都是这只手。

这手递在半空，稳重得仿佛永世不会移动半分。又是一个抉择，魂魄寻得一个归宿，便要忘尽敬安王府、归乐、阳凤和北漠。

从此以后，真能不姓白？

纤纤玉指，千斤重似的，艰难抬起。

一寸一寸，怯生生地，穿越国恨如山，穿越两军对垒的烽火，穿越十五年不知道谁辜负谁的养育之恩。

从此，白娉婷不再姓白。

北漠之危已解。阳凤，忘了娉婷吧。孩子出世后，不会知母亲曾有一个闺中好友。

一寸一寸，移动。终于轻轻地、轻轻地触到那温暖的手掌。

"啊！"手被蓦然握紧，一股大力涌向腰间，双脚已经腾空，被扯入马上人的怀里。

楚北捷熟悉的笑容映入眼帘："娉婷，月亮出来了。"

仰头，果然，月亮出来了。

好亮，弯弯的，哪家的银盘子，笑弯了腰？

"我们对月起誓，永不相负。"他一字一顿认真道。

她看着他深邃的眼睛，深情应道："我们对月起誓，永不相负。"

清冷的月光下，大胜的东林军押着俘虏，由怀抱佳人的主帅领头，取道云崖索道回营。

"为何皱眉？"楚北捷在马上低头看着怀里好不容易找回来的宝贝。

娉婷蹙眉，迷惑地说："说不出来是什么感觉，只是觉得心里闷闷的。"

"有什么可闷闷不乐？"楚北捷低头轻轻吻她发际，安慰道，"胜败乃兵家常事，你输给自家夫君，也没有什么不好意思的。"

云崖索道在望。

"我……能问军中的事吗？"娉婷忐忑不安地打量楚北捷的脸色。

楚北捷不露声色道："问吧。"

"王爷打算怎样处置则尹？他是阳凤的夫君，我……"

"本王根本不打算处置他，所以本王才取道云崖索道回营。"楚北捷笑道，"本王料到你们会在水中下毒然后全军突袭，所以偷偷来取你们的帅营。则尹嘛，就让他在本王的假营里扑个空好了。"

娉婷猛然屏住呼吸，她终于明白自己输在什么地方。

她全部猜对了，却忽略了一点——兵贵神速。

楚北捷的速度太惊人了，竟在他们还未形成围堵之势前攻进了北漠帅营。她见到楚北捷，魂都飞到天边去了，直到此刻才悟出这点。

这一仗真是败得冤枉。

如此说来，则尹应该正领着大军在云崖索道另一头苦苦搜寻"凭空消失"的一万东林军，而楚北捷岂非根本不知道北漠军主力就在前方？

东林军回营的铁蹄已踏上云崖索道。娉婷艰难梳理着因为和楚北捷重逢而变得纷乱的思绪。

按照东林军出现的时间估算，若韩割断云崖索道时，楚北捷的奇兵早过了索道，

在典青峰上藏了起来。

可是，即使若韩不知楚北捷已经过了索道，他还是会依计把索道割断。

可……为什么眼前的云崖索道还是好好的呢？

迷惑间，索道忽然猛地摇晃起来，发出危险的嘎吱声。

"怎么了？"楚北捷也觉出不妥，一扯缰绳，人与马立在索道上。

电光石火间，娉婷明白过来。若韩确实依计行事了，他不知道楚北捷的大军已经过了索道，所以弄松了索道等待敌人到来。

苍天开了个玩笑，楚北捷来的时候没有中计，回去的时候却刚好中了埋伏。

嘎吱……嘎吱……

快要崩断的索道发出令人心悸的刺耳声音。

娉婷几乎魂飞魄散，对楚北捷尖叫道："快退！索道被割断……"还未说完，索道轰然从中断开，娉婷身体一轻，已经失去任何支撑，直直向下坠去。

"啊！"在空中，手腕猛然被人拉住，原来是一同下坠的楚北捷一把扯住了她。

狂风掠过耳边，急速下坠中，楚北捷勉强揽到她的腰，将她紧紧护在怀中。

两人闭上眼睛，直直坠向下方黑漆漆的人迹罕至连地图都没有标明其中情况的恐怖深谷。

# 第十七章

风往耳中猛灌，娉婷紧闭双目，只感觉楚北捷温暖的大掌用力搂着自己的腰，整个人被猛地一掀。原来楚北捷在半空中，搂着娉婷用尽全力翻了个身，将自己的脊背对准下方。

几声咔嚓的脆响后，两人穿过茂密的林子，随着被撞得七零八落的断枝继续下坠。

这百年老林树木高大茂盛，横枝层叠。咔嚓声中，两人撞穿层层厚实的枝叶，下坠之势弱了几分，娉婷和楚北捷都知道快要着地了，深知必无幸免，彼此搂紧对方，再不肯松手。

这也该算死而同穴。

扑腾！扑腾！安静的老林里发出两声沉闷的声音。身体触地，没有听见预想中身裂骨碎的声音，只是两声古怪的声音，地似乎是软的，身体竟笔直插入那软绵绵的土地中，将两人下坠的强大冲力完全化解。

娉婷和楚北捷睁开眼睛，不敢相信自己依然还有命在。两人同时向四周看去，都"啊"的一声叫起来，又惊又喜。这片野林不知长了些什么野果树，连绵数里，由于幽深偏僻，从无人迹，因此花自开自落，熟透的野果无人采摘，也落在树下，年复一年，落下的野果和花叶积成厚厚一层，现在恰好又是果熟落地的时节，腐烂的果实和花叶淤积成足有大半个人高的救命"毯子"。

因缘造化，前有层层叠叠的茂密枝叶阻挡，后有天然的"厚毯子"缓冲，竟救了他们一命。

当真是天无绝人之路，娉婷朝楚北捷甜甜一笑。楚北捷唇角微勾，笑意未展开时，却忽然凝住，露出一丝古怪神色。

见他这般模样，娉婷笑容也凝住了，漆黑的眼眸瞅着楚北捷。

楚北捷显然是想到了什么，脸色越来越沉，到后来竟如同蒙上了一层寒霜，转身从这片深到胸口的果叶中走出，在略高的地方选了一处没有累积太多果叶的平地，

坐下休息。

娉婷怅惘地看他走开，愣了一会儿。看着楚北捷脱下身上脏兮兮的战袍，右臂上鲜血直流，指间不停滴落殷红，娉婷蓦然一颤，低头走了过去，低声道："我帮你。"

"走开。"楚北捷低喝一声，语气森冷无情，听得娉婷又是微微一震，不知所措地退了一步，垂手看着他。

楚北捷也不理她，自己从战袍里掏出一包常带在身边的上好的金创药，撒在伤口上，然后用牙齿撕扯袍边，撕出布条来包裹伤口。

"云崖索道……"娉婷知他心中有气，柔声道，"是我命人截断索道以阻挡你突袭北漠帅营，竟忘了提醒你。"

楚北捷听不到似的，低头自顾自包扎手臂。

"当时两军交锋，主帅定计，我……谁料你回程也……"

楚北捷霍然抬头，犀利眼神直逼娉婷，冷漠道："去也好，回也好，我终归会踏上索道。原来，原来你竟恨不得置我于死地，好，好。"他再见娉婷，欣喜无限，料不到紧接着会中计，经历生死关头后，被心上人加害的苦楚涌上心头，怎能不怒？

点着头连说了两个"好"字，他不再咬牙切齿，只是抿着薄唇冷冷一笑："对月起誓，永不相负……"他反复念了两次，忽然仰头放声大笑，"哈哈……楚北捷呀楚北捷，你这个傻子！"笑声凄厉入骨。

娉婷听得心都寒了，在城墙上面对东林的千军万马时也未曾有过这如置身冰窟般的冷，脸上血色尽褪，颤着唇道："我……我……"她命若韩截断索道，断敌前路，却不料若韩会将索道动了手脚，好让敌人踏上死路。可站在若韩的立场，两军交锋，能使敌军伤亡越多越好，这是天经地义的事。

娉婷"我"了半晌，心里发堵，看着楚北捷，眼泪潸潸落下来，竟是一个字也说不出来。

月高悬，林中寂冷无比。娉婷摇摇欲坠，虚弱地靠在树干上，好半天才缓缓坐下，启唇低声道："你受了伤不能着凉，我生火好吗？"

楚北捷靠着另一棵树盘腿而坐，目光一直对着别处，面无表情道："火光一起，不知先找到我们的是不是北漠大军。"

娉婷闻言如被人当胸打了一拳，疼得说不出话来，眼中模糊一片，好不容易止住的泪又涌了出来。想起自己一片柔水心肠，倒被他当成蛇毒蝎刺，一咬下唇，举袖擦擦眼泪，扶着树干站起来，转身就走。

"去哪？"楚北捷听见她的动静，冷冰冰问了两字，目光还是没移过来。

娉婷气恼道："自然是去找北漠军。"也不管楚北捷如何反应，便踯躅林中。

楚北捷重重哼了一声，待她走开了，又忍不住转头看。

黑暗中，阳凤送给娉婷的簪子在她头上散发出淡淡光芒，竟是用珍贵的夜明珠琢磨而成。

楚北捷见她只是在附近的矮丛中弯腰拾掇，并没有走远，暗自放下心来。这种野林里猛兽毒物颇多，普通人多半没命走出去。这样一想，心里虽然恼恨自己心软，目光却更离不开娉婷。

不一会儿，娉婷走回来，战袍下摆兜了许多东西，哗啦啦全倒在楚北捷面前，有刚刚成熟的色泽不错的果子，有不知名的草根。楚北捷把脸侧过去，和她走开时一个姿势。

娉婷坐下，拿起一个果子，悻悻道：“这林中的野果虽然能吃饱肚子，不过我打定心思置你于死地，你不吃为妙。”

楚北捷不作声。娉婷又抓起刚刚挖来的草根：“这些草药自然也是有毒的，你最好还是不要用，日后当个独臂将军也比被坏女人害了性命强。”

赌气说了两句，见楚北捷还是不理不睬，更心灰意冷，便不再说话，自己拿起一个果子放在嘴里嚼，满口苦涩，无奈地扔掉，背靠着树干发愣。

林风到了午夜更为猖狂，寒入人心。

两人都不作声，目光也不相碰，娉婷低头看脚下，楚北捷脸转向北边。相距不过数尺，却觉得隔了千里，怎么也靠不到一起，说不出地冰冷。

想起不久前两人断崖上的誓言，就如一场奇怪的梦。就算是梦，也醒得太快了。

娉婷乏累无比，觉得快虚脱了，可眼睛怎么也闭不上，偷偷瞅一眼石头似的一点动静也没有的楚北捷，眨眨眼睛，泪珠又忍不住顺着脸颊无声滑落。开始还用手背抹抹，后来索性不抹了，就让泪不停淌着，心里反而痛快了几分。

楚北捷侧耳听着娉婷哽咽，听一声，心里便抽搐一下，边忍着不去看她，边暗骂自己枉为东林王族，竟没这点毅力。到了后来，又听见身后传来沉闷的咳嗽声，她似乎用手捂着嘴，只是轻微地发出一点声响。这一下他再也忍不住了，用脚尖勾起地上已经被风吹干的外袍，轻轻一挑，外袍随势而飞，刚好落在娉婷面前。

娉婷微愕，怔怔看着这外袍，似乎这是从来没见过的珍贵之物，良久，方拾起来披在肩上。她哀怨的目光移向楚北捷，咬咬唇，站起来，弯腰拿起那些扔在地上的草根，走到楚北捷身侧跪下。

忐忑不安地伸手，触触楚北捷包扎得实在不怎么样的右臂伤口。这个人啊，若不是向来都由部下帮他包裹伤口，就是很少受伤。

楚北捷身子一僵，脸色依旧阴沉，但却没有作声，也没有动作。娉婷暗松了一口气，抿着唇，解开楚北捷的简陋包扎，用石头把草根磨出汁，均匀涂在他的伤口上。

右臂一阵冰凉，说不出地舒服。娉婷嫩嫩软软的小手，灵巧地抚在楚北捷结实的肌肉上。

折腾半响，才把伤口重新包扎起来。娉婷略为疲累地审视一番，满意地点点头，站起来要转回刚才坐的那棵树下。

脚一紧，被楚北捷握住自己纤细的脚踝。

娉婷小心翼翼地回头看他。

楚北捷什么也没说，略微用力，将娉婷拉得坐下，让不盈一握的腰落入他左臂的桎梏中，受伤的右臂艰难抬起，轻抚娉婷的脸。

娉婷瞅着月光下楚北捷依稀可见的脸，乖巧地顺从他的意思，将头靠在他厚实的胸膛上。

怦、怦……楚北捷的心跳声传入耳中。

也许，是她的心跳。

"我错怪你了吗？"楚北捷叹道，"娉婷，告诉我。"

"娉婷该自豪吗？"娉婷轻声道，"天下有谁能被楚北捷误会？"

楚北捷生平第一次生出无力的感觉："我该拿你如何是好？你还有什么瞒骗我的事？"

"我告诉你，你会信我吗？"

"告诉我自从你统率北漠大军后，为何一直采取拖延战术？你在等什么？"

娉婷星星般的眸子看着楚北捷，坦言道："我在等东林王宫的消息。"感觉到楚北捷蓦然震动，身躯僵硬起来，娉婷微微笑起来，舒适地靠在楚北捷怀里，仰着脸央求道，"给娉婷最后一个机会吧。让娉婷用事实向你证明，娉婷绝不会做让你伤心的事。"

楚北捷低声问："王宫会传来什么消息？"

"不管消息如何严重，到最后都不过是一场误会。"娉婷美丽的眼中闪烁着朦胧柔和的光，仿佛在梦境中一般，甜甜地说道，"等你回到东林，就知道娉婷不但不忍伤害你，也不忍伤害任何和你有关的人。北捷，回东林吧，回去看看我真正的心意。"

月光前所未有地美丽，连同方才可恶的林风，也出奇地温柔起来。寒冷的感觉一去不回，暖流从四肢渗透百骸。

什么都别说，什么都别改变。

就这样，安安静静的，静到心能听见心的声音。

两人互相偎依着，看月儿隐去，橙红太阳从东边跳出，鸟儿欢快喧闹起来。

娉婷仿佛从美得不像话的幻境中惊醒过来，轻轻挪动一下，伸了个懒腰。

"不知道外面怎样了。"

"两军丢失主帅，东林自然军心大乱，北漠只想拖延时间，当然不会主动出击。"楚北捷冷静分析，"双方都一样，一边按兵不动监视敌情，一边派人下山搜寻主帅。"

两人默然相视，各自思量。

不多久，有人声从远处传来。楚北捷猛地站起来，前行数十步，隐藏在树后窥探片刻，返回后，对娉婷说道："是北漠军。"

娉婷变色道："如果让他们找到你，连我也护不住你。"将肩上外袍脱下还给楚北捷，毅然道，"我迎出去，他们找到了我，应该就不会继续搜寻。你好好藏着，见了东林士兵才好现身。"叮嘱一番，转身离开。

楚北捷猛然扯住她，低头狠狠在红唇上吻了一口，低声道："回去后，找个机会摆脱他们。我在东林等你。"

娉婷满脸通红，深深看他一眼，道不尽依依不舍，终归硬着心肠去了。

北漠兵找到主帅，都喜不自禁。娉婷将坠下深谷的经过说了一遍，大家都叹娉婷有造化。

此刻北漠兵哪里还顾得上敌军主帅的下落，一来，从万丈高空坠下无从知道会落到深谷的哪个角落；二来，若遇上寻找主帅的东林军，只会立即刀剑加身。

反正找到北漠自己的主帅就是大功一件，于是立即簇拥着娉婷沿原路回大营。

到了大营，则尹亲自领众将来迎，接着命随军健妇伺候娉婷。娉婷沐浴后换上干净的衣裳，一身清香地入了帅帐，则尹等人正耐心等候着她。

"恭喜小姐大获全胜！天下无敌的楚北捷竟然也栽了跟头。"则尹笑过之后，惋惜地加了一句，"可惜楚北捷动作太快，在我们做好准备前就过了索道，否则这次东林军将会是史无前例的惨败。"

若韩则心有余悸道："这次全仗小姐镇守帅营，不惜以自己为诱饵，假意投降，才诱得楚北捷自赴死地。"

"更叫人钦佩的是小姐甘愿与敌军主帅同归于尽的英勇，这一点，连我们这些男子都自愧不如。"一把大嗓门也插进来，是右旗将军森荣。

娉婷微红着脸，暗叫惭愧，原来北漠军众将士都误会了，这个误会当然不能解释，于是轻声道："各位将军谬夸了，若没有各位将军鼎力相助，娉婷区区一个女子能有什么作为？可惜山谷下竟有救命的果树林，东林应该也没有失去他们的无敌主帅……"暗忖楚北捷这时也该被东林士兵找到了，想到离开前楚北捷那一句"我在东林等你"，从此再不是无家孤雁，心中畅美实在难以言喻。

则尹见娉婷俏脸透红，还以为她在为没有除掉敌军主帅而内疚，暗想：她一个

女子从索道坠下深谷，在鬼门关前打了个转，犹不忘为我北漠忧虑，如此义胆忠心，世所罕见。难怪阳凤如此信任她。

想到家中娇妻，则尹心中一甜，唇边逸出笑意，连忙安慰娉婷道："小姐的退兵之计即将大功告成了。今日清晨，我们接到消息，东林王宫已经大乱。"

"东林王宫大乱，东林大军一定会接到消息，楚北捷应该很快就会撤离北漠。如此说来，北漠之危已解。"娉婷笃定地说。

"小姐确定？"森荣还是有点不敢相信。前几天他们还在为保卫北漠下定决心，誓死拼尽最后一滴血，现在东林大军只因为一个千里而来的消息就撤了？

娉婷给他一个肯定的眼神，点头从容道："森将军，这是娉婷身为主帅以来最肯定的事。"

"撤了！"随着帐外洪亮的一声，帐帘被猛地掀起来，探子扑进来高声跪报，"撤了！禀报各位将军，东林军撤了！东林撤军了！"声音中饱含不能自已的激动。

则尹也禁不住一震，抢前两步，抓住探子的肩膀沉声问："你探清楚了？东林真的是在撤军？不会是使诈？"

"真的！"探子抬头，满眼泪光，用高兴到几乎快哭出来的声音说道，"兄弟们探来消息，属下还不敢相信，亲自探过才敢回报各位将军。东林大军退而不乱，辎重先行，大将楚漠然殿后，真的撤军啦！"

虽然这一切早在娉婷的谋划中，但是真正实现的时候，还是震撼得每个人一时无法反应过来。曾岌岌可危的北漠已经保住？如狼似虎的东林军乖乖退去，连临走前一个恶意的反攻都没有？杀声震天，血光遮住双眼的浴血绝境，真的已经不再？帐中各位将领愣住，似乎还是不敢相信这个好消息。

片刻寂静后，一声大吼蓦然响起，森荣霍地从椅上跳起，将肩上披风一扯，扑通一声单膝跪在娉婷面前，双手奉上沾满血迹和黄尘的披风，仰头一字一顿道："这披风随森荣征南伐北，立下无数功勋，请小姐收下。"

娉婷立刻站起来摇手道："这怎么可以？"

"小姐……小姐看不起我吗？森荣的国家、森荣的家眷、森荣自己的性命，都靠小姐救回来。"这长着络腮胡子的大汉吼声如虎，此刻竟似哽咽。

娉婷微愣，咬牙道："好，我收下。"刚接过森荣手中披风，只听帐中跪地声此起彼落，众将竟全跪下了，像森荣那样将自己的披风奉上。

若韩不等娉婷开口，沉声道："整个北漠，只有我们这些跟随小姐经历堪布之战的人才知道，这场关系北漠存亡的战役是如何被小姐以惊天帅才扭转，只有我们才能真正体会这过程中的惊心动魄。这披风上有我们和死去弟兄们的血，还有对小姐的钦佩和敬重，小姐如果不收，就请把它们烧了吧。"

娉婷沉默，水银般的眸子缓缓环视一圈，掠过众人沧桑凝重的脸，莲步轻移，逐一将他们手上的披风双手接过，连同则尹上将军的披风，一共十二件，慎重地摆在桌上，看着这些染满北漠将士和敌人的鲜血的披风，叹道："战争实在太可怕了，愿我们永远不用再面对它。"

"东林撤军，战事已结束。"则尹站起来，容色一正，对娉婷拱手道，"大王有旨，请小姐即刻归还虎符令箭，回都城北崖里接受封赏。"

娉婷点头道："正该如此。"取出虎符令箭交给则尹。

卸下重任，顿时轻松不少，娉婷笑道："从东林都城往堪布快马传递消息至少要五天，如此推算，东林王应该已经昏迷五六天了吧？"言毕见则尹等人露出愕然之色，奇道，"怎么了？"

森荣挠头，大声道："搞半天小姐还不知道具体的消息吗？东林王宫大乱不是因为东林王昏迷，而是因为东林两位都不满十岁的王子同时中毒身亡，现在所有有资格当储君的东林王族都在蠢蠢欲动。"

娉婷瞪大眼睛，好似被闪电猛地劈中头顶，顿时天摇地晃。

耳中嗡嗡作响，蒙眬中只看见众将嘴巴一开一合，却听不见一个字。

"你说什……"娉婷才虚弱地吐出几个字，喉头便发腥，"哇"的一声，吐出一口触目惊心的鲜血。眼前白灿灿一片，一瞬之后黑暗铺天盖地涌来，向后倒去。

# 第十八章

热，汗沿着额角滑落。

"给娉婷最后一个机会吧。让娉婷用事实向你证明，娉婷绝不会做让你伤心的事。"

她仍躺在那人怀里，仰头甜笑。

"娉婷不但不忍伤害你，也不忍伤害任何和你有关的人。"

"我在东林等你。"

我们对月起誓……

永不相负……

"楚北捷啊楚北捷，你这个傻子！"凄厉的笑声，震得双耳发疼。

有人扒开她的脑子，狠狠撕着里面的一切，用指甲抠，用尖利的牙咬。

是梦，这是梦。

热，熔岩似的热。

这是梦，醒不过来。娉婷在梦中，怔怔吃着一颗又一颗的野果，色泽如此好看的红果子，为何每一颗都比上一颗更苦涩，苦不堪言？

怎能这么苦？

怎么可能这般苦？

这是梦，醒不过来的梦。

华丽的马车在归程路上疾驰，没有帅旗插在上面，路边观望的北漠人并不知道里面载着拯救了他们国家的人——一个女人，一个不属于北漠的女人。

她曾经属于归乐，或者属于东林，但现在，她不属于任何一方，甚至不再属于自己。

"我在东林等你。"

等你……

反反复复，喃喃着，爱意满满的目光，柔得似那夜的月光。

不过是梦，醒不过来的梦。

可她必须醒来，醒过来看看是谁毁了她。毁了白娉婷，不需吹灰之力，毁了她苦苦等来的一切。

她咬牙切齿地用恨支撑着、挣扎着，直到如千斤重的眼皮一点一点推开。

光流泻进眼中，刺得发疼。她睁大眼睛，不愿合上稍避强光，只用力瞪着，仿佛要将眼眶撑裂似的瞪着面前这个人。

上将军夫人，阳凤。

她已经回到阳凤的身边，躺在那一夜和阳凤窃窃私语的床榻上。软被丝枕，华丽依旧。

阳凤守候多日，见娉婷终于睁开眼，喜色顿现，可一接触娉婷的目光，心里骤然发毛，硬生生打了个寒战。"娉婷，你终于醒了。"这句话卡在喉咙里，在娉婷的瞪视下竟说不出来。

"你将药交给谁了？"娉婷嘶哑着声音问。

"大王……"

"大王拿到药后，见过什么人？"

阳凤咬住唇，不答反问："你为何骗我说那只是迷药？那药虽然不能加害身强力壮的大人，却可以置小孩子于死地，而且分量不需多，一点就够。"

娉婷心痛如绞，瘦得见骨的五指死命抓着心窝处，闭上眼睛，片刻后骤然睁眼，厉声道："所以你就用那药毒死东林两位王子？阳凤，你竟这般狠心？你难道就不为自己肚中的孩儿积点福？"

阳凤仿佛被刺了一刀，抚着微凸的肚子猛退两步，颓然跪倒，泪水盈眶，凄声道："我将药送去王宫……半夜又忽然被大王召去，问我可知此药能否毒死未成年的孩子……大王说东林王昏迷几天并不能使东林真正大乱，假如东林失去两位年幼的王子，内乱会延续数年……娉婷，之后我被囚在王宫里，什么消息也传不出来，真的一丝风声都传不出来啊！则尹……则尹又不在北崖里……"她担惊受怕多日，此刻再也忍不住地放声大哭起来。

"阳凤……"娉婷艰难撑起上身，青丝垂在憔悴脸庞的一侧，勉强下床，一步一跌走到阳凤面前，按着阳凤抽动的双肩，深深盯着她，"阳凤，是谁将迷药的底细泄露给北漠王？你说，你一定知道的，对不对？"

"我……"阳凤满脸泪痕，对上娉婷的目光，凄然摇头道，"别问，娉婷……你别问。"

娉婷盯了阳凤片刻，眼中亮起一道厉光，转瞬光芒逝去，只余满眶黯然和不敢置信的伤心，屏住呼吸，小心翼翼吐出两个字："何侠？"

阳凤不忍心地别过脸去。

娉婷若无知觉地松开阳凤双肩，向后软软跪坐在地上，颤着毫无血色的唇，半响才从唇角挤出一丝惨淡笑意："不错，除了他，还有谁知道这药的底细？那原本就是我们两人亲手研磨出来的药。"

她怔了良久，似想起什么，挣扎着起来，阳凤向前扶她，被她轻轻摆手拒绝，自己咬牙撑着椅子站起来，沉声道："备马。"

阳凤见她连站都站不稳，神色异常，焦急地问："你要去哪？"

"去见何侠。"娉婷轻轻磨着贝齿，茫然看着前方，声音空洞，"我要当面问问他，为什么要这样对我？！"

阳凤沉默半响，终于幽幽叹道："你不用去找他，他就在上将军府内。自从你被送回来，他就一直在等你醒来。"


何侠从园子的拱门转进来，隔着几枝新发的花儿和推开的窗，远远看见娉婷坐在屋内床边。

她很瘦，瘦得可怜。满脸憔悴，再不是昔日在敬安王府将笑声扬到半空的小丫头，憔悴得使人心碎。

何侠掀开珠帘，轻轻跨进房间。过去的几天，他一直守在这屋中，等着娉婷醒来。

当御医说娉婷这两日应该会醒来时，他竟忽然胆怯起来，他不敢肯定自己可以面对娉婷醒来时的目光。踌躇再三后，他到底还是离开了这房间，在娉婷醒来之前。

但该面对的，终归不能逃避。

"娉婷……"何侠低声唤着，试探着靠近。

他灵巧聪慧的侍女就在面前，像玉雕的像，只剩形体，没有灵魂。当初的暖玉温香何在？曾经那么亲密地靠在他怀里，和他共骑，远眺征途上的壮丽景色。这身子可还有从前的温暖？何侠情不自禁想伸手触碰。

"别碰我。"让人寒透心的冷冽话语，从齿间溢出。

何侠伸出去的手一刹那停下，凝在半空，再也无法向前半寸。娉婷的目光似与他碰上，又似什么也看不见。

她眼眸中的温柔、灵巧、好奇、狡黠，统统不在了，何侠只看见藏在眸子深处的寒冷，还有不解和痛心。

何侠怅然收回手，垂眼道："娉婷，你变了。"

"娉婷已不是当日的娉婷。"娉婷惨笑，微顿，幽幽地问，"少爷还是当日的少爷吗？"

何侠倾前，仔细看着娉婷。当日不再，咫尺之间，隔着天涯海角。

他百感交集，叹了口气，柔声道："还记得我们小时候吗？我写字，你磨墨；我舞剑，你弹琴。我去哪儿你都跟着，离一步也不依。长大后，每次出征你都跟在我身边，为我出谋划策，我小敬安王的威名其实有一半是你挣回来的。要是能回到从前，那该多好。"

"从前？"娉婷失神地憧憬片刻，眼中恢复清冷，淡淡道，"不错，从前我们制出那药时，你亲口对我说，这药会毒害小孩，有损天道，我们只能用它当迷药，不能用来杀人。"

何侠浑身一震，气到极点，竟连声音也颤抖起来，冷冷道："从前敬安王府还在，从前我爹娘也还没有被贼子害死。"

宛如血红色的闪电蓦然撕裂天空。

"什么？"娉婷失声，猛地站起来，不料双膝发软，又跌回床边。

"我敬安王府对归乐有功无过，已经决定放弃一切归隐山林，谁料何肃那贼子定要赶尽杀绝。也是我不好，不该兵分两路，和爹娘分开。何肃，我何侠不报此仇，誓不为人！"他咬牙切齿，点漆眼眸回视娉婷，柔声道，"爹娘已去，我又没有兄弟姐妹，最亲近的人只有你了。"

娉婷怔住。

王爷去了……王妃去了……

养育了自己十五年的恩人，撒手去了。

没有他们，自己会否早就在饥寒交迫中成为城外一副小小的枯骨？会否和赫赫扬扬的敬安王府没有丝毫干系？

那样，何肃忘恩负义屠戮功臣的那一场冲天大火就不会与她有丝毫干系，她也不会阴差阳错流落东林，遇上归乐的死敌楚北捷，以致掏出一颗芳心，双手奉上。

思绪随风飘到千里外已成废墟的敬安王府……还记得那一天，慈爱的王妃牵着她胖胖的小手走到正低头练字的何侠面前，笑道："瞧，多讨人喜欢的女娃娃，和我们敬安王府有缘呢。侠儿，你知道什么是缘分吗？"

何侠放下笔，只瞅着娉婷笑，柔声道："你别动，就站在那儿。我帮你画画儿，可好看呢。"

一笔画下去，她成了何侠的侍女、伴读、玩伴、军师，甚至差点成为他的侧室。

"王爷，少爷教我拿笔啦。

"王妃说我的琴比少爷弹得更好呢。

"你要再不听我的话好好背兵书，我就告诉王妃去。"

……

轻声笑语，去了，都去了。

伸手一握，往事讥笑着从指尖流淌而去。留不住。

没有可以回头的余地，若她不是何侠的侍女，怎会设下计策，将楚北捷诱进埋伏，逼楚北捷立下五年不犯归乐的契约？

若不是楚北捷代东林王族立下誓言不犯归乐，使何肃再不用担心边境之患，何肃又怎能轻易调动大军伏击敬安王和王妃？

世事环环相扣，自有因果。

想到这里，娉婷心里空荡荡的，连怨恨的力气都失去了，失魂落魄道："少爷恨何肃无可厚非，可为何要和北漠王勾结，害死东林王的两个王子？假如东林内乱肃清，北漠立即大祸临头。"

何侠怜惜地凝视娉婷，轻叹："不管北漠将来如何，只要能留住娉婷，我什么都愿意做。"

娉婷剧震，缓缓回视何侠，凄惨笑道："少爷不是疑心娉婷会向着楚北捷吗？否则也不会在楚北捷立誓不犯归乐后，生怕娉婷泄漏敬安王府的去向而逼娉婷离开。"

"今时不同往日。"何侠别过头，沉声反问，"如今娉婷还能回到楚北捷身边吗？娉婷的话，楚北捷还会相信吗？"

娉婷并未如何侠预料中那般震惊，只是轻轻问："王爷王妃已去，少爷对将来有什么打算？"

"带你走，我们归隐山林，我会让你过得比当日更好。"

娉婷晶莹的眸子牢牢地盯着何侠，她不知从哪里生出的力气，竟慢慢站了起来，走近何侠，仿佛要将他每一根毛发都看清楚。娉婷深深望进何侠不见底的眼眸片刻，在唇几乎贴上唇的距离，一字一顿道："少爷的话，娉婷还会相信吗？"唇角逸出一丝黯然笑意，转身沉声道，"从娉婷离开的那日起，敬安王府和娉婷再没有半点干系。何公子请回吧。"

房内骤然安静。

几下苦苦压抑的粗重喘息后，身后响起沉重的脚步声。

珠帘晃动，何侠去了。

娉婷像失去了所有力气，软倒在椅上。

除了上将军夫人因为怀了孩子而脾气古怪整日愁眉不展外，上将军府内的其他人都喜上眉梢。

东林贼军被打跑了，边疆不再打仗了，上将军果然厉害，不愧是北漠的护国大将。

则尹的上将军府喜气洋洋。北漠王接连命人送来大批赏赐，而所有人都知道，这不过是小意思，大王最重要的赏赐，要等上将军处理完边疆事务回到北崖里后。

阳凤无心看快把小客厅堆满的各色金银珠宝。她一直担心娉婷不堪刺激会一病不起，这数日见娉婷竟出乎意料地坚强，按时饮药进食，也不曾见她暗中哭泣伤身，身体也渐渐好起来，总算放心了一点。

另一个好消息接着临门，堪布飞书传来，则尹将于近日起程回北崖里。阳凤拿着则尹的书信，心狂跳起来，不知道则尹回来看见她的肚子，会高兴成什么样子。

萦绕在阳凤心头的愁云散了一半，她亲自下厨，做了几样拿手小菜，端到娉婷房中。

"怎么起来了？"将热腾腾的菜放在桌上，阳凤忙去扶娉婷，"叫你别心急，病是要慢慢调理的。则尹过两天就回来，我去信嘱托了，要他在路上重金寻上好的老参熊胆。"

娉婷摇头道："休养这些天，我该走了。"

阳凤愕然："娉婷，你现在……"叹了一口气，柔声道，"我怎么放心？"

"你这儿名声太大，我不能久留。"娉婷握着阳凤的手，沉声道，"我们姐妹一场，你亲眼看见我是怎么一步步走到这境地的，我跟你说几句知心话，可别忘了。"

阳凤心里一沉，点头道："你说。"

"时局变动，四国从此多乱。上将军立下大功，急流勇退方是明智之举。还有……"娉婷稍顿，又叹气道，"你们要小心何侠。"

"小敬安王？"

"他不再是从前的何侠了。"

两人不约而同想起东林王两位王子的死，都默然。

阳凤看一眼已变凉的菜肴，只觉得心里沉甸甸的，露出愁容道："你真的要走？"

"对。"

"茫茫天下，你能去哪？"阳凤紧紧握住娉婷的手，哽咽着道，"想起你一个女子在外漂泊，我从此怎么睡得安心？归乐王在悬赏抓你，楚北捷只当他两个侄子是你害死的……"

"我要回家。"

"回家？"

娉婷淡淡一笑，眼中闪过柔情和憧憬，悠然道："有人，在等我。"举手，掠平被风吹乱的鬓发，婷婷立在窗前，远眺东林的方向。

他们约定好的。

# 第十九章

东林举国转用素色。王令已下，三个月内，全国上下无论贵族平民，衣着、门饰一律不得使用艳色，连商铺使用的表示吉庆的红色招牌都被勒令摘下。

一片死气沉沉。

两位王子，大王仅有的两位王子，中毒不治。小小的年纪，不足十岁，还没有资格埋入东林王族庄严肃穆的王家墓地，只能按照东林俗例，火化后将那捧骨灰撒入江河，随天地而消逝。

楚北捷接到噩耗，急忙领兵回国。一路飞沙走石，终于回到东林都城外五十里，却被早已等候在此的左丞相桑谭拦住。

"停！"远远看见东林王旗在仿佛呈褐色的半空中无力招展，楚北捷举手，喝停身后的队伍。

十万长途跋涉、筋疲力尽的精锐，轰然止步，被尘土模糊的脸愕然看向前方剑拔弩张的王宫禁军。

"奉王令——"桑谭双手持明黄的王令，昂首道，"都城正逢两位王子丧期，为恐戾气难解，远征之兵不得入城，所有兵马原地驻扎，交由富琅王统管。"

众将下马跪听，方圆数里静默无声，只有桑谭字字清晰的话不带感情地钻进耳朵里。

日暮将至，斜风入骨。楚漠然听完王令，心寒了半截，偷眼看楚北捷。

楚北捷脸上不冷不热，双手举过头接了王令，站起来。

桑谭露出含蓄的笑容，手拢在袖中，亲切道："王爷总算回来了，王爷和大王是亲兄弟，请千万劝慰大王，不要为两位王子伤了身体。大王命桑谭亲自迎接王爷入城。"说完向后退开，已有五十多名穿着王宫侍卫服饰的人等候在路上。两位王子被毒杀后，王宫侍卫都换了人，这群人中没有一个是熟悉的面孔。

"王爷……"楚漠然在楚北捷身边垂手站立，压着嗓子道，"将士们离开家乡有一段日子了，个个思乡心切，现在忽然被命令留在这里，恐怕会有人趁机闹事。十万精锐，出了事可不得了。该怎么办，请王爷指示。"

桑谭不动声色，轻轻咳嗽一声，对楚漠然道："本丞相宣读的王令，将军没有听清吗？将士由富琅王统管。"

"左丞相，恕漠然冒昧，军营中的事不可轻忽，这么多的将士聚集在这里，万一出……"

"闭嘴！"一直默不作声的楚北捷忽地低喝。

楚漠然骇然止话，低下头去。

桑谭正担心不知怎么应付楚漠然，见楚北捷开口，赶紧道："时间不早了，大王在宫里等着呢，请王爷上马，随我入城。"遂命人牵来楚北捷的坐骑。

楚北捷在东林掌管兵权多年，不喜阿谀奉承，对纨绔子弟当面叱喝，贵族们对他又惧又恨。往日他当然不怕这群小人，可眼下出了两位王子被害的大事，楚北捷偏偏在这时挟大军赶回都城，若有小人趁机中伤，难保大王不生出疑虑。楚漠然最熟悉这里面的事，暗想无论如何不可以让王爷单独进都城，沉声道："漠然和众随护亲将陪王爷一道进城。"

不料这话正中桑谭心意，他笑道："王爷的随身亲将不必留在这里，可随王爷一同入城。大王还说了，这次远征北漠东林连番大胜，要重重奖赏各位有功的将军。听说楚将军身先士卒，几次立下大功，大王说，请楚将军随镇北王一道进宫，大王要亲自奖赏。"

桑谭越笑得亲切，众人越觉心里发沉，"一网打尽"这四个字，竟不约而同冒上心头，纷纷握紧腰间宝剑，目视楚北捷。

楚北捷屹立的身躯仿佛永世不会微倾，薄唇微抿，刀削似的轮廓在夕阳中如铁铸般没有一丝表情。悠悠望向远方宏伟瑰丽的都城，楚北捷淡淡道："桑谭，回答我一个问题。"

桑谭被他冷冽如冰的语气冻得一颤，面前这位是杀人如麻威名震慑四国的东林第一猛将，眼下又统率着十万刚刚从沙场上回来的精锐，此刻若说错一个字，镇北王杀他这个平日威风八面的丞相就如捏死一只蚂蚁。他不敢接触楚北捷犀利的目光，低头道："王爷请问，桑谭一定言无不尽。"

"你相信本王与两位王子的死有关吗？"

此问刁钻无比。

若楚北捷问的是"大王是否认为王子的死与本王有关"，桑谭大可摆出臣子本分，声称不敢擅自揣测大王心意。

可楚北捷话锋凌厉，直问桑谭自己的看法，不给桑谭敷衍着说"不知道"的机

会。如此一来，桑谭只有两条路可走，实言相告或撒谎。

桑谭当然不敢在这种情势下和楚北捷翻脸，真话是万万不能说的，那等于把自己的脖子送到楚北捷的剑刃上。可如果自己当着十万将士的面，亲口说出"桑谭绝不相信王爷会和两位王子的死有关系"，万一将来有小人为这事嚼起舌头，大王计较起来，那足以把他桑谭以"和镇北王共同谋逆"的罪名问罪，株连九族。

刹那间无数念头转过心中，就算桑谭是出了名的善于应对，也不由得汗湿满背，苍白着脸，嗫嚅道："王爷……这这……这……"

"这问题很难回答？"楚北捷似笑非笑，"左丞相只需回答，你认为有关，还是无关。"

被楚北捷别有意味的目光一扫，桑谭踉跄着退开两步："下官万万不敢，不敢……"举手一摸额头，冷汗顺着指缝连串淌下。

"哈哈……"不等桑谭回答，楚北捷仰天长笑，脸上掠过一丝无法用言语形容的悲愤，片刻后收了笑声，露出肃容，沉声问，"镇北王府，是否已经被抄？"

桑谭脸色剧变："绝无此事！谁……谁散布如此谣言？"他藏在袖中的双手此时抖得厉害。

敢在大名鼎鼎的镇北王面前说谎还能面不改色的，天下恐怕只有那个女人。

楚北捷转过头来，静静看他一眼，又继续眺望都城，神思仿佛已穿越这短短五十里，回到熟悉的王府。良久，开口叹道："王府最东侧的那个小院，门口种着断紫花的。那屋子里，摆着一张古琴。"叹息良久后，声音一沉，冷冷发令，"拿下！"

桑谭头皮早就一阵一阵发麻，听到楚北捷的命令，猛地打了个冷战，刚咬牙举起袖中之物，楚漠然早矫捷地扑上。他一个文官，哪里是久经沙场的将军的对手，顿时一个倒栽葱。

桑谭倒在地上，又惊又惧，颤声道："本丞相是传达王令之人，你这是谋反。"楚北捷身后几个贴身亲卫一拥而上，将他紧紧缚了。

跟随桑谭一起来的数十名宫廷侍卫更不用说，尚未来得及有所反应，身边几百把明晃晃的利剑同时出鞘，已将他们团团围住。

顷刻之间，来迎接镇北王入城的迎接团成了一地被绑得牢牢的"粽子"。

楚漠然把桑谭往楚北捷脚下一推，禀告道："王爷，他袖子里藏了短弩。好狠，三支上弦的小箭都是染了毒的，若近身发射，很难有人能躲过去。"

几声闷响，短弩和箭都扔到黄土地里，轻轻扬起一阵尘土。

楚北捷的目光停在桑谭头顶。桑谭浑身颤抖，他父母妻儿都在都城之内，说什么也不能不顾九族性命向楚北捷求活，既然必死，便毫无顾忌地昂起颤个不停的脸，

154

嘶声道："楚北捷，你难道真以为杀了两位王子，大王再无后人，东林王位就轮到你来坐了？你如此丧心病狂，大王英明过人，怎会看不出你的毒计？我告诉你，镇北王府已经被抄了，你藏匿在都城内的所有逆党已被大王一举肃清！恨只恨我一生只是个文官，不够心狠手辣，没有对你当胸放出那三支毒箭！"

楚北捷任他若狂犬似的咆哮半天，眉头都没有皱一下，凝视着地上带着暗青色泽的箭矢，幽幽问道："这毒箭，是大王的授意？"

"哼！若不是大王念着兄弟情分，不忍伤你性命，希望能将你诱到宫中再做处罚，我又怎会一而再再而三错过杀你的良机？"桑谭一脸悔恨。

楚北捷不屑道："毒箭射出，无论是否能要本王性命，你身在我十万精兵包围之中，也必定死无葬身之地。不敢动手，怕死就怕死，竟还说出可笑的慷慨之辞。"

桑谭老脸涨红，像胀皮的青蛙般瞪圆了眼睛，翻了几下白眼，却一个字也说不出来。

楚北捷负手在后，眼角也不瞅桑谭一眼，开口道："两位王子遇害，确实有可能使本王成为东林王位的第一顺位继承人。但大王又有何证据，认定此事是本王做的？"

桑谭露出文官的倔态，扭头不语。

楚漠然在他身后冷冷道："左丞相从未带军，不知道军营中的规矩。我们凡是碰上不肯屈从的俘虏，都会先剥去其衣服，任兄弟们取乐一番，再行拷问。"

桑谭的脸唰的一下白了。

军营中没有女人，十万士兵禁欲多月，猜也猜得到这"取乐"二字是什么意思。严刑拷打也就算了，他若真被剥了衣服受了那等屈辱，即便死了也没有脸面见地下的祖宗。立即浑身哆嗦，再也逞强不起来。

"说吧。"楚北捷站在原地冷冷道，像什么也没有发生过似的。

桑谭冷汗潺潺，回头怨恨地瞪了楚漠然一眼，咬牙道："王爷以为自己的毒计真的天衣无缝？大王当夜就抓获了下毒的贼子，严刑拷问后，那人供认是北漠国的奸细，而提供毒药的，是一个姓白名娉婷的女子。哼，白娉婷不就是王爷府中极受宠爱的女人吗？"

楚漠然闻言猛震，愕然看向楚北捷。

天地骤默，连一直肆虐逞凶的狂风也忽然停下。

楚北捷磐石似的背影纹丝不动，无人能看见他脸上的表情。军中肃静一片，哪怕一声轻微的咳嗽都没有，众将士都看着这位威名正盛的主帅。

在最后一丝夕阳的笼罩下，楚北捷终于轻声问："漠然，目前形势，你看如何？"

楚漠然不知为何，竟紧张到双手颤抖的地步，骇然跪下，惊疑道："若桑谭所

言属实，那大王对王爷的疑心怕是无法消除了。"

顿时，广阔的平原上死寂一片。

站在前面的诸位将领把楚北捷和楚漠然的话听得清清楚楚。

"你信本王会害两位王子？"

"不信。"

"大王会信吗？"

楚漠然犹豫片刻，毅然道："大王会信。按照王族继承规例，若大王无后，王爷就是王位的继承人。指使下毒的是曾和王爷有交情的女子，加上王爷此刻率大军归来，大王怎能不疑？"

楚北捷仰头看着夜幕降临，连最后一丝惨红的夕阳也逝去，喃喃道："为了东林的安定，大王此举也是迫不得已。若本王奉命入城，大王会将本王和所有与镇北王府有关的人屠戮殆尽。若换了本王，本王也会这样做。"语毕悠然长叹。

扑通！扑通！扑通……身后众将领皆一脸肃穆，全体跪下。

神威将军君舍沉声道："我等愿孤身入城，为王爷向大王澄清事实。君舍会以全族性命为王爷作保。"

"我等也愿意以全族性命为王爷作保！"众人的誓言回响在黑压压的空中。

"你们随我征战多年，大王如果怀疑我，又怎会放过你们？入城，不过是死路一条。眼下两条都是绝路，入城，我等受死是小事，但东林的军力将会因为大批将领遭屠戮而元气大伤，致使东林不但无力拓展疆土，甚至连自保的能力都不足；如果不入城，大王就会认定我们要谋反。"

楚漠然是孤儿，从小就跟随楚北捷，他最为忠心，顾虑也最少，猛地一咬牙道："入也不行，不入也不行。大王既然生了疑心，定不肯放过王爷，王爷现在是骑虎难下，不如索性攻入城去。王爷也是东林的王位继承人啊。"

"攻入都城并不困难，东林的精兵如今尽在本王手中，这也是大王忌惮本王的原因。"楚北捷摇头道，"可即使攻入都城，杀了大王登上王位，东林又将如何呢？一旦内乱，国内人心惶惶，臣民不能同心，外面虎视眈眈的诸国就会趁机进犯。我们难道希望东林落到被他国宰食的地步吗？"

一番话说得楚漠然低下头去。

众人知道楚北捷正在深思，不敢打搅，便都跪在地上不作声。

在众人的静默中，平原上的风势又渐渐凌厉起来，吹得帅旗猎猎作响，不断拍打着旗杆。

十万精兵等待着主帅的决定。

"为了害我，她竟然不惜暴露自己就是制毒药者。可见为了归乐，她是什么都不顾了……"楚北捷缓缓转过身来，唇角勾起一抹苦笑，"既害得东林陷入内乱的危险，更让东林和北漠成为死敌。好，好计。"他苦笑着摇头片刻，渐渐收敛了笑意，神色一正，恢复运筹帷幄、决胜千里的气概，眼中神光炯炯，高声喝道，"众将听令！"

"在！"

"立即进攻都城。攻破城墙后，不遇抵抗不许杀戮，平民一律驱赶进房舍，贵族一律捆绑等待发落。"楚北捷接着点将，"神威将军！"

"末将在！"

"城破后，你领一万人马，负责整顿城内秩序，派兵驻守在王族和大臣们的府邸外，严禁有人趁乱抢夺财物。"

"遵命！"

"神勇将军！"

"末将在！"

"城破后，你领两万人马，在都城外围驻守，不许城中任何人逃出，严禁向其他城市散布都城内乱的消息。"

"遵命！"

"神武将军，你随本王一道，率兵将王宫团团围住，我们杀入王宫，去见大王。"

"遵命！"

一轮军令发布下来，楚北捷露出沙场上傲视群雄的从容，淡淡微笑着扫视众将领一圈："这次是为了东林，也为了我们自己。大家记住了，此次不同于以往的征伐，我们以东林举国之兵力对抗人心已经涣散的都城守军，可以轻而易举控制局面，故杀人越少越好。"

"谨遵镇北王之命！"

夜空下，如巨蟒般蜿蜒前行的兵马队伍，迅速向东林都城扑去。


月圆之夜，杀声满天。

有赫赫之功，身为大王亲弟的镇北王今夜尽起东林精锐，同室操戈。

东林王站在王宫高处，看沉沉暗夜中游龙似的火把从远及近，厮杀声已到耳边。

"大王！"侍卫长满身鲜血高声奏报着扑进来，"王宫即将被叛军攻破，此处不安全，请大王立即移驾！"

王后身着素服，和一众亲信惊得面无血色，但仍高贵地昂首道："他已杀了本宫的儿子，阴谋败露，势必要杀绝我们。如今都城内外都是他的兵马，还能移驾到哪里？"转身向东林王的背影袅娜跪倒，含泪道，"大王，臣妾不愿受辱，王宫即

破，请大王赐臣妾白绫一条。"

"王后娘娘，万万不可！"跟随王后多年的老侍女穆拉猛然跪倒，膝行到王后身边哭道。

顿时，大殿中哭声一片。

东林王沉吟片刻，缓缓回头，开口道："楚雷。"

"楚雷在，大王。"侍卫长楚雷只道东林王要下令撤退，高声应道。

东林王却问道："城内百姓如何？"

"大王？"

"王弟的军队，屠杀平民吗？"

"叛军入城后，并不进入民宅，只是告示所有百姓留在家中，不得出户窥望。不趁机作乱的百姓，性命应该无忧。"

东林王缓缓点头，又问："官员呢？素日与王弟不和的，可遭到了灭门之祸？"

楚雷听着殿外的厮杀声越来越近，可大王迟迟不肯移驾，不由得露出焦急的神色，但君臣有别，只好皱眉回禀："听说官员的宅子都被看守起来了，那些叛军将领对朝中官员都很熟悉，一路上见一个抓一个，不知囚在哪里，但性命应该暂时无忧。大王，时间宝贵，请大王移驾！"

"能移到哪儿去？"东林王苦笑道，"自授意丞相出城迎接北捷，寡人已猜到会有此刻。寡人过于相信兄弟之情，兵权外放而导致今日，能怪得了谁？可叹我东林大乱在即，只盼……"话音未落，殿外喧闹声猛地增大，似乎叛军已厮杀到眼前。

片刻后，喧闹声又骤然停止。大殿内外安静得近乎诡异，所有人的心都往下一沉。

砰！殿门忽然被推开，跑进一个吓得浑身发抖的小太监，跪着颤声道："大王，启禀大王……他、他、他……"

王后见此形势，明白大势已去，反而镇定下来，抹着眼泪站起来，挥手就给了小太监一个巴掌，冷冷道："有事奏报，只管清清楚楚报来，哆嗦什么？"说完纤纤玉手垂下拽紧凤袍，现出发白的关节。

小太监顿时肿了半边脸，口齿也伶俐了一点，磕头道："奴才该死，奴才该死。启禀大王，镇北王求见。"

虽然知道镇北王的军队已经攻了进来，但此刻听见"镇北王"三个字，众人还是震了一震。

王后凄然道："他来了倒好，想是要亲手弑兄杀嫂。"

"大王！"白发苍苍的右丞相楚在然猛然高呼一声，扑到东林王脚下大哭道，"老臣当日苦劝大王莫对镇北王下那道严令，以免精锐尽叛，大王心痛两位王子之死不听劝阻，派桑谭出城颁令，如今果然招来我东林大祸。事到如今，老臣再进一言，若大王不纳，老臣立即一头撞死在大王脚下。"

东林王叹道："你哭的是什么，寡人心里明白。爱子惨死，蛛丝马迹指向王弟，寡人一时糊涂起了疑心下了王令，逼反十万刀口舔血的精兵，导致国家大祸。如今看来，老丞相所言极是，王弟要夺这王位又何必杀我二子，十万精兵在手，回师反扑都城就可篡位。"

"大王！"王后惊呼，"难道大王到现在还不相信镇北王的狼子野心？杀我王儿的定然是他。事到如今，怎么大王竟糊涂了？"

"就是事到如今，寡人才不糊涂了！"东林王沉声对王后喝了一句，低头看着脚下泪流满面的楚在然，叹道，"但国事已有变动，一切无法挽回。爱卿还有什么谏言，尽管说吧。"

楚在然身体剧颤，咬牙道："老臣斗胆，请大王颁布王令，让位与镇北王。"

旁人皆震，群情顿时汹涌。

"什么？楚丞相你疯了？"

"楚在然，你知道自己在说什么吗？"

"楚丞相快快收回此言，您老糊涂了！"

"老臣没有发昏，大王。"楚在然抬头看着默不作声的东林王，老泪纵横道，"四国纷乱多年，东林军曾三番五次攻占他国，结下深怨不少。如果东林发生内乱，国力稍显微弱，仇敌群起攻伐，四国中第一个被灭国的，就会是我东林啊。为了我东林，请大王自愿让位，以免酿成内乱。老臣……老臣说出这等叛逆之言，自知死罪，甘愿立死。"头重重地在打磨得发亮的大理石地砖上连磕几下，声声见血，染得满脸鲜红。血面白发，狰狞中无限凄凉。

王后等人本来还想叱骂他，见他这般模样，蓦然惊悸，都别过脸去不忍看他。

殿中一时无声。那小太监还跪在地上，一直打着哆嗦，怯生生道："大王，镇北王……还在殿外。"

殿外毫无动静，空气中却充满了风暴来临前的沉闷和凝重。众人心中一凛，现在隔着一重墙，谁知墙倒后会是何种地狱。

东林王长叹一声："罢了，请他进来吧。王后及其他人都到殿后去，楚丞相留下。"

"大王……"王后低呼一声。

"王后去吧。"

众侍女搀扶着王后离去，偌大的殿堂里只余东林王和楚在然。不一会儿，大殿的门被轻轻推开，外面的熊熊火光扑进眼里，一瞬之后，火光隐去，大门重新被关上了。

门内站着一人，一身铺满尘土的盔甲，面容俊朗，气宇不凡，手按腰间宝剑，叹道："王兄见了北捷，心里一定很难受吧。"正是为东林王朝立下汗马功劳的镇北王。

见东林王不语，楚北捷苦笑，轻轻道："其实北捷见了王兄的王令，心里的滋味又何尝不是和王兄一样？"

"大错已铸，追悔不及。"东林王别过脸，朝楚在然淡淡道，"楚丞相，你起草吧。"

"谨遵王命。"楚在然提起笔，他为大王起草王令数十年，经验丰富，浩繁文书都能一气呵成，待停笔，一篇洋洋洒洒的让位王令已成，流下的几滴老泪，晕开了几点墨迹。

楚在然放下笔，捧着王令，毕恭毕敬跪到东林王身前，双手递上，声音哽咽："大王……请大王用印……"

东林王瞥一眼面无表情的楚北捷，他们兄弟感情深厚，这么多年来一直相互扶持，不料竟有今日。他掏出大王玉玺，在这道决定东林未来的王令上落了印，连同大王玉玺一同交给楚在然，强笑道："交给东林下一任国主吧。"

楚北捷静静站在原地。自从楚在然提笔，他就没有说过一个字，像被念了咒语变成了石像般，只有那双怎么看也看不透的眼睛一直注视着大殿内的每一个动静。

接过楚在然双手递上的大王玉玺和让位王令，楚北捷沉默良久，忽然抬头道："王兄，我能否用这宝座向王兄换两样东西？"

东林王转头凝视他，动唇："你说。"

"一样是王兄的允诺，绝不追究这次攻城众将士的过错，东林朝局一切如常。"楚北捷叹了一口气，"至于我，我乏透了，再也不想留在朝廷中，请允我归隐。"

"不追究叛军，你认为我会答应？"

楚北捷信任地点头道："问罪这批勇猛的将士，将削弱东林军力，招来更大祸患。王兄若不是为免生灵涂炭，怎会甘愿让出王位？唉，北捷虽是沙场猛将，论为王，却远远不如王兄的胸怀。"

东林王深深凝视楚北捷："王弟要的另一样东西，又是什么？"

楚北捷的脸痛苦地抽搐了一下。

"镇北王府，东侧小院内，桌上的……"他轻道，"一张古琴。"

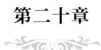

# 第二十章

东林都城一夜易了两次主，只有身在其中才明白这一夜的惊心动魄。

次日清晨精兵尽散，百姓们浑浑噩噩地在各自家中被关了一晚，只晓得昨夜火光通天，杀声不断，但大王还是大王，王宫还是王宫。

后宫安置妥当后，被囚禁的官员们都被送到王宫。东林王逐个召见将领，不但不斥责，反而安抚鼓励一番，右丞相楚在然起草嘉奖王令，把叛逆之行掉个头，写成君王有难众将不畏生死攻城护驾。

大家心里都明白是怎么回事，磕头大呼万岁。

除了攻城时的对峙和少数人顽抗外，死伤不多。而且之后即有王令下达，命官员厚加抚恤。

而显赫一时，曾统领东林举国兵力，令他国将士闻之丧胆的镇北王，已远离。

黄尘大路中，一队没有旌旗的车队缓缓而行。

队中有车有马，骑马者人人脸色冷漠，眼中时有精光闪过，显然都不是易与之辈。两车妇孺在中间，另有两车不知内里装了什么，车轮过后，留下深深的车辙，看起来非常沉重。

还有一辆马车，外形古朴大方，装饰虽不华丽，简洁中却尽显贵气，从车辕到轮子所用的都是难得的上好木料。

过了漫长一夜的楚北捷，此刻正坐在车中闭目。

东林大事已了，经此一役，东林王不会再怀疑是他杀害了两位王子。

但父亲失去了儿子，王兄失去了王弟，东林也失去了护国大将。

这一场劫难的后果，将要东林用多少年来承受，连楚北捷也不敢想象。

而毒药，出自她的手。

楚北捷举起双手，看着虎口处被剑磨出的厚茧。记得她的手，纤纤十指，白而细嫩。这手能抚琴、摘花，原来也会调药。

"最毒……真是妇人心？"

深邃的双眼徐徐眯起。

不愿让人看清自己的眼底，闭目再陷入沉思，渐渐呼吸均匀，似将睡去。

大路凹凸不平，马车颠簸，一步一步，离过去渐远。

车轮似乎碰到石头，猛然颠了一下，楚北捷均匀的呼吸被打断了，坐直身子，忽然若有所觉，喝道："停车。"

掀开车帘，身躯骤然剧震。

路旁静静站着一道纤弱背影，一手牵着马，一手垂握住缰绳轻轻掠过及膝的草儿。听见车队停下，徐徐回过头，露出一张绝不令人惊艳却比任何人都能震撼楚北捷的脸，轻轻启齿叹道："王爷，白娉婷赴约来了。"

见面前大队人马连同楚北捷都木雕似的没有动弹，娉婷红唇微扬，勾起一丝浅笑："实不相瞒，娉婷一直不安惶恐，不知王爷会如何处置我，故在路旁等待王爷车队。若王爷与娉婷擦身而过，那是你我缘分已尽，娉婷也算实践了到东林见王爷的诺言，从此两不相干。"

楚北捷的目光一刻不离娉婷浅浅的笑容，沉声道："我察觉了。"

"那……"娉婷清楚地吐字，"白娉婷从此就是楚家的人了。"

"楚家的人？"

"王爷忘了？我们对月起誓，永不相负。"

楚北捷一字一顿，冷冷重复："对月起誓，永不相负？"

娉婷的眼睛美丽如初："王爷忘了我们的誓言？"

"我记得的。"楚北捷点头。

"誓言犹在……"娉婷盈盈走向前，伸手，递到楚北捷面前，动情道，"让娉婷随王爷到天涯海角，从此荣辱都由王爷，生死都由王爷。"

楚北捷定定地看着那熟悉的葱白小手，近在眼前，伸手可触。

他握过这手不下千次，赏玩赞叹，记得它温暖光滑，灵巧细嫩。

他只是不曾想过，这也是一双翻云覆雨的手。

娉婷不惊不惧，乖巧地站在面前，就像第一次跪倒在他面前，唱"佳人英雄，兵不厌诈"。眼眸还是会说话般晶莹透彻，流光四溢。

楚北捷久久不语，过了好一会儿才沉声道："娉婷，答我几个问题。"

"王爷请问。"

"北漠奸细用的药，是你所调？"

"是。"娉婷纹丝不动，吐出一个字。

"你可知道，东林两位王子是我骨肉亲侄？"

娉婷看他一眼，瞳中柔光闪烁，叹道："我知道。"

"你可记得，你曾发誓绝不伤我家人？"

"我记得。"

"我楚北捷，不是为了女人而忘记骨肉生死仇恨的男人。"

娉婷听出楚北捷话中恨意，挤出一丝苦笑："我明白的。王爷说的，娉婷都明白，既然王爷找到娉婷，娉婷避无可避，索性性命也交由王爷发落。"

"我还有最后一个问题。"楚北捷顿了顿，凛然道，"你自知必死，为何置大石于路上，惊动我的车驾？"

娉婷犹如被剑刺中心口一般，身子蓦然晃了晃，会说话的眸子动人心魄地瞅了楚北捷半晌，凄然道："娉婷是痴人，王爷也不过是个痴人。我说干口舌，王爷难道会信我一字？大错已经铸成，这一辈子我们再也回不去了。"再也忍不住，泪珠如断线珍珠般坠下，哭倒在地。

夕阳西下。

黄尘大道上并没有留下一具尸体。

静默的车队中多了一道沉默纤细的身影。

楚北捷发现，原来心和握剑的手，并不是永远契合。


水绿山青，犬吠炊烟。

东林一处偏僻的山林中，默默出现一座朴素的山庄，庄里人自耕自种，出入低调。

不过是平凡山庄一座，沉默寡言山人数名。

无人知，东厢墙上孤零零一把入鞘宝剑，曾斩敌国无数大将，千军万马中如入无人之境，剑光所到，所向披靡，无人不惧。

无人知，西厢一副玲珑心肠，能论天下事，弹奏天籁曲，一计扭转北漠岌岌可危的悲惨命运，却换来肝肠寸断，欲哭无泪。

娉婷独居西厢。

楚北捷不是刽子手，他剑下留情，没有取她性命。

楚北捷也不是小人，饭食衣裳按时送来，虽不丰盛华丽，但也不刻薄。

只是，自从那一天后，她再没有见过楚北捷一面。

只是，这西厢中，至今空荡荡。

"故乱世，方现英雄；故英雄，方有佳人……"她临水照花，对月弄影，低吟浅唱间，怔怔望向东厢那头，忽然失了眉目间的闲淡，慌忙别过脸，又唱，"奈何纷乱，奈何纷乱……"

低低地唱，轻轻地叹。

楚北捷在东厢中，手持怡情惬意的民间诗文，靠在大竹椅中似有倦意，缓缓闭目，片刻后忽然转头，沉沉凝视身旁的楚漠然，问："我应该杀了她吗？"

自来到山庄，楚漠然就陪着这两人坐困愁城。此刻被楚北捷深邃的眼看着，肝胆俱震，垂手低头，不敢说一个字。

隔了许久，才听到叹息："我本该杀了她的。她骗我，欺我，毒我亲侄，天下有谁比她更该杀？"

楚北捷连问十日，连叹十天。楚漠然不禁想起陈观止，这当初为娉婷看病的老名医，想必也记得镇北王曾为娉婷姑娘久病不愈而发的雷霆大怒。

"她在哭吗？"

"回禀王爷，没见她拭泪。"楚漠然弯了弯腰，小心道，"只是，有时候唱歌。"

"唱歌？"楚北捷沉思良久，轻问，"唱什么？"

"娉婷姑娘唱：故乱世，方现英雄；故英雄……"

楚漠然尚未答完，楚北捷已接了下去，喃喃道："故英雄，方有佳人。奈何纷乱，奈何纷乱。"楚北捷冷笑，"谁是英雄，谁又是佳人？儿女情长，白落得英雄气短。"

楚漠然不说话了，垂下头，看着自己的脚尖。

"你下去吧。"

"是，王爷。"

楚漠然刚跨出东厢，身后便传来楚北捷低沉缓慢的哼唱："故英雄，方有佳人……"气息悠长，余音回荡，像缅怀一幅已弃入烈火中的名画。

日出日落，看火烧云红透天际，听鸟叫虫鸣婉转起伏。

归乐敬安王府、东林镇北王府、北漠上将军府……一切都变得好遥远。

"她又唱了什么？"

"她唱：故嗜兵，方成盛名；故盛名，方不厌诈……"

"兵不厌诈，兵不厌诈。"楚北捷狠狠截断，沉声道，"难道天下只有一个白娉婷是佳人？又哪有她这般歹毒的佳人？兵不厌诈？叫她不要再存妄想！"

余怒未息，霍然站起，走到房中大柜前，将一路上珍而重之，小心翼翼保护着的凤桐古琴拿起，奋力砸到地上。

万金难求的古琴咔嚓一声，断成两截。

楚北捷发红的眼睛瞪着，犹不解恨，抽出悬挂在墙上的宝剑，挥剑劈斩，直把此琴当成心中最恨之人。

楚漠然跟随楚北捷多年，知道这位王爷面上越平淡，其实心里越积着阴鸷，见他多日隐忍不发，心中着实担忧。此刻楚北捷动气毁琴，他却松了一口气，也不作声，在一旁看着凤桐古琴在楚北捷手下被劈成碎片。

良久，楚北捷停下手中挥舞的宝剑，神色已趋平静，转身将宝剑插回剑鞘，脸上添了一丝令人心悸的冷冽，指着一地碎木吩咐："你将这琴屑，给她送过去。"

楚漠然不敢怠慢，命人扫起碎木，用布裹成一包，亲自送了过去。

过了大半个时辰，楚漠然回来复命："她已经接了。"

"说了什么？"

楚漠然沉吟道："她见了王爷送过去的东西，好一会儿没动，后来掏出怀里一封信，要属下交给王爷，说她没机会面见王爷，要和王爷说的话都在信里了。"

楚北捷黑眸深处动了动，却半晌没吭声。

"信呢？"楚北捷沉声问。

楚漠然略微不安地回道："属下拿着信出门，她忽然在后面说等一下，把信又拿了回去。属下以为她还要加一两句话，怎知她点了火折子，把信就那么一递……"

"烧了？"

"是，烧了。"楚漠然知道楚北捷极为在意西厢的动静，事无大小都详细禀告，"她对着信的灰烬垂了好一会儿泪，要我转告王爷一句话。"

"她哭了？她到底还是……哭了。"楚北捷喃喃自语，失神地望向西边，好一会儿后才想起楚漠然的话还未说完，问，"她要你传什么话？"

"她说……"楚漠然皱着眉，吞吞吐吐道，"她说……真羡慕这琴，毁得这般痛快。"

楚北捷轻微颤了颤，勉强按捺着不定的心神，回首看楚漠然，蹙眉道："她生了死志吗？"

楚漠然不敢和他犀利的目光对视，低头避过，忍不住开口道："王爷一生豪迈，手起剑落，快意沙场，如今何苦这般折磨一个女子，连带着折磨自己。"

"我……我在折磨她吗？"

楚漠然不语，只低着头。

楚北捷凝视他半晌，幽幽长叹一声，颓然坐下，挥了挥手："你下去吧。"

楚漠然出了房门，惶惶不安。庭院中空气沉闷，仿佛连老天也在预示着不祥。他不敢离开太远，便守在东厢外面等候楚北捷差遣，又暗中派人去西厢探听娉婷动静。

不一会儿，派去的人回来说："刚开始娉婷姑娘坐在床边垂泪，后来点起火盆，把残琴连包裹的布一起烧了。这会儿也不哭了，正打开首饰盒精心打扮呢。她照着镜子擦胭脂的样子，倒真有点像我妹子出嫁那时的姿态。"

楚漠然听得心里发紧，转头一想，看眼下的光景，王爷的心结怕是解不开了，

与其慢慢折腾，也许真不如痛快了断，于是只点点头吩咐下属再去察看。

楚北捷一人待在房里，整个晌午都没动静。也没有不怕死的人敢私自进东厢。

天边快出现火烧云的时候，楚漠然派去的人已经回禀过好几次娉婷的情况。

那下属一脸困惑地挠头："我没藏好，被娉婷姑娘看见了。她不但不恼，反而朝我笑了笑，说：'你明天就不用为我费心了，你们王爷是个有决断的人，到今天也该有个了结了。'"

楚漠然眉头大皱，刚要开口，房里忽然传来楚北捷的声音："漠然在外面吗？进来。"

"是，王爷。"

楚漠然连忙推开房门进去。楚北捷坐在背光处，让人看不清楚他脸上的神色，但身上已恢复了在战场上的笃定气势，想必心里已经有了定断。

"你去叫厨子，做一道八宝豆腐、一道红烧鱼、一道翡翠银丝丸子、一道风清素苹……"楚北捷缓缓开口，一连点了十二三道菜。

楚漠然一边点头，一边仔细记下，心里清楚这些都是娉婷平日爱吃的。

果然，楚北捷最后说道："做好后，给西厢送去。"楚漠然应了一声，楚北捷又吩咐，"拿三坛最烈的酒给我。"

饭菜不一会儿就做好了，直接送往西厢，三坛烈酒也送入楚北捷的房间。

楚北捷忽然笑了："你坐下，陪我喝一杯。"说是一杯，喝起来成了千杯直下。楚北捷刚毅的脸上没有一丝表情，也不说话，烈酒一杯接一杯地倒入喉咙。

房间里只听见倒酒时酒水落杯的声音。

天气奇差，一丝风也没有，眼看火烧云褪去了颜色，天光一分比一分少，渐渐黑暗笼罩上来。楚漠然觉得仿佛有一座山压在心上，大气也不敢喘，一杯接一杯地为楚北捷斟酒。

楚北捷酒量如海，喝了这么多，眼神一点也不迷蒙，像越喝越清醒似的，黑色的眸子闪闪发亮，如夜间丛林中若隐若现的猛兽。

烛光下，英俊的脸不但不泛红，反而铁青一片。

"王爷，没酒了。"楚漠然放下酒壶，扫一眼地上已经空荡荡的三个酒坛，恭敬地问，"是否要属下再取一些来？"

"不用。"楚北捷缓缓喝下最后一杯，像要把失去的豪气和胆魄都吞回身体里，重重放下杯子后，凝视着摇曳的烛光，忽然沉声命令，"漠然，你拿着我的剑，去西厢。"

哐当！楚漠然的手猛地一颤，桌上玉杯一倾，掉到地上。

"告诉她，我楚北捷今生，最恨又最爱的，只有一个人。我再也不折磨她了，我给她个痛快。"楚北捷紧紧盯着烛光，仿佛那光里有另一个人的影子，猛地一咬牙，"去，取她的性命回来！"

"王爷，这……"

"这是军令！"楚北捷骤然怒吼。

楚漠然浑身一震，咬了咬牙，凛然应道："得令！"再顾不上其他，瞪着虎目到墙边，把悬挂着的宝剑一拔，头也不回地出了东厢。

楚北捷看楚漠然的背影消失在黑暗中，心如刀绞，猛然站起来，发现双膝都是软的，竟支撑不住，双手猛地压到桌上，震得酒壶碗碟一阵乱响。

"你……你为什么要这么做？为什么……为什么！"他狠狠咬牙，不知问的是西厢中的人，还是自己。

失了神采的眸子凝视天边，圆月高高悬挂在夜空中，霜雪一样的清辉。

此月，照过花府，照过镇北王府，照过典青峰之巅和那幽深绝谷……

"我错怪你了吗？娉婷，告诉我。"

"娉婷该自豪吗，天下有谁能被楚北捷误会？"

"我该拿你如何是好？"

"给娉婷最后一个机会吧。让娉婷用事实向你证明，娉婷绝不会做让你伤心的事。"

犹记得，她浅笑入怀，仰着脸央求他。

她说："不管消息如何严重，到最后都不过是一场误会。等你回到东林，就知道娉婷不但不忍伤害你，也不忍伤害任何和你有关的人。北捷，回东林吧，回去看看我真正的心意。"

犹记得，她那无人可及的美丽眼眸中闪着蒙眬柔和的光，让他仿佛置身梦境一般。

"对月起誓……"他沙哑地苦笑，"我们对月起誓，永不相负……"

抬起蕴泪黑眸，见暗处一道人影缓缓走来。脚步沉重，手持宝剑，低垂着头，正是楚漠然，显然是回来复命的。

楚北捷只道心早疼得麻木，此刻一见楚漠然，才知方才还未痛到深处。此刻全身像被无数把烧红的钳子拧着皮肉向四面八方撕扯，沙场上的血肉模糊也没有这般难以忍受。

他天性要强，硬撑着挺直的背站在门前，问："已经去了吗？"声音隐隐颤抖。

"王爷……"楚漠然抬头看他一眼，扑通一声，猛然双膝跪倒，"请王爷处罚，属下……属下实在下不了手，娉婷姑娘的眼睛……属下看着那双眼睛，实在是……"说着握过宝剑的手指拼命地抠着地上的泥。

楚北捷闻言竟松了一口气，旋即怒气又腾起，低吼道："连这么一点小事也做不到，你算什么男人？"狠狠地将楚漠然踢开，抓起地上的宝剑，磨牙道，"决而不行，害人害己。难道真要一辈子这么折腾下去？不如早日了结！"

三坛烈酒酒性发作起来，拿着宝剑直冲西厢，全无了平日镇定从容、谈笑用兵的模样。

杀气腾腾到了西厢，一脚踢开房门，整个人却愣住了，僵在房门处。

娉婷头插凤凰玉钗，耳垂金坠，身穿五彩锦面金丝坠边裙，一双翠绿绣花鞋露在裙摆下，烛光下，面若桃花，眼眸灿若星辰，华贵雍容，不可方物。

她缓缓将目光转过来，徐徐起身，浅笑："王爷也该来了。"

楚北捷骤然见她笑靥如花，如在梦中，心中重重一顿，竟站在那里，说不出一个字来。

娉婷走到楚北捷身前，静静凝视楚北捷手中明晃晃的宝剑，赞道："好剑。"又苦笑，抬起瘦削不少的清秀脸蛋，哽咽道，"王爷，王爷，你为何来得这般迟？也好，你总算来了。"

伸手取过仿佛已成千年化石的楚北捷的剑，凄然笑道："我说过，生死任由王爷。娉婷虽是个大骗子，这话却不是假的。不必借王爷的手，我自己了断。"

握着宝剑，闭上明亮的眸子，狠下心向自己颈间抹去。

肌肤刚触及冰凉剑锋，手腕就被人紧紧握住。娉婷怔了怔，惊讶地睁开眼睛，眸中闪过一丝决断，咬牙再抹。

握着她的仿佛是把铁钳，在细瘦的手腕上微微用力一捏。

"啊！"娉婷低呼一声，吃疼地松开五指。

哐当一声，宝剑掉到地上。

身后涌来一阵大力，娉婷不由自主向后一靠，后背完完全全靠进一副结实强壮的胸膛里。从后面伸过来紧搂着她腰肢的双臂，像永远也不肯松开一般。

娉婷幽幽睁开眼睛，叹了一声，凄然道："一了百了，不是更好？"

身后的男人半天不作声，只将她搂得更紧。

"王爷……"

"本王不想杀你了。"

身体蓦然离了地，她整个人落在楚北捷的双臂中。

楚北捷大步走向角落的床，满身酒气，红着双目，沉声道："本王要你用一辈子来补偿。"说着将怀中暖香往床上一扔，压了上去。

西厢房内，红鸾帐下，婉转呻吟，一丝一丝溢出。

楚北捷在烛光下细赏慢观，切齿痛恨。

他恨她青丝如瀑，肌肤赛雪。

他恨她似仙子自九天而降，美目流转，惑人心魄。

他恨这宝剑敌不过绕指柔，英雄敌不过儿女情长。

"不饶你，不放你。"他一下比一下粗暴，肆意蹂躏，恨意滔天，"我要你用一辈子补偿。"

她似春水般化在他身下，疼得蹙眉，唇角却柔柔笑开，不满足似的轻叹："只是一辈子吗？"终于，晶莹泪珠顺着脸颊滑落。

鸡鸣，日出。

楚北捷尽泄一腔醉意积怨，不施半点温柔，恨意依然难消。

报复的敌意，黑沉的脸，让西厢空气沉滞。

那又如何？娉婷浅浅而笑。

起码西厢，不再空荡荡。

起码她这孤魂，找到了另一个孤魂。

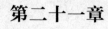

# 第二十一章

十一月中，北漠境内迎来今年的第一场大雪。

上将军则尹在这个时候入宫，向北漠王提出辞去所有官职。

"为何如此突然？"北漠王赏雪的心情荡然无存，回头看着则尹讶道。

则尹道："边疆危机已过，则尹也该履行对阳凤许下的诺言了。"

"不再参与争战，伴妻儿看青山绿水，悠闲终老，对吗？君子一诺啊。"北漠王转头不语，良久才道，"阳凤对于毒害东林两位王子的事，至今耿耿于怀？"

则尹长叹一声，沉声道："国家大事怎容得下妇人的仁慈，此事不能怪大王。"

"她果然还是耿耿于怀，再多的赏赐也比不上那位闺中好友。"北漠王苦笑着点头，"寡人还能说什么？罢了，罢了，则尹上将军去吧。"

北漠上将军府，在漫天飞雪中，撤下了大门上由北漠王亲笔书写的上将军府横匾。

则尹辞官之事，府中上下早有消息流传，侍从们都是跟随则尹多年的亲信，早有则尹到哪他们就到哪的觉悟，所以消息正式公布时，府中一派平静，众人心有默契，收拾妥当，准备离开北崖里。

雪一连下了七天，仍不见停止的迹象。出入都城北崖里的大道一片雪白，只有一队车队冒着风雪缓缓行走。车轮压过积雪，留下两行长长的轨迹。

最中间的一辆华丽的马车内，暖炉里炉火正旺。阳凤低头看着怀里的宝宝。这孩子精力旺盛，就如他父亲一般，哄了多时，才终于睡了。

阳凤露出一丝甜笑，将孩子放到绒毯中，仔细包裹好，然后轻轻打了个哈欠，依窗而坐。

"睡了？"则尹小心翼翼地凑上去，屏息看着睡梦中的孩子。他是武将出身，惯了舞刀弄剑，见了柔弱娇嫩的婴儿，总觉得怎么轻抱都会弄伤他似的。初为人父，竟比初次上沙场更胆怯。

阳凤瞧见他的样子，轻笑起来，凑到他身边，和他一起凝视着孩子，爱怜地说："看他的鼻子，还有小嘴，活脱脱一个小则尹。"

"脸庞像母亲。"则尹乐滋滋道，"儿子像母亲，将来一定有出息。阳凤，多亏有你。"

阳凤一怔："多亏有我什么？"

"多亏有你，不然怎么会有我这可爱的儿子？"

"这是什么话？"阳凤好气又好笑，不想吵醒孩子，扯扯则尹的衣袖，两人一同坐到垫着厚毛皮的横椅上，阳凤忽然低声问，"夫君是否觉得阳凤太过任性？"

"怎么会呢？"

"阳凤逼着夫君辞去上将军的职位，离开北崖里隐居。大雪未停，又不顾庆儿未满月，逼着夫君上路。如今想来，实在是太任性了。"

则尹发出一阵悦耳的低沉笑声，粗糙的大手抚着阳凤的脸，问："我则尹会是被人逼着辞官上路的人吗？辞官、离开北崖里，都是你的心愿。既然是你的心愿，我必定心甘情愿为你达成。"话语稍顿，声音沉下两分，叹道，"何况，我知道你为着娉婷的事心里不安。住在上将军府里，受着大王不断的赏赐，更令你如坐针毡。"

提起娉婷，阳凤脸上添了忧愁，低声道："我昨晚又梦见娉婷，她就站在我面前，不笑，也不说话，我伸手想摸她，她竟然像影子一样，根本摸不着。则尹，是我央求娉婷为北漠出计对抗东林的……"

"我知道。"则尹将阳凤抱在怀中，目光沉痛，"我北漠国受了她的深恩，却将谋害东林两位王子的罪责推到她身上，则尹实在没有脸面见她。"

"她自己也不愿洗刷这个冤屈。"阳凤愁道，"自从你打探到楚北捷隐居的地方，我已经派人给她送过三封信，要她将事情向楚北捷说清楚，设下毒计害死楚北捷两个侄儿的是何侠，并不是她。可她一封回信也没给我。"

"她现在应该正被软禁，会不会书信没有送到她手上，反而被楚北捷的人截住了？"

阳凤摇头道："被楚北捷看了不是更好吗？可东林军现在对何侠并没加强追捕的迹象，可见他们还不知道何侠干了什么事。想那楚北捷为人高傲，应该不会拦截或者偷看娉婷的书信的。怕只怕娉婷不肯为自己申冤，那可怎么办好？"

则尹皱起浓眉，不解道："她已经知道何侠变了，竟然还甘愿为他顶罪？"

阳凤似乎觉得冷，在则尹怀里换个姿势，把丈夫的心跳听得更清楚了一些，目光转向不远处正甜睡的孩子，轻声叹气："对一个人失望是一回事，恨一个人又是另一回事。娉婷很清楚，只要她开口说出事情真相，何侠就会成为东林举国上下的头号敌人，那和亲手把何侠杀死有什么不同？十五年的情分，不是这么容易断的。"

阳凤的声音渐渐低下去，像遇到了更难解的心事，踌躇半日才继续说道："我只怕她聪明一世，糊涂一时，不但不对楚北捷解释自己的冤屈，反而用此事验证楚北捷对她的心意。唉，男人的心，岂是轻易可以考验的？"

阳凤的话中充满哀愁，她生下庆儿还不足一月，烦恼频添，则尹生怕她会为此生病，爱怜地轻拍她的肩膀，劝道："不要多想了，我虽然辞官隐居，但并不是毫无能力。只要娉婷有需要，我们一定会帮上忙的。"

"希望苍天保佑娉婷。"阳凤合掌在胸前，默默祈求。

则尹这一队人马在大雪纷飞的路上缓缓前行的时候，云常国的王宫内正烟火满天。

宫内挂满了红绸，侍女们穿着盛大节日时穿的彩衣，托着各色点心流水般出出进进。欢快的鼓乐声越过宫墙，传入都城内的各处民居，引得都城百姓一阵阵议论。

"公主殿下要大婚了！"

"嘿，咱们云常以后就有驸马爷了？"

"早该找个驸马爷了，公主虽然能干，但毕竟是女儿家，总不能一直为朝政操劳啊，还是找个驸马爷，自己安心生个小王子的好。"

"哈哈哈，说得有理。"

"说起来，我们公主的眼光不错啊！自从大王去世后，求婚的人几乎把王宫的门槛踏破了，公主谁都不选，就选了这一位。"

"对！对！不愧是咱们云常的公主殿下，眼光真不错。有了这位驸马爷，咱们云常再也不怕什么东林的楚北捷、北漠的则尹啦！哈哈哈，来啊，为公主和驸马爷喝一杯！"

香醇的美酒，在痛快地碰杯中溢出。

穿过一队队花蝴蝶般的侍女，身穿隆重的朝臣服饰的贵常青缓步走入王宫最西侧一处安静华贵的屋子。

云常王宫中最有权势的侍女绿衣刚巧站在门口，正吩咐两位侍女："把前些日子进贡的鸾凤镏金腰带取来。另外再取点红果干，记得摆在红色的盘子里，要两盘，每盘放上九十九片红果干，记住了，是九十九片，不能多，也不能少。我可说清楚了，今天是公主的大喜日子，谁敢给我出一丝差错，小心你们的腿。"

一口气说了一轮，猛一回头，看见贵常青，连忙笑道："贵丞相来了，请赶快进去，公主已经问了几次怎么丞相还不到。您再不来，公主就要打发我去请了。"

贵常青沉稳地笑了笑，跨步走进屋中。

屋内熏香萦绕，外面欢快的鼓乐到了这里只剩一点点听不清楚的余音。垂帘后，一个纤瘦的身影独坐镜前。

贵常青站在帘前，尚未开口，就听见耀天公主清脆的声音："丞相请过来。"

贵常青掀开帘子，走到镜前站住。

镜中的公主美艳更胜往常，镶满宝石的凤冠端正地戴在她头上，凤冠下端垂着一排不停摇曳的珍珠链子，却遮不住她眸中的流光。

耀天公主放下手中的眉笔，仔细打量铜镜中的自己，低声笑问："丞相，耀天打扮得美吗？"

贵常青凝神看了看，点头答道："美极了。"沉默了一会儿，心里似乎有无限感慨，长叹一声，"公主终于要大婚了。那个喜欢让王宫里所有侍女追得气喘吁吁的小姑娘，就快有夫君了。时间过得真快……公主高兴吗？"

"又高兴，又担忧。"耀天公主端详着镜中的自己，"母后在世时曾说，女孩嫁人就像把手放进黑的洞穴，你不知道抓到的会是稀世珍宝，还是一条致命的毒蛇。丞相是对云常王族最忠心的大臣，父王去世后，若没有丞相的辅佐，我根本无法管理国政。我今天想问丞相一个问题，请丞相如实相告。"

贵常青肃然道："公主请问。"

"我选择何侠，其他大臣和百姓们都为此高兴，为何丞相却在知道这个消息后，连续几天愁眉不展呢？"

贵常青没料到耀天公主会忽然问到此事，略为愕然，思索半晌后才答道："大王早逝，没有留下王子，公主以女子之身管理一国朝政，所有人都明白，可以娶到公主成为云常的驸马，就可以得到云常的大权。所以，臣一直力劝公主慎重择婿，不要让无能之徒有机会得到云常，使云常遭受覆灭的命运。"

"何侠会是无能之徒？"

"公主确实很有眼光，何侠受归乐大王何肃迫害，正需要一个立命安身之处。他现在虽然家破人亡，但毕竟出身高贵，言谈举止间气度不凡，而且他与楚北捷并称为当世两大名将，是难得的人才。如今战云密布，各国自危，战将最为宝贵，公主在这个时候招何侠为驸马，等于为我云常筑起一道铜墙铁壁。只是……"贵常青摇着头，沉声道，"他太有能力，太有抱负。要长久地拥有这样一个男人，并不容易。"

耀天公主低头思索，幽幽问："既然如此，丞相当日为何不上奏阻止？丞相的意见，我从不会不重视。"

"臣若是上奏阻止，公主会改变决定吗？"贵常青感叹道，"臣为官已有二十年，看着公主从出生到长大，公主是否铁定了心肠要做某事，难道臣会看不出来？"

耀天公主抿唇想了想，展颜道："不愧是丞相，我确实不会改变主意。从何侠跨入王宫的那一刻起，我已经决定非此人不嫁。哪个女子不希望嫁给一位称得上英

雄的男人？何况这世上英雄太少，可遇而不可求。"

她站起身来，身上饰物一阵叮当作响。

"不过丞相说得很对，要长久地拥有这样一个男人，并不容易。"耀天公主转头看向贵常青，露出一个天真又带点儿狡黠的笑容，"如何才能留住何侠的人和心，丞相日后好好为我思量吧。"

贵常青躬身道："臣必殚精竭虑。"

"很好。"耀天公主移到门前，遥看王宫另一端，自言自语道，"乐声近了。何侠……他该进入宫殿正门了吧？"

遥远的另一个国度，何肃在归乐王宫中望着灰蒙蒙的天色不语。

王后从他身后靠近，探问："大王看了刚才送来的书信后，一直愁眉不展，是不是有什么不好的消息？"

何肃点头："云常国的耀天公主答应了何侠的求婚，今天就是他们大礼的日子。"

王后讶道："耀天公主竟然答应嫁给已经一无所有的何侠？她怎会如此不明智？"

"这是很明智的决定。"何肃回头，淡淡地扫王后一眼，"何侠并不是一无所有，他最宝贵的财富都在他自己身上。天下有身外财的人多，有'身上财'的人少。耀天公主正是看中了这一点。"

隐隐听出何肃的不满，王后讪讪低头，轻声道："大王心里烦闷，不如让臣妾为大王弹奏一曲。"

"不必了。"何肃来到殿外，眺望敬安王府的方向，喃喃低语，"寡人是不是做错了什么？天下闻名的归乐两琴，都不再属于归乐了。"

阳凤当初逃走，正是因为王后听了谗言要处置她导致的。听何肃这么一提，王后心中一颤，低头道："这是臣妾愚钝之过，臣妾愿受责罚。"说完提起长裙，怯生生低头跪下。

何肃沉默良久，似乎想起什么，又呵呵笑了起来。

"王后快起来。"他转身，将王后轻轻扶起，悠然道，"阳凤虽然琴技出众，但只是一个养在后宫的女子，论见识谋略，远远不如白娉婷。寡人失去阳凤倒也没什么。而何侠竟为了一点眼前利益放弃白娉婷，真是傻瓜才会做的决定，将来他一定会为此付出沉重的代价。"

王后疑惑地问道："白娉婷真的这么厉害？"

"王后见过白娉婷吗？"

王后回忆了一会儿："她很少入宫，臣妾只见过一两次，她不喜欢说话，容貌也平常。"

"白娉婷虽然不是美人，却另有一种魅力，使人想将她留在身边，永远拥有她。"何肃看着王后，唇角勾起一丝笑意，"天下凭美貌让男人心动，邀一寝之欢的女人很多，能让男人萌生'永远拥有'这个念头的女人，又有多少个呢？"

"何侠不就放弃她了吗？"

"何侠会后悔的，说不定他已经后悔了。但后悔又有何用？"何肃眯起双眼，寒光在眸底掠过，"寡人不会让他轻易得回白娉婷的。"

饭后，何肃留在殿中处理国务。

王后告退。转入角落的边廊后，王后停下脚步，用衣袖偷偷拭泪。

王后的乳母正跟在王后身边，惊道："王后这是怎么了？"

"大王动心了。"

"谁？"

"敬安王府，白娉婷。"

那乳母一阵沉默。

大王下令铲除敬安王府，密召何侠和白娉婷入宫之日，曾有严旨，敬安王府众人若有异动，可立即斩杀，只有一人除外。

有一人必须生擒，不得伤害。

敬安王府，白娉婷。

洞房花烛映红了娇娘双颊。

头上红巾轻轻飘落，凤目上挑，一道俊逸身影映入眼帘。

四国中数一数二的贵族公子，赫赫有名的小敬安王，就站在她的面前。

"公主。"

"驸马。"

低声交换几乎微不可闻的一句，只眼神一碰，心已经乱跳个不停。

何侠解下胸前的红花绸带，双手为耀天公主取下头上的凤冠，感叹地笑道："想不到何侠四处流离，无人肯收留，如今竟能有这般幸运，蒙公主垂青，苍天待我实在不薄。"他一笑即敛，端详耀天公主恬静的面容，柔声道，"公主若有所思，是否有心事？"

耀天公主自失地笑了笑，答道："我只是在想，若敬安王府不曾遭遇变故，我是否还有福气能嫁给夫君为妻？"眼波流转，停留在床边的垂幔上，轻叹道，"洞房花烛夜，站在我面前要共此一生的男人文武双全，英雄盖世。此情此景美得像梦

一样，真有点怕这不过是美梦一场。"

何侠皱眉道："公主何出此言，难道不相信何侠的一片心意？"

"哦，我失言了。"耀天公主转头，给何侠一个甜美的笑容，"若不相信夫君，我又怎么会当着臣民的面许下一生一世的诺言？"

何侠星辰般的眸子凝视着耀天公主，仿佛两泓充满魔力的深潭，几乎要将她吸到无底的深处。他在耀天公主面前单膝跪下，深情地握住她一双柔荑，抬头道："公主放心，何侠今生今世都不会辜负公主。何侠在此对天发誓，总有一天，我会让公主成为世上最尊贵的女人，我要亲手为公主戴上四国之后的凤冠。"

耀天公主的眼睛骤然亮起来，喜道："夫君真有这般远大的志向？"

何侠朗声长笑："人生苦短，不创一番大业，怎么对得起养育我的爹娘？"

耀天公主听他笑声中充满自信，豪迈过人，心中暗喜，柔声问："夫君踌躇满志，想必心里已经有了统一四国的大计？"

何侠止住笑声，思索了一会儿，答道："第一件要做的事，当然是让我今生的劲敌楚北捷不能再为东林王族效力。"

耀天公主管理朝政多时，对各国权贵了如指掌，立即接着何侠的话说："楚北捷已经归隐山林，不问政务，但如果东林出现危机，他必然会出山。夫君有什么办法，可以割断楚北捷和东林王族用血脉联结的关系？"

何侠暗赞此女聪明，竟对四国情况如此了解，赞赏地看了她一眼，揽着她柳枝般的细腰扶她站起来，一同遥望窗外明月。

"有一件事可让楚北捷和东林王族永远决裂，即使东林出现危机，楚北捷也会袖手旁观。"

耀天公主蹙眉想了半天，摇头道："我实在想不出来，是什么事会令楚北捷离弃他的家族……"聪慧美目看向何侠，寻求答案。

何侠英俊的脸上浮现一丝犹豫，看着天上明月，怔了半晌后，似乎才想起还未回答耀天公主的问题，长长吐出一口气，沉声道："那就是，东林王族使楚北捷永远失去他最心爱的女人。"

"楚北捷最心爱的女人？"

"她叫……"何侠双唇如有千斤重，勉强开启，吐出熟悉的名字，"白娉婷。"

耀天公主一惊，蓦然抿唇。

娉婷，白娉婷。

敬安王府真正的大总管，何侠最亲密的侍女。

传闻中，东林五年不侵归乐之盟约的缔造者白娉婷。

传闻中，毒害东林两位幼年王子，于危难中拯救北漠国的白娉婷。

传闻中，正被楚北捷含恨囚禁的白娉婷。

你到底是个什么样的女人？

白娉婷是个什么样的女人，这个问题连楚北捷也回答不了。

他在床上坐起来，转头，目光下移。

清晨的阳光并不灿烂，被困在乌云中的光线艰难地逃出一丝，落在她散开的青丝上。毫无防备的熟睡的脸庞上，他看见她唇边一丝甜美的笑意。

美梦吗？楚北捷情不自禁，低头靠近。

他对她不好，他知道的。

西厢中相对了八个月，他夜夜强索，缠绵销魂之际，竟一次也没有对她好过。

为何她仍有美梦？楚北捷不懂。

他靠得更近一点，想将她唇边的笑意看得更仔细些，自己的气息使她细软的发梢微微颤动。

她浓密的睫毛轻轻动了动，楚北捷蓦然退开，下床。

娉婷睁开眼睛，只看见楚北捷转身的背影。她撑起上身，轻声道："王爷醒了？"

背影，永远只有背影。

昨夜的恩爱像过眼烟云，梦醒后，连一丝也不剩。

她看着楚北捷如往日那般不发一言地离去，挺直的背影，不变的铁石心肠。

八个月，已经到了下雪的季节，而春天仍在很远的地方。

"姑娘醒了？"贴身伺候的红蔷端着装了热水的铜盆跨进屋子，将铜盆摆在桌上，搓着手道，"今天真冷，天还没亮，雪毛毛就飘下来了，虽不是大雪，可真冷得够呛。趁水热，姑娘快点梳洗吧。"

她上前，将娉婷从床上扶起来，瞥见娉婷眉头一蹙，忙问："怎么？是哪里不舒服？"

娉婷坐在床边，闭目养了一会儿神，才睁开眼睛，缓缓摇头道："不妨事的，起急了，不知道扯到了哪条筋骨了。"

水很暖。

婆娑轻舞的水雾，笼罩着打磨得光滑的铜盆。纤纤十指慢慢地浸入水中，感觉截然不同的温度。

红蔷盯着那十指看，轻叹："好美的手。"

"美吗？"娉婷问。

"美。"

娉婷将手抽离水中，红蔷用白色的棉巾包裹起来，轻轻拭干。水嫩的指尖，形

状美好的指甲，细葱似的十指。

婷婷笑了："美又如何？这双手，再也不会弹琴了。"

"为什么？"红蔷好奇地问。

婷婷似乎没了说话的兴致，别过头，闲闲看着窗外一片寒日的肃杀。

红蔷伺候婷婷已有一个多月，大致知道她的脾气，此刻知道自己多事了，便不敢再问，识趣地收拾东西，端起铜盆，退出西厢。

脚步迈出门槛，转身掩门的瞬间，一个细微的声音从屋里传出来。

"我……没有琴。"

声音如烟，可以被风轻易吹散，只余一丝残韵在耳边徘徊。

琴来得很快。

未到晌午，一张古琴已经放在案头。

虽不是凤梧焦尾，但半日内在这荒僻地方可以找到，已算难得。

婷婷伸手，抚着那琴。

她温柔而爱怜地抚着，仿佛那不是琴，而是一只受了惊吓的小猫，极需要她的安慰。

红蔷又进来了："姑娘现在可以弹琴了吧？"

婷婷摇头。

红蔷道："不是已经有琴了吗？"

若有若无的笑意，从微红的唇边逸出。婷婷心不在焉地摇头："有琴又如何？没有人听，岂不白费心力？"

"我听。"

"你？"婷婷顿了顿，转头，含笑问，"你听得懂？"

红蔷沮丧之色未现，婷婷又温柔地笑起来："也罢，姑且当你听得懂吧。"

洗手，点香。

白烟绺绺，飘舞半空，带着说不出的温柔，轻轻钻进人的鼻尖。

端坐，凝神。

拨弦……

一声轻吟，在颤动的弦丝处舞动看不见的翅膀，展开妙曼身姿，凌空舒展。

"故乱世，方现英雄；故英雄，方有佳人。奈何纷乱，奈何纷乱……"

她倾心吟唱，拨动琴弦。

莫论英雄，莫论佳人。

这一对，不过是痴心人，遇上了痴心结。她知道的。

"故嗜兵，方成盛名；故盛名，方不厌诈；兵不厌诈，兵不厌诈……"

她在唱，她的手又细又白，却稳如泰山。

勾着弦，宛如回到云雾中险恶万分的云崖索道，她靠在楚北捷怀中，说着永不相负，脚下却是万丈深渊。

兵不厌诈，情呢？

身在千里之外的阳凤来了三封信，字字带泪，一封比一封焦虑。

娉婷硬着心肠，将千里而来的书信，一一撕成碎片，化成漫天纸蝶飞散。

尽释前因。

怎么解释？如何解释？

她不能葬送敬安王府的血脉。

她更不愿相信，楚北捷对她的爱，抵不过一个天衣无缝的骗局。

若真有情意，怎会经不住一个"诈"字？

若深爱了，便应该信到底，爱到底，千回百转，不改心意。

"故飞燕，方惹多情；故多情，方害相思；一望成欢，一望成欢……"

婉转低述，申明冤屈，是最聪明的做法。

以心试心，妄求恩爱可以化解怨恨，是最糊涂的做法。

娉婷抚琴，轻笑。

女人求爱，无所不用其极。

她已聪明了一世，糊涂一次又何妨。

最后一声尾音划过半空，盘旋在梁上依依不舍，越颤越弱。娉婷抬头，看见红蔷一脸如痴如醉，已有两滴珠泪坠在睫毛上。

"傻丫头，有什么好哭的？"娉婷忍不住笑出来。

红蔷举手拭泪，不满道："都是姑娘不好，弹这么凄凉的曲子，倒来怪我。"

娉婷皱起小鼻尖，露出几分小女儿的表情，啧啧道："好好的曲子，听在你耳里，怎么就变得凄凉了？"

搁了手，刚要吩咐红蔷将琴收起，楚漠然进屋来，道："王爷说姑娘弹琴后，请将琴还回来，日后要弹时再借过来。"

娉婷灵眸转动，欲言又止，缓缓点头道："也好。"叫楚漠然收了琴，自己踱到茶几边，将上面的茶碗端起来送到嘴边。

红蔷忙道："那茶是冰冷的，姑娘别喝，我去沏热的来。"说着上前就要接过茶碗。

娉婷却不理会，答道："我刚刚弹完琴，浑身燥热，冷茶正好。"不等红蔷来到身前，将茶碗揭开，竟一口气喝干了里面的冷茶。楚漠然刚把琴抱起来，想要阻

止，也已经来不及了。

时值寒冬，那茶冷得像冰水一样，娉婷自从敬安王府之乱后，连番波折，身体已经虚弱，猛然灌了一口冰冷的茶下喉咙，只觉得仿佛整个胸膛都僵硬了，片刻间连话都说不出来。

红蔷见她脸色有异，急道："看，这下可冻着了。"

红蔷慌忙要去寻热水，被娉婷一把拉住，轻声道："没事，呛了一点而已。"抬头看见楚漠然还抱着琴站在那里，又问，"怎么还站着？快回去吧。晚了，王爷又要发火了。"

楚漠然应了一声，抱着琴跨出门，却不朝书房走，在走廊尽头向左转了两转，刚好是娉婷房间后墙的外面，楚北捷裹着细貂毛披风，一脸铁青地站在那里。

"王爷，琴拿回来了。"

楚北捷扫了那琴一眼，皱眉问："她怎样？"

"脸色有点苍白。"

"胡闹！"楚北捷脸色更沉，"要解闷，弹点怡情小曲也罢了，怎么偏挑这些耗损心神的金石之曲。"话刚说完，重重地哼了一声。

楚漠然这才知道，那句"胡闹"不是说自己，原来是说娉婷，暗中松了一口气，又听见楚北捷吩咐："找个大夫来，给她把脉。"

"是。"楚漠然低头应道。

楚北捷的心情看起来很不好，锁着眉心："那么一大杯冰冷的茶水灌下去，谁受得了？你去告诉红蔷，要她小心伺候，不可再犯。"

楚漠然应了，抬头偷看楚北捷的脸色，仍是乌黑一团。只要遇上白娉婷，王爷的脾气便阴晴不定，很难捉摸。

如天籁般的琴声只响起了一阵，便不再听到。

楚北捷下午依然回书房去。他其实并不总在书房，反而常常在娉婷的屋后闲逛。处理公务只是虚言,他如今哪里还有什么公务？隐居的小院用的木料都比王宫的薄，隔不住声音，娉婷若是吟唱，即便只是轻唱，歌声也能飘出墙外，让楚北捷听得如痴如醉。

虽如痴如醉，但绝不真的痴醉。

如果真的痴了，醉了，他就该毫不犹豫地绕过那道墙，跨进娉婷的屋子，把吟唱的人紧紧抱在怀里，轻怜蜜爱。

他没有。他只是站在墙外，听她似无忧无虑的歌声，听她与红蔷说话，与风说话，与草说话，与未绽放的花儿说话。

八个月，他生命中最痛苦、最长的八个月。

许久以前，他曾许诺，要在春暖花开时，为她折花入鬓。

春，何时来临？


是夜，楚北捷仍然入了娉婷的房。

仍是强取豪夺的占有，仍是无动于衷的冷漠。

"王爷……"娉婷在黑暗中看着窗外天色，没有一颗星的夜晚，寒冷而寂寞，她低声问，"明天，大概会下雪吧？"

楚北捷搂着她，似已睡去。

她知道，他没有睡。

他知道，她知道他没有睡。

除了冷漠，他不知道该如何惩罚怀中的这个女人，也不知道该如何惩罚自己。

"明天，是我的生辰。"娉婷在楚北捷的耳边问，"王爷可以陪陪我吗？明日会下雪，让我为王爷弹琴，陪王爷赏雪……"

楚北捷忍耐不住，睁开双眼，用力将娉婷搂紧，换来一声惊呼。

别再说了，不要再说了。

生辰又如何？

娉婷，我只能在漆黑中如此爱你，朗朗乾坤下，有我深深敬爱的兄长，和他死去孩儿的魂灵。


楚北捷在清晨离去，娉婷看着他的背影，抿着唇一言不发。

天色从灰到亮，短暂的光亮后又是一片阴沉，乌云笼罩白日，沉甸甸直冲着尘世压来，寒气逼人。

"呵，要下雪了吧？"红蓿呵着气。

娉婷正坐在窗边，她伸手出去，然后转过头来对红蓿说道："看。"掌心上，是一片薄薄的雪花。

"下雪了。"

初时是薄而小的雪花，到后来狂风渐烈，漫天都是鹅毛大雪。天阴沉着脸，似乎已经厌恶了太阳，要把它永远弃于乌云之后。

沙漏一点一点地向下流，娉婷默默数着。

今日是她的生辰，现已虚度了三个时辰。

她在漫天大雪中诞生，这只是她的猜想，其实，只是王妃的猜想。白娉婷究竟出生于何日，这个问题也许只有从未见面的爹娘可以回答。

她记得，王妃将她带回王府的那天。王妃夸道："冰雪聪明，定是大雪天里的

雪娃娃托生的。"于是，王妃为她选了一个有雪的日子当作她的生辰。

她喜欢雪，每年生辰，王府里都乐趣无穷。何侠会找一群贵族公子来斗酒，何肃王子也在其中，少年们喝到微醉，便会兴致大发地喊道："娉婷，弹琴，快弹琴！娉婷，弹一曲吧！"

冬灼最机灵，早把琴取来，摆好了，拉着娉婷上座。娉婷笑弯了腰，好不容易静心拨弦。琴声一起，先前吵吵闹闹的众人很快就安静下来，或倚坐或站立，一边听曲，一边赏雪。一曲完毕，会听见身后传来轻轻的带着节律的与众不同的掌声，娉婷便回头高兴地嚷道："阳凤，你可不能偷懒，我是寿星，你听我一首曲，可要还上十首。"

娉婷怔怔地笑了起来，又怔怔敛了笑容。

大雪纷飞中，世事沧桑。

此时此刻的孤单寂寞，天下人都可以不管，但楚北捷不可以不管。

他不该不理会。

她再看一眼沙漏，时间一点一滴地过去，想见的人还没有来。

八个月，她忍受了种种冷待的八个月，笑脸相迎，温言以对，为什么竟连一点回报都得不到？

刹那间心灰意冷，八个月的委屈向她缓缓压来，无处宣泄。

"红蔷。"

红蔷从侧门跨进来，问："姑娘有什么吩咐？"

娉婷低头，细看自己细长的手指。

"去找王爷……"她一字一顿道，"我要借琴。"

琴很快借来了，楚漠然亲自捧着过来，摆好了，对娉婷道："姑娘想弹琴，不妨弹点解闷的曲子，损耗心神的曲子，就不要弹了。"

"王爷呢？"

"王爷他……"楚漠然逃开她的目光，"正在书房处理公务。"

"他今天忙吗？"

楚漠然沉默了一会儿，才答了一个字："忙。"

娉婷点头："知道了。琴，我会还的。"

遣走了楚漠然，红蔷点香。娉婷阻道："不用，让我自己来。"

执了香，亲自点燃了，又亲自端水，将双手细致地浸透后，缓缓抹干。坐在琴前，上身一直，微微带笑，嫩白的十指放到琴上。

铮——铮——

调了几个音后，声色一转，便是一个极高的颤音，激越撼人，仿佛琴音里藏着的金戈铁马统统要冲杀出来似的。屋子前前后后顿时安静下来。

娉婷敛了笑意，脸上沉肃，十指急拨。

一时间杀伐声四起，战马嘶叫，金鼓齐鸣，呼声震天。

听得红蔷脸色煞白，紧紧拽着胸前衣布，没有丝毫动弹的力气。

不能怪楚北捷，她自找的。

是她拦住楚北捷的去路，是她说："誓言犹在。让娉婷随王爷到天涯海角，从此荣辱都由王爷，生死都由王爷。"

她伸出手，楚北捷握住了。

从此荣辱生死，都不是她的，而是他的。

她以为她忍受得了。

八个月，夜夜滴血的春宵，朝朝毫不留恋的背影。她忍受了八个月，却在这最希冀一点点温暖的日子崩溃。

一切都可以忍受，只要楚北捷一句话、一个眼神、一个哪怕没有痕迹的示意。

可惜，什么都没有。

琴声渐低下去，似乎战局已经到了尾声，幸存的战马在血迹斑斑的战场上悲鸣，烈火将倾倒的旗帜烧得噼啪作响，尽是慷慨悲壮之声。

娉婷额头渗出一层细密的汗，却不肯罢手，她强撑着，还没有将剩下的几个音奏完，上身就微微晃了两下，摇摇欲坠。

红蔷被琴声震撼，还未反应过来。一道人影突然飞扑进屋，一手扶住娉婷，一手按住琴弦。琴声蓦止。

娉婷只觉后背被人扶住，心里一喜，可回头一看，眼中的光亮霎时变暗，抿唇道："放开。"奋力站起来，瞬间天旋地转，她逞强不肯作声，暗中站稳。

楚漠然连忙松手，不卑不亢道："王爷正在处理公务，姑娘的琴声……太吵了。"

娉婷神色疲倦，苦笑道："那可真对不起了。"

楚漠然又道："王爷说了，这琴只是借姑娘弹，既然姑娘已经弹了几曲，现在也该收回去了。"

"漠然，我要见王爷。"

楚漠然迟疑了一下，似在侧耳倾听周围动静，等了一会儿，咬牙道："王爷很忙，晚上自然会来。"

"我有很重要的话，要和他说。"娉婷每个字都说得很专注，"所有的误会，我要和他清清楚楚地说明白。"

楚漠然又等了一会儿，四周仍没有声响，这回连他也有点失望了，只能叹着气重复了一遍："王爷他……晚上会来的。"

娉婷淡淡看楚漠然一眼。他甚怕与她对视，别过脸去。

娉婷轻声道："你把琴拿回去吧，替我谢谢王爷。"她支撑不住身体的沉重，扶着椅子慢慢坐下。

楚漠然抱着琴退下，转到屋后。

楚北捷不在书房，他站在狂风暴雪中，坚强的身躯似乎对风雪毫无知觉。

"王爷，琴收回来了。"楚漠然递上琴。

琴上沾了几片雪花，看在楚北捷眼中，竟有一种触目惊心的感觉。

他很后悔。

他不该给她琴，更不该听琴声。娉婷方才那一曲在他心中盘旋不散，像刀子割着他的心，将他的血肉一丝一丝凌迟，听着最后的萧瑟悲歌，他几乎要被琴音里的一往无前、宁折不屈惊出一身冷汗。

若不是尚存一丝理智，他不会吩咐楚漠然进去，他会自己冲进去，将她从琴前抱开，狠狠地警告她——不许，不许再弹这样的曲子。

她厌世了。

生死无所畏，想痛痛快快血洒沙场，以刃刎颈的慷慨悲壮，可以属于任何人，却绝不可以属于她，绝不可以属于他的女人。

他那么恨她，却无法忍受失去她。

楚漠然不得不问："王爷不打算见白姑娘一面？白姑娘说……"

楚北捷剑一样的目光忽然从琴上转到楚漠然脸上，刺得他浑身一震。

楚漠然连忙低头："属下该死。"耳边狂风呼啸，他感觉到比冰雪更冷的温度。

"下去吧。"许久，才听见楚北捷低沉的声音。

楚北捷回到书房后就再没有出来过，连午饭也不吃。楚漠然今日总有心惊肉跳的感觉，忐忑不安地在侧厅里等了两个时辰，红蕾果然又提着食盒找上门来，愁道："这可怎么好？白姑娘不肯吃东西了。"

她打开食盒，一样一样摆开，两样荤菜，两样素菜，一碟小萝卜酱菜，连着雪白的米饭，几乎没动过。

"磨着求了她半天，她还是数米粒似的，挑了几粒米就放了筷子，说饱了。这样下去，万一饿出病来，王爷还不剥了奴婢的皮？"

"剥谁的皮？"书房门前突然出现偌大的阴影。

红蕾吃了一惊，转身看去，连忙低头："王爷……"

楚北捷的目光落在摆开的食盒上："是她的？"

"是。"楚漠然道。

红蔷小心翼翼禀报道："白姑娘早上只喝了小半碗白粥，中午饭桌上的东西几乎就没动。我见这样不行，所以来告诉楚将军。"

楚北捷沉沉的目光射了过来："近日都这样吗？"

"自入冬后，胃口就不大好了。这几天吃得越来越少，昨晚忽然又好了点，就着小菜，吃了整整一碗饭。"

楚漠然想起什么似的，在楚北捷身边低声道："昨晚，王爷吩咐属下拿了一点王宫送来的小菜给白姑娘，看来是……"

楚北捷听了，吩咐红蔷："昨晚的小菜还有，你再送点过去。"

红蔷被选来伺候娉婷，当然是乖巧机灵的人，可一见楚北捷不怒自威的慑人魄力，言语中不由自主多了点畏惧，小声答道："回王爷，奴婢原本也是想着白姑娘喜欢吃那小菜，今天已经备在食盒里了，可一点用处也没有，她碰也不碰，就说饱了。"

楚北捷冷冷盯着已经变冷的饭菜："知道了，你下去吧。"

遣退了红蔷，楚北捷转头看向楚漠然，淡淡问："你以为如何？"

"嗯？"楚漠然被问得没头没脑，细瞧楚北捷脸色，知道这个时候不能出一丁点差错，只能没有含义地应了一声。

楚北捷仿佛在自言自语："她受不了了，是吗？"

"王爷……"

楚漠然话未说完，已经被楚北捷喝断："别说了！"他霍然转过身去，双手负在背后，肩膀不断微颤，不知是生气还是激动。良久之后，才平静下来，语气冷淡地道，"走吧，去看看她。"

两人走到娉婷住处，恰巧听见里面传来声音。

"白姑娘，在下受了王爷的吩咐，要给王爷复命的。不管你身体有没有不适，就让在下把一把脉，也好让在下交差吧。"

"你去见王爷，就说我没病。"

楚北捷浓眉骤然紧蹙，掀开门帘跨进屋内，他身材高大，站在窗前，顿时遮挡了大部分的日光，投下一片阴影。

整个屋子顿时安静下来。

娉婷穿着小里袄斜躺在床上，身上盖了一床淡绿色的丝绒锦被，大概是小睡初起大夫就来了，头发也未来得及重新梳理，半边青丝散落在身侧，衬着白皙脸蛋、乌黑眸子，别有一番风情。她没料到楚北捷会忽然进来，只觉门外蹿进一股冷风，屋子阴冷下来，猛一抬头，对上楚北捷的炯炯目光，顿时一阵心跳无力，两人的目光相触，像黏上了似的，竟都无法移开。

　　楚北捷含怒而来，被她一看，情不自禁乱了心神，只得拼命按捺，对旁人一挥手："都下去。"

　　红蕾、楚漠然、大夫立即退个干净，偌大的房间，只余目光不曾移动片刻的两个人。

　　楚北捷居高临下，盯了娉婷半晌。看她脸色苍白，弱不禁风，已是浑身不自在，又想起她这雪颈半露的模样竟让大夫看了去，更是怒火中烧。他越生气，语气越是平静，问娉婷："你并不是任性妄为的人，这样胡来，到底为何？"

　　不问还好，这一问，娉婷垂下眼睑，轻轻笑了起来。然后抬起灵巧的眼睛，朝楚北捷笑盈盈道："王爷来了，娉婷的目的不是已经达到了吗？"

　　她虽不是绝色美人，一双眼睛灵动诱人却无人可及，配上嫣然笑容，露出两个精致的酒窝，看得楚北捷心中猛地一顿。楚北捷走前半步，将娉婷完全纳入眼帘，低头审视床上的女子。

　　沙场上嗜血的绝情眼眸露出寒光，楚北捷浑身发出慑人的寒气将娉婷全身完全笼罩。

　　楚北捷问："事到如今，你在我面前还要玩这些无聊花样？"

　　娉婷抬头凝视楚北捷，轻声道："王爷大错了，这些又怎么会是无聊花样？能让王爷陪伴在娉婷身边片刻，对娉婷来说，是即使世间所有珍宝都放在眼前，也不会答应交换的幸福。"

　　这句话有如高手出招，攻得楚北捷猝不及防，他本想拔腿就走，此刻哪里忍心，被娉婷的小手一拉，身不由己坐在床边。

　　娉婷温暖的身子主动靠过来，双手紧紧缠在他的脖子上，楚北捷恨她毒杀两个侄儿，诡计多端，曾对天发誓不再给她丝毫温存，但此刻暖玉满怀，怎么忍心一把将她推开，只好由她抱着自己，沉声问："你说见我，要把什么事情说清楚？"

　　"晚了。"

　　"晚了？"

　　娉婷抱紧楚北捷，低声道："我原本想说的，但王爷已经错过机会。娉婷又怎会是再三求别人听自己澄清误会的人？今生今世，我再不会向王爷说什么事情的真相，你要误会我，就让你误会吧。"

　　楚北捷猛然站起，将她摔在床边，怒道："你竟然不思悔改，还在玩弄诡计？"转身便走。

　　"王爷留步！"娉婷猛然高呼一声，让楚北捷不得不停下脚步。

　　"娉婷已经想通了。"娉婷声调仍然轻柔，语气却渐渐转冷，"既然八个月的忍耐都无法使王爷重新爱上娉婷，那娉婷又何必强留在这里。"

楚北捷霍然转身，森冷道："你休想逃走。"

"不。"娉婷浅笑道，"我要自尽。"

楚北捷嗤笑："以死胁迫，是最下等的手段。"

娉婷毫不理会他的嗤笑，继续道："只有王爷时时刻刻陪着我，我才会好好活着。"

楚北捷狠狠道："在我手中，死也不是这么容易的。"

娉婷坚定无比的双眸半点不让地对上楚北捷的炯炯虎目，轻轻启齿道："一个人铁了心要自尽，是谁也拦不住的。"

楚北捷猛然掀开门帘，漫天风雪狂涌进来。

"楚漠然！"

"在！"楚漠然急忙赶过来。

"把她……"指尖向屋内单薄的人影一指，"好好看管起来！若有一丝意外，本王唯你是问！"

第二十一章

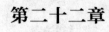

　　楚漠然一夜不曾睡好，楚北捷临去前深邃的一眼让他整晚神经紧绷，不敢有丝毫怠慢地看顾着屋内的娉婷。

　　谁知道她那血色并不饱满的唇中跳出了什么话，竟使一向不动声色的王爷失了分寸？

　　一夜风雪大作，没有停歇过片刻。

　　楚漠然站在一旁，看着红蔷用几乎哭出来的声音哀求："好姑娘，你别为难奴婢了，王爷已经生气了。"

　　娉婷斜躺在榻上，黑珍珠似的眼眸从容笃定，往红蔷一扫，带着玩笑的口气道："原来是为了王爷。"

　　红蔷连眼眶都红了，急急摇头道："不是不是……不为王爷，就为了姑娘自己，也不该这样糟蹋身子啊。好歹吃一点，有什么了不得的事，大冷的天，真饿坏了怎么办？"

　　娉婷打量她片刻，不禁心软，展颜道："坐过来。"拉红蔷坐在自己身边，帮她抚平了因为不停哀求而散乱的发丝，含笑道，"傻丫头，你不用急。"

　　"老天爷啊，我怎么能不急？"被娉婷柔声一劝，红蔷的眼泪反而簌簌掉下来，抹着脸说道，"王爷说，姑娘要有个长短，他就用军法治奴婢。王爷说过的话，从没有不算数的。"想到楚北捷发怒时的森冷目光，她打了个寒战。

　　"军法无情，我也帮不了你。"娉婷仍是一派悠闲，往背枕上缓缓一靠。

　　红蔷瞧她那样子，竟不曾有丝毫回心转意，慌得站起来，拽着她的衣袖摇道："姑娘怎么帮不了我？姑娘吃点东西，就是帮了我的大忙。"

　　娉婷恍若未闻，不知想些什么，出了一会儿神，目光转到红蔷处略停了停，竟闭上了眼睛，似乎打算睡了。

　　红蔷仍不罢休，求道："姑娘，你的心肠最好了，姑娘，你就不顾奴婢的死活吗？"

"你的死活在王爷手上。"娉婷淡淡开口,"我的死活,也在王爷手上。别求我了,去求王爷吧。"翻身对着墙,不再作声。

楚漠然守了一夜,第二天一大早,他急急赶到楚北捷的卧房。楚北捷身边亲随却道:"王爷天未亮就练剑去了。"

楚漠然又赶到楚北捷练武的小院,刚到院门附近,已听见风雪呼啸中铿锵之声大作,兵器交击声叮叮当当不绝于耳,几声闷哼连着传来。楚漠然吃了一惊,加快步子转进院门。

楚北捷正与手下对打,手中未开刃的钝剑横劈竖砍,勇不可挡,几乎每一次交手,都会有一名手下横摔出去。但跟随在他身边的,哪个不是久经沙场的彪悍勇士?一旦被楚北捷打出阵外,连气也不喘一口,便又抓起兵器猛冲上去。换了不熟悉他们的人,定以为是两方在生死相搏。

楚漠然刚在院门边站住脚,眼前一晃,一个人影已冲到面前。他反应奇快,手一伸,扶住险些直直撞上院墙的罗尚,低声问:"怎么样?"

"你总算来了。"罗尚也是楚北捷身边的亲卫,见了楚漠然,顿时松了一口气,低声对他道,"快劝劝王爷。王爷今天疯了一样,清早在雪中和我们对打了将近半个时辰,再不停下来,我们这班兄弟恐怕要在床上躺十天八天了。"说是这么说,可他还是弯腰拾起摔在地上的剑,吼叫一声,又冲了上去,恰好迎上楚北捷回身一击,连忙双手奋力举剑一格。

铿!双剑碰撞声清脆响亮。

罗尚双臂几乎全麻,钝剑哐当一声掉在地上。楚北捷脸无表情,吐出四个字:"不够用功。"左脚无声无息伸出,就势在罗尚腰间一挑,又将他踢得滚出场外。

"王爷,属下有事禀报。"楚漠然站在场外,沉声道。

楚北捷似乎正等着楚漠然,闻言后退一步,收回兵器,环顾一周,挥手道:"今日到此为止,你们都下去吧。"

已被教训得几乎直不起腰的亲卫们如获大赦,连忙应是,扶起摔在地上的弟兄退出小院,临走前不忘递给楚漠然一个感激的眼神。

"有什么要禀报?"楚北捷放了剑,接过婢女送上的热毛巾。寒风大雪,他仅着一件单衣,却练出一身大汗。

"红蔷劝了一夜,娉婷姑娘还是滴水不肯沾,属下想……"

砰!

楚北捷一掌击在木桌上,霍然转身,冷冷道:"区区一个女子,你竟然看不住吗?要一大早过来禀报?下去,本王不想再听见这个名字。"

即使面对百万大军,楚北捷也从未有过如此失态。楚漠然立刻噤若寒蝉,哪里

还敢说什么，只肃然应道："是。"

退到小院门口，踌躇片刻，抬头看看楚北捷的背影，透出没有一丝回旋余地的坚决，暗自叹了几声，转身离去。

情况还在恶化。

自第一夜后，任凭红蔷怎么哭喊哀劝，娉婷再也不肯发一言。

不但饭食，就连茶水都是热腾腾送进房间，又纹丝未动端了出来。

红蔷请了楚漠然到屋外角落，低声道："这可怎么办？已经两日了，再这样下去，铁打的人也熬不住。楚将军就不能想想办法吗？"

楚漠然清俊的脸露出苦笑："能怎么办？难道用军中的刑罚对付她吗？她这个样子，强灌饮食只能使情况更糟。"

两人愁眉站了一会儿，商量不出办法，只好又回到屋中。

娉婷在屋中，手持一卷书细看，悠然自得。她不要红蔷帮她梳头，自己绾了一个松松的斜云髻，束起的青丝插着一根簪子，侧边几缕发丝垂落在肩上，衬着因为不肯进食而没有一丝血色的脸蛋，说不出地清雅秀丽。见两人入屋，抬头对他们淡淡一笑，就算打过招呼，又低头继续看书。

楚漠然原来料想她是蓄意威胁，若真是一哭二闹三上吊的寻常把戏，倒没有什么。熬到今日，娉婷越自在，他就越心惊，思量再三，对红蔷道："你好好看着，我去去就来。"说完转身出厅，吩咐了门外的守卫好生看顾，咬咬牙，朝楚北捷书房走去。

楚漠然走到半路，迎面撞到一人。那人笑着问："楚将军步履匆忙，这是要去哪里？"

楚漠然抬头一看，一张久未看见的面孔跳入眼帘，讶道："醉菊？你怎么来了？这么大的雪，霍神医竟肯让你冒风雪而来？"

"昨日清晨出发，今日中午赶到，不敢稍有停歇。"醉菊穿着侍女的服饰，抬头看看天，"这个鬼天气，这会儿才稍稍停了雪，要不是王爷的亲笔信中再三警告不得延误，师傅万万不肯放我出来。唉，今年冬天暴雪不断，师傅的腿又开始疼了。"

"你这是……"

"闲话以后再说，听说你正负责看管那位大名鼎鼎的白姑娘，快和我说说她现在如何。"

醉菊师从东林神医霍雨楠，已将师傅的本事学了七八成，楚北捷十万火急将她叫来，楚漠然哪还不明白，立即转身道："我们边走边说。"

楚漠然领着路向娉婷的西厢快步走去，边低声道："已经两日不进饭食，连水也不肯沾，本来身体就弱，夜间久咳不止……"

"嘘。"醉菊摆手要楚漠然噤声,到了屋前,探首向门内悄悄一望,回过头来,两道秀眉已微微蹙起。

"就是她?"

"怎么?"

"不好办。"

院外传来脚步踩在积雪上的声音,厨房的大娘提着沉甸甸的食盒走进院子。红蔷匆匆从侧屋出来,有点湿漉漉的两手在腰间蹭了蹭,迎上去道:"饭送来了?"边接在手里,边问,"王爷吩咐的那几样归乐小菜都做好了?"

"做好了,哎哟哟,为了这几碟小东西,闹得整个厨房天翻地覆。在这种地方一时半刻要把归乐的小菜准备出来,那容易吗?"大娘探头看了看屋子那边,悄声问,"里面现在怎样了?"

红蔷提起这个就愁:"还能怎样?我都快急死了,她倒悠闲得很。我和你说,瞧咱们王爷的意思,她要是有个三长两短……"手指朝屋子那边比了比,"别说我,你们厨房的人小命都难保呢。"

大娘脸色一白。

"这食盒,交给我吧。"两人身后忽然冒出一张陌生的脸。

红蔷吓了一跳,捂着心口猛一转身,尚未开口,醉菊已经将她手中沉沉的食盒接过:"王爷有令,从现在开始,白姑娘由我照顾。红蔷仍留在这里,帮我熟悉一下这里的大小事务。你以后叫我醉菊就行了。"

红蔷虽然惊异,但巴不得有这么一个人来顶替,低头应道:"是。"

大娘忙道:"厨房还有活,我回去了。食盒不必送回厨房,我一会儿再来取,放在侧屋的桌上就好。"说完踩着厚厚的积雪,沿着来路走回去了。

楚漠然走过来:"快送进去吧,饭菜会冷的。"

醉菊点点头,到了正屋前,一手提了食盒,一手刚要掀开门帘,转头发现红蔷也跟在后面,便轻声道:"你不必进来了,这事我来应付。"

红蔷知道娉婷的倔强,见醉菊自信满满,想来没有见识过娉婷不为任何哀求所动的本事,也不好说什么,瞅她一眼,点点头,进了侧屋。

醉菊掀了帘子,站在门前,先不挪动脚步,只静静打量仍在榻上看书的娉婷。好一会儿,才提步走到桌前,打开食盒,将里面还在冒着腾腾热气的饭菜一碟一碟取出来。

两荤两素,一碗云耳鸡丝汤,一碗熬了多时的白粥,外加四样归乐小菜。数样东西摆在一起,红的红,绿的绿,色香味俱全,引人垂涎。

醉菊摆开饭菜,走到榻边,小心地坐了下来:"奴婢醉菊,受王爷吩咐,特来

伺候白姑娘。"

娉婷仍在低头看书，颈项微微低垂，肌肤细腻白净，说不出地风流动人。

"奴婢知道该劝的话早被红蕾说尽，就算那桌上是山珍海味，姑娘也不会有一点想吃的念头。"醉菊狡黠地微微一笑，又道，"姑娘的心思，不过是要王爷陪在身边。以王爷的脾气，不到万不得已，又怎肯服这个软？依奴婢看，要真到了万不得已的时候，就算王爷肯来，姑娘也已撑不下去了。这样你试试我，我探探你，只会白白葬送了自己的性命，又害王爷一辈子伤心，姑娘是聪明人，怎么也做这种不聪明的事呢？"

娉婷的目光，终于从书卷上移开，柔柔向醉菊扫来。

醉菊见她意动，靠前一点，压低声音道："姑娘对王爷爱意深重，怎忍心孤身赴死，留下王爷一人？要保全身子，日后才能领受王爷的疼爱。奴婢这有一瓶家传秘药，服下一颗可抵三日的饮食。至于桌上的饭菜，姑娘不必理会，照旧按着原样退回去，如此下去，不出二三日，王爷必定心疼得熬不住，要来看望姑娘。"说着从怀里掏出一个精致的小瓷瓶，向娉婷晃晃，"此计神不知鬼不觉，最适合试探王爷对姑娘的心意，又不会伤了身子，姑娘以为如何？"

楚漠然隐身在门后，他耳力过人，将醉菊的低语听进了七八成，心中顿呼厉害。

攻敌莫若攻心，这瓶药正是最好的鱼饵，如果诱起娉婷求生意志，就如在严密的城墙上打开一个突破口，以后的事就好办了。

娉婷目光始终柔和，清澈如露水，瞅了醉菊许久，忽然开口问："你闻到雪的芬芳吗？"多日没有进食，娉婷的嗓子略微沙哑，却别有一种扣人心弦的魅力。

醉菊愕然，不知怎么回话。

娉婷缓缓转头，目视刚刚停止下雪的天空，太阳正努力从云后探出赤白的脸。她舒展着秀气的眉，慵懒地说道："心无杂念的人，才可以闻到雪的芬芳。若愁肠不解，终日惶惶，生与死又有何区别呢？我已经找到解开这个死结的方法，你告诉王爷，娉婷一辈子也没有这般无忧无虑过。"

醉菊愣了半天，才讪讪地将手里的小瓶放回怀中，站起来往外走。出了房门，抬头撞见一脸愕然和无奈的楚漠然，醉菊咬着下唇道："没有办法了，只有请王爷亲自来。"

楚漠然一脸无计可施地叹气："谈何容易，王爷只怕比她更难劝。我只恐等王爷回心转意，这位已经回天乏术，那时你我如何背负这个罪名？"男女之情真是可怕，竟连王爷这样睿智之人也陷入其中无法自拔。

这段孽缘，也许就是因为两人都太聪明了，才导致这么多波折磨难。

醉菊却道："这边想不到办法，自然要到另一边试试。看我的。"留下楚漠然，独自向楚北捷的书房走去。

楚北捷在书房里将手边的茶碗摆弄着，直到茶水完全冰冷也没有喝上一口。忽然听见门外有人道："王爷，醉菊求见。"

楚北捷从椅上猛然站起，旋即察觉自己太过冲动，又徐徐坐下，将茶碗放回桌上，沉声道："进来。"

醉菊走进书房，朝楚北捷行了个礼："王爷，醉菊已经见过白姑娘了。"

"还是不肯进食？"

"是。"

"身体如何？"

"看她的脸色，极弱。"

楚北捷"嗯"了一声，用浑厚低沉的声音问："你没有帮她把脉？"

"没有。"

"没有喂她吃药？"

"没有。"

"没有为她针灸？"

"没有。"

楚北捷冷笑："你师傅夸你聪明伶俐，善猜度病人心思，连心病都手到病除，既然不用把脉服药针灸，一定有其他办法可以治好她了？"

"是。"醉菊恭声道，"醉菊确实有办法帮她。"

"哦？"楚北捷眼中掠过一丝精明，"说说你打算怎么帮她。"

醉菊仔细思索片刻，用很快的语速吐出了一句话："如果王爷坚决不肯亲自看望白姑娘，醉菊能帮助白姑娘的办法，就是为她配一剂上好的毒药，让她没有痛苦地离开这个世界。"她停下来，叹了一口气，"别人是劝不了白姑娘的，我只听她说了一句话，就知道她不是在威胁谁，而是真的怡然自得，毫无怨恨地等待着王爷的决定。医者父母心，既然明知无可救药，醉菊不如给她一个痛快。"

楚北捷呼吸骤止，拳头握紧了松开，松开了又缓缓握紧，低声问："她说了句什么话？"

"她问醉菊，是否闻得到雪的芬芳。"醉菊露出回忆的神态，"她说，心无杂念的人，才可以闻到雪的芬芳。"

楚北捷霍然从椅上站起，恍若遭了雷击。良久，才失神地问："她真的这么和你说？"

"王爷，你要狠得下心，就让她去吧。"

话未落地，楚北捷已一把掀开厚重的门帘。

入骨的寒风卷刮进来，吹得墙上的墨画簌簌作响。

看着楚北捷离去的背影，醉菊微笑地启唇："师傅啊师傅，我没有说错吧，生病的那个是王爷啦。"

跨进屋内，目光触及娉婷的刹那，楚北捷几乎动弹不得。

他猜想过许多次，但从没有想过，娉婷会是这么一副模样等着他的到来。

她仍旧斜躺在榻上，上身倚着靠枕，头轻轻挨着枕头，露出半边柔和的侧脸。一床深紫色的厚厚的毛毯褪到腰间，越发显得弱不禁风。书卷打开了一半，铺在手边。

一切就如一幅优美的绝世名画。

清可见底的黑眸瞳不见了，因为她闭上了眼睛，黑而长的睫毛在脸颊上投下一层浓密的阴影。

一丝安详的笑意，在干燥开裂的唇边逸散。

骤然间，楚北捷心里只有一个念头。

娉婷去了。

她已不在了，含着笑去了。

天地裂开无数缝隙，如猛兽张开血盆大口，将四季都吞入腹中。

一切已不复存在，春花、秋月、夏虫、冬雪，尽失颜色。

她轻轻拨弦，淡淡回眸间，成了一道绝响。

已是绝响。

楚北捷呆若泥塑，摇摇欲坠。

楚漠然一个箭步上前，扶着楚北捷的手臂，却被他一把推开。

红蔷正巧进屋，看见楚北捷的身影，又惊又喜："姑娘，白姑娘！王爷看你来了。"扑到娉婷榻前，柔声道，"姑娘快别睡了，王爷来了！"

摇了几下。

楚北捷目不转睛，看着眼睑下的眼珠微微动了动，沉静的眸子慢慢地、一点一点地露出来。

那眸子藏尽了世间的颜色，它缓缓醒来，从里面透出光芒，随着渐渐开启的眼帘，被藏起来的颜色全部都散出来了。

毯子、床榻、靠枕、纤纤手边的书卷，甚至红蔷惊喜的脸，一切都从苍白恢复成原本的颜色。

娉婷的身边仿佛笼罩着一圈淡淡的光芒，令人不能直视。

楚北捷脑中一片空白，眼里只有眼前人散发出来的一片光芒。他的身体仿佛有自己的意志似的，径自走到桌前，端起那碗云耳鸡丝汤，坐在榻边。

不知何时，楚漠然和红蔷已经退下。

楚北捷端着汤，娉婷睁着明眸。

两人的眼神，毫不回避地对撞在一起。

"王爷……"

"一定要寻死吗？"

"王爷要娉婷活着吗？"

楚北捷抿起薄唇，沉默地凝视手中汤碗。

"放心吧，王爷不愿说的话，娉婷是不会逼你说的。"娉婷挣了挣，想坐起身，"我自己来吧。"

"不。"不假思索，他的手已经按着她瘦削的肩膀，让她身不由己躺了回去。

"我来。"他沉声说出两个字，拿起汤勺，小心地舀了一勺，送到自己嘴边，轻轻吹气，这才发现汤并不够热，浓眉遂皱起来，转头要唤人。

"不碍事的。"柔柔的声音传来。

楚北捷回头。

优美的唇上几道因为缺水而导致的裂口，像割在他心上的伤。

"不行，换热的。"他扬声，"派人立即到厨房去，重新做一桌饭菜过来。"不容置疑的口气。

门外有人应是，连忙小跑着去吩咐了。

他放下手中的冷汤，目光还是无法离开娉婷苍白的唇。充满力量的指尖迎上去，用粗糙的指腹轻轻抚过上面的细微裂口。

"裂开了……"楚北捷低喃，情不自禁地倾前，炽热的舌刷过她的唇，滋润干涸的伤口。

娉婷的不动声色终于被攻破了，"啊"一声低呼起来，又惊又羞，忙别过脸去，却又被楚北捷温柔而坚定地用大手转了回来。

"不是生死都由我，荣辱都由我吗？"他低沉地问。

霸道的吻，如他率领的东林雄师一样强悍，坚定不移地，攻了进来。

拦不住如斯霸气，恰如柔花离枝头，任凭东风碾。

娉婷娇喘吁吁。

努力张大的眼睛，想要看清楚楚北捷眸中的精光。

无力的纤纤细指抵着楚北捷的衣襟，不知是要推开，还是要抓得更紧一些。

窗外寒雪逾尺，娉婷脸上昏沉沉地热。

"王爷，热汤来了……"

来的不只热汤，四层的木食盒沉沉的，热气满盈。

红蔷和醉菊眼角偷窥到一丝春光，脸上都浮出了红云，轻轻咬着下唇，七手八脚布置开来。

厨房也真了得，一会儿工夫便做出这些来。

两荤两素放在桌中央，各色小菜放四旁，若星儿伴着明月，红橙黄紫，色彩鲜艳。

莲子火腿汤上漂着翠绿的葱花，寒冬季节，难为他们找得来。醉菊端着汤碗过来，低头细心地吹了吹，然后将汤勺送到娉婷面前。

"白姑娘，王爷已经来了，你就吃点吧。"

"吃吧。"

娉婷不肯张口，也不作声。

清香的汤，在她面前仿佛没有任何诱惑力。

强吻过后，楚北捷的激情稍得舒缓，不解地放开怀中佳人，皱眉："你还要谈什么条件？"

娉婷抿唇，眸中藏着清冷，幽幽看向楚北捷。

楚北捷坐在榻前，被她如此一看，只觉五脏六腑都被她的目光缠绕上了，一圈又一圈，一层又一层，不疼也不累，却难以招架。

但怎可容她得寸进尺地胡来？楚北捷力聚双目，不动声色地对视。

眸光渐渐凌厉。

他越强一分，她便越弱一分，越楚楚可怜一分，那楚楚可怜中，却又透出十二分的倔强。

越倔强，越是惹人怜爱。

楚北捷心肠骤软，不得不叹。

两方对阵，原来不是强者必胜。

难怪温柔乡，往往成英雄冢。

"张嘴。"楚北捷无可奈何，从醉菊手中接过汤碗。

两个字刚说完，娉婷哀怨之色渐去，脸上露出笑盈盈的欣喜，唇角微翘处，刹那聚满了无限风情。楚北捷被她的笑颜所撼，拿惯了重剑的手竟然一时不稳，溅出两滴热汤在厚毯上。

"好好地喝。"楚北捷沉声叮嘱。

娉婷眼底藏着笑意，乖乖张唇，咽了一口热汤。莲子清甜，火腿醇香。

"要吹一吹。"她忽道。

"嗯？"

"要吹一吹。"笑意更深了，两个酒窝羞涩地露出来，"会烫。"

统兵百万的楚北捷，从不曾料到自己会有这么无力的一天。莺声燕语，片言只字，便叫他丢盔弃甲，让她得寸进尺。

他僵硬地低头，吹气，待勺中的汤不那么烫了，就笨拙地伸到她唇边。

娉婷听话地张口，喝下好喝的莲子火腿汤，倚着枕，轻笑："这是我喝过的最好喝的汤，王爷说是吗？"

楚北捷悻悻："本王怎会知道？"

娉婷见他冷着脸，越发想笑，忍不住笑出了声，见楚北捷眸中掠过一丝恼怒，葱白玉指取过他手中的汤勺，舀了满满一勺子，小心翼翼送到楚北捷唇边。

楚北捷看着她。

她眼中清澈一片，可比山间清泉，无一点杂质，瞅得他心中又痒又酸，仿佛不张开口应了这勺汤，便是负了天下，辜负了最不应辜负的。

可恨，可恼！

他本来将唇抿得紧紧，后来却似乎改变了主意，虎目中掠过如沙场决战前的毅然，蓦地大口一开，整勺汤含进嘴里，紧接着上身不容抵抗地前倾，一手稳稳持着汤碗，一手按着娉婷的肩膀，唇对上唇。

传过来的，除了汤，还有属于楚北捷的刚强、决断、霸道和不可一世。

怎能不甘之如饴？

娉婷颤抖着睫毛，闭上双目，细瘦的双臂搂上楚北捷宽厚的肩膀，咬着牙低声道："从今日开始，王爷对娉婷有一分不好，娉婷便对自己一百分的不好。横竖就这么一条命，糟蹋掉也无所谓，一了百了。"

楚北捷暖玉在怀，闻言浑身僵硬，怒道："你还要威胁本王多少次？"

"一百次也不够，一千次也不够。"极低声、毫无怯意地回答。

怒气顿升两丈，楚北捷直起上身，却被两只细弱的手臂死死缠着，低头看去，怀里人早已泪湿满面，泪珠挂在寒玉般细致的肌肤上，欲坠不坠，贝齿紧咬下唇，不肯让人听见泣声。

氤氲的眼眸不惧他犀利的目光，凄凄切切，欲语还休中，一丝决然若隐若现。

怒火滔天，就于那么一瞬间，百炼精钢化成绕指柔。

"可恨！可恶！"

楚北捷狠狠搂紧她，恨不得将她勒进自己的肋骨中："可恨的白娉婷，可恶的白娉婷……"

太阳躲到云后，细雪纷纷扬扬来了。

无妨，屋中暖意正浓，虽是冬，却有春的旖旎。

红蔷在帘后偷窥一眼，羞红了脸，蹙起眉道："闹到现在，连汤都没有喝完呢，这可怎么办好？"

　　醉菊淡淡一笑："白姑娘的身子，自有人担惊受怕，我们操什么心？来来，趁着好雪，我们快到院子里堆个雪人。"

　　不再顾那屋内的卿卿我我，爱恨交织，醉菊的目光投向院外满山遍野的纯白。

　　师傅啊师傅，王爷爱上了一个，多么叫人头疼的女子呀。

【第三卷】

## 执手惊梦

不顾生死，不顾王族，不顾国家。

第一次，

枉费从出生起就被教导的责任。

一往无前，

只为了一个女人。

一个白婷婷。

# 第二十三章

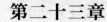

沙场上的无敌猛将，堂堂东林镇北王，对上一个生死无惧的白娉婷，败下阵来。

既不甘心，又不服气。

但是，只要凝视她的双眸，一切不甘心不服气就烟消云散。

谁叫他硬不起心肠，谁叫他狠不出手段？

谁叫娉婷一见他的脸，便露出喜不自禁的笑靥，便眉头眼角都是欣然，便如鸟儿般欢畅天真，便让人觉得，他对她的一丝好能得到如此之多的回报，真是世上最值得的事。

而白娉婷像遇上春风的柳条一样自由舒展，娇柔多姿。风流佳人，明白了委曲求全的无用，转而主动出击，似乎打算为八个月的苦难讨回公道。

才可以下床，便要赏雪。

唤红蕾打扫草亭，命楚漠然取来古琴，再取来美酒。

楚北捷未进小院，便听见琴声越墙而出。

他驻足，眯起眼睛，细听。

清淡悠远，从容逍遥。

由得浮云飘忽，由得月转星移。沧海桑田，懒看。

只有高山不动，静静矗立，挺直不屈。山上小兽众多，不惧风雪，一待雪停就全部出动，打雪仗，挖雪洞，采摘树上最后几颗松果，你争我抢，不亦乐乎。

楚北捷情不自禁，想靠这琴声更近一点。举步，转入院门，一片纯白上有小亭一座，古琴、美酒、小婢，还有说不尽风流的心上人。

嘣！异声传来，琴声忽然断了。

楚北捷大惊失色，脑子还没有反应过来，人已经飞扑入亭："怎么了？"

娉婷低头，捧着自己的右手。食指被忽然绷断的琴弦划过，指尖赫然一道细细的血口。

"怎么这么不小心？"楚北捷浓眉皱得紧紧，抓过细白的柔荑，"疼吗？"

红蕾在楚北捷身后探出头看了看，连忙道："奴婢去拿药。"

殷红的血从指尖缓缓溢出，蜿蜒成一条细流，看得楚北捷心口阵阵抽搐，又气又恼："这么冷的天，还弹什么琴？"狠狠吼了一句，仍觉得那道血红刺眼，抓起仿佛白玉雕成的纤指，立刻用双唇含住。

血的味道，从舌间化开。

伤口被楚北捷火热湿润的舌头一舔，娉婷忍不住露出两道弯月似的秀眉，笑出来。

"还笑！"楚北捷黑着脸，大将军的气势压制着周围蠢蠢欲动的空气，"下次不许这样不小心。"松开已经止住血的指头，抓住娉婷的手腕，"进屋去。"

娉婷不肯动弹。

"嗯？"楚北捷回头挑眉看她。

"王爷……"娉婷灵活的眸子转动，慵懒地竖起另一根完好无损的食指，"这个也要王爷亲一亲。"

真是得陇望蜀，长久下去，堂堂镇北王岂不成了对妇人言听计从的无能汉？

楚北捷黑下脸："不要胡闹。快点进屋……"

话音未落，清冷神色在娉婷脸上一闪即过，指头蓦然放入齿间，毫不犹豫狠狠咬下。

"你……"楚北捷猛地把她的手扯出来，已经太晚，左手刚刚还纤长漂亮的食指遭了无妄之灾，被自己的主人狠心咬出两三个深深的齿印。

鲜血从齿印中缓缓渗出。

"你这是干什么？"楚北捷怕她再做傻事，把她两只手都紧紧握住，锁紧了眉心，狠狠磨牙。

娉婷两手被制，毫不在意，顺势倚入楚北捷怀中，想了想，竟扑哧一声笑了出来。

笑过后，脸上渐渐恢复常色，抬头，痴痴看着楚北捷，柔声道："有王爷为娉婷心疼，就算两手尽废，从此不能弹琴，又有何妨？"

话语笃定从容，听不出一丝虚假。

楚北捷心胆俱震，一把将她狠狠抱紧，沉声下令："你的生死荣辱都是我的，不许你再随意糟蹋。从今日起，你不许饿着自己，不许冷着自己，不许伤着自己。若有违背，我定用军法狠狠惩治。"

娉婷眼眶发热，在楚北捷怀中深吸一口气，看入楚北捷亮眸深处，应道："王爷军法威严，娉婷投降了。"

靠着楚北捷的胸膛，感觉结实的肌肉传递来属于楚北捷的强大力量。

娉婷闭上双眸，轻轻启唇。

"故飞燕，方惹多情；故多情，方害相思；一望成欢，一望成欢……"

楚北捷仿佛搂着世界上最易碎，也最容易消失得无影无踪的珍宝，侧耳倾听。

刚毅的脸上，逸出一丝甜蜜的笑意。

那是当年在镇北王府，娉婷在他怀里，婉声唱出的——降歌。

歌在，曲在，人在。

日月星辰在，苍天大地在。

怀中的白娉婷，仍在。

从那日起，小院中常常可以听见娉婷清越的歌声。

婉转动人，听着听着，就让人不知不觉羡慕那个可以边拥抱着她，边听小曲的男人。

红蔷对这些转变感到又惊又喜，向醉菊悄悄地说："你看看，原先那般斗气，要死要活，一好起来，就好成这样啦。王爷是出了名的将军，可一对上自己心爱的女人，还不一样认输了事？唉，可见多厉害的人遇见了情爱二字，都一般心软。"

醉菊麻利地将娉婷的饭菜准备好，回头瞧见红蔷犹倚在门口，遥看正在湖边偎依的两人，叹道："王爷是强手，白姑娘是遇强愈强，真不知道老天怎么让这样的两个人撞在一起了。"

红蔷回过头来："撞在一起才有趣，除了这位白姑娘，又有谁配得上我们王爷？"

醉菊淡淡道："旁人看着有趣，局中人不知道还有多少艰险在后头。你忘了两位王子的事了吗？"

提起东林两位王子的惨事，红蔷也笑不出来了，眸子一挑，看向醉菊身后。

醉菊转身，楚漠然面无表情地站在她们身后。

"不要再提起这件事情。"楚漠然冷然道。

"是。"

醉菊应了一声，瞥了门外两道紧靠在一起的身影一眼。

不提，就可以忘却吗？


度过八个月的冷待，娉婷享尽了楚北捷的宠爱。爱极楚北捷不甘愿而不得不为的模样，爱极他黑着脸呵斥自己的模样。

楚北捷纡尊降贵，为她亲自熬粥，亲自喂食，放下所有的公务，陪她看日出日落，星月移转。

她实现了许多愿望，倚在他怀里，听了冬雷，看了冬雪，要他摘了院中最美的梅花，插在她鬓上。

一切完美得如梦，梦飘浮在浅黑色的阴影之上，娉婷和楚北捷都放纵自己忽略那片无法忽略的阴影。

"娉婷做过很傻的事。"

"噢？"楚北捷唯恐夜寒，又拗不过她嚷着要看星星，只好开了窗，紧紧搂着她，随口问，"例如？"

"例如对王爷……"说到一半，她闭上小巧的唇，明亮眸子痴痴看了看楚北捷，自嘲般地笑了笑，"有一个很傻的念头。"

楚北捷低头审视她："有多傻？"

娉婷将目光幽幽移向被树梢隐隐遮了一半的明月，沉默了很久，才道："傻到希望王爷对我，任凭世事百转千折，不改初衷。"言罢，优美的唇角逸出一丝苦涩笑意，低声问，"聪明的白娉婷，愚蠢的白娉婷，善良的白娉婷，狠毒的白娉婷……都会是被王爷宠爱的白娉婷吗？"

楚北捷脸上没有表情，眼底颜色却渐渐深沉："别再说了。"伸手关上窗子，将星光月色关在外面，强势又温柔地将娉婷压入柔软的床垫中。

"天太冷，早点睡吧。"

熟练地解了娉婷的衣襟，脱下厚重的外衣，露出纯白的丝绸亵衣。楚北捷大手一挥，用被子将娉婷包裹起来，只露出脸蛋。自己也三下五下脱了衣服，钻进被窝中，一把搂了细嫩的腰，让娉婷将侧脸靠在他胸膛上。

"王爷……"

"乖乖地睡，不要胡思乱想。"

呼一声，吹灭房中最后一盏灯。

漆黑中两双明亮睿智的眼睛都染上了轻愁，没有闭上。

他们贴得紧紧，听对方的心跳，血液流淌的声音。

"咳……咳咳……"

"怎么？"楚北捷强壮结实的身子动了动，手抚到娉婷鬓角。

"没……咳咳咳咳……"娉婷捂着嘴。

"看来你自己开的药不行，喝了几剂，反而咳得更厉害了。还是叫醉菊给你看看，你不信那些大夫的本事，总不能连霍雨楠的徒弟也不信。"楚北捷边说着边从床上坐起来，扬声要叫醉菊。

娉婷也慵懒地坐了起来，拦道："要看也不急在这一时半刻，明天看还不是一样？这样折腾一下，我更加睡不好了。"

楚北捷仔细看她眉间，果然略有困意，点了点头，重新将她搂着睡下，下令道："现在要好好地睡了，不许再胡思乱想。"

炉罩子下的炭爝里啪啦地燃烧着。

娉婷轻轻应了一声，闭上眼睛，乖乖睡去。

次日清晨，醉菊一早就被唤了过来。进了屋子，娉婷往日最喜欢斜靠的长榻上并没有人影，醉菊在房中站了站，听见楚北捷在里面沉声道："我们在内屋。"

醉菊进去。

楚北捷已经起来了，身上穿戴整齐，额头隐隐渗着一层细密的汗珠，似乎刚刚练武回来。娉婷仍躺在床上，见醉菊进来，拥被欲起，却被楚北捷一把拦住，不高兴地训道："昨晚要叫她来，你硬是不肯。现在病成这样，还乱动什么？乖乖躺着，让醉菊给你把脉。"

醉菊上前，坐在床边，朝娉婷浅笑："白姑娘放心，师傅说我已经学得不错了。"手伸入暖和的被中，轻轻抓住娉婷的手腕，让它露出来。

刚要用心诊脉，一股冷风忽然钻进脖子。门帘被人骤然拉开，楚漠然出现在门外，严肃地道："王爷，王宫密信。"

楚北捷浓眉一挑："王宫密信？"

"大王亲笔的密信。"

楚北捷脸色立转肃然，腰身一挺，如标枪般笔直，吩咐楚漠然："到书房。"走了两步，又回头叮嘱醉菊，"好好把脉，用药的时候谨慎点，慢慢拔出病根，她身子底不好，不要用猛药。"大步迈开，急匆匆去了。

两人一前一后进了书房，楚漠然跨入门，随即转身关上房门，取出袖中的书信。

楚北捷接过，看了看上面的王室印鉴，信封上写着几个小小的字——楚北捷亲启，正是他唯一的哥哥，东林大王亲笔所书，心中不祥之兆顿显。

他为了两位王子被毒杀的事，被迫在都城主导了一场风起云涌、惊涛百丈的兵变，与东林王黯然分别。

经过这番变故后，若不是到万不得已的地步，东林王绝不会来一封亲笔信。

楚北捷和东林王是一母所生，两兄弟自幼亲密，一人为王决策，一人忠心耿耿带兵护国，感情极好。楚北捷当时激愤心痛之中誓言弃权归隐，但毕竟骨肉连心，骤见兄长的急信，哪能不为远在都城的王兄担忧？

楚北捷撕开封口，将书信展开，凝神细读。

信并不长，完全是东林王亲书，没有一字由他人代笔。楚北捷越往下看，表情越沉重。楚漠然也不禁紧张起来，屏息等待。

楚北捷阅过全信，负手在背，许久才道："云常和北漠组成盟军，发兵三十万，压向我东林边境。"

楚漠然跟随楚北捷在沙场上出生入死，对四国兵力十分了解。东林一年前才和北漠大战一场，北漠兵力并不强盛，反而是一直龟缩一角的云常养精蓄锐多时。闻言思索片刻，问："云常派哪位大将统领兵马？"

楚北捷虽然脸色沉重，还是欣慰地看了他一眼，夸道："你问得一针见血，大有长进。"眸中犀利光芒一闪，吐出一个名字，"何侠。"

"何侠？"楚漠然已经猜到两分，但听见楚北捷的答复，还是忍不住皱眉，"此人武功计谋皆高，我东林恐怕只有王爷您可以和他较量。哼，云常终于忍不住要出动它的驸马爷了。不过白姑娘那边……"

"娉婷什么都不知道。"楚北捷道，"她不需要再和这些事情有任何联系。"

楚漠然点头赞成："确实如此。"思路转回东林军务，踌躇道，"云常和北漠的盟军号称三十万，依我看，实际上最多十五万。以我东林目前的兵力，王爷统率全军，加上从前跟随王爷的一批骁勇将士，足可以抵挡敌人。"

楚北捷目光悠远，棱角分明的俊脸上逸出一丝苦笑："想我东林往日东征西战，只有大军威压他国边境，怎料到会有被人压境的一天？昔日北漠大战，不能一举攻陷北漠都城，致使北漠有能力和云常组成联军，现在看来，确实是本王极大的过错。"

北漠之战被白娉婷所破，其中过程错综复杂，楚漠然深知其中内幕。白娉婷是楚北捷的死穴，他比谁都清楚。

楚北捷此话一出，楚漠然立即识趣地闭上嘴，不再回嘴。

楚北捷脸上表情高深莫测，让人看不出丝毫端倪。

沉滞的空气充满了房子，叫人呼吸困难。楚漠然苦等良久，只好硬着头皮转移话题："目前敌军步步紧逼，对手何侠是当世名将，没有王爷的指挥，我东林军恐怕抵挡不了多久。王爷是否立即返回都城，准备迎战？"

楚北捷高大的背影挺拔坚毅，隐隐散发出沙场上叱咤风云的豪壮气概，冷笑道："虽说归隐，但国家有难，何侠欺我东林无人，本王又怎能袖手旁观？本王立即就出发。"

楚漠然一怔，尚未反应过来。楚北捷转身道："本王单骑赶赴都城，去见王兄。"

"王爷？"

楚北捷挥手止住楚漠然，吩咐道："战场上有本王就够了。你领着亲卫们守在这里，看护娉婷。"语气稍顿，看向窗外东边晨光，冷然道，"王嫂一直对两位孩儿的仇念念不忘，派人暗中监视此处，等待机会加害娉婷。你该知道怎么应付。"

楚漠然肃然应道："属下也早派人监视着他们，他们身手都很好，但人数不多，以留在这里的亲卫的人数和武功，完全可以对付他们。属下只是有点担心，万一王爷走后，王后决意铲除白姑娘，如果调动军队的话……"

"她能调动东林的哪处军队来进攻我楚北捷的住所呢？"楚北捷低沉的话语中

充满了自信，"这也是本王要你留下的原因，只要你代表本王站在大门前面，哪个领兵的将军敢轻举妄动？"

确实如此，东林所有的军队中，谁不对楚北捷敬若天神。楚漠然乃楚北捷第一心腹，是楚北捷最佳的代表。

楚北捷抬头思索片刻，似乎仍在考虑什么，眼光往墙壁上的宝剑轻轻滑过，走向前，将这把沙场上从不曾离身的宝剑取下来，置于掌上，轻轻摩挲。

小别院，内屋中。

一丝惊喜从醉菊眼中泄露。

醉菊收回探在娉婷腕上的三根手指，亮晶晶的眸子看向娉婷，充满探询。

娉婷含笑，带着一丝浓得化不开的甜蜜，轻轻点了点头。

醉菊倒吸一口长气，轻声问："你自己是什么时候知道的？"

"一有怀疑，就自己诊了脉。"

"怪不得不肯让大夫们把脉……"醉菊深深瞅她一眼，叹道，"姑娘也太胡闹了，明知道已经有了，还闹那种不肯饮食的事。王爷要真是狠心不管，不就是折腾了两条小命？"不赞成地摇头，又问，"王爷知道吗？"

娉婷一向的潇洒风流中，竟有了一点点不常见的羞涩，婉声向醉菊低问："让我亲口告诉他好吗？"

醉菊想了想，点头道："可以。但我可先说好，姑娘已经把自己的身子糟蹋够了，现在开始要好好调养，行动饮食，都得听我的安排。再不可以冒雪弹琴，晚上吹着冷风观星。如果不听我的话，我就请王爷过来，让王爷禁你的足，连床也不许你下。"

她越说越认真，娉婷忍不住轻笑起来，柔声道："都清楚了，娉婷知道以前错了。"

她声音婉转动听，姿态飘逸舒展，只浅浅一笑，眉头眼角如美艳了十倍，看在他人眼里，只觉得说不出地舒服。醉菊被她软言酥语一送，倒不忍再加责备，只好握着她纤细手腕，无奈地摇了摇头。

心中暗叹，这才知道什么是真正的绝世佳人，如此风韵，不近身则罢了，一旦近了身，谁又挡得住她千般婉转心思，独步风流。

既替楚北捷欢喜，又为楚北捷忧心，正叹息间，瞥到楚北捷进来，醉菊连忙站了起来。

"王爷来了。"

"把脉了吗？"楚北捷问，"病情如何？"

醉菊淡淡扫娉婷一眼，答道："没有大碍，只是要好好调养。醉菊先下去开方熬药吧。"出了房门，给娉婷一个单独面对楚北捷的机会。

　　娉婷斜靠在床头，眼波随着楚北捷转动，见楚北捷靠过来，露出比平日更欣喜的笑容，主动扯住楚北捷的衣袖，道："王爷坐过来，娉婷有话要告诉你。"

　　楚北捷坐下，娉婷的目光落到他手中的宝剑上，奇道："王爷要去练武吗？为什么拿着宝剑？"

　　"本王现在要赶回都城。"楚北捷深深端详心中最美丽的女人一眼，把手中的宝剑交给娉婷，"你还认得这把宝剑吧？本王腰间双剑，其中一柄离魂和归乐订五年不侵之约时，已经作为信物给了何侠。这柄神威，和离魂是一对的。"

　　娉婷骤闻楚北捷要离开，脸上原有的喜悦一扫而光，接过沉甸甸的宝剑，低头凝视剑鞘上精致的花纹，默然不语。

　　楚北捷又道："这里地处偏僻，我留下漠然和亲卫们保护你。万一……万一这里出了什么我预想不及的事，你派人持这柄宝剑飞骑到南边二十里处的龙虎兵营，向那里的大将军臣牟求援。他认得我的剑。"

　　叮嘱完后，见娉婷脸上一片落寞，不禁举手，用粗糙的大掌抚平她额头的发丝："怎么不作声？"

　　娉婷把神威宝剑平放在床头，缓缓靠进楚北捷的胸膛，仿佛要从这里吸取力量似的深深呼吸，半晌，低声问："王爷是要去打仗吗？谁有那么大的胆子，胆敢进犯东林？"感觉楚北捷身躯微微一僵，娉婷立即伸出白皙的手掌，轻轻捂住楚北捷的嘴，仰头道，"王爷不必向娉婷解释。现在娉婷的心中，除了王爷之外，不想再有任何牵挂。"

　　楚北捷见她楚楚可怜，情不自禁将她用力抱紧，沉声问："不是有话要和我说吗？"

　　娉婷静静看他良久，问："娉婷孤零零地过了自己的生辰，王爷生辰那日，我们可以在一起吗？"

　　楚北捷生在正月初六，到现在只剩不过十五天，如果真要赶回来，快马来回，在王宫逗留不可以超过四天。

　　目前边境具体军情尚未得知，楚北捷也不敢轻易断定四天就能从王宫脱身。

　　他不想敷衍娉婷，沉默不答。

　　娉婷不以为意，眸中藏着温馨的笑意，抬头对楚北捷道："王爷是天生将才，此地到王宫，来回路程十一天就够了，四天的时间，足以使王爷取得大王亲授的兵权。娉婷并不贪心，只是希望在王爷领兵赶赴战场之前，回来见娉婷一面。娉婷要在王爷生辰那天，和王爷说一件很重要的事。"

楚北捷心中一动，问："什么重要的事？不可以现在告诉我吗？"

娉婷黑白分明的眼睛中透出一点点倔强和任性，摇头道："是很重要的事情，一定要选个难以忘却的好日子说才行。"

楚北捷还要再问，楚漠然已经大步跨入屋中，禀报道："王爷，一切准备妥当。"瞅了瞅屋中情形，小心地问，"是否晚点出发？"

"不，立即出发。"楚北捷松开娉婷，将她安置在枕上，看她青丝散开，秀美无比，刚毅英气的脸上露出怜惜，终于开口道，"我会尽量赶回来。"

深深凝视那顿时透出无限欣喜的明亮眸子片刻，毅然转身，跨出房门。

最好的骏马喂饱食粮，已经在大门处嗒嗒嗒地踏着小步。

楚北捷翻身上马，虎目往楚漠然身上一扫。

楚漠然咬咬牙，对他重重点了点头。

楚北捷这才收回目光，对门前留守的众多亲卫扬声道："本王到王宫领了大王的授命，会赶回来与你们会合，再往边境接管兵权。小子们，好好看守，不要出任何差错！"

众亲卫都是沙场上厮杀勇猛、身经百战的老手，一听见有敌兵压到东林国境，热血早就沸腾起来。楚北捷此言一出，个个斗志昂扬，轰然应是。

楚北捷淡淡一笑，马上扬鞭，坐骑撒开四蹄，在积雪上飞奔而去。

充满了不可一世的骄傲的背影，在众人的目光中越显刚强。


娉婷在屋中，静静拥被而坐。

听见从墙外远远传来一阵呼声，秀眉微动，知道楚北捷已经起程，心中一阵空落落。

"王爷知道了吗？"

她抬头，才发现醉菊不知什么时候已经进了内屋。

"正月初六是他的生辰，等他那天回来时，我就告诉他。"

醉菊不解，带着点焦急道："姑娘和王爷直说了就好，为什么偏偏要拖到正月初六呢？唉，怎么越是聪明人，到了这些时候越是喜欢弄些玄虚？这样下去，没事也要闹出点事来。"

娉婷蹙眉，摇了摇头，边思量着边道："也不知道为什么，王爷提出要立即赶回都城，我的心里就开始不安，生怕东林都城里会发生什么可怕的事。关键时刻，王爷也许需要临危决断，越少羁绊越好。我有孕的消息还是暂时不要让王爷知道，免得成为他的心病。"

醉菊略为惊讶地打量了娉婷一眼，声音放轻了一点："漠然曾说姑娘有帷幄千里之才，听姑娘的语气，是不是猜到什么端倪？"

"能猜到什么呢？"娉婷苦笑，"我已经很久不曾知道外面的消息了。"

阳凤的最后一封书信，只告诉她则尹已经归隐，再无其他。

也许阳凤也不希望身心皆倦的她，再参与那些烦人的争权夺利吧。

东林与归乐、北漠两国都曾有过大战，三方兵力都有损失。到现在，真正有实力挑战东林的，恐怕只有一直置身战局之外的云常。

只是，云常为什么一改只守不攻的国策，胆敢威胁以军力强盛闻名的东林？

她回头看醉菊一眼，眉目间逸出柔和的笑容："不要担心，不管时局怎样变化，有两点我敢绝对肯定。"

醉菊听她柔声话语中带着强大的自信，不由得追问："哪两点？"

"第一点，无论东林面对的敌人有多么强大，王爷都可以战胜。"

这点醉菊当然同意，点头称是，又问："那第二点呢？"

"第二点吗？"娉婷眼波流转，透出隐隐的自豪，"无论王爷身在何方，只要我有危难，他一定会及时回到我身边。"

醉菊愕然。

这位聪明难缠的姑娘对王爷一试再试，怎料到了此时，她会对王爷的情意如此充满信心。

娉婷对醉菊的愕然表情不以为意，露出两个浅浅的酒窝，慵懒地伸个懒腰："有了这两点保证，其他的事情又何须我劳神？醉菊啊，你好好照顾我肚里的孩子吧，等王爷回来，我要健健康康、白白胖胖的，亲口把这个好消息告诉他。"

醉菊应了一声，出门去看正为娉婷熬制的草药。到了小院，正巧碰上送走楚北捷的楚漠然。

楚漠然道："王爷已经走了。你的脸色怎么这么奇怪？是白姑娘出了什么事吗？"表情有点紧张。

醉菊摇头，认真思索半晌，露出少女独有的憧憬表情，幽幽叹道："我现在才知道，女人可以找到命中的男人，是一件多么安心的事情。"

连叹了好几声，又感伤又羡慕，扔下一脸莫名其妙的楚漠然，自去看草药了。


楚北捷快马上路，隐居处附近，立即有两只矫捷的信鸽腾空而起，拍打着翅膀，急速飞离。

这位威震四国的将军即使归隐山林，旁人又怎么敢忽视他的存在？

东林王宫中，威仪凛然的东林王后缓缓步过长达百步的中庭，身后只有四名贴身侍女相陪。王后在一扇肃穆的木门后停下脚步，挥退身后侍女，单独走了进去。

"大王……"徐徐坐在东林王的床前，审视夫君的面容，东林王后关切地问，"吃了霍神医命人快马送来的药丸，大王的感觉有没有好一点？"

东林王挤出一丝安慰的笑容，握住王后的手腕："让王后担心了。"目光移向空无一人的房门处，问，"王弟有消息吗？"

"刚刚接到消息，镇北王已经出发，很快就会到达都城。"王后将呈报上来的消息据实报告，"他并没有带任何手下，孤身上路，臣妾已经命丞相指示下去，要一路上的城镇官吏小心照应。"略顿了顿，垂下眼帘，"镇北王他……果然把白娉婷留在了那里。"

"他是为了不让你我伤心，不愿让白娉婷出现在我们面前，才忍痛把自己的女人留下。"东林王猛咳两声，苍白的脸透出一丝不正常的红润，目光一黯，"一切都准备好了吧？"

王后点了点头，无奈地叹了口气，柔声安慰道："大王不要自责，为了国家，王族中人有什么不可以牺牲？"

话是如此说，但一向不露声色的端庄容颜上也不禁露出一丝忧愁。

东林和归乐、北漠两国大战，兵力已经有所损耗。楚北捷在都城兵变后归隐山林，更是给予东林这个原本强盛的国家一次沉重的打击。

若不是楚北捷当机立断，放弃兵权完全归隐，东林不知会分裂到何种地步。不过纵然如此，东林军队的军心也已经动摇。

短短一年，四国势力此消彼长，隐隐露出锐意的，正是逐渐由驸马爷何侠掌握兵权的云常国。

这次云常和北漠的联军忽至，三十万人马来势汹汹。东林这个向来到处称霸的国家竟手足无措，生了怯意。

就在这个时候，何侠的亲笔密函却经由极秘密的途径，送到东林王后的手上。

三十万大军压境，要的只不过是一个女人。

区区一个女人。

区区一个——白娉婷。

那个害死他们稚儿的女人，那个被楚北捷恨透了却也爱透了的女人，竟是东林此刻唯一的救星。

怎不令人啼笑皆非？

怎不令人难堪非常？

这么匪夷所思的事情，却绝没有让人置疑的地方，何侠的亲笔信上，盖着堂堂云常国的国玺，附有云常耀天公主的亲笔画押。

东林王召来心腹重臣，在病榻前商讨。

"镇北王不会同意交出白娉婷。"

"王弟会为我们打胜这一战。"

"大王……"老丞相楚在然匍匐跪下，直接而沉痛地进言，"以敌军的兵力，就算镇北王可以取得胜利，那也是一场血战，我东林兵士会死伤无数。"

东林王环视这几个跟随自己多年的老臣子，不再作声。

那么多的年轻的生命，他东林王族保护的臣民，为了这么一个女人，即使是楚北捷心爱的女人，也不值。

楚北捷如果仍是东林的镇北王，他就应该知道，不值。

"王后……"东林王在夜深人静时，将已经憔悴不少的妻子召入寝宫。

久久注视着王后脸上尊贵而决然的表情，东林王轻声叹气："寡人知道，王后在王弟隐居的别院附近一直埋伏了人马，想报杀子之仇。"

王后脸上毫无波动，坦白道："不错。"

"可王后，一直都没有给出动手的诏令。"

王后自嘲地一笑，眼神幽暗："那毕竟是镇北王最心爱的女人，臣妾如果真的下手，那大王和镇北王的兄弟之情，就再没有挽回的余地了。他……他不但是大王的亲弟弟，还是守护东林的镇北王，我东林的一道无法攻陷的天堑。臣妾再无知，也断然不会为了自己的感受毁去国家的柱梁。"

东林王与她结发多年，知她思及死去的两个儿子，心如刀割，将她软软的柔荑抓在掌中，紧紧握住："王后的心，寡人知道。"

楚北捷，他的王弟，东林最威猛的大将军，威震四国的镇北王，怎么可以原谅那个毒杀了东林两位年幼王子的女人！

王后别过头去，忍住眼中泪光，镇定地问："何侠已经遵守诺言，在边境退兵三十里，等待消息。大王已经下定决心了吗？"

东林王闭目长思，终于沉重地开口："派出亲信，接应何侠的一队人马前往王弟隐居的别院，带走白娉婷。都城这边，不惜一切代价，要在白娉婷被接走之前，将王弟留在王宫里。"

东林王的亲笔书信，就这样被送至正沉浸在白娉婷爱意中的楚北捷手上，就这样将无法忘记家国重任的楚北捷诱离白娉婷的身边。

楚北捷已经出发，披星戴月，挥鞭直赴都城。他不知道，他身下坐骑的每一步，都踏在王宫中这些知情者的心上，踏在他唯一的亲哥哥东林大王的心上。

寝宫中，四下无人。

王后看着东林王日渐消瘦的病容，终于问了几名心腹大臣在东林王面前都不敢提的一个问题。

"当边境敌军退去，镇北王知道隐居别院中的白娉婷被何侠的人马掳走后，我们该如何向镇北王交代？"

东林王脸上毫无血色，郁郁中，却仍有一份和楚北捷神似的刚强坚毅，带着王者才具有的笃定和骄傲答道："不必解释。只要他还是寡人的亲弟弟，只要他还是东林的镇北王，只要他身上还有一丝东林王族的热血，就应该明白面对国家大义，该如何取舍。"

王族，就是要有舍弃自身的精神，将国家和个人连成一脉。

再心爱的女人，也比不上东林一片贫瘠的土地。就如东林王的丧子之痛，不能以失去东林镇北王的代价来发泄。

楚北捷，他唯一的王弟，战场上永远代表着东林的镇北王，永远不该忘记这点。

楚北捷心怀热血，日夜兼程；白娉婷悠闲自在，放歌别院。

他们不知道，与世无争的生活，从来不是他们这种人可以拥有的。

权势、战争、谋略，甚至亲情织就的天罗地网，已经布好。

# 第二十四章

　　楚北捷在朦胧的晨曦中到达都城。

　　远远看去，高耸的城墙威严雄伟，熟悉而陌生。楚北捷眯起眼睛，注视良久，才策马前行，在前来迎接的众人面前翻身下马。

　　"王爷！"

　　"王爷回来了！"

　　"镇北王回来了！"

　　迎接的不仅仅是都城的官员，还有夹道欢迎的都城百姓。他们强大的保护者，一度远去的镇北王，回来了。

　　每个人的眼睛里都闪烁着光芒，只有知道内情的三两位东林重臣悄悄别过头去，不动声色地掩饰眸中泄露的一丝不安。

　　负责迎接的是东林最德高望重的老臣楚在然，他站在众官之前，向挺直着身躯、威仪不曾稍减的楚北捷庄重地行礼，直起老迈的腰身："王爷，您总算回来了。"昏花老眸中有遮盖不住的欣喜激动。

　　"老丞相。"楚北捷一手挽了这位为东林耗尽一生心血、满头白发的老臣子，一手将浸满了汗水的缰绳扔给身后的侍从，双目炯炯有神，边走边问，"情况如何？"

　　"不好。"楚在然和楚北捷并肩走在通往王宫的大道中，接受两旁百姓欢呼鼓舞，压低的声音中带了点夕阳西下的老态，"大王病了。"

　　"王兄？"楚北捷浑身一僵，脚步停了下来。片刻后，才举步继续前行，眉头紧紧锁起，沉声问，"怎会如此？"

　　"自从王爷隐居之后，大王就病倒了。前胸痛楚难忍，夜夜无法入睡，大夫说这是心疾，只可以慢慢调养。最近暴雪连连，病情更加严重，已经缠绵病榻多日。"楚在然话中有浓浓的忧愁，"就算没有云常和北漠的联军压境，老臣也打算恳请大王将王爷召回来。"

楚北捷一颗心渐渐下沉。

与此同时，楚北捷离开隐居别院的消息，已经抵达北漠边境的老山。

阳凤蓦然抬头，满脸震惊地看着则尹："何侠领军压境，楚北捷竟然留下娉婷，独自赶往东林都城？"

则尹一脸严肃，点头道："是的。"

"天啊！"阳凤惊呼一声，跌坐在红木方椅上，一手支撑着椅把，掩面道，"娉婷一定还没有把事情真相告诉楚北捷，否则楚北捷不会为了避嫌，而不将娉婷带在身边。他一定以为何侠和娉婷还是主仆情深，根本不知道何侠对娉婷做了什么。"

则尹见娇妻担忧，命人将满脸天真笑容，根本不知道大人正忧愁些什么的儿子抱出房间，从背后抚上阳凤的肩膀，安慰道："楚北捷是个真正的英雄，他一定会保护自己的女人。"

阳凤娇柔的小手反按在则尹的大掌上，愁绪郁结眸中："我还深深记得娉婷临走前，向我谈论何侠的语气神态。我真不明白，北漠王怎么会那么糊涂，竟为了区区珍宝和何侠结成同盟，兵压东林，难道他不知道惹怒楚北捷的下场吗？"她似乎想到什么，怔了一怔，抬头寻找则尹那能使她安心的脸庞，问，"夫君为什么如此安静？夫君纵横沙场多年，是不是看出不妥的地方？"

则尹心里正为此事着急，见阳凤担忧地盯着他，无法隐瞒，只好坦白地回答："联军压境后，何侠立即下令后退三十里。依我看，他并不想和东林真正动武，只是想利用兵威，向东林强求某些东西。"

阳凤晶莹乌眸一眨也不眨，等他继续说。

则尹长叹一声："若楚北捷出山领军抗击，以东林的兵力，足以和云常北漠盟军一拼。不过结局一定是两败俱伤，双方死伤惨重。"

言下之意已经非常清楚。

何侠向东林王室提出的要求，绝对是东林王室乐于接受的，否则血战在所难免。

有什么东西，是对于东林王室而言毫不重要，却对何侠而言相当重要的呢？阳凤明白过来。

凤眼骤然睁到最大，一口气几乎提不上来，阳凤紧紧拽住则尹腰间的衣带，关节因为太过用力而发白。

"娉婷！"她急促而尖锐地低呼一声，看向则尹，"他要的是娉婷。"

则尹低头怜惜地看着妻子苍白的脸，点了点头。

"为什么？"阳凤咬牙，"他还害得娉婷不够吗？这个狠心的何侠。"愤怒在她胸膛里跳跃，使她霍然站起，面向窗外被白雪覆盖的层峦叠嶂。

不能让娉婷再受到任何伤害。

深深呼吸冬日的冷空气，平缓急剧起伏的胸膛，阳凤恢复冷静，眼中渐渐盈满坚决，背对着则尹，低声问："夫君可以帮阳凤一个忙吗？"

"你要再写一封信给娉婷？"

"不。"阳凤缓缓转身，带着无比的韧性，看向面前她打算依靠终身的男人，一字一顿道，"我要夫君写一封亲笔信，给楚北捷本人。"

楚北捷一步一步踏上王宫高高的阶梯。

冬日难得的艳阳当头，他站在寂静的大王寝宫门前，却能从心底感觉到里面散发出来的哀伤沉痛。

没有人来打搅他，宫女、侍从们都散去，连楚在然也退下，剩他一人，独自站在兄长的寝宫外。

他叱咤沙场，不可一世，现在，却不敢伸手推开面前的一扇木门。

东林王的心疾缘于丧子之痛。

楚北捷爱着白娉婷，就等于负了他唯一的兄长。

两边的较量早已展开，从王后在隐居别院附近安插高手开始，两方就隐隐对峙，只差真正动手。

他背叛了他的兄长，他从小到大仰慕的对象，他曾经立誓效忠的王。

脚步如有千斤重，他几乎抬不起来。

没有等到他伸手去推，木门忽然无声无息地打开，楚北捷猛地抬头，看见一张熟悉而消瘦不少的脸。

"王嫂……"

王后从里面走出来，脸上带着深深的倦意，审视楚北捷片刻，露出一个从心底感觉疲累的笑容，低声道："镇北王回来了。"

声音清淡无波，那曾经震动整座东林王廷的丧子的恸哭，那场骤起的闪烁着火光的兵变，仿佛已经在很遥远的从前。

楚北捷百感交集，沉声道："我回来了。"

王后似乎略有点晕眩，止了止脚步，闭目，幽幽道："大王一直在等你，进去吧。"深深看了楚北捷一眼，径自离开。

楚北捷的目光跟随她坚强的背影远去，直到王后转入墙后，才将目光投回已经开了一半的木门上。

深深呼吸一口长气，他伸出双手，推开了木门。

跨入寝宫，恍如被无尽的黑暗包围了，病中的东林王眼睛畏光，大幅的垂帘掩

过窗子直铺到地面，遮挡了所有光线。紧紧关上木门后，寝宫中如同黑夜一般。

唯一的光源，是一处正摇曳摆动的烛火。

金碧辉煌的宫廷，竟有这般幽暗阴森的时候。

楚北捷移动脚步，在涂满了金漆的大床前止步。

"王兄……"他轻轻唤道，"我回来了。"

"回来了？"东林王清瘦了，不过精神还好。定定看着他，仿佛要将弟弟脸上每一个毛孔都看清楚，隔了很久，眸中有了几分兄长的欣喜，似乎总算确定自己的王弟已经回到身边，微微笑道，"寡人知道，你一定会回来的。"

东林王伸出手，紧紧握住楚北捷那双拿惯了宝剑的手。

"王兄的病……"

"不是什么大病，只是眼睛畏光，胸口偶尔会疼。正在吃霍雨楠的药。"

楚北捷感受到兄长掌中的力量与刚强，心里轻松不少，一撩下摆坐在东林王床边，温言安慰："王兄宽心养病。边境宵小数目虽多，却比不上我东林精锐。等北捷率师凯旋之日，王兄的病早就好了，可以在城楼上眺望我东林的凯旋旗帜。"语气中充满了傲视一切的豪迈。

东林王眼里泛着柔和的光，看着一起长大的兄弟。

他这位亲弟至情至性，生在王族，未必是一件好事。

"敌军目前只是隐隐威胁边境，尚未交锋。局势未稳，我东林如果惊惶失措，立即出动镇北王，岂不惹人轻视？王弟先在王宫多待几天。"

楚北捷对战局从不轻忽，容色一正："王兄不要小看这次的联军，何侠不是虚有其名之辈。依我看，还是请王兄立即赐予兵权，让我可以领兵直赴战场。"

东林王知道楚北捷出入沙场，行动迅猛，反应奇快，最是心细如发，任何一丝破绽都能让他瞧出端倪。

万一故意推搪，楚北捷定立起疑心。

想起兄弟两人感情深厚，相互信任，现在却要用计诈他留下，东林王心里一阵苦涩，点头道："王弟说得有理。"

楚北捷对前线每位将军了如指掌，用军事拖延的话，立即就被他看出不妥。

东林王边思索着边道："虎符在临安将军手中，寡人已经遣人将他从前线急召回来，最晚后日晌午就会到达。待寡人授了你虎符，就立即为你送行，让你领兵出发。"

楚北捷自从兵变之后，第一次与王兄谈及兵权，没想到王兄全无芥蒂，如此爽快，来时的种种忧心都不翼而飞，霍然站起，沉声保证："王兄放心，无人可以侵犯我东林一寸土壤。"

退出大王的寝宫，楚在然已经等候在外，脸上多了一点笑容："老臣听见大王的笑声从寝宫传出。王爷回来，大王十分高兴呢。"边领路边解释，"王爷的镇北王府已经一年没有人打扫了，所以大王命人安排王爷住在宫内。这也是都城百姓盼望看见的，毕竟王爷已经隐居了一年，大家都希望看见和大王和睦的镇北王。"

到了几乎位于王宫中央的昭庆宫，楚在然击掌唤人，十几名侍卫和宫女从宫中鱼贯而出，对楚北捷行礼。

楚在然道："这处宫殿是老臣特意命人收拾过的，宽敞舒适，旁边就是王爷往常最喜欢游玩的梅园。"

楚北捷锐利目光从侍卫们身上一扫，没有一张熟悉的面孔，脸上不动声色，点头道："知道了。"

别了楚在然，跨步进入大门。

东林王宫是楚北捷从小生长的地方，直到成年后被册封为镇北王，才另起镇北王府，搬到王宫之外。

娇艳的宫女盈盈围绕，柔声道："王爷一路辛苦了，让奴婢伺候王爷沐浴吧。"

眼波生烟，笑靥如花，却入不了楚北捷无动于衷的眼睛深处。

"本王征战沙场，沐浴从不用人伺候。"楚北捷随手挥退。

他虽是王爷，却不常养尊处优，十几岁就开始戎马生涯，毫不以为苦，天资聪颖加上性情坚毅，成为举世闻名的护国大将。

连日来的风尘被洗涤干净，一身清爽，确实舒服多了。

楚北捷虽然劳累，精力却仍旺盛，穿着宫中舒适轻便的长衣，站在楼上，看眼底那一片梅园。迎着风的身形挺拔修长，俊美轮廓棱角分明，几缕犹有湿气的黑发垂在额前，显出几分不为世俗羁绊的豪放不羁，让偷眼瞧他的年轻宫女们，个个心跳不已。

梅花正盛开，和隐居别院中一样，空中逸着淡淡幽香。

只是因为少了那在树下抚琴的纤细身影，这王宫就变得远远比不上远山围绕中的隐居别院。

此番回到东林王宫，每处亲切的景致都有一种难言的陌生。以往宫廷中的侍卫都是他亲自挑选出来的，一年隐居，居然再见不到一个旧人。王嫂态度冷淡，想起自己护着她的杀子仇人，这样已经算是最好的境况。王兄有病在身，楚北捷不欲多去打搅，专心等待虎符。

　　每日来去的都是那几名老臣子，年轻军将竟然一个也没有。楚北捷不经意地提起，楚在然老成持重地开口：“现在边境上有敌军窥视，大王有令，凡是年轻的将领除了已经派往前线的，一律在家随时待命。等王爷虎符一到，便可以招之即来。”

　　东林惯例，大战在即，军事将领往往奉命在家，不得随便走动，以防征调时寻不到人。楚北捷寻不到一丝破绽，在昭庆宫中耐心等待，不知不觉中，越发想念隐居别院的琴声歌声。

　　那倚在榻上，青丝随意铺展于枕上的娉婷，如印在脑海中一样，无时无刻不在眼前浮现。

　　“娉婷孤零零地过了自己的生辰，王爷生辰那日，我们可以在一起吗？”她脸颊微红，笑得温柔。

　　“我会尽量赶回来。”

　　楚北捷并没有对娉婷一口答应，却思念着那双透出欣喜无限的明亮眸子，暗中计算归期。

　　不知为何，临安将军却误了归程，一路风尘仆仆，到达王宫时已经是第三天深夜。

　　楚北捷早等得不耐烦，得了侍从们传来的消息，从床上一跃而起，双眼冒着精光，沉声道：“竟敢误了归期，此将不可轻饶。”

　　穿戴完毕，向大王寝宫急行而去。走到半路，走廊那头竟猛然钻出一人，跪在楚北捷脚下，轻声道：“王爷，丽妃娘娘有请。”

　　楚北捷骤然停步，手按在剑上，低头审视这位年轻的宫女。月光下低垂的头让人看不清眉目，只有粉嫩的颈项温驯地弯曲着。十五六岁的年纪，竟然在深夜宫禁中拦住镇北王的去路，胆子实在够大。

　　“你怎么知道本王会经过此地？”楚北捷眸中闪着寒光。

　　那宫女听他语气森冷，身躯微微颤抖，怯生生道：“自从王爷进宫，丽妃娘娘就派了奴婢几人轮流在此守候。这是昭庆宫通往大王寝宫的必经之处，只有今天王爷身边才没有旁人跟随，所以奴婢斗胆，拦住王爷去路。”

　　“本王有军情要处理，没空理会什么丽妃娘娘。”楚北捷扔下一句话，抬腿就走。

　　那宫女虽然年幼，却极忠心，猛然向前抱住楚北捷的双腿，压低声音急促地说：“王爷，这事比前线军情更重要，关系到东林王族的将来，求王爷见一见丽妃娘娘吧！”

　　楚北捷识人无数，善辨是非，见她语气笃定，眸子敢不躲避自己的目光，不似在说假话，又想起这两日在王宫内感受到的奇怪气氛，看了看大王寝宫外摇曳的火光，低声道："带路。"

宫女又惊又喜，愣了一会儿，才应道："是。"站起来，领着楚北捷向走廊尽头走去。

在夜色中曲曲折折走了一段，楚北捷知道已经到了东林王的后宫。他小时候常来玩耍，刚识人事之初，也曾和这里美艳的宫女有过纠缠，东林王对他信任有加，从不以为意，因此深夜中被引到这里，楚北捷一点也不介意，胆壮心定，跟着宫女从容迈步。

宫女在一处崭新的宫殿前停步，楚北捷猜在里面的多数是王兄的妃子，可丽妃这个称号，却从来没有听过。

宫女回头看了楚北捷一眼，领头进了殿内，轻轻唤道："娘娘，王爷请来了。"

殿内人似乎有着心事，深夜仍未入睡，立即应道："快请进来。"声音软腻，话中带着总算放下心来的舒缓，仿佛可以见到楚北捷，就能解决所有的问题一样。

楚北捷戎马为乐，生性坦荡，大步走了进去，虎目警觉地环视殿中一周。

殿内烧着炉火，烘得到处暖暖的，一名年轻的宫装丽人端坐在大殿中央，向他嫣然一笑："丽妃见过镇北王。我身子不便，就不起来给王爷行礼了，请王爷恕罪。"一边说话，一手撑着后腰，一手温柔地搭在自己突出老大的小腹上。

楚北捷终于明白，那宫女为什么敢说此事牵涉东林王族的将来了。

他盘腿坐下，抿唇不语，双眸炯炯有神，打量这位丽妃娘娘半晌，才皱眉道："本王时间不多，娘娘有话请讲。"

"王爷果然有大将风度，毫不拖泥带水。"丽妃眉目温柔，举手掠了掠自己耳侧的青丝，似乎想起自己为难的处境，轻轻蹙眉，缓缓将事情道来，"我在七个月前，被大王册封为丽妃，至于原因，我想镇北王已经猜到了。"她低下头，爱怜地瞅了瞅自己的小腹。

"为大王生下子嗣，那是后宫每个女人最大的心愿。丽妃蒙上天宠幸，唯一想要的就是平安生下孩子，报答大王的恩宠。但深宫之中，丽妃孤身难以自保，自从得知王爷会回来，丽妃就日夜盼望。王爷，你是东林的中流砥柱，望你可以为丽妃做主，保护我腹中的孩儿平安出生。"

楚北捷露出一丝讶色："难道东林王宫之中，竟有人敢加害怀孕的王妃？你既然害怕，为何不将此事告诉王兄？"

"大王病得厉害，我已经好几个月没有见过大王了。"

"是谁要害你？"

丽妃垂眼不语。

楚北捷醒悟过来："是王后？"

"哈哈哈……"见丽妃轻轻点头，楚北捷蓦然仰头大笑，盯着丽妃的双眼，冷冷道，"我王嫂是何等人物，深宫之中，她若不肯容你，你怎有命在这里安然无恙等着临盆？本王还有事，懒得追究你今日之过，就此告辞。丽妃娘娘日后如果再想随意派人拦截本王去路，最好三思。"扔下冷冽的警告，楚北捷长身而起，展现出强健完美的身躯。

走到殿门处，背后的丽妃娘娘声音已经转为清冷："因为白娉婷……"

楚北捷骤然止步，回头，锐利的目光直逼丽妃。

"你说什么？"

"我有孕，王后本来比大王更欢喜，毕竟东林王族有后。王后连月来对我体贴有加，宛如亲姐妹。但最近几天，王后对我的态度却完全转变，偶尔在宫中相遇，王后的眼中也充满了恨意。骤然间，我身边危机四伏。"丽妃幽幽叹道，"这一切，都因为白娉婷。"

楚北捷走了回来，如同审视俘虏招供是否有假般，盯着她的表情，双眉锁起："娉婷和这事有什么关系？"

"不知何人向王后泄密，说出我曾和白娉婷相识的往事。"丽妃苦笑，"白娉婷毒杀了王后两位王子，令大王失去继承人，我怀着也许会成为东林王储的大王骨血，自己却和白娉婷有关系……若王爷是王后，会想到什么？"

"你认识娉婷？"楚北捷眯起眼睛。

丽妃无奈地叹一声，仰头毫不逃避地直视楚北捷，坦言道："我是在王爷与归乐订下五年不侵盟约后，归乐大王何肃送给东林大王的美人。我从小在归乐王子府长大，怎么可能不认识鼎鼎大名的白娉婷？"

楚北捷眸中射出犀利光芒，直逼丽妃眼底深处，脑中默默思索这其中曲折。

如果王后真的认为丽妃与白娉婷有关系，那么她腹中的王兄骨肉，确实难以保住。

"王爷，为了东林的血脉，只求王爷在我临盆前留在宫中，不让王后下手加害。我临盆在即，王爷连几天的时间也吝啬吗？"丽妃双手护着自己的小腹，泣不成声。

楚北捷愁肠郁结，长叹一声。

丽妃腹中的若是男孩，那将是东林未来的储君。

东林已经痛失了两位王子，再也禁不住失去这恐怕是王兄血脉的最后一位了。

次日清晨，东林王依照承诺，将临安将军带回的虎符当众赐予楚北捷。

"王弟，一切预备妥当，王弟可以随时出发。"或者真的因为亲弟归来，东林王心情好转，身体恢复不少，已经可以稍稍上大殿召见臣子。

楚北捷接过虎符，却显得踌躇，他这半生中，鲜有欲言又止的时候，思索片刻，向东林王禀道："王兄，我有要事，需在王宫中多待两天。"

从到达都城当日算起，这已是第四天。

六天后，就是他的生辰。

# 第二十五章

远山中的隐居别院，平静得似人间仙境。

亲卫们守卫在外，侍女们伺候于内，都是年轻男女，门廊处，来来往往，熟悉的脸，目光偶尔撞在一处，不知怎么多了一点脸红心跳，有了春的味道。

红蕾见有醉菊与娉婷为伴，乐得溜去外面玩耍。娉婷和醉菊倒也毫不介意。

雪下得少了，暖暖的太阳一旦高悬，地面的冰便化成水上的小片纯白。醉菊最担心娉婷滑倒，每次娉婷散步，必定形影不离。

"小心脚下，当心滑。"

娉婷在散发着淡淡花香的梅树下攀着花枝，转头朝她笑道："我每走一步，你就要提醒一次。与其浪费唇舌，不如过来帮我。"

醉菊无奈，走过来，帮她将梅枝压低，看她专挑枝头半开的花苞，一朵一朵仔细摘下来。

"不是摘来插在屋里吗？"

"不是。"娉婷灵巧的眼眸转动，透出一丝聪慧，"做菜。"

"做菜？"

用好好的半开的梅花？让人想起焚琴煮鹤。

娉婷兴致很好，一边将采摘下来的花苞轻轻放入小碟中，一边道："忽然想起从前看过的书卷，上面有说含梅生香的，古书里又有说梅花也可以入药的。我打算将半开的梅花用归乐的法子加绍酒、白糖、粗盐、冬菜梗子腌了，藏在坛子里面，再将坛子带泥熏上一熏，等王爷回来，正好开坛尝鲜。"

醉菊咋舌，连忙提醒："梅花入药我可没有听师傅说过，也不知道是怎样的药效。给王爷尝鲜可以，白姑娘可不要随便乱尝。"

"知道了。"娉婷应了一声，"我现在哪天不按醉菊神医吩咐的饮食呢？"

心境奇佳，醉菊又调理有方，娉婷的脸色确实红润多了。

"可惜现在是冬天，花的种类不多。到了春夏两季，更可以多弄几道鲜花菜肴，单单是芍药，就有至少五种烹调的方法。"娉婷采了片刻，额头上已经冒出细密的汗珠，她肚子里怀着楚北捷的骨肉，再不敢逞强，一旦觉得累了，就将手中的半碟梅花交给醉菊，两人一道回了屋。

"又快天黑了。"

娉婷遥视天边灿烂的落霞："王爷……应该已经被东林王赐予虎符了吧？"

她猜对了一半。

楚北捷已经取得虎符，却没有——踏上归程。

楚北捷默默守护着丽妃的宫殿，脸上平静无痕，实际心急如焚。

第五天，他已经错过起程的日子。

等待着与他共度生辰的娉婷，不知该怎样失望。

他不忍心，想象那双明亮眸子充满失望的模样。

"王爷可以陪陪我吗？明日会下雪，让我为王爷弹琴，陪王爷赏雪……"

她已经失望了一次。

还要再承受一次。

王兄、王嫂、丽妃、楚在然，所有人都不可能明白，她的琴声、她的歌声、她纤纤的十指、她淡红的唇、她优雅的姿态，是如何让楚北捷痛苦地思念。

王宫宏伟而空洞，佳肴美色无数，思念却无药可解。

"我会尽量赶回来。"

他只想深深搂抱住她瘦弱的身躯，带她赏春花秋月，带她看月圆月缺，带她策马沙场，纵横四方。他会护着她，不让任何人靠近他的娉婷，不让她受一丝的苦。

可国家接二连三的大事，区区一个女子小小的心愿又怎么可以相比？即使她是他深爱的女人。生辰可以年年过，东林大王的血脉却只剩这么一条。

他并不知道，他派出的向娉婷报信的侍从，已经被王后派人在宫门外截住了。

王后一早脸色欠佳，沉默地走进大王寝宫，朝东林王缓缓行礼，坐在他面前，将身边伺候的人全部挥退。

"王后的脸色，为什么这般难看？"等左右退下，东林王才开口询问，"王弟不是留下了吗？"

王后头戴由珍珠穿缀而成的凤冠，挺直着纤腰默默端坐，似乎心里藏了无限烦恼，反而一时不知道如何说起才好。

直到在心里斟酌妥当，王后才从怀里掏出一封书信，放在东林王面前，用沙哑的嗓子道："这是刚刚截获，差点就传递进宫里的书信。收信人是镇北王。大王绝对猜不到写信的人是谁。"

东林王拿起书信，略一细看，愕然道："北漠上将军则尹？"

王后似乎非常激动，死死咬住下唇，颤声道："内容惊心动魄，请大王仔细看看吧。"

很长的一封信，东林王不敢怠慢，每个字小心地阅过，直到一炷香完全烧尽，看见最后一行上的定论——罪魁祸首，实何侠也。脑海中一阵光怪陆离，几乎看不清眼前一切，长长呼出一口气，勉强稳坐椅上，对上王后哀伤的目光，调整着自己的呼吸，徐徐道："王后怎么看？"

"臣妾已经命认识则尹的人看过此信，确实是则尹的字迹。上面则尹专用的印鉴，更不会是假的。"

"则尹应该和王弟没有交情，为何会给王弟送这封信？"

"无论如何，则尹在这件事上绝对没有说谎的必要。他揭露何侠和北漠王勾结的内幕，已经冒上了被北漠王严惩的风险。"王后目光略微呆滞，看着东林王的脸庞轮廓，忽然闭起双目，无法控制地颤动双肩，凄声道，"何侠……我可怜的孩子，竟是何侠……"

忍不住伏在东林王肩上，恸哭起来。

东林王眼中射出深深的沉痛，爱抚王后的脊梁，低声道："这样说来，白娉婷并不是凶手。"他顿了顿，问，"王弟知道吗？"

王后哽咽着，摇了摇头，良久才控制住自己的情绪，开口问："若白娉婷不是凶手，那任何侠派人将她掳走的事，该如何处置？"

东林王不语。

他站起来，露出一个极为挣扎的表情，转过身去，背对着王后，沉声道："白娉婷是不是凶手，和这件事情又有什么相干呢？我们是为了东林士兵的鲜血不要白白流淌，才用她与何侠交换的。身为东林王族，只有国恨，没有家仇。"

王后充满敬意地看着丈夫的背影，那宽厚的肩膀，只为东林而存在，足以撑起这一方天空。

"臣妾明白了。"她点了点头，"不管白娉婷是否无辜，目前最重要的，是让威逼东林边境的大军退去。对方的一队兵马大概明晚就能到达隐居别院，镇北王无所察觉，又要保护丽妃腹中的胎儿，绝不会中途赶回去。"

想起竟要与杀害自己亲儿的何侠做交易，心口一阵绞痛。这堂堂一国之母，岂是常人可以当的？

"对了，说起丽妃……"东林王皱眉道，"昨晚御医过来禀报，说丽妃受了惊吓，胎气有点不稳。"

王后一惊，她为了留住楚北捷，给丽妃制造了危机四伏的假象，又派人从中指点，教她向镇北王求救。

丽妃懵懂不知其中玄妙，面对楚北捷这等精明人物才能真情流露，让楚北捷中计。不是这样重重机关，牵连着东林王族的命脉，怎能让心急着回去见白婷婷的楚北捷留在宫中？

但，丽妃腹中孩儿，确实是大王珍贵的骨血，若因为这次惊吓有什么意外，那可如何是好？

"胎气不稳？大王不要心焦，这孩儿是大王的骨血，一定会得到列祖列宗的庇佑。臣妾这就下去……"

一阵慌乱的脚步声打断了王后的话。

"大、大、大……大王！"丽妃身边亲随的小宫女跌跌撞撞闯了进来，跪在地上，喘着粗气，高声道，"丽妃娘娘胎动了，娘娘要临盆了！"

王后一怔，走前一步，在宫女头顶上急问："怎么这么快？御医上次诊脉，不是说还有七八天吗？"

宫女偷瞧王后一眼，想起自家主子说不定就是遭了这后宫之主的毒手，低头怯怯道："奴婢也不知道，娘娘好端端坐在殿里，忽然就嚷肚子疼，在地上乱滚。吓得奴婢们不知道怎么办才好。"

王后对丽妃感情平淡，但她腹中的孩儿却重要非常。她夫君英明仁慈，怎可以无后？闻言倒真的慌了，喝问："御医呢？御医到了没有？"

宫女结结巴巴道："已经……已经派人去请了。"

"大王！"

东林王眼里也逸出一丝紧张，握着王后的手，安慰道："王后不要焦急。丽妃身子向来结实，再说，早七八天临盆也不是什么异事。"携了王后，匆匆赶到丽妃的寝宫。

寝宫外已经站满了侍从宫女，几名专门负责宫中娘娘生产的老年宫女来来往往地穿梭。

"热水！快送热水进来！"

"干净的白布！"

"老参汤！端老参汤上来！"

进去的宫女络绎不绝。

"啊！啊！我不要！啊啊，大王！……"丽妃的惨叫一声高过一声，夹杂在老年宫女的各种指令声中。

楚北捷谨守承诺，持剑站于殿外，等待孩子降生。见东林王和王后亲自驾临，微微躬身："王兄，王嫂。"

东林王领着众人赶到门口，召来御医："情况如何？"

"大王，丽妃娘娘最近几天饮食不调，整夜失眠，伤了胎气。"御医满头大汗，"恐怕要早产。"

"啊啊！疼啊！"丽妃的惨叫又传来。

御医赶紧小跑着进去。

东林王立在门外，扬声道："爱妃不要惊惶，寡人就在这里。御医说了胎儿一切安好，很快就没事了。"

丽妃连声惨叫，也不知道听进去东林王的安慰没有。

"大王，这可怎么好？"王后低声道，眼底藏不住的焦急暗暗逸出，利用丽妃设计，万万想不到竟会伤到胎儿。

若大王骨血有个三长两短，她这王后只有一死以谢天下。

楚北捷站在一侧，旁观东林王和王后的神色，眸中闪过一丝狐疑。

王后虽急，心神却没有完全丧失，眼角处察觉楚北捷眼神不对，暗叫不好。东林王也瞧在眼里，和王后对望一眼，都看出彼此心底的担忧。

本想丽妃临盆还需要七八天，足以拖延楚北捷在宫中停留，直到白婷婷落入何侠之手，以保证边境大军退去。

丽妃这么胎气一动，可以拖延楚北捷的时间大大缩短。

何况楚北捷是极聪敏的将才，疑心一起，再好的骗局也将处处破绽。

王后强自稳住心神，事到如今，也顾不得许多，保住胎儿要紧，抿唇站在门外，和东林王并肩等候消息。


不远的山林中宿鸟惊飞。

婷婷猛然睁开眼睛，从床上坐起。

一轮明月挂在天空中央，淡黄的晕光将地上薄薄的雪照得清清楚楚。星星却都躲到人看不见的地方去了。

"姑娘？"醉菊这几日也陪婷婷睡在屋内，揉揉眼睛，选了件小袄披在肩上，下床走到婷婷跟前，"渴了？"

婷婷摇头。

月光下她的脸娴雅秀气，却笼罩着微微忧色："宿鸟惊飞，对面山上有人。"

醉菊看看窗外的山林，黑夜中瞧不仔细，沉沉的一片，像睡着的巨兽："大概是樵夫吧？"

"这样的时候，樵夫上山干什么？漆黑的林子冰天雪地，野兽都饿极了，要去也该天快亮的时候去。"婷婷垂下眼，轻轻抿着下唇，一会儿，目光微微一抬，对醉菊道，"找漠然来。"

醉菊应了一声，掀开门帘唤了个在外面守夜的大娘，着她去找楚漠然。

楚漠然不一会儿就来了，身上穿得整整齐齐，没有一丝凌乱，不像是刚从床上起来的，进了屋子，瞧见娉婷还睁着眼睛在床头倚着，问："白姑娘有什么事吗？"

"这么晚了，你还没睡？"娉婷打量他一眼，"出了什么事？"

楚漠然道："我身负着护卫之责，每晚到了这时候都要巡夜。刚刚对面山林里的宿鸟忽然惊飞，还要吩咐几个亲卫去查一查，应该没什么大事，不过还是小心为上。"忽然露出悟色，"白姑娘就是被那些鸟儿吵醒的？"

娉婷听他说已经派人去查，心中安定一点，淡淡点头道："我毕竟也随过军，寂静的夜晚宿鸟惊飞，通常是敌人潜行接近的兆头。"

楚漠然露出笑容，也点了点头："正是。在军中久了，听见鸟飞就警惕起来。不过白姑娘不用担心，这边有我和亲卫们照看着。夜深风冷，你还是快点睡吧。"

他还有事情要处理，安慰两句，辞了出去。

醉菊掩嘴打个哈欠，懒懒道："姑娘也听见漠然说了，不必担心，他比你还提心吊胆呢。这风真冷，关上窗子好吗？"

娉婷睡得本来就浅，这样一闹，睡意全消，两只眼睛炯炯有神，怎肯再躺下去，笑道："冬天的大月亮最漂亮了，照得雪地亮晶晶的。横竖身上盖着被子，也不会冷。"

醉菊瞅她两眼，知道要劝她睡是不行的了。无奈地叹了一口气，摇头道："明明一个玲珑剔透的人，怎么有时候偏又像小孩子似的？"掀开棉被钻了进去，和娉婷挤在一块，探出头来看月亮。

"王爷也该回来了吧？"看着月亮，娉婷眸子里泛出柔和的光芒，幽幽道。

醉菊扑哧一声，轻轻笑了出来，啧啧道："我就猜你心里正念叨这句，岂知不但心里念叨，连嘴上都说出来了。"边笑着，边在被子下抓住娉婷的手腕，把了把她的脉，一会儿就放下了，敛了笑，道，"可见情字误人。王爷是多厉害威武的英雄，你又是多风流洒脱的人物，一遇上这个字，竟都患得患失，白让旁人嗟叹。"说着，也幽幽叹了一口气。

娉婷侧过脸，细细盯着她瞧了片刻："你现在只管笑话我吧。这个字，也只有遇上的人才知道个中滋味。"把脸转向窗外，兴致又被黄晕的月光挑起来了，惬意道，"真是好月亮，如果在雪地里弹琴，琴声和着月色，不知该有多美。"

醉菊一句截住了："快不许想。这么冷的天，还要在雪地里弹琴呢，也不想想自己的身子。好不容易调理得好了点，难道又要糟蹋？"

娉婷知道她说得有理，不再说什么。

月下弹琴虽好，但缺了知音，是怎样也无法十全十美的。

静静瞧着满地白雪，忽又想起当年在花府，楚北捷慕曲而来，求了一曲，竟还要再听一曲。

她当时未知楚北捷的身份，却已猜到他用了假名，刁难道："公子为曲而来，有求于我，自然应该诚心诚意，报上真名。"

楚北捷却反问："小姐难道无所求？"

"我求什么？"

"小姐求的，自然是一名知音。"

记得楚北捷的笑声低沉悦耳，其中满是自信和从容。

那样笃定，浑以为天下无事可以让他愁眉的男人。

如今回忆起来，才知道当日楚北捷的一言一行，从没被自己忘却半分。或是所有与他厮磨的分分秒秒，都历历在目，无从忘却。

想不到的是，他们还有今天。如果这是苍天的恩赐，苍天待她实在不薄。她已经怀了一个小小的生命，他一天天地长着，安安静静、乖巧地躺在腹中。

第一胎显怀会比较晚，再过两个月，这个小生命大概就能从突出的小腹看出来了吧？

娉婷在被下轻轻摩挲暂时还平坦的小腹。小腹暖暖的，让掌心也暖烘烘的，让心田也暖烘烘的，仿佛那个小小的生命里已经流动着灼热的血，像他父亲一样，充满了狂傲飞扬的热情。

她转头，轻声道："醉菊，谢谢你。"

"谢我什么？"

"谢你成全，让我可以亲口告诉王爷这个消息。"眸中氤氲着梦幻似的柔情，"那一定是我此生最动人的一刻。"

娉婷遥望窗外，东方一片沉寂，朦胧的墙和高大的老树枝杈阻拦了视线。

那是，楚北捷的归路。


天色渐白。

响亮的啼哭声，从丽妃寝宫那道细细的门缝传出，如一道惊雷，打在众人高悬一夜的心上。

"生了？"东林王从临时布置的座椅上猛然站起。

匆匆从门后出来的御医忙了一夜，脸色苍白，筋疲力尽地向东林王和王后行大礼，唱喏道："恭喜大王，恭喜王后娘娘，总算平安生下来了。"

"是男是女？"王后抢着问。

所有人的目光，都落在御医的脸上。

"禀告王后娘娘，是位小公主。"

几乎在场的人的脸，都沉了下来。

不是王子。

东林未能有一位新太子。

御医也知道这不是个好消息，垂着头，小声禀道："丽妃娘娘母女平安。大王要不要进去看一看？"偷偷抬眼，瞥东林王脸色。

"好。"东林王点点头，携了王后，舒展了一下皱了整夜的浓眉，"丽妃也辛苦了。"他的目光向后转，落到弟弟的身上。

"恭喜王兄。"楚北捷走了过来，郑重行了一个大礼，直起身便道，"前线大战在即，不能再耽搁。我回宫取了虎符立即点将出发，不再来向王兄辞行。待凯旋，再陪王兄饮这杯喜酒。"

东林王一愕："王弟的行程过急了。如此大战，主帅出城，至少应该由寡人在城头送行。"

楚北捷沉声道："军情紧急，此刻先不管那些烦琐礼节。"他虽对着东林王说话，一双乌黑的眸子却转到王后脸上，牢牢盯着她的每一丝表情。

王后心里暗惊，面上冷静地向东林王进言道："大王，镇北王说得也有道理。军情紧急，镇北王在王宫滞留数天，边境上的兵将们也心急如焚地等着主帅。"

东林王转头向王后，目光淡淡一扫，顺水推舟，点头道："那王弟就去吧，路上小心。寡人在这里设好酒宴，待你凯旋。"

楚北捷应了一声，转身退了出去，虎虎生威。

只等他挺拔的背影一消失，王后立即招手，将新上任的侍卫总管董正召到身边："立即派人封锁昭庆宫。我早前说的，你可都准备好了？"

"禀娘娘，都准备齐全。弓箭都换成练习时用的钝平箭头，上面涂了迷药，入肉不会超过半寸。守那边的侍卫们没有一个是王爷亲自提拔上来的。"

"嗯。"王后点点头，抬眼看看身边的东林王，眼中闪烁着坚毅的光芒，沉声道，"去吧。"

"遵命！"

# 第二十六章

天色已大亮，北风仍在吹，庆幸太阳总算从云后出来了，有了几分暖意。

娉婷采的梅花已经满了一坛，一早起来，用绍酒、白糖、粗盐、冬菜梗子腌了，又停了下来，笑道："再添点新鲜的五香草，兴许更好。"

"我去拿。"红蔷兴致勃勃地去厨房取了过来，看娉婷忙碌，在一旁赞道："这么精致，一定很好吃。这是专为王爷回来准备的？"

醉菊怎会瞧不出红蔷的意思，瞥她一眼，笑吟吟道："等好了，你也可以尝一点。"

红蔷大喜，嫩白的掌在空中清脆地拍了两下，又问："还有什么要帮忙的？"

娉婷昨晚赏了一夜的月，精神却出奇地好，也不客气，吩咐道："你到院子的角落里扫开一处雪，在泥地挖个小坑。被雪覆盖过的土别有一股清淡香气，我们将坛子埋在泥中，用火熏半个时辰，让泥香入到坛内。等王爷回来，这坛素香半韵就可以开封了。"

醉菊一呆，啧啧道："素香半韵？连名字也殚精竭虑地想，难为你那般心思，吃这个的人可有福了。"

娉婷恼她熟络了便总趁机取笑，横她一眼，脸上却情不自禁带了一丝羞涩。动人之处，让醉菊也眼前一亮。

红蔷领命，拿了扫帚出门。

娉婷拿起坛子，坛子本不轻，腰肢骤然用力猛了，脚下一个趔趄，吓得醉菊惊呼一声，连忙过来一把接了，嗔道："再来这么一两次，倒要把我吓出病来。"自己双手端了坛子出去。

红蔷已扫开一片雪，正拿着小铲子挖坑，半天才挖了一点点疙瘩出来。

醉菊撩起衣袖道："我来试试。"她接过铲子，满头大汗地折腾了许久，却仍未挖出什么，不禁愤愤道，"这泥土真可恶，难道下面是石头不成？"

娉婷在一旁搓着手看她们忙碌，听了她的话，禁不住笑起来："一听就知道你是从不干粗活的。冬天里冻过的土当然结实。我们力气不够的，看来要找个亲卫过来帮忙才行。"

"这个好办，我去找一个过来。"红蔷和亲卫们最熟，立即揽了这个差事。

转身要走，却被醉菊一把抓住了，轻轻扯了回来："不必去找啦。你看，现成的一个过来了。"

三人一起看向院门外，果然一个人影正快步走来，远远地瞧去，似乎是楚漠然，都翘首等着。

"哎，楚将军……"红蔷一等楚漠然跨入院门，兴冲冲张口就喊，喊到一半，声音忽地吞了回去，识趣地闭上嘴巴。

来的果然是楚漠然。

他仍穿着昨夜来时的衣裳，腰间佩剑，看起来清清爽爽，一丝不苟。但他的脸色，却难看得不成样子。

就算是忽然发现敌军重兵压境，也不会有比这更难看的脸色。

一见他的脸色，连娉婷和醉菊也凝住了笑容。

"怎么了？"片刻的沉默后，娉婷开口了。

楚漠然镇定的神情中藏着常人看不出的惊疑不安。不愿让娉婷受到惊吓，楚漠然深深吸了一口气，调整好察觉到危险后的紧张情绪，才迅速低声答道："事恐有变，这里不能待了，请姑娘随我来。"

转身走了两步，见身后并无人跟来，娉婷等仍旧站在原地，又转身皱起眉道："时间不多，不要再耽搁了。"

娉婷站着不动，北风似乎忽然更刺骨了，搓了搓手，对楚漠然道："你跟我来。"转身进了屋内。

楚漠然见她镇定自若，不禁一怔，稍一踌躇，随在她身后。

红蔷和醉菊都知道事情不妙，但究竟何等不妙，却怎么也想不出来。知道娉婷有意与楚漠然私下交谈，醉菊扯扯红蔷的袖子，两人捧起未能埋入土中的坛子，自行进了侧屋，忐忑不安地等待着。

娉婷入了屋，在椅上坐了下来。不知想着些什么，眼神飘飘的，端起一杯放在桌上的茶水，等触了唇，才发现那是凉的，重新放回桌上，这才低声问楚漠然道："是王后派来的人？"

楚漠然又是一讶。

王后派高手潜伏在附近的事，楚北捷从未对她透出口风。

他看向娉婷。

娉婷涩笑："猜也猜得到。骨肉之仇，哪有这么容易忘却的？王爷不许我离开这里半步，又孤身上路，把亲卫们留下来也罢了，竟连你也不肯带上。偌大的东林，敢与王爷对峙而和我有怨的，还有谁呢？说吧，情况有多糟糕？"

最后一言间，慵懒的模样已消失不见。闪亮的黑眸里转起一道睿智柔光，让人刹那间忆起，她在北漠也曾是主宰一国存亡的堂堂主帅。

楚漠然深深看着她清秀的脸颊片刻，决定坦白，低声道："糟得不能再糟。昨夜派去山林里侦察的十名亲卫，没有一人回来。我等到今日凌晨，觉得不妥，又派人前去查看王后所遣高手平日潜伏的地点，瞧瞧他们是否有异动……"

"这些亲卫，定然也没有回来。"娉婷淡淡截断，叹了一声，蹙眉道，"如此说来，恐怕这座山也被包围了。王后手上有那么多兵马？"

"白姑娘，事情紧急，请立即随我去后山。"楚漠然焦急道，"后山有王爷准备的隐匿居所，是用来以防万一的，寻常人极难找到。别院目标太大了。"

娉婷瞅他一眼，幽幽启唇问："这里只有区区一队亲卫，就算加上你，也拦不住这整山人马。双方实力悬殊，他们却为何仍不肯露出踪迹？"

楚漠然低头思索，忽然抬头，不大确定地问："难道他们早就查探到后山的隐匿处，只等我们自投罗网？"对手若如此厉害，又有重兵在手，这可如何是好？想到这里，眉头更加紧皱。

娉婷却没有回答这个问题，起身掀开帘子，倚在门框上，仰头看了看天色，忽问："别院中养着多少信鸽？"

"一共十五只。"楚漠然问，"怎么？"

"都放出去，沿着别院的四面八方，每个方向都放。"

她语气淡然，竟有一种掌控人心的力量。楚漠然不知不觉遵命而行，应道："我这就去。"

醉菊见楚漠然匆匆离去，斟了一杯热茶，亲自端了过来。抬头骤然看见娉婷站在门边，仰头看天。今日忙着腌那梅花，并没有绾起发髻，此刻青丝柔柔垂下，脸上流露着哀戚的轻愁，淡淡幽幽，竟似将要隔得极远的人儿似的，一时让醉菊慌了神，伸手轻轻推她一下，唤道："白姑娘？"

娉婷回过神来，低头看她一眼："是你？"怅然笑了笑，又道，"好像只要活着，便永无宁日，想起来真没意思。外面冷，我们屋里喝点热茶吧。"转身进了屋内。

醉菊端着茶跟了进去，捧给娉婷一杯，自己也取了一杯，握在手中暖着。瞧娉婷的神色，半天也瞧不出个所以然，便试探着问："不管有什么麻烦，有漠然顶着呢。这里是镇北王的地方，难道还有不怕死的敢硬闯不成？"

娉婷知她聪明伶俐，医术老道，心里却极孩子气，低头啜了一口热茶，缓缓道："就是因为这是镇北王的地方，所以才让人担心。敢到这来生事的，哪个不是厉害角色？若王爷忽然离开也是此事中的一环，那就真的糟糕透顶了。我只怕……"她低头抚了抚未有异样的小腹，眸子朝醉菊处一挑。

醉菊被她那仿佛能看透人心的目光一瞅，微微一震，沉声道："这事我谁也没说。连王爷我都不说了，还会告诉谁？"

娉婷点了点头，叹道："希望不会像我预想的那样糟糕。"

帘子掀起，冷风随着楚漠然一起进来。

两人抬头一看，楚漠然的脸色竟更差了。

"信鸽放出去飞不到多远，都被人用箭射了下来。"楚漠然声音里有浓浓的忧虑，"十五只，无一幸免。这别院四面八方，竟已被层层包围。"

醉菊这才知道发生了什么，惊叫一声，瞪大了眼睛。

楚漠然想了想，咬牙道："请姑娘将王爷留下的神威宝剑给我，让我立即派人杀出重围。南边二十里就是龙虎兵营，臣牟将军一定会立即领兵来救。"

娉婷转头，目光停在悬挂在墙上的神威宝剑上。

那是楚北捷临行前留下的。

他掌心火烫，抚着她的手，对她道："我留下漠然和亲卫们保护你。万一这里出了什么我预想不及的事，你派人持这柄宝剑飞骑到南边二十里处的龙虎兵营，向那里的大将军臣牟求援。他认得我的剑。"

言犹在耳。

那鞘上镶嵌着宝石、饱饮过人血的名剑，正悬挂在墙上。

娉婷又想微笑，又想落泪。

楚北捷为她料想了一切，却忽略了最重要的一点。

怎能怪他？他定也不曾想到，事情会发展到这个地步。

娉婷走过去，将神威宝剑默默取了下来，用白皙的指轻轻摩挲。

求援如救火，楚漠然见她意似不舍，只得开口道："只有此剑能做王爷的信物，调动龙虎兵营人马。待求援后，立即归还。"

他向前一步，想双手接过神威宝剑，却被娉婷轻轻避过，不由得一怔。

素来都知白娉婷重大局，睿智过人，怎到了生死关头，竟犯了小性子？

大敌当前，分秒必争，想到别院外重重围兵，心里一沉。

娉婷拥剑在怀，重新坐了下来，目光稳稳停在楚漠然脸上，声音里带着凛然魄力，轻轻问："如此重兵包围镇北王的隐居别院，东林王会不知道吗？"

楚漠然陡然剧震，脸色一片煞白。

不是王后暗中行动？

竟是大王亲许？

若连大王也在其中谋划，那还有什么胜算？

娉婷又问："封山并不是小事，我们懵懂不知，是因为被围在中央，又是对方刻意隐瞒的对象，但外面过路的百姓定会知晓。二十里外的龙虎兵营，又怎会对这里的事一无所知？"

连续两问，都令楚漠然僵在当场，答不出一字。

其实，他也不必答这两个问题。

就像一层薄薄的纸，揭开之后，一切无所遁形。

楚北捷千防万防，防外敌，防王嫂，却从未防过自己的亲哥哥，堂堂一国君主，赫赫东林大王。

骨肉连心。本应该最了解他的大哥，本应该最明白这女子于他而言是何等珍贵的大哥，却……

醉菊已经屏住了呼吸。

娉婷低头，注视怀中的神威宝剑。楚北捷留下的体温，仿佛还残留在上面。

"龙虎兵营，不是已被王令调遣去他处，就是已经更换了大将。纵使派人拼死求援，也无济于事。"娉婷淡淡下了判断，看向窗外，忽然问道，"今天是初几？"

醉菊轻声道："初四。"

太阳过了天空的一半，已经是中午。

"初四吗？"淡淡的笑意，从娉婷优美的唇角缓缓逸出，"那就还有两天。"她转过身来，看向楚漠然，"我要这里的地形图、这里最近的奏报、要知道这里可使的亲卫人数、他们的武功高低专长，这里的饮水来源、食物来源，还有往常负责采买的人的情况，以及常上此山打猎砍柴的百姓的情况……"

一口气吩咐完了，才长长舒出一口气，冷然道："重兵围而不攻，带着要挟诱降的意味，不是东林王该有的态度，看来倒像某位故人，会是谁呢？"

娉婷思索着，微微蹙眉，但她的目光，却渐渐地，变得更加坚定。


东林都城。

朝阳冲破黑暗，透出橘黄色的柔和的光。光芒笼罩下的东林王宫，却越发阴森森地压抑着。

东林王携了王后，跨入丽妃的宫殿，柔声安慰了脸色如白纸般的丽妃。宫女们将沐浴干净的小公主用白布包裹好，抱上来让大王和王后瞧。

"长得像大王呢。"王后轻声说道。

东林王的眉心紧皱，见了初生的女儿，强挤出一丝笑容，嘴角勾起的弧度未及消失，一阵兵刃交击声传了进来。

"大王小心！"王宫之中的兵刃声最是刺耳。贴身守卫在东林王身边的侍卫互看一眼，已知道陡变在即，四人蓦然贴近东林王和王后，抽出宝剑，警惕地环视四周，剩下两人迅速潜到窗下探听。

连声惨叫连带着重物坠地的声音传入殿中，吓得刚刚还在熟睡中的小公主哇哇大哭起来。

兵刃声却在这个时候蓦然停了。突如其来的安静让每个人的心霎时一滞。

东林王眼中精光掠过，霍然站起，推开大门，站在台阶高处。

入目的，是楚北捷沉稳的身影。

殊死搏斗已告一段落。

中庭处血迹斑斑，手脚受伤的侍卫东倒西歪，但人人咬牙，不肯发出一声呻吟。

尚未受伤的侍卫们紧紧握着长枪，密密围成一圈，却未有人敢再向前挑战。

楚北捷长身而立，持剑站在中庭正央，默默凝视手中宝剑，鲜血像晶莹的红色泪珠，从剑尖处缓缓滑落，滴在中庭光滑的石砖上。

淡泊的表情显出对身边的威胁毫不在意，仿佛只要他一剑在手，就算周围有千万王宫侍卫，都休想阻他一步。

这，也许是真的。

沉默的空气令人心头紧缩。

众人盯着这位名震天下的镇北王，眼睛一眨也不敢眨，屏息以待。

最后一滴鲜血从锋利的刃口滑落，楚北捷回过头来，对上亲大哥沉得像深山云雾一样的眼眸，淡淡问："为何如此？"

轻轻的声音，有男性独有的低沉醇厚，听在众人耳中，却宛如一支危险的箭，已在弦上。

在他脚下，浑身鲜血地匍匐着却硬咬着牙一声不吭的，正是刚才被派去阻拦楚北捷的侍卫总管董正。

王后被他锐利的眸光轻轻一扫，娇躯微颤，刚要开口，却被东林王默默握住手腕，当下垂下眼，静静站在东林王身旁。

"寡人大意了。"东林王站在高阶上，居高临下注视着他唯一的亲弟，无奈地叹气，"你为将多年，虎符一定贴身收藏，又怎会需要回昭庆宫去取？北捷，你要枉费寡人对你的一番心血吗？"

楚北捷默默与他对视，仍淡淡地问："为何如此？"

那上了箭的弦，又无声无息地，绷紧一分。

第
二
十
六
章

235

"因为你是寡人的亲弟弟，是东林的镇北王。"东林王语调陡升，威势凛然，沉声道，"寡人恐怕不会再有儿子，这江山日后就是你的，这成千上万的黎民百姓、边境上对你翘首以盼的将士，还有这些年轻的侍卫们，都是你的！"

猛虎低啸，无人不悚。

楚北捷的神情却仍未变，长身站立，与东林王遥遥对望。眸中闪过骨肉亲情，难割难舍而心痛欲绝。

"大战在即，王族以保卫国家为第一责任。王兄千方百计阻我离宫，难道是不想我赶赴前线？"楚北捷徐徐推测，又摇头道，"不对。"思索片刻，蹙起深黑的剑眉，"是不想我返回隐居别院？"

小小的隐居别院，为何竟连东林大王和王后也被惊动？

楚北捷眼角余光瞥到王后低垂的脸庞一丝微不可察的异动，心中不祥之感陡生，身躯蓦然剧震："是为了娉婷？"

娉婷远在他处，若连东林王也插手，即使楚漠然拼死一搏恐怕也难以护卫周全。

楚北捷见东林王并不作声，顿觉手脚冰冷。

"王兄？"楚北捷低唤，压抑着快在体内奔腾起来的寒流。

他的声音很轻，但已隐隐透出颤抖。剑柄若不是精钢所铸，也早就被他生生捏碎。

娉婷！诱他回来，竟只为了娉婷！

难道他被留在王宫的时候，远方已遭变故？

难道他归去的时候，竟会再也看不到树下那抹抚琴的单薄身影？

楚北捷看向东林王，眼中除了深深的不敢置信和失望，还藏着一点点闪烁的希望。

希望他的王兄，尚念及一丝兄弟情分，为娉婷留下一线生机。

自问心肠刚硬的东林王骤然接触到他的眸光，也忍不住顿了顿，将目光移向别处。

察觉王兄逃避的目光，楚北捷僵住了。

一颗心沉沉下落，直坠向无止无尽的黑暗。

初六……

"王爷生辰那日，我们可以在一起吗？"

莺声萦绕在耳，娉婷一笑一动，皆在眼底心底。

初六，他许下诺言。

心乱如麻。但心越乱，越要冷静。

不过片刻，楚北捷脸上闪过决断之色，握紧手中宝剑，转身便走。

一干侍卫挺枪在楚北捷身边虚围一圈，见他径自走出中庭，犹如天神下凡，不怒自威，都呆了一呆，不知拦好还是不拦好。楚北捷剑尖朝下，仰首阔步，浑不将锐利的枪头看在眼里，挺胸迈步，仿佛那枪就算真的刺透他的胸膛，他也不会停住脚步。

他的目光似汪洋大海，深不可测，而风暴已起，令人不寒而栗。

无人敢对上他的眼睛，就如无人敢对上他手中的宝剑。

谁没有听过镇北王的威名？侍卫们被他气势所迫，连连踉跄后退。

"让他走。"东林王低沉的声音，从身后传来。

侍卫们如逢大赦，赶紧让开。

王后头上凤饰蓦然微晃，颤声道："大王！"

"王后是要让寡人杀了他，还是让他杀光这里的侍卫？"东林王像标枪一样挺直地站着，目视楚北捷仿佛能撑起一方天空的坚毅背影消失在中庭外，沉重地叹了一口气，"让他走吧。隐居别院应该已经陷落，就算他现在赶去，也已经来不及了。"

失去楚北捷的中庭再没有先前的剑拔弩张，压抑的气氛却仍在，无人敢动，连刚刚出生的孩子也仿佛感觉到国难当前时暗涌的苦痛，不敢啼哭。

东林王遥望渐亮的天，王者的黑眸深处隐藏着一丝忧虑和叹息。

脚步声打破令人窒息的沉默，老丞相楚在然跌跌撞撞地赶进来，跪倒禀报："大王，镇北王直出宫门，点了十二位年轻将领，又用虎符调了两队御城精锐骑兵，统共三千人马，从西门急奔而去！"

"让他去吧。"东林王收回遥望的目光，神色已恢复如常，从容地步下台阶，温言道，"不经历切肤的痛苦，又怎能成为东林未来的大王？"

北捷，去亲眼目睹已成废墟的隐居别院吧。

希望烧红天边的火焰，能将你心底最后的一丝私情不留痕迹地抹去。

王者，要有国，就无家。

# 第二十七章

亲卫们严阵以待，侍女们噤若寒蝉。偌大的隐居别院，一日之间变得静悄悄，连带少了信鸽咕咕的叫声，更是死一般地安静。

没人大声咳嗽，没人大声说话，连走路也是踮起脚尖，唯恐就那么一声声响，惹来四周敌人的瞬间强攻。

娉婷头一次坐在楚北捷的书房里。

略略将案头的一摞摞公文翻看一遍，上面有楚北捷的批文，遇上军国大事误时延工的，语气沉沉一股让人心头承受不起的冷冽；遇上关系国计民生的，批言又显得温厚朴实。

偶尔有一两张单独的，似乎是楚北捷从前写的诗词，熟悉的字迹，沉稳却又狂放，就像他的人一样。

公文最下面露出洁白的一角，不知是什么被主人小心地藏了起来。娉婷眼尖地把它抽出来，定睛一看，却是一幅描得极工整的画。

画面栩栩如生，用笔深浅得宜。

有树，有湖，有雪，有琴，还有一个抚琴的人，穿着淡青的裙，让风掠着几缕青丝，笑靥如花。

那笑这般美，美得让娉婷心也醉了。

痴痴看了半响，竟舍不得将目光移开。

"白姑娘，案头上那些是从前的公文和王爷的一些东西。你要的地图和最近的奏报，我拿过来了。"

听见楚漠然赶来的声音，才收了飘游四海的惬意魂魄。急忙打算将那图放回原处，又忽地顿了顿，咬咬牙，藏在了自己怀里。

抬头看时，楚漠然已经抱着一堆东西进来了。

"这份就是大王令王爷赶回都城的亲笔信笺。"楚漠然在书桌上展开缀着明黄流苏的密信。

娉婷仔细从头看下来，边看边道："云常、北漠联军？则尹已去，北漠国的统帅不出若韩、森荣两人，我看还是若韩的机会大一点。不过云常……"一个熟悉的名字跳进眼帘，让她蓦然眼前一阵昏花，连忙眨了眨眼，定睛细瞧，却仍是那个熟悉得让她刺心的名字，一丝不苟地写在那锦缎上。

一股锥心般的痛楚袭过心头。

娉婷脸色白了三分，缓缓坐在椅上，不敢置信地问："何侠被归乐大王四处追捕，怎有可能统领云常的兵马，威胁东林边境？"

楚漠然不免尴尬，解释道："何侠已经娶了耀天公主，成为云常驸马，手握云常的兵权。这个消息天下皆知，只是别院里……王爷说了，白姑娘和何侠再没有瓜葛，不必让你知道。"

他瞧娉婷一眼，她白色的脸颊宛如晶莹的雪。

原来如此。

何侠已经成亲。

何侠的妻子，就是云常国的公主。

何侠已经利用他的婚事，谋求到了一笔雄厚的资本。

原来，他竟还不肯放过她。

或，他不肯放过楚北捷。

一切昭然若揭，伴着深深的心痛心忧，多聪明也解不开的揪心的心结。

娉婷沉默不语，静静将东林大王的亲笔信笺卷了起来，放到一边，微微动了动唇："边境的仗是打不起来的。"

楚漠然奇道："姑娘怎么知道？"

娉婷轻轻地摇了摇头："因为何侠已经来了。侵境一方的主帅不在沙场，仗又怎么打得起来？"

楚漠然脸色一变，沉声道："这里是东林境内，若何侠已经来到这里，东林岂不已经大败？"

"怎会有胜败？不过是个一方占便宜一方不吃亏的交易。没有东林王一路放行，何侠怎可能带兵直逼别院？"娉婷苦笑着，从椅子上摇摇晃晃地站起来。

对手，竟是何侠。

与楚北捷旗鼓相当的当世名将。当初就因为有何侠在，东林才不敢对归乐大举进犯，楚北捷才要花心思，用计离间敬安王府和归乐大王，迫何侠离开归乐。

何侠心思缜密，动手前一定罗网密织，直到敌人不知不觉陷入包围，才在最后一刻猛然发动攻击，不让敌人有丝毫逃逸的可能。

如今，他的雷霆手段，用在了白娉婷的身上。

娉婷心中苦涩，恨不得大哭一场，唇角却挤出一丝冷冷的笑意："地形图等通通都拿走吧，不必看了。如果势均力敌，我们尚有挣扎的余地，但这种情况下，已无一丝胜算。"

清冷的眸子瞥向楚漠然，又镇定地道："虽然没有胜算，但我们也未必会输。"

也不管楚漠然听得一脸糊涂，娉婷径自出了书房，步下台阶。

她朝别院大门疾步走到半途，不知想到什么，脚步渐渐缓了下来，略一思量，似乎改了主意，转身走回自己的小院。

醉菊和红蔷都正不安地等着，见娉婷一路走过来，赶紧出了侧屋，迎了上去，却不知道说些什么好。

娉婷瞅她们一眼，知道大家嘴上不言，心里都已着慌，也没有时间安慰，只是问："这里谁有绛红色的裙子？"

"我有一条。"红蔷道。

"快拿来。"娉婷进了屋，又寻了梳子在手，满头青丝细细理顺，直如一道黑得惊心动魄的瀑布。

"我帮你。"醉菊见她要梳发髻，走了过来想要接过梳子。

娉婷摇头："我自己来。"

对着镜子，缓缓将头发分成两束，绕着指头一圈一圈地缠上去，不一会儿就盘成一朵花似的发环。

娉婷对着镜子看了看侧面，不满意地摇摇头，又松了手，让青丝重新垂下来。

红蔷已经找到了那条绛红色裙子，拿过来递到娉婷面前，道："绛红色的只有这一条，但这是夏天穿的，薄得很。"

"正是这个颜色。"娉婷接了过去，摸一下布料，确实很薄，"帮我换上吧。"

"这么冷的天，穿这个哪行？"醉菊皱眉道，"我有一条紫红色的，虽然颜色不大一样，但比这个暖和。"

娉婷斩钉截铁道："只能是这个颜色。"

她眉毛微微一挑，竟让人不敢违抗，只得帮她换上。还是雪天，虽在屋内，但娉婷脱下贴身的小袄，还是猛地打了几个哆嗦。醉菊连忙取了一件带毛边的大披风将她裹起来。

娉婷感激地看她一眼，低声道："我还要梳头。"

不要红蔷和醉菊帮忙，自行在镜前盘了半天。醉菊看她一脸认真，十个指头在发间左挑右捏，渐渐又用小束青丝卷成一朵朵精致的黑色小花，两旁的发却只是梳得服帖了，柔柔坠在颈项上，衬着白皙的肌肤，动人到了极点。

红蓍在一旁静静看着，叹道："虽然好看，但也太麻烦了，亏姑娘手巧，要换了我，不知要梳多久。"

醉菊也禁不住道："真好看，配上姑娘的脸型、眼睛，还有姑娘骨子里的那股气质，竟像是专为姑娘想的梳法似的。"

娉婷被她们一夸，反而显出两分郁色，对着镜子又看了看，淡淡道："梳得并不好，我今天是第一次亲手梳这个。"站了起来，想是冷得厉害，遂用手合拢身上的披风，将自己藏在里面，眼神飘了四周一圈，挺直腰杆，掀帘子走了出去。

楚漠然正站在小院门前，见娉婷走了出来，目光在她的披风上停顿一下。娉婷身子瘦削，虽有披风裹着，也可以看出她里面穿得极单薄。

娉婷将双手拢在披风内，抬头瞧见楚漠然，并不停步，擦肩而过时，低声道："你跟我来。"

似已下了决心，脚下毫不犹豫，径自出了几道门。

此时风声鹤唳，草木皆兵，别院大门处被亲卫们严密把守，人人手握利剑，睁着铜铃大的眼睛，加倍警戒地瞪着外面的动静。忽见娉婷梨花般单薄的身影挟隐隐决然而来，后面跟着楚漠然，都不禁惊讶地看过去。

娉婷在大门前站住脚，默默凝视这扇坚实的由精钢做支架的木门。

它现在虽完好无损，却绝对抵不住何侠的一轮攻击。这毕竟不是边城堡垒，在这里对上那些纵横沙场的攻城利器，岂有胜算？

她微微攥拳，肩膀不被人察觉地抖动了一下，深深吸了一口冰冷的空气，闭上眼睛。

当她再度睁开眼睛时，那里面已经盛满了毅然。

"打开大门。"

众亲卫一惊，面面相觑。

楚漠然一个箭步到她身侧，压低声音焦灼地道："白姑娘……"

"你也是沙场上的老将，难道不知道只要何侠一声令下，这里的抵抗根本不堪一击？与其让他攻进来，不如将他请进来。"清晰平稳的每个字，像晶莹的雨滴有序地打在每个亲卫的心上。最让人惊讶的是，被这样的雨滴一打，仿佛心上的尘埃全被冲掉了。大家反而不再患得患失，恢复了有如楚北捷在众人身前的沉着。

"打开大门。"又淡淡吩咐了一次。

那一瞬间，所有人深深记住了，她傲然挺立的背影。

移开沉重的横闩，大门发出呀呀的响声，缓缓开启。别院外的一片空地，和不远处反射着雪光的茂盛山林，一点一点出现在众人眼中。

娉婷于大门中央，迎风而立。眸中闪烁着微微的光芒，凝视着山林深处，脸上

露出复杂而难以言喻的表情。

敬安王府的往事，如此遥远，又如此贴近。

宛如一条静静的地下暖流在脚下蜿蜒而过，与她的双足只隔了一层薄薄的土。轻轻地掘走这薄薄一层的土，它就会喷涌而出。淋湿她的发、她的唇、她的身，渗入她每一个毛孔，沿着脉搏，钻进五脏六腑，让她又暖，又疼。

眼神飘向天边，谁还记得归乐的方向？谁还记得敬安王府的朱门绿瓦？

王妃啊，少爷的兵马就在对面那被白雪覆盖的阴森森的山林里。一声令下，就是血海腥风，永不回头的绝情绝意。

冷风飒飒地掠过，娉婷收回目光，看向楚漠然。

她轻轻咬牙，眼神却绝无犹豫："在大门高处，升上白旗。"

她就像楚北捷一样，当她下定决心的时候，就无人能阻止她的决定。楚漠然沉重地点了点头。

在场的人都知道，若无外援，这别院早晚会被攻下。

强攻或投降，不过殊途同归。

雪白的耻辱的旗帜，在大门高处缓缓升起，被北风强迫着展开，猎猎响声如不甘的哭泣。

娉婷脱下厚厚的披风，绛红色的长裙展露出来。

红裙白肌，雪中伫立，衣裙飘飘，竟美得扣人心弦。

不但楚漠然，恐怕就连楚北捷，也不曾见过这般动人的白娉婷。

她只这么无声地站着，已经占尽了山水中的灵气，满溢天地间的风流。

她的眸中带着哀伤、牵挂，带着说不出道不尽的思念、痛心，还有一丝令人动心的温柔，藏在最深最深的地方。

目光只停在一个地方，那对面不远处的山林。

树枝上的厚厚积雪为山林披上了一件银装，洁白的光芒看在每个人的眼里，只感觉压抑和闷气。在那下面，会有多少敌人持枪潜伏？

战鼓一击，也许就是千军万马汹涌而出，也许就是成千上万的利箭铺天盖地而来。

但娉婷的脸庞出奇地柔和，注视的目光丝毫没有畏惧和愤怒。在那里，是她极熟悉的人。青梅竹马，相知相伴，一块读书，一块赏雪，一道儿弹琴舞剑，博得赫赫威名的那个人。

众人的目光，被她施了魔力般地诱惑着，随着她目光的方向，定在对面的山林上。

远处一点异动微不可觉，渐渐地，白色的雪地上冒出数十个彪壮将士，他们无声无息地从中间分开，后面一道挺拔潇洒的身影缓缓走了上来。

剑眉，星目。

薄唇不动，却似已含着笑。

俊逸的脸庞，少了楚北捷的棱角分明，却多了一分温婉风流。

但他按剑的手，却和楚北捷一样稳。

自他出现的那一刻开始，娉婷的目光，再没有移动半分。就像他的目光，只停在娉婷身上一样。

何侠悠然举步，走向娉婷。雪地里，留下一排深浅一致的脚印。

楚漠然握紧了剑柄，亲卫们的眼神像鹰一样盯着何侠，众人弓着腰，仿佛随时都可以用最快的速度、最狠的力道扑上去。

跟随何侠出来的是密密的穿着便装的精兵，从两旁护卫何侠，每次何侠跨前几步，便有弓箭手交替前行，蹲身拉弓，箭头瞄准对面的娉婷一干人等，引而不发。

两方人马即将交锋时，何侠停下脚步。他已在娉婷面前，离得那么近，近到娉婷可以看见他星眸里被苦苦压抑的复杂的波光。

冷风将空气冻成了冰，冻住了他们之间的距离，竟似一步也迈不出去，一步也收不回来，也冻住了他们的心肝脾肺，冻住了他们欲言又止的话儿，连带着，冻住了硝烟的味道，和敬安王府的过去。

连何侠也不曾想到，当再次面对娉婷时，会如此百感交集，为她的眼神所刺痛。

"少爷，你看。"到底还是娉婷打破了平静，展颜一笑，纤纤玉指朝身上一指，"好看吗？"

绛红色的裙子，被洁白的雪衬得分外醒目。这雪白得一尘不染，把他活生生拉回宁静安逸的敬安王府……

十三四岁的娉婷从雪中一路小跑过来，绛红色的裙摆在雪地里拖出宽宽的痕迹，对着正在亭中看书的他嘟起嘴："少爷骗人，这颜色做成裙子一点也不好看，又土气又傻，我再也不穿了。"回身便走。

"别走！好看得很，真好看，我不骗你！娉婷，娉婷，别走，让我帮你画一张画。"他从亭子直跳到雪地里，拦住她，乐呵呵地笑，"就一幅，画出来让你见了，就知道我没说错。"

白雪依旧。

而敬安王府，却已成了灰烬……

何侠深深吸了一口气："你最不爱穿绛红色。"

"可少爷却最喜欢我穿这颜色。"娉婷静静地凝视着脚边鲜艳的裙角，轻声问，"你还记得那次我在雪地里穿绛红色的裙子？"声音似一丝线，牵起那遥遥远远，

数之不尽的往事。

"记得。"何侠感慨地叹了一声，"我还知道，现在，你也是为了我才穿的。"

他轻声叹着，从肩上解下围着厚厚貂毛的披风，跨前一步。

几乎两方所有人马，都因为这短短的一步悬起心，弦上的箭，差点就破空而去。

但他只是轻轻地将披风披在娉婷肩上，像从前一样，用热热的掌心暖着她的脸颊。

"看，都冻僵了。"连唇边的笑都是一样的。

娉婷乖巧地站着，让他为她披衣，让他暖她被冻得青红的颊，听着何侠柔声道："你何必如此？难道不穿这颜色，我就不会出来见你？难道我真是无心无肝的人，能将十五年的情分忘得干干净净？"

他怜惜地注视着她，举手将她头上的发髻一点一点地松开，让青丝一束一束垂下："你从没自己动手梳过这个，虽然像，但我往日并不是这般为你梳的。"

众目睽睽下，一个是云常的驸马，一个是东林镇北王的女人。

可，竟人人都觉得这一幕又纯又美，像每个人都藏在心底的那份最美好的回忆，唯恐有不识趣的，咳嗽一声，便将眼前一切震裂，只留一地真实的碎片。

敬安王府的过去又徐徐回来……

仿佛娉婷仍是他的侍女，同马驰骋，同饮同食，肆无忌惮地打闹游戏。那么暖暖的、单薄的身子，那么晶莹剔透的眸子，一颦一笑都那么让人赏心悦目的小人儿……

无论什么时候，只要想起来了，就喊着——娉婷！娉婷！满王府里寻，逢人就问，往往在拐角处碰上听了呼唤匆匆忙忙赶来的娉婷，一抬头，两道目光又直率又澄清地撞上了，听见她问："又怎么了？我正忙着呢，可没空给你当人桩子画画。"

楚北捷，楚北捷又算什么？

他凭什么夺了她的魂魄、她的心？凭什么十五年的亲密无间，比不过他短短数日的豪取强夺？

"娉婷，我念着你。

"三十万重兵压境，逼着东林王调走楚北捷，都是为了你。

"楚北捷待你又如何？接了王令，就舍了你。

"他对你一点也不好，你又何苦自轻自贱？我们仍像从前那般，岂不快活？"

何侠朝身后密集的精兵一指："我领精兵跋山涉水而来，却忍而不发。娉婷，难道你真的不懂我的意思？我从来没想过要伤你。"

"少爷的意思，是要我随你走吗？"娉婷眼神飘忽，幽幽地问。

"你不愿意？"

"怎会？"娉婷目光移向高处的白旗，这恐怕是属于楚北捷的地方第一次升起的耻辱，"白旗都挂了，娉婷还能说不吗？"微微一笑，又侧着脸瞥何侠一眼，"你是要带走人，还是要带走心？"

何侠受伤的表情一闪即逝，沉声道："两样都要。"

优美唇角逸出一丝哀伤的苦笑，娉婷叹道："少爷啊，你这样做，又有几分是真的为了娉婷？你不想对我用武，无非是想更沉重地打击楚北捷罢了。若让他知道我是心甘情愿随你走的，这将比在战场上输了一仗更让他痛苦。"幽幽叹了数息，语气渐转坚定，"也罢，只要你答应我一件事，我就心甘情愿地，随你上路。"

何侠听弦歌而知雅意，立即问："你要我等多久？"

"初六。"

"娉婷，楚北捷不会回来。"

"那么，过了初六我便随你走。"将食指放在唇边，狠狠一咬，殷红鲜血滴答滴答地滴在雪地上，宛如触目惊心的红梅陡然盛开。

"我白娉婷对天发誓，若过了初六，镇北王未返，就心甘情愿随云常驸马何侠离开，绝无反悔。若违誓言，教我死无葬身之地。"

在场两方人马都听见她掷地有声的誓言，均觉匪夷所思。

兵凶战危，何侠身份尊贵，潜行至此，越早一刻离开便越好。如今强弱悬殊，镇北王的人马又挂了白旗，将白娉婷生擒过来就好，何必冒险等上这两天？

谁会答应这样的条件？

何侠却豪气顿生，点头应道："好，初六一过，我来接你。"

楚漠然见他转身离去，毫不犹豫，身边众护卫沿途保护，弓箭手缓缓呈扇形后退，箭头仍直指别院方向。

看他们渐渐退入林中，依稀没了踪迹，才觉按着剑柄的手心全是冷汗。

茫茫雪地，空荡萧瑟。

娉婷仍伫立在那，凝视何侠消失的方向。

"白姑娘？"楚漠然凑前一步，低声喊道。

娉婷转过头来，脸色晶莹得将近透明，咧唇挤出一丝惨笑："十五年情分，换来两天时间。"并不挪动脚步，只是抬头，痴痴看着东边，轻声问，"看他的意思，王爷绝不可能在初六前赶回来。你觉得如何？"

楚漠然踌躇道："何侠如此有把握，应该是因为有大王在都城相助。这样的话，恐怕……"

"王爷何等人物，他执意要回来，又怎会有人拦得住？"娉婷语气笃定，低声道，"他若心里有我，初六之前，一定会赶回来。"

一定会回来。

醉酒美人、强权利刃，都拦不住他。

只要记得我们的约定，就一定会在初六过去之前，赶回来与我相会。

醉菊陪着红蔷在院子里，心里七上八下。远远瞧见大门上白旗高挂，搂着被吓得脸色如白纸般的红蔷轻轻安抚了一下，警戒地探听四方声响。

可一丝杀声也没有。

似乎连风都被吓住了，不敢发出嚣声。

等到心弦都快绷断时，才看见楚漠然随着娉婷走了回来。娉婷脸上白得晶莹，逸着一丝浓得似墨的倦意，肩上的披风却已不是出去时的纯白色，换成上好的深色貂毛。

识趣地默默跟了进去，见娉婷一言不发，醉菊也不多问。端来热茶让娉婷用了，让她舒服地睡下，这才对也一直不作声的楚漠然使个眼色，掀开帘子走到屋外。

"怎么回事？我竟看见了白旗在飘。"醉菊身份特殊，与楚漠然交情又深，开门见山便问。

楚漠然皱着眉，将事情一五一十道来。

事情发展得让人措手不及，但白娉婷偏偏在最不可能的时候，争取到了两天的时间。

醉菊听到何侠一口答应，眼睛骤亮，长长呼出一口气，悠然叹道："怪不得人说，归乐的小敬安王是当世唯一能与我们王爷相提并论的人物。这般胸襟气度，怎不教云常公主神魂颠倒，双手奉上云常大权？"

此计，只有白娉婷能使；此约，也只有何侠会答应。

除了他们二人，换了世间任何一人，也无法出现这种不可能的局面。

楚漠然忧心忡忡，皱眉道："白姑娘笃定得很，说王爷定会赶回来。但万一王爷正被那边拖住了，又怎么办？以何侠手上筹码，我们这些人手纵然拼了性命，也不可能带着白姑娘冲杀出去。"

醉菊沉默了半晌，方道："就算可以带白姑娘冲杀出去，白姑娘也不会随我们走的。何侠冒上大险成全她这个心愿，她又怎是违背誓言之人？再说……"她紧紧抿唇，盯着自己的绣花鞋瞅了半天，才幽幽道，"若王爷真的将她看得轻了，不赶回来，她又为何要留在这里？"

两人暗暗嗟叹。

那风流飘逸、玲珑剔透的白娉婷，不是常人。

她能吃百倍的苦，却容不得伤心。

# 第二十八章

楚漠然道："虽说何侠许诺初六前不会动兵，但还是不能大意。我去将别院的防御布置再做一些调整才行。"

醉菊点了点头，见楚漠然转身离去，忽想起一事，轻轻唤了一声，却欲言又止，还是没有叫住他，让他走了。

回到屋里，见红蔷正坐在小椅上打盹。红蔷心思最浅，先前受了不少惊吓，见娉婷和楚漠然平安回来，只道危机已过，听见帘子的声响，微微睁开眼睛，瞧见是醉菊回来了，将指尖轻轻放在唇边。

"嘘……"指指里屋，闭上眼，将双掌合拢了贴在一边脸侧，稍稍歪着脖子，做出睡着的姿势。

醉菊回了她一个明白的眼色，蹑手蹑脚走到里屋，悄悄探头。

娉婷躺在床上，闭着眼睛，看来是睡了。长发披散开来，一小束沿着床边柔柔垂下。身子盖着厚厚的被子，可窗还是开着的，呼呼地透进冷风。

醉菊低声道："这么个坏习惯总是不改。"轻手轻脚走到床边，小心翼翼地伸手，还没碰到窗子，忽然听见低低的声音传来。

"别关，吹着风，脑子清爽一点。"

醉菊低头一瞧，娉婷已经睁开了眼睛。眸子澄清透亮，哪有一点睡意？

"关了吧，万一着凉了可不是好玩的。"醉菊坚决地关了窗子，转身在床边坐下，探手入被，摸到娉婷纤柔的手腕，探出两指按在脉上，静心听了一会儿，浅笑道，"还好。"

醉菊将手收了回来，又压低声音道："我都听漠然讲了。真不知该说什么好。"

娉婷露出一个温柔的笑容，反问："难道连你也担心王爷赶不回来？"

醉菊用眼瞅着娉婷。

她跟着师傅治病救人，达官贵人是司空见惯的，与东林高门大户的千金小姐，甚至是王宫中的娘娘妃子，都有一两分交情，却从没见过白娉婷这样的人物，这般

的聪颖、洒脱、孤傲，竟是浸在骨子里面的。敬安王府究竟是何等所在？不但有一个风流倜傥、仗剑逍遥的何侠，还能养出白娉婷这样的人物。

娉婷见醉菊不语，便也拿眼睛轻轻瞅她。

两双透亮眸子默默看着对方，似在揣度对方心意，又似自顾自地若有所思。

红蔷正巧进来，见两人痴痴对看着，诧道："原来没睡呢，害我不敢动作太大，怕惊醒白姑娘。你们互相盯着瞧什么呢，难道脸上长了朵花出来不成？"

醉菊收了目光，转身向着红蔷，笑骂道："就你聒噪，人家静静想一会儿事，偏被你搅和了。"

娉婷也看向红蔷，问："你进来干什么？"

"看看这天……"红蔷指指外头，"刚才见姑娘睡了，也不敢问。你们难道肚子不饿？"

醉菊探头往外看了看："也对，怪不得觉得饿了呢。心悬了一天，居然将饮食大事忘了。"

"饭菜已经做好了，我去端来。"红蔷走了出去。

厨房里的大娘们虽也惊魂不定地过了一天，但手艺还是极好。

数层的食盒送上来，依旧是两荤两素，伴着几碟小菜。

娉婷向来食量不大，今日耗费了心神，更无食欲，有一点没一点地挑了几箸。醉菊见她要将手里的筷子放下，忙道："至少也要把热汤和碗里的饭吃完。"

连夹了几筷子的荤菜放在娉婷碗里，用眼睛瞥她。

娉婷毫无胃口，瞧见醉菊凶凶的眼色，悄悄伸手抚了抚小腹，默默将碗里的饭菜都咽了下去。

醉菊这才满意地笑了起来。

饭后，醉菊和红蔷七手八脚地收拾了食盒。

醉菊道："让我去吧。"留了红蔷陪伴娉婷，提着沉甸甸的食盒出了院子，刚巧碰见厨房的大娘迎面过来。

"醉菊姑娘，天冷，用不着亲自送回来，我们老婆子去拿就行。"大娘见了醉菊，停了脚步。

醉菊将食盒递给她，又从袖子里掏出一样东西："不光为了送这个，我还有明天的膳谱要给你们。按着方子上面的做，里面加了几味药材，都选上好的放。记住，分量可别弄错了。"

镇北王府里的人再不济也识得两个字，大娘就着月光看了那膳谱，啧啧道："好细致的活儿。辛苦了醉菊姑娘，连吃个饭也要花这般心思，怪不得白姑娘最近脸色红润了不少。只是……"大娘语气一转，面有难色，"这上面的当归，前几天给白姑娘炖枣子，厨房里刚巧用完了。芍药花瓣，厨房里本来就不存的。老山紫参倒是还有一些。"

醉菊道："这不能耽搁，我又不能和你说明白，反正快去采买一些，按照我的方子做就好。"

"哎呀呀，姑娘你也糊涂了，这光景，别院里面谁出得去？大门被亲卫们守得比都城的城门还紧。"

醉菊这才想起外面围了兵，拍额道："我真是糊涂了。说起这个，厨房里的东西可以撑到初六吗？"

"大米常年存着许多，不怕会饿死人。但菜不够，后面虽然有小菜园子，养了一些鸡鸭，但姑娘想想，这别院里面多少人，女孩也就算了，食量小。那些亲卫们牛高马大，没有大碗的荤菜，受得了吗？我看荤菜顶多撑一天。"大娘左右瞧瞧，凑近了点，压低声音道，"猪肉都是三天一送的，前两天送上来的这顿已经吃完了，明天是一丝猪肉星儿都没有啦。鱼也没有新鲜的，鸡鸭先顶着吧。楚将军说这是小事，不许让白姑娘知道了心烦。我告诉你，你可别漏了口风。"

醉菊点头道："我和你一道到厨房去，瞧瞧还剩些什么。将就着材料再写个膳谱。大娘，可要叮嘱他们按着我的方子做，不管外面围了多少兵，我可只管先把白姑娘的身子料理好。"

"那当然，只要厨房里有东西，就能照你的方子一丝不差地做出来。"

两人在雪地里慢慢走向厨房。月亮出来了，却不及前几天的亮，淡黄的光朦朦胧胧，脚踩在薄薄的雪层上，雪片碎开，嘎吱嘎吱地响。

刚到厨房门口，忽有动静传来。

"怎么？"醉菊惊惶地低呼一声，看着别院大门上空的红光，似乎有许多火把正在门外凶猛地吐着火焰。

厚重的大门在深夜里推开的声音，远远传来，虽然单调，却有一种沉重的危险感。

大娘抬头看着半空中的火光，颤着嘴唇："老天爷，该不是打进来了吧？"

醉菊不作声，大着胆子绕出厨房所在的院子，从侧边走过去就是通到别院大门的路。她轻轻靠过去，躲在墙后看，瞧见大门外站了一排手持火把的人。这个时候，能到别院门前的除了何侠的人，再没有其他人。

不一会儿，大门缓缓关上，将火光遮挡在外面，只能从墙头看见那些光的余晕。

醉菊瞧见楚漠然带着两名亲卫推着一辆车戒备森严地过来，从墙后闪身出来。

"谁？"楚漠然低喝，身边两名亲卫的剑已经锵地抽了出来。

"是我。"

楚漠然松了一口气，责怪道："半夜三更的，你不陪着白姑娘，跑出来干什么？还嫌这里不够乱吗？"

两名亲卫看清楚来人是醉菊，便将剑收了回去。

"我本要去厨房的，听见动静就过来了。那些人来干什么？"

"送东西。"

"送东西？"

"鲜肉鲜鱼，各色干果。我已经验过了，里面只有菜，没藏人或兵器。"楚漠然苦笑，指指后面那满满一车的东西，"你来得正好，这些东西弄回厨房后，你每一样都亲自用针检验一下，看看是否有古怪。"

醉菊瞥那满满的车子一眼，不禁叹道："何侠的确是个人物，他应该不会用这般下作手段。不过我还是会好好验的。"

两名亲卫帮醉菊将车推到厨房，将货物卸下来清算一下，除了猪肉牛肉鲜鱼等寻常荤菜外，竟还有不少稀罕东西。

几坛子由归乐厨子制的正宗归乐小菜、上好的通晋鱼干、北漠的御用美食卤珍，还有一碟内软外酥的点心。

厨房几位大娘在一旁看醉菊用针逐样检验，瞧见那一碟点心小巧玲珑，做法几近巧夺天工，啧啧称叹："都说归乐的点心做得好，单这外相就已经不简单了。"

另外还有一个镏金盒子，外面用几层丝绸包裹着，放在车子最下面。醉菊一层层解开，里面不是食物，却是女子用的各色小东西。

有一个蚌壳，里面装着上好的润手膏药。一面带了小柄的铜镜子。一把整块翡翠琢磨成的梳子。十几颗极小的五光十色的鹅卵石铺在盒子下，薄薄一层，上面托着这三样东西，看得醉菊目不转睛，又叹又赞。

验过所有东西，天色已经快亮了。醉菊累得腰酸背痛，对厨房大娘道："这些都是好的，尽管吃吧。何侠竟是个人精，连女人滋补用的当归也送了一些上好的过来。方子不用改了，就照我昨晚给你的做吧。"

"但芍药花瓣还没有呢。"

"没有就算了，不加就是。芍药花瓣还好，当归是最重要的。"醉菊答着，困倦地揉揉肩膀，一手拿了镏金盒子，一路走回小院。

红蔷已经起来了，正在院中的雪地上伸懒腰，见了醉菊，问："怎么一个晚上没见你？姑娘睡之前，还问你去厨房为何去了这么久呢。"

"她呢？"

"还睡着。"红蔷的下巴朝房门扬扬，"昨晚我陪她在屋里睡，就听她一个晚上翻来覆去地转身，想是睡得不好。哎，我听亲卫们说，外面还围着兵。昨天白姑娘和楚将军出去，他们不是退了吗？怎么又有了个初六之约？要是初六王爷不回来，那可怎么办？"

醉菊沉声道："你要管也管不了，不要问的好。"

红蔷只道往常开惯玩笑的亲卫们吓吓她，这才知道危机未过，脸都白了。

醉菊知道真实情况比红蔷目前知道的更糟，不愿多说，拍拍她的肩膀，径自跨上台阶，进了房门。

娉婷其实早已醒了，将被子踢到一边，肩上披了一件淡紫的小棉袄，懒懒地跪坐在床上，侧着头，用尖尖的五指梳理垂下的长发。见醉菊拿着镏金盒子进来，瞅了一眼："那是什么？"

醉菊知她心里不安宁，想逗她说话，将镏金盒子往床头一摆，促狭笑道："你猜。要猜到了，那我可真服了你。"

娉婷扫那盒子一眼，淡淡地将目光移到一旁："又是叫人心烦意乱的东西……"叹了叹，也不理会醉菊，亲自动手开了。

细细瞧了里面摆放的三件东西，拿起那梳子，直盯着它出神，幽幽道："这是我以前在敬安王府里常用的。"

放下梳子，也不碰其他两样，用手抓了一把小鹅卵石，一颗颗数着，又轻轻放回原处，直到白皙的手掌空了。娉婷苦笑道："我用十五年的情分诋他，他用十五年的情分诱我。"一把关了盒子，就下了床。

用热水洗漱过后，醉菊过来为她梳头，将柔软的青丝握在手中，用心绾了个端庄的牡丹髻，见铜镜反射出的脸不喜不忧，仿佛蒙了一层薄薄的雾，看不出她心里在想什么。

"姑娘……怎么不说话？"

娉婷沉默着，半天才回道："我好累。"

醉菊道："觉得累就再睡一会儿吧，反正也没什么事。我叫厨房今天熬红豆粥，炉上炖着，你一醒再叫她们端过来。"

娉婷摇摇头。

醉菊刚放下梳子，娉婷对着铜镜看了看，便站了起来，掀帘子出了门。醉菊连忙跟了出去，见娉婷进了侧屋，不一会儿就端着昨日要埋的梅花花瓣坛子出来。

"让我来端。"

娉婷侧身让过醉菊的双手，仍是摇了摇头，默默端着坛子走下阶梯，走到昨日红蔷扫净雪的角落。过了一夜，那里又多了一层薄霜。

娉婷放下坛子，拿扫帚亲自扫了一遍，又去取铲子。

醉菊见她那模样，不声不响的，倒觉得有些怕了，不敢轻易作声，只好站在旁

边看，叮嘱道："小心，别闪着腰。"

婷婷也不蛮来，用铲子一点一点挖着，最靠近地面的土是冻得最结实的，上面一层去后，下面越来越松软，好挖了许多。

好半天，一个小坑渐渐成形，婷婷额头上已铺了密密一层细珠，两颊多了几分血色。

她也不急，放下铲子，静静歇了一会儿，待呼吸平缓了，才端起一旁的坛子，在土坑正中端端正正放了，左瞅右瞅了半晌，似乎才感到满意，也不嫌脏，亲自用手捧了泥，将坛子重新埋起来。

做好这件事后，婷婷长长呼出一口气，抬起头来，对站在旁边的醉菊嫣然一笑："只差在上面烧火熏了。"

眸子黑白分明，笑意在瞳中浪花般轻涌，温柔四溅。

醉菊不知为何，竟心里一顿，鼻头酸气直冒，几乎失声哭了出来，连忙转身揉揉眼睛，打着精神应道："好，我这就去拿柴火。"

从厨房里弄了干柴，唤来红蔷，将柴堆在填平的新土上面，引了火种。不一会儿，干柴燃烧时剥离的噼里啪啦声响起，红红火光在雪中摇曳，映得三人脸颊殷红一片，暖烘烘的。

婷婷出了一身汗，精神仿佛好了许多，柔柔地望着火光，又忽道："横竖已经生了火，可不要干站着。问厨房要一些肉和盐来，我们烤肉吃吧。"

红蔷虽为外面的围兵心惊胆战，但也明白苦中作乐的道理，应道："我去拿吧。"

不一会儿，双手提着一个重重的篮子，嘎吱嘎吱地踩着雪回来了。

"猪里脊，鸡翅膀，洗干净的鸭腿，两条去了肠和头的晋鱼，不知道姑娘爱烤什么，我叫厨房的大娘都准备了一点。"红蔷放下篮子，在雪地上铺了一块大蓝布，一样样放出来，"盐和五香粉也带过来了。大娘们还说，单吃烤的太干了，厨房有熬好的汤，一会儿就给我们送过来。"

婷婷鼓掌道："好红蔷，想得周到，若我是将军，怎么也封你一个后勤将官。"她坐在石凳上，肩上已经多了一件厚披肩，是醉菊生怕她着凉，趁红蔷去厨房的时候回屋里取出来的。

红蔷见婷婷笑意盈盈，不禁也心怀放开了点，笑道："还不只这些。大娘们说，烤肉可不能用手拿着烤，要有东西串着，我就又取了几条细铁条过来。"一边低头掏，果然从篮子最下面掏出几条细铁条，洗得干干净净，一端还缠了纱布。

各色齐备，三人围着火堆坐下，齐齐享受这冬日的烧烤。

手持细铁条，将肉片或者鱼串在上面，放到火堆上方，就着红色的火焰慢慢烤着，又新鲜又有趣，倒真的越玩越有兴致。

"我爹爹是猎户，小时候带我上山打猎，也这样玩过几次。"红蔷看起来真的挺有经验，旋转着手中的细铁条，又叹道，"进了镇北王府之后，就再没有这样的时候了。"

"怎么进了王府呢？王爷买了你？"

红蔷连连摇头："镇北王府还用得着买人？吃喝不愁，少挨打，主子又是咱们王爷，多少人挤破了脑袋想进来。若跟着我爹，打到东西的时候吃个半饱，打不到东西就饿上一顿，过得更苦。我算命好，总算挤了进来，还能不时有点东西央人带出去给我爹。"

醉菊还是第一次听红蔷说起这些，不禁问："你到了这偏僻地方，不想念你爹吗？"

"怎么不想？可惜想也没用，我爹没福，我进王府才三年他就病死了。王爷离开都城时遣散府中仆役，看我可怜没地方去，又留下了我。"

醉菊这才明白，为何别院中年轻侍女少，大娘倒极多，看来都是王府里的老人，遣散了也没地方去。

她烤的是鸭腿，肉厚，很不易熟，只能耐心地耗着，目光落到娉婷身上，又叮嘱道："这火红得晃眼，吃烤食会上火的，对身体不好。"

娉婷手中的鱼正巧熟了，她心思细密，虽是第一次亲手做这个，却烤得金黄酥香，恰到好处，听了醉菊的话，将鱼从细铁条上小心取下来，放在碟子里，递了过来："既然这样，我可不吃了，就烤给你们吃吧。"

红蔷正眼馋那鱼，欢呼一声，将手中的细铁条递给醉菊："帮我拿一下。"便接过盛着香喷喷烤鱼的碟子。

醉菊见她处处为胎儿着想，朝她赞赏地笑了笑，安慰道："你虽不能吃这个，还是有别的口福的。我嘱咐大娘们今日为你准备当归红枣焖猪蹄呢。"

正说着，大娘已经提着盒子进了小院，见她们兴致勃勃玩得别致，笑道："小心手，被铁条戳了可疼呢，我在厨房挨过好几次呢。"一边在大蓝布上开了食盒，给三人每人端上一碗汤。醉菊和红蔷的是热腾腾的排骨笋丝汤，给娉婷的果然是当归红枣焖猪蹄。

娉婷拿着勺子，一边看她们两人吃烤食，一边慢慢吃完了自己碗中的东西，微微笑着。

闹了大半个时辰，都吃得尽兴了，柴也快烧到尽头了，三人才站起来，用水浇灭了火。

红蔷问："坛子拿出来吗？"

"不必了，焖在土里味道更好点，等王爷回来再取。"

这么过了一个上午，下面的时光便好挨了许多。在屋里和醉菊红蕾闲聊一阵，娉婷便去小憩，一觉睡了将近三个时辰，醒来时，天已经黑了。

她蒙蒙眬眬地爬起来，推开窗子，晚风不大，云层却很厚，竟瞧不见月亮在哪。

"醉菊？醉菊？"她急着唤了两声。

醉菊从屋外走进来："醒了？"

"现在是什么时辰？月过了中天没有？已经初六了吗？"

醉菊一愣，慢慢踱过来，坐在床头，答道："白姑娘，天才黑了不久，现在还是初五呢。"

娉婷听她这么说，焦虑之色稍去，缓缓"哦"了一声，仿佛全身都松了劲，向后倾，将背靠在枕上，斜斜躺了。

醉菊又问："厨房已经送过晚饭来了，我见你难得睡得香甜，叫红蕾不要吵你，先在侧屋的小炉上煨着。既然醒了，就吃一点吧。"

娉婷若有所思，醉菊连问了两次，她才摇头拒绝，想了想，又点点头："拿过来吧，我吃点。"

红蕾将热饭热菜端过来。

娉婷勉强吞了半碗，蹙眉道："我实在吃不下了。"放了筷子。

醉菊见她这个模样是真的吃不下去，知道劝也无用，柔声道："不吃就算了。"

红蕾收拾好饭菜，和醉菊一道出了屋，在门口站住脚，奇道："上午还好好的，有说有笑，像什么都忘了，怎么睡了一觉起来，又变了一副样子？看来太聪明也不行，脾气古里古怪的。"

醉菊忙要她噤声，压低声音数落道："你知道什么？换了你是她，恐怕早就疯了。"

红蕾吐吐舌头，进了侧屋。

醉菊一人站在门外，看院前一片黯淡的雪地。冷风缓缓挤进脖子里，倒有点像娉婷常说的，爽快多了。心烦的何止娉婷一人，她心里也是被猫挠似的。

最可恨的是，面前还有另一道危险的深渊，横在她面前。

四国纷争越演越烈，前几年是东林大军侵犯归乐、北漠，现在轮到云常、北漠联军侵犯东林。

打打杀杀，无休无止。

每个明白局势的人，就连昏庸的纨绔子弟，都有朝不保夕的感觉。

她师傅霍雨楠本就出身贵族，穿梭于东林上层阶级，对于这些，更是看得透彻明白。

谁也不敢保证自己的国家不会一朝被敌国重兵压境，家园不会被烧成灰烬。

国就是家。有国，才有家。

谁不是这样呢？

醉菊深深叹了一声，胸中闷得几乎发疼，一咬牙，索性解开皮袄的衣襟，让冷风呼呼往里面灌，直到心中熔岩似的翻腾都变得冷凝下来，连打了三四个哆嗦，才扣好衣襟，从侧屋端了热茶给娉婷，安抚她睡下。

夜里她还是睡在娉婷屋内的另一张小床上。

半夜忽然听见声响，醉菊坐起来揉揉眼睛，见娉婷已醒了坐在床上。

"白姑娘，你怎么又醒了？"醉菊下了床，走到娉婷身边，轻问。

娉婷正默默对着窗外的天，怔怔看着，道："月亮出来了。"

醉菊顺着她的目光往天上瞧，月亮不知什么时候出来了，却很黯淡，无精打采的样子。

仔细瞧瞧位置，已过了中天。

月过中天。初六到了……

醉菊心中一沉，温言道："还有一整天，王爷正赶回来呢。"

娉婷声音平静无波："他现在一定在马上，很累很累，嗓子又渴又沙，一身的风尘，肩膀上面还积着雪片。"

醉菊只觉得她的声音仿佛是从天边悠悠传过来的，像幽谷中被拨动的琴弦，颤音一起，满树的花都簌然落下。低头看她的神色，又看不出端倪。

为娉婷掖好被子，陪她一道坐在床头，慢慢看月亮移动。看了一个多时辰，醉菊柔声哄道："睡吧。"

娉婷顺从地躺下，闭上眼睛。醉菊舒了一口气，下床要回去自己的小床，眼角余光忽又瞥到她睁开了眼。

"怎么？"

娉婷瞅瞅醉菊，失笑道："没什么。"复又乖巧地闭上眼睛。

那夜在花府里，楚北捷还只当她是花小姐的哑巴侍女，见她病了，似乎也是这么一句"睡吧"。

这人随心所欲，也不在乎世间礼俗，彼此还不熟悉，就拦腰抱了她，进她的小屋，将她放在床上，还笨手笨脚地帮她盖上被子。

那句硬邦邦的"睡吧"，活像将军在命令士兵似的，如今想来，却让人怅然泪下。

他会回来，一定会回来。

纤细的手指，在被下攥成坚强的拳。

若这般深爱，都不过如是，纵使温柔似水，可以活生生炼化了离魂神威二剑，又有何用？

月，已过中天。初六，到了。

楚北捷在狂奔。

凌晨的北风，在耳边呼啸。

他有过无数次策马狂奔的经历，胯下的骏马放开四蹄，纵情驰骋，让风猎猎地灌满他的披风，让河流臣服在他的脚下，让山峦也不由得侧目于他的身影。

奔驰，是一种壮烈的快意。

但此时，他再也感受不到这种快意。

呼啸的风迎面吹着，他不畏惧脸上刀割似的痛楚，但冷风拉扯撕裂的，还有他的心。被焦灼的火煎烤着的心，悬在半空。

雅静的隐居别院，在目不可及处。那股淡淡幽幽的梅香，却萦绕在心尖。

楚北捷深深知道王兄的性情，只看王兄费尽心血，不择手段将他拖延在都城，就可知另一处对付隐居别院的手段，一定是雷霆万钧。

娉婷善于挑琴的玉手，怎能应对东林王的挑战？

她单薄的身影，是否正迎向白晃晃的利刃？

怎么也搂不够的纤柔身子，怎么也瞧不够的清秀小脸，怎么也听不够的婉转歌声……这般堪怜的人儿，为何偏偏有人不肯高抬贵手，轻轻放过？

她已归隐。

她已不理外事。

她已哀哀切切，伤了又伤，只盼忘记旧事，做一个知足的小女人。

做他楚北捷的女人。

"娉婷并不贪心，只是希望在王爷领兵赶赴战场之前，回来见娉婷一面。娉婷要在王爷生辰那天，和王爷说一件很重要的事。"

这，是一个多简单的心愿。

寻常的男人也能轻易答应的心愿。

而他不是寻常百姓，他是楚北捷，东林的镇北王。

楚北捷举鞭，疯狂地策马，眼中血丝密布。风不留余地地往他前襟里灌，仍吹不熄他心中那团火。

两旁积着混了泥土的脏雪，中间大道笔直向前伸延，似乎无止无尽。

这归家的路，前所未有地漫长。

楚北捷在驰骋中举目，遥遥看着前方。

望断云深处，娉婷安在否？

不见娉婷的丽容，眼帘里跳出的却是远处隐隐约约的一面旗帜。前方的队伍也在策马前进，迎面而来。楚北捷极目凝视，那旗帜随风展开，赫然一个熟悉的"牟"字。

楚北捷心口重重一顿，举鞭挥向已经口吐白沫的骏马，冲到迎面的队伍前面，猛然勒马，喝道："臣牟何在？"他已多时未曾饮水，声音嘶哑难听。

臣牟骤见楚北捷，连忙从队中出来，翻身下马拜道："王爷，臣牟在此！"

"你管着龙虎大营，竟敢擅离职守？"

臣牟答道："小将是接到大王的调令，五天前到洛盟向富琅王禀报营中要务，见过了富琅王，现在回都城拜见大王。"

"龙虎大营现在由谁掌管？"

"奉王令，由富琅王麾下封闽将军暂时接管。"

封闽将军听令于富琅王，娉婷纵使有神威宝剑在手，以她现在的身份，也调动不了龙虎大营。

东林王对付他这亲弟，竟算无遗策。

楚北捷气极攻心，眼前一阵天旋地转。

求救无门的娉婷，唯一的希望只有他了。

以娉婷的聪慧，既有初六之约，一定会尽最大努力拖延敌人，直至他回到别院。

等我，一定要等我！

楚北捷双掌尽是血泡，却浑然不觉得疼，猛然抓紧缰绳，坐直身躯。

臣牟随他出入沙场多年，见他这模样，知道他已马上驰行多时，双手递上自己的水袋："王爷喝口水吧。王爷是否赶着奔赴战场？这样急行，士兵和骏马都受不了啊。"

楚北捷接过水袋，仰天咕噜咕噜喝个精光，回头去看身后已经紧跟着他奔驰了整整一天两夜的三千精锐。

自出都城后，他们一路快马加鞭，根本没有休息过，个个筋疲力尽，手掌被缰绳磨出血痕，途中已有几十人熬不住，从马上栽了下来。

他带兵多年，从不曾如此不爱惜兵士。

楚北捷心中沉重，回过头来，问臣牟道："你带了多少人？"

"不多，一千七百人，都是小将手下的精锐。"

"都交给我。"楚北捷掏出怀里虎符，往半空一举，大喝道，"本王统领全国兵马，众将士听令！三千御城精锐骑兵，若有熬不住的，马匹快不行的，都随臣牟回去。臣牟麾下一千七百人现在尽归本王指挥，立即随本王——走！"翻身下马，跃上臣牟神采奕奕的坐骑，沉声道，"你的马借我。"

"王爷这是急着去哪里？"

"初六月满中天之前，本王一定要赶回隐居别院。"

臣牟愕然道："此刻已是初六，十个时辰，怎么可能赶得回去？"

楚北捷恍若未闻，一勒缰绳，骏马长嘶，狂奔而去。

臣牟不知具体发生何事，但已知情况紧急。看楚北捷背影倏忽间已远，猛一咬牙，拦下副官坐骑。

"我随王爷前去，你带领倦兵先回都城。把马给我。"

臣牟翻身上马，毅然抽鞭，跟在滚滚骑兵后面，追了上去。

黄土大道，被踏起满天烟尘。

初六。

娉婷，我的生辰，已经到了。


别院被令人透不过气来的沉默笼罩着。

外面山林依旧白雪丛丛，月儿已悄悄退隐，太阳从云后露出一点点沉沉的光，毫无生气。

雪花，又飘下来了。

纷纷扬扬，细小的雪末儿，在风中无助地盘旋战栗。

一道清越的琴音，却穿透雪花弥漫的朦胧，越过高墙，如白虹贯日，直击苍穹。

娉婷抚琴。

初六已到，别院外的围兵，握剑的手是否又紧了一圈？

初六，那背影像山一样，笑声总是豪迈爽朗的人，就是在这样的雪天，降生。

他受着老天的宠爱。

老天给他显赫的身世、健壮的身体、直挺的鼻梁、炯炯有神的黑色眸子、与生俱来的威严和自信。

老天造就一个稀世难逢的楚北捷，让她情不自禁，失魂落魄，俯首称臣。

初六，就在今天。

娉婷挑指，勾弦。

她与琴有不解之缘，琴是她的声、她的音。

只有将双手轻轻按在这几根细细的弦上，她才能将快使她窒息的患得患失抛诸脑后，闭上眼睛，无忧无虑地，浸在满腔的回忆里。

往事历历在目，她记得清楚。

仿佛当日隔帘一瞥，心动仍在。

仿佛又回到羊肠狭道，楚北捷好整以暇，蹄声步步紧逼，被他拦腰强抱入怀。那胸膛火热滚烫，强壮的心跳声怦怦入耳。

仿佛他从不曾离去，依然端着汤碗，笨拙地亲手喂她，哄她入睡，陪她观星赏月，一脸甘之若饴。

恩恩怨怨，甜蜜如斯，心碎如斯。

他怎会不爱她？

他怎会不守诺言，忘了此约？

他怎会为了那些流不尽英雄血的家国事，狠心舍了她？

北捷，娉婷若是你心中最重的人，那天下之大，还有什么可以阻拦你回来的脚步？

我埋了一坛素香半韵，在此等你。

醉菊垂手站在一边，静静凝视娉婷抚琴的背影。那背影瘦弱，腰杆却挺得很直，仿佛在薄薄的血肉之下，撑着身体的是钢一样的骨架。

醉菊侧耳倾听。

琴声如泣如诉，宛如一幕幕往事铺陈开来，即使未曾亲身经历，也已让旁人魂断神伤。

只是这冷冰冰的乱世，又何必孕育出这般澄清的音色。

国重，还是情重？

要保全这份举世难逢的爱情，还是保全自己的祖国？

思及心底一直不敢触碰的心事，那根冥冥中早悬在半空的针，又重重刺进五脏六腑，让醉菊痛不欲生。

人非草木，孰能无情。

细细琴弦，成了绞杀心脏的利器，折磨得她冷汗潺潺，鲜血淋淋。

再也忍受不住无孔不入的清越琴声，醉菊跨前一步，强自按捺着心潮起伏，轻声道："姑娘，该停停了。午饭已经送过来好一会儿了。"

娉婷将手往琴弦上定定一按，琴声骤然停止。她抬头，眸子亮晶晶的，看看醉菊。

"不管怎样，总要吃点东西。"醉菊避过她的目光，扶她起来。

红蔷手脚麻利地在桌上摆开饭菜。

娉婷扫了一眼，目光停住。饭桌上，赫然有一碟色香与平日截然不同的归乐小菜。她在桌旁徐徐坐下，用筷子夹了一筷，放到眼下看了看，又将筷子放下。

"这是何侠亲手制的归乐小菜。"娉婷沉默良久，方开口道，"可见他决心之大。"

深重的危险感，毫无阻隔地直压心脏。

红蔷被这沉默的气氛闷得几乎无法喘息，斗胆应道："虽然带兵围了别院，但看小敬安王的种种所为，到底还是念着姑娘的旧情。就算……"衣角忽然被醉菊悄悄扯了两下，惊觉起来，立即闭了嘴。

娉婷却没有怪她，唇角逸出一个苦笑："又有几分是真念着旧情？"

白娉婷的归属，恐怕任何人何侠都可以安心接受，只除了一个——楚北捷。

天下能让何侠忌惮的，只有一个楚北捷。

天下能让何侠嫉妒的，也只有一个楚北捷。

无处不是战场，宿敌之间的较量，又怎会只仅仅限于硝烟弥漫的沙场？

屋外雪花纷飞，随着门帘的摆动，偶尔撞入温暖的屋中，心甘情愿化为冬泪。

日头过了正中，影子微微东斜。

初六，已过了一半。

十二个时辰，只余一半。

# 第二十九章

何侠在山林高处，负手西望。

风雪茫茫中，眼底下死寂般的别院深处，藏着娉婷。

他十五年的侍女、玩伴、知音，陪他读书，看他练剑，鼓着掌叫好的娉婷。

十五年，谁能轻易割舍？从软软小小的幼儿，到亭亭玉立的闺秀，归乐双琴之一，敬安王府的白娉婷，像一朵含苞待放的幽谷之花。

多少人窥视，多少人赞叹。

他静静守着她，疼她宠她，带她游四方，上沙场，看金戈铁马，风舞狂沙。

她本该是他的，于情于理，都是他的。

但他从不曾想过强留。

他的娉婷，是一只有着彩色翅膀的凤凰，等着一个顶天立地的男人，将她的手接过，从此夫唱妇随，遂她的心愿，逍遥天涯。

没有谁比何侠更清楚，白娉婷的心，在万丈悬崖之上。

但轻易夺了她的心的人，却是楚北捷。

可以是任何人，只不该是楚北捷，这命里注定的宿敌。

要他怎么想象，他的娉婷，会偎依在楚北捷身边，陪着他看星赏月，陪着他谈天说地，为他歌唱，为他抚琴？

要他如何接受，他为着心底深处那片温柔而忍受的离别，而舍弃的娉婷，竟便宜了楚北捷？

迎风处雪花扑面。

天快黑了，今日，已是初六。

"少爷？"冬灼走上高处，在何侠身后一丈处，垂手止步。

"冬灼，你的声音，既悲且沉。"何侠沉声问，"你觉得楚北捷能赶回来？"

"不。"

"你难道在为楚北捷赶不回来而苦恼？"

冬灼摇头，欲言又止，好半天才猛然抬头道："请少爷现在就下令进攻吧。别院防御人手如此之少，以少爷的本事，要活擒娉婷，让她随我们回去，并不困难。等她回来了，我们自然可以好好劝她回心转意。"

何侠没有回答。他的背影，在西沉的落日下，显得那么冷硬。

"少爷，你们从小一起长大，你就一点也不可怜她？"

冬灼凝视着何侠的背影，胸中涌起难以压抑的痛楚，扑前跪倒，仰头哭求道："少爷，你明知道楚北捷赶不回来了，何苦要让娉婷心碎？"

何侠乌黑的双眸，骤然深沉，深埋的扭曲的痛苦被毫不留情地翻起，绝然的光芒一掠而过。

"我不仅要让她心碎……"何侠眼底，印出黑暗中别院逸出的点点灯火，咬牙道，"我还要让她对楚北捷，心死。"

夜幕降临之后，别院更加寂静。

即使是郊外的坟地，也不会有这般寂静，雪花飞在空中，竟也听不见一丝声响，仿佛眼前不过是幻梦一场，伸手一戳，梦境四散，空空如也。

娉婷凝视东方。

时光无情，一丝一丝，从纤纤指缝中溜走。

她已定定看了很久，连眼睛也没眨一下，仿佛自出生以来，再没有一件事比这重要。

东方，是楚北捷的归路。望不见东去的笔直大路，那被山林隔着，被何侠的兵马隔着，但娉婷却从不曾担心它们会阻拦楚北捷的脚步。

今天是初六。

月已出来，楚北捷，何在？

醉菊悄悄掀开门帘，她也在门口等了很久，久到几乎以为这个初六的夜晚，已经凝固在胸膛。

她走近娉婷，在月光下窥视那秀美端庄的侧脸，一阵急剧的心颤，差点让她站不稳身子。

"白姑娘……"

娉婷转过头，对着她，柔柔一笑。这个时候，如此从容的笑，竟比失控的哭泣，更让人心痛。

但那一件事，已到了不得不说的地步。

醉菊直直盯着她，不容自己的目光有所犹豫，感觉凛冽的北风涨满了胸膛，冰到已经可以让自己冷静清晰地说出下面一番话，才开口："两位王子去后，大王的膝下已没有王子。如果日后还有娘娘能为大王生下王子，那是最好，若不然，王爷，日后就会成为我东林之主。"

短短几句话，让醉菊胸口剧烈起伏，仿佛唯恐自己意志不坚，不敢稍移目光，牢牢直视娉婷。

"说下去。"娉婷淡淡道。

"万一姑娘腹中的是个男孩，他将是王爷的长子。"

"醉菊……"娉婷的眸子终于认真地落到她脸上，"你想说什么？"

醉菊微滞，低头思索片刻，猛地一咬下唇，血腥味从齿间溢满口中，沉声道："姑娘心里也很清楚，这孩子的身份对东林将是多么重要。何侠手段何等厉害，姑娘绝不能怀着王爷的骨肉落到何侠手中。"此话斩钉截铁，说得毫无余地。醉菊向后一转，捧起放在桌上的一碗尚带余温的药，端到娉婷面前。

娉婷目光触到那黑黢黢的药汁，下意识向后退了一步。

"姑娘，胎儿还小，王爷也还未知道。你和王爷都年轻啊。"醉菊捧着药碗，又逼近一步。

娉婷眼前一阵模糊，护着小腹，连连后退，四五步退到墙边，脊梁抵着冷冰冰的墙壁，反而冷静下来，重新站稳了身子，瞅着那药，沉声道："初六未过，王爷一定会回来。"

"要是他赶不回来呢？"

娉婷咬牙，一字一顿道："他一定会回来。"

"要是他真的赶不回来呢？"醉菊硬着心肠，不依不饶。

窒息般的沉默，主宰了一切。

娉婷死死盯着醉菊。

她的指甲刺入掌中，浑然不觉疼。

她的眼睛不再荡漾着温柔的水波，却像一潭深水，渐渐凝固成黑色的冰，坚强而果断的光芒隐隐在其中闪烁。

"他若真过期未归……"娉婷昂起骄傲的白皙颈项，"月过中天，我就喝下它。"

醉菊凝视着娉婷，深深呼出一口气。

她将药碗放在桌上，扑通一声跪下，给娉婷重重磕了三个头，不发一言，起身便掀帘子出门，跌跌撞撞跑入侧屋，一头伏在小床的枕头上，恸哭起来。

楚北捷在黑暗中奔驰，山峦连绵，每一处都在看不清的幽暗处幻化出别院的惨象。

他不敢想象自己赶到的时候，那里将是怎样。

梅花依旧绽放吗？

琴声依旧悠扬吗？

炊烟依旧袅袅吗？

身后，从都城带来的精锐留下一千过于疲惫的士兵，其余两千，连同臣牟带来的一千七百人，共三千七百骑。

蹄声如雷，滚滚铁骑，踏破山河。

缰绳，已被楚北捷掌中磨破的水泡的鲜血染红。

他马上功夫自幼了得，此时已施展了浑身解数，策马狂奔。但居然还是有人骑得比他更快，竟能策马从中途插入他的骑队，与他并肩，迎着呼啸的冷风喝问："可是镇北王楚北捷？"

楚北捷不应，咬牙奔驰。

他知道，这新换的马也已经累了，它虽然还在跑，却已经跑得慢下来。

不管再怎么挥鞭，终究是慢了下来。这让他心急如焚。

"楚王爷，请停一停步，我从北漠来，北漠则尹上将军有一封紧要书信……"

"滚开！"楚北捷低吼。

他心急赶路，唯恐浪费一分一秒，连拔剑的工夫都省了。

那人胯下也是良驹，似乎已寻找楚北捷多时，不肯就此离开，奔驰中迎着冷风，一张口满嘴就被风堵上，只能一边拼命策马，一边大声道："上将军有紧要书信交给王爷。因不知是否赶得及在王爷离开东林都城前交给王爷，唯恐错过，所以写了两封。一封派人秘密送往东林王宫，另一封交给我，命我守候在通往边境的路上交给王爷。"

"滚开！"楚北捷狠狠瞅他一眼，目光却在他胯下良驹上一顿。

"王爷！"那人敢受命潜入东林找楚北捷，怎会怕死，仍不肯放弃，大声道，"只求王爷看看则尹上将军的信，事关白婷婷姑娘……"

话未说完，侧边人影晃动，楚北捷已从半空中换到他的马上，一把拧起他的后领，沉声道："借你马匹一用。"

不料那人是则尹手下最得力的干将，身手不弱，虽被楚北捷制住后领，却倏然横空弹起，避过被掀下马的下场，一手伸入怀中，将一直珍藏的则尹的亲笔信笺递上，快速道："献计毒杀王子的人是何侠，并不是白婷婷。此信是我家上将军亲笔所写，可为白婷婷姑娘洗刷冤情。"

楚北捷容色不变，接了过来，竟看也不看，随手往身后一扔。

"啊！"信使惊叫一声，看着千辛万苦送过来的信消失在漆黑夜色下的滚滚铁骑洪流中，瞪道，"你！"

"清白与否，已不重要。"楚北捷目光毅然，沉声道，"她纵使真的十恶不赦，也还是我的白婷婷。"

沉掌一推，将信使逼得只好跳起，翻身落到路边。

楚北捷得了新马，全力狂奔，速度更快，将身后的大队远远抛离。

疯狂的思念，刻骨的忧心，这种地狱般的煎熬，只会在亲手拥抱了那单薄的身子后，才会停止。

娉婷，娉婷，楚北捷知错了。

聪明的白娉婷，愚蠢的白娉婷，善良的白娉婷，狠毒的白娉婷，都是楚北捷深爱的白娉婷。

此生不渝。


月出来了。

在娉婷的记忆中，从不曾见过这样令人心碎的月光。

温和地照着世间，将各色哀怨苦楚都不掩不埋，淡淡的，让人伤透神髓。

"我们对月起誓，永不相负。"

也曾明月下，她楚楚可怜，他温柔似水。

"从今之后，你是我的王妃，我是你的夫。"

"不行的。"

"为什么？"

"我是琴伎。"

"我喜欢你的琴。"

"我配不上王爷。"

"我配得上你。"

"我不够美。"

"给我一个人看，够了。"

言犹在耳。

月啊，你可还记得？典青峰之巅，白娉婷伸出手，一寸一寸，穿越国恨如山，穿越两军对垒的烽火，穿越十五年不知道谁辜负谁的养育之恩。

她只道她真越过了那烽火，她只道她真越过了敬安王府十五个春夏秋冬。她只道她真的伸了手，越过那不可能越过的——国恨如山。

痴情若遇家国事，难道竟真无一寸安身之地？

娉婷举首，凝视天边月儿。

狠心的月，已悄悄上了枝头，快近树梢。

东边，却仍无动静。

天空沉沉压下来，四周死寂一片，就像每个人都在屏息等候。

第二十九章

265

身后的小桌上，深黑的汤药已凉。

明月无情，光阴无情。她抬着头，看月儿不肯稍停脚步，一点一点，逼近树梢。

她的唇已被咬出无数道血痕，她的掌也被暗暗掐得斑痕累累。

眼中一阵阵酸，一阵阵热，但她未曾落过一滴眼泪，唯恐哭声一溢，噩梦就成定局。

她站在窗前，背影挺直，脊梁像是用宝剑做的。她只能站得如此坚强，稍一动，便会再也支持不住，碎成一地玉末儿，被飒飒北风吹卷，再不留丝毫痕迹。

"从今日起，你不许饿着自己，不许冷着自己，不许伤着自己。"

无法忘记楚北捷的片言只字，犹如无法忘记他深邃的眸子，火一样令人温暖的胸膛。

若是真爱，何惧国恨深仇？

若是真真切切，不离不弃地爱了，就该任凭世事百转千折，不改初衷。

又有什么，比回到朝夕盼望的爱人身边更重要？

时间悄悄流逝。

明月，明月，求你不要负我。

今生今世，只此一次，不要负我！

纤细的十指，紧紧抓着胸前的衣襟。

明月无耳，又或许它听见了娉婷的心声，却残忍地置之不理。

东方，仍无音讯。

绝望的颜色，一丝一丝，染透曾经晶莹剔透的眸子。

月，已过中天。

娉婷怔怔看着它，在树梢顶端，散着无情幽暗的光。

这一瞬间，她已忘了初六，忘了围兵，忘了醉菊，忘了何侠，忘了她的誓言。

她忘了一切。

一切都空洞洞的，连着四肢，也已无着落。

只有心裂开的声音，缓而刺耳，一片一片。犹如水晶雕就的莲花，被一瓣一瓣，不留情地掰开。

碎了。

碎了一地。

"姑娘……"

娉婷徐徐转身，看向身后满脸悲切的醉菊和桌上那碗黑色的药汁。

醉菊泪眼蒙眬地看着娉婷走过去，双手捧起瓷碗。

这碗仿佛有千斤重，娉婷的手不断地颤抖，碗里漾起强烈的涟漪，药汁溅出，滴淌在桌面的声音令沉默的房间更令人窒息。

娉婷乌黑的眼睛睁得极大，仿佛要将眼前这碗黑色的汤药看个仔细，将它的每一波晃动，永远铭刻在心头。

温柔已逝。

风流已逝。

那眸中，只余绝望和痛苦不断翻腾，宛如张大眼睛，活生生看着他人将自己的心肝脾肺缓缓掏出。

醉菊知道，她永远不会忘记娉婷此刻的眼神。

娉婷把药碗端到嘴边，停了一停，仿佛已耗尽了所有的力气。唇触到冷冷的碗沿，那股失去生机的凄然，让她蓦然浑身剧震，双手松开。

哐当！

瓷碗碎成无数片，黑色的药汁淌了一地。

被苦苦逼回肚中的眼泪，终于如断线珍珠般，战栗着滚下眼眶。

娉婷双膝软倒，伏地，痛苦地颤抖着，用双手紧紧拥抱着自己的双肩。撕裂了肝肠的哭声，凄凄切切，逸出她已无血色的唇。

“白姑娘……”

醉菊心疼地抚她的发，娉婷仿佛受了惊，骤然抬起头来，满脸泪水，求道：“醉菊，不要逼我。求求你，不要这样逼我！”

似乎被蛇咬了一口似的，醉菊缩回刚刚触摸到娉婷的手。

这就是那个风流洒脱的白娉婷？

那个数日不饮不食后，仍斜躺在榻上看书，惬意地问她“你闻到雪的芬芳吗”的白娉婷？

那个雪中抚琴，风中轻歌，兴致盎然时采摘梅花入菜的白娉婷？

不是的。

那个仙子般的风流人儿，已经被毁了。

毁在何侠手中，毁在东林王手中，毁在楚北捷手中，毁在她醉菊手中。

血腥的江山，容不下一个骄傲、执着的白娉婷。

她就在眼前，却似隔得极远，仿佛只要轻轻一碰，就会化成轻烟，不复再现。

亲手熬制的药汁染湿了地面，骤然看去，就像是浓黑的血。

醉菊看着痛哭的娉婷，肝肠寸断。她从不知道自己，竟是如此残忍。

楚漠然的身影，出现在房门处：“何侠派人遣来的马车，已经停在别院大门。”

第二十九章

一块重重的石头，压在已经伤痕累累的心上。

娉婷举手摸索着墙，缓缓站起来，抹了眼泪，月光下的脸比死人还苍白，沉声道："知道了。"

立下誓言，就要信守。

楚漠然却一脸坚毅，从身后取出一卷草绳，扔给泪痕未干的醉菊，吩咐道："你把白姑娘捆起来。"

这个匪夷所思的命令，语气竟是无比坚决。

"你？"

"白姑娘，你不是不信守与王爷的誓言，而是迫不得已……"楚漠然将手稳稳按住腰间的剑，"但是，我答应过王爷，有我在，就有你在！"


楚北捷已将身后滚滚铁骑，抛下半里。

月儿移动的轨迹，深深画在他心上，它升得越高，心越重重地下沉，如一刀刻下，缓缓移动，鲜血潺潺而出，无法止住。

但握着缰绳的手，却更用力，更紧。汗水已经浸湿他沉重的盔甲，不曾稍停的冷风，在他英俊的脸上割出一道道血口。

月过中天。

已过中天。

他抬头，看向远方山林。视野中白雪皑皑，冷如他的心肺手足。

等我，娉婷！

此生以来所有的富贵福分，我愿双手奉上。

只求你多等我这一时。

只求再一会儿。

从此再不离你寸步。

从此家国大事，再不能左右我们。

从此天下人间，楚北捷眼里，最宝贵的，只有一个白娉婷。

娉婷，娉婷！

只求你再等我一会儿。

楚北捷筋疲力尽，冲入山林，骏马长嘶，在黑暗中踏断无数枯枝，树影婆娑，来不及投下身影，便已快速落在他身后。

山林过后，就是隐居别院。

马蹄踏碎积雪，一骑飞行。

林中阴沉，月光透不过密密的覆雪树杈。闻不到雪的芬芳，楚北捷只隐隐嗅到，硝烟的味道。

我回来了！

娉婷，请你让我一抬头，就能看见你的身影。

这迟到的两个时辰，我用一生来还。

楚北捷深邃的眼中毅然果断，腰间拔剑，猛夹马腹。

骏马箭一样，冲出重重山林。

隐居别院，出现在眼帘里。楚北捷睁着布满血丝的黑眸，眼眶欲裂。

火光，满天。

血腥味飘在夜空中，浓得比雪更令人心寒。

手脚已经僵硬，心仿佛从那刻开始停止跳动。

残忍的寒，渗透百脉。

最后一口涌动的气支撑着他驰到别院前横七竖八的尸骸中，能找到熟悉的身影，一个个，都是年轻的亲卫。

朝夕陪在他身边练武，性好惹事，悍不畏死。

被砍断的四肢不知去向，血已冷。

脸上都无怯意，每具亲卫的尸身旁，总有几个惨状更甚的敌人尸骸。

楚北捷在鲜血中跨步，他见过比这残忍上百倍的沙场，只是从未知道，鲜血的颜色，能令人心寒心伤至此。

娉婷，娉婷，你在哪里？

他小声在心里唤着，唯恐即便是这样的声音，也会吓走已经渺茫的生机。

眼角一挑，他发现了楚漠然。

满身染血的楚漠然处处伤痕，一支利箭赫然穿过他的右肩，将他牢牢钉在地上，一具敌将尸身压在他腹上。

他仍有气息。

"漠然？漠然！"楚北捷跪下，急声呼唤。

仿佛早在等待楚北捷的声音将他唤醒，楚漠然很快挣扎着睁开眼睛，他眸中呆滞，直到看清楚楚北捷的脸，才猛地收缩了瞳孔，压抑不住地激动："王爷……你总算回来了……"

"发生了什么事？娉婷呢？"楚北捷沉声问，"娉婷在哪里？"

他盯着楚漠然，一向锐利的目光也胆怯地战栗起来。似乎只要楚漠然抖动着嘴唇说出一个不祥的字，就能让天地崩裂。

"何侠带走了。"楚漠然急促地呼吸着，扭曲着脸，闭目积聚仅存的力量后骤

然睁大眼睛，吐出两个字，"快追！"

楚北捷霍然站起，转身冲出大门。

迎面碰上刚刚到达的臣牟和几个脚程最快的下属，脚不停步，沉声命道："救火。留下军医和两百人治疗伤者！其余的跟我走！"言语间，已翻身上了马背。

骏马仿佛察觉到楚北捷一往无前的信心，嘶叫一声，人立起来，重重踏在雪上。

何侠，云常的驸马何侠。

楚北捷炯炯有神的眼眸看向云常的方向。

娉婷仍在。

她在被带往云常的路上，至少还有一天半的时间，才会被带出东林国境。

只要娉婷仍在，天涯海角，不过咫尺。

"王爷！"臣牟匆匆从别院跑出来，禀道，"敌人中也有未死的。小将弄醒了一个有官阶的，他说他们是沿着横断山越过边境而来，应该是按来路回去。他们人数不少，足足八千人马。"

风声鹤唳，熟悉的危机感扑面而至，楚北捷反而冷静下来，恢复往常沙场对阵的沉着："何侠估计不到我已回到别院。既然来时分成小队，回去的时候也应该分成小队，人马在云常边境会合。"

震动天地的马蹄声轰轰传来，落后的大批人马终于到了。

楚北捷不待他们下马，拔剑指天，高声问："东林的儿郎们，云常抢走了镇北王妃，你们还有力气追吗？"

镇北王妃？

谁敢抢走镇北王心爱的女人？

片刻沉默后，爆发出能震撼山峦的回答："有！"

"他们有八千人马，我们只有三千多连夜未曾休息的疲兵。"楚北捷缓缓扫过这群东林的年轻男儿，让他沉毅的声音响彻每个人的耳边，"寻不回她，生死于我已无大碍。你们却可以自行选择，追，还是留？"

"追！"

众人毫无犹豫地爆发出了雷鸣般的吼声，回音一重重送回来，震落枝上的白雪。

臣牟也已吩咐好别院的善后事宜，上马驰到楚北捷身边，坚决地道："只要跟随的是王爷，没有人会胆怯。王爷请下令吧。"

楚北捷低声道："放出你的随身信鸽，要边境的东林军在横断山脉西侧阻截云常敌军。何侠既然敢深入东林犯险，除了带来的八千人马，一定也在云常边境埋伏了重兵，要边境的将军小心落入腹背受敌的境地。"

军令一下，楚北捷迎风拔剑，直指苍穹："我们追！"

"追！"三千多把利剑，锵然出鞘，反射出森然寒光。

应声震天。

几乎踏碎大地的马蹄声，重新响起。

割面的冷风，再度无情吹开楚北捷脸上的血口，他的眸中，却充满了决心。

娉婷，天涯海角，只要你在，那只是咫尺。

只要你仍在。

# 第三十章

云常的马车上，温暖舒适。

被腥风血雨浸染的隐居别院，已看不见踪影。

娉婷坐在角落，无心看天上的月。

今日之后，最爱的月，已无当初的无瑕温柔。它不声不响，照着一地心碎，照着杀声满天中亲卫们死不瞑目的眼神。

何侠推开一重重门，温柔地将她松了绑，连同镏金盒子，一同带出门外。

她踏着那些年轻汉子尚未冷却的血，到达别院的大门。

洁白的丝鞋，染上如落日烟霞的红，在雪地上留下一个个殷红鞋印。

心如刀割。

这一地，不仅是别人的血，也是她的，从她心头汹涌而出，淌泻于冰雪上，融不去一丝寒意。

马车已等在面前。

纯白垂帘，精琢窗沿，好一个别致的囚笼。

醉菊不知从何处冲出来，袖上殷红一片，指尖滴着血，扑到娉婷脚下："姑娘，姑娘！让我一路照顾姑娘吧！"

何侠身边的侍卫，已经举起寒光森森的刀。

娉婷转头，看向何侠："这是我的侍女。"

何侠看向匍匐在地的醉菊，柔声道："上车吧。"

马车中，多了一人相伴，却孤独依然，寒意依然。

醉菊，醉菊，你又何苦？

娉婷隔窗倾听急促的马蹄声。车轴飞快转着，将她一寸寸带离楚北捷在的地方。

她不觉疼，也不想哭。

她决定忘却痛苦和眼泪，就如她将要永远地忘却那个人的音容笑貌。

她终于知道，原来真心并没有想象中那般重要。

国恩似海，国恨如山。

她怎么可能深得过海，重得过山？

月下吟唱，花间抚琴，在家国大义之前，又算得上什么？

这世间最纯最真的情爱，并非无坚不摧，它敌不过名利权势，敌不过世事无常，敌不过手足情深，敌不过一个虚妄的罪。

"你是何侠贴身侍女，难道不知道你家少爷是当世名将？什么是名将，就是能分清孰重孰轻，就是能舍私情、断私心。"

言犹在耳，白娉婷惨然一笑。

那个人，又何尝不是名将？又何尝不能分清孰重孰轻，不能舍私情、断私心？他选得对，择得妥。

既是名将，就应该手起刀落，碎了这颗无家可归的心，毁了这无处容身的魂魄。

海誓山盟，潇洒一笑，抛诸脑后。

既是名将，就要无怨无悔。

车轮在路上磕磕碰碰，飞一般滚动。

何侠归心似箭，得了娉婷，一骑当先，不顾风霜，直扑新家。

云常，娇妻耀天公主那云深不知处的辉煌宫殿，真是此生家园？

除了云常，又有何处可去？

哪里还有昔日的敬安王府？

何侠，还有白娉婷，都回不去了。


萧萧寒风，苍凉月色，穿心过，环骨绕。何侠回头看一眼后面车轮飞转的马车。

娉婷已回，断了肝肠，失了魂魄，但敬安王府残留的一丝记忆，仍在。

她在，昔日便在。她在，那曾经笑傲四国、光明磊落、一身正气的何侠，便真的曾经存在。

"少爷！"冬灼的喊声让何侠蓦然警觉。他从队伍最前方飞骑回来，在何侠面前勒马，"少爷，前面有人拦路，说要见少爷一面。"

何侠眼中闪过锐光，沉思片刻，挥手止住后面队伍。

大队赫然止步。

"带过来。"

不一会儿，双手被缚的男人被推到何侠马前。

"你要见我？"何侠居高临下，打量这个高大的男人。

他一身书生穿着，身材瘦削，举手投足间却颇沉稳，面对何侠两侧侍卫的虎视眈眈，毫无惧色，仰头道："小将飞照行，不睡不眠，急行数日，在此等候小敬安

王已有三个时辰，只为了见小敬安王一面，送上一个珍贵的消息。"

何侠沉默地盯着他，不问是何消息，反而沉下脸，哼了一声，冷冷地问："你怎知本驸马会途经此地？"

身边侍卫锵的一声拔出剑，指向飞照行，只要一字答错，就是乱剑齐下。

飞照行不惊反笑，睨视道："四国谁没有自己的眼线？不瞒小敬安王，就连小将的主人，也不敢笃定小敬安王会此时从此路过，派遣小将到此等候，只是碰碰运气。再说，如果小敬安王此时不由此路过，那小将带来的消息，将对小敬安王一点用处也没有。"

可以穿透人心的目光在飞照行脸上停留片刻，看不到一丝虚假。何侠语气稍缓，问道："你的主人是谁？到底是何消息？"

"小将的主人，是归乐的……"飞照行靠前一步，压低声音，"王后娘娘。"

滔滔铁骑，在楚北捷率领下向西飞驰。

兵马疲惫，但无一人落队。

月儿终于胆怯，悄悄隐藏至无人处，太阳还未到露脸的时候。

快近黎明，天色却更黑。

"驾！"楚北捷仍在迎风奔驰。

他的手脚几近麻木，只有腰间的剑隔着衣裳传递灼热至肌肤，发泄嗜血的欲望。

鲜血，尸骸，黄沙。

担忧和悲愤积满胸膛，他渴望挥舞着剑，感受敌首坠落时溅起的热度，他要践踏敌人的尸骨，然后跪下，对娉婷的纤诚诚心忏悔，再嗅她裙边香味。

横断山脉的轮廓出现在眼前，楚北捷冲上山坡顶处，瞭望黑沉沉的四周。冬日的黎明前一刻，万物都是同一种颜色。满是血丝的眸子炯炯有神，环扫四周，眼底不远的山道上，小小的动静让瞳孔骤缩。

马嘶！

漆黑中，隐隐有人影闪动。

楚北捷蓦然屏息。

不动声色地，将剑从鞘间抽出。热切的渴望在眸中激烈跳跃。

臣牟从身后跟上，顺着楚北捷的目光，也看到黑暗中的人影。他为将多年，立即明白局势，低声道："看来人数不多，应该是何侠留下的兵马。"

楚北捷见了敌踪，已恢复战场上的自信从容，沉声道："何侠若需要在这里留下人马拦截，就说明他的大队兵马正在横断山脉中。"

如果大队已经安全通过横断山脉，这一小队人马会立即起程，赶上去和大队会合。

"冲杀下去，留个有军阶的活口，拷问大队去向。"

"是！"

手中的剑热得烫手。心，比剑更烫。

楚北捷一手攥紧缰绳，凝视横断山脉熟悉的起伏。

娉婷，你就在这重重山峦里面？

求你回眸，只需一瞬。

这片古老大地，为你静默无声。

三千七百把剑的寒光，为你闪烁。

天下最愚蠢最不知珍惜的楚北捷，为你而来。

只要再见你嫣然一笑，这男人的热血衷肠，从此，尽归你一人所有。

握剑的手心，第一次溢出冰凉的汗。

楚北捷背影如山，缓缓举剑，仿佛要刺穿天高处无尽的漆黑，稳稳地，吐出一个沙哑的字："杀！"

"杀！杀！杀！"

整片大地，震动起来。

刀剑的寒光簌簌而落，杀声此起彼伏。

千军万马，冲下山坡，踏碎宁静的黎明。

挟怒而来的三千七百骑，直袭林中埋伏着的敌人。

敌人精心安排的坑井巨石和强弓锐箭，不曾预料到会遇上此般滔天怒气。

将不惧死，兵不畏伤，气势如虹。

比寒光更冷的，是眸底的光。楚北捷一马当先，手中剑饮尽敌血。胯下骏马嘶叫狂闯，不顾身后兵将是否紧随。

"啊！"

惨叫声，在楚北捷四周接连不断。血如梅红点点，被乱马践踏成壮烈的画。

没人可以抵挡盛怒的楚北捷，敌人的溃败仅在短短一刻。

当两方交锋，三千七百骑呼啸着从东向西涤荡敌阵，当楚北捷的战马刺穿敌人的阵形，战斗已告结束。

以怒制敌。

这是没有策略的攻击，也是最强悍的攻击。

血腥味飘荡在林间，悠悠荡荡。

这不是战争，这是屠杀。敌军不及一千，大多已伏尸当场。

厮杀过后，取代震天蹄声的，是死亡主宰的寂静。

血珠，从剑上滴淌下来。

臣牟带来了楚北捷要的活口，重重摔在楚北捷马前。这人身有数处伤口，虽然身穿便服，但将军气势与寻常士兵不同，怎逃得过久历沙场之人的眼睛？

"何侠的大队兵马现在已到何处？"楚北捷问得很淡。慑人的不是语气，而是他的目光。

敌将一愣，抬头看向楚北捷。马上之人气势逼人，但朦胧中看不清轮廓，遂狐疑道："将军是何人？"

"楚北捷。"

"东林镇北王？"敌将更是诧异，惊呼道，"竟是镇北王？"满脸大惑不解。

一丝不妥掠过楚北捷的黑眸，他沉声问："你不是何侠的人马？"

"当然不是。"

"说清楚！"

那敌将却片刻没有作声，思索了一会儿，毅然咬牙，拱手道："小将折损兵力，又不能完成任务，纵使有命回国也是死路一条。既然如此，不如和镇北王做个交易，我愿将所知全盘奉上，只望镇北王可以放过我那些尚存一息的手下。"

糟……

楚北捷已知估错敌踪，心如乱麻，面上却越发冷静，冷然道："你说。"

敌将一听，便知交易定能达成，镇北王一诺重于千金，遂不犹豫，立即答道："我是归乐啸奔骑校将赵文。大王接到密报，称何侠极有可能秘密潜入东林，劫走白娉婷，这个机会千载难逢，所以大王命我立即率部秘密潜入横断山脉，阻截何侠，并找机会将白娉婷接回归乐。"

"归乐王何肃？"楚北捷皱眉道，"他怎知道何侠会走横断山脉？"

赵文果然言无不尽："根据密探来报，云常边境最靠近横断山脉的地方最近派驻了重兵，何侠若不是以横断山脉为归路，何必派驻重兵接应？"

臣牟插入，问："你带了多少人马？"

"九百。"

臣牟露出狐疑之色，冷笑道："你只有九百人马，竟敢潜入东林拦下何侠？"

"人马太多，怎么可能不让东林守军发现？我部是归乐最善潜伏匿藏的一队，可以不动声色潜入东林，也已是侥幸。九百多精兵，伏击何侠绰绰有余，谁知会遇上镇北王的三千多人马……"

臣牟见他言辞直率，倒不像说谎，反问："你可知道何侠有多少人？"

"难道超过一千？"赵文以问作答。

"整整八千。"

赵文不肯相信，摇头道："不可能，何侠进入东林境内比我们更远，如果真有八千人马，东林军一定会有所察觉。"

臣牟回都城途中遇见楚北捷，一路追随急奔而来，还没有时间思前想后，此刻听赵文一提，想起自己被调离龙虎大营，心骤然往下一沉，偷眼向楚北捷看去。

楚北捷一脸阴沉，眸中既悲且痛。

八千敌军，就算真有本事隐匿行踪，瞒过东林边境守军，但围困隐居别院时，又怎可能不惊动附近的龙虎大营？

唯一的解释，就是东林大王有心安排。敞开大门，让敌人劫走白娉婷——楚北捷的心上人。

楚北捷不愿谈及此事，时间紧迫，立即问了最关键的问题："你既然一直在此潜伏，何侠应该还没有从此路过去。可我们是从何侠后面追来的。那么，何侠的人马到底在何处？"

赵文摇头："这里是横断山脉唯一的入口，我可以保证何侠确实没有通过。"

臣牟叹气道："唯一的解释，就是何侠中途换了另一条路。"

赵文茫然道："若我们大王接到的密报无误，云常接应的重兵只在横断山脉附近，何侠仓促改变回国路线会让自己的处境变得危险。除非他知道这里有伏击。"

"知道也没有什么奇怪，归乐有眼线，云常就没有眼线？"臣牟道。

楚北捷心沉得像铁，无心再追究何侠为何会精明地提前改变路线，默默将剑插回鞘内，吩咐道："埋葬好殉难的儿郎，全队在离战场三里的地方休息。让大家扎营造饭，好好睡一会儿，中午再出发。"

臣牟讶道："我们不继续追了？"

"追得上吗？"楚北捷低声反问了一句，心如绞痛，暗中攥紧缰绳，将手中伤口磨得阵阵剧痛，沉声道，"我们追岔了路，现在绕回去再追已迟了。"

胯下即使是千里马，追上时，何侠也一定已经进入云常境内。

那个时候，何侠一方的人马，再不是八千这么简单。

未入云常边境之前，三千对八千，九死一生，尚有一线生机。

入了云常边境之后，敌我更加悬殊。三千对数万，怎可能破入何侠大军的核心？就算杀至最后一兵一卒，也不会有机会在垂死前再看到那秀美的脸一眼。

若无功战死，从此琴音寂寥，佳人囚于他方。

不甘心！

怎么甘心？

"王爷……那王爷怎么打算？"臣牟遵诺放了赵文一干残兵，回转头，瞅见楚北捷压抑着心痛愤恨的脸。

"到边境去，集结大军。"黎明在腥风中来临，楚北捷阴沉的目光射向遥远的

云常，唇边勾起一丝绝不反悔的冷冽，"本王要率东林举国兵力，一寸寸割裂云常的疆土，直到何侠将娉婷双手奉还。"

英雄红颜，剑胆琴心。

娉婷，你一笑一颦，美如梦幻，令我心痛如斯。

求你回眸，为我再一笑。只一笑。

我用举国兵力和生生世世偿不尽的杀孽，与你笑靥中的绝韵，应和。

冬快去了，寒意未散。

四国局势剧变，按照先前的盟约，北漠王得到先前被东林军占去的边境地界，北漠军随即撤回。

何侠目的已达，领着赫赫三十万联军压境，未曾有一场大战，安然退出。

百姓只道上天仍存慈悲，未知内中缘由惊心动魄，断肠人欲哭无泪的凄然。

人心稍定，情势却出人意料，急转直下。

东林王宫刚刚接到敌军撤退的消息，寝食不宁的众人总算松了一口气。盛大隆重的宫廷贺宴未散，另一个晴天霹雳般的消息不期而至。

统领全国兵马的镇北王楚北捷已经动用虎符，下令集结东林全国兵力，直压云常边境！

偌大的宫殿，欢声笑语顿化惊愕，臣子们面面相觑，不知所措。

云常不同归乐、北漠，此国蓄势已久，又有当世名将何侠掌着兵权。

倾一国之力进犯云常，死伤必定惨重。东林又如何有足够的人马防备归乐、北漠的落井下石？

镇北王素来沉稳谨慎，怎会如此不智，做这种与自杀无异的事？

"是真的吗？"东林王端在手中的酒杯凝然不动，注视着伏跪在大殿外风尘仆仆的传令使。

歌乐已停，刚刚还欢歌曼舞的歌舞姬们感受到殿内风雨欲来的危险气息，战栗着匍匐在一旁，深深埋头。

传令使赶了几天的路，声音已经沙哑，大声禀道："回禀大王，镇北王的帅令是六日前下达的，现在边境各将，连同四大兵营的将军们，都已奉命起程，赶往边境与镇北王会合。"

东林王一言不发，转头看了脸色惨白的王后一眼，缓缓放下手中金杯，扫殿下一眼："你们怎么看？"

镇北王隐居后重返都城，举国欢庆，但数日后，却走得匆忙异常。对于楚北捷和白娉婷的事，众臣中，官阶低不知道内幕的不敢随便开口，官阶高的更是噤若寒蝉。

窒息般的沉默，一时充斥偌大宫殿。

老丞相楚在然想到的却是另一回事，开口问传令者："王爷调动各处边境守军和东林四大常驻兵营，那怎样安排与北漠、归乐接壤的边境防卫？"

"留下十分之一的守兵驻扎在原来的关卡。"

只留十分之一的守军？

大臣们哗然。

如此一来，关卡形同虚设，万一其他两国忽然发难，岂非可以直入东林腹地？

所有的目光，纷纷聚焦到东林王身上。

东林王脸色极为难看，眸光连连闪烁，拿起酒杯，缓缓喝尽一杯，沉声道："寡人要清静一下，都退下吧。"

臣子们惶惶站起，七零八落地从放满佳肴的小几前出来，列队俯首："臣，告退！"

跪在一旁的歌舞姬和乐工也无声无息地小心地鱼贯退下。

真正的沉默随着臣子们的退下来临。满殿都是酒宴后的狼藉，众人散后的寂寥。

大军集结边境，挑战何侠。

他为了这个国家，不惜对亲弟用计，牺牲白娉婷。

如今楚北捷为了白娉婷，不惜丢下亲兄，牺牲东林。

谁是因，谁是果？

东林王坐在王位上，高高在上地俯瞰他的大殿，无声再饮了一杯。

一只嫩白的手伸过来，轻轻按住他掌中的金杯。

"大王……"王后在一旁低声道，"请大王快想办法，颁布王令，收回镇北王的虎符。"

东林王转头看焦急的王后一眼，苦笑道："王弟没有虎符，难道就调不动边关的兵马？"

这批东林精锐，当年在楚北捷一声令下，连进攻都城、围困王宫都毫不犹豫。

有的人，天生具有号令万人的魄力。

"那也不能坐视不理啊，大王。"王后痛心道，"为了一个白娉婷，将国家安危抛诸脑后。镇北王此举和疯子有什么不同？只顾私情，背弃王族，他怎么可以这样做？"

东林王深沉的目光直射殿门外的远方："他已经做了。"

不顾生死，不顾王族，不顾国家。

第一次，枉费从出生起就被教导的责任。一往无前，只为了一个女人，一个白

娉婷。

"北捷,北捷,你还是寡人那个愿为东林牺牲一切的王弟吗?"东林王徐徐起身站立,仰首目视苍穹无尽处。突然喉头一阵发痒,"哇"的一声,满口鲜血染红了前面古朴的几案。

"大王!"王后惊叫,扬声急唤,"来人啊!快来人啊!"

侍从们纷纷赶来,被眼前情景吓得六神无主。

"大王!"

"大王保重啊!"

"御医,快叫御医!"

……

疾风骤雨,席卷而至。

东林宏伟古老的王宫,传来阵阵悲哀惊恐的呼唤。

王位前,满案触目惊心的鲜血。殷红,与隐居别院前亲卫们所流淌的无异,与沙场上剑锋滴落的无异。

国与家,家与人,恩怨缠绵,山高地厚。

白娉婷,你何德何能?

孤芳不自赏

风弄 作品

[下卷]

百花洲文艺出版社
BAIHUAZHOU LITERATURE AND ART PRESS

第四卷

红颜魂破

死，他无颜央求她的原谅；

生，他无颜索取她的尸骨。

他倾心相求的绝代佳人，

被他亲手葬送。

# 第三十一章

云常。

何侠挺身屹立于桌前，安然镇定地将手上刚刚送到的军报随意放在桌上，转视他的娇妻。

"公主不必担心。东林连年征战，兵力已有损耗，我云常却恰恰相反，养精蓄锐多时。"笃定地，何侠淡淡一笑。

耀天公主雍容地安坐在椅上，凝视她久别的夫婿。脸庞俊美如初，气度从容如初，所不同的，是眉间多了一点不易察觉的满足。

"真要开战？当初驸马要求组成云常北漠联军时，也曾说了，这只是逼敌屈服，制造有利于我云常的形势，点到即止，不必与敌方大军正面冲突。"

何侠仔细观察耀天公主的脸色，柔声问："公主害怕吗？"

耀天公主幽幽叹道："楚北捷是有名的将领，东林兵力也不弱，如今东林大军数日内就将集结在我云常边境上，敌人来势汹汹，我怎能不惧？还有一点也不得不虑，北漠王虽是云常盟友，但万一他不顾信义，趁我们对付东林无暇顾及南方边境时忽然出兵攻击我们呢？"

"让公主忧愁，是何侠的过错。"何侠上前，居高临下，爱怜地摩挲娇妻的脸庞，用极有磁性的声音低声道，"请公主将所有的忧愁都交给本驸马吧。何侠保证，绝不让公主受一点委屈。"

沉甸甸的凤冠端正地戴在头上，阻碍了耀天公主上挑的目光。她仰起脖子，深深看入何侠眼底，眸中波光灿然，甜笑道："有驸马在，我又怎会有忧虑？"徐徐低头，却忽然被何侠指尖一挑，勾住尖尖的下巴。身不由己地，又一点点随着有力的指尖抬起头来，唇上热度骤升，何侠飒爽的气息，温和地蔓延进唇齿之间。

轻吻，一丝一丝加剧。

耀天公主被他吻得娇喘连连，脸红过耳，好不容易被何侠松开了，心仍急跳得似要跳出胸膛。举手整理被弄乱的鬓发，远远对镜瞅了一眼，连耳廓都是通红的，又娇又嗔地横何侠一眼，轻声道："驸马真是的，这是王宫，又不是驸马府。若是侍女们看见了，让我怎么见人？"

何侠爽朗大笑："公主恕罪。离开云常多日，何侠时刻思念公主，实在情难自禁。"压低声音问，"公主今晚凤驾是否会到驸马府？东林大军正在集结，本驸马过几日就要赶赴边境应付楚北捷。这仗不知要打多久，也不知多久才会回来见公主。"

耀天公主被他的热风吹得耳朵痒痒，心脏一阵乱跳，低声道："驸马不累吗？昨天深夜才回都城，今日又一早进宫，肯定没有睡好。"

两人独处的屋内旖旎之气正浓，珠帘后忽然传来轻微的脚步声。

人影在帘后缓缓靠近，停住，绿衣恭敬的声音传来："启禀公主，丞相大人求见。"

"请他进来。"耀天公主吩咐了一声，转头瞅着何侠，笑容似蜜般在精心修饰的眉上化开，又责怪道，"都是驸马不好，害我的脸红成这样，待会儿让丞相看见了可怎么办？"

"看了就看了。丞相也是过来人，难道会不明白夫妻之间的事？"何侠温和地笑起来，又凑过去，压低声问，"公主还没有回答本驸马，今夜是否会去驸马府呢。"

"你这个人啊……"

"相思之苦嘛。"

如此潇洒的男人，一旦无赖起来，只会让女人手足无措。

耀天公主又好气又好笑，抿唇道："驸马刚回来，我就迫不及待驾临驸马府，臣子知道了会怎么想？耀天是女子呢。看来……还是要早点帮驸马找两个貌美的贴身侍女才行。"狡黠的眼珠，瞥了何侠一眼。

何侠不动声色，仍笑着追问："今夜，就在驸马府的后院里备酒和点心，如何？"

耀天公主忍着笑，横他一眼，伸出纤纤玉手，在他肩上轻推一把，催道："将军们都等着向驸马禀报军情呢，驸马快去吧。小心丞相进来碰着了，又向驸马唠唠叨叨地进言。"

何侠别有风情地在她腮上轻轻拧了一记，退后一步，敛了玩笑之态，行礼唱喏："公主金安！"

掀开丁零作响的珠帘，正巧看见贵常青从走廊处转弯过来。

"驸马爷。"

"丞相大人。"

礼貌地微一点头，两人错身而过。贵常青转身凝视何侠充满自信和气势的背影，沉默片刻，才转入内室的珠帘后，向耀天公主问安。

"不要多礼了，丞相请坐。"

绿衣送上专为贵常青准备的浓茶。贵常青接了，啜了一口，抬头打量耀天公主脸上掩饰不住的欣喜甜蜜之色，开口笑道："怪不得臣子们都说，只看公主的精神气色，就能知道驸马爷是否在都城之内啊。"

贵常青为相多年，看着耀天公主长大，犹如父亲一般。耀天公主被他一笑，轻声嗔道："丞相怎么也来开耀天的玩笑？"

贵常青慈爱地看她两眼，收敛了笑容，换了另一种严肃的语气，沉声问："公主和驸马爷说过了吗？"

一听此言，耀天公主脸上的笑意顿时消失。

"问了。"她长长叹了一口气，蹙眉道，"他对于东林的重兵威胁毫不在意，一点也没有将白娉婷交出去，以停熄战火的意思。"

"公主，若真与东林交锋，对手又是楚北捷，纵使是驸马爷亲自领兵，也会是两败俱伤的局面啊。对我云常没有丝毫益处。"

"我有何办法？"耀天公主蹙眉道，"方才谈论东林方面的军事，驸马连白娉婷的名字都没提，可见他绝不打算和楚北捷谈和。"

贵常青不言，用碗盖拨着茶水面，细看茶碗里圈圈涟漪，让耀天公主注视的目光在他身上停留多时，才双手将茶碗在桌上端正放了，语重心长道："公主采纳驸马之计，不惜派出大军，冒险逼近东林边境，是为了让楚北捷因为白娉婷而与东林王室决裂。"顿了顿，目视耀天公主。

耀天公主道："请丞相说下去。"

"以楚北捷不顾大局，贸然集兵进攻云常的行为来看，他和东林王族再不会同心同德，我们的目的已经达到，白娉婷的价值也已经丧失。驸马爷留着白娉婷，有害无益。"

"丞相的意思……"

"公主不但有远虑，也要小心近忧啊。"贵常青刚直的眸子看向耀天公主，沉声道，"驸马爷现在将白娉婷安置在驸马府中。臣听说，驸马爷吩咐下去，除了不能让她擅自离开外，待她的礼数有如府邸主母。"

耀天公主凤冠坠饰微晃了晃，避过贵常青的目光，沉吟不语。

半晌，耀天公主才淡然道："我知道了。"

遣退贵常青，绿衣上来禀报："午膳已经备好。"

"我不饿，叫他们拿走。"

耀天公主将绿衣在内的一干侍女遣走，一人静静坐在室内，低头思索。珠帘被风撩着，上面各色宝石闪烁着璀璨的光，偶尔碰在一起，发出清脆的声音。

耀天公主举手，自行将头上的凤冠取下，拿在手中仔细瞅了一眼，放在桌上，又将头上其余的几件发饰一一取下，乌黑的长发倾泻下来，披在肩上，瞧了瞧镜中，脸蛋变得尖了点，更显娇丽。

对着镜，耐心地翘起嘴角，换了几种笑容，都极好看。耀天公主敛了笑，随手将镜子覆在桌上，唤道："绿衣！"

绿衣从廊上赶过来："奴婢在，公主有什么吩咐？"

"我要沐浴。"

"是，奴婢这就去吩咐准备。"

耀天公主柔和的声音中带着淡淡的笃定，从帘后传出来："水里撒点雪山上采来的七香花瓣。"

"是。"绿衣应了一声。

耀天公主似乎又想起一事，问："我上月生日时，厚城吏官献上的胭脂，叫什么？"

"回公主，叫芳酿。是用一种极难得的花儿的花瓣制的，涂在脸上又细又匀，听厚城吏官说，擦了那个，可以让肌肤嫩得像初生的婴儿一样呢。"

耀天公主似在仔细听着，"嗯"了一声，吩咐："沐浴后，把那芳酿取过来让我试试。"

"是，公主。"

吩咐够了，绿衣自去准备一干事宜。

耀天公主从椅上站起来，低头凝视身上姹紫嫣红的公主长裙。这是云常第一流的裁缝为她度身做的，上面的花卉鸟兽让几十名宫内最好的绣工忙了整整一月。

宽袖长摆，银紫流苏直坠到脚边，气度雍容，贵不可言。

耀天公主乌黑的眸中，闪烁一丝期待和骄傲。

当世两位名将，小敬安王和镇北王，总被世人摆在同一个天平上比较。

自己是堂堂云常公主，已是何侠的妻。

那夺了楚北捷的心的白娉婷，又是怎样一副模样呢？

白娉婷此刻的模样，醉菊看得最清楚。

两人空手而来，替换衣服也只有两件，一路颠簸，又累又脏。一到驸马府，仿佛早准备好似的，日常使用的东西，不用吩咐，都出现在最顺手的地方。

桌上，是娉婷的铜镜和在王府里使惯了的玉梳。大衣橱里，叠得整整齐齐的衣裳，都是娉婷喜欢的颜色，尺寸大小分毫不差。

门内有几案，上有一张千金难求的古琴，旁边放着一个玛瑙缸子，里面放满了五彩的小鹅卵石，骤然看去，差点以为是满缸子宝石。

屋内熏着香，暖意丝丝，却一点也不闷。

窗台上的花瓶里斜插着一枝新剪下的白梅，盛开的花朵旁，点缀着几个绒绒的小花苞。

一切完美得令人心寒。

仿佛娉婷已在这里住了许久，另一种更令人心寒的揣测是，仿佛娉婷要在这里，一直住下去。

何侠一早进宫去了，剩下两只关在笼子里的鸟儿，熟悉新环境。

娉婷就在后院，她的脸上，已没有了初六当夜月过中天时悲痛欲绝的凄然，代替的，是朦胧的悠然，仿佛笼罩着雾的山，让人瞅见一片沉甸甸的绿意，却摸不着它的轮廓。

这般古怪的悠然，让醉菊不敢太靠近她，只是静静隔着走廊上的木栏，凝视着她的背影。

她的背影仍很直，挺挺的，醉菊知道她身体里的肝肠已经寸断了，却不明白她为何还能站得那般直。

醉菊轻叹。

她无法明白的，除了白娉婷自己，又有谁能明白呢？

醉菊再三地叹。离得这么近，看得清她的脸，却看不清她的心。

隔着廊，醉菊叹得几乎又要忍不住落泪，她悄悄抬起手，抹着眼角。娉婷却在这时忽然转过头来，急切地朝醉菊招了招手。

醉菊简直愣住了。自从娉婷倒了药汁，伏地大哭后，就变成了一缕魂魄似的，不然就像个木偶，再不然，就是高深莫测地不发一言，眸子也没有焦距，这一路来，醉菊还没有见过娉婷这般有生气的动作。

虽只是招招手，也叫人一阵狂喜。

醉菊急急拐过走廊，赶到娉婷身边："白姑娘，怎么了？有什么吩咐吗？还是想吃东西？"

娉婷摇了摇头，警觉地环视左右，看不到外人，才低声道："在踢我呢。"苍白的脸逸出一丝微不可见的温柔笑意。

在多日的悲怆绝望后，这是醉菊看到的最美的笑。

"这么快就有动静了？"醉菊蹙眉道，"姑娘一定是弄错了，才多大啊，这个月数还未能踢呢。"

"不会错。"娉婷咬着唇，"明明动了一下。"这极微小的表情，在刹那间，让醉菊忆起曾在楚北捷怀里无理取闹的秀丽佳人。

回忆不期而至。在那个绝望的夜晚后，第一次不带着悲哀回来造访……

隐居别院中，空气中散发着梅香。红蔷常常不知跑到哪儿去。亲卫们守在各处，见面点头寒暄两句。楚漠然的表情总是淡淡的，心肠却很好，也是个细心温柔的人。厨房的大娘们每日送饭菜过来，亲切地叨叨几句，知道今天的饭白姑娘吃得香，便拿着食盒满足地离去。

楚北捷的身影在哪里，白娉婷的心就在哪里。她弹琴，他静立一旁，抬头低首时，两人眸光一旦碰上，便甜得仿佛再也分不开。

白雪为背景，如画般美。

此刻回想，醉菊才体会到隐居别院中的那段日子，何等珍贵……

纤细的指在她眼前晃了晃，醉菊才回过神："哦……姑娘……"

"我不能留在这里。"娉婷轻轻的声音里，带着早已下定的决心。

这个孩子，绝不能让何侠知道。

但现在两人被囚禁在这里，娉婷的肚子一日一日大起来，何侠怎么可能不察觉？

"姑娘，王爷一定会很快来救你的。"话刚出口，醉菊已经后悔了。

娉婷的表情，仿佛冬日河流上结的薄薄的冰层突然被人狠狠踩了一脚，瞬间就会裂开。

她别过脸，就势在后院中的石椅上坐了下来。低着头，让醉菊看不清她的脸色，半日才幽幽道："醉菊，求你一事……"

醉菊深悔自己嘴快，忙低声道："醉菊错了，以后再不对姑娘提那个人。"

娉婷这才抬头瞅她，许久，向醉菊缓缓伸出手。

醉菊一把握住，跪了下来，仰头道："姑娘什么都不必说了，醉菊明白的。"

两只白皙纤弱的手握在一起，越握越紧。

雪纷飞，花坠泪。

越怕伤心，越被人伤心。

凤桐古琴已毁，曾被大掌暖暖抚摸的青丝今日再无余温。

你仍是天地心志强弩宝刀，我已非雪月魂魄红颜纤手。

过了中天的月，将入骨相思碾成飞灰。

"总有一日，你会知道什么是锥心之痛。"

已知道了。

痛过一次，便知道了。

痛得并非全无结果，至少腹中多了一条小小生命。这单薄身躯内，心碎了一颗，仍有一颗。

那一颗心虽小，也许还尚未成形，但已跳得如此剧烈，没人能遏制它的生机。

"不管怎样，先要保住孩子。"醉菊轻声道，"姑娘一路上颠簸，又忧郁伤心，

现在一定要放开心怀，好好吃饭睡觉。我要弄些补胎的药汤才行。"

"万万不可。"娉婷反对道，"何侠也精通医理，只要知道你弄这些东西，立即就明白是怎么回事。当前最紧要的，是想法子逃出去。"

醉菊眼睛一亮："姑娘已经想到法子了？"

娉婷蹙着眉，轻轻摇头："何侠不是寻常人物，要从他这里下手，实在不容易……"

"那……"

"一定要想到办法。"娉婷眸光流转，焦点忽然定在手边的石桌上。

石桌的边缘，刻着三个小小的篆体字——驸马府。

驸马府。云常驸马。

何侠在云常的兵权，皆来自这"驸马"二字。

娉婷细细瞅那三个篆体字，紧蹙的眉头缓缓松开，舒了一口气，自言自语道："不知那云常公主，是怎样的一个人……"


云常的公主，听说闺名为"耀天"。

灿若春花，端庄美丽。

昔日年纪还小，与少爷一道读书，偶尔先生有事外出，他们便想尽法子出去串门。去的若是何肃王子府，常会遇上各位王族子弟谈笑闲聊。偶尔说起云常王族的风流韵事，便是两字评价——可怜。

听说那云常王宫内，美人数目是四国王宫中最少的。大王和王后是不能随意亲热的。偌大王宫，唯一可以同寝的地方，是王后的私人宫殿，一旦出了这小小蜜窝，再亲昵也要正襟危坐，分处两旁。

"可怜可怜，怪不得云常大王膝下只有一女。"

"这样抑着，能有一个就算不错了。"

这一众刚刚懂点人事的贵族子弟们言辞无忌，啧啧感叹，想到自己身在风俗开放的归乐，郎情妾意，只要水到即可渠成，大叫幸运。

"公主也是命苦。我们归乐，公主出嫁都住在驸马府里，夫妻天天腻在一起，想干什么就干什么。云常就不同，公主出嫁后，却仍要住在王宫，只有要行那风花雪月的事时，才通知驸马，说好哪一夜过去。"

"哈！那一个月几次，不全都让外面的人知道了？只看公主的马车来了几次就行。"

娉婷站在少爷身后，听他们肆无忌惮，早羞不可抑，拉着阳凤，自行到院子里找株翠绿的垂柳，选了大石坐下，聊女儿家的心事。

前事不可追，回首看去，物是人非。

娉婷无奈，只能看眼前。当初谈笑着云常王族可怜的少爷，已是这云常驸马府的主人。

只是这来自归乐的驸马，和深在宫中的云常公主，到底夫妻恩义如何？

领兵至边境，再潜行入东林，兵围隐居别院，带着战利品归来……如此算来，何侠已经离开公主多日。

夫妻小别，远胜新婚。

相思否？

若是那人，离了一天再回来，便像隔了一世未见似的，豪取强夺，教人整夜不得安生，求饶了还要连连索吻。

那人……

心猛地一疼，像带倒钩的箭早嵌了进去，如今被人不留神扯了一下。娉婷蓦然惊觉，用指甲暗暗狠掐嫩得出水的肌肤。

不要想。

不许想。

再也不想！

深深呼吸，将思绪逼着迫着，转回那"驸马府"三字上。

何侠取得兵权并没多久，要牢固自己的地位，一定会哄好娇妻。这位在归乐的政治争斗中失去家园，吃够苦头的小敬安王，不会不明白云常公主的支持对他来说是多么重要。

何侠会使尽浑身招数，让公主殿下俯首称臣。

回到都城，精神舒畅的第一晚，不是最应该用在柔情蜜意上，垂幔床榻处吗？

娉婷沉思良久，转头看向醉菊："何侠今日一早出门，是进宫见公主吗？"

"他沐浴过后，悉心打扮了一番才出门，应该是去见公主。"醉菊想了想，"当然要急着去，公主说什么也是云常的主人嘛。"

见娉婷露出思索神情，眸子流露出计定的光，又似乎还有想不通的难题，秀气的眉忽然皱起来，醉菊试探着问："姑娘是不是想到法子了？和云常那位公主有关系？"

娉婷显然遇到难题，慢慢将头摇了两下，盯着醉菊，又是一番沉默，才启唇问道："你有没有什么药方，可以暂时改变我的脉息，不让何侠为我把脉时知道真相？一夜就好。"

娉婷本身就精通药理，知道此事真的不易。

这药方要有效且不能伤害腹中胎儿，而且在软禁当中，醉菊要什么药材都要通

过驸马府的人，何侠怎会不起疑心？

醉菊道："姑娘在考我的医术吗？这样的药方，别说我，就是我师傅也是没有的。"

娉婷也没抱多大希望，脸色黯然，低声道："这是最疏忽不得的关键，没有想好这步，我们不能轻举妄动。"

醉菊的唇角却忽然勾起一抹狡黠的笑容："药方是绝没有的，但我也没说别无他法呀。给我七根银针，保管今夜之内，何侠摸不到姑娘腕上的胎脉。"

"针灸？"娉婷眼中乍喜。

东林神医霍雨楠的拿手绝技，正是针灸。

"不过，这也只能用一次，用多了，毕竟对胎儿不好。"醉菊实话实说，"而且针灸之后，脉搏无法像平常一样平稳，会稍显紊乱。"

"这更好了！"娉婷轻轻一掌击在石桌上，黑白分明的眸子隐隐有了三分从前的光彩，压低声音道，"我正要让何侠以为我病了。"

"但是银针……"

"银针还不容易？何侠吩咐，驸马府里的人要待我如主母。"娉婷的目光悠悠转向小池对面一直探头探脑的两名侍女，"叫她们拿，敢不给吗？"

# 第三十二章

雪刚停住的时候，何侠回到了驸马府。

昨天深夜才到，今日却起个大早，进宫见了公主，又为了东林之事被众将军困在议事厅里商讨战事，纵使铁打的身子，也略有了些倦意。

往日他眼中的驸马府，金碧辉煌，却总少了点人气。今日从宫中策马归家，却对它多了一分亲近，也多了一分不愿面对的怯意。

这亲近和怯意，都是因为同一个人。

娉婷在的地方，总会染上和娉婷眸中一样的颜色，回响着和娉婷呼吸一样的节律。

她总能在不知不觉中，渗进别人的每一次呼吸，牵着别人的心，而自己却是一副毫不自知的模样。曾经，只有何侠是例外。

十五年相伴相随，何侠也能渗进娉婷的呼吸，牵着娉婷的心。他脸色不对劲，身上不舒服，兴致不好……都会引起娉婷的注意。那双聪慧的眸子轻轻转上两圈，便能猜出他的心事，于是逛园子也好，弹琴也好，说笑话也好，她总是体贴地为他排解。

有时她会劝满心不痛快的他拿起剑，舞一套敬安剑法。她也一边换了袖子特别宽大的裙子来，伴着他的剑，和着《九天》曲，跳一支轻柔妙曼的舞。

灵犀相通，堪怜身边一朵解语花。

天下间的男人，没有几人能有这般福气。

这是属于何侠的福气，曾经。

当娉婷的目光移向他处时，何侠才惊讶地发现，原来得到娉婷的关注，是如此宝贵如此满足。

原来珍贵的不是琴声低唱、动人的舞、魅人的笑，而是那一份安心的感觉。

原来天生的福气，也天生注定有失去的一天。

这些曾经属于他的福气，难道注定统统都要给了楚北捷？那个敌国的王爷；那

个设下计策假装败退，促使何肃向敬安王府动手的镇北王；那个留下离魂宝剑，从此让娉婷怅然若失的男人。

踏上台阶的脚步有些迟缓。

眼前的门槛真高，这是他驸马府的门槛，似乎再高一点，就能把门洞挡起来，让里面变成一座结结实实的监狱。

他自愿跨进来的，但不等于愿意在里面待上一辈子。

何侠低头，看自己掌中被剑磨出的茧子。他的手，有力而灵巧，知道怎么巧妙地挑砍穿刺，为自己赢取胜利。

四国已乱。

乱世，就是英雄的乐园。

他是天生的将才，敬安王府的出身，更给了他居高临下观测时局的本钱。他天生，该是这攘攘众生最顶端的一个。

但另一个人也有这般雄厚的本钱。楚北捷，也有尊贵的出身，也能文能武，也有治国的才干，也有领兵的谋略勇猛。最重要的是，他也有使人臣服的气势和风度。

何侠和他，就像归乐的两琴——阳凤与白娉婷，一生之中，总要被连在一起的名字。

阳凤和娉婷从小是好友。

他们两人，却注定是敌人。

娉婷已经回来了，楚北捷得不到她。就像无法拥有娉婷一样，楚北捷也永远不会得到这个天下。

何侠的眼中，射出毅然之色，昂首举步，跨过驸马府高高的门槛。

匆匆过了前厅，绕过小池的回廊，忽然在石屏风后站住了脚。何侠注视着小亭里的身影。

亭中有石桌。古琴置于上，香在一旁默默燃着。

娉婷坐在古琴前，无声地抚摸着琴头，仿佛她要把曾经沾染过此琴的任何一丝污迹，统统细致地抹去。

看到这一幕，何侠才深深地想起，他已经很久不曾听娉婷弹琴。

他总是坐得最近，看着美得无法形容的十指衬着古朴的琴，听着被拨动得战栗的弦吐出美妙的音，向空中跃去。连浮云，也惊艳得不忍离去。

娉婷的琴声，竟已有那么久没有听到了。

他不敢惊动娉婷，静静站在石屏后，期待熟悉的琴声响起。那会安抚他疲倦的心，指引家乡的方向。

娉婷却似乎无意弹琴，她只是低头，用指尖反复摩挲着古琴。若有所失的目光，停在细细的弦上。

香优雅地燃着，暗红色的点，渐渐降到低处，使劲地闪烁几下，终于熄灭了。

"为何不弹？"何侠从石屏后走了出来，踩着雪地上蜿蜒的青砖石块，停在亭前。

娉婷恍若未闻，仍怔怔瞅着那琴。

"这琴是我特意遣人从归乐买回来的，喜欢吗？"

再好言相问，也得不到响应。自从上了马车之后，娉婷就再没有开口和他说过一个字。

她的人回来了，她的心却忘在了东林。

好一会儿，何侠叹了一口气："晚饭想吃点什么，尽管吩咐厨房。这府里有两个归乐厨子，最会做蒜香肘子和泥蓉酱瓜。"说完便打算回房歇息片刻，可走了几步，又回过头来低声说了一句，"好久没听见你的琴声了。"然后转头要走。

"我也……好久没有看少爷在雪中舞剑了。"

几乎微不可闻的声音，从他身后传来。

何侠惊讶地转身，眼中闪烁着欣喜，低声问："想看吗？"

娉婷却别过目光，幽幽叹了一声："少爷不累吗？昨夜才回来，一早就出去了。"

何侠动情地凝视着她，露出一个宠溺的微笑："有你看着，怎么会累？"

剑，温柔地出鞘。身形，快若奔雷。

如蛟龙入水，酣畅自在，又如古藤虬干曲枝，变幻莫测。

剑锋处行云流水，气贯长虹。

娉婷倚亭而坐，默默看着。

她的目光如烟似水，柔柔一瞅，何侠再多疲累也尽化乌有。

何侠持剑腾空飞跃，转眸处，与娉婷的目光对个正着。

一瞬间，安逸的敬安王府仿佛又回到了眼前。

一切都没有改变。爹娘仍在，家园仍在，他曾经努力保护和为之自豪的一切，都在。

傲气年华，风花雪月，不曾消逝。

何侠剑走偏锋，使尽浑身招数，要留住在他心中烙下重重印记的昔日。

寒寒北风挡不住豪气顿生。何侠一剑舞毕，大汗淋漓，潇洒举袖往额上一擦，笑道："再来！"

剑锋斜斜向下一挑，蓦然一顿，身形已变，如龙欲飞天，蓄势待发。正是娉婷往日最爱看的敬安剑法。

铮！

剑如蛟龙游走四方，一声激越琴音不期而至，催发剑势。

何侠心中大为振奋，一招一式毫无停滞，劲腰骤转，剑势再变。琴音更强，宛若龙吟，更加高亢。

剑舞琴挑，竟配合得丝丝入扣，毫无瑕疵。

整套敬安剑法从容舞来，娉婷指下一曲《九天》亦已尽。

最后一招剑锋凝定，琴声随之戛然而止。

两双深邃的目光，在半空中撞个正着，熟悉而复杂的感觉，汹涌而至。

娉婷，娉婷，你和我一样，不曾忘记过去。

你的心里仍有敬安王府，仍有小敬安王！

除了楚北捷，仍有其他能在你心田容身，对不对？

仍有的！

白茫茫的天地，骤然寂静无声。

不知过了多久，半空中相对的目光才缓缓分开，娉婷眸光转动，移向何侠身后某处，柔和地定住。

何侠若有所觉，缓缓回头。

一道优雅庄丽的身影，跳入眼帘。

耀天公主身着隆重华丽的紫色长裙，一袭纯白色貂毛坎肩披于肩上。头戴式样复杂烦琐的珍珠凤冠，脖子上紧贴一串琉璃色宝石项链。

樱桃红唇，灿星亮眸。

身后八名侍女低头敛眉，伺候一旁。

见何侠回头，耀天公主雍容一笑，赞道："第一次看驸马雪中舞剑呢。"目光一转，移向何侠身后，柔声道，"归乐双琴，果然名不虚传。白姑娘，久仰。"

"公主殿下。"娉婷玉手离了琴，缓缓站起，隔着亭子，向假山后的耀天公主遥遥行了一礼。

何侠脸色变了变，一瞬后微笑起来："公主什么时候来的？"收了剑，走到耀天公主身边，探了探她的手，"这么冷，为何不叫我一声，却在雪地里站着？"

"雪中剑舞琴鸣，难得的美景，看得人心神迷醉，怎么舍得打断？"耀天公主柔顺地让何侠牵了手。

一起进了厅里坐下。侍女们端上热茶。三人各怀心事，低头品茶，看着茶碗中热气袅袅，一时都无言。

耀天公主身份最尊，自然坐于厅中主位。偏头打量了坐在身旁的娉婷半晌，忽然笑道："白姑娘刚刚弹的曲子真好听，不知曲名是什么？"

娉婷放了茶碗，不卑不亢答道："曲名《九天》。"

"《九天》……"耀天公主沉吟，仿佛咀嚼了这个名字一番，点头道，"曲好，名字也好。"

"公主夸奖了。"

"可以再弹一次吗？"

何侠刚巧放下茶碗，未等娉婷回答，关切地问："公主用了晚膳没有？知道公主要来，我特地吩咐了厨子们准备归乐的点心。上次公主吃了一块，不是一直说还想尝尝吗？"

举掌击了两下，唤了一名侍女上来，吩咐道："快去，将准备好的点心都端上来，还有我带回来的酒，也送一壶上来。"

不一会儿，点心和美酒都送了上来。点心确实是出自归乐大厨之手，热气腾腾，上面雕着各色灵巧讨喜的小花。每一小碟里玲珑地摆着五个点心，每个顶上点缀着不同的颜色，表示里面的馅也是不同的。

何侠屏退侍女们，亲自为耀天公主倒了一杯酒，送到她唇边。耀天公主瞅他一眼，目光在看不出表情的娉婷脸上稍停，乖乖仰头喝了何侠送上的酒，又用了两件点心，不再作声，脸色平静。

"娉婷，你也尝一个吧。"何侠看向娉婷。

娉婷手边的桌子上也有三四个小碟。她低头看了看，摇头道："我不吃苹果馅的点心，少爷都忘了。"

"我当然记得。"何侠道，"你没看见点心上面点着胡萝卜丝吗？苹果馅都换成了胡萝卜馅，掺了蜂蜜在里面。"

娉婷用指头捏起一个，从中间掰开了，里面果然是胡萝卜馅，混着蜂蜜的香甜，娉婷试探着放了一点进嘴，眼睛一亮："比以前的味道更好些，你还放了什么进去？"

何侠瞥耀天公主一眼，轻描淡写道："没什么，只是用了新鲜的冬蜜。云常都城附近的雪山上有一种不怕冷的蜜蜂。"

有着家乡味道的点心出奇可口，娉婷尝了一点，竟似乎被勾起了食欲，碟中的点心每个只有指头大，经看不经吃，她一口气便将五个都斯文地吃进肚子，还意犹未尽般向何侠手边桌上的点心瞅去。

"只有你那一碟是胡萝卜馅。我们这几碟都不是。早知道你喜欢，该叫厨子多做一点预备着。"何侠的目光朝正中的耀天公主一扫，殷勤地问，"上次厨子们做的点心公主说喜欢，所以今天为公主准备的还是那几种馅。公主要不要也尝尝胡萝卜馅？"

耀天公主脸色淡淡地笑了笑："我喜欢苹果馅。"伸手去取桌上的酒壶。

何侠欲帮她斟，已晚了一步。

娉婷执了酒壶，款款为耀天公主倒了一杯酒，忽然露出一个亲切到极点的微笑，

柔声道："小雪已止，眼看月亮也要出来了。不如开了大厅的门窗，让月光慢慢透进来，公主一边喝酒，一边听娉婷弹琴，既解闷，又雅致。可好？"

"嗯，听着这打算就舒服。"耀天公主点头，唤人来开了客厅的门窗。冬天日短，从院里进屋不过一个时辰，夜幕已经降下来了，明天似乎是个晴天，星月都看得清楚。

黄晕月光，流水般泻进厅中。

侍女们肃静无声地抬了放琴的几案进来，不一会儿，将何侠专为娉婷买的古琴也抱来，端端正正摆在案上。

娉婷如往常般净手，焚香，脸上已经多了一分庄重秀色。坐在琴前，屏息闭目，将指轻轻触着弦，勾了一勾。

一个极低的颤音，仿佛哽咽着在弦上吐了出来。

耀天公主听在耳中，叹了一声："好琴，难怪驸马不惜千金购来。"看向何侠，又赞叹道，"也只有这等好琴，才配得上白娉婷的弹奏。"

何侠回耀天公主一个宠溺的笑容，并不作声，只用温柔的目光抚摸着她的眼眸。

娉婷试了一下音，觉得心已经静下来，抬头问："公主想听什么曲子？"

"点曲这样的大事，要交给熟悉琴的人才行。"耀天公主目光落到何侠脸上，淡淡道，"就请驸马代我点一曲吧。"

何侠想了想，问："《春景》，如何？"

娉婷点点头，闭目潜心，养了一会儿神，再睁开眼时，眸中已多了一种不容忽视的自信和神采。

轻轻按住琴弦，再熟练地一挑指。

与刚才试音时截然不同的轻快琴音，顽皮地跳了出来。

琴声到处，生机顿时盎然。

少了冬日的阴寒，仿佛时光一下子走得急了，让人骤然想起，冬去后，便是春。

微急的曲调，一点也不让人感觉烦躁，却像看到春雨连绵，屋檐下水珠一滴滴坠落，温柔而又活泼。

琴声越奏越快，到了高昂处，似明媚的春光铺天盖地而来。

没有一丝杂质，没有一丝沉重。

一切都是欢快的。

鸟儿鸣叫着穿梭于林间，嫩色的小草从冰雪刚刚融化的泥土里钻出来，老树舒展身子，准备换上新的绿衣。

安静了一冬的小兽从洞穴里悄悄探头，不一会儿，已纵了出来，亲近林中第一朵害羞的花蕾。

一幕幕春色，在琴声中毫无保留地展开，仿佛连空气也充满了泥土芬芳的气味。

厅中人听得如痴如醉，想象三月春光撩人心醉。

终于，琴声渐低，似一日已尽。

雀鸟飞回巢中。累了的小兽自去寻清澈的水源休息。嫩草经此一日，仿佛又高了不少。老树从容挺立，含笑看顾着在树枝上蜷缩睡着的小松鼠。

余音绕梁，久久不绝。

过了许久，耀天公主才惊醒了似的，由衷赞道："天下竟有这样的琴声。驸马自小有白姑娘相伴，耳福真比我好了不知多少倍。"

娉婷受了夸奖，并无得意之色，恭敬答道："娉婷如今住在驸马府。公主要听琴，随时唤我就好。"

耀天公主貌似甚欢，点头笑道："那最好了。还能再弹吗？"

"当然。公主想听什么？"

耀天公主想了想，问道："既有春景，那么夏秋冬，也应该各有一曲吧？"

"是的。《春景》《夏色》《秋虫》《冬语》。"

"那……"耀天公主轻轻吩咐，"都弹来让我听一听吧。"

娉婷应了一声，腰身坐正，肩膀微抬，双手又抚上了琴。

悠扬琴声从精致华丽的窗门冉冉而出，回荡在偌大的驸马府中。

春景，夏色，秋虫，冬语。

春明媚之景，夏盛放之色，秋声瑟之虫，冬寂静之语。

当初敬安王府的花台亭边，这是娉婷谱的曲，何侠思量着起的名。

《春景》奏过，《夏色》已往。秋正瑟瑟徐至，苍而不凉。

府内府外，被琴声浸润得如在天外，至琴声悠然而止，才恍然察觉，原来倾心迷醉中，《秋虫》也已到了尽头。

弹琴极为耗神，娉婷勉强弹了三曲，倦色藏在眉间，此刻手抚琴，准备接着弹那《冬语》。

何侠的心早就悬起，忙伸手制止了，转头向耀天公主道："公主，现在正是冬天，听《冬语》更添寒意，远比不上前面的《春景》《夏色》《秋虫》有意思。不如不听那《冬语》，留一点余韵，权当回味？"

"驸马说得对。"耀天公主点了点头，意犹未尽地徐徐评道，"方才这三曲各有特色，但若单论气魄，我还是最喜欢后院听到的那《九天》。"

娉婷在何侠答话之前立即接着耀天公主的话说道："不听《冬语》，那就让我再弹一次《九天》给公主听吧。"

何侠猜想耀天公主也瞧见娉婷疲弱，盼她当下拒绝，不料她却点头笑道："好。"

何侠心中不悦，又不好作声，眸光微黯，脸上却不动声色，仍坐着静听。

娉婷果然端坐了，又勾了弦，轻轻一挑。

弦颤动起来，发出优美的音，却似乎没有原先的清越。何侠暗叫不好，勉强听了一会儿，几个高音好似临渊而立，有不稳之势。

娉婷喘息渐重，肩膀摇晃了几下，竟向后软倒。何侠暗叫一声不好，猛然从椅上跳起，刚好将差点倒在地上的娉婷接在怀里，色变道："娉婷！娉婷！"

"怎么了？"耀天公主也是一惊，起了身走过来。

何侠无暇答她，抓了娉婷纤细得可以看见骨头的手，在腕上静静探了一会儿，将她打横抱在臂弯中，绕过回廊，小心安放在卧房的床上，才对随后跟来的耀天公主沉声道："脉息有点乱。她一路颠簸，大概累着了。"

耀天公主愣了一下，道："我不该命她弹琴的。"露出歉色。

出乎意料地，何侠没有像往常那样安慰她，只是转而言它："煎几服药喝了，再好好休息几天，就会没事的。"就着房中书桌上的笔墨，亲自写了一张药方，交代侍女们立即去准备。

何侠忙了一会儿，又唯恐外面的脚步声惊扰娉婷，亲自为她放下床前垂幔。回头时，看见耀天公主站在身后，默然不语。

何侠这才将心思转回到娇妻身上，柔声道："公主累了吗？公主的寝房已经用香熏过，请公主先过去休息一下可好？我立刻就过去。"

"不必了。"耀天公主满怀柔情而来，现在兴致全无，强笑道，"只是来瞧瞧驸马，本来就不打算过夜的。"

"公主……"

"我们俩是夫妻，日子长着呢。"耀天公主低声道，"你刚回来，也该清清静静的，好好休息一夜。"眸子不动声色地一转，瞥了垂幔深处的床上娇弱的身影一眼。

何侠低声道："那我明日一早进王宫见你。"

虽仍是往常轻佻甜蜜的语气，表情也极真挚，但听在耀天公主耳中，总觉得他松了一口气似的。

"我走了。"

"我送公主回王宫。"

耀天公主心中气苦，碍着身份，又不能显露丝毫，摇头道："不必。"

这两字说得生硬，何侠怎会听不出来？身形一僵，锐利精明的眸子直视耀天公主。

耀天公主被他定定一看，反而心生不安。她将何侠看得极重，明白若让何侠将她看作心胸狭窄的妒妇，从此便会失了何侠的宠爱。赶紧隐藏刚才不慎流露的不满，换了另一种羞涩语气，别过脸嗔道："一路回去，谁不瞧在眼里？都是夫妻了，还送来送去的，生疏得像外人似的……"

何侠温柔地笑起来："公主多虑了。我们是夫妻，永远都不可能是外人。送到王宫怕人笑话，那就让为夫送公主到大门，总不会这也不行吧？"

耀天公主不再反对，露出女儿娇态，乖巧地让他携了手。

两人一道亲亲密密地到了大门，何侠早奉上无数甜言蜜语，绵绵柔情，让耀天公主矜持的脸上逸出花般笑容。

门前宫廷侍卫们早已备好马车，烛光闪烁，将一条大街照耀得如白昼般。

何侠亲自扶了耀天公主登上马车，又探身入内叮嘱了两句，才站到一旁，目送浩浩荡荡的王宫车队在寂夜中离去。

车队远去，在眼中渐渐缩为一个小点，何侠才转身进门。

夜已深，大地一片寂静。

如娉婷的琴曲一般，冬，寂静之语。

何侠并没有朝自己的卧房走去，而是一路不停步地回到娉婷的卧房。跨入房中，一个身影受惊般地从床边站起来，瞧清楚他的脸后，连忙低头行礼："驸马爷。"眉眼之中，隐隐藏着不平之色。

何侠认出她是娉婷的侍女，不大在意地看了一眼，目光转到床上的娉婷脸上，目光变得温柔起来。

醉菊正陪伴着娉婷，她知道何侠的卧房在另一侧，没有想到这个时候何侠会过来。见何侠走近床边，怎么说他也是这里的主人，醉菊只好不甘心地让开，站到一旁。

何侠没有理会这个侍女，坐在床边，细细审视娉婷苍白的脸。瘦了许多呢。他伸手，轻抚娉婷的脸。

醉菊瞧在眼里，攥紧垂在腿侧的拳，心一阵狂跳。

夜深人静，孤男寡女，又是在私密的卧房里，正是叫天不应叫地不灵的时候。若何侠对娉婷起了龌龊心思，那可怎么办好？

何侠对醉菊的紧张浑然不觉，只是用手指反复描着娉婷的眉目、红唇，怜惜地瞅着她沉睡的模样。

醉菊监视着何侠的一举一动，他触碰娉婷的每一个动作都令醉菊万分不安，既盼他的指尖快点离开娉婷的脸庞，又怕那手一离开，就会伸到更叫人害怕的地方去。

王爷，这可怎么办啊？

你再不来，就要大事不好了！

生平第一次，醉菊在心中强烈地怨恨楚北捷。

醉菊紧张到几乎无法呼吸的时候，何侠终于停下摩挲娉婷的脸，从床边站了起来。

醉菊这才松了一口气，只道他看够了，一千一万个盼他快走。不料何侠站起，转身，竟伸手去解自己的腰带，一副宽衣的姿态。

何侠犀利的眼神看向脸色惨白的醉菊，皱起眉："呆看什么？连宽衣都不懂伺候吗？"娉婷还是和昔日在敬安王府一样，待侍女过于和善，由着她们爱做不做，把贴身伺候的人纵容得没有一点规矩。

宽衣？醉菊一颗心猛地悬起来，瞅向床上孤零零、毫无防备的娉婷，浑身打了个冷战。

"驸马爷……要在这里宽衣？"

"是。"何侠一边答着，见她不会伶俐地过来伺候，想着是娉婷的侍女，也不好责骂，索性不用她伺候，自己脱了外衣。

醉菊见他当真要在这里睡下，急得如热锅上的蚂蚁。偌大的驸马府都是他的人，就算叫起来，也是没有人搭理的。何况，不说别人，就只是何侠一人，她和娉婷也应付不了。

王爷，这可怎么办啊？！

"夜深了，你也早点睡吧。"何侠吩咐了一声。

"是……"醉菊虽然应了一声，脚步却不肯挪动，咬着下唇，焦急地打量房间四周，目光在桌上的小石像上停了一下。当即打定主意，若娉婷遇了危险，就抓着这个往何侠头上砸过去。

何侠身为武将，身手敏捷，这么一砸未必能有用，说不定自己还会没了小命，但只要能坏了他的兴致也是好的。

柔弱女子遇上强壮的男人，即使是能生白骨活人命的医术也全无用处，事已至此，还能有什么法子？

想到这里，不由得悄悄向小石像方向挪了两步。

何侠已经坐上床沿，将剩下的半边垂幔放下。

醉菊隔着薄薄纱幔，瞧见何侠已经挨着娉婷躺下，趁着空当，一把将小石像抓了藏在袖中，蹑手蹑脚靠近。

娉婷似乎被何侠弄醒了，昏昏沉沉地"嗯"了一声，略动了动。醉菊屏息听着，只要娉婷惊叫起来，她便掀开垂幔，拼尽全力一砸。

寂静中，却听见娉婷迷迷糊糊问了一声："少爷？"隔了一会儿，又喃喃道，"怎么过来了？"

"我抱着你，会暖和点。"

幔内传来轻微动静，似乎何侠真将娉婷抱住了。醉菊的神经绷得紧紧的，竖直了耳朵，娉婷竟没有作声，仿佛又睡去了。

醉菊袖中握着小石像，满手冷汗。等了许久，幔内平缓均匀的呼吸声隐隐可闻，像真的睡着了。

她仍不放心，用指尖小心翼翼在幔沿挑开一个小口，窥探进去。

娉婷和何侠躺在床上，共享一床被子，相拥而眠。两人安安静静的，脸贴着脸，彼此毫无防备，睡得像两个孩子。

愣愣瞅了半天，醉菊悬起来的心总算放了下来，继而大奇，这到底算怎么回事？

醉菊缩回了手，隔着幔子看着两人朦胧的影子。思来想去，到底不敢大意，握着小石像，就在床边守着。挨了两个时辰，倦意一重一重袭来，眼皮子也越发沉重起来。

# 第三十三章

本来娉婷要醉菊帮自己扎了七针，暂时改了脉象，已有点不适。夜来勉强弹了几曲，虽是为了诱那云常公主，也着实耗了神。睡在床上，鼻尖闻着卧房里熟悉的归乐熏香，只道又做了一个回到敬安王府的梦。

一切都那么平静、安详。

惬意地和何侠玩闹，无忧无虑。

仿佛又到了冬天，两人怕冷，晚上又都喜欢看星星，往往窝在一床大被里，看到深夜，倦意沉沉，便无所顾忌地相拥着睡去。

两人从小一块长大，相处相交，都凭着各自心性，从无龌龊念头，也从没有意识到男女别。

府里的长辈早料着娉婷说什么也是个侧妃身份，也睁一眼闭一眼。

归乐的熏香，那是属于敬安王府的味道。

王妃最爱这味，说能安神。少爷的房中，也常年燃着。

她有自己的房，但少爷的房也是她的房，要进便进，房中种种有趣玩意她都碰得。

"抱着会暖和点。"七八岁的男孩子，总充满了保护欲。

"窗子打开吧。"

"娘知道又要骂我。"何侠虽这么说，却一点也不犹豫地跳出被窝，把窗呀呀地推开了，又灵巧地钻回被中，抱住白白嫩嫩的娉婷大呼，"好冷！"

"冬天就要冷冷的才好。"

"还说呢！前两天是谁受凉病了？"

童言稚语，回响耳边。

昏昏然醒来，何侠熟悉的脸跳入眼帘，娉婷蓦然向后一缩，定睛再看。

竟不是梦！

"怎么了？"何侠睁开眼睛，微笑着问。

娉婷坐起上身，别过眼睛："少爷怎么睡这里了？"

"我们以前……"

"以前是以前，现在是现在。"娉婷截住，责怪道，"我们都多大了！"

何侠甚少见娉婷恼怒，不禁一愣，半晌，冷笑道："倒是，人大了，心也变了。"下了床，一边自行拿了衣裳穿上。

醉菊昨夜挨着墙边蜷着睡着了，朦朦胧胧听见声响，揉揉眼睛，从角落里站起来，手里还握着那没派上什么用场的小石像。

何侠一眼看到，转过身，对娉婷沉声道："你不用慌，你的侍女清醒着呢，手里攥着东西在床边站到天亮。我在这府里真要干什么，她能拦得住？"他为人向来极有风度，可是一夜没有他意的温馨被毫不留情地打碎，再好的风度也荡然无存。

娉婷与何侠相处这些年，从来亲密无间，没有男女间的别样心思，就算听了要当侧妃的事，也不曾想到别的地方去。骤然听何侠这么一句，心里又惧又气，脸色苍白。

"我们从小在一块，强逼过你什么没有？"何侠心中恼火，咬牙道，"楚北捷才是要了身子又不要心的，你别把我当成他。"

娉婷只觉得仿佛心上被人戳了一刀，身子一颤，摇摇欲坠。

醉菊惊呼一声："姑娘！"

何侠也慌了，连忙扶了她，为她揉着背心，柔声道："我说错话了，你快不要急。"从小他惹了娉婷，都是这般哄劝，随口就说了，也不觉得低声下气。

醉菊送上热水，娉婷就着喝了一口，再瞥何侠一眼，他眸中的关切却是真的，娉婷想起自己千方百计要逃开这熟悉的人，心下凄凉，也不知恨好还是气好，半天缓过气来，低声问："少爷今天要出门吗？"

"怎么？"

娉婷见他握着自己的手腕，生怕醉菊针灸的效果已消，让何侠看出端倪，不动声色地挣脱了，幽幽道："没什么。少爷要是不出门，就为娉婷画一幅画吧，将来瞧不见了，权当是个念想。"

何侠反驳道："胡说，你就在这里，怎么会瞧不见？你不见了，我上天入地都要找回来。"

"什么上天入地？这些话怎么能当真？"娉婷淡淡回了一句，心里却忽然想起与楚北捷的种种山盟海誓。

上天入地，天涯海角，海枯石烂。

这辈子，来世三生，生死不渝的誓言。

"随我上马来，从此，你不姓白，你姓楚。"

不能当真的话，她曾真的信着。

这些话，怎么能当真？

如梦初醒。凄切的酸楚涌上鼻尖，猝不及防地，豆大的泪珠涌了出来。

何侠却不知道她的心思已被牵到远处，安慰道："我说的字字都是真话。别哭，我今天哪儿也不去，为你画画，画好了裱起来，就挂在这屋里。可好？"

娉婷满腹苦楚，听着何侠柔声安慰，更觉前路彷徨，将楚北捷恨得咬牙切齿。她顾忌腹中胎儿，唯恐伤心过度伤了孩子，不敢放声大哭，呜咽着，渐渐收了声。

何侠虽知公主在王宫里等着，但公主好哄，娉婷却是睿智聪慧，极难劝的。他使计让她伤心被掳，两人之间裂痕已深。现在趁着娉婷身体虚弱，似有缓和之意，当然不愿轻易放弃。

当即派人赶往王宫，为今日缺席找个借口。然后取出画纸画笔，精心为娉婷画像。


耀天公主昨夜睡得比醉菊更糟。

回到王宫，环视金碧辉煌的宫殿，闪闪发亮的垂帘，垂手静默的宫女，她越发觉得冷清难受，暗恨自己逞一时之气从驸马府回来。

但她为人自重矜持，这个时候要她再回驸马府，那是万万不能的。

早已知道白娉婷相貌一般，不过有一手超凡琴技，心想何侠再抬举她也不过是个贴身侍女的身份。可亲自去了一趟驸马府，才知道自己大错。

何侠雪中舞剑，白娉婷应和着他奏的那荡气回肠、逍遥酣畅的一曲，是耀天公主一辈子也不可能给何侠的。

他们那些只是平常相处的言行举止，就已天衣无缝般默契。

可谓君心我意，两两相知。

耀天公主想到这，心头一股酸气按捺不住，在床上辗转反侧，夜不能寐，未到时辰便从床上起来了。

男人的心，从不是容易抓得住的。更何况她选中的人，是名声日盛的小敬安王。

又想起何侠昨夜密密嘱咐的话，心才稍安。于是叫绿衣拒绝了其他臣子的求见，盛装打扮后，一心一意，只等何侠进宫。

不料，等了多时，何侠却遣了人来，说要筹谋前线战事，今日暂不进宫。传话的人虽然按照何侠吩咐，说了不少好话，耀天公主哪里听得进去，冷着脸遣退了，独自坐在屋中闷了很久，才吩咐绿衣道："去，请丞相来。"

贵常青听了传唤，放下手头公务赶来。

"丞相坐吧。"耀天公主脸色难看地说了一句。

她满腹不安，但唤了贵常青来，却不知从哪儿说起，端坐在上位，看了贵常青一眼，方问道："东林大军恐怕快集结好了，驸马过几日就会起程赶赴边境，粮草后备等可都预备好了？粮草是头等大事，指派的人妥当吗？"

"都准备好了。"

贵常青办事老练，亲力亲为，听完耀天公主询问，一一仔细答了，毫无疏漏。可耀天公主只是心不在焉地点了点头，问清楚了，却不开腔叫他回去。

没有人比他更明白这位公主的性子，一早宫里的人就告诉他公主昨夜从驸马府回来的事，此刻贵常青怎会猜不到耀天公主的心事？于是话题一转："臣会竭尽全力，保证驸马爷在边境不必担忧粮草供应。只是……不知驸马爷何时起程赶赴前线？"

耀天公主闷了半晌，才叹了一口气："丞相昨日说的话，耀天反复思索了很久。不错，远虑已经使人犯愁，但近忧比远虑更可惧。"

贵常青问："公主已经见过白婳婷了？"

"不错。"

"究竟是个怎样的人？"以贵常青的老道，也不禁生出好奇。

纷纷乱乱的世道，本该是男人的世界。千军万马掌于手中，抛头颅，洒热血，成就英名。

女人，若有显赫出身，就会因为联姻成为势力联盟的纽带；若有绝世美貌，或者也能成为那些乱世枭雄身边一逝而过的传奇。

只有白婳婷例外。

这侍女出身、相貌平凡的女人，竟几次三番成为四国局势变动的关键，归乐东林五年之约、北漠堪布大战，甚至迫在眉睫的东林云常之战，都和她有千丝万缕的关系。

"究竟是个怎样的人……"耀天公主自己似乎也没有确定的答案，蹙起修饰得非常精致的眉，回想昨日见到的白婳婷，苦思片刻，才缓缓道，"对白婳婷的感觉，一时真的很难说清楚。可以这样说吧，当我见到白婳婷之后，忽然觉得种种关于她的传闻、种种对于她的评价，都是真的。就如同堪布大战，从前想到一个女子领兵对抗楚北捷，不但要以女人的身份得到北漠王授予的兵权，还要得到北漠将士的拥戴，更重要的是要有真本事与楚北捷这样的名将对阵沙场，想起来真是不可思议。见过白婳婷后才知道，这般匪夷所思的事也可以自然而然，如行云流水般，做了，就是做了。"

贵常青留心耀天公主脸上任何一丝表情，沉声问："公主觉得，白婳婷这样的女人若被狠狠伤了心，会原谅那个伤了她心的男人吗？"

"伤心？"耀天公主的眸子流露出疑惑，"怎样伤心？"

"为了别的事，负了和她的约定，逾时不返，让她被人掳至云常。"

"楚北捷？"

"不错。"

耀天公主奇道："丞相为什么忽然提起这个？"

"臣已从驸马爷的下属口中问出了接回白娉婷的来龙去脉。依臣看，白娉婷已与楚北捷决裂，只要白娉婷一日不原谅楚北捷，楚北捷都会对东林王族怀有恨意。"

耀天公主淡淡道："出动三十万联军，不就是为了这个目的吗？"

可达成了这个目的后，另一个更让人头疼的难题却出现了。白娉婷留在何侠身边，和留在楚北捷身边相比，哪一个更糟？

贵常青微微一笑，低声道："公主，白娉婷已经没用了。"

耀天公主瞧见贵常青的神色，吃了一惊，紧张道："丞相的意思是……"伸出玉掌，轻轻做了一个手势。

"万万不可。"贵常青摇头道，"白娉婷一死，楚北捷一定会率大军疯狂攻打我云常，那会是不死不休的大战。再说……公主可知道，驸马爷昨夜睡在哪里？现在又在何处？"

耀天公主一听，心里已知不妙，但脸上仍平静地问："驸马昨夜不是睡在驸马府吗？"

"臣安插在驸马府的人来报，驸马昨夜与白娉婷同室而眠，在旁伺候的是白娉婷从东林带来的侍女。"

耀天公主脸色变得无比难看，霍然站起，面朝窗子深深呼吸，半晌才平复下来，低声道："说下去吧。"

"驸马今日没有处理军务，留在府里，为白娉婷画像。"

耀天公主的心仿佛一下被梗住了，她的十指用力地抓住了窗台，以致关节完全发白，精雕细刻的木窗沿被她尖利的指甲划出几道深痕。

她长长吸了一口气，抬起手，凝视精心保养多时但刚刚已被折断的粉红色长指甲，叹道："白娉婷若死了，不但楚北捷会发狂，驸马也会发狂吧。"接着语气变得冷冽，"丞相为我想出什么办法了吗？东林大军声势浩大，白娉婷就在驸马府内，难道要我和驸马决裂吗？"

"臣有一个很简单的方法，可以解决所有的问题。"

"哦？"耀天公主转身，看向胸有成竹的贵常青。

贵常青老成持重地微微一笑，清清嗓子："请让臣先为公主说一说目前的形势。楚北捷色令智昏，强抢了驸马爷的侍女，驸马爷向来善待白娉婷，不甘让白娉婷受人凌辱，使计将她带回云常。这一件事上，我们云常没有做错吧？"

耀天公主思索片刻，已听出一点意思，点头应道："白娉婷本来就是敬安王府的侍女，小敬安王将她从镇北王手上救回来，这是情有可原的。我们云常并没有做错什么，东林没有出兵的理由。"

贵常青心中赞她聪明，慈爱地瞅她一眼，续道："公主错了。不管有没有理由，只要白娉婷还在我们手上，楚北捷肯定会出兵。"

耀天公主眸中闪过悟色："你是说……要让白娉婷不在我们手上？"

"正是。驸马爷是为了救白娉婷而去的，而不是为了伤害白娉婷。如果白娉婷不在云常，楚北捷还有什么理由开战？"

"我们可以在驸马离开之后，将白娉婷放了？"耀天公主想了想，摇头道，"不行，为了得到白娉婷，压境东林，动用了多少兵力，怎能说放就放？再说，驸马知道了，必然大怒。"

"只要白娉婷不回到楚北捷身边，那么云常北漠联军压境东林所动用的兵力就有所值了。"贵常青仔细分析道，"驸马爷不是很心疼白娉婷，将她当成亲妹妹看待吗？又怎能怪公主看她可怜，软了心肠才放她走呢？公主要记住，驸马爷当初请求出兵，为的是破坏楚北捷和东林王族的关系，如今目的已经达到，驸马再没有借口在白娉婷一事上坚持什么。难道他向公主请求出兵，还怀了其他的心思不成？难道我云常倾尽国力出动大军，是为了让驸马和楚北捷抢一个女人？"

后面几句说得强硬无比，却正合了耀天公主的心思。她听得心头畅快，露出笑容道："丞相说得是，云常大军是为了国家而出动的，绝不是为了让驸马和楚北捷抢女人。驸马若为白娉婷的离开而责怪我，怎能给我云常众将领一个交代？我明白了。"心中一有定计，再不患得患失，眸中露出王族才拥有的决然光芒。

"公主终于明白了。"贵常青欣慰笑道，"还有几个细节，需要仔细筹谋。就算我们放走了白娉婷，也要楚北捷肯相信才行。万一白娉婷离开了，楚北捷反而以为我们暗中杀了她，那就不妙了。"

"放走她之前，会让她留下凭证，说明是她自行离开的。这应该不难。"耀天公主道，"只是……我们放走她后，再也无法控制她的行踪，万一她回到楚北捷身边，甚至再回到驸马身边，那我们岂非白费心机？"

"公主可以放心，白娉婷恨透楚北捷，想来不会回到东林。"贵常青显然想过这个问题，"楚北捷和驸马都是白娉婷极重视的男人，以她的心高气傲，有一个办法能保证她永远不会再见他们两人。"

"什么办法？"

贵常青似乎有点难以启齿，略为踌躇，终究还是压低声音道："如今乱贼满地，到处都是没有王法的人，白娉婷一介女子孤身上路，万一遇上贼子，被……"省了

后面的几个字，又道，"那她还有什么脸面再见任何人？她是被路上没有名姓的乱贼害的，流浪天涯也好，含羞自尽也好，都与我云常无关。就算有朝一日楚北捷寻到了她，她也不会再和楚北捷在一起的。这笔账，楚北捷自然还是要和东林王族算，毕竟是他们同意私下交易，牺牲了楚北捷心爱的女人。"

耀天公主毕竟也是女子，听到一半，脸色已经变了，待贵常青说完，摇头道："此事不妥。丞相难道没有别的办法吗？"

"不死，但是比死更令她痛不欲生，没有比这个更好的办法了。"

"可是……"

"公主！公主不能犹豫了。东林大军就在边境，驸马的心思也渐见端倪，不早点解决白娉婷，家国都难保啊。"贵常青语重心长，沉声道，"公主只需要在驸马离开后去见白娉婷，和她温言说上两句，让她留下辞行书，再放她走就行了。其余一切，臣自会安排妥当，不留一丝破绽。"

耀天公主眼神复杂地连连闪烁，想了一会儿，仍是摇头。

"公主！公主！请听臣肺腑之言……"

贵常青还欲再说，被耀天公主一挥袖拦住，转身道："丞相先退下吧，容我好好想想。"

贵常青抬头看她倔强的背影，知道此时不宜再劝，只好听从吩咐，行礼道："臣告退。"重重叹了一口气，出了珠帘。

耀天公主的背影始终没动，宛如一尊僵硬的石像。

绿衣走了过来，隔着垂帘禀报道："公主，外面的……"

"走开！"耀天公主一声怒喝，蓦然转身，抓起桌上的东西就往外砸。昨日才取出来使用的芳酿胭脂连着精致的翡翠盒子飞出垂帘，哐当一声砸在绿衣脚下，碎成一地触目惊心的红。

白娉婷，敬安王府的白娉婷。

你左右了归乐的生死，左右了北漠的生死，左右了东林的生死，现在又弹着琴，莞尔而笑，要来左右我云常的生死吗？

我云常泱泱大国，我耀天堂堂公主，怎可能是你指下的弦，要拨就拨？

怎可能让你毁我的国，毁我的家？

耀天公主咬着下唇，将窗边绸幔，一寸一寸，用力撕开。

东林与云常交接的边境上，战鼓响起。雄浑沉郁，带着天地之间古老的旋律，似从遥远的天边来，仿佛一股蓄而未发的强大力量，在冥冥中靠近。

旌旗遮盖日月，东林大军已经集结。远远看去，连绵不断的方块阵营，尽是沉着的眼神，闪着寒光的兵刃。

平原上，风正萧萧。

清晨的凝霜，被将士们散发的杀气蒸腾得无影无踪。

"王爷，龙狼大营的队伍也已经赶到。"

楚北捷听了消息，挥手掀开门帘，走出帅帐。挺立的身躯如山峦一样稳重，目光炯炯有神地俯瞰下方整齐划一的军队。

大军，已经集结。

旌旗连天，一张张年轻而毫无畏惧的脸。这是东林举国之兵，是保卫东林的最重要的力量。

楚北捷沉默地凝视面前的一切。

"都城那边，情况如何？"良久，沉声问身后的臣牟。

臣牟叹了一声："大王已经连续来了十六封急信命王爷立即撤军，措辞前所未有地严厉。大王的信，王爷真的不看一眼吗？"

一丝决然从楚北捷闪亮的眸中掠过，他冷冷道："本王看了他一封信，就已经失去了娉婷。"

则尹的信使，终于送来了真相。

白娉婷，究竟是否毒害东林两位王子，又有什么关系？

即使娉婷真的害了两位王子，他也早就决定仍会爱她怜她。可就算娉婷没有害两位王子，大王和王后还是会将她作为交易的筹码。

在这纷乱的世道，真相又有何用？

楚北捷恨极，犹恨自己。

一封王兄的亲笔信，惊破月圆花娇，惊破隐居别院的安逸美梦。

找不到任何借口，他舍弃了，是他舍弃的。

从知道丽妃的孩子，王族的血脉会受到威胁的那刻起，是他自己下的决定，是他亲自做的选择。

今生之中，他最错误、最悔不当初的一个选择。

他知道，王兄和何侠就是用这个方式，让娉婷看清她在自己心中的地位，残忍地让娉婷明白，无论他们爱得多深，楚北捷在遇到选择时，最终被舍弃的，都会是白娉婷。

对于爱得澄清如水的娉婷来说，那是致命的打击。

从明白这点开始，锥心的痛，没有一刻停止地折磨着楚北捷。

"有王爷为娉婷心疼，就算两手尽废，从此不能弹琴，又有何妨？"犹记得她仰首深情望着他，将自己的一切，毫无保留地交了给他。在他怀里唱着降歌，婉言

向他倾诉衷肠。

那颗骄傲的心，玲珑剔透的心，用尽了百般功夫，只为了让他明白，她有多在乎他，她有多么不安。

她曾经说过的每一句话都让楚北捷心痛，她的每一个眼神都让楚北捷心碎。他从不知道，思念可以让人发狂。

大军已经集结。娉婷，我就要向云常进发了。

不惜一切迎回我的王妃。

我要亲口告诉你，世间所有的一切都比不上你的一个笑容。在楚北捷心中，再没有什么比你更重要。

我们再谈一次惊天动地的情，真正的，千回百转，不改初衷。

急促的马蹄声让楚北捷回头，一脸风尘的罗尚跳下马，飞跑到楚北捷面前跪倒："王爷！"

"隐居别院怎样了？楚漠然伤势如何？"

隐居别院一战，楚漠然等以少敌众，众亲卫死伤惨重。罗尚算是其中伤得最轻的一个，受命留在原地，清理别院，照顾重伤的各位兄弟。

罗尚禀道："别院烧了小半，现在已经清理好了，死者也已经下葬。大夫们正在为活下性命的兄弟们疗伤，楚漠然伤势已有好转，但军田他……伤重不治。"

楚北捷脸上黯然。

这些亲卫，都是他亲手提拔、亲自教导的，一个个年轻力壮，热血沸腾，如今怎不让人心痛？

"王爷……"罗尚显然还有一件重要的事未能出口，探看了楚北捷的脸色后，小心翼翼地禀报，"我们清理白姑娘的院子，在醉菊姑娘暂住的小屋中，发现了她自行熬药用的药罐，还有几个方子……"

"药罐？"楚北捷声音骤沉，"本王离开后娉婷病了吗？"

"属下命大夫查看了剩下的药渣，他们说……说……"罗尚忐忑不安地抬眼看看楚北捷，立即垂下眼帘，"说是补胎的药。那些方子大夫们看了也说是补胎的方子。"

突如其来的沉默，笼罩在头顶上方。

楚北捷凌厉震惊的目光定在罗尚后颈处，几乎要把那灼出两个洞来。

娉婷有孕了……

她纤柔的腹中，竟然已经孕育了他们的骨肉！

伤透了心的娉婷，是怀着他的孩子被带走的！

有生以来在战场上受过的所有伤加起来，也比不上这一击给予楚北捷的痛苦。

惊涛无声无息袭来，在脑海中拍打呼啸，心口的剧痛让他失去了呼吸的能力。

心中一直压着的巨石骤然重了千倍，压出更深的血痕。

心痛得麻木，身躯僵如化石。

"发兵。"楚北捷悲怆地抬头，发出命令。

"王爷？"

楚北捷目光如炬，燃烧着熊熊烈火，一字一顿道："传令，拔营上路，正式向云常发兵！"

娉婷，你和孩子再等一会儿。

我很快就会奔驰到你的身边。

楚北捷向苍天发誓，会永远爱你，永远保护你，永远不再让任何人和事隔开我们。

如你所期盼的一样，无论曾经发生过什么，我们的爱任凭千回百转，永不改初衷。

第三十三章

311

# 第三十四章

东林大军正式向云常进发的当天，就是何侠辞别公主，从都城赶赴边境的那一天。

云常的兵力大部分已集合在边境待命，只等一名威震四方，可以鼓起士气，使众将士无畏东林楚北捷的主帅。

云常的百姓与世人一样，都相信只有小敬安王才能带领云常军，与楚北捷在沙场上一决胜负。

一样是旌旗遮天，战鼓动天。只是少了一分悲怆，多了一分壮志。

何侠一身崭新的帅服，神采飞扬，百官的目光都集中在他身上。此刻，可以抵挡楚北捷的，只有驸马。

云常的命运系于此战，此战的成败系于驸马。

万千注视下，何侠豪气凛然，仰头饮下公主亲手递上的送行酒，目光停在公主娇媚的脸庞上，轻轻一笑。

虽无豪言壮语，这一笑，已经足够。

耀天公主将千言万语化为深情凝视，知道纵使再不愿意，也已分别在即，低声嘱咐道："驸马千万保重。"

何侠平静地看着她，听了此言，忽然露出一个极欣慰的灿烂笑容，用悦耳轻松的声音道："有一个问题，云常上下百官都来问过我。我以为公主今日送行一定也会问，怎知猜错了。"

"何必问呢？"耀天公主眸子炯炯有神，自信地道，"驸马英雄盖世，绝不会输给区区一个楚北捷。"

何侠快意长笑，转身上马。

身后旌旗飞扬，何侠环视送行的文武百官，最后深深看一眼盛装的耀天公主。

一国之主领着文武百官亲自为自己送行，并不是第一次体会这种壮烈和尊荣。

对手仍是楚北捷。

只是今日，送行的不是归乐王何肃，出发地不是归乐都城，要保卫的国家，也不是归乐。

在他身边形影不离的，也再不是娉婷。

若真将楚北捷首级带回，展现在被幽禁于驸马府的娉婷眼前，结果会怎样呢？

何侠的目光扫过整装待发的众兵将，迎风拔剑。

"出发！"

车轮马蹄，缓缓动起来，仿佛沉睡的天地醒来了，隐隐震动，黄土飞扬。

从这一刻开始，云常所有兵力真正落到何侠手上。为了对付东林，耀天公主必须在这方面再无保留。

边境的黄沙即将被热血凝结，血腥味即将覆盖整片平原。无论死伤多少人命，何侠和楚北捷之间的恩怨，这老天一早就安排下的夙怨，必须了结。

一定要赢。

耀天公主登上城头的高台，目送何侠远去的身影。何侠马上的背影，骄傲而充满自信。当世名将，英姿勃发。

高处风大，吹得耀天公主凤冠上的垂珠不断晃动，就像悬起来的心，被狂风鞭子似的抽打。

"驸马会赢，他一定会打败楚北捷。"耀天公主神情笃定。

侍卫们都守在一丈开外，臣子中只有贵常青一人获命跟随登上高台。

贵常青就站在耀天公主身边，深邃的眸中也映着何侠的背影，已经成了一个小点，即将消逝在远方。

贵常青沉声道："臣何尝不对驸马充满信心？但为一个女人打一场大战，永远都是不智的行为。要赢楚北捷的大军，需要牺牲多少云常男儿呢？公主看今天随同驸马出征的云常精兵，不少都是满腔热血的年轻贵胄，这场没有必要的战争如果不被阻止，他们能有几个活着返回都城？"他转过头，看着耀天公主，"时间已经不多，公主决定好了吗？"

风势忽然加强，不远处云常王族的锦旗呼号般地猎猎作响。耀天公主迎风深深呼吸，严肃的脸上有着不容妥协的坚决："决定好了。"目光移到城墙之内，在远处巍峨矗立的驸马府停下。

牵动天下大局的白娉婷，就被幽禁在那里。

大军出发时沸腾的呼声震天，连城中的驸马府也能隐约捕捉到。

醉菊侧耳倾听，兴奋地笑起来："白姑娘，何侠出发了！"

少了何侠这个精明人物，以娉婷的智谋，要从这驸马府逃出去应该不是难事。

"我们现在应该怎么办？是用计，还是用药？"醉菊焦急地努力思索，"何侠在的时候我们都不敢妄动，现在外面的情况不知道怎样了……不如这样，我们先探一探驸马府的守卫布置，外面的路……唉，要是有一张云常都城的地图就好了。不知何侠的书房里面是否会留下地图，不如我们……"

"不必。"娉婷轻轻说了两字。

醉菊不解："不必？"

"不必自己花心思。"

"我们时间不多，再不趁这个机会逃，你……"醉菊警惕地看看左右，压低声音道，"你的肚子就会被看出来了。"

娉婷低头看看自己还没有突出的腹部，被勾起满腔温柔的母性，不由得用手轻轻抚了抚，才对醉菊道："你觉得云常公主对何侠如何？"

醉菊知道娉婷这个问题一定不简单，认真想了想，答道："上次她来的时候，我在远处偷偷看了两眼，长得很美，和何侠算是一对璧人。瞧她的模样，似乎对何侠相当在意呢。"

"确实相当在意。"娉婷点头，"自从上次之后，我再没有见过这位公主，这位公主好像也忘记了我的存在。"

醉菊听出点端倪，问："既然两不相干，为什么现在忽然提起她来？"

娉婷悠悠将目光移向天空，云淡风轻地笑了："箭在弦上，引而不发，不是真的不想发，而是要等到恰当的时机。她越表现得对我不在意，心里越是在意。"

"她要的时机是等何侠走后？"醉菊低头想想，蓦然惊道，"妒妇心计最毒，她又是公主身份，万一她趁何侠离开时杀你怎么办？"

娉婷很有把握地摇头："妒妇也有聪明和愚蠢之分。耀天身为云常公主，在众多求亲者中却选择了当时已身无一物的何侠，她绝不是愚蠢的女人。她也很清楚，何侠费尽心血将我带回来，又如此待我，如果贸然杀了我，他们的夫妻恩义就算完了。而且，如果我死了，就算何侠碍着她的公主身份隐忍着暂不发作，楚……"惊觉自己差点吐出那个名字，娉婷神情一变，懊恼地闭上双唇。

醉菊已经听出她的意思，替她接了下面一句："王爷也不会放过她。"幽幽地长叹了一口气，低声道，"王爷这次一定是违背了大王的命令，下了死心领兵攻打云常。他这也算……也算是……什么也不顾了。"

"不要再说了。"娉婷霍然站起，本打算拂袖而去，却不知为何忽然改了主意，站在原地背对着醉菊，沉声道，"我们两人之间的事，与无辜的士兵又有何干？此次云常东林大战中失去的每一条人命，都是我和他的罪孽。"

醉菊叹了一声，既困惑又伤感："你到底想王爷怎么做？王爷又能怎么做呢？"

婷婷的背影仿佛僵住了一样，半晌才幽幽传来一句："我什么也不想，他也什么都不需要做。"

"姑娘……"

"谁注定了要和谁一辈子守在一起？白婷婷难道就不可以离开敬安王府或楚北捷？"婷婷截断她的话，语气渐转坚定，"我从小受王爷王妃教导，要忠君，要爱国，要持大义，保大局。如今又有什么好下场？人难道就只能顾着大义、大局，就不能为自己活一次吗？"

她转身，俯视已经愣住的醉菊，徐徐道："你们都道我聪明，聪明人做事就一定要讲道理，有理由，被人问了千万个为什么，都要答得毫无破绽？醉菊，我不管你家王爷有多大委屈，有什么天大的理由才赶不回来，我再不想听见他的名字，再不想看见他这个人。我不是朝廷上的文武官员，每个决定都必须头头是道，我只是个活生生的人，我喜欢哪个，我恨哪个，难道我自己做不得主？我想一个人带着孩子安安静静活着，难道就不可以？"

声如琴声般清澈，余音散尽，屋内寂静无声。

醉菊一个字也答不上来。

天下没有两全其美的事，楚北捷两者择一，他选择了保全王族，选择了伤害婷婷。

那么，就让他继续保全王族吧。

那么，就让白婷婷远去吧。

再不得已的选择，也是选择。

再不得已，也有了伤口。伤口在，心怎么会不疼？

谁注定要与谁一辈子守在一起？

白婷婷也不过区区一女子，为何偏偏要强求她想着大局，想着大义，想着国家百姓？

不讲理的人一辈子不讲理也无人诟病，素来讲理的人一朝想随着自己的心意行事，却受到责怪。

世事就是如此，比人更不讲理。

看着婷婷两腮被泪水浸湿，醉菊忽然明白过来。

她仍爱着楚北捷。

爱得深，才会恨得深。

恨楚北捷的负约，恨他们两人都是一样的命，永远被大义大局牵制着，受尽断筋剐骨的伤，却永远无能为力。

大义大局之前，要保留一点纯粹的爱意，竟是如此之难。

这纤柔人儿要的，她不顾一切要的，是她永远不可能得到的。

得不到，就舍弃吧。

舍弃了，就不回头地逃。

逃开楚北捷，甩开如附骨之疽的国恨家仇。

"白姑娘，做你想做的吧。"醉菊睫毛颤动，坠下一滴晶莹的泪珠，仰头看着娉婷，轻声道，"这一辈子，人要能为自己做主一次，那该多好啊。"

仿佛是，快融化的冰层被最后的一锤子凿穿了。娉婷惨淡的容色蓦地一动，猛然跪下，搂住醉菊。醉菊也紧紧搂住她，咬着唇，忍着哭泣。

做吧，做吧。

人生一世，要爱，要恨，要做主，要抗争。要追那抓不到的天上的风。

"别做聪明人了。"醉菊在娉婷耳边哽咽道。

做个小女人，做个幸福的母亲，做个不用再提心吊胆，为了大义大局伤透心的女人。

每个人，都有幸福的权利。

别再管东林的硝烟、云常的战火，逃得远远的，永不回头。

告诉那一定会美丽健康聪明的孩子：人，其实可以为自己做主；人，其实可以放声地哭，惬意地笑；人，其实不但可以有理，还可以有情。

"谁注定要和谁一辈子守在一起呢……你说得对。"

"伤了心就是伤了心，说几个冠冕堂皇的道理，伤口就能愈合吗？"

"不能。"

不能的。

东林大军逼近云常的那日，何侠起程离开云常都城的那日，白娉婷与醉菊拥抱在一起，放声大哭。

这是来到云常后的第一次毫无保留的哭泣，让泪水痛快地从心里淌泻出来。

冬日的艳阳推开左右的云层，毫无保留地将光芒洒在她们身上。它明白，这两个柔弱的女人太需要力量了。

"我们一定要逃出去。"

"嗯，一定。"

两人坚定地默默点头，目光坚强。

娉婷抹干脸上的泪水，挺直腰杆，稳稳地站起来，站得比原来更笔直，在阳光照耀下，恍如一尊流逸着五彩光芒的玉像。

她有力量，她的力量就在腹中。有这个小小生命在，白娉婷不再纤柔无力。

门外侍从们的高声唱喏恰好在这个时候传来。

"公主殿下驾到——"

醉菊猛然站起来，与娉婷交换一下眼神。

"来得好快。"

娉婷抿唇不语，半晌方淡淡道："早晚要来的，不迎也得迎。"

和醉菊一道，刚出了屋门，已经看见耀天公主被侍女们众星捧月般的身影正朝这边过来，便停住脚步，低头行礼。

耀天公主下了决心，刚跨入驸马府，立即问明娉婷所在，一言不发，匆匆而来。过了后花园，远远看见娉婷低头行礼，心里一凛，反而放慢了脚步，在远处仔细打量那单薄身影一番后才袅娜而至，在娉婷面前从容停下。

"公主殿下。"娉婷轻轻道。

耀天公主居高临下，只能看见白娉婷低垂的颈项白腻光滑。

此女虽不貌美，却另有动人处。

耀天公主静静看了片刻，才随口道："免礼吧。驸马临行前再三嘱咐我看顾你，特此来看看。"边说着边跨入屋中，乌黑的眸子四周打了个转。

屋中布置华美，一物一器都是精致货色，俨然府中主母寝房的架势。

耀天公主选了一张近窗的椅子坐下，吩咐道："你也坐吧。"然后接过醉菊献上的热茶，目光落到帘内的古琴上，啜了一口茶。

娉婷和醉菊知道大事将至，不动声色，只一味地表现得恭敬乖巧些。

耀天公主瞧够了那琴，才看向娉婷，露出一丝温柔的笑容："那日遇上你病了，走得匆忙，只听了曲儿，却未聊上几句。你在这里过得好吗？缺点什么没有？"

"都好。"

"那……"耀天公主打量娉婷的脸色，笑问，"想家吗？"

此话问得蹊跷，语气也古怪得很。醉菊心中一动，露出讶色。

娉婷心中也是大奇，她只道耀天公主会在何侠离开后，想个名目把她弄到王宫里或者别的让何侠找不到的地方，只要囚禁的地方不是驸马府，看守的人不知道她的厉害，定会放松警惕，那时候要逃也就不再那么难。

可现在耀天公主的话却全然和设想的不同。

瞬间千百个念头闪过娉婷脑海，但脸上却看不出一丝波澜，轻声答道："娉婷是孤女，哪有什么家？"

耀天公主还是笑着："那把驸马府当成你的家，不就挺好吗？"

此话里面的意思，细想更是诡异。娉婷听在耳里，心里寻找到一种几乎不可能的假设，不敢置信地猛然抬头，大胆地直接迎上耀天公主笑盈盈的目光。两人都是玲珑剔透的心肝，电光石火间，已经知道对方心意。

耀天公主有放她离去的打算。

怎么可能?

但此刻已不容多想，时不我待，机不再来。娉婷暗中一咬牙，从座椅上站起，不由分说对耀天公主行了个大礼，跪着道："请公主为娉婷做主!"

耀天公主端坐在椅上，悠悠问："为你做什么主? 驸马待你不好?"

"少爷待娉婷极好，只是少爷虽然疼惜娉婷，却不知道娉婷的心意。"

"你的心意?"

"娉婷……一直渴望着自由自在地生活，不受世俗羁绊。"娉婷仰头，凄然道，"驸马府样样周到，可高墙碧瓦，锦绣罗衣，在娉婷看来，不啻囚笼。"

耀天公主蹙眉问："你想离开?"

"是，求公主成全。"

"你是驸马极看重的人，我要是让你走了，待驸马回来，又怎么向他交代呢?"

"公主和驸马是一家人，夫妻恩爱，又何必交代?"娉婷伶俐地答道，"少爷疼惜我，要我留在驸马府，公主也是疼惜我，才让我离开。夫妻同心，公主这是为了少爷，才成全了我，少爷怎么会为此怪罪公主呢? 请公主成全娉婷。"说完又低头跪拜。

头顶上一丝声响也没有，娉婷能够感觉到耀天公主的目光正牢牢定在她的脊背上。

屋中的归乐熏香袅袅而起，曲线曼妙如舞，在一片寂静中舒展身姿。

不知过了多久，耀天公主的声音才从头顶传了过来："都是女人，你就是和我说实话，我也不会为难你。你还想着楚北捷吧? 离了这里，要回去自己的男人身边，对吗?"

娉婷霍然抬头，睁大双眼，磨着牙道："公主不知道娉婷是怎么到云常来的吗? 难道娉婷是这般下贱的女子，到了这种境地还要回去找那个男人?"

耀天公主被她的怒气吓了一跳，忙柔声道："你先别急。我问这个不是疑你，只是另有一事不好交代。你先起来再说。"亲自弯腰扶了娉婷，边徐徐道，"楚北捷集结大军，已经快抵达我云常边境，就是为着你。若你走了，楚北捷怎么肯信? 我只怕他误以为我们害了你。"

"公主不必担心。"娉婷立即道，"让娉婷留下书信一封，请人带给楚北捷，他自然知道我已经走了。"

"如此最好。"

娉婷毫不掩饰脸上的喜悦，惊讶道："公主是答应让娉婷离开了?"

耀天公主叹道："有什么办法呢? 你过得好，驸马也只会高兴。再说……这样做能够化解一场迫在眉睫的大战，我还有得选择吗? 打算什么时候动身?"

"越快越好！"醉菊听着两人的对话，仿佛百年干旱忽逢春雨一般雀跃，实在按捺不住，兴奋地插了一句。见两人目光同时移到自己身上，乖巧地低下头去。

"这是娉婷的侍女，名叫醉菊。"

耀天公主打量醉菊两眼："你说说，为什么越快越好？"

娉婷心里七上八下，真正的原因当然绝不能说。耀天公主贵为摄政公主，成天与官员打交道，并不是那么好骗的。可耀天公主指明了问醉菊，她若急着代答，更显得事有蹊跷。

但醉菊如果说不出一个恰当的理由，也必然引起耀天公主的疑心，让刚刚出现的希望立即化为乌有。

不由得担忧地看向醉菊。

醉菊被耀天公主一问，愣了一愣，随即毫不犹豫地答道："当然越快越好啊，驸马府都快把人闷死了，连买个胭脂都不方便。哪个府里的侍女都有出去逛的时候，市集上有多少有趣东西啊，糖葫芦、糖人、米面儿、耍猴的……偏我不能去。从前总听人家说云常有一种摊子，专卖现调的水粉，水粉师傅看了女孩子的肤色，就用手头上的各种花瓣花粉香末子调制，不知多有趣，可到云常已这些天，竟还没有迈出过大门。"

一番话说出来，犹如水晶珠子噼里啪啦掉在玉盘子里，爽快利落，一点也不吞吞吐吐。耀天公主反而笑了，夸道："倒是个伶俐的丫头。"

娉婷和醉菊心中暗松了一口气。

耀天公主又问娉婷道："那你怎么想呢？"

娉婷细声道："公主做主就好。"

耀天公主打量娉婷一番，雍容端庄的脸上闪过一抹犹豫，半天才踌躇道："既然如此，也不必耽搁时间。写了书信，随我的车骑出去，将你们送到城门吧。"

醉菊赶紧送上笔墨。

娉婷走到桌上铺开的锦帛前，蘸墨提笔，手提到半空，忽然凝住，脸上落寞忧伤，半天没有下笔。

醉菊知她心思，屏息等了一会儿，忍不住轻声唤道："姑娘？"

娉婷幽幽应了一声，这才咬着唇下笔，中途也不稍停，一气呵成，挥笔成书。端正娟秀地写下"娉婷"两字落款，将笔搁了。

醉菊收拾了笔墨，娉婷将写好的书信小心吹干叠好，封起来，在上面加了自己的印记，双手奉给耀天公主。

书信既写，也算对楚北捷有个了结。

娉婷两人从来到驸马府的第一日就筹划逃跑，早想好要带什么上路，醉菊不一会儿就收拾好两个包袱。

耀天公主等她们收拾妥当，一手携了娉婷，唤来侍女吩咐道："准备车骑，我要回去了。"醉菊拿着包袱跟在后面。

一路出了后院，中庭的护卫见娉婷在耀天公主身边，都怔了一怔。何侠远征，敬安王府的心腹多数带在身边，剩下的多是被调来守卫驸马府的云常王宫卫士，他们见了耀天公主，都知道是本国至高无上的公主，拦也不是，不拦也不是，有一两个胆子大的跨前一步，可接触到耀天公主凛然不可冒犯的目光，又怎敢再开口？

驸马府众护卫呆了眼地看耀天公主携着娉婷离开，眼见她们跨出大门，忽然听见一个清越的男声急道："公主请留步！"

冬灼从里面领着一队护卫匆匆赶来，向耀天公主行礼后站直腰，瞅娉婷一眼，恭声问："不知公主要带娉婷到哪里去？"

"城门。"

"为何要去城门？"

耀天公主脸色如常："娉婷想到处走走，我答应了。"

"驸马可知道？"

"等驸马回来，我自然会跟他说。"耀天公主道，"让开。"她贵为摄政公主，威势不小，冷冷一语，已生寒意。

"公主恕罪！冬灼奉驸马之命守卫驸马府。外面危险，娉婷没有驸马保护，绝不可以出驸马府。"

耀天公主怒道："你这是要违逆我的命令？"

冬灼再三行礼，口气却很生硬："公主要带走娉婷，请先杀了冬灼。"

"放肆！"耀天公主气极，挥袖低斥。

在云常之内，谁敢对耀天公主如此不敬！耀天公主一甩袖，随同的王宫护卫纷纷拔剑，寒光闪闪，直指冬灼众人。

气氛紧张起来。

冬灼不肯挪步，他听命于何侠，奉命留下看守驸马府，说什么也不能让耀天公主带走娉婷，昂头对着快触到颈项的剑尖，清晰地重复道："公主要带走娉婷，就先杀了我！"

耀天公主气极，暗自紧咬银牙。冬灼是何侠从敬安王府带过来的心腹，她带走娉婷已经需要花费口舌交代，如果真的在驸马府动了干戈杀了冬灼，何侠回来后他们夫妻间更无宁日。她哼了一声，冷冽地道："连驸马也不敢如此无视我，你好大的胆子。"

冬灼不惧耀天公主，正要再说，却听见娉婷熟悉的声音幽幽地钻进耳中："冬灼，你真要拦住我？"这温柔的声音震得他心里一痛。

因为心里有愧，自从娉婷到了何侠手上，冬灼就尽量躲着她。

"娉婷，我……"

"你真的这么忍心？"娉婷轻声道，"冬灼，你看着我。"

冬灼把脸垂得更低。

他是敬安王府的人，他曾亲眼看着何侠怎样将娉婷逼到绝境，又怎么将她从楚北捷身边带走。

何侠把娉婷软禁在驸马府中当主母般对待，冬灼心里也为此害怕疑虑起来。如果何侠对楚北捷妒意难消，硬逼着娉婷当了侧房，以娉婷的高傲心性，说不定就是玉石俱焚的结果。

昔日玩伴，怎就到了如此相残的地步？

自从王爷王妃遇害，他越来越不懂从小一起长大的少爷。

"冬灼，你抬起头，看着我。"

冬灼别过脸，娉婷的目光像灼热的火一样，烧得他皮肤吱吱作响，痛不可当。

娉婷见他不应，走到他面前，将指向他的剑尖轻轻推开，握住他的手。

突如其来的柔软触感，让冬灼浑身一震。

"还记得那天夜里，你送我离开吗？"娉婷低声问。

冬灼咬着牙，半天才闷声道："记得。"

当日敬安王府众人被归乐大王何肃追缉，娉婷好不容易使楚北捷订下五年不侵归乐的盟约，立了大功，却被何侠猜忌，不得不离开。冬灼在无边夜色中，送别她孤独的马上背影。

娉婷幽幽叹气："不该留下的时候，为什么要留下呢？"握住冬灼的手用力紧了紧，柔声道，"好弟弟，再送姐姐一次，好吗？"

冬灼仿佛僵住了。娉婷的目光充满哀求，怎忍直视？沉默的空气凝固了，沉重地压在心上。

被压迫的心涌动着热血和太多记忆，咆哮着要从被压抑的深处冲出来。

这双握住自己的柔软小手，能弹奏天籁琴曲，却被卷入争斗，沾满血腥，何其无辜。

冬灼抬起头，接触到娉婷黑白分明的眸子，蓦然甩开娉婷的手，狠狠别过脸，沉声道："我什么都没看见。"

娉婷心中难过，痴痴瞅着他。醉菊却已经喜出望外地拉住她的手腕："快！"扯着她跨出了大门。

　　耀天公主实在不愿和何侠的人起冲突，心里暗喜，凛然领着众人出了驸马府。一行人上马的上马，上车的上车，浩浩荡荡离开了驸马府。

　　"这里有一些银两，路上带着用吧。"耀天公主的马车上已经准备了一个装满盘缠的包袱，交给醉菊收好，轻轻叹了一声，对娉婷道，"女人的命都不好，你要真能从此无牵无挂，逍遥四方，倒真的比我强。"

　　娉婷勉强笑道："公主有驸马爷，怎会不比娉婷强？"

　　耀天公主不知何事触动心肠，再叹一声，不再作声。

　　三人在华丽宽敞的车厢里，默对无语，静听车轮滚动的声音。

　　不一会儿，马车停下，有侍卫在帘外朗声禀道："公主，已到城门。"

　　娉婷和醉菊神情一动，同时看向耀天公主，唯恐她忽然改了主意。

　　耀天公主淡淡道："下车吧。"

　　娉婷和醉菊双双拜倒："多谢公主。"

　　"我该多谢你的书信，有了它，可以救我千万云常子民的性命。"耀天公主似乎深有倦意，挥挥手道，"去吧，望你一路平安，不再受苦受累。"

　　醉菊一手背了包袱，一手携了娉婷下车。两人站在城门前，看着耀天公主的车队远远去了，恍恍惚惚，宛如做了一场不可思议的梦。

　　醉菊抬头看看头顶上的太阳，又转身看看城门外茫茫的黄土大道，不敢置信地低声道："她竟然真的放了我们，还把我们送到城门。"

　　"因为城门处人多，将来很多人都可以做证，白娉婷就是从这里自由地离开的。"

　　醉菊微愕，问："姑娘在说什么？"她也是心思敏锐的人，头脑快速地转了几圈，心里一紧，探询的目光看向娉婷。

　　娉婷仿佛嗅到危险气味似的警惕着，脸上淡淡道："天色尚早，暂不需出城，你不是说要看看云常市集吗？走，我们瞧瞧去。"

　　为了腹中的小生命，她会比任何人都小心。

# 第三十五章

耀天公主回到王宫的时候，贵常青已经等候在那里了。

"公主。"见了耀天公主，贵常青躬身行礼。

耀天公主轻轻应了一声，疲倦地坐在椅上，举手按揉着太阳穴，良久方道："我试探了白娉婷，看她的意思，是不会回到楚北捷身边的。"

"那么……公主的意思呢？"

耀天公主斟酌着想了想，犹豫道："区区一个弱女子，如果对我们没有威胁，又何必加害她？我一提出让她离开，她的眉间都是欣喜，可见她也不愿留在驸马身边。"

"公主心软了。"贵常青叹了一声。

"丞相……"耀天公主低低唤了一声，"丞相难道就不明白耀天的难处吗？"

贵常青默然不语。

这位云常的老臣遇到与云常国运相关的事情时，永远是不容妥协的坚决。他长身而起，将目光从耀天公主身上移开，遥望远处看得不大清楚的城楼高台，徐徐道："公主的难处，难道不应该是云常的难处吗？公主手上的权势已经很大，需要公主照顾和垂怜的人，远不止一个白娉婷。不错，放过白娉婷并不是难事，臣担心的是，公主若连处置区区一个白娉婷这样的小事都下不了手，不肯绝此后患，将来在遇到真正的艰险时又如何保全云常呢？"

耀天公主语塞，掩面不语。

贵常青继续道："争战是残忍的，弱肉强食永远是这世间的真理。公主身居高位，不心狠手辣，就会为人所趁。惨败的苦果，公主不忍心让别人来尝，难道要自己来尝吗？"

耀天公主将他的话字字听在心里，半晌没有作声。

"丞相的忧虑，耀天都明白。"

"请公主定夺。"

耀天公主怔了许久，叹了一声："唉，丞相尽管放手去做吧。"

"领命！"

"丞相……"

"公主请说。"

"此事一定要保密，绝不可让驸马知道。"

"臣会小心。"贵常青躬身退下。

被掀动的珠帘一阵晃动，帘上坠下的宝石相互碰撞，闪烁着寒冷的光芒。

何侠现正在奔赴边境的路上，一身风尘。如果他知道最心爱的侍女即将遭遇不测，会有何反应呢？

耀天公主忧心忡忡，思虑万千。

她是那么爱这个男人，又是那么清楚，一旦何侠知悉她的所作所为，今生都不会原谅她。

命运弄人。

娉婷，那个名叫娉婷的女子，多么聪颖而单纯。渴望着逍遥四方，渴望着无牵无挂、自由自在。

如果真的可以逍遥四方，真的可以无牵无挂，真的可以自由自在，那有多好……

因为一直秉承自力更生、不涉争战的国策，云常确实比其他三国更为安定。虽然战争的乌云覆盖着这个曾经安宁的国家，但都城的市集暂时未受到波及，依旧车水马龙，人潮涌动。

卖花生的、豆浆的、糯米粽子的，杂耍的，领着小狗小猴讨饭的，侍女们三三两两地逛着，挑选胭脂水粉，少不了也受了吩咐，要带一两件回去给不能出门的小姐夫人。

娉婷和醉菊选了人最多的地方走着，倏地转进小路，七拐八弯地兜着圈子，步速甚急，不一会儿，就来到另一条繁华的街道上。

醉菊紧紧跟在她身边，手提着包袱，脚跟不着地地边走边道："姑娘，我们已经逛了很久了。"

"我在甩开后面的跟踪。"

醉菊惊道："有人跟踪我们？"

"我只是猜的，这么多人，也看不出是哪个跟着我们。"

"姑娘？"

娉婷露出一个无奈的表情："我真不知道。"

她向来在王府中待着，由何侠、楚北捷护着，出入都有侍卫跟随，就连上沙场

324

也是待在帅营里，何尝试过和敌人短兵相接？

若是何侠或楚北捷，一眼便可看出人群中对己不利者，娉婷却没有这种本事。天生的敏锐让她察觉到危险，只能尽量躲避。

两人脚步更快地走了一会儿，娉婷忽停下来道："渴了，买碗豆浆喝吧。"拉着醉菊走到豆浆摊子前，放下两枚小钱，"大爷，两碗豆浆。"

接过时，娉婷却手一抖，一碗豆浆洒了大半出来。

"呀！"醉菊躲闪不及，被泼个正着，娉婷也不能幸免，袖子也被溅湿了。

"哎呀！"娉婷连忙放下豆浆，"都怪我笨手笨脚的，这可怎么好？"着急地四处张望，瞧见一个面慈目善的大娘站在自家门口伸脖子向这边望着，连忙拉着醉菊一道走了过去，带着一脸楚楚可怜道，"大娘，借个地方让我们整理一下衣裳，行吗？"

她们衣饰华美，举止有礼，一看就知道是好人家的女孩。云常民风淳朴，大娘爽快应道："有什么不行的？姑娘们快进来吧，这个模样，可怎么在大街上走动？"

让开门，将她们领进屋里。

大娘瞧着醉菊落汤鸡似的模样，啧啧道："豆浆里面有糖，衣裳便是干了也会黏糊糊的，姑娘脱下来，我帮你洗洗吧。"

娉婷也道："我这衣裳弄脏了，回去娘定要骂的。大娘给我一点水，让我自己洗了它吧。"

"哎哟，别自己洗，进了我的门，就是我的客，哪有让客人自己动手洗衣服的道理？"

大娘心肠甚好，殷勤地找了两套旧衣裳出来："姑娘们先换上，这是我媳妇的，身段该不差多少，没你们的料子好，但是干净。"

娉婷正中下怀，连声道谢，赶紧和醉菊到里屋换衣，低声向醉菊道："你从包袱里掏一块银子给我。"

醉菊应了。

换好衣裳出来，大娘将两人换下的脏衣接过来："我去洗，一会儿就好。哎哟，这料子一定很贵，啧啧，好绸子啊。"

一见大娘的背影消失在门口，娉婷连忙扯扯醉菊："我们走。"说着便将那块银子放在桌上。刚转身，又踌躇一下，将土蓝色的桌布扯了拿在手中，方拉着醉菊离开。

醉菊忙道："姑娘，那里是后院呢。"

"就是不能从大门出去。要真有人跟踪我们，现在那些人就等在门外呢。"娉婷是看中这家的院落大才有意接近这位大娘的，依普通民宅的格局，若有较大的后

院，也该有扇小侧门才对。

"看！"娉婷的声音中透出一丝欣喜，"果然有门。"

两人蹑手蹑脚出了侧门，身处一个僻静的后巷。娉婷将醉菊的头发打散："快结两条小辫子。"然后将自己的头发放下来，松松绾了个最寻常的发髻。不一会儿，两人便都换了另一副模样。

娉婷将偷来的桌布展开，包裹在包袱外面："现在他们也认不出我们的包袱了。"

两人相视一笑，携手走出后巷，脚步放缓，就像是一对难得逛市集的好奇姐妹。

"我们现在出城吗？"醉菊压低声音问。

"不。"娉婷的目光定在远处一块高高挂起的招牌上，露齿一笑，"去住店。"

对方一旦发现她们逃了，一定会立刻追出城门。既如此，不如在城里住上两天，等追兵都远去了再上路。

醉菊明白过来，暗叹娉婷聪明，点头道："那我们现在就找客栈。"

"是你先去。"娉婷笑吟吟道，"你先到，我后来，一人要一间单房，两不相干。从包袱里再拿点银子给我。"

醉菊见她神采飞扬，仿佛被放出笼子的小鸟似的，也不由得甜甜笑起来，取了几锭银子给她，应道："明白了，我们'两不相干'。我现在就去，你什么时候到？"

"不能隔太近，快傍晚的时候我就来。"

醉菊担心道："姑娘，还是你先去，我在街上晃晃……"

"别争了。"娉婷抿唇笑道，"现在这都城就是战场，我是主帅，你这个小兵不可以违令。"又推推醉菊的肩膀，"快去。"

醉菊依着娉婷的吩咐，进了客栈要了一间单房。

房间虽小，但很干净。醉菊前前后后查探过，看不出一丝不妥，安心了一点，独坐在房中等待娉婷。

无声的寂寞最能煎熬人心。自离开东林后，她就没有离开过娉婷，不过等了一个多时辰，就已经越等越担心。

娉婷是众人的目标，身子又不方便，万一……独坐静思，倒无端胡思乱想起来。

醉菊暗自后悔，不该听娉婷的，自己先行来了客栈。心头仿佛有无数小蚂蚁拼命爬着咬着，越想越害怕，终于霍然站起，冲到房门处，想立刻出去将娉婷寻回来，可又踌躇起来。

她出去后，万一娉婷却回来了，找不到她怎么办？思前想后，这也不是，那也不是，只能强压着心焦，继续等下去。

时间似乎走得很慢，一分一秒地煎熬着。眼瞅着天色不顾人意地渐渐沉下来，已到了傍晚，娉婷还没有回来，醉菊真正着急了，在房中团团转着圈子。

该死，该死，不该听了白姑娘的话。

夜幕徐徐降临，好整以暇地看着醉菊的焦急一分一分升温。

咚咚咚……

敲门声终于响起，醉菊心中蓦然一紧，攥了拳，强装镇定地到了房门处一拉。

"你找谁？"

门前站着一个背着行李的男人，又高又瘦，头上一顶大斗笠遮挡了大半的脸，只露出黑黝黝的尖下巴。

"呵呵……"轻微的笑声从斗笠下逸出。

醉菊脸色一变，忙将那人拉着袖子扯进房中，小心关上房门，咬牙道："姑娘要急死我了！到哪里去了？怎么这个时候才回来？"这才长长松了一口气。

"听多了男人们说潜踪匿迹的事，今天总算自己也试过了。"娉婷摘了斗笠，涂得黑黑的脸上眼眸越发黑白分明，直如嵌了两颗璀璨的宝石。衣服里不知垫了什么东西，让肩膀宽了许多，衬得腰身瘦了些。

娉婷将加厚底的鞋子脱下，揉揉疼得发红的脚，坐在床上："时间不够，只能将就着改一下装扮。好累，我要歇一会儿。"便倚在床上。

"不是说两不相干，一人一间房吗？"醉菊提醒道，"小心别人起疑心。"蹙了蹙眉，又问，"你的嗓子怎么那么沙哑？着凉了吗？要不要弄点药？"

"那是特意吃药弄沙哑的，不然怎么扮男人说话？"娉婷想到好玩的地方，有趣地笑起来，"我到了客栈，向伙计形容你的模样，说是我的妻子，因为吵了架赌气出了家门，他就告诉我到这间屋找你来了。"

醉菊先不满道："那明天出去，人家不就在背后笑话我？"自己也忍不住笑了出来，边解开娉婷带回来的大袋子边问："这是什么？啊！"猛地缩回手。

"小心，都很利的！"娉婷连忙下床，凑过来道，"我看看，割到没有？"

"没有，幸亏缩得快。"醉菊伸出手让她看了，手指上多了一道红痕，"你弄这些干什么？"

"带在路上防身的。今晚将这些改一改，只要巧妙地装配起来，会好使很多。"娉婷将里面的利剑小匕首以及许多醉菊叫不出名目的古怪东西一一拿出来，放在桌上，"还有一些其他的小玩意，作坊的师傅正在赶工呢，我给了双倍的银子，后日一早再去拿。"

又取出笔墨，写了几种草药的名字，递给醉菊："明天你到药铺里把这些买过来。"

醉菊看了看，奇道："这几味药不中不合，药性南辕北辙，从不放一块儿使的，姑娘是要干什么？是不是哪不舒服？"

"放心吧。不是给我吃的。"

醉菊这才收了药方，犹自叮嘱："我知道你也精通药理，但保胎安身的事，还是使我的法子比较妥当。"

"知道了。"

娉婷从街上买了一些热包子回来，两人也不出房，窝在里面吃了，便上床睡觉。

客栈的床又冷又硬，娉婷躺上去，却一副惬意到极点的样子，叹了一口气道："真舒服啊……"

"多盖点被子，别冷着了。"醉菊又小声问，"我挤到你了吗？床真小。"

"挤一点好，暖和。"娉婷在被子底下抓住醉菊的手，柔声道，"多好啊，我的孩子不用在那些阴谋诡计中出生了。我想让他在山林中出生，找一个有清泉飞鸟的地方。"

"搭一间小木屋，在屋后种点菜，再买一张琴。"醉菊接着道。

娉婷笑起来："还有锄头。"

两人痴痴想着归隐后的山林生活，沉浸在美丽的夜色中。娉婷又问："那你不回你师傅那里去了？"

"怎么能不回？离开这么久了，我真想师傅。"醉菊幽幽道，"师傅见了我，一定会责骂我的。"

"醉菊，我们订一个约。"

"嗯？"醉菊转头，接触到娉婷认真的眸子，忽然心有灵犀，插口道，"我绝不会将你的下落告诉任何人，更不会告诉王爷。"接着真的按照东林的习俗赌咒发誓。

娉婷点了点头，舒了一口气。

两人挨着睡了。


同一轮明月下，楚北捷夜不能寐。

万籁俱寂，只有平原上的冷风呼呼刮过耳边。楚北捷拔剑，舞出森森寒光。

剑，就是力量。

他曾在沙场上三招打败北漠大将，骇散整个北漠大军的军心。

英雄持剑，意气风发。

只要一剑在手，就应无畏无惧，一往无前。

他知道自己持剑的手充满了力量，那是足以撼动天地山川的威猛之力。世间有多少猛将，敢面对持剑的楚北捷？

眼底的军营篝火星星点点，沉睡的士兵们永远不担忧自己的主帅会被打倒。

楚北捷是不倒的，他只会领着他们，赢得一个又一个胜利。

月下，楚北捷沉着地挥舞宝剑，身如蛟龙，腾飞在平原的黑夜中。

剑势凌厉，但心，是乱的。

不但乱，而且痛。痛入骨髓，痛不欲生。

心越痛，越要忍，剑锋越森寒。

茫茫夜色深处，仿佛有一道幽暗的光，在茫茫迷雾中缠绕着一个透出柔柔微笑的娇怯身影。

分分秒秒，他体会着娉婷离去时的伤心。楚北捷无法道出，这是一种怎样的痛，怎样的绝望和无奈。

他的剑世间无双，他的铁骑纵横天下，但他生命中最清澈的女人，最清澈的爱意，却在一丝一丝消散。

那些花前月下，海誓山盟，如今想来，方知刻骨铭心，让人肝肠寸断。

为何到了此刻，才知娉婷是如此用心，如此忐忑不安，如此不顾一切将自己托付于他？

"你活，我自然活着。你死，我也只能陪你死啦。"

"让娉婷随王爷到天涯海角，从此荣辱都由王爷，生死都由王爷。"

誓言犹在，无一字虚言。

字字都是真心，字字都是血泪。

罗尚又来报，隐居别院娉婷居住的小院里，从土中起出一坛腌制的梅花，一开盖，香味扑鼻。

他仿佛亲眼看见，娉婷在梅树下采摘花苞的情景。脑海中那一瞬的风景，美如仙境。

她怀着他的骨肉。

楚北捷和白娉婷的骨血，融在一起，浇铸成的小小生命，就藏在她腹中。

他想将他的大掌放在那小腹上，轻轻摩挲；他想把耳朵贴近，听自己骨肉的动静。

这种渴望使心纠结起来叫嚣着痛楚，楚北捷握紧宝剑，在风中狠狠刺出，恨不得将所有被压抑的悲愤从剑锋痛快地释放出来。

他却不知道，他要救的人儿，已经踏上远去的路途。那路漫长而危险，延到天边。

第三日，客栈里那位因为吵嘴而逃家的娘子终于被高高瘦瘦的丈夫哄得回心转意，小两口结账离开。看来为了讨得娘子欢心，整日戴着斗笠的丈夫还特意买了不少东西，来时两个小包袱，走时小包袱已经变成了大包袱。

"客官慢走，下次来都城，再关照关照小店啊！"小二吆喝着将她们送出门。

寡言少语的丈夫不吭声，那娘子却咧嘴笑了笑。

平安出了城门，一路向东北方行走。

"还是要买两匹马才行。"醉菊道。

"在都城买马，容易引起注意。"娉婷取出这两天从云游四方的商人处悄悄买来的简陋地图，仔细看了一下，"再往前十五里，就有一个小镇。到了那里歇息一晚，再买马不迟。"

两个娇柔女孩一起行走，又背着包袱，脚程不快，看着夜幕徐徐降到头顶，勉强赶了十五里，却一直没有看见地图上标记的小镇。

"怎么还没到？"

娉婷蹙眉道："商人们手绘的地图没有我们通常看的军用地图精致，方向和距离都是大概的。我看那小镇应该就在前面，最多两三里。"

山道中的冷风呼呼地在山石间穿梭，引出无数可怕的诡异回响。周围渐渐隐藏在深灰中的晃动的草树，直如狰狞的幽灵怪兽，不知什么时候会向她们扑来。醉菊打了个寒战道："姑娘，这样阴森森的路，还要走两三里？"

"不走又能怎样，你想在这样阴森森的山道上过夜？"

两人咬牙继续前行，山势一直向上，她们走得更为辛苦，在弯弯曲曲的山路上走了半个时辰，都气喘吁吁。夜更深了，现身的明月被高树遮挡，若隐若现，大片树林的黑影让周围显得更为阴森。

"黑得快看不见路了。"醉菊道，"该点盏灯。"解开包袱，取出里面的火折子和小油灯，刚提着油灯的长提手，准备晃火折子，却被娉婷阻住。

"噤声！"娉婷的声音里有一丝察觉到危险的紧张。

醉菊蓦然停下动作，随着娉婷注意的方向看去。

微弱的火光从东南方不远处的树林里透出来。

"有人。"醉菊看到了，她把火折子和油灯放回包袱，"不知是干什么的？"

娉婷晶亮的眸子盯着那隐在林中而显得微弱的火光，低声道："从都城往北漠边境，这条山道是必经之处。"

对她有所图谋的人应该很清楚，云常、东林、归乐都不是她可以久留之地，唯一可能成为归隐之地的，只有北漠。

假如在都城失去了她们的踪迹，理所当然会在这条山道上设一个埋伏的关卡……

"快走！"醉菊低声急道。

"这条山道不能不过。"娉婷缓缓摇头，淡淡的自信挂在唇边，"随我来。"

两人蹑手蹑脚潜入丛林，悄悄穿过茂盛林木到了近处，那簇火光比在山道上看见的要旺许多。

"奶奶的，还要等几天？"

听见人声，娉婷和醉菊警觉地伏下身子，藏在草丛里。

篝火旁的几个男人或躺或坐，两三个酒壶和几把打磨得锐利的剑横七竖八放在地上。

"流寇？"醉菊在娉婷耳边小声问。

娉婷蹙起好看的眉："未必。"

脚踩到树枝的清脆声忽然冒出来，两人吓了一跳，不敢继续交谈，压低身子继续偷窥。

"说得也是，这么日日夜夜守着一条破路，要到什么时候啊？"

正仰头大口往喉咙里倒烈酒的男人似乎是这群人的老大，沉声道："别废话，要你等你就等！"

"天天待在这山道上，那两个娘儿们什么时候能来啊？"一个獐头鼠目的男人正坐在篝火旁烤火。

那两个娘儿们？娉婷和醉菊心中一动，互相对了一下眼色。

另一个男人打了个哈欠，从地上坐起来："我看啊，从都城到这里不过一天的路程。我们整整等了三天都没动静，她们一定是没走这条路。等也是白等。"

"叫你们少废话。这样等我就耐烦吗？"老大狠狠扔掉空空如也的酒壶，恶声道，"奶奶的，随影队那群没用的东西，在都城跟踪两个娘儿们都能跟丢，现在倒好，害我们没日没夜地在这里吃北风。丞相说了，这条道是通往北漠的必经之道，此事事关重大，完不成了，我们就得一辈子在这里吃冷风。"

烤火的男人大叹不公："人家都说姓白的小贱人狡猾，谁知道她走哪条道啊？要是她不去北漠，我们岂不被她害惨了？"

醉菊不敢稍有动弹，在草丛中紧紧握住娉婷的手。

"这倒不怕，她迟早会撞上咱们的人。云常往东林、归乐的必经之路上也都埋伏了人。"

"哼哼……"獐头鼠目的男人声音尖细，非常难听，"我倒希望两个小娘儿们选这条路走。听说楚北捷迷那小贱人迷得要疯了，驸马爷也把她当宝贝似的，一定是床上功夫过人，让男人欲仙欲死。"

男人们一听，纷纷邪气地大笑起来。

"不错，我也盼她走我们这条道，看看是她让我们欲仙欲死，还是我们让她欲仙欲死。"

"哈哈，不如先抓阄排好顺序，免得事急时伤了和气。"

那头领冷冷警告："随便怎么玩都可以，可不能弄死了。弄死了她，你们自己把自己的脑袋割下来给丞相做个交代。"

娉婷自幼便受王爷王妃宠爱，流落他乡后就算曾被囚禁，也始终被以礼相待，何曾听过这等污言秽语，当即气得手脚发抖。

醉菊知道娉婷在生气，向她打个眼色，示意一同退离。

娉婷却毫不动弹，仍炯炯有神地盯着前面的火光。

那群人兴高采烈地大谈了一番，柴火已经快烧尽，一人忽然站起来走进林间，娉婷和醉菊伏地不动，听见脚步踩在树枝上的声音在附近不出丈把的地方响起，心吓得几乎从胸膛里跳出来。草丛虽然枯黄一片，不过还是密密麻麻的，林中黑暗，娉婷和醉菊衣裳包袱的颜色都很深沉，漆黑夜色中，竟没被发现。

那人走了一圈，寻了一堆枯枝回来，一根一根扔进火中。

树枝燃烧，发出一阵噼里啪啦的剥离声。

"该换班了。"头领站起来，身形高大魁梧，踢踢脚边还躺着的男人，"你们三个，去守着前面的卡口。老七，你去换高处的瞭望岗。南奉，你们两个去检查一下陷阱。"

"我这就去看，嘿嘿，说不定小娘儿们已经掉在陷阱里面，就等着和我们相好呢！"

又是一阵大笑。

老七站起来刚要走，又转身去篝火旁，那里放了一大块红红的东西，像是他们没有烧完的生肉。冰天雪地里，生肉可以存放多日。他掏出锋利的刀子，割了一块带着碎冰的生肉揣在怀里："换班去啦。"

娉婷暗想他们行动的时候会再次经过草丛，很容易发现她们的踪迹，扯扯醉菊的手，两人无声无息地退离了。

两人寻了一块月光照不到的地方，挤在几块大石后面。醉菊想起如果不是娉婷警觉，万一点起火折子，必定惹来敌人，遭受比死还痛苦的侮辱，余惊未消地轻轻喘着气，咬牙切齿地低声道："想不到那耀天公主如此歹毒。姑娘，我们怎么办？"

娉婷沉着道："前路有暗卡，高处有瞭望，林中有陷阱。"思索片刻，打开自己的包袱，从里面取出一个小盒，"把这个抹到手脚上，脸上也抹一点。"

黑暗中看不清小盒里的东西，醉菊凑近嗅了一嗅，才想起那是什么。她按照娉婷的吩咐买回来的药材，娉婷全部研磨成粉末，又用一种奇怪的油混合了，成了一种味道诡异的膏，小盒子里装的就是这奇怪的东西。

娉婷自己也抹了不少在脸和手脚上，解释道："这是用来对付猎狗的。"

"姑娘怎么知道他们有猎狗？"

“那男人走前割了一大块生肉，一定是给猎狗吃的。”擦好药膏，娉婷收起盒子，又从包袱里掏出几样东西，一一摆在地上。

月光照不到这里，黑暗中醉菊也不知道她在捣鼓什么。在都城逗留的三天，娉婷将耀天公主赠的盘缠花了十之八九，不知从哪里弄来一些醉菊闻所未闻的东西，奇形怪状，也不知道有什么用。

“姑娘，我们不如再用一次在都城时的法子，慢慢耗时间。先沿原路回去，找个地方躲着，等他们撤走了，再去北漠。”

“早入北漠才能早日安全，绕行太费时日，那时候何侠说不定已经知悉一切，必然会大肆派兵抓我。”漆黑中，娉婷闪烁着傲气的眸子晶莹剔透，宛如黑色的宝石般折射出光芒，冷冷道，“这群人如此无礼，岂能放过？”

醉菊知道娉婷动气，暗暗叫苦。

娉婷运筹帷幄或者可与楚北捷何侠等人一较高下，但论到短兵相接，以力互拼，她们连区区一个寻常武夫也敌不过。

怎么可能“不放过”他们？

“现在不是斗气的时候。他们都是男人，又有兵刃。”

娉婷轻轻的笑声从黑暗中传来：“别怕。那么一群莽汉，还不入我的眼。拿着这个。”说着从地上拿起几样东西递给醉菊，自己背了包袱，小声道，“随我来。”

两人在幽幽的林中穿梭片刻，娉婷停停走走，不时侧耳倾听，或用心嗅着，寻找方向。不多时，终于寻到一条小溪，两人继续沿着源头走，很快就发现一个泉眼，泉水从乱石中淌出，发出潺潺水声。

夜色昏暗，娉婷艰难地观察周围山势，向醉菊分析道：“篝火处是他们的营地，可见暗中设置的瞭望岗和关卡都离篝火不远。为防我们绕过山道翻山而过，陷阱势必会设在这片丛林之中。他们三步齐下，分两班人马日夜监视，我们要过这里，不可能不惊动他们。”

“绝不能惊动他们。他们人多，包抄过来的话，我们哪里逃得掉？”

娉婷坐在泉眼旁，用手捧起冰凉清澈的泉水，好整以暇道：“恰好相反，我们要惊动他们。”

“姑娘？”

娉婷让醉菊将手上捧着的东西放下，继续道：“这附近的树正好用上。”然后将那些东西三三两两组装起来，不一会儿，醉菊便看出一些端倪。

“装起来之后就是弩吗？”

“是弩，但不是寻常的弩。”娉婷取出皮绳，巧妙地将连环发射的弩绑在树上，又将皮绳从树后牵到前方泉眼边上，设了一个机关，“踩到这个，这弩才会发射。”

装好了第一个，又装第二个，都用皮绳绑好了藏在树杈茂密处，绳子也小心收好了。

忙了大半个时辰，七把连环弩都装好了。醉菊仔细看着，娉婷用皮绳将它们远远地连起来，原来这些弩并不是一同发射的。

"第一把弩的箭发射完了，才引发第二把，第二把弩放完了箭，才引发第三把……"娉婷忙完后，和醉菊走到机关的最开始处，站在泉眼边，举手指着那七把越离越远的暗弩，向醉菊道，"林中黑暗，箭连番射来，他们绝发现不了树上藏着的弓弩，只有等到天明，才能知道发生了什么事。"

醉菊在昏暗夜色中集中视力看着，忽然恍然大悟："他们踩到机关，一轮箭就会射过来，就会让他们以为我们在小溪另一侧。第一轮箭放完之后，第二轮箭又从更远的地方射来，他们就会以为我们正在跑远，这样可以把他们引得远远的。"

娉婷道："箭虽多，但毕竟是用机关牵引的，不能瞄准，也伤不了几个。真正的要害，在这里。"悠然一指。

"泉眼？"

"既是水源，水从这里流淌出去，就可以影响整条小溪，他们追赶到另一边，必定踏入小溪，溅上水花。"

"姑娘是说……"看见娉婷张开玉石般的掌，露出里面一颗深蓝的如石头般坚硬的药丸，醉菊困惑道，"下毒？"

"不错。放在泉中，缓缓融化，可以持续一天一夜。"

醉菊赞叹地点了点头，忽然想起一个最重要的问题："可他们怎么会到这里来触动机关？"

娉婷的脸上，露出一个高深莫测的笑容："他们不是有猎狗吗？"

醉菊看着她的笑容，竟蓦地同情起那群口舌可恨的男人来。

这位名动四国的白姑娘近日受够了窝囊气，今夜又听了一番侮辱之言，看来她满腔火气都要发泄在这班倒霉的家伙身上。

连楚北捷和何侠都不敢对她胡来的白娉婷，岂是好惹的？

# 第三十六章

三更时分，差不多打起瞌睡的南奉被一个不寻常的声音惊动。

"谁？"南奉从草地上一跃跳起，大喝一声。

难道是那个姓白的女人？

拨开丛林朝设好的陷阱看去，设好的圈套已经挂了起来，显然有人曾经不小心碰到它，但却没有被套到绳索里面去。暗处有一样东西亮亮的，南奉捡起来一看，居然是一只做工精致的绣花鞋。

"老高！快来看！"

南奉一吼，老高立刻从林子里钻出来："什么东西？山狗子吗？"

"是个女人，看这鞋子！"

绣花鞋的侧面边缘处，就着月光可以看见几个细如针尖的字——驸马府制。

"是驸马府的。"

"一定是那个姓白的女人！"南奉大喜，"刚刚过去，差点中圈套，奶奶的，一定就在附近！"

暗卡处的人也被他的大吼惊动了："南奉，怎么回事？"

"老大，姓白的女人就在林子里。这有她的一只鞋子。"

几日来不耐烦的疲怠被绣花鞋一刺激，荡然无存。所有人都兴奋起来："嘿嘿，进了这林子还想逃？"

两只有半个人高的猎狗立即被牵了过来，低头在绣花鞋上一嗅，立即狂吠不已，几乎要挣脱颈上的皮链。

领头的解开猎狗的皮链："追！"

猎狗疯狂地向林中猛蹿去。

夜风凛凛，一群男人野兽般的兴奋被挑起来了。

"嘿，兄弟们上啊！"

“不行，该让老大先上！”

“抓住那两个小娘儿们！”

剑出鞘，寒光闪闪。几道高大的人影扑入林中，追随着矫捷的猎狗。

“包抄！”

“别让她们跑了！”

几个男人大汗淋漓追到泉眼边。两条一直狂吠的猎狗却一头扎进水中，大口喝起水来。

“继续追啊！这个时候喝什么水？”猎狗被踢得呜呜直叫，但还是不肯离开水源。

这也怪不得它们，绣花鞋上的药粉是娉婷特制的，猎狗一嗅便如中了火毒般，干渴难受，发疯似的寻找最近的水源。

众人追到小溪前，见了两只拼命喝水的猎狗，都觉惊异：“人呢？怎么不追？”不知是谁恰好踩到娉婷设下机关的石块。

话音未落，嗖嗖嗖嗖，一轮箭破空而来。

“啊！”老七肩膀上中了一箭，惨叫一声。

“偷袭！奶奶的，小娘儿们手上有弓箭！”众人纷纷怒骂，低头寻找掩护，刚惊魂未定地藏好身躯，乱箭稍停。

伸出头去，又一阵破空声到。

“小心！”

黑暗中，也不知到底有多少支箭飞来。他们想着抓两个女人，有剑就够了，身边并没有携带弓箭，远程受袭，气得破口大骂。

“小贱人又在放箭！”

“抓到她，要她求生不得求死不能！”

这次的箭却射得不远，未到小溪就纷纷坠下。老大经验丰富，沉声道：“她们正在边射边退，追！”

一干手下手持利刃跨过溪流，溅起无数水花，刚过溪流，第三轮箭又到，竟又更远了。

“快追！”

“奶奶的，还跑得真快！”

众人成包抄之势，拿着兵刃纷纷朝放箭处掩去。被追捕的女人越逃越远，射来的箭准头太差，除了第一次老七毫无防备地挨了一箭外，再没有人受伤，但却似乎指明了她们逃窜的方向。被惹急的男人怒气冲冲，想着怎么报复这两个胆大包天的女人，越追越紧。

夜色茫茫，林中怪石嶙峋，投下巨影。

第七轮箭飞来后，再不见任何动静。

南奉怪笑道："嘿嘿，她们没有箭了。兄弟们，上啊！"

众人心头大定，一阵兴奋，他们在这把守了几天，对地形都已熟悉，前面是一条绝路，两个女人还能逃到哪里去？包围圈渐渐缩小，南奉一直淫笑的脸上却出现一丝古怪的表情："我的脚……"挠心的痛痒沿着大腿直上，铁剑哐当一声掉在石上，南奉扭曲着脸抱着自己的脚，"好痒，好痒，啊啊！"用手伸入靴内一挠，竟疼得像被揭起一层皮，惨叫起来。

老大怒吼："南奉，这当口你要什么猴？咦……"他也察觉到了自己脚上的诡异感觉。轻微的痛痒，瞬间变为难以压抑的痛苦。

周围一干人等也纷纷摔倒在地，惨叫着捧着自己的脚。

"哎哟……啊！那贱人……疼啊！贱人下毒！"几个男人一边如野兽般地嘶吼，一边扭曲着狰狞的脸断断续续道。

老大痒得发颤，挠那痒处，却又疼得发抖，咬着牙道："关卡处现在谁守着？"

"全……全部兄弟都过来包抄了……谁……谁……妈的，真痒啊……谁还会守着关卡！"老七最是倒霉，肩膀受了轻伤，脚上又中了毒，他最不能忍痒，指甲将脚上抓出一条条血痕，疼得死去活来。

"糟糕，中计了！"

天色将明，灰蒙蒙的天仿佛在耻笑似的渐渐抬起眉头。

怪不得丞相再三吩咐，不能小瞧那姓白的女人。

可恶！


云常都城赶往边境的大路上，华丽的马车被众侍卫簇拥而行。传报消息的使者频频往来，向马车中的人呈报消息。

两件事情上传来的都是坏消息。

丞相贵常青处报上的消息源源不绝，一封接着一封。先是白娉婷在都城消失无踪，然后是派去把守山道的人落败而回，还得了怪疾。贵常青几乎动用手上所有的秘密力量，在都城通往北漠的道路上设置种种陷阱，竟在从未与对手正面交锋的情况下被一一破除。

白娉婷和她身边的侍女醉菊一路只过关，不斩将，仿佛神龙见首不见尾，直到最近一封书信里，才终于有人在一处关卡寻着这两人的踪迹，本来就快手到擒来，不知她们使了什么迷药，竟将众人迷得手脚无力，只好眼睁睁看着两人扬长而去。

"好一个白娉婷。"耀天公主看过贵常青的信，靠近火烛，看着信被徐徐烧成

灰烬，低声问，"那些人可曾暴露身份？"

"禀公主，每个人都受过丞相严厉警告，只扮流寇，绝不在白娉婷面前泄露一个字。"使者跪在耀天公主面前，"她应该不知道是我们的人。"

"难说呀。"耀天公主幽幽叹了一声，"不过就算知道，又能如何？她到底毫发无伤，又没有真凭实据，就算说出来，也不能取信他人。算了吧，回去告诉丞相，不要再对白娉婷白费心思。我们屡屡失手，可见上天也不赞成这样的做法。人既已远去，何必苦苦相逼？"

使者恭敬应道："公主吩咐的，属下都记下了，回去定一字不漏转告丞相。"

"退下吧。"

看那使者消失在帘外，宽敞的马车里又响起耀天公主忧愁的叹息。耀眼夺目的各种装饰按照她最喜欢的样子垂吊在马车内，将这空间变得有如仙境般如梦如幻。耀天公主此刻却毫无观赏的兴致。

另一件事情的坏消息也在等着她。

拿到白娉婷的书信后，她将都城诸事托付给贵常青，便立即下令不必理会摄政公主外出的烦琐礼仪，尽快起程赶赴边境。与她欲结束这枉送无辜性命的争战的心情相比，楚北捷和何侠之间兵戎相见之心更显得急切。

耀天公主尚在路上，两军已经有过两次试探性的交锋。

第一次较量以纵阳平原为战场，楚北捷逼退何侠二十里，云常大军死伤数千。

第二次较量的地点仍为纵阳平原，但中心移到东侧。何侠不愧为名将，知道楚北捷急着进攻，反而不肯与东林大军主力正面交锋，改而对付其右翼单军，诱东林大将焦进深入纵阴林。要不是楚北捷识破得早，飞骑通知焦进撤退，东林右翼单军恐怕已全军覆没。这一把火已使楚北捷起了警惕之心，东林大军不再冒进。

耀天公主日夜兼程想阻止战争，但一路上还是不断接到伤亡报告。不但兵力已有损失，云常盛产人参的纵阴林，附近百姓赖以生活的地方，也因这把战火损失惨重，民心急需安抚。

云常不能再有无谓的牺牲，她必须尽快抵达。楚北捷驻扎边锋山脚，驸马何侠屯兵九泊口，正式的大战一旦打响，后果不堪设想。

何侠及众将军送上来的奏报都在手边。

何侠对战况轻描漆写，字迹挺拔苍劲，满是自信，百余字的军报，大半却是对自己情意绵绵的问候。众将军却更用心于战事，绘声绘色地描述了沙场上惨烈的经过——

"楚北捷主军皆精锐，训练有素，来去如风。纵阳平原一战，实可看出东林练兵之精。

"剑光腾空，哀号遍地，尸骸引来无数秃鹰。我云常骁骑第三卫队与楚北捷正面对上，几乎无一人生还。

"楚北捷之威猛势不可挡，除驸马外，无一将可与其对阵十个回合。驸马实为我云常最骁勇之将。

"驸马之计甚为得当，先以油覆林，再诱东林右翼单军。

"火光冲天，两日两夜不散。纵阴林连绵三十里，今尽成灰烬。

"若无驸马，此战无望。

"臣领兵多年，未曾见士气如此强盛之军，斗志如此旺盛之将。大战将至，驸马虽能，臣仍恐两败俱伤，恳请公主颁布王令，命驸马千万莫急切应战。

"云常得驸马如此勇将，乃上天佑我云常。若此次将东林大军击溃，从此我云常将永居四国之首。

"东林有楚北捷一日，我云常绝不应轻启战端。臣拼死上奏，祈公主三思。"

每张单独的奏报都是洋洋洒洒数百言，无论倾向哪种意见，云常将士们的热血都已沸腾起来了。

耀天公主将整整一摞前线送来的奏报仔细看过后，揉着太阳穴，掀开侧窗上的帘子。

夜幕笼罩下的云常安静非常，大战的阴影像随时会从地底钻出来撕咬人肉的猛兽，匍匐在幽深远处。

"传令下去，速度再快一点。容安，我们离大营还有多远？"

负责贴身护卫的侍卫队长容安策马靠近马车，答道："回禀公主，过了前面的山就是九泊口。明天中午之前一定能赶到。"

"大营的人……知道我在路上吗？"

"奉公主严令，来往信使都不许泄露公主行踪，大营并不知道公主即将驾到。"容安低声道，"不过，万一被当成敌军就糟糕了。臣奏请明早在马车上高挂公主的王旗表明身份，以免误会。"

"嗯，就这样吧。"耀天公主放下帘子，靠回软枕上。

桌上将军们的奏报意见虽不相同，却都是忠心耿耿地为国家着想。

都知道何侠剑术超凡，谋略过人。

都知道和疯狂的楚北捷交战，即使获胜也不可能全身而退。

想奋力一战，又悲痛云常儿郎们满地的尸骸。

耀天公主含笑，缓缓闭上眼睛。

她选中的夫君，果然有对抗楚北捷的本领呢。但此时，却不是展现本领的最好时机。两虎相争，必有一伤，有化解的办法，何必定要斗个你死我活？

白娉婷一去，为她疯狂的楚北捷定去。

楚北捷若去，天下都将握在那个总是洋溢着柔和笑容的人手中。

"公主放心，何侠今生今世，都不会辜负公主。

"何侠在此对天发誓，总有一天，我会让公主成为世上最尊贵的女人，我要亲手为公主戴上四国之后的凤冠。"

新婚当夜，他在她面前单膝跪下，握住她的手，对天发誓。他的眸子如星，如充满魔力的深潭，要将人吸到无尽的深处。

何侠，那位小敬安王，那位当世名将。

她的驸马。

他是她千辛万苦，从芸芸众生中挑选出来，托付终身的人。

每个男人背后，都会有属于他们命中的女人。

白娉婷，楚北捷为你而战，也将为你而弃战。可惜了，一世英名，凌云壮志，偏为儿女情长断送，毁在你一人手里。

枉费名将之誉。

何侠却不会这样。在他心中，你只是一个路过十五年的过客。

他是我的夫君，我云常的驸马。永远都是。

# 第三十七章

连日跋涉，疲倦万分。

盘缠大部分在都城花去购买、打造各种防身玩意，两人一行走来，买马买食，住店打赏，囊中已经羞涩。所幸越往边境，通往北漠的道路越多，云常丞相布置的关卡不再能处处顾及，少了许多危险。

娉婷和醉菊都消瘦不少，但连日与企图拦截她们的坏人斗法，娉婷的主意层出不穷，让她们一一有惊无险地过了关，醉菊一生之中未曾试过这般凶险刺激的事，开始还害怕畏惧，几次过后，渐渐乐在其中了。

"松森山脉！哈，再走一天，就要到达北漠了。"标志北漠、云常边境分割的松森山脉终于进入眼帘，醉菊欢喜得连连指给娉婷看。

娉婷含笑看了一会儿，点头道："确实是松森山脉呢。"走了一天的路，秀气的脸上满是倦意。

醉菊仔细瞅瞅她的脸色，叮嘱道："今天不要再赶路了，前面就有一户人家，我们去投宿吧。到了那里，我熬点补胎的药，你可不能嫌苦，要统统喝光才行。"

"实在是苦。"娉婷皱起眉，"我自己开的方子从没有这么苦的。这几天我觉得很好，一点也没有烧心呕吐的感觉。"

"不行，我才是大夫。迷药毒药你比我行，治病救人我可比你行。你现在不比往日，绝不能大意。"醉菊瞪眼道。

娉婷掩嘴偷笑，点头道："是，醉菊神医。"

前面住的是一户靠打猎为生的老夫妇，看见两个姑娘楚楚可怜地前来投宿，爽快地答应下来，让出一间干净的小房让她们过夜。

醉菊在床上解开包袱，路上买来的药材已经剩得不多，她为娉婷定好的补胎方子，还差了一味草药。于是收拾了包袱，出门请教那老妇人："大娘，这附近山里可有小末草？"

"满山遍野都是呢，这草粗生，到了冬天也不会冻死，到前面山脚下，拨开雪就能看见，一摘就是一大把。"大娘奇怪地问，"大姑娘要小末草干什么？那不是养孩子的人吃的吗？"

"哦……"醉菊笑道，"没什么，我和姐姐不是远路去看哥哥吗？嫂子有身子了，我想摘一点过去，到了哥哥家，说不定可以给嫂子补补身子呢。"

"那倒是。穷人家买不起好药，就用这个补身子，最灵了。我觉得比人参还好呢。"偏僻地方寂寞惯了，难得有个女孩聊上两句，大娘呵呵笑着，脸上的皱纹都开了花。

"那我去摘点回来。"

"路上石头多，小心点。"

醉菊走了两步，又不放心地转回来："我姐姐走了一天的路累坏了，正在小睡呢。等下她醒了，请大娘转告一声，我摘药去了，很快就回。大娘，你可要帮我照顾一下姐姐啊。"

"知道了，大姑娘放心吧！"

醉菊又向她借了一把挖雪挖泥的小铲子，这才去了。

娉婷甜甜睡了一觉，悠悠醒来，张口唤道："醉菊。"没有听见声响，不禁觉得奇怪。坐起上身，发现脚边放着醉菊的包袱，几样药材零散开来。

"醉菊？"下了床，又轻轻唤了两声，还是没有人应。娉婷透过木窗往外头看看，天色已经半黑。声音又稍微提高了点，"醉菊，你在哪里？"

有人掀帘子进来，娉婷高兴地回头，却发现是屋主之一的大娘。

"大姑娘，你妹妹采药去了，说要采小末草给你嫂子用呢。"大娘慈祥地笑着，"饭已经做好了，一起吃吧。就是没什么菜。"

"谢谢大娘。"娉婷柔声应了，露出一个感激的微笑，随大娘到了简陋的小厅。那位哑巴大叔已经坐在桌旁。桌上放着干净的碗筷，一碟萝卜丝，一碟蒸咸鱼，半锅杂米熬的稀粥，热气腾腾。

哑巴大叔打着手势："啊啊……啊！"

只有大娘明白他的意思，对娉婷道："姑娘，坐下来吃点吧。别担心，你妹子说了只到山脚，很快就回来的。"

"谢谢大叔、大娘。"娉婷看一眼窗外将黑的天。

虽是粗茶淡饭，但这两位老人家殷勤相待，令小屋充满了温暖的感觉。娉婷放下碗筷，再看看窗外，天已经黑沉。

仍不见醉菊身影，不由得担忧起来。

"咦，怎么你妹子还不回来啊？"大娘也焦急地和她一同向外看，"从这过去就是山脚，没有多长的路。这个时候也该回来了。"

娉婷心里隐隐不安，在门前小院中来回踱了几圈。想着醉菊虽然伶俐，但夜晚的山区可不是好玩的，野兽们过冬饿狠了，要是刚好撞上还了得？

她在都城的时候让醉菊在客栈等了一遭，回去时见到醉菊的脸色，还笑她多疑胆小。如今才知道担心别人的滋味比担心自己更不好受。她和醉菊一道出来，几乎是形影不离，此刻分外焦急起来，忍不住道："大娘，我还是出去找一下吧。"

哑巴大叔呀呀叫了几声，用力挥着手。

大娘道："再等等吧，不然你妹子回来不见了你，又要着急了。"

"不不，我就在前面山脚转一转，马上就回来。"娉婷借了一根火把，问清楚了醉菊出去的方向，嘱咐道，"大娘，我妹子要是回来，你可千万要她不要再出门。我在山脚不见她，立即就回来的。"

大娘叹道："果然是两姐妹呢，她走的时候再三叮嘱我照顾你，你又叮嘱我照看她。好姑娘，就只在山脚看一看就好，天黑了，不要上山。"

"知道了。"

虽是夜晚，风并不大，娉婷一路急走着，火苗在半空中拉出一条长长的尾巴，似乎是追着她的身影直去的。不过一会儿，就到了山脚。一路上白茫茫一片的月色，到了这里就是尽头了，月光再也侵不进这片林子里去。树枝的黑影一重重向人迎面压来。娉婷举着火把四下寻觅，哪里有醉菊的人影？

"醉菊！醉菊！"看了一会儿，她放开嗓门叫了两声。

回音一浪一浪从看不见底的树林深处涌回来。

娉婷在林边仔细看着，几棵大树下有雪层被挖开的痕迹，她连忙凑上去看，确实有人曾在这里挖过草药，断根还留在土里。娉婷沿着痕迹一个一个找过去，很快发现几个脚印浅浅地印在雪上，要不是拿着火把，又认真地找，恐怕真会疏忽过去。她缓缓地沿着脚印一步一步地走，到巨大的林影完全遮盖了头上的天，才抬起头来。

醉菊进这林子里去了。不知为何，心蓦然一缩，一激灵便痛起来。

"醉菊！醉菊！你在哪里？"娉婷大声地用劲地喊起来。

一种苍凉的悲哀冲进她的心里，似乎从来不曾这么无助。她面对的不是人，是沉静的大山。这没有敌人、没有陷阱的地方却比沙场还叫人胆怯，她不知道该怎么应付。

山峦和林影沉默地敌视着娉婷，她从不曾感觉如此孤独。

"你在哪里？"她骤然转身，火把照亮她苍白的脸。凭她满腹的智慧，竟手足无措起来。为何在几乎望见自由的时候，才平白无故胆怯起来？

站在茫茫白雪中，左边是盈满大地的月色，右边是黑沉沉的森林。冬虫的低语

无从听晓，她忽然明白过来，她是孤身一人的。

"你在哪里？"她低声问，不复方才的高亢。

火把燃烧着，发出轻微的声音。这轻微的声音，却是这片寂静中唯一的节奏。

脑海中浮现的，是一双锐利深邃的炯炯黑眸。

坚定强壮的臂膀，她原以为一辈子都会被那双臂膀紧紧搂着，怎知如今变成独自在黑夜中徘徊？

他有无双的剑、惊天的勇，却没有一颗能让她安定的心。

无人的深夜，情不自禁地低泣起来。连娉婷都不明白，怎么藏在心底的苦，就忽然翻腾起来，让眼泪在这望不到尽头的黑林入口滴淌下来，渗入脚下的雪，留不住一点痕迹。

她低着头，死死咬牙，在火光下将下坠的泪珠一滴一滴看得清楚。猛然间抬头，叫道："醉菊！醉菊！你在哪里？"带着哭腔，凄怆得骇人。

"姑娘！我在这！"沉默的林子里忽然跳出一个清脆的回音。

娉婷反而被吓住似的僵了，举着火把怔怔看着。

果然，一道人影从影影绰绰的林中钻了出来，提着小篮，飞快地跑过来，喘着气："想不到这山上还有别的好草药，我沿着树根一棵棵找过去，不知不觉就进去了。天一黑，差点找不着回路，幸亏姑娘找来了，呀……"看见火光下娉婷通红的眼睛，醉菊猛然停住脚，隔了一会儿，悄声问，"怎么了？"

"没什么。"

"哭成这样……"醉菊握住娉婷的手，冷冰冰的，没一丝暖意，"都是我不好，害姑娘担心了。"

娉婷苦笑。

她平素常被人夸七窍玲珑心，只有自己最明白自己是何等没出息。醉菊又怎么会知道自己心里现在正想着什么呢？眼睛一眨，又一滴泪珠无声淌了下来。

醉菊心疼地道："姑娘别哭了，我不是回来了吗？下次再也不敢了。"

娉婷别过脸，轻声道："这些草药又不是急用，这么冷的天，你也应该爱惜自己。"两人慢慢往回走。

醉菊道："我来拿。"接过娉婷手中的火把，一手提着小篮。她心中不安，不断转头看娉婷红肿的眼睛，试探地问："姑娘在想什么呢？"

娉婷低头静静走着，好似没有听见她的话，可过了一会儿，又开口答道："我在想我留给他的信。"

听娉婷主动提起"他"，醉菊更是大奇，又生怕触动她的伤心处，不敢造次逗问，沉默地走着。

不一会儿，又听见娉婷幽幽道："我那日提笔一挥而就，虽写了许多东西，脑子里面却全是乱的。现在想起来，那也许就是我自己也不知道的心声吧。"

醉菊忍不住问："姑娘到底写了什么？"

娉婷似乎打算坦言相告，嘴唇微动，却只逸出一声叹息："说了给你听，只让你平添烦恼罢了。"

两人便又默不作声，继续往回走。抬头再看时，窗户透出亮光的小屋就在不远处，却忽然听见一个尖锐凶暴的声音吼道："老不死的，还敢多嘴！"清脆的巴掌声在夜空中连响两下。

娉婷和醉菊心中一凛，这些天她们几次三番逃出敌人魔掌，神经已被锻炼得警惕万分，忙将火把往雪地里一插，灭了火光，躲到路边的大石后。

悄悄探头一看，月色下，模糊地看见几个男人的身影气势汹汹阻在小屋门前。

"要不是官爷们和楚北捷顶着，东林人一路杀过来，你们的头早被东林人砍下来了。打仗就要养兵，这时候还敢不纳税，你们不想活了是不是？"

大娘慈祥的声音此刻变得惊惶恐惧："官大爷，今年的税，我们前天才交上去啊……"

"那是前天的，现在是今天的！"凶横地截断了老人的话。

咔嚓的断裂声传来，似乎是谁将老旧的木门踹烂了。

"实在是没有啊。"

"没有？哼，这是什么？"又一个跋扈的声音插了进来，早闯进屋子搜刮的男人捧着一堆东西出来，嗤笑着，"看不出你们这两个老不死的倒还有一些好东西。"

"啊！啊啊……呀啊……"哑巴大叔激动地舞动着双手，拦在男人面前。

大娘急道："大爷，大爷，这不是我们的东西。这是两位留宿的姑娘……"

"去你的！"男人一脚将哑巴大叔踢到地上，恶狠狠道，"在你屋里，怎么不是你的东西？老子告诉你，这些东西勉强算今天的份额，过两天来，你们还敢抵赖不交，就一把火烧了你们这破房子！"

抱着娉婷和醉菊的包袱，一行人骂骂咧咧，扬长而去。

他们经过大石旁，娉婷和醉菊把头一缩，待他们远去了，才探头看他们的背影。

"狠心歹毒的小吏。"醉菊低声骂道，"哪里都有这些浑蛋，我们东林也常见到，瞧见达官贵人像狗一样，瞧见穷人就狠得像狼一样。什么时候撞到我师傅手里，一定狠狠修理他们一顿。"

娉婷瞧着那些人的背影已经消失，才低声道："有什么法子呢？这些天我就常常后悔，学琴学舞有什么用？早该学点武艺剑术，真路见不平了，也能拔刀相助。可恨我自己无用，连自己都帮不了，又怎么帮别人？"

　　醉菊不满道："姑娘最近不是好好的吗？怎么患得患失起来？天下比你有能耐的有几个呀？"嘴里说着，却忽然想起王爷。倒也不假，真遇到短兵相接的时候，再聪明的女人也会害怕。如果王爷在身边，自然是会呵护备至，不让别人伤她一丝一毫的。

　　没了能保护自己的人，只能自己保护自己。两人一同从大石后站起来。娉婷起来猛了，一阵头昏，脚步未曾站稳，肩膀晃了两晃。

　　"姑娘小心！"醉菊急忙叫道，就要伸手去扶。

　　"没事。"娉婷随口应了一声，似站定了，一抬脚，却又忽然觉得天旋地转，这次再不像刚才那样还能站住，仿佛浑身力气蓦然被偷走，身子空荡荡的，直软下去。

　　这只不过是一眨眼的工夫，醉菊慌忙去扶娉婷，手已经抓到她的手腕，却不料娉婷这次是整个人摔下去，全身的重量都无所支撑似的。醉菊也是刚刚站起来，猝不及防，哪里扶得住她。醉菊惊呼一声，被娉婷的身子一带，竟随着娉婷一道摔了下去，膝盖恰好撞上脚边一块石头，手脚都被石子擦了，火辣辣地生疼。

　　虽然疼，醉菊却一骨碌爬了起来，顾不得看自己手脚上的伤，一把扶了娉婷，急道："怎么了？摔着了没有？"

　　娉婷也摔得懵懵懂懂的，被醉菊扶起来后，才觉得脑子清醒了许多；摇头道："没什么。"想了想，似乎忆起刚才摔下时也撞到了哪里，却觉不出哪里疼。

　　"有没有摔到哪？"

　　"没有。"娉婷揉揉手脚，摇头道。

　　醉菊这才松了一口气："吓死我了。我们快回去吧。"

　　两人回到小屋中，看到到处都被翻得乱七八糟，家具东倒西歪，哑巴大叔呆呆地坐在角落里。大娘正哭得伤心，见了娉婷和醉菊，抬起头来，停了哭声，露出难以启齿的表情讷讷道："姑娘，你们的包袱……"

　　"我们都知道了，怪不得大娘和大叔的。再说，里面也没什么东西。"娉婷温言劝了两句，总算让老人家收了眼泪。

　　帮忙重新收拾了屋子，摆好家具，人都倦了，才入屋里休息。

　　想到所剩不多的盘缠已经没了踪影，连换洗的衣服也不曾留下一件，心下又是彷徨，又不禁觉得好笑。

　　"银子衣裳都是小事，人才是最重要的。赚钱也不难，我们一路过去为人看诊也是可以的。"醉菊让娉婷躺上床，"把手伸出来。"

　　她把两指按在娉婷手腕上，静心听脉，忽然"嗯"了一声，疑惑地看一眼娉婷，问："可有哪里不舒服？"

　　"怎么？孩子不好吗？"娉婷也吃了一惊。

"你身上有什么地方不舒服吗？"

"没有。"

醉菊道："我再听听。"又侧着头细致诊了一会儿，蹙眉道，"这脉象有点奇怪，难道是今天晚上出去着了凉？哎呀，早说了你不该出去找我的。躺着，再不要乱动了。"说完提着小篮出去了。

娉婷顾念孩子的安危，听话静静躺着，睡意袭来，眼前又蒙蒙眬眬起来，眼看着亮光在眼中变成细细的一丝，黑暗覆盖上来，那黑色尽头，似乎又有一道不耀眼的柔和的光在婀娜摇曳。

正觉得舒舒服服，肩膀却被人轻轻摇晃了两下。娉婷睁开眼，看见醉菊捧着满满一碗药坐在床头，边吹着碗里冒出的丝丝热气，边柔声道："喝了药再睡吧。那群黑心的税吏，连药材也不放过，幸亏今天采了新的草药。"

看着娉婷忍着苦皱眉喝完一碗，醉菊这才满意地收了碗，吹熄烛火，一同睡下。

赶了一天的路，投宿后又去采药，还遇着不断的意外，醉菊实在比娉婷还乏，头一挨枕，瞌睡虫立即汹涌而至，不消一会儿的工夫，便将她密密实实埋进梦乡。迷梦中重见师傅严肃的脸，藏着笑意的眸子却是极慈祥的。一会儿又似乎回到了隐居别院的梅园中，一个影子恍恍惚惚在前面，仿佛正望着明月。梦一个连着一个，稀奇古怪，什么都有，都淡淡地散发着温馨的味儿，像面前有几十条道，她却知道每一条道的尽头都是好的。

梦正香甜时，一阵刺痛却不知从哪传了过来，醉菊在梦中挣扎着，像是手疼，又像是脚疼，渐渐地，这阵痛楚宛如从水底浮到了水面，连带着把她也带出了梦境。

醉菊猛然睁开眼睛，又一阵刺痛传过来。她终于意识到，自己的手腕上正被什么抓得生疼。

"醉菊……醉菊……"漆黑中娉婷的呻吟声显得异常痛苦。

醉菊惊得坐起来，月光下，娉婷秀气的眉纠成一团，指甲深深掐入醉菊腕中。

"姑娘，怎么了？"

"好疼。"娉婷按着腹部。黄豆大的冷汗从她额头上渗出来，滚落到枕头上。

"我在这呢，别怕。"醉菊也慌了，声音不由得颤抖了起来，摸索着抓住娉婷的手，默听片刻，脸色煞白，"我的针呢？"翻身去找，才记起包袱已经被人抢了。于是连外衣也顾不上披，匆匆忙忙跑到两个老人家的房门前，把门敲得咚咚作响，喊道："大娘！大娘！快醒醒！"

"什么事啊，姑娘？"

醉菊一把抓住大娘的手："银针！你们有没有银针？"

大娘刚被吵醒，迷迷糊糊道："我们穷人，哪里会有什么银针？"

"那那……普通的针呢？绣花针呢？"醉菊急得差点掉泪。

"缝衣服的针倒是有一根。你们这是怎……"

"别问了，快借我！"醉菊取了针，匆匆回房，点起烛火。

烛光下，娉婷脸色蜡黄，大汗淋漓，枕头几乎全湿了，见醉菊进来，忍着疼，气若游丝地一字一字挤着问道："到底怎么了？"

"没什么。"醉菊匆匆将针放在火上灼烧，快速地答道，"只要扎了针就好了，姑娘别怕。"口气笃定，手却抖个不停。眼见那针已被烧到将近发红，醉菊却一点也不觉得烫似的，捏着针眼的部位走到床前，轻声哄道："别担心，扎了针就不疼了。"叫娉婷躺好，轻轻掀开娉婷的裹衣。

娉婷腹中一阵一阵抽疼，像有一匹发疯的马在里面胡乱撒蹄似的，怎么忍也受不住爆裂似的痛。见醉菊捏了针，要对自己的小腹扎下，吃了一惊，也不知哪里生出的劲，猛然半坐起来，拦住醉菊道："不会伤了孩子吧？"

醉菊毫不迟疑道："不会的，信我吧。"

娉婷这才松手，她早疼得浑身无力，一松手，便径自倒了下去，被汗黏湿的青丝散了一床。娉婷闭上眼睛，腹中微微一热，随即又是一热，醉菊仿佛连续扎了几处，突然间，痛楚像不再潜伏似的从地下一股脑剧烈地涌了出来。

"啊！"娉婷一声惨叫，像虾米似的蜷缩、挣扎，待缓过劲后，似乎好了一点。她蹙眉感受着，似乎腹中的痛楚涌出来后，又从涌出来的裂口处悄悄缩了回去。

"好点了吗？"耳中飘进醉菊的声音，幽幽远远的。

良久，娉婷才徐徐呼出一口气："嗯……"

醉菊也是满头大汗，听娉婷应了一声，才放下手中的针，虚脱似的坐下来。

"孩子……没有事吧？"

醉菊道："我早说了，你身子骨顶弱的，不要逞强。唉……"

"醉菊？"

"你快躺好。孩子没事呢。"醉菊一抬头，瞧见被吵醒的大娘在房门外探头，忙迎了出去，抱歉道，"吵了大娘和大叔了，真对不起。"

"姑娘……"

"我姐姐病了。"

"哦。"大娘担忧地朝房里看看，小声地问，"现在好点了吧？"

"好多了。大娘睡去吧，没事的。"

劝走了大娘，醉菊又坐回床边对娉婷说："不能再赶路了。你要好好静养几天才行。"

娉婷半天没作声。

"不能留在这，一早就要走。那些人拿走了我们的包袱，谁知道这些东西会落到什么人手里？"娉婷刚刚耗尽了力气，声音很低，"万一他们追来，我们想走也走不了了。"

醉菊叹了一声。

娉婷又问："我的身子到底是怎么了？你有事可不要瞒我。"

醉菊又是气恼又是伤心，不知不觉哽咽起来："姑娘自己还不明白？本来底子就不好，一路上劳心又劳力，受得了吗？一定要想法子弄些上好的药材，老山参也好，够本色的灵芝也好。"

娉婷出了一身大汗，此刻腹中痛楚停了，反而觉得一身冷森森的，缓缓扯了被子盖在身上，微笑着道："我听你的话，离开这里后不再匆忙赶路，多多休养就是。何必哭呢？"

醉菊抹着泪，咬牙切齿道："现在想来，王爷真是可恨。既是心爱的人，就该好好爱护，怎么竟让姑娘到了这种地步？千错万错，都是他的错！"

娉婷不料她忽然扯出楚北捷来，蓦地一怔，想说她孩子气，却又觉得她字字皆说中自己心中所思。在楚北捷身上花的千般心血，落得如此下场，白辜负了当初的无尽思量。家国与感情的相争，从不会有好结局。

她早隐隐料到，却没本事阻止事情发展到这一步。

"算了吧。"娉婷幽幽叹了一声，闭上眼睛，"别再把心思花在那人身上了，白白可惜了我们自己。"说着温柔地抚摸着自己的小腹，虽穿上外衣不易被人察觉，但仔细感触的话，那里已经微微突起了。

孩子啊，你可不要再搅和于家国情仇中。道义是一把尺子，但往往到最后却变成沉重的锁、血色的布，它会囚住你的心，蒙住你的眼睛。

孩子啊，你可别像爹，也别像娘。爱也好，恨也好，别忘了最初。

在最初的最初，你为什么而爱？为什么而恨？

别忘了。


青紫色的烽烟，在平原上一处接一处地腾起，绵延到天边。烟雾扶摇直上，大刺刺昭告人间，大战在即。

旌旗蔽日，鼓声震天。

号角声远远地传来，怎么也掩不住藏在晨光中的一分凄厉。

远远望去，平原上密密麻麻尽是高昂的戴着铁盔的头颅，指向天际的万千兵刃寒光闪闪，东林大军的铁骑浩浩荡荡。

楚北捷骑着骏马，在最前方迎风而立。镇北王的旗帜就在他头顶上被风吹展开

来，旗上狰狞凶猛的图腾，宛如能摄人魂魄一般可怕。

对面山坡上，高高飘扬着另一色旗帜，同样是庞大的军队。

云常，那个一直养息于一隅，深藏不露，现在积蓄满力量的国家，已有着不可轻视的军力。

楚北捷眯起眼睛，遥望敌阵最前面那道俊逸自信的身影——云常大军的主帅。

他记得的，当日羊肠狭道，在悬崖上率伏兵悄然现身，悠然一笑的，正是此人。

昔日的小敬安王，今日的云常驸马。

那是自他手中夺走娉婷的男人！

狂风在两阵中穿梭，旋即又匆匆消停，仿佛也畏惧了即将成为修罗场的此处。所有招展的旌旗，因为忽然停止的风而垂了下来。

突如其来的安静，在无声中传递着越来越紧张的节奏。数十万人马对峙的平原，如坟地一般死寂。连战马，也不敢嘶叫。

楚北捷静静看着何侠。隔着那么远，但他们仍可以察觉对方的目光，那么相似的凌厉，那么相似的锐利。

那个男人夺了娉婷，夺了怀着我骨肉的娉婷。楚北捷的手，默默按在剑上。

拔剑一挥，就是一往直前，不死不休。

臣牟就站在楚北捷身边，和其他大将一样，他的掌心已经满是汗水。他知道，只要楚北捷的剑一出鞘，就是千军万马，铺天盖地，血浪翻滚。

为了一个人。

只为了一个女人。

白娉婷，四国会永远记住这个名字。

所有人的目光，都停在楚北捷的手上。十万兵发，就在他挥剑之间。

空气被紧张的呼吸搓成丝丝，宛如绷紧的弦，在两军对阵的空地上被双方缓缓收紧。

万籁俱寂中，却忽然响起了马蹄声。

骏马急奔。

南边的山坡上，几道影子在晨光中骤现，不顾后果地从侧边驰入两军之中的空白地带，就像将要被点燃的油面上，有人用刀轻轻划过，掠起一道优美的涟漪；就像凄凉的画面上，忽然被描了一笔春意，诡异而格格不入。

"云常王旗？"臣牟不敢置信地低语。

楚北捷目力过人，早将那旗帜上的大字看在眼里，眸中精光骤闪。

最早冲入中空地带的骑士在楚北捷面前勒马，一拱手，朗声问："这位将军就是东林的镇北王楚北捷？"

"本王楚北捷。你是何人？"楚北捷沉声问。

"我是云常王宫侍卫队长容安。我主耀天公主命我传话，请求和王爷私下一见。"

"大战在即，耀天公主现在身在何处？"

"就在这里。"容安向后一指。

众人极目远眺，山坡上，一辆华丽的马车出现在晨曦中，正朝两军之间飞驰而来。

楚北捷的心被看不见的线微微一扯，黑眸深处颤了一颤。

耀天公主要和谈。

除了娉婷，她还有什么筹码能够和谈？她在大军临阵前匆忙赶到，从中插入而不经过何侠统领的那方人马，定与娉婷有关。

一直在发冷的心，忽然被熊熊烈火灼烧起来，一时激动，不知该如何排解。

马车越驶越近，对方大军显然也认出马车上的王旗，赫然震动。

容安策马到了马车前，俯身在窗边请示了一会儿，又策马回来："公主请王爷到车边一会儿。"

马车停在空地上，四匹浑身雪白的骏马驻步低着首，车夫似乎接了车中人的命令，自行下车离开，在百余步远的地方停下，垂手等待吩咐。

臣牟警觉地道："王爷小心，何侠诡计多端，小心中了埋伏。"

楚北捷冷笑道："区区一辆马车，就算上面藏满了人，又怎敌得过本王手中宝剑？"

策马到了马车前，从容问道："车内可是云常耀天公主？东林楚北捷在此，公主有何话要说？"

耀天公主掀开帘子，抬眼一瞅，楚北捷骑在马上，威风凛凛，气势迫人，心中暗赞，柔声道："耀天受人之托，有一封书信要交给王爷。"

"只有书信？"楚北捷瞳孔骤缩，身边空气蓦地变得冰冷，"那人呢？"

"人已经不在我云常。"耀天公主道，"王爷看过书信，自然就知道了。"

楚北捷眼神更加冷冽，隔着帘子，竟也让耀天公主打了个冷战，道："公主太小看本王了。我东林大军千里跋涉，正是为了讨回此人。云常不将人还给我，只凭一封书信就想让本王退兵，哪有这么容易的事！本王有言在先，此人若有个三长两短，本王誓让鲜血染红云常王宫。"

耀天公主在马车中沉默半晌，幽幽叹道："久闻镇北王是位有卓识的英雄，耀天想请教镇北王几个问题。"

楚北捷本想拂袖而去，回心一想，事关娉婷，不可大意，勒马道："公主请问。"

耀天公主道："请问王爷，此次领兵大战，是否只为了白娉婷一人？"

"不错。"

"那么，东林大王是否不允？"

楚北捷冷冷道："这是我东林内务，与公主无关。"

"王爷和白姑娘之间的事，似乎总免不了卷入家仇国恨。国重还是情重？为了国家是否要舍弃自身的幸福？永远都是残忍的难题。"

"公主要说的就是这些？"

耀天公主叹道："伦理道德，常被放在一起，其实两者并不完全相同。道德出自内心，而伦理出自道德。当各种伦理自成一体后，偏偏又凌驾于道德。于是，人们从此麻木地信服于大条道理，反而不能自由地听从心声行事。所谓国家大义，舍己而为国，若不是自己心甘情愿，发自内心地去做，仅仅是受限于伦理的枷锁，那是多么遗憾。王爷当日舍娉婷而选择国家大义，致使违了初六之约，又何尝不是如此？"

楚北捷初时无动于衷，听到后面，蓦然动容，肃声道："公主请说下去。"

"其实国家与个人，谁重谁轻，并不是取舍的问题。"耀天公主顿了一顿，悠然道，"王爷可曾想过，古时的先人们是为了活得更好，为了他们自己的幸福而决定团结在一起，共同抵御外敌、对抗侵略，从此之后，才有国家之说。国的根本，从来都是人。一个借由剥夺人的幸福而得以保全的国家，有什么存在的必要？一个只知道保全国家而不懂得珍惜幸福的男人，又有什么值得留恋的？"

楚北捷身躯剧震，紧紧拽着缰绳，只听耀天公主徐徐道："由此刻看，一个为了自己的幸福而轻视千万将士的性命，忍心将别人的幸福剥夺的将军，又怎么会是白娉婷真正爱上的英雄？王爷想想，你身后的这些将士，真的愿意为了一个女人去打这场大战吗？"

耀天公主长叹一声，低声道："白娉婷要的，是王爷睁开眼睛，看清楚人世间何者为珍，何者为贵，看清楚即使是蚁民也该有自由和志向，也该享有属于自己的幸福。"

楚北捷紧咬齿根，半日说不出话来。

晨光下，娉婷的微笑如水，化入五湖四海，寻不到踪迹。

国的根本，从来都是人。若不是心甘情愿，发自内心，又为何要苦逼自己牺牲永远不忍心失去的，去换一个为国的名声？

国与己，不是选择，而是一体。听从心声，爱所爱，恨所恨，才是真正的英雄。

楚北捷蓦然仰首，对天长笑，眼泪沿脸颊而下，沉声道："多谢公主赐教。"

一封书信，从门帘处缓缓递出。

"耀天见识浅薄，怎有这等本事？方才所述，尽出自白姑娘的书信。"

楚北捷下马，宛如对待初生婴儿一般双手接过这封轻飘飘的信，心潮起伏："多谢公主。本王可向公主保证，东林大军即刻撤返。"

耀天公主想不到他这样爽快利落，微微一愕，反问："王爷难道不怕书信有假，白姑娘仍被囚禁？"

楚北捷笑道："娉婷若没有把握，怎会写一封这样的信让公主送来？笔迹可以假冒，这样的言辞锐意，是可以假冒的吗？"说完，策马回己方阵营。

臣牟等早等得发急，连忙迎上来问："王爷，那云常公主到底说了些什么？"

"撤军。"

"什么？"

楚北捷长笑："撤军！我们不打仗了。"

众将心中虽愕然，却也暗暗惊喜。又有人问："那王妃呢？"

"本王会去寻的。"楚北捷遥望天际，目光坚毅，"天涯海角，一定会找到她。"

天公垂怜，赐我娉婷。你有可以飞天的翅膀，楚北捷愿意追随你，直到天涯海角。从今以后，爱我所爱，恨我所恨。

明白自己想要什么，明白自己该做什么。

明白所有的牺牲都应有价值。该珍惜的，便去珍惜；该决断的，便毅然决断。

明白国与家，家与人，本是一体。有懂得自珍自爱的人，才有兴旺的国，如同有鲜红的血，才有展翅飞翔的凌云壮志。

娉婷，娉婷，我听见自己的心声。它说，要生生世世，与你不离不弃。天崩地裂，海枯石烂，此情不渝。

"撤军！"

"撤！撤！"东林大军撤回，大战在最后一刻化为云烟。

楚北捷望尽天边，看不到那一抹熟悉的身影。但他一定会找到的，他要找到她，爱她护她，陪她月下弹琴，雪中看星。

和她共看稚儿慢慢长大，教他永远记住，道德出自人心，倾听心声，才不会被世俗蒙住眼睛，误入迷途，暗陷枷锁。让他知道，人有人的尊严，人有人的志向，人有人的自由，人有人的幸福。

这，并不是国家或者大义，可以剥夺的。

国之根本，从来都是——人。

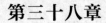

# 第三十八章

天总有不测风云。

才出了两个晴天，今天一早，老天又开始沉下脸。乌云氤氲在头顶，沉沉笼罩着远近山峦。

醉菊看看天色，叹道："看来又会有风暴。"

娉婷扶着山壁跨上脚下的陡坡，微微喘着气，无声打量远处晃动的模糊人影："萧阳关就在前面，过了关卡进入北漠，再管风暴的事吧。"

醉菊点了点头。

她们的包袱在老夫妇家中被官吏抢走后，银子衣裳都没了，只能靠偶尔帮人看病挣回一点，一路行来，更多了一重苦楚，幼嫩的手都磨出了一层茧子。

今日看见通往北漠的关卡——萧阳关，都松了一口气。到了北漠，阳凤一定会好好安置她们。

两人相互扶持着从山上下来，从云常都城行至此处，不知经历了多少艰险，她们比当初更加倍小心。悄悄在林间掩藏踪迹，接着潜伏在路边，窥探萧阳关的动静。

几个商人模样的人领着一支车队正准备过关，想是都知道快要起风暴了，领头的商人焦急地看看天色，从怀里掏出一个钱袋，塞在守兵队长的手里，搓着手央求："军爷，您看这天，要下起暴雪来，人受得了，牲畜也受不了啊。您高抬贵手，行个方便。我每个月打这出关没有四回也有三回，怎会没有出关证明？只是这处关卡向来都不查的，今天忽然查起来……"

"哎哎，你倒怪起我们来了？"队长哼了一声，"从前不查，那是上头没叫我们查。现在在打仗……打仗，你懂不懂？公文就贴在那里，识字的自己去瞧瞧，上面写得清楚，没有出关证明，不许出关。"

路边丛林里，两个蹲着偷听的女子迅速交换了担忧的眼神。

"这里竟也和赫蒙关一样，要凭出关证明才能通过。"醉菊一脸愁容，"这可怎么办？亏我们辛辛苦苦从赫蒙关吃尽了苦头赶过来。”

娉婷深黑的眸子盯着萧阳关现在仅仅开了一道窄缝的陈旧关门："看来云常通往北漠的所有关卡，都收到严令，必须查证过关。"

早该想到，战乱时期，关卡检查势必加强。

以云常的现状，在和东林开战的同时，不可能不担忧北漠的落井下石。

"怎么办？"

"没有别的办法了。"娉婷仰头，看向高耸入云的松森山脉。

这延绵的山脉隔开了云常北漠两国，稍为低缓的山道都被设为关卡。冬天，高山处的林中寒冷，野兽饥饿，只有疯子才会试图穿越。

"姑娘？"醉菊不安地看着她。

娉婷从容一笑："既然关卡过不了，只有从松森山脉的高山密林中穿越过去了。"

"如此冒险……"醉菊道，"不如先在边境逗留一段时间，等……"目光落在娉婷的小腹处，顿时停住。

娉婷摇头道："关卡不会放松，只会越来越严。耀天公主现在应该已奔赴前线，何侠很快会猜到我们逃亡的方向。我熟知何侠的厉害，当他领军从战场上返回，有精力插手边境关防搜捕我们时，我们不会再有离开云常的机会。"

醉菊看向乌云下一片灰墨色的松森山脉，倒吸一口凉气。但她很快镇定下来："在上山前，我要摘点草药备用，保胎的小末草只在山脚才有。"


娉婷打算穿越松森山脉的时候，云常和东林的决战已被耀天公主送来的书信化解。

何侠坐在马上，冷眼看东林大军一队一队从容退去。

空气中硝烟尽去。

紧绷的弦松开后，是无尽的落寞和失望。

十万军发之际，云常最至高无上的旗帜忽然出现于战场，他这个云常军事上的最高将领，事先却一点也不知情。

无数双眼睛的注视下，楚北捷和耀天公主在空旷的战场中央若无其事地隔车交谈。

他看着楚北捷勒马回阵，听着东林大军鸣金而返。

他明白，一切已经发生。

"东林撤军了？"

"东林撤军了！"

身边、身后，密密麻麻等待着沙场血战的云常士兵，不敢置信地看着发生在大

战之前的奇迹，终于惊喜地骚动起来。

副将在何侠身边低声禀报："驸马爷，东林撤军了。"

何侠的眸子，骤然阴沉。

那一刻，他甚至有一股冲动，想拔出鞘中的宝剑，喝令进攻。两方大军人数相当，东林军撤退之际，云常军冲击过去，定能占据上风。

只要可以追击过去，他有把握砍下楚北捷的人头。

握剑的手紧紧攥着剑柄，何侠苦苦压抑着心里涌动的欲望。

他不能下令。

即使他挥剑，此刻三军也不会听他号令。

耀天公主在，云常最至高无上的旗帜在此处飘扬，他只是驸马，或一名武将。

"驸马爷，东林撤军了。"副将再度小声地禀报。

何侠铁青的脸终于逸出一丝冷漠的微笑："我看见了。"

他微笑着，目视耀天公主的马车缓缓向大军行来。那样孤单而华丽的马车里，坐着他的妻子，云常的主人。

庞大的军队，蓦然沉默下来。

化解了这场大战的，是云常的一国之主，是所有将士效忠的对象——耀天公主。

马车静静行来，又静静地在阵前停下，后面是止撤去的东林大军，面前，是云常的十万将士，还有何侠。

耀天公主端坐在马车中。繁重的服饰层层包裹着她的身体，她却感觉到一阵阵不安的寒意。

说动楚北捷之后，她必须面对另一个更不想面对的难题。何侠的目光仿佛能穿透厚厚的车帘，她几乎鼓不起勇气，掀开面前的帘子，面对何侠。

白娉婷，已经不在驸马府。

已经不在了。

千万个大局为重的理由也好，但白娉婷，已经离开了。

来的路上，她已经想了许多次如何解释此中经过。

通情达理地、尊贵地以云常之主的身份劝导，或者委婉地，用女人的身份向何侠坦言，或带着不得已的忧伤……

没有用，事到临头，毫无用处。

马车静静停在阵前，耀天公主脑海里，只有挺坐在高头大马上的何侠一人。

就在这个时候，她听见了清晰的拔剑声。

那么清脆，那么悦耳，带着决断和毅然。

没有人能这般拔剑，除了她最深爱的男人。

驸马，驸马，你恨耀天吗？

你要杀了我吗？

耀天公主闭上眼睛。

何侠深深凝视马车的垂帘，拔出宝剑。

宝剑长吟，颤动不止。剑锋直指苍穹，何侠用尽最大的力气，吼叫起来："公主万岁！"

"公主万岁！"

"公主万岁！"

"万岁！万岁！公主万岁！"

身后众人齐呼，声动如雷。

"万岁！"

"公主万岁！"

平原上，回荡着阵阵吼声。

屏障似的垂帘被霍然掀开，何侠的脸出现在耀天公主面前。

"公主。"

"驸马……"耀天公主低低应着。

"多谢公主。"

耀天公主怔怔盯着今生今世也看不倦的俊容，轻声问："驸马谢我什么？驸马知道吗？我放走了驸马费尽心血带回来的白娉婷，才能让东林撤军。"

何侠表情竟丝毫无异，专注地审视耀天公主片刻，悠然叹道："经此一役，方知公主待我情真。"

"驸马！"耀天公主的眼泪终于忍不住夺眶而涌，不顾众目睽睽，扑入何侠温暖的怀抱中，被何侠一把搂住，不禁哭道，"我放走了白娉婷，辜负了驸马。"

"公主错了。"何侠轻柔地爱抚着怀中的妻子，低声道，"只有懂得真爱的女人，才懂得嫉妒。公主肯放娉婷一条生路，何侠……何侠感激不尽。"

耀天公主在他怀中微微颤抖，何侠宽阔的肩膀，给予她无限的力量。

何侠柔声说着温暖的言语，眸中，映出东林大军远去的旌旗。

娉婷若去，不会留在云常，不会返回东林。

唯一的方向，只有北漠。

松森山脉，暴风雪将来临。

深一步浅一步踩在雪地里，娉婷和醉菊气喘吁吁地向高处不停地挪动脚步。

"暴风雪快来了。"

"在那之前，能赶到岩区吗？"

娉婷沉吟："恐怕来不及。"

醉菊的心猛地一沉，十指抓着单薄的包裹，紧张起来："那怎么办？在这雪林里，到处都是光秃秃的树，风雪来了没有地方遮蔽，我们会被活活冻死。"

几天来给人诊病得来的钱，除了买了一套行医用的廉价银针和吃的，剩下的尽花在保暖的衣物上。但即使是身上最厚的衣服，也绝不能保护她们在露天里熬过任何一场风雪。

娉婷抬头，盯着天上浓得快滴出墨来的乌云。风雪未起，阴鸷在云中酝酿，此刻反而一丝风也没有。

"醉菊，点火。"

"哎呀，这个时候点火有什么用？暴风雪一来，什么火都没用。"

娉婷从容地道："点火，烧水。"秀气的脸上又隐隐露出悠然的笑意。

醉菊还想说什么，一看见娉婷唇边的笑意，不自觉地把话从喉咙里咽了回去，应道："好，点火烧水。"

取出火种，林中干枯的树枝触火即燃，无风的雪地上，木柴噼噼啪啪地在火光中剥裂。

"在雪地上挖个洞。"

雪很松，两人膝盖着地，用手挖，不一会儿，手已经触到雪下的泥土。泥土一直被雪覆盖着，吸收了地热后比雪要难挖多了。

醉菊皱眉道："这不够深，还要挖。"

"不必。"娉婷道，"用树枝搭小棚子。"

时间不多了，黑色的乌云在头顶迅速涌动，仿佛急着寻找发泄的出口。

在雪洞上稀稀疏疏地用枯树枝架起小棚子，娉婷又找到许多枯叶，手脚麻利地撒在棚子上。

醉菊手忙脚乱地帮忙，一边急道："风一吹这个就倒，有什么用呢？"

撒够了枯叶后，娉婷立刻将包袱打开，取出两人仅剩的两件换洗衣裳，展开来铺在小棚上。

"姑娘，你这是干什么？"

"把水端来，倒上去。"

"还没有烧开呢。"醉菊愣道。

娉婷又好气又好笑："冰融化了就行，要开水干什么？"

醉菊看看小棚子，又看看锅里已经融化的冰，终于恍然大悟："哦！哦！"大眼睛顿时发亮，"是是，我这就端过来。"

将水浇在小棚子上，衣裳和枯枝之间填充的枯叶吸收了水分，薄薄的冰层瞬间出现在最外层的衣裳上。

"真的管用啊！"醉菊高兴地笑起来。

"别忙着笑，水远远不够。快点快点，再弄多点。"

"是是，这就去。"

几个来回，火不断融化着冰块。

水一锅一锅浇上去，小棚子上的冰层越结越厚。

晶莹剔透的厚厚冰层下，可以看见铺开的衣裳，圆顶的棚子就像一间漂亮的小小冰雪屋。

醉菊端着锅子，又倒了一锅水在棚顶："够了吗？"水落在棚子顶端，向四周滑下，未来得及淌至雪地，已经凝结成又一层冰。

"这一场风雪不小。"娉婷看着头顶涌动的乌云，"再浇多点才行。"

轰隆隆……

连串闷雷，从乌云深处，仿佛经过很长的路途终于到达人间。

沉闷的雪地上，刮过一丝若有若无的冷风。

娉婷脸色骤变："来不及再浇了，快躲进去。"

拉着醉菊，连忙钻进预先留出的小小入口。两人窝在里面，空间小得只可以紧紧搂在一起。

"里面好暖和。"虽然很挤，醉菊还是舒服地叹了一声。

"雪下面的泥土吸了地热，我们挖开了雪，在棚子里挨着地，所以会暖和一些。"

狂风已经起了。

有一半在雪下的矮小棚子，结实如冰砖砌成的棚顶，应该可以帮助她们抵抗这场风雪。

娉婷和醉菊心惊胆战地听着棚子外传来的可怕的动静。

相对于外面，棚子里显得格外宁静。

"我们应该可以穿过松森山脉吧？"

娉婷沉默着，好一会儿，才道："是的，应该。"

"姑娘？"

"嗯。"

"你在想事吗？"

"对。"

"想什么？"

娉婷挪动了一下，缓缓道："醉菊，不管外面的暴雪下多久，不管里面有多暖

和，我们可都不能睡着。如果雪层遮蔽了入口的缝隙，我们又睡着了，就会活活闷死在这里。"

醉菊正被暖和的环境诱得昏昏欲睡，闻言吃了一惊，立即睡意全无，应道："我知道了。"这样说着，情不自禁叹了一声。

小棚子里如此安静，娉婷又和她紧贴着，当然不会听不见她的叹气。

"你叹什么？"娉婷问。

"没什么。"

沉默了一会儿，娉婷轻声问："你是不是在想，假如我们真的闷死在这里，那就永远也不会有人知道我们的下落了？"

醉菊不由得又叹了一声："白姑娘，你为什么这般聪明？"

娉婷嘴角动了动，挤出一个苦涩的笑容。

小棚子又沉寂下来。

不知过了多久，醉菊忍不住轻声问："若我们真的在这松森山脉里送了命……"

"不会的。"娉婷截断她的话，柔声道，"不会的，醉菊。"

酸气缓缓冒到鼻尖，醉菊也不明白自己为何会忽然红了眼眶。她摸索着伸出手，触到娉婷的指尖，紧紧握住了她纤细的手。

两只磨出不少血痕却仍灵巧的手，在黑暗中紧紧握在一起。

安静的天地中，醉菊的呼吸声，却骤然停止了。

骤然消失的呼吸声让宁静的小棚显得非常怪异。娉婷静静感受，醉菊的手指在她腕上一丝不动地贴着。

许久过后，醉菊终于放开屏住的呼吸，传入娉婷耳中的呼吸声，似乎喘得比之前更急了。

"白姑娘，你的脉息……很乱。"醉菊的声音有点慌张，"我要立即帮你扎针。"

"不要紧，醉菊。"娉婷淡淡地说道。

"不行，要立即扎针。"醉菊习惯性地往后伸手摸包袱，手肘撞到身后坚硬的棚壁，好一阵火辣辣的疼。

包袱呢？醉菊猛地怔住了。

"我们进来太匆忙。"黑暗中，娉婷的声音轻柔、镇定，"醉菊，包袱落在外面了。记得吗？就是我解开包袱拿衣裳的时候。"

狂烈的暴风夹着冰雪砸在坚实的棚顶上，发出恐怖的声音。

棚子里面的死寂和外面的狂风呼啸，是两个截然不同的世界。

醉菊的眼睛在黑暗中闪闪发亮，她没有迟疑多久，咬牙道："我去拿回来，应该就在附近。一钻出去，伸手拿了就回来。"

"不。"娉婷轻轻吐出一个字。

醉菊忽然发现，娉婷占据的位置，不偏不倚，恰好让她无法钻出去。

"白姑娘，我知道你的心意，但我要把银针拿回来。"醉菊沉声道，"我是大夫。"

漆黑中，娉婷的影子朦胧至几乎看不清轮廓，无光的天地仿佛和她已合为一体，应该是瘦弱的身影，却有着泰山一样无法撼动的凝重。

"醉菊，你知道银针在哪里吗？风雪一起，它们已经不知道被卷到多远的地方了。"

"说不定挂在附近的树枝上，我还是可以找找看。"她试着向前，碰到娉婷的手臂，手指缓缓滑落到手腕处，最后握住了她的手，"白姑娘，我说过，一定会保护你和孩子。"

娉婷的身影屹然不动，就像一座已有千百年的雕像。她的手也紧紧反握着醉菊的手。

"我也说过，我们不会死的。不会的，醉菊。"

两双冰冷的、纤细的手，紧紧握在一起后，些微暖意从贴合的掌心处缓缓升起。

藏身的棚子那么小，醉菊甚至也腾不出一点点空间让娉婷挪开。

"可是，孩子……"醉菊在幽黑中听见自己的声音，带着低微的抽泣。她松开了握紧的手掌，用指尖向上探索到娉婷的脉搏。

紊乱的脉象，让她的指尖微微战栗起来。

温热的液体，滴在衣襟上。

寂静的黑暗中，泪珠坠落的声音，很清晰。

银针，为什么竟会忘记了最重要的银针？

一路上不断用草药和银针为娉婷巩固体质，稳定脉象，为何偏偏在暴风雪来临的时候忘得一干二净？

外面狂烈的暴风雪，会将单薄的包袱连带里面的银针吹刮到何处？

醉菊今生也不会忘记这场残忍的暴风雪。

"别担心，孩子不会有事。"

听错了吗？

娉婷的声音里，有浓浓的温柔和从容。

醉菊感觉着她腕上凌乱的脉息，这些淡淡的平静的话，每个字都像针一样扎在醉菊心上。

黑暗中，听见娉婷含着笑意的、如做梦般轻柔的语气："孩子在我腹中，乖乖地睡着。我是他的母亲，我会好好护着他。风雪那么大，可他在我这里，会很暖和、

很安全。"

听着娉婷的声音，醉菊几乎可以想象她此刻唇角逸出的微笑。

温婉动人，如春风化雨。

娉婷确实在微笑。

百密一疏，那一疏总会出现在最要命的时刻。

在暴风雪来临，匆忙进入小棚的瞬间，她想起了包袱，还有包袱里的银针。同时，她也知道已经无可挽回。冰天雪地中的暴风雪，不但刮得走包袱，也能刮得走活生生的人。

她知道她的脉象已乱。

头有点昏乱，眼前的模糊，说不清是因为黑暗，还是因为别的。她的力气，仿佛正被一丝一丝地抽走。

正因为如此，她更必须微笑。

"别为我和孩子担心，醉菊。我们会熬过这场风雪。"

这孩子虽然还小，但他不像你想象的那么脆弱。

他孕育于冬夜。

在母亲的腹中，感受过隐居别院的安宁，听过名动四国的琴声，赏过断人肝肠的明月。

见识过，火光冲天的夜空，淌满鲜血的雪地，还有母亲登车离去时，洒落一地的绝望。

这孩子会比我们更坚强、更勇敢。

他的父亲是当世名将——永远不会被打败的镇北王。

他身上流着的，是楚北捷的血。

这世上最强悍的热血。

# 第三十九章

清晨，橙光刺穿层层厚云，朦朦胧胧透出一点光。

骤来的马蹄声打破宁静，在白皑皑的大道上急促响起。

嘚嘚，嘚嘚，嘚嘚嘚……

一骑由远而近，马背上插着代表紧急军情的旌旗，确保一路通行无阻。

"开门！快开城门！东林撤军了！东林撤军了！"

传令者仰头对着关闭的城门大喊，精疲力竭中犹带兴奋的喜悦。

城头的守卫疑惑地竖起耳朵，探出脑袋向下喝问："兄弟，你刚刚说什么？"

"快开城门，赶着向丞相禀报呢。东林撤军啦！"

"东林撤军了！东林撤军了！大战结束了！"

厚重的城门发出嘎嘎声被缓缓打开的同时，东林撤军的消息像长了翅膀一样，冲入云常都城的上空，掠过每一颗忐忑不安的心。

大战结束的好消息，加急传送入云常都城。

"丞相，丞相！东林撤军了！"

虽然早有心理准备，老成持重的贵常青还是忍不住猛然从床上坐起来："真的撤了？"

"撤了，公主殿下亲达战场与楚北捷谈判，随后东林大军就撤了。"传令者跪着，利落干脆地禀报，"我军派出大量探子，密切监视东林大军动向。东林大军无丝毫异动，是真的撤返。"

贵常青一边急急忙忙要侍从伺候更衣，一边问："公主和驸马爷呢？"

"公主和驸马领军返回都城，正在路上。"

"要盛大迎接。"贵常青一脸喜气地回头，指了一名贴身侍从，"去，要司礼官员立即来这。凡是负责采买、礼仪、鼓乐的官员，给我一起叫到这里来。等等……"他思索了一会儿，又吩咐道，"这次东林云常之战，毕竟还是有云常子弟伤亡，去把越老军务也请过来，我们商量一下抚恤的事。"

传话的侍从连忙点头，一一记下，转身要走。

隆隆隆隆！几声轰鸣骤然传来，震得屋顶簌簌落尘。屋里众人都吓了一跳，贵常青脸色一变："都城里发生什么事了？快去查！"

不一会儿，派出去的侍从小跑着回来道："禀告丞相，东林撤军的消息已经传遍都城，所有人都醒啦，在街上喝酒唱歌。到处都在放炮仗，城里最大的炮仗店把镇店之宝也抬出来放了，刚才那几声巨响就是他们闹的。丞相，要不要把他们抓起来？"

贵常青听明白了，摇头笑道："抓他们干什么？谁家没有子弟在军中，大战结束了，百姓高兴，我们悬着的心也可以放下来了。"喝令道，"来人，从我府里取一千两银子买足酒，放在王宫前的广场上，让百姓们自行取用。"

侍从笑道："丞相，宫里酿造司的仓库都是满的，用不着拿银子去民间酒坊买。"

"那些要等公主和驸马爷回宫时才用，那么多的将兵，那么大的喜事，我还担心仓库里的储酒不够呢。"想起会使国力骤损的大战在未造成重大伤亡前被化解了，贵常青心头无比畅快。

云常一直奉行静养避战的国策，贵常青在其中实在功不可没。

没多久，早前出去的侍从赶了回来，禀道："官员们已经请过来了，都在前厅等候丞相。"

"嗯。"贵常青再整理了一下隆重的官服，跨出房门。

一路沿着丞相府的小径，绕过后花园，打算直往前厅。心情愉快，稳重的脚步也变得轻盈。刚来到结了一层厚冰的湖边，忽然又一次听见传令者那熟悉的拉长嗓子喝喊的腔调："报！军情急报！报！"声音由远及近，喊话人一路飞奔而来。

贵常青的心一悬。

东林已经撤军，前线怎会又一次传来军情急报？

难道事情有变？

"你们下去。"贵常青挥退身边侍从。

转身时，传令者已经奔到眼前。

"报！军情急报！"

贵常青在通往小桥的台阶上驻步，沉声问："是否发现东林大军佯撤？"

这名传令者刚从马上下来，气喘吁吁，摇头道："不是，卑职不是从前线过来的。"

"哦？"贵常青心中稍定，"有什么军情，说吧。"

"禀报丞相，我云常与北漠接壤一带的关卡，连续被挑。"

贵常青奇道："竟有这样的事？挑了哪些关卡？对方有多少人？是北漠的军马？"

"统临关、赫蒙关、萧阳关、允僚关都被挑了。对方不是北漠的军马，那人是从我云常腹地方向来的。"

贵常青惊讶地问："那人？"

"是。"传令者也一脸不可思议，"单枪匹马，连挑我云常四个关卡。挑关者来去倏忽，剑法凌厉。因为与东林的大战，关卡中大多精锐将士都被驸马爷抽调去了前线，剩下的守卫根本不敢和此人交战。"

贵常青思忖片刻，又问："昌将军坐镇一方，难道他不闻不问？"

"昌将军手下的精锐也被驸马爷抽调殆尽，听说此事，立即派遣剩下的所有人马围剿此人。但此人实在厉害，来去无踪，而且精于反追踪，只选关卡人少力薄的时候挑关，来去从容，大队一到，绝对找不到他的影子。昌将军也对他无可奈何，只能命令各处关卡暂时关闭，以免又被他冲入关中。"

"既然是连挑四关，看来不是为了闯关到北漠去。"

"不是。那人每次挑了关卡后，就抓住管事的队长逼问一个女子的下落。他手里拿了一幅锦图，上面画着一个女人，只问每一个关卡里的人有没有见过那名女子，知否她去的方向。此人神勇彪悍，常人到了他面前，别说对着他的剑，就算被他扫两眼也胆战心惊。"

贵常青听到此处，已猜到端倪，反露出笑容："你们可知道此人是谁？"

传令者诧异地问："此人每次出现都头戴斗笠脸蒙黑巾，只让人看见一双眼睛。难道丞相知道是谁？"

贵常青嘴角逸出微笑，负手在背，仰望渐亮的苍穹，感慨似的长叹道："还能有谁？只有楚北捷。"

东林撤军的消息刚刚送至都城，楚北捷竟然已经挑了四处关卡，令人震惊地迅猛。一定是下达撤军令后即刻单骑起程。

楚北捷的心焦，由此可见一斑。

"东林镇北王？"传令者大吃一惊，瞪着眼睛，半天才呼出一口气，点头道，"怪不得如此厉害。卑职今夜就离开都城，把这个重要消息传给昌将军。"

军情对于国家相当重要，可以充当传令者的，都是军队中机敏忠诚之人，脑子比普通士兵灵活数倍。传令者稍有踌躇，随即又道："卑职斗胆进言，东林镇北王领军来犯我云常，是我云常大敌。如今他孤身出没我云常边境，正是铲除此人的绝妙良机。"

贵常青何尝没有想到这个？东林镇北王是其他三国权贵的心腹大患，谁不想铲除？

楚北捷单枪匹马在云常地界出没，就像一块精美的透着热气的点心摆在饥肠辘

辘的人面前。即便老成如贵常青，也需要苦苦压抑，才能按捺立即调兵围剿楚北捷的念头。

楚北捷又岂是这么容易被围剿的？

冰雪覆盖的松森山脉中，要用大军去围住一个精于藏匿踪迹的猛将，是不可想象的艰难之事。

像楚北捷这样的人，不能一次将其围杀，便再难找到机会。

何况……

"纵然调动大军，一举将楚北捷击杀，那又如何呢？"贵常青苦笑着摇头，不得不放弃这个充满诱惑的念头，"消息万一走漏，正撤退的东林大军会冲杀回来，这一次他们绝对会战至最后一兵一卒。"

好不容易得到的安定局面，将毁于一旦。

这是贵常青最不愿意见到的事情。

传令者久闻楚北捷威名，知道贵常青说得有理，不敢继续妄言，跪着道："卑职今夜离城，请问丞相还有什么吩咐？"

"带话给昌将军。两件事，一、不可派军围杀楚北捷，此将凶悍威勇，杀不了他，反而伤及我云常军士。再说，战事刚刚结束，不应惹怒对方主将。至于关卡，他只是为了找人，不为伤人，不必抵抗。二……"贵常青顿了顿，眸光连连闪烁，沉声道，"通知各处关卡，不管用什么办法，绝不能让楚北捷和那个女人碰上。"

"是。"

"我说的第二条，切记在心。"

"是，卑职明白。"

贵常青却不忙将他遣退，漫不经心地扫过周围。空旷的湖面，身后是覆盖着白雪的小桥，无人能藏匿在他们附近而不被发现。贵常青问："你熟悉松森山脉吗？"

"卑职一直在松森山脉驻扎，非常熟悉松森山脉的地形。"

"你叫什么名字，在军中是什么职别？"

"禀丞相，卑职番麓，在军中为副队。"

"我现在升你为骁将校尉。"

"啊？"番麓愕然抬头，看见贵常青严肃的表情，才知道他不是在说笑，眼中一亮，响亮答道，"谢丞相！卑职定竭力报效丞相。"

贵常青步下台阶，俯身低声道："还有第三条，这一条是给你一个人听的。出我口，入你耳。"

"是。"番麓凛然，沉声应道，竖直了耳朵等贵常青说下去。

"那个女人现在也许就在松森山脉附近，绝不能让她与楚北捷重逢。你要比楚北捷更早找到她。"

"杀了她？"

"不。"贵常青轻声道，"别让她身上有被人杀死的痕迹。"

番麓眼中掠过军人才有的狠光："那里常年都有野兽，卑职知道怎么做。"

"见过她的画像吗？"

"没有，那画像只有被楚北捷抓住询问的守卫见过。但这个时候敢在松森山脉走动的女人没几个。"

"记住，她身上有一根夜明珠雕琢而成的簪子，那是她从东林到云常后，唯一一件不曾离身的饰物。"


醉菊忘记了自己在黑暗中待了多久，每一分每一秒都悬着心，煎熬令人觉得那份黑暗已经持续了几个轮回。

她轻捏着娉婷的手腕，一直不曾放手，仿佛一放手，就会永远失去娉婷的下落。空气因两人低缓的呼吸轻颤着。

老天爷啊，求您保佑娉婷姑娘和她腹中的孩子，熬过这一关。她觉得脸上湿湿的，滑落的眼泪浸润了肌肤。

"暴风雪什么时候会停？"醉菊努力让这几个字说得从容一点，不带出哭腔。

"也许很快。"娉婷柔声答着。

她越安然，醉菊的心反而越乱。

沉默了一会儿后，黑暗中又传来醉菊的声音。

"我真恨王爷。"她低声道。

"醉菊？"

"我恨死王爷了，恨死他了。"醉菊咬牙切齿。

只能怪他，只能恨他。他有天大的本事，为什么他心爱的女人却在受苦？

"都是王爷的错，都是他的错。男人不是该保护女人吗？不是应该把心爱的女人捧在掌心呵护的吗？"越想越气恼，越说越不平。

娉婷叹了一声，反握着醉菊的手，安抚着唤道："醉菊，别说了。"

"他应该在这的，如果他在这陪着你该多好。"

不该说的话冲口而出，骤来的沉默占据了窄小的空间，醉菊才猛然察觉自己快被黑暗和暴风雪逼得发疯了。

楚北捷，假如楚北捷在这，暴风雪又算什么？他的肩膀那么宽，可以为娉婷遮风挡雨。

"姑娘，我……"醉菊暗自后悔，"我不该提起他的。"

　　"你说得对。"娉婷幽幽道，"如果他在该多好。"

　　如果真能海枯石烂，至死不渝，该有多好。

　　暴风雪遮蔽了天日，松森山脉一片白色的阴沉，狂风席卷而来，撞在坚硬的石崖上，不甘心地发出尖厉的呼啸。

　　楚北捷坐在岩缝中，摩挲着手中的宝剑。

　　他这半生几乎都在行军打仗，比这可怕一百倍的暴风雪也曾见过，懂得在山脉中如何寻觅最安全的岩洞躲避。

　　暴风雪并没有被他放在心上，他只是默默等待着暴风雪过去。只要风一停，他会立即下山，再闯一次萧阳关。

　　萧阳关是云常防守最薄弱的关卡，娉婷如果要去北漠，很有可能选择此处。也许就在今天，娉婷会从萧阳关过去。

　　但如果今天还是一无所获呢？楚北捷眼底深处变得暗沉起来。

　　连日来，已经挑了云常四处关卡，但每一处关卡的人都不曾见过娉婷。难道娉婷并没有去北漠？

　　这更让人担心，留在云常，即使耀天公主肯放过娉婷，恐怕何侠也不会罢休。何侠派出的追兵也许一两天内就会到。

　　震耳欲聋的雷声从天上传来，血红的闪电仿佛击打在楚北捷心上，把心窝强行撕开一个大口，什么都掉到无边无际的黑暗里去了，只剩下空落落，和满腔焦灼心疼。

　　娉婷，你在哪里？

　　崇山峻岭，狂风暴雪中，你怀着孩子，还在路途上颠簸吗？

　　我只想用臂膀紧紧抱住你，用我的身躯为你挡住风雪。

　　假如可以让我那样做，我就是真正受上天宠爱的最幸福的男人。

　　"你在哪里？到底在哪里？"楚北捷凝视着剑鞘，上面的花纹无端让他想起了娉婷发髻上摇曳的金钗。

　　在这一刻，他深深渴望着感受娉婷的体温，再看一眼娉婷从容娴静的笑容。

　　狂风呼啸渐弱，大地变得不像原来那样阴沉，这是暴风雪快结束的前奏。

　　楚北捷精神一振，霍然站起。假如今天在萧阳关还无法寻得消息，那证明娉婷极有可能已经找到别的途径到达北漠了。

　　他将毫不犹豫地直扑北漠。

　　就算走遍天涯海角，也要找到娉婷。


　　醉菊几乎以为自己挨不到暴风雪的结束，但向苍天做出的种种祈求似乎有了回应，娉婷的脉息虽然一直不稳，但并没有恶化的迹象。

"风雪好像快停了。"

黑暗中，听见娉婷松了口气似的叹息："是吗？"她一直挺直的腰杆软了一软，像累极的人强撑着最后一口气到达了目的地。

"姑娘！"醉菊惊呼一声。

娉婷勉强稳住了身子："不要紧。"语气中带着虚弱。

醉菊伸手，摸到她一额的冷汗："胸口闷吗？"

"嗯。"娉婷应了一声。

"风雪快停了。"

娉婷轻轻挪了一下身子，露出入口。入口处并没有淋水，不曾结成厚实的冰砖。用来固定冰屋屋顶的衣裳垂下一角，上面凝着暴风雪带来的冰屑。娉婷用力扳了一下，衣裳夹杂着冰末发出清脆的声音，再一掀，少许光透了进来。

虽然只是一点点光，但和刚才彻底的黑暗比起来，已经是天和地的分别。

冷风趁空穿越小小的缝隙，闯进温暖的冰屋内，醉菊和娉婷都打了个寒战。冷是冷，可风雪快停了。狂嚣着刮断枯枝的风雪逐渐平息下来，终于，她们将入口完全打开，爬了出来。

保护着她们渡过劫难的冰屋在阳光下显得晶莹剔透，小得难以想象两个女子曾钻进去躲避风雪。清冷的空气吸进鼻子，里面夹带着森林特有的新鲜的味道。总算熬过来了，看着眼前的光明，生机又到了身边，醉菊抖擞起精神："姑娘，我们要继续赶路。"

"好。"

"再让我把一下脉。胸口还闷吗？"

娉婷摇摇头："好点了。"

醉菊瞅她一眼，欲言又止。

娉婷没有说错，连树干都可以折断的暴风雪一来，遗漏在外面的包袱早不知道被刮到哪里去了。

没有了银针，甚至连上山前准备的草药都不见了。

醉菊担心地问："还能走吗？"

"嗯。"

"希望老天继续保佑我们，让我们找到一些草药。没有银针，可以采松针暂用。"醉菊道，"你先坐一会儿，我去四周找松针，扎上几针，可以暂缓你的难受。"

# 第四十章

东林王宫。

"大喜！大喜啊，大王！"老丞相楚在然手持军报，几乎小跑着进入东林大王的寝宫，未入门，激动的喊声已经传进宫中。

东林王病倒多日，一直昏昏沉沉。王后正亲自在床前伺候东林王，闻言转头，正巧看见楚在然急风急火地进来，问道："有什么喜事？"

"娘娘，镇北王撤军了，大战没打起来。"

王后一愣，半天才不敢相信地问："镇北王没有和云常大军交战？"

楚在然捏着军报的手激动得不断颤抖："只差那么一点。听说两军已经对垒，云常公主却忽然出现，说动镇北王退兵。娘娘，我们东林数十万将士的性命，算是保住啦！"

"再说一次。"床上一个虚弱的男声响起。

"啊，大王！你醒了？"王后吃了一惊，连忙扶住挣扎着要坐起来的东林王，"大王小心身子，御医说了，大王需要静养。"

东林王有气无力地摆摆手，目光转向楚在然："丞相再说一遍,镇北王怎么了？"

"回大王，镇北王撤军了。大军和云常并没有展开大战。"楚在然虽然已满头华发，但中气依然十足。

"哦？"东林王咀嚼着楚在然的话，仿佛一时还接受不了这个不可思议的消息。因为生病而滞郁的眼眸渐渐多了几分神采，透出激动的光芒，手搭在王后肩上，倾前急切道，"军报呢？快，给寡人看看。"

楚在然连忙双手呈上军报。

王后唯恐东林王耗了气力，接过军报亲自捧着展开了，让东林王靠在背枕上看。

东林王将军报来回看了两遍，舒了一口气，只觉浑身舒服畅快，连日来身上的酸痛气闷全不翼而飞，让王后合上军报，畅笑道："寡人就知道，王弟……王弟他心里还是有大局的……咳咳咳咳……咳……"忽然咳嗽不止。

王后连忙为他抚背顺气，柔声道："大王要小心身体。现在镇北王悬崖勒马了，战事也已停了，只要大王身体好起来，就是东林百姓之福。"

东林王咳得辛苦，喘了几口气，又问："大军现在哪里？"

"正在回来的路上。镇北王下令，各处边关守军，回到东林境内后，各自分散，立即返回原来的驻地。"

东林王沉思了一会儿，命令道："丞相现在就为寡人拟一封书信，给镇北王快马送去。告诉他，之前寡人送去的书信说的都是气话。东林王族这一脉，就我们两个亲兄弟，寡人对他还是寄着厚望的。要他早日回来，不要再离开都城了。"

楚在然微滞，踌躇着小声禀报："大王，镇北王已经不在大军中了。大军现在由臣牟领军。"

东林王和王后都微微一愣。

"不在军中？"东林王刚刚舒展的眉又紧紧拧起来，勉强坐直了身子问，"那是怎么回事？"

"传令的将官说，镇北王下令撤军，将领军大权交给臣牟后，就单骑离去了，至今不知踪迹。"

刚出的晴天又被乌云遮住大片。东林王叹了一口气，向后一倒，无力地靠在床头。

"有白娉婷的消息吗？"王后插了一句。

"白娉婷下落不明。还有一事……"楚在然抬眼瞅了东林王的脸色一眼，停下了要说的话。

"有什么事丞相就直说吧。"

"这个……只是传言，尚未证实。"楚在然弓着身子，小心地道，"听说白娉婷被何侠带走的时候，已经是……"

王后暗觉不妙，警惕起来，忙问："已经是什么？"

"已经怀了镇北王的骨肉了。"

此语一出，不但王后，连东林王也吃了一惊："真有其事？"

"大王，这只是传言……"

"我东林王族的血脉，竟被送到何侠手里去了？"东林王怒目圆睁，一口气续不上来，又开始连连咳嗽。

王后心里像塞满了冰块似的，手忙脚乱地帮东林王顺气，眼泪已经坠了下来，待东林王好不容易止了咳嗽，立即扑通跪倒，哭道："大王，臣妾死罪！这都是臣妾的罪过。"

东林王怔了半晌，长叹道："这事和王后无关，是寡人错了。天意弄人，我东林王族好不容易有了一根苗子……丞相……"

"在。"

"立即拟王令，派人寻找白娉婷。一定要护住她，还有她肚里的孩儿。"东林王缓缓道，"若找到她，便和她说，只要她生下王弟的儿子，寡人就封她为镇北王妃。"

他的身体大不如以前，东林失去两个王子后，有资格继承王位的，只有镇北王，和镇北王的子嗣。


松森山脉连绵不断，横占百里。寒冬万物枯萎，幸好松树不畏严寒，依然矗立，醉菊这几天一边赶路，一边用采集的松针为娉婷针灸，才让娉婷勉强有力气赶路。

两人知道这个时候叫天不应，叫地不灵，只能靠着自己努力逃出一条生路，虽然辛苦，全靠一口气硬撑着，但不曾喊过一声累。

娉婷的脉息时好时坏。白茫茫一片望不到尽头的山林中，路仿佛越走越长，两人好几次迷了路，兜兜转转，才好不容易找回方向。

娉婷的腿脚渐渐无力，如今走一步比往常走十步更为费力，也知道自己挨不了多久，但生怕拖累醉菊，所以不肯开口说休息。

这日午后，她们好不容易又到达一片岩区。松森山脉的岩石之中生长着特有的浆果，冬天也能结出果实，虽然不可口，但对她们来说无疑是上好的食物。

"姑娘先坐一会儿，我去找点吃的。"醉菊搀扶着娉婷坐下后便转身离开了。不一会儿就用裙摆兜了一堆紫红的浆果回来。浆果树枝茂密且带刺，她头上手上都被划出了道道血痕。

一路上这般苦头吃得多了，醉菊不以为意，将浆果放在娉婷面前，两人趁着难得的暖日头填肚子。

"我们就快跨过松森山脉了吧？"

"嗯。"

"天啊，总算快到头了。日后等孩子出世，一定要把这段辛苦仔仔细细地告诉他，让他知道，当初他娘多辛苦才……"醉菊边说着，边转身，低头向娉婷看去。

娉婷盘腿坐着，背挨着岩石，脸上一股淡淡的神情，让醉菊蓦然不安起来。

"姑娘？"她小声地唤了一声，又跪下来问，"白姑娘？"

"嗯？"娉婷动了动，眼睛睁开了一条线，嘴角微微扬起来，"醉菊……"

醉菊紧张地凑过去："白姑娘，你怎么了？"赶紧把娉婷的脉息。

娉婷挣开她，缓缓摇了摇头。

她招醉菊再靠近一点，几乎附耳了，才轻声道："松森山脉横跨云常北漠两地，从这里直下，很快会到达北漠境内。阳凤和则尹就隐居在松森山脉的另一侧。你去……"

"不！"醉菊惊叫了一声，瞪着圆圆的眼睛，"姑娘，你在说什么呀？我们一起走。我们就快到了，很快就到了。看，我还找了点草药，先帮你熬点草药，还有……还有针灸，我采了一把新鲜的松针，每根都足够硬。"

"醉菊……"

"不！不行的！"

娉婷总是那么从容，此刻却露出无可奈何的虚弱。

"醉菊，我实在走不动了。如果不是有你，我早就走不动了。"娉婷唇边逸出一丝苦笑。

醉菊看着她，只觉身后冷飕飕的，回头仓促地用目光搜寻四周。

纯净的一片雪白，如今看来如此恐怖。

"姑娘……"醉菊颤抖着嘴唇，不祥的预感那么强烈，几乎铺天盖地般把她给淹没了。

"我现在只能靠你了。这里有地图，去找阳凤。"娉婷轻咬着下唇，努力从怀里掏出画好的地图，"则尹是上将军，他手下一定有善于登山的勇士，见了他，请他立即派人来接我。"

醉菊一个劲地摇头："你走不动，我可以背你。你还有力气……"

"这样只会让我们一起死在这里。粮食也不够了，前面恐怕不会再有岩区。你现在还有体力，一个人赶路，大概两天就可以下山。则尹的手下善于野战，也许一天就可以找过来。"

"不行的，真的不行。"

娉婷双目一瞪，声音稍大了点："背着我，你十天也走不出这片山林。"她力气剩得不多，这么一费劲，胸口直疼起来，仰头不断用力喘气，一边把地图塞在醉菊手中，"拿着！"

醉菊拿着地图，满心慌张。

她知道娉婷已经到了山穷水尽的时候，只要娉婷有一点办法，是绝不会停下脚步的。

她只是从来没有想过要和娉婷分开。

"去找阳凤，要她派最能干的手下来接我，来回只要三天。"娉婷望望四周，"这岩区有地方可以遮风避雨，有浆果可以采食。我在这等着。"

醉菊捏着地图。

她全身的劲似乎都到了手上，皱巴巴的地图几乎要被她捏碎了。

"知道了。"似乎隔了一个世纪，醉菊才找到自己破碎的声音，她深深盯着娉婷，"我会赶到阳凤那里，叫他们派最会攀山的高手来，身上还会带着最好的老参。

我会在阳凤那里做好准备，熬好草药等你。"

娉婷柔和地看着她，微微弯起没有血色的唇，笑了一笑："对，就是那样。"她艰难地抬手，要取头上的簪子，胳膊颤了半天，却总差那么一点，够不着。

醉菊看得心里发酸，帮她将簪子从头上取了下来，递给她。

娉婷没有接过，只道："你拿着这个。这是阳凤送我的，可以当作我的信物。"

醉菊应了一声后半日没有动静，只用眼睛瞅着娉婷。

娉婷知道她放心不下，咳了一声："醉菊……"

"嗯？"

"去吧。"

醉菊又应了一声，这次声音里带了点哽咽。她缓缓站起来，一手捏着地图，一手拿着那支夜明珠簪子："姑娘，我走了。"犹豫了半天，终于转身离开。

娉婷睁着眼睛，看她的背影渐渐消失在岩丛中，舒了一口气。

她挣扎着想起来走动看看地形，却使不出一点力气。

先休息一会儿吧，反正不用赶路了。娉婷闭上眼睛，头靠在岩石上。不一会儿，耳朵听见脚踩在枯草上的声音，娉婷惊讶地睁开眼睛。

"姑娘……"醉菊又回来了，手里捧着一大把浆果，"这些留给你。"她把浆果小心地放在娉婷面前，然后站了起来，看了娉婷好一会儿，才轻声道，"这次，我可真的走了。"

"醉菊。"娉婷看着她的背影，忍不住唤了一声。

醉菊连忙转了回来："怎么？"

娉婷晶亮的眼睛瞅了她许久，才微笑着道："没什么，你自己也要当心。早点下山，早点平安。"

"嗯，我明白。"醉菊点点头。

这次，她真的走了。


一触即发的大战，消弭于云常公主与东林镇北王几句不为人知的言谈之间。

眼看着血即将流成河，忽然间，干戈平白化成了玉帛，最感失望的正是四国中另外两国的君主。

想当初敬安王府功累数世，牢牢掌握归乐兵权，深受大王忌惮。于是归乐新王何肃登基不过一年，即趁何侠凯旋之日，诓骗何侠佩带兵器入宫觐见，诬陷何侠造反。

凶狠毒辣的阴谋下，赫赫扬扬百年的敬安王府毁于一旦。

这般深仇，何侠怎会忘记？

一听说楚北捷召集整个东林的军队，要与云常驸马何侠决一死战，归乐王心中的畅快和期待，实在无法用言语形容。

归乐军队甚至整装待发，一旦何侠败退，归乐军将加入战争，攻破云常关卡，将何侠这个归乐王的心腹大患一举解决。

谁料云常公主一个露面，将沙场上对峙了许久的阵势破坏得一干二净。

"不是耀天公主。"归乐王从王座上站起来，舒展着筋骨，他已经听了半天的军报，最后，淡淡地说了一句。

"大王？"国丈乐狄诧异地问，"大王是说军报有误？"

"不，我是说，令楚北捷退兵的不是耀天公主。"归乐王仰天长叹，神态中有几分不甘的落寞，"是白娉婷。"

乐狄脸色微微变了变："白娉婷？敬安王府的白娉婷？"

怎么总是听见这个名字？区区一个王府侍婢，不过会弹一手好琴，如今竟左右了大局？就连上次王后与他私下谈话时也提起了这个名字。

"国丈也觉得不可思议吧？楚北捷这般英雄，居然为了一个女人挑起大战，又为了一个女人，休止了大战。现在想起来，云常和东林的命运，似乎冥冥中掌握在一个女人的手上。"

乐狄不以为然："大王过虑了。女人都该好好待在闺房中，想着如何伺候父亲夫婿。楚北捷为了一个女人干下蠢事，误入歧途。他曾经领兵侵犯过我归乐疆土，现在自取灭亡，正是我归乐的大幸。"

归乐王挥退一旁报告完毕的传令兵，不知想到什么，忽然嘴角上扬，似笑非笑道："告诉国丈一件事，白娉婷当初被何侠从东林掳回云常时，寡人曾经派军潜入东林伏击何侠，希望可以将白娉婷带回归乐。"

"啊？"乐狄微愕。

"没有和国丈商量，是因为寡人知道，国丈是万万不会赞成的。"从侧边看去，归乐王脸上的轮廓在烛光下透着王者的刚毅，"不瞒国丈，事到如今，寡人常常在思索一个问题。当年白娉婷不过是敬安王府里一个小小侍女，这么多年就待在寡人眼下，今日却被何侠和楚北捷争来抢去，身价百倍。如果早知道这样，寡人当初是否应该就将白娉婷纳入后宫？"

话题一转，居然提到后宫之中。

乐狄脸色再变，心里念头像风车似的不断打转。他的女儿是如今的归乐王后，正是因为有了这个身为国母的宝贝女儿，乐家声势才如日中天，在敬安王府败落后，顺理成章接管了归乐兵权。

思忖了半天，乐狄微笑道："大王说笑了。白娉婷出身低贱，是侍婢身份，听说长得也不怎样好看。何侠是因为与她有故主之谊，楚北捷则是目光短浅，利令智

昏而已。”

“说笑吗？”归乐王也淡淡笑了笑，转身坐下，半边身子挨在宝座的扶手上，温言道，“国丈错了。”

“哦？”

“白娉婷之美，不在容貌，而在心胸气度。若论这个，现在四国中的任何一位国母，都不能与白娉婷相比。否则，楚北捷这样的枭雄，怎会因为白娉婷的一封书信而尽退举国之兵？”归乐王长叹一声，“你我识人，实在不如楚北捷啊。”苦笑不已。

乐狄正不知该如何接口，殿外使者忽然禀报：“王后娘娘驾到。”

听着一阵环佩叮咚的声音，宫门无声无息地被推开，露出归乐王后笑意盈盈的脸来。

“哦，娘娘来了。”乐狄暗幸可以借此停了白娉婷这个头疼的话题，连忙从座上起来。

“大王。”王后朝归乐王袅娜施了一礼，回头瞧见乐狄，柔声道，“父亲也来了？快请坐。”一边在归乐王身边坐了下来，一边闲话家常道，“这几天天气反复，恐怕父亲的腿病又犯了，正打算派人送些药给父亲呢，正巧父亲就进宫了。国事虽然要紧，也要保重身体才行。”

说到这，转头对归乐王嫣然一笑：“大王今晚又要熬夜？不会又出了什么大事吧？”

归乐王温和地笑了笑，摇头道：“云常和东林的大战已经不打了，还有什么大事？寡人不过正和国丈谈起白娉婷而已。”

王后听见“白娉婷”三字，心里猛然发虚，脸上笑容便有几分不自然：“听说她跟着何侠到了云常，不知道现在怎样了。”

“楚北捷为了她的一封书信罢兵，王后知道吗？”

“竟有此事？”王后吸了一口气，缓缓地低声道。

殿中骤然沉默下来。

归乐王与乐狄讨论国事，乐狄在几乎天明时才辞出宫殿。一出王宫，登上马车，沉声喝命道：“去将军府，快！”

马夫敲响将军府的大门，乐震大将军昨夜和小妾畅饮作乐，此刻还未睡起，听说父亲来了，匆忙从床上爬起来。

“父亲怎么来了？有什么事，派人来唤孩儿就好。”乐震迎到门口，见父亲一脸阴霾。

乐狄不作声，直向书房走去，进入了书房，屏退左右，亲自关了房门，才舒了一口气，沉声道：“大王动疑了。”

"啊？"乐震忙问，"大王说了什么？"

"大王一直在提白娉婷，甚至说后悔当日没有纳她入宫。"乐狄斜了儿子一眼，哼道，"那是在警告我们，娘娘的宝座并不稳啊。"

乐震不屑道："一个侍女怎能和娘娘相比？我们乐家世代为归乐重臣，娘娘可是先王指定的太子妃。"

"世代重臣？敬安王府就是一个榜样！何况，如今的白娉婷已经不是侍女那么简单，和她有联系的，不但有云常的驸马，还有东林的镇北王。甚至北漠众位大将，都和她有说不清的瓜葛。"

"父亲……"

"那个派去向何侠报信的人，你处置了没有？"

乐震道："父亲放心，我已经安排他远离都城，绝不会让大王发觉。"

"不！"乐狄眼光一沉，"要斩草除根，绝不能留下后患。"

乐震面有难色："飞照行是我手下难得的干将，而且他从小就随着我，忠心耿耿……"

"不必多说，照我说的办。"乐狄冷冷道，"大王派人伏击何侠，我们却暗中向何侠报信。此事如果泄露，就是灭族的叛国大罪。如今我们乐家声势日隆，大王已经心存顾忌，万一让大王抓到把柄，敬安王府就是前车之鉴。"

语气稍顿，目光中掠过一道寒气，咬牙低声道："飞照行一定要死！只要他一死，没有了人证，就算大王疑心，也不能无端向娘娘，向我这个国丈、你这个大将军问罪。"

乐震脸上露出犹豫之色，思忖再三，终于狠着心肠点头道："孩儿明白了。"


采来的浆果已经吃了大半。

一夜冷风吹袭，幸亏有岩洞藏身，才免了被冻僵的危险。娉婷从洞口探出头去，天色灰白，希望今天也是晴天，正在路上的醉菊不要遇上风雪，平安到达阳凤身边。

三天，说长不长，说短不短。

虽然之前对着醉菊信誓旦旦，但此刻娉婷的心中却空荡荡一点底也没有。孩子在腹中安安静静，昨夜也没有像前几天那样害她腹痛。但娉婷却为这样的安静感到分外的担忧。

宝宝，你不会有事的。

她轻轻按着腹部，希望可以探听到孩子的动静。他正在慢慢长大，赶路的时候，娉婷肯定自己曾经感受到他在用自己的小胳膊小腿踢打母亲的肚子。

醉菊说孩子还小，现在还不会踢打，但娉婷却知道他是在动的。小生命的动作

是如此充满朝气，每一个微小的动作都让她感动得想流泪。

"孩子，保佑醉菊阿姨平安，保佑娘渡过这个难关吧。"娉婷轻轻抚着小腹，温柔地低语。

她知道这梦呓般的低语并无用处，可在她的梦中，这孩子却和他的父亲有着同样顶天立地的气度，同样足以保护任何人的力量。

保护？

娉婷扯着嘴角苦笑。醉菊采来的浆果还剩了一些，就在手边，过了一夜后，原来光滑饱满的果皮都有点发皱。娉婷看着这些颜色不如昨日好看的果子，竟一时痴了，思绪飘到云崖索道下的深谷里。

那人迹罕至的被林木覆盖，落了满地果子的深谷。

她和楚北捷在那里互疑。

楚北捷的轮廓被月光照得清清楚楚，坚毅，充满了不可一世的英雄气概。

她直言道："是我命人截断索道以阻挡你突袭帅营。"

楚北捷虎目中闪着冷光，看她许久，仰天长笑："楚北捷呀楚北捷，你这个傻子！"

他的笑声，凄厉入骨。

娉婷猛然心惊，回过神来。低头，手中的浆果已经被捏成碎泥，红色的果汁沾得她满手都是。

对了，浆果。

她当时也采了浆果来。那人在生气，明明是堂堂大将，生气的时候居然像孩子似的，也不顾着自己身上的伤，只管逞强。不肯让她帮他包扎伤口，也不肯吃她采来的果子。

那些果子，有的很苦很涩，就像现在的这些一样。

可是，后来为什么又偎依在一起了呢？

那人还对着她笑，吻她的唇。

热乎乎的气息钻进她的心肺里，霸道得仿佛要昭告天下：白娉婷是属于楚北捷的。

他说："我在东林等你。"

相视而笑时，真的以为将来就是这么简单而幸福。

后来呢？

再后来呢？

仿佛总是风波不断，是老天容不得他们吗？滚烫的泪滴淌到衣裳上，娉婷惊觉自己满腮泪水。

不，不要再想他了。不会有好下场，再真，再耗尽心血，似杜鹃啼出血来，也无善终。

不要再想了，不要再伤自己的心。

娉婷努力把心窝中的那股温暖驱逐出去。一夜的休息，让她总算有了点力气，她颤巍巍地扶着岩石站起身，打算去采一点新鲜的浆果回来。

走了两步，一阵剧痛从腹中猛然涌起，遍及全身，宛如被烧红的刀子刺入了腹部。

"啊！"娉婷一声惨叫，捂住小腹跌倒在地。

冷汗潺潺而下。

孩儿，我的孩儿，你怎么了？

你嫌浆果苦吗？

你嫌天气冷吗？

爹不在这里，娘会保护你。

"啊！啊！"一阵一阵的剧痛让娉婷在地上翻滚，额头上黄豆大的冷汗渗入黄土中，十指无助地在黄土中抓了又放，把地上抓出道道指痕。

"北捷，北捷……"她瞪大了眼睛，看着头顶越压越近的灰蒙蒙的天空，"楚北捷，你在哪里？"

为什么你不在身边？

如果你这个时候出现在我面前，我向苍天发誓，我会永远永远陪着你，为你抚琴唱曲。只要你牵着我的手，说一句，娉婷，我来找你。我会忘记一切，忘记从前，忘记烽火连天的战争，忘记初六那轮残忍的明月。

我会将碎落一地的心一瓣一瓣拾起来，只要你现在出现。

我多想见你，我想见你啊。

你不是说过爱我吗？

你不是说过会赶回来吗？我殚精竭虑，等到了初六的月儿升起，却等不到你回家的身影。

我想见你，只想见你一眼，哪怕只见到你的影子。

你可知道，世间没有言辞能说出我的绝望。

你说我们对月起誓，永不相负。

能不相负？

真的能永不相负？

"恨你……"

灰色的天在眼眸深处渐渐变黑，娉婷在快把身体撕裂的痛楚中，听见自己力竭声嘶地哭泣："我恨你！我恨你！"

她用了所有的力气宣泄，直到沉入深深的黑暗时，她才隐隐约约察觉，恨一个人，比忘记一个人，要容易多了。

# 第四十一章

除了归乐，在边境对云常和东林大军虎视眈眈的，还有一支军队。

则尹辞官隐居后，若韩登上北漠上将军之位，他跟随则尹多年，南征北战，战功赫赫，又有应变之才，这次升迁在所有人的意料之中。

若韩率领的大军正等待在北漠距云常边境不远的地方。北漠上次几乎被楚北捷灭国，所有北漠将领视楚北捷为虎狼之祸，如果可以趁这次云常与东林大战的时机落井下石，将楚北捷杀死，那自然对北漠有莫大好处。

但是……

"大战结束了。"

"不是结束，是根本没打。"

"这是怎么回事？"

帅帐中，若韩将手中的军报放在案台上，两手负背，抬头看着圆圆的帐篷顶部。

"上将军？"

"白娉婷……"若韩露出回忆的神情，仿佛又回到了当日的堪布城，"白姑娘，你的书信里到底写了什么？竟能消解一场大战。若韩真不知该失望，还是该佩服你。"唇角逸出一丝苦笑。

直到现在，他还深深记得那琴声。满目疮痍的堪布城墙摇摇欲坠，楚北捷数万精兵涌现在城外，就在那个时候，他听见了世上最悠扬的琴声。

白娉婷在城楼上，长袖迎风，翩翩欲飞。

她拯救了堪布，拯救了北漠，甚至可以说，若韩今日的上将军之位，全拜她当日的运筹帷幄所赐。

但那个曾经让北漠所有将领甘心跪拜的女子，如今又在何处？

"上将军，东林已经撤军，我们怎么办？"

"大战未起，东林大军元气未伤，此刻我们才不会傻到主动出击呢。既然不能捡这个便宜，那就全师回撤吧。"若韩毅然下令，"传令，今夜歇息一晚，明日一早拔营回程。"

各位将军领命散去，右旗将军森荣走在最后，到了帐门停下脚步，想了想，又走回来："上将军有没有白姑娘的消息？"

"听说她离开了云常，不知踪迹。"若韩叹气。

森荣皱眉道："她与东林王有杀子之仇，云常何侠又想囚禁她，归乐看来她也回不去了。上将军，你说她会不会……"

"我也这么想。"若韩点头道，"明日你挑选三十名干练的部下留下，在边境附近巡视。如果能碰上，至少我们也算帮了点忙。"

森荣连忙点头道："对，我也是这么想。唉，心里真不是滋味，我们能做的也只有这些。"他看了若韩一眼，还想张口，但话到了喉头，到底说不出来，只好忍住了。

若韩见他欲言又止，帐中只有他们两个，又是从战场上厮杀出来的兄弟，怎会不明白他心里想什么？低声道："不用说了，我们心里明白。自从则尹上将军离开，大王的心思越发难测。万万想不到，大王竟答应与何侠联手，三十万大军兵压东林国境，逼东林王交出白姑娘。恩将仇报，人所不齿，但王命又不能有违。森荣，我领军多年，没有试过一次带兵带得这么心虚啊。"

两人的心思都想到一块去了，森荣重重一跺脚，粗声粗气道："不要说了，说起来就气闷。要是则尹上将军还在，一定会劝阻大王和何侠那贼子联盟。要是……唉……"大声叹气，掀开帐帘，大步走了。

若韩独自留在帅帐内，若有所思。

云常和东林的大战虽然没有打起来，但四国的情势已经变得更加微妙，大家都在暗中积蓄力量，等待着雷霆击破寂静的一刻。看来不出三年，真正的四国大战就会开始，北漠的兵力，能够抵挡将至的劫难吗？

他在帅帐中缓缓踱步，把军中需要整改的几个地方想清楚了，转身坐下，摊开纸张，提笔写给北漠王的军报。

数百字的军报写好，若韩吹了吹上面未干的墨迹，想唤传令兵快马送回都城，抬头之际，浑身猛然剧震。

眼前一道魁梧身影，不知什么时候已静静立在面前。

"和上将军打个赌，我可以在上将军开口叫喊之前，挑破上将军的喉咙。"来者右手按剑，穿着黑衣，脸上蒙着黑巾，露出一双炯炯有神的眼睛。

剑未出鞘，却已散发出隐隐杀气。

若韩身经百战，生死关头不知遇过多少，但此刻与来者从容冷漠的目光一碰，只觉寒气扑面。

这般气势，这般胆略，此人是谁？

"杀了我又如何，你也不可能活着离开。"若韩盯着他的眼睛，低声道。

来人笑道："再和上将军打个赌，我杀了你后，不但可以来去自如，甚至还有闲工夫顺手干掉北漠的几名大将。云常和东林大战未起，北漠士兵们绷紧的神经都松弛下来了。你下令明日回程，现在是深夜，士兵们当然抓紧时间休息，十有八九都在沉睡中。"

尽管现在不是战中，防守有所松懈，但此人能无声无息潜入军营最中心的帅帐，本事可想而知。

若韩凝视着他。

他的手有着被太阳晒出的麦色，显得皮肤坚实，像经过冶炼的钢，像大师精心雕凿的像，不可击破。

这双手很稳，轻轻按着剑，似乎仅仅这么站着，已似君临天下。

若韩盯着他很久，轻轻倒吸了一口气："楚北捷？"

"则尹的继位者，总算还有点见识。"楚北捷轻笑，取下黑巾，棱角分明的脸露出来。

这是若韩第一次如此接近地看清这个北漠的大敌。

怪不得，这般气势，这般胆略。入北漠大营如儿戏，这位就是东林的镇北王，赫赫扬名天下的楚北捷。

那个被白娉婷深深爱上的男人。

"镇北王深夜潜入军营，是想刺杀我？"

"你的性命，本王暂时还不想取。"楚北捷道，"本王到此，是要你为本王给北漠王传一句话。"

"什么话？"

"他敢派兵窥视我东林大军，妄想落井下石，就要承担后果。"楚北捷低头，淡淡看着手下的宝剑，"和云常的大战没有打起来，本王手痒得很。从今天开始，本王会用各种方法将北漠的大将一个一个杀死，让北漠王再无可用之将，让他看他的军队慢慢瓦解。这不是挺有趣吗？"

若韩一愣，冷笑道："说来说去，镇北王还是来当刺客的。"他思忖必死，也不胆怯，霍然站起，抽出手中宝剑，仰首喝道，"我北漠大营岂能容你来去自如？今天纵使没了性命，我也要为大王杀了你。来人啊！"扬声一喝，等了等，居然无人冲进来。

若韩又是一愣。

楚北捷不屑道："要喊就喊大声点。你帐外的亲兵全部身首异处了，最接近的军帐也在五丈外。这也怪你们北漠军中的规矩不合常理，帅帐定要和其他军帐保持距离。"

若韩心中微寒，他帅帐外心腹亲兵都是强悍死士，居然全被楚北捷无声无息解决了。他撑着心窝里一股怒气，大喝道："来人啊！有刺客！"挺剑就刺。

楚北捷冷眼看敌人举剑到了面前，眼中瞳孔微缩，宝剑终于出鞘。

寒光掠过，锵的一声交了一剑，若韩感觉一股大力袭来，手臂一阵酸麻，尚未回过神来，楚北捷被摇曳烛光照出的身影已经不见。若韩惊觉不妙，霍霍向左右虚刺两剑，后退两步，背上骤然汗毛尽竖，惨叫一声，腹部已经挨了一记膝撞。

若韩忍着剧痛，挥剑再刺，却正好将手腕送到楚北捷面前。楚北捷顺势一扯，一掐，若韩虎口剧痛，宝剑哐当一声，掉在几案上，将烛台打翻在地上。烛台在地上滚了两滚，烛火全灭，帅帐内顿时沉入一片黑寂中。

若韩眼前全黑，脖子上寒气袭来，知道楚北捷的宝剑已经抵在自己脖子上。

此人当日在堪布城下，当着两军的面三招击杀则尹最凶悍的部下蒙初，勇悍盖世，果然名不虚传。

若韩自知已到绝路，也不求饶，听着外面凌乱的脚步声响起，咬牙道："你要杀就杀，但你绝逃不了。"

楚北捷却非常自傲，冷笑道："要杀也从最大的将领杀起，你的性命暂且留着。面见你们大王时，记得提醒他不要来招惹我东林。"

若韩还想开口，后脑勺上一疼，顿时昏了过去。


松森山脉被冰雪覆盖，夕阳照耀到雪上，反射着红色的光。一道娇小身影在积雪中深一步浅一步匆忙赶路。

雪很深，几至膝盖，每一步下去后要拔出腿来都需耗费不少力气。

醉菊喘着粗气，雪光太刺眼，她的眼睛开始一阵一阵发黑，看不大清楚前面的路。有时候，她不得不扶着树干歇一口气，但只要一停下来，她的心就仿佛被猫用爪子狠狠地挠着。

岩区中力竭的娉婷正在等她。

娉婷和她腹中的孩子，都在等她。

娉婷在硬撑，醉菊心里清楚。她是大夫，怎会看不出娉婷的状况？但两人一同赶路更无生机，娉婷说得没错，让一人赶去见阳凤，火速来援，是唯一的生路。

死路中的生路。

老天，老天，为什么会这样？

隐居别院的梅花还在开着，淡淡香气还飘逸在风中，为什么物是人非，转眼就

到了尽头，到了绝路？

为什么一个绝顶聪明的女人，爱上一个英雄盖世的男人，会有这样的下场？

阳凤送给娉婷的夜明珠簪子，如今稳稳插在醉菊的头上。那簪子仿佛有千斤重，压在醉菊身上的，是娉婷和孩子的性命。

她掏出地图，仔细地看着。

"又迷路了？"醉菊紧张地皱眉。白色的松森山脉常常使人分不清方向。她知道已经很接近了，阳凤就在这附近，不敢稍停，拼命赶路。

松森山脉靠近北漠一侧的山峰，就是目的地。

就在这附近，一定就在这附近。

"哎呀！"脚步一滑，醉菊又跌倒在雪地上。

不要紧，她已经不知道跌了几千几百跤。师傅，师傅，你定不曾想到，小醉菊也有这么勇敢的一天。天气这么冷，但我的心里却像有一团快烧坏我的火。

她咬着牙，从雪地里爬起来，抬目处，眼帘蓦然跳入一个男人的身影。醉菊吓了一跳，她在松森山脉奔波了这么久，还是第一次看见娉婷以外的人。

一个男人。

男人穿戴着攀山的装束，手中轻轻倒提着一把轻弩，刚好挡在醉菊面前。

醉菊看着他冷冽的眼神，警惕起来。

她缓缓地直起了身子。

番麓静静打量她，最后，扬起嘴角，吐出三个字："白娉婷？"

"你是谁？"

"原来你就是白娉婷。"他将目光定在醉菊的发髻上，赞了一声，"好精致的簪子。"

醉菊颤抖起来，不祥的预感像攻城锤，一下一下撞击着她的心。

她瞪着番麓，一步一步地向后退。

番麓手中的轻弩慢慢举了起来。闪着森森冷光的箭尖，对准了她的胸膛。

醉菊感觉自己这一刻已经死了，她浑身冰冷，每一根汗毛都在颤抖。头上的夜明珠簪子那么重，压得她几乎要软倒在地。

不可以，不可以死。

她想起了娉婷。

倚在榻上看书的娉婷，雪中弹琴的娉婷，采摘梅花的娉婷，月过中天时，终于颓然倒地，撕心裂肺痛哭的娉婷。

不可死。醉菊狠狠盯着番麓，她无力反击，番麓手中有弓弩，但她还是狠狠盯着他。

番麓几乎被她的目光迷惑了，他从来不知道女人面对死亡时也能毫无畏惧。犹豫的瞬间，醉菊转身狂奔。

不，不能死！

她从上天那里借来了力气，让她疯了似的在林中逃命。

嗖！

耳边响起轻微的破空声，一支箭几乎擦着她的脸飞过，扎入身旁的树干。醉菊吃了一惊，步子更加凌乱。

嗖！嗖！

破空声就在耳边，箭一支接一支，射入树干，射入草地，醉菊惊惶失措地闪躲着，避过一次又一次。

老天，是你在帮我吗？

请你帮到最后，请你让我活着见到阳凤，让她知道，白姑娘等着她去救。

还有孩子，王爷的骨肉，东林王室的血脉。

醉菊仓皇逃命，当惊觉眼前空荡荡时，脚下已经踩空。

"啊！"醉菊惊慌地叫起来，身不由己地跌落下去。

落地时厚厚的积雪接住了她的身躯，右腿却不巧撞上一块突出的岩石。

咔嚓！

可怕的剧痛从腿上传来，痛得醉菊几乎全身都快失去知觉。

"啊……"她呻吟着，勉强撑着上半身坐起来，希望可以看看自己的腿。

一定是断了，断裂的骨头疼得她浑身打战。

怎么办？还要赶路，还要报信，绝不能停。草药，只要敷点草药，忍着就好。

哪里有草药？

她转头，努力用眼睛搜寻四周。白茫茫的一片，枯树，偶尔露出雪面的岩石……还有什么？

看向东边，她愣了愣，仿佛不敢相信般，慌忙抬手揉了揉眼睛。

"啊，在那里！"醉菊惊喜交加地轻唤起来，湿润了眼眶。

看见了，看见了！阳凤隐居的山峰，就在眼前。原来已经熬到了山脚，原来就在这里。

醉菊喜极而泣，终于找到了。白姑娘，我们有救了。

"白姑娘，你等着我，我已经看见了。"

腿上的痛一阵一阵，醉菊尝试着爬起来，站起一半，却没有力气支撑，又无助地倒下。

"不要紧，不要紧的。"她小声对自己说，"我可以爬过去，我可以爬上山。"

她的眸子晶晶发亮，像深海中的珍珠，经过天地精华的孕育，这一天终于发出光芒。

醉菊在雪地里拖着身子向前挪，路好长，路为什么这么长？她拼了命地咬牙，挣扎着向前，以为已经走过天涯到海角的路途，回头一看，却仍在这片白茫茫中。

鲜红的血，在白雪上蜿蜒，好一幅艳丽的画。

脚步声从远处传来，她抬头，绝望伸出魔爪，轻轻地、冷漠地扼住了她的心。

番麓站在高处，冷冷看着她。

残阳如血，血红色的光芒将他的身影包裹起来，把他化为死神。

不，不……醉菊抬头怒视着他。

你不可以就这样夺走这一线生机，我已经到了这里。

只差一步，就只差一步。

番麓没有动手，他右手持弩，左手拿着一大把箭，刚刚射出的箭，他已经一支一支拔了回来，二十七支，一支不少。

醉菊瞪着他，瞪着他的箭。

不可以，不可以死。

娉婷在风雪中等待，三天是极限，她和孩子的极限。

楚北捷误了初六之约，葬送了她的幸福。我不能再误一次，葬送她的生命。

雪地冰冷无情，苍山冰冷无情，死亡的感觉如此浓稠，浸透了心肺，却盖不过令人心碎的绝望。

醉菊仰头，悲愤大叫："阳凤！阳凤！你在哪里？求你出来！

"阳凤！上将军夫人阳凤，你听见了吗？

"谁都可以，楚北捷、何侠，救救白娉婷吧！你们忘记白娉婷了吗？

"楚北捷，你这个懦夫，你忘记白娉婷了吗？"

那是你的妻、你的骨肉，绝不该流落天涯，葬送在这松森山脉里。

"你怎么可以不出现？怎么可以……"醉菊无力地哭泣，"你还记得白娉婷吗？你还记得你说过的话吗？怎么可以忘记……"

山中回声阵阵，奇迹没有出现。

不公平，太不公平。

她抬头，泪眼婆娑中，看见番麓唇边的微笑。

夕阳沉入山的另一头，血红色的光渐被黑暗替代。

"你闻到雪的芬芳吗？"第一次见到娉婷，娉婷这样问她。

她随着师傅穿梭于王宫豪宅，见识过许多人和事，却从来没有见过这样深沉的爱。

白娉婷和镇北王。

王者之爱，如此悲切，如此凄怆，让人如此心碎。

苍天啊，真忍心。

为何不怜惜这一份深深的爱？

小小的一朵醉菊，纵使心甘情愿付出性命，也无法改变这偏离幸福的结局。

"阳凤！阳凤！你快出来！求求你快出来！"

山林中回荡着醉菊的哭声。番麓静静坐在高处，看她不甘地挣扎。

他没有再次举起手中的轻弩，没那个必要。

醉菊喊哑了声音，喉咙像被火烧着一样。当她哭尽了力气，停下来喘息时，雪的芬芳飘入她的鼻尖，伴随着的，是鲜血的腥味。她腿上潺潺流出的鲜血。

醉菊若有所觉，努力撑起上身，紧张地四望。

夜幕笼罩下，她看见了林中无声无息靠近的盏盏绿色小灯。

狼群！

她终于明白，番麓唇边那抹微笑的含意。

第四十一章

# 第四十二章

"上将军？上将军！快醒醒！"

若韩头疼欲裂，睁开眼睛，帅帐中灯火通明，头顶上是将领们一张张关切的脸。

楚北捷呢？

若韩捂着头，用力从榻上猛然坐起："人呢？人抓到没有？"

众人面面相觑。森荣被大家推了推，走到最前面，闷声道："我们听见上将军的喊声，冲进帐内，到处一片黑暗。当时未知上将军生死，到处都乱糟糟的，等点起灯火，再四处搜查，已经找不到刺客踪迹。"

若韩"唉"了一声，拍腿道："可惜，可惜！"但回心一想，楚北捷又怎会如此容易被人擒到？他入营之时，应该早想好退路。

新晋升的隆尧将军华参低声禀报道："上将军帐外的亲兵一共有十五人被杀，看来是偷袭，喉间一剑毙命。刺客剑法真可怕。"

亲兵们的尸首各位将领都亲自检查过，对刺客高强的武艺都觉得不可思议，脸上均露出一丝惧色。

森荣摇头道："这么可怕的刺客，四国未曾听说过。我们北漠军营也该整顿了，万一上将军出什么事，大军失去统帅，这可如何是好？"

"对啊，刺客到底是谁？"

若韩沉默片刻，道："是楚北捷。"

偌大帅帐，骤然沉默下来。众将领你看看我，我看看你，都不知该说什么。森荣喘了口气，终于反应过来，张大嘴道："竟是镇北王？"

楚北捷这个名字，对于他们来说，就像噩梦一样。

堪布一战，楚北捷几乎让他们灭国。此人运筹帷幄，智谋让人心惊，武功更让人心寒。

这次，又显示出他独闯敌营的胆略和高超的潜匿本事。

有这样的敌人，谁不头疼？

"他到底要干什么？"

"我也不清楚。"若韩脸色极难看，"他要我传一句话给大王。"接着把经过原原本本说了一遍。军营大事不容有失，被敲晕的事虽然丢脸，若韩还是一五一十原本道出。

大家知道来者是楚北捷，知道若韩是虎口余生，哪里还想到别的？知道楚北捷口出狂言，说要将北漠大将一个一个屠杀，人人气得双眼通红，破口大骂。

若韩道："楚北捷也并非说大话。如果我们的军营防守仍是如此松懈，将来还是抵挡不住他这样的高手。"

这一开口，众人都有点讪讪的。

北漠的军营，严密远远不如东林训练有素的大军，这一点大家心里都明白。楚北捷这个将才调教出来的军队，恐怕只有何侠能够对抗。

若韩看看帐外，天还未大亮，只有一点橙光从灰云中隐隐透出来。

"行程不改，天明出发，众将先退下，我要好好想想。"若韩遣退众人后，叫住森荣，"你留下来。"

森荣点点头，坐下想了想，皱眉道："上将军，有一件事，我怎么也想不通。楚北捷出言威吓说要杀我北漠大将，为何已经成功潜入，却只要上将军带口信，而不下杀手？"

若韩道："我也正觉得此事蹊跷。我看他的神色，仗着自己武功高强，非常自傲。扬言要将我北漠将领从最大的开始杀起，一个一个，直至北漠再无可领军之将。"

"但是，上将军已经是北漠军最高将领了。楚北捷如果真想这么做，就不会放过上将军。"

若韩神色一变，从椅上猛然站起："糟糕！我知道了！"

森荣惊道："上将军想到什么了？"

若韩神情凝重，沉下嗓子，缓缓道："上将军，则尹上将军。"

这次轮到森荣脸色大变："不错，他第一个要杀的是则尹上将军！"

则尹是北漠军的顶梁柱，他虽然已经归隐，但在军中威望不减，地位相当于楚北捷之于东林军。

假如则尹被楚北捷刺杀的消息传遍天下，那么军心溃散的北漠军将不堪一击。

森荣也是跟随则尹多年的老将，不禁为则尹担忧，搓着手焦急道："怎么办？事关则尹上将军生死，我们可不能干坐着。"

"上将军是我北漠剑术名家，身边又有心腹护卫，就只怕楚北捷有心算无心，偷袭得手。"

"一定要立即通知则尹上将军，要他提防楚北捷。"森荣忽又想起一事，苦恼道，

"上将军辞官后不知隐居在什么地方，我们要立即派出人马寻找，将消息告诉上将军。楚北捷持有东林大军兵权，眼线众多，万万不能让他比我们先找到上将军。"

若韩胸有成竹，露出笑意："这个不必担心，我知道。我这就写信。上将军何等英雄，只要有所防备，必不会让楚北捷得手。"

晨曦初现，一骑快马从北漠军营冲出，朝松森山脉奔去。

一直守候在另一高坡的楚北捷从草地上站起来，看着远处迅速变小的送信者的背影，轻轻抚了抚身边的爱马："该上路了，我们找你的女主人去。"

翻身上马，缰绳在手中从容一扯。

骏马低嘶，放开四蹄，踏起一溜轻尘，追逐传信兵而去。

瞧那传信兵奔去的方向，则尹和阳凤果然不出他所料，隐居在茫茫松森山脉之中。

娉婷，你常和我提起你的好友阳凤。

如果她隐居在靠近云常的地方，你一定会去找她的，对吗？

你已经见到阳凤了吗？还是依然在路途之中？

我楚北捷无能，挑了云常的关卡，却问不到你的下落。手中宝剑虽利，对着茫茫雪海，却无法向苍山逼问出你的去处。

我能做的，只有潜入北漠军营，诱得若韩和则尹联络。他是则尹的继位者，应当知道则尹的隐居之地。

娉婷，请你停下脚步，不要再孤零零地漂泊。但愿你不要忘记你的好友阳凤，来见一见她。

我会在那里等你，截住你，拥抱你，亲吻你，向你道歉，求你宽恕——为了我们曾经清澈如水的相思，暗香萦绕的缠绵，期待着，可以坚定如山的爱恋。

我已经明白，什么是海枯石烂，什么是沧海桑田，什么是——永不相负。


云常都城里，笙歌通宵达旦。五彩烟花升入夜空，轰的一声，照亮城中百姓的笑脸。

公主回来了，驸马回来了。

华贵马车上，垂帘全部掀起，耀天公主露出幸福的笑意，偎依在何侠怀中。这令人感动又欣慰的一幕，深深印入云常百姓心底。

衬托着这一双璧人的，是随后万千安然无恙返回家园的云常士兵。他们带着战死的决然出发，却得到老天垂怜，没有经历烽火的肆虐。

等待着他们的，是欢呼和满天绚丽的烟花。

还有，美酒。

艳丽的歌舞姬穿梭在大殿上。欢笑的百官喝得畅快，醉态可掬。何侠笑意正浓，连连饮下众官敬献的美酒，挥了挥手暂止没有尽头的敬酒人群，自行端起酒杯，踱到一直微笑着坐在一旁的贵常青面前。

"这一杯，要敬丞相。"

贵常青有点愕然，连忙举杯："臣不敢，此酒应敬驸马爷。驸马爷领兵远征，辛苦了。"

何侠喝了不少，俊美的脸颊微微泛红，眼睛深处却无一丝醉意："丞相太谦虚了。领兵打仗只是体力活。丞相坐镇都城，才是劳心劳力。"

贵常青向来不大喝酒，但大战消弭于瞬间，这般天大的喜事，再不善饮的人也会忍不住喝两杯庆祝，豪情一起，举杯道："好，臣和驸马爷干了这杯，祝我耀天公主福寿无边，嗯，还要早生子嗣。"

何侠哈哈笑道："这个愿许得实在，多谢丞相吉言！"仰头将杯中美酒一饮而尽。

"驸马爷……"

"绿衣？"何侠转头，见是耀天公主身边的心腹宫女，环视周围取乐喧闹的众官，将她叫到一边，低声问，"是公主要召见？"

绿衣摇头，俏皮地咬着下唇笑道："不是呢。公主要我来和驸马爷说，她一路颠簸，十分劳累，沐浴后就要睡了，请驸马爷明日再来见她。公主还说，请驸马爷小心身体，不要喝太多酒。驸马爷路上也辛苦了，再喝酒容易伤身。"

何侠朗声笑起来："我还愁这里敬酒的百官不好应付呢，有了公主的王令，正好辞了他们回去睡觉了。"

当即用耀天公主的话挡了还想继续敬酒的官员，先行出了王宫，回驸马府。

驸马府门口早有大批侍从等候，冬灼带头，伸长脖子，远远看着人影幢幢，马蹄声声，一队人马奔了过来。

"恭迎驸马爷！"

马匹停下，冬灼当即向前牵了缰绳，仰头道："少爷，你回来啦。"

"嗯。"何侠应了一声，翻身下马，就往大门走，见门口站满恭迎他回来的侍从侍女，微微拧了拧眉，"这么多人都待在门口干吗？都散了吧。"

冬灼将缰绳扔给一旁的侍从，屏退所有侍从，自个跟了上去。

何侠步子迈得很大，毫不停留，冬灼在后面匆匆跟着。

直接进了后院，转了三两个弯，娉婷居住的房间出现在眼前，何侠骤然止步，站在房门外，一时间竟怔住了。

冬灼见他静静盯着娉婷的房门，仿佛木雕一般。此情此景，只让人觉得一阵苍凉。

他当初觉得何侠无情，于是趁耀天公主发难，睁一只眼闭一只眼放走了娉婷。

可如今见了何侠的模样，又觉得何侠当真可怜。

冬灼又是心虚，又是难过，忍不住走了过去，轻轻唤道："少爷……"

何侠被他唤回心神，心不在焉地转头看他一眼，缓缓走到门前，举手将房门轻轻一推。

吱呀……

门轴转动着，发出轻微的声音，房里的摆设，一点一点映入眼帘。

窗台上的盆景已经枯了，床上收拾得干干净净，两边垂着流苏。床底下，摆放着一双绣花鞋。

梳妆台上立着铜镜，旁边静静放着他为娉婷定做的镏金首饰盒。

琴还在，就无声地摆在桌上，只是已铺了薄尘。

何侠跨入房中，他的脚步很轻，犹如怕惊碎了什么。他坐在冰凉的椅上，将腰间的宝剑解下，置于桌上。

这柄宝剑，他用它舞过剑。

就在这，就在这驸马府中。

剑温柔出鞘，如蛟龙入水，酣畅自在，如古藤虬干曲枝，变幻莫测。

娉婷也在这，她倚亭而坐。他们默默相看。

她的目光如烟似水，指下弹出的一曲《九天》，琴声激越间，差点让他以为，一切都没有改变。

差点让他以为，傲气年华，风花雪月，不曾消逝。

他错了。

此刻他的眼眸深处，凝起冷冷的精光。他错了，傲气年华已逝，风花雪月亦不复存在。

智谋武功抵不过赫赫权势。

要戳破他费尽心血、努力保留的一幅从前的美丽幻象，只需耀天公主一道轻描淡写的王令。

耀天公主，他的妻，云常的主人。

面对着失去娉婷的空房，失去温度的驸马府，何侠深深地被事实刺醒。

只要耀天公主存在一天，他便只能是驸马。

一个连自己的侍女，都无法保住的驸马。

"少爷，这古琴……要收起来吗？"

"不用。"何侠凝视着覆着尘的古琴，扯动嘴角，"留着，它会等娉婷回来。"

娉婷会回来的，回到我的身边。

我不会再允许自己的东西被抢走，不会再允许任何人玷污"敬安王府"这四个字。

我不会让云常王族和贵常青那个老滑头束缚我的手脚。

我不会让雄心壮志屈服于耀天公主的柔情与王威之下。

再没有人，能那样对待我。


一路尾随传信兵的踪迹，楚北捷在松森山脉一处山脚下勒马仰视。雄伟的山峦在白雪映衬下增添了一分神秘的美丽。

阳凤就在此山中。

娉婷，应该也在此山中。

她也许在弹琴，也许在看书，也许在轻声低唱英雄佳人，兵不厌诈。

仰望着肃穆的山峦，楚北捷的心压抑不住地怦怦乱跳。

他竟是这般渴望看见娉婷。

思念，对着黑夜狂吼出的思念，梦中的思念……远远不够，远远不足以按捺这份焦灼。

传信兵受若韩嘱托，小心翼翼地赶路，不断查看是否有人跟踪，但任他如何精干，又怎会是楚北捷的对手？

楚北捷远远跟着他，直达则尹隐居所在的山峰，策马上了山道，终于瞧见十几座木屋，藏匿在林中。楚北捷昂扬前行，未到屋前，路边蓦然跳出几名大汉拦在路中间，喝道："站住！你知道这里是什么地方，竟敢乱闯？"手中利剑一横，寒光闪闪，身手都很不错。

这些威吓对楚北捷来说不啻儿戏，他哪里放在眼里？不避不闪，坐在马上，环视一圈，沉声道："告诉则尹，楚北捷来了。"

"楚北捷？"

"东林的楚北捷？"

"镇北王？"

"是我。"楚北捷唇角逸出志在必得的笑意，"我来接我的王妃——白娉婷。"

统领东林大军征战四方，杀得所有人胆战心寒的魔王，竟然出现在眼前？

有人一个手颤不稳，手中的剑差点掉下来。

"还愣什么？快去通报。"楚北捷胯下骏马打了个响鼻，向前挪了一步。

众人猛退数步，一脸警惕。这位当世名将，曾在堪布将他们则尹上将军打得一筹莫展，几乎毁灭了整个北漠。

机敏者呼啸一声，转身便去报信。剩下的人强压着胆寒，持剑围着楚北捷，人人的眼睛都盯在他腰间的宝剑上。

传说中镇北王的宝剑只要出鞘，就会血流成河。

楚北捷端坐马上，宛如从天而降的神将，被他们狠狠盯着，神态却悠然自如，隐隐透出一丝喜悦的期盼。

婷婷，我已经到了。

你在做什么？

和阳凤下棋吗？

你曾说，阳凤棋艺甚精。可允许楚北捷在旁观棋？让我坐在你身边，看你纤纤指儿，捏起黑白色，轻置于棋盘上。那情景必定赏心悦目，让人看一辈子也看不倦。

跑去通报的人很快回来，脸色古怪，不敢站得离楚北捷太近，拱手道："镇北王，我们上将军有请。"

楚北捷欣然点头，跟着引路的侍从一路到了大门前面。门前寂静无人，不见阳凤婷婷，也不见则尹，他艺高胆大，在东林王宫单身与宫廷侍卫血战尚且不怕，更不会畏惧这么一片小木屋。

下马后，手按剑柄，昂首直入。

跨入屋中，却愕了一愕。入目处满眼素白，白色的垂帘横幔，偌大客厅，并无座椅摆设，唯有孤零零一具棺木摆在中间。

楚北捷跨进的，竟是一间灵堂。

屋中只站着一名脸色沉肃的男子，眉目浓黑，眸中精光慑人："镇北王？"

楚北捷从容迎上他犀利的目光："北漠上将军？"

忽然听见一把尖锐的女声："楚北捷！楚北捷在哪里？"

楚北捷心系婷婷，听见女声，猜想该是上将军夫人阳凤，朗声应道："本王在此。"

话音未落，侧屋垂帘被人霍然掀开，一道娇小身影骤冲过来。阳凤脸色苍白，状若疯狂，对着楚北捷当胸就刺。

她来势虽快，但又怎能伤得了楚北捷？剑未及胸，楚北捷伸手一按，已经按住阳凤手腕。

则尹没料到阳凤会这般提剑从侧屋冲来，发觉时已经太晚，变色道："你敢伤我妻？"纵身扑上。

楚北捷一招制住阳凤，想着她是婷婷好友，倒不敢怎样，指尖在她细白的腕上用力一弹，再顺势轻轻一推，阳凤立足不稳，向后跌去。

则尹正好扑上来，一把接住，他素知楚北捷厉害，唯恐阳凤受伤，忙问："有没有受伤？"

阳凤摇摇头。她发髻俱乱，双目通红，哪里还有半点平日悠闲镇定的模样？转头瞪了楚北捷一眼，忽然痛哭起来，抓着则尹的袖子央求道："你帮我杀了他！快杀了他！"

楚北捷从娉婷口中了解的阳凤，向来温婉有礼，怎料到第一眼看见的竟是个疯女人。他心里生疑，眼角余光扫了中间那具棺木一眼，暗觉不妙。一颗心竟隐隐害怕起来，沉声道："娉婷在哪？"

阳凤似乎听不见他的问话，只是捶打着则尹的胸膛，哭求道："夫君，你帮我杀了他！是他害死了娉婷，是他害死了娉婷！"

楚北捷犹如被一记响雷击在头顶，猛然向前两步，喝道："你说什么？你刚刚说什么？"

这喝声宛如虎啸，反倒让阳凤清醒过来，停止了捶打一直安抚她的则尹，呆呆转头瞪着楚北捷，通红的眸中仿佛要滴出血来，一字一顿道："你害死了娉婷，你恨她，你把她送给了何侠，你让她孤零零地死在雪地里。"字字从洁白齿间挤出，阴冷的声音，仿佛从地狱深处传来。

楚北捷骤然倒退一步，回头看了看厅中的棺木，强扯出一抹笑容："不可能，这不可能。你们是骗我的，你为娉婷不甘，要使计诈我。"他虽如此说，却止不住浑身冷汗潺潺，仿佛堕入冰窟中一般。

阳凤是娉婷至交好友，和娉婷一同长大。楚北捷识人无数，自然明白阳凤此刻的哀伤，绝非作假。

一生之中，从未尝过的寒意侵袭而至，破入肌肤，直割筋骨。

"你们骗我，娉婷就在这里，藏在这里。"楚北捷哈哈大笑，扭曲着面容，目光一转，停在拥抱着阳凤的则尹脸上。

他的手按在剑上，仿佛只要则尹说一句不中听的话，就要拔剑将他碎尸万段。

则尹什么也没说。他静静拥着自己痛哭的爱妻，直迎楚北捷的目光。

楚北捷的目光，除了坚毅、刚正、执着、霸气，还带着一丝怯意、一丝央求似的期盼。

炯黑的眼眸深处，激荡着狂涛，渐渐沾染上不敢置信的绝望。

他竟然，从则尹这个昔日敌人的脸上，看到了一分同情。

"不可能，这不可能……"楚北捷恍若被利刃刺中心窝，狂叫一声，跟跄着连退几步，仰头大叫，"娉婷，娉婷！你快出来！我来了，楚北捷来了！我来向你赔罪！任你责罚！娉婷，你出来呀！"

受伤野兽似的吼叫震动山林，树枝上的积雪簌簌抖落。整座松森山脉，在楚北捷悲怆的吼声中沉默。

怎么可能？这怎么可能？

那灵巧的指，那绝世的笑，那醉人的香，那轻舞的身影，怎么可能逝去？

他明明听见，她在弹琴歌唱，唱英雄佳人，奈何纷乱，唱成则为王败则寇，兵不厌诈，唱多情相思，一望成欢。

她明明就在这里，在风里、雾里、云里、雪里，笑得清雅娴静，她乌黑的眼珠静静瞅着他，仿佛无尽的心思，全要倾注在他一人的身上。

在哪里？娉婷在哪里？

楚北捷麻木地转过脸，看向那具孤零零的棺木。

"她已经到了山脚，却遇上狼群，只差一点，"则尹沉声道，"就只差最后一段路……"

阳凤渐渐冷静下来，用满布血丝的眼睛盯着楚北捷，凄声道："她是来找我的，我知道她会来找我。她戴着我送给她的夜明珠簪子，攀过了松森山脉，千里迢迢地来找我。我为什么不早点派人下山？为什么？为什么……"阳凤伏在则尹肩头，双肩止不住剧烈地颤动。

楚北捷直愣愣瞪着那棺木，完全失了魂魄。

他朝那棺木走过去，每一步都仿佛踩在云朵上面，软绵绵的，没一点实在的感觉。

一切宛如在梦中，棺木一会儿近在眼前，一会儿又似乎到了很远的地方。短短几步路，他挣扎着用尽全身的力气才勉强走完。

他终于摸到棺木，森冷的寒气从那里散发出来，沿着指尖蔓延到心里，让这天下闻名的镇北王生生打个冷战。

"娉婷，你在这里……"他用最温柔的声音，轻轻对着深黑的棺木道。

他要打开棺木，拥抱他的爱妻，他的王妃，他的白娉婷。

但当十指扣住棺盖，一向神勇的镇北王，竟找不到一点力气。满是剑茧的手颤抖着，楚北捷如何努力都无法让颤抖停止一刻。

"她遇上了狼群，只剩下那支夜明珠簪子和残破的衣裳，还有……"则尹的拳头紧了紧，低声道，"还有几根骨头。"

字字重若千斤，沉沉砸在楚北捷心上，他双膝再也支撑不住身躯，颓然跪倒。

棺木又冷又硬，楚北捷小心翼翼地摩挲着。

娉婷不是这样的。她娇小、玲珑，在雪天里，脸颊会透出一抹淡淡的云彩，喜欢看雪夜中的星星，却又像猫儿一样，常常寻找温暖宽阔的胸膛，惬意地依进去。

"娉婷……"他伸开双臂，竭尽所能地拥抱。

他来晚了，晚得太厉害。

他应该初六那天赶回来，用他的臂膀，紧紧拥抱倚门等候的娉婷。他应该拥抱着她，不让任何事伤害她，让所有的危险远离她，让她微笑着，在暖暖的冬日下懒洋洋地看书、小睡，让她自由自在、无忧无虑地孕育他们的孩子。

"嫁给我。"

"为什么？"

"你善琴，能歌，兰心，巧手。跟那些女人比，我宁愿娶你。"

"我……"

"我们对月起誓，永不相负。"

不相负？永不相负，在哪里？

"你活，我自然活着。你死，我也只能陪你死啦。"

她的一笑一颦，就在空气中，在花香中。

无所不在。

"王爷是要去打仗吗？"

"王爷不必向娉婷解释。现在娉婷的心中，除了王爷之外，不想再有任何牵挂。"

"娉婷孤零零地过了自己的生辰，王爷生辰那日，我们可以在一起吗？"

他没有做到，他负了她。

让她踏着一地心碎，在利刃的寒光下，登上了远去的马车。

让她流落在云常，怀着他的骨肉，穿越雪山，吃尽人间苦楚。

让她被围绕的狼群，一片一片撕下血肉，咬断筋骨。

"不！"楚北捷狂声长啸，啸声止后，毅然拔剑。

震慑天下的镇北王的宝剑，被他狠狠摔在地上，剑刃和地砖铿锵相碰，激起一瞬火花。

楚北捷缓缓转头，看向阳凤："是我负了她，你动手吧。"不再多言，仰头闭目。

阳凤沉默了一会儿，挣脱则尹的怀抱，捡起地上的宝剑。宝剑很重，她要双手才能握紧，就算用了双手，仍颤得厉害。

剑刃指着楚北捷的喉头，只要轻轻一划，这当世名将，各国君王欲除之而后快的镇北王，就要从这世上消失了。

滴答，滴答……

灵堂中寂静无声，只有阳凤的眼泪，大颗大颗，流淌不尽似的滴在地上。

她刚刚那般地恨这个男人，恨不得与他同归于尽。此刻持剑抵在他的喉头，她却在颤抖。

娉婷，娉婷，让你伤心哭泣，让你绝望心碎的楚北捷，就在我的剑下。

他是否让你幸福地微笑过？

"茫茫天下，你能去哪？"

"我要回家。"

"回家？"

"有人在等我。"娉婷淡淡一笑，眼中闪过柔情和憧憬，悠然举手，掠平两鬓被风吹乱的发丝。

阳凤清楚地记得，娉婷站在窗前，她远眺的方向，是东林，镇北王之所在。

阳凤紧握着剑的手越颤越剧，交缠的指渐渐松开，哐当一声宝剑跌落在她的脚旁。

楚北捷诧异地睁开眼睛。

阳凤冷冷看着他："我不会让你去黄泉打扰娉婷。她不想见到你。"她痴痴说着，伸手抚摸着棺盖，细声道，"娉婷，我知道，你累了。休息吧，从此以后，再不需要为谁伤心了。"

那里面静静躺着的是他心爱的女人、他的王妃、他孩子的母亲，他生前或死后，都没有面目相对的娉婷。

不错，他害死了她。

娉婷永远不会原谅他，无论在人间或黄泉。

死，他无颜央求她的原谅；生，他无颜索取她的尸骨。

他倾心相求的绝代佳人，被他亲手葬送。

"你说得对……"楚北捷眼神空洞，泥塑似的缓缓地从地上站了起来，"你说得对……"他不舍地瞅着那具棺木，却再没有勇气用颤抖的双手触碰它一下。

他有什么资格碰它？

楚北捷转身，他的眼里看不见任何景象，没有阳凤，没有则尹，也没有路。

他忘了宝剑，忘了一切，走出大门，怔怔地看着前方，朝山林深处走去。在门口低头吃着干草的骏马嘶叫一声，小跑着跟在楚北捷背后。

它不明白，为什么主人进了这屋子，出来后就失去了魂魄？

则尹的手下看着这一人一马远去，低声问："上将军，此人是我北漠大敌，我们要不要趁机将他……"

则尹凝视着楚北捷的背影，摇头叹道："他不再是任何人的大敌。"

威名赫赫的镇北王，已经死了。

他的心，已经死了。

第五卷

# 孤芳初绽

白娉婷，敬安王府的白娉婷，

她的名字已传遍天下。

她的故事，

却尚未结束。

# 第四十三章

北漠大军踏上回家的路。

若韩在途中接到了传信兵带回来的则尹的书信。

久经战火考验的心，随着书信中逐行逐句的消息而下沉。

手中薄薄的书信仿佛也非常沉重，若韩双手捧着，叹息着看向森荣："白姑娘死了。"这位已经是北漠最高军事将领的男人脸上，蒙上了一层寒霜。

去了，那位风姿绰约的巾帼统帅已经去了。

死在天寒地冻的松森山脉，残骨被豺狼拉扯，散至四方，雪地中闪闪发光的，是仅余下的一支精致的夜明珠簪子。

当初兵发堪布，面对东林大军谈笑自若……谁想到那位奇女子，竟会是这般下场？

森荣闷了许久，低声道："是真的吗？"

不相信，让人不敢相信。

白娉婷，她曾一曲智退堪布城下十数万大军。

仅凭一曲。

"上将军夫人也病倒了。"若韩顿了顿，苦笑道，"我们都错了。"

森荣不解。

若韩道："楚北捷正是因为不知道则尹上将军的隐居处，所以才夜闯军营，虚言恫吓。其实他跟踪我们的传信兵找到了则尹上将军。"

森荣变色道："那岂不是……"

"他不是去杀人，而是去找人，找他的王妃，白娉婷。"

"他不顾死活夜闯军营，不为国家大事，只为儿女情长？"森荣愣了良久，吐了一口长气，"原来楚北捷攻打云常是为了白姑娘，这不是借口，而是真有其事。"

若韩点头道："不错。如今白姑娘命丧松森山脉，看来楚北捷的雄心壮志也会被消磨掉。他虽和我北漠有深仇，但到底也算是当世难得的英雄。"

又是可惜，又是可叹。

一个是英雄，一个是佳人。

天意弄人。

两位战将都曾跟随娉婷打过堪布之战，心下恻然。沉默片刻，森荣沉声道："不管别人怎么想，我今晚要找个地方拜祭一下白姑娘。我得向管粮军务要一些好酒好菜，还有，军营中剩下的几坛好酒，我也要了。上将军，军旅中将领不得喝酒，我向你讨个情，让我今晚喝个痛快，可行？"

"怎么不行？"若韩感慨一声，"今晚，我们所有曾经参与堪布之战的北漠将领，就在月夜下为白姑娘痛快醉上一场。"

长醉忘痛，怎能不醉？

这世间，又能有几个白娉婷呢？


天色为什么一直那么灰暗，暗得近似不祥？还是我的眼睛一直被蒙蔽着，不曾真正地睁开？

记忆中她曾被白雪围绕，雪的芬芳扑鼻而来，沁人心脾。

她也曾被五彩的霓裳包裹，裸足在王府中别致的歌台上，低低清唱，回眸时，瞅见熟悉的人经过，被她的歌声留下，驻了脚步，沉迷地听。

但都散去了。

什么时候？什么原因？巨大的悲哀沉甸甸压过来，让人不明所以，仿佛没有理由，悲哀只是天命，辜负了这份冰雪聪明。

"大姑娘？大姑娘？"声音好遥远。

娉婷睁着眼睛，瞳孔渐渐凝起，有了焦点。眼中映出的人影有点熟悉，一时又想不起在哪里见过。

这是哪里？娉婷转头，想看看四周。但全身仿佛被痛打过似的，动一根头发都会牵扯出浑身的痛。

"嗯……"娉婷缓缓吐了一口气，忍耐着等待酸痛过去。

孩子呢？

对了，孩子！她骤然清醒过来，瞪大了眼睛，用双手捂住小腹，急切地渴望能摸索到小小的动静。

"别怕，我们已经喂你喝了药啦。你，还有你肚子里的孩子，都好好的。"头顶上的脸乐呵呵地笑着。

娉婷悬起的心放了下来，她望望上面的屋顶。多好，好像很久没有见过屋顶了，每天都是岩石和白雪，仿佛永远也见不着屋顶。

真好，终于获救了。

"醉菊呢？阳凤呢？"娉婷打量着四周。

"醉菊是谁？阳凤……"那张方方正正的脸露出不解的表情，不一会，咧嘴，呵呵笑开了，"哦，我知道，你说的是我们上将军夫人。哎呀，大姑娘，你还没找到上将军夫人吗？都这么久了，马儿都生马驹了，你还没找到？"

一定有什么事情遗忘了。娉婷困惑地看着那笑脸，忽然，她想了起来，恍然道："你是我去朵朵尔山寨路上碰到的那个大个子，你叫阿汉。"

"哈，大姑娘你想起来了？就是我，阿汉！你还送马给我呢，叫我留下银两娶媳妇。"阿汉爽朗地大笑起来，"告诉你，我娶了媳妇了，快有小阿汉了。"

屋顶被他的笑声震得簌簌落灰。

娉婷跟着他笑了笑，奇怪地问："你不认识醉菊？那你怎么知道我在山上？"

"撞见的啊。我上山给老婆打野味补身子，有只灰兔子中了我一箭，还溜溜地跑个不停，钻进岩堆里不见了。我进去找，哎呀，找不到灰兔子，找到一个快冻僵的大姑娘。"阿汉兴致勃勃地说着，很是高兴的样子。

"你救了我？"

"当然，当然啦！"阿汉比画着，"从雪山上抱回来，还要背着弓箭和兔子，幸亏我劲大呀。你快冻僵了，喝了好多野兔子汤才好一点，嘿，野兔子汤就是补身子。还有我请别人从远处带回来的上好安胎药，都喂了你啦，本来是要给我老婆吃的。"

听他这么说，娉婷心生感激的同时又大觉不安。

"对不起，给你添麻烦了。"

"不怕，我老婆皮粗，骨头硬，怀着小阿汉还能干活，不怕的。"

阿汉正得意地说着，屋那边走过来一个穿着臃肿棉衣的女人，小腹高高隆起，笑着问："阿汉，你又自己和自己说话啊？"

"喂喂，老婆，大姑娘醒了！"他把女人招过来，向娉婷得意地介绍，"这是我老婆。"又指指女人的小腹，啧啧地说，"这是小阿汉。"

阿汉嫂有着和阿汉一样的热情，笑着拧了阿汉一把："柴没有了，快砍柴去。"又对娉婷说，"大姑娘，你总算醒了。怎么好好的大冬天爬雪山？松森山神不好惹的，冬天男人都不敢上去。阿汉这笨瓜，居然瞒着我上去打野兔子。"

叽里呱啦说了一堆，大概救的人醒了，阿汉嫂显得很高兴，乐滋滋地端详着娉婷："再弄一只肥鸡来，就可以让你脸色红起来了。"

娉婷心里却想着别的。

三天的期限过了没有？

假如救兵到了，却找不到她的踪影，岂不把阳凤和醉菊急个半死？

不过，老天还是慈悲的，让她和孩子都熬过来了。

孩子啊，你福大命大呢。

娉婷温柔地抚着小腹——鼓鼓的，似乎很柔软，又似乎很坚硬，一种说不出的充实感全在里面，那是生命的感觉。

"阿汉嫂，我想……"

"饿了吧？我去端吃的。"这位阿汉嫂说风就是雨，倒真的和阿汉非常般配。

"不不……"娉婷摇头，"我想赶路。"

阿汉嫂瞪大眼睛："赶路？你这个样子，要去哪里？不行不行，我还准备明天弄只肥鸡呢。"

"我一定要走。"娉婷在床上撑起上身，"我要去找阳凤，找你们的上将军则尹。"

阿汉在门外边砍柴，边竖起耳朵听里面的动静，这时候他把头探进窗子嚷嚷道："上将军归隐了，大姑娘，你找不到的。听说大王都找不到他。"

"不，我知道他在哪里。我一定要尽快过去，他们找不到我，会很着急的。"

阳凤，还有醉菊，都会很着急的。

隆冬快要离去，日光照耀下，雪水沿着直条的小坎，缓缓流淌。

松森山脉上的雪，也会这样融化吗？


何侠取了云常虎符，领兵出征，今日在朝堂上，当着文武百官的面，肃穆地将虎符双手奉还。

征战已经结束，调动大军的权力收归耀天公主。

贵常青看着何侠手中的虎符在众目睽睽下，重新回到公主的手中，暗地里松了一口气。

耀天公主对何侠情意深重，要不是老丞相再三要求，绝不会颁布收回虎符的王令。

"驸马生气吗？"早朝结束，耀天公主瞅着归还的虎符，心里还是有点忐忑，连忙派遣绿衣将何侠召来，见夫婿神采奕奕，应命而来，心里才安定了些。

何侠愕然："何侠为什么要生气？"

"耀天收回了虎符呢。"

何侠恍然，哈哈笑起来，无奈又怜惜地看着耀天公主，摇头道："公主为什么会这么想？你我难道不是夫妻？我嫉妒谁，也不可能嫉妒自己的妻子。"撩衣坐在耀天公主身边，携起她的手，表情忽然变得神秘起来，压低了声音问，"丞相祝公

主早生贵子呢，怎么样才能向公主讨个王令，让本驸马帮上忙呢？"

耀天公主见他靠过来低语，本以为有什么大事要说，认真地听了，才知道这个人又在逗她，两颊顿时红了，蹙眉把头扭到一旁，嗔道："刚刚才下早朝，驸马又不正经了，让丞相知道，不知道要教训多久呢。"

"公主这话就不对了。"何侠一本正经，挺直了腰杆，咳嗽两声，"生儿育女，是人生大事，连老成持重的丞相也再三提起，怎么会是不正经？不管公主下不下王令，这个忙本驸马是帮定了。"

耀天公主心里甜得像吃了蜜糖一般，红着脸道："不找驸马帮，能找谁帮呢？"声音似蚊子般细微，让人几乎听不见。

"嘿，那我今晚在驸马府恭候公主大驾。"何侠喜滋滋，也不顾王室礼仪，猛然往耀天公主脸上亲了一口，才站起来，"我先去处理军务，公主记得今夜之约。"

耀天公主瞅着他大步走远，越发有龙虎之姿，唇边不禁逸出掩不住的自豪微笑。正巧绿衣送莲子糖水上来，瞧见耀天公主的神态，娇笑道："奴婢就说不用这么早将糖水端上来嘛。公主刚刚见了驸马，已经甜得发腻了，怎么还尝得出别的甜味来？"

"绿衣，你现在本事大了，懂得取笑我了？"耀天公主恢复端庄的坐姿，低斥一句，"一定是跟着驸马学的。"一会儿又撑不住，笑了起来。

当夜耀天公主驾临驸马府，下了马车，却不见何侠出来。冬灼跑过来请安道："公主殿下，驸马爷派人来传话，他今天处理军务，要稍晚一点回来。晚饭已经备上了，都是驸马爷吩咐下的，有公主爱吃的小菜，就在后院侧厅用饭可好？"

耀天公主听见何侠未回来，不免一阵失落，只得点头道："你看着办吧。"

"那就吩咐他们将饭菜摆在后院侧厅了。"

饭菜果然可口，耀天公主常来驸马府，驸马府的厨师自然知道她的口味，饭菜汤水里花尽了心思，做得比王宫里的还精细。

但何侠不在，耀天公主食之无味，懒懒动了几筷子，抬头看了几回天色，又命绿衣去派人打听。

绿衣道："不用公主吩咐，奴婢早派了几拨子人去问了。大战虽然结束了，但军需抚恤犒赏，都有得忙呢。"

耀天公主幽幽叹了一声。

等了大半个时辰，一直向外观望的绿衣忽然叫道："驸马爷回来了！"

耀天公主暗喜，站起来往窗外望，果然见熟悉的身影雄赳赳地往这边赶。何侠一进门就抹汗，笑着问："公主吃过晚饭了？"

"吃过了。驸马吃过了吗？"

"哪有时间吃饭！"何侠将抹汗的白巾扔给侍从，就在桌旁坐下来。耀天公主忙吩咐侍女们端上热饭热菜，亲自递过来一双筷子。何侠接了，瞅着她笑了笑，一边夹菜，一边解释，"我也想早点回来，但今天的事不干完，明天更没工夫。让公主久等了，都是我的罪过。"

"军务竟这么忙，我看还是调两个武官过来，帮驸马分担一些才是。"

何侠匆匆扒了两口饭，摇头道："现在不患人少，只患人多，再调两个过来，更有得忙了。"

见耀天公主不解，他又耐心解释道："抚恤犒赏这些事，评定等级都不难，难就难在需要调动钱粮。我管辖下没有专门的钱粮库可供军队支取，每一笔钱都要向国库请领。请领一笔，不知道要经多少官员点头，要写多少单子。我能等，可军中的士兵们怎么能等？今日我在国库那里磨了半天，他们才批了我头五千人的赏钱，明天还要去和他们缠呢。"

耀天公主听得认真，自己手中也持了一双筷子，一边在旁帮何侠夹菜，一边缓缓道："这可不是小事，犒赏抚恤都这么磨蹭，士兵们心里不痛快，可不是动摇军心吗？"

何侠显然累了，一碗饭很快下肚，又要侍女再盛一碗上来，赞同道："公主说得对。但我现在反而不担心这个，大不了我就累一点，总能办下来。但军队钱粮调动这么磨蹭，万一战事忽起，兵临城下，哪里还有时间慢慢地申领？东林军来过一次，路线地形都已熟悉，下次再来，未必会给我们这么多时间准备。"

何侠向来有将才之名，耀天公主执政的日子也不短，知道他说得不错，也不犹豫，当即道："军队确实应该有自己的钱粮库，我明天早朝就下王令，设立一个新库，全归驸马掌管。这样有钱有粮，才好带兵。"

何侠轻笑着劝道："公主不要忙着下令，这事还是先和丞相商量一下才好。万一丞相事前不知，我们可能都要挨训呢。"

"驸马放心，于云常有益的事，丞相从没有不答应的。"

说了一番正事，何侠饭已经吃完，惬意地伸个懒腰，斜眼看着耀天公主，坏坏地笑道："国家大事已经说完，该轮到夫妻小事了。公主想听什么甜言蜜语，尽管下王令吧。"

耀天公主嗔道："刚才那一本正经的驸马跑哪去了？我才不为这个下王令，你的甜言蜜语太多了，直叫人吃不消。"

何侠爽快应道："好，那我从此不说，公主可不要伤心。嗯，让我想想，既然不能说亲密话，那弄些什么东西哄我的爱妻高兴呢？"

耀天公主见他苦思冥想，映着烛光，长眉入鬓，俊美非凡，又带了那么点讨人

喜欢的邪气，左右都是心腹，没有外人在旁，也不再摆出一国之主的矜持，笑着用指尖戳戳他的肩膀，撒娇道："驸马不许再装，看你这模样，就知道你藏了好东西不让我知道。快拿出来进贡，否则小心家法伺候。"

何侠见她露出女儿娇态，一把抓了她的手腕，暗中用力，耀天公主轻呼一声，身不由己被扯了过去。何侠搂住她的腰肢，就势让她坐在自己的大腿上，摩挲着她的脸蛋，问："歌舞好看吗？"

"什么歌舞？"

何侠黑曜石般闪闪发亮的眸子凝视着耀天公主，蓦然低头，在她颈上轻轻咬了一口，她又"呀"地叫了一声，尚未开腔责怪，何侠就戏谑道："公主又在哄我。前日驸马府请了一班北漠舞姬来，个个美艳动人，这么大的事，没人向公主禀告？公主会不知道？恐怕醋坛子早就在肚里翻出无数大浪了……啊，好疼……"

耀天公主狠狠拧了何侠一把，收回手，扭头道："驸马看错了，我可不是乱吃醋的女人。"

何侠揉着被拧的胳膊："既然不吃醋，怎么手劲那么大？"又凑上去，在耀天公主耳边低声道，"禀公主，这两天忙着干活，那些舞姬我连见都没有见过呢。不如趁着今夜，唤她们出来跳舞，我们喝酒取乐。也免得你一个人在宫里乱吃飞醋。"

耀天公主听他说不曾见过那些女人，心里喜不自禁，转过头来："那样有趣，让我也看看北漠的歌舞有何不同。"又帮何侠揉揉胳膊，红着脸问，"真的很疼？"

不问还好，一问，何侠立即愁眉苦脸："很疼，比挨了一剑还疼。"

耀天公主忍不住又搥他一拳，小声骂道："还天下名将呢，威名都满天下了，怎么见了我就这么个不正经的样子？"

"你又不是我的兵，我那么正经干吗？"何侠不再作怪，畅快大笑，豪气顿显。

传令侍从将那群北漠舞姬都唤过来，就在后院亭子前的小石台上跳舞。他们夫妻俩则在亭子里喝酒欢悦。

当夜天公倒也作美，月亮挂在空中，又圆又亮，照着一院欲化不化的白雪。

舞姬们穿着北漠的舞裙，五彩斑斓，腰间系鼓，灵巧跳跃间双手击鼓。耀天公主从未见过，分外新鲜，看得十分入迷。

何侠明明劳累了一天，兴致却比耀天公主更好，一舞既了，击掌高声赞道："这一曲舞得漂亮，仅为此舞，就应喝上三杯。"

耀天公主与他对饮了一杯，掩住杯口，摇头道："驸马，我酒量可比不上你，不要三杯，一杯就好。"

何侠快意正浓，也不勉强她，点头道："公主请随意，但这般曼妙舞姿，令人心神俱迷，我一定要喝够三杯助兴。"

连饮两杯，击剑而歌。

"飞天舞，长空梦，情意不曾重……"他声音清朗，中气又足，竟非常悦耳。耀天公主听多了何侠的甜言蜜语，却从不知道他唱歌也如此好听，眼中露出诧色。

但何侠一句既了，不再继续，停了击剑，扭头笑着吩咐："刚刚的腰鼓舞很好看，还有没有系着腰鼓跳舞的？再选一曲来跳。"

不知不觉，月过中天，美酒去了十之八九，多数入了何侠的肚子。他酒量再厉害，此刻身子也有点摇晃。

耀天公主怕他喝多了伤身，柔声劝道："歌舞虽然好，但我们已经尽兴了。进房休息好不好？"

何侠并不贪杯，他向来对耀天公主百依百顺，当即放下酒杯："不错，是该休息，公主也累了。"

他站起身，屏退了侍女侍从等，独自携耀天公主一同入房。

两人闹了大半夜，伺候的众人早昏昏欲睡，见两位主人总算知道该去歇息了，心里都大呼万岁，那群北漠舞姬更是如逢大赦。

只等何侠和耀天公主进了房间，后院中顿时撤灯的撤灯、收拾的收拾，不一会儿，刚刚还热闹喧嚣的后院，顿时变得冷冷清清。

只有月亮还没变，又大又圆，依旧挂在天上。

清冷的空气在院中缓缓流动。

冬灼也累了一天，上床就闭了眼睛大睡。不知为何，睡到一半却忽然莫名地醒了，睁着眼睛看看天外，月亮还是挂在天上，看来自己没睡多久。

不由得又想起娉婷。

娉婷是极喜欢赏月的，不但喜欢明月，也喜欢星星，也不知道她现在怎样了。

这样一想，睡意全无。冬灼索性从床上爬了起来，出到屋外，一阵冷风直卷过来，让他猛地打了两个寒战。

风中隐隐传来什么。

冬灼觉得奇怪，驻步，侧耳听了听，不错，是有声音。他一路走过去，绕到后院，利刃破空声更盛。

抬眼一看，不由得愣住了。

明月当空，剑刃森寒。

清清冷冷的后院中，白雪上一道矫捷人影。

"少爷……"冬灼轻轻喊了一声。

何侠仿佛全然不知身边有人，双眼炯炯发光，宝剑到处，便掠起一道白光。

冬灼见何侠剑势正盛，院中风声猎猎，仿佛在发泄着天地间所有的怨愤。便不

再开口打扰，静静站在一旁。

没有人会打扰此刻的何侠。

他的剑在手。

天下名将，小敬安王，当今的云常驸马，此刻宝剑在手。

在朗朗明月下，持剑而舞。

仿佛要将他的一生，在这剑光中映照出来。

腾挪闪转之际，势如蛟龙，剑势如涛，气吞山河。

一套敬安剑法舞完，额上已经满是热汗，单衣全贴在身上。何侠这才收了剑，脸上一丝表情也没有，与冬灼擦身而过时，淡淡道："北漠传来消息，娉婷去了。"

何侠提剑回到耀天公主所在的寝房前，轻轻推开房门，跨了进去。

房门无声无息关上。

冬灼呆立风中。

院中清冷。

万籁俱静，人们沉睡在甜蜜的梦乡之中。

更鼓在远处响起，越发显出这一片寂静。

娉婷，那个巧笑倩兮、爱看月儿的娉婷姐姐，去了。

# 第四十四章

"死得好，早该死了。"熏香弥漫，烟雾中，归乐王后的脸露出一丝冷笑，懒洋洋道，"这奴婢也算有本事，毒死了东林两位王子，勾引了楚北捷。要说小敬安王那是和她有从小的情分，可谁想到她死后，居然还有北漠将领为她大行拜祭。哼，天下人都疯了不成？"

"娘娘说得是。"乐狄矜持地拈着修剪得当的美须，"白娉婷确实算不得什么。不过听说她一死，楚北捷大受打击，一蹶不振，这倒是跟四国现在的形势有莫大关系。"

"一蹶不振？"王后愕了一下，目光变得有些哀怨，不由得叹道，"可见世上也有真心的男人，怎么偏偏是姓白的得了呢？我们大王若有镇北王一半痴心，也是我的福气了。"

"娘娘先别感叹楚北捷，眼下有一件事先要办好。"

"什么事？"

乐狄推窗，左右看看，又将窗掩上，踱到王后面前，低声道："娘娘，你还记得飞照行这个人吗？"

王后思忖片刻，想了起来："不就是哥哥的手下吗？那次大王派人潜入东林，欲袭击何侠和白娉婷的车队，我们派他向何侠……"

"正是。"

"怎么，这个人不是早该处置了吗？"

"要是处置了，还有什么好心烦的？说起这个，都怪你那个不争气的哥哥。"乐狄叹了一口气，道，"你哥哥心不够硬，想着他是从小跟在自己身边长大的，也算心腹，回来后没有找人杀了他，只派人给了他钱，要他躲到外面去。"

王后色变道："哥哥怎么这么糊涂？这岂是可以心软的？唉，就算哥哥想得不周全，父亲总该教训哥哥才是。"

此事可大可小，万一被掀出来，那可是私通军情，灭族的死罪。

乐狄皱眉道："怎么不教训？你哥哥也听了我的，立即派人去找飞照行。没想到他却机灵，如今没了踪迹。"

王后心中暗恨父兄做事不周，却也无奈，冷然道："这个飞照行从小就精得像鬼似的，放虎归山，他有了戒心，要弄死他哪有这么容易？"

"他一天活着，我们就一天不安心。万一让大王先找到他……"

"我知道了。"王后思忖了一会儿，嘱咐道，"飞照行的事，我会派人处置。父亲见了哥哥，叮嘱他不要再理会别的，只管好好带兵，平日多笼络众将。只要牢牢抓住兵权，就算是大王也不敢随便拿我们乐家开刀。哼，前车之鉴就在鼻子底下呢，我们可不能学老敬安王的愚忠，辛苦一辈子，落得个灭门的下场。"

乐狄点头道："娘娘说得是。"忽然想起一事，又问道，"白娉婷的死讯，大王已经知道了吧？"

"北漠的将军们都为她拜祭了，天下还有谁不知道？"王后想起这个就气，反正面前只有自己的父亲，也不掩饰地咬牙恨道，"不知道一个奴婢出身的女人有什么能耐，也不是个美人。大王知道她死了，一整天没怎么说话。我听说大王还打算颁布王令，说她的琴技是归乐的国宝，御封她为归乐琴仙，要为她立碑呢。这不是笑话吗？"

乐狄忧心忡忡道："娘娘，大王这样做，似乎是在警告娘娘你啊。"

王后脸色微黯，无奈地叹了一口气："我何尝不知道？敬安王府没了，乐家的权势越来越大，你看看朝中领兵的，有几个不是你和哥哥举荐的？当初为了阳凤的事，大王一直忍着。如今为了白娉婷，大王更看我这个王后不顺眼。"

"说起来，娘娘也太厉害了点。"乐狄瞅着女儿的脸色，小心地道，"大王是一国之君，身边多几个美人也是常事。像当年那个叫丽儿的，当时娘娘若大度一点，让她当个侧妃又如何呢？却偏偏逼着大王将她送给了东林王。"

王后"哼"了一声："我还不是帮了她？她跟着东林王，封了丽妃，还生了个公主呢。父亲不要再说了，女儿正心烦，什么事都不顺心，父亲您还要来气我。"

乐狄知道女儿善妒，暗叹一声，正想继续劝，忽然惊觉有脚步声接近，连忙停了话题。

坐回原位，捧起茶来，还未饮到口，就听见王后的心腹侍女仰容在门外道："娘娘，大王派人传话来了。"

"进来吧。"王后唤了那传话的侍从进来，一边喝茶，一边问，"大王有什么话？"

"禀娘娘，大王已经颁下王令，封白娉婷为归乐琴仙，大后日在王宫正门为她举行拜祭仪式。大王说了，那日也请娘娘来，一同拜祭，为归乐的女子做个榜样。"

王后听到一半，几乎将手中的茶碗捏得粉碎，手气得颤了几颤。乐狄在一旁紧张地使眼色，要女儿忍耐一些。

王后忍着气，轻轻笑道："知道了。大后日，王宫正门，对吧？去告诉大王，我会准备的。"

侍从领了命，直接复命去了。

乐狄掩了房门，转过身，看见女儿变了脸色。

"果然，果然！又是这个白娉婷，阴魂不散！"王后咬着细白的牙齿，"她到底做了什么，要这么兴师动众的？堂堂大王，下令御封一个奴婢，怎么向归乐的百姓交代？"

乐狄的脸也沉了下来，他想得更远："大王是打算用敬安王府来压制我们乐家。敬安王府虽然没了，但归乐的百姓还没有忘记他们啊。敬安王府是大王判罪的，大王不能直接用敬安王府的名头牵制乐家，只能借敬安王府的丫头，何侠身边的侍女来做个声势。"

"父亲想得没错。"王后冷静下来，缓了语气，顿了顿，苦笑着道，"不过，说大王只是为了立威，对白娉婷一点意思也没有，我可是不信的。"

"她不是已经死了吗？"

"死了才更可恨。"王后长长的指甲在木椅扶手上抓出几道白痕，"男人的心思，得不到的才是最好的。"

再没有一件事比这个更不合理，也再没有一件事比这个更合理。

白娉婷的死讯，传遍天下。

一个王府侍女的死，震动了天下。

她是归乐的琴仙、何侠的侍女、北漠曾经的最高军事将领，同时，也是镇北王的妻子。

虽然没有隆重的婚礼，但曾经见过她与镇北王的人都明白，只有她，才是那位顶天立地的沙场英雄一生一世的妻子。

白娉婷已去。

楚北捷呢？

昔日无敌的勇将，又在哪里？


东林王后凝视着面前的人，深深吸了一口气，毅然道："霍神医，这里没有外人，无须隐瞒，你就直说吧。"

"启禀王后，大王的病……恐怕拖不了多久了。"短短数月，东林神医霍雨楠仿佛老了十年，黑色的胡须中夹杂着白丝。

"和我说实话，还有多久？"

"怕是……怕是挨不过七天。"

王后呆住了，半天才找回了飘离身躯的神志，脊梁宛如承受不住这个消息似的软了下来，只能完全靠椅背支撑着。怀着最后一丝期待，她几乎是祈求般地看向这能断人生死的东林名医："纵使不能回天，也该可以多延几个月吧？"

"王后娘娘……"霍雨楠再不愿意，也不得不把话说明白，硬着头皮道，"方法都用尽了。大王的后事，也要……"

"娘娘，娘娘！"霍雨楠的话忽然被帘外跑进来的侍女打断，这侍女匆匆对王后行了个礼，急道，"娘娘，大王醒了，正要找娘娘呢。"

王后猛然站起来，却眼前一黑，猛地一个趔趄，几乎栽倒。

"娘娘！"

"王后娘娘！"

侍女和霍雨楠同时惊呼，一同抢上，将她扶住。

王后抚着太阳穴，站稳了脚："不碍事的。"

她的脸是苍白的，唇也是苍白的。

自从白娉婷的死讯传来，她的脸色就再不曾出现血色。

什么都毁了。

白娉婷肚子里的，是东林王族的血脉啊。

到如今，大王和镇北王膝下连一个男丁都没有。

怎么会这样？怎么会弄成这样？

当初北漠云常三十万敌军压境时，怎么就没料到今日这般下场？

懊悔快将她的身子和脑子给煎熬干了，一个个难题都摆在前面。

白娉婷，前世里东林王族到底和她有什么孽缘？这般纠缠不清，欲罢不能。

匆匆赶到寝宫，她陪伴了一生的男人就躺在床上。

他也曾是顶天立地的英雄，和镇北王一样，会挥舞宝剑、马上饮酒、发出浑厚的笑声。

"大王，臣妾来了。"王后坐在床边，轻轻握住他的手。

真瘦，瘦到只摸得着骨头，瘦到令人心疼。

王后鼻子一酸，强忍着不要落泪："大王唤臣妾来，有什么吩咐吗？"

东林王的眼睛，已经黯然无光。

"王弟呢？王弟回来没有？"他沙哑着问。

"已经派人去找了，镇北王很快就会回来。"

东林王艰难地抬头，看了自己的妻子一眼："王后，想哭，就哭吧。"他的声音虽然沙哑无力，却饱含着温柔，"寡人心里明白，北捷他不会回来了。"

"大王！"

"白娉婷……云常、北漠三十万大军压境，王令调走东林龙虎大营主帅……"他喘了一下，"我们……我们合三国的兵力，将他的妻子引入死地。"

"这是臣妾之错……"

"不要自责。"东林王握着王后的手，狠狠紧了一紧，仿佛要把最后一丝力量传给他的妻子，"不能怪王后，这是上天的安排。我们担心的事，终于发生了。王弟从小性情就如此，寡人以为这一次可以将他磨砺得无情一点。如果有错，那也是寡人错了。"

他转头看看左右，喘息着吩咐："你们都下去。老丞相，你帮寡人守住这门。"

"是。"楚在然一直守在东林王身边。他见惯人事，知道东林王这是要诀别了，眼泪实在忍不住，簌簌掉了下来，跪下向东林王磕了个头，老态龙钟地退出门外，轻轻地关上大门。

寝宫内只剩东林王和王后。

"王后，你将床头上那个玉盒打开，里面有份王令，拿过来。"

王后取了王令，轻声劝道："大王身体不适，还是暂时不要劳心政务。这些事，交给老丞相处理，如何？"

东林王缓缓摇了摇头："你打开。"

王后见他坚持，也不好违拗，依言打开王令。低眉一瞅，当头一行，就是"遗令王后摄政"几个大字，大吃一惊："大王，这万万不……"

"这是寡人的遗命。"

"大王，镇北王一定会回来的，他是大王的亲弟，是东林的王族，怎可为了一个女人，抛弃自己的国家？"

"王后……"东林王的声音忽然变得很柔和。他聚集目力，看着王后，"先不说这些。来，坐到寡人身边来。"

王后听他这般温柔言语，更是心碎，顺从地坐了过来，见东林王伸手，忙双手握住了。

"王后，寡人想问王后一件事。"

"大王请问。任何问题，臣妾都会回答。"

东林王的声音越发低了，气若游丝："并不是军国大事，这个问题寡人想问王后很久了，但又觉得很傻。到了如今，再不问，就永远也听不到答案了。"

王后转头悄悄拭去眼泪，柔声道："大王问吧。"

"王后，我们由先王指婚，夫妻缘分……水到渠成，无风无雨。"东林王抬着

头，看着王后的眼睛，问，"假若我们像北捷和白娉婷一样，生于敌对的国家，效力于敌对的人，王后还会……陪伴寡人一生一世吗？"

王后想了很久，轻声吐了一个字："会。"

一生一世。

会的，只是做起来很难。

海枯石烂，海誓山盟吗？若生为仇敌，爱却在其中滋生，到底会谁背叛谁？到底是难忘国恩重，还是难舍瞬间的欢愉，投向心上人的怀抱？

天幸，他们不是楚北捷和白娉婷。

但如果是呢？

但如果这般不幸选择了他们呢？

王后闭上双目，握紧了夫婿瘦骨嶙峋的大手。

会，虽然很难，就像与天上的闪电比疾速一般的难。

但依旧会。

"我们互为敌国。"东林王道。

"是。"

"我们互为敌阵。"

"是。"

"我们还会一生一世？"

王后又沉默了许久。

她还是只吐了一个字："会。"

东林王深深吸了一口气。冬天快去了，空气中带着春的味道，冷冷的，胀满他惬意的胸膛。

会，会的。

他闭上双眼。

唇边，勾起一抹幸福的微笑。


几日后，若韩的传信兵再次到达松森山脉。

平地的雪已经开始融化，土壤里有嫩绿的小草探头。春还未曾真正到来，人们心中已充满憧憬的喜悦。

传信兵不但带来了若韩四处搜集的上等药材，也带来了北漠王的问候。

"这一棵千年老参，是大王赐的。"

则尹感激地收下，对着王宫方向遥遥行礼。

传信兵当年也是则尹麾下小卒，将消息传达完毕，礼物交割清楚，不禁关切地问：“上将军，夫人的病……可好些了？”

则尹微微摇头，一脸愁容：“就算有一点好转的迹象，我的心里也好过些。这是心病，心病难治啊。”

娉婷下葬后，阳凤手持那支夜明珠簪子在墓前站了整夜，一病不起。簪子在黑暗中盈盈发光，戴簪者已埋入黄土中。

“娉婷之死，由我而起。”

娉婷这绝顶聪明的人，明明已经挣脱了，所以才离开何侠，离开楚北捷，从归乐单骑奔赴北漠。

娉婷来找她，是为了遗忘从前的不幸，而她轻轻一跪，三言两语，将娉婷推到了北漠军与楚北捷之间。

两军对垒，鲜衣怒马，环环杀机，从这里开始。

蔓延到百里茂林，蔓延到东林王宫、隐居别院、云常驸马府，终结于松森山脉的漫天白雪中。

娉婷那样淡泊悠然的人，为什么竟得了一个尸骨无存的下场？

阳凤不能原谅自己。

种种不幸，她是因，娉婷却成了果。

“阳凤，爱妻，你还记得我们的孩子吗？”则尹小心地扶起她的上身，“你不能扔下我和庆儿，你答应过，要陪我一生一世。打起精神来，喝了这碗药。”

“庆儿……”阳凤的眸子略微转动了一下。

“他总哭着要娘。阳凤，不要再自责。娉婷已死，你就算糟蹋了自己的性命，又怎能将她唤回来？她在天上一定也不愿见你如此。来，喝了这药，快点好起来。”

温热的药端在手上，则尹先尝了尝，才送到阳凤唇边：“喝吧，就当是为了庆儿。”

阳凤心里空荡荡的，娉婷的尸骨和雪中孤零零的墓碑在她脑中来回浮现，没有停过一刻，则尹温言安慰，“庆儿”两个字，唤醒了母亲的天性，终于让她找回了一丝神志。

她缓缓抬眸，看了看自己的夫君。

曾经的北漠上将军，如今一脸憔悴，看着教人心疼。

一切都是因为自己。

她幽幽叹了一声，张开唇。

则尹见她听话地喝下药汤，喜道：“这是若韩特意派人搜来的方子，熬了半天了，慢慢喝，不要呛着。”他一手扶着阳凤，一手持碗，见阳凤真的将整碗汤药喝完了，悬起的心才放下一半。又柔声道：“若韩说了，你的病按这个方子，连喝七

天……"

话未说完，阳凤在他臂间蓦然抖了抖，猛然直起身子，对着床边"哇"了一声，刚刚入肚的浓黑汤药，吐了一地。

阳凤几乎将肺腑都吐了出来，脸色苍白，好不容易抬起头，就直直往床上倒。

"阳凤！"则尹一把抱住她，见她在自己怀里紧闭双目，往日温润的脸蛋一丝血色也没有，心疼得不知如何是好，几乎急出眼泪来，"我的妻啊，你这是何苦？难道你除了白娉婷，心里就没有我和庆儿？"

阳凤艰难地喘息，听了则尹的话，微微睁开双眼，苦笑道："我何尝舍得你们？只是心病已深，无可救药。我和娉婷一同长大，情同姐妹，竟是我……我害死了她。"

"别哭，别再哭了。病成这样，最忌伤心……"则尹用粗糙的大手轻轻为她擦拭脸上的泪珠，却越擦越多。

他又着急又心疼，虎目不禁红了一圈。

阳凤啜泣一阵，喘息一阵，又抬了头，气若游丝地对则尹道："不是我舍得你们父子，瞧我现在这病，看来娉婷是要我去和她做伴了。宫廷和沙场一样险恶，我不想庆儿日后走上娉婷和楚北捷的旧路。你既然答应了我归隐山林，就要信守承诺，永不出山，也不要让庆儿再牵扯上那些事。你……你答应我。"

则尹听她这话，竟是在嘱托后事了，大为不祥。他浑身上下冷汗津津，只管紧紧抱着阳凤，急道："你在胡说什么？我不答应，我什么都不答应！"

"夫君，我挨不到春天了。"

"胡说！"

"不能再陪你赏花，为庆儿缝衣……"

"胡说！"

"我要去见娉婷，向她请罪……"

"胡说！胡说！不要再说了！"

则尹抱着阳凤，连声喝止她。这时屋外传来急促的脚步声，显然有人在廊上肆意奔跑。则尹一腔不安统统化成怒火，咆哮道："谁在外面？我说过不许打扰夫人静养，你们都聋了吗？"

门帘一下子掀开了，一名侍从跑了进来，满脸古怪的表情，一边抹汗，一边对脸色阴沉的则尹道："上将军，有人求见。"

"谁都不见，给我滚！"

"她她……"

"夫人正在静养，不管是谁，都给我滚！"

"她她她……"侍从皱着眉，自己也觉得要说出来的话很不可思议，"她说，她是白……白娉婷！"

娉婷？

则尹和蓦然睁大眼睛的阳凤，都愣住了。

这怎么可能？

连征战沙场多年，见惯大风大浪的则尹也呆了许久才想起该干什么，喝道："快，快请进来！"

"夫君……"阳凤紧张地贴着他的胸膛。

听见这消息，缠身的病魔仿佛退了三十里，阳凤的眼里重新有了一点神采，饱含期盼又怯生生地盯着门帘。

则尹铜铃大的眼睛也睁圆了，却不禁有点担心，暗忖道：若是冒充的，反害阳凤伤心……不管是谁在冒充，我一定将她碎尸万段！

只是谁又有这个胆子，敢到阳凤面前冒充白娉婷？

更别提她是如何知道他们隐居之地的。

忐忑不安间，廊上已经有了动静，帘后窸窸窣窣一阵轻响。

阳凤五指死死拽着则尹的衣裳，拼了命地撑起身子直往门外看。帘子被掀开了，光从帘子那端透进来，给人一种炫目的感觉。阳凤只觉双眼所见稍微一晃，一张脸已经映在她眼底。

"阳凤，你怎么病成这样了？"温柔的声音这般熟悉，只听到一个字，也足以让人落泪。

阳凤屏住呼吸，将眼前这张脸看仔细了，低呼一声"天啊"，一口气松下去，强撑着的力气似乎立即被抽走了，身体软软地向后倒在则尹的臂弯里。

娉婷吃了一惊："阳凤！你怎么了？"

"爱妻，爱妻！"

两人连连呼喊，侍从忙取来温热的毛巾。

阳凤额上敷了热巾，缓缓醒来，眼珠子只管定在娉婷身上，生怕一眨眼她就不见了，然后低声叹道："娉婷，你还活着？老天爷，你总算慈悲了一次。"

"你们都以为我死了？怪不得刚才的侍从见了我一脸古怪神色。"娉婷满脸歉意，"是我不好，没信守三天之约在那里等你们。找不到我，你和醉菊都急坏了吧？醉菊呢？快把她找来，也让她早点安心。"

"谁是醉菊？"

娉婷一怔："她没来找你们吗？"

则尹和阳凤露出莫名其妙的表情，一起摇了摇头。

娉婷心知不妙，忙问："既然没有见到醉菊，没有上山救援，就不会发现我失

踪，你们又怎会猜想我已死了？"

"我们在山下找到了被狼群啃咬过的碎骨和女人衣裳，里面有阳凤送给你的夜明珠簪子，阳凤只道你……"

"老天啊……"娉婷整个人僵住了，捂住嘴，瞪大了眼睛，半天才撕心裂肺悲呼了一声，"醉菊！"

松森山脉的暴风雪仿佛在眼前重演。

恍恍惚惚中，醉菊回眸转身，捏着银针。指尖的银针反射着雪光，越来越亮，好像只凭借这针就可以照亮天地。

极亮之后，天地又迅速变暗，娉婷浑身乏力，视野里一阵天旋地转，双膝软了下来，倒在地上。

阳凤大惊："娉婷！娉婷！你怎么了？"挣扎着要下床去看。则尹唯恐她摔倒，扶着她道："阳凤，小心……"

"别管我，你快去看她！快去呀！"

则尹抱起晕倒的娉婷，喝令道："大夫，把大夫找来！"

"快快，把最好的老参取出来炖了。"

"夫人，那是给你的病……"

阳凤见了娉婷，心疾顿去，病也好了大半，竖起眉道："娉婷都活着了，我还能有什么病？快去！"喝令了一顿，见侍从们听命去炖老参，才稍停了停。她到底也是大病了一场的，觉得心突突地跳，手脚都没了力气，又喊住一个小侍女，有气无力道，"去，把我的药也熬一熬，给我送过来。"

活着。

还都活着呀。

# 第四十五章

好暖和。

经历了松森山脉的风雪，在岩石堆和雪地里过了夜之后，才会深深感叹厚厚的棉被真是暖和。

断了的骨头一直抽搐地痛，再昏沉的人也被疼醒了。

她睁开眼睛，情不自禁地伸手去抚腿上的伤口。有人粗粗地帮她包扎了，纱布下散发出草药的香味。

但总觉得怪怪的，她蹙眉想了一会儿，伸手探入被窝里，触手就是滑腻的肌肤。

"啊……"醉菊吃了一惊，吓得忙缩回了手。

"呵。"房间阴暗的角落里传来男人戏谑的笑声。

醉菊瞪起眼睛："我的衣服呢？"

"在雪地里。"

对了，雪地，阳凤，求救……

娉婷……

糟了，娉婷！

她赶紧摸自己的发髻，上面空空如也。

"我的夜明珠簪子呢？"醉菊着急地问。

"在雪地里。我还很辛苦地找了一具女尸，和那支簪子放在一起。不过，恐怕有大半已经进了野狼的肚子。"

"多久了？"

"什么多久？"

醉菊心悬娉婷，连珠炮似的问："你把我赶进狼群里离现在多久了？半天吗？还是一天？你把我的衣裳和簪子都留在雪地里了？怎么才可以找回来？我一定要找回来的！"

"半个月。"

"什么？"醉菊不敢相信地看着角落。

番麓从暗处走出来，手上仍旧耍弄着那把精致的轻弩，勾着薄唇："路上的雪已经化了，你睡了半个月。"

醉菊的胸口仿佛被砸了一锤子，差点呼吸不了，摇头道："不可能，这不可能！"

三天，娉婷说，她会等三天。

她就在松森山脉的岩区，那时她的脉息已经不稳。

"你叫嚷的本事，我已经领教过了。不迷晕你，怎么带你上路？"

"你……"

他截住她的话，问："我救了你的命，你怎么不谢谢我？"

醉菊狠狠盯着他，沉默了片刻，忽然咬牙切齿地吼道："你这个浑蛋！天杀的！该死的！你为什么害我？你又为什么救我？我要杀了你！杀了你！"

她力竭声嘶骂了小半个时辰，气喘吁吁，腿伤又开始叫嚣似的疼，只得停下来，拥着被子伏在床上喘气。

那番麓的脸皮倒不知是什么做的，不管骂得多难听，只是站在那里不在乎地听着。见醉菊停了下来，便问："你骂够了？"

"还没有！"醉菊的悲愤哪里是骂得尽的？她霍然抬头，又磨牙道，"你这个卑鄙小人，六十岁没牙吃鸡蛋的畜生……"

她向来伶牙俐齿，竟将四国里骂人的话都信手拈来用上了。

番麓听着听着，脸上居然渐渐带了笑，环起手来靠在墙边瞅她。醉菊更恨，深吸了一口气，骂得更大声。

番麓笑吟吟听了一会儿，猛然收了笑容，沉下脸道："够了，你再多骂一句，我就扯了你的被子。"

"你……"醉菊一滞，居然真的停了下来。

她倒不怕死，但此刻棉被底下自己的身子光溜溜的，如果被他扯开棉被看个精光，那可是连死了都没面目见鬼，普天下的女人没几个不怕这种威胁的。

番麓见她这样，不由得又邪气地笑起来。

醉菊沉默了一会儿，似乎软了一些，冷冷道："我不稀罕你救命，你还是杀了我吧。"怒气一去，哀怨涌上了心头，缩在被窝里，别过头去。

想起娉婷在山上这么半个月，恐怕早就不在人世了，眼泪不禁夺眶而出。

心里又存着一些盼头，想着这个坏人既然以为自己就是白娉婷，那么松森山脉上害娉婷的人就会少了一批。说不定老天可怜，给娉婷一条活路。

想到这个，恨不得插翼飞到松森山脉看看。可她这个样子，怎么能走？

这个秘密更是不能让眼前这个恶人知道的。

想到这，醉菊的眼泪像断了线的珍珠一样，滚落到腮边。

番麓见她缩成一团，在床上显得更为娇小，肩膀不断抖动，看来是在哭泣，也不在意。转身走了出去，不一会儿，端了一盘饭菜进来。

"吃点东西。"

醉菊哪里有食欲，又恨番麓恨得要死，咬着牙不作声。

番麓见她不动，知道她想什么，冷冷道："我不是在求你，是在命令你。乖乖的你就自己吃，要让我动手，就别怪我不怜香惜玉。"

醉菊感觉裹在身上的棉被让人轻轻扯了一下，吓得翻身坐起来，紧紧抓着棉被，又惊又怒："你……你想怎样？"

番麓唇角又勾起笑，眼神却异常凶狠："我辛辛苦苦把你救回来，路上每天还要喂你米汤，不知费了多少工夫。你真打定主意求死，不如让我先讨回一些便宜来。"

醉菊见他伸手过来，连忙往床里缩，满眼惧意。

番麓却只是存心吓唬她，伸出的手半途就缩了回去，环在胸前，仍旧懒洋洋地靠着墙，朝放在床边的饭菜扬扬下巴："给我吃干净了。"

醉菊黑白分明的眼珠里掺了血丝，狠狠地瞪着他，见他似乎又要动手，才不甘不愿地端起碗来，小口小口地扒饭。

她在雪山上饱受饥饿，被迷昏后一直只有米汤灌下，心头虽然哀苦怨愤，但吃了一两口后，肚子里的肠子都呼唤起来，不禁越吃越香。

最后不但将一碗白饭吃个干净，连两碟小菜也一点没剩。

放下饭碗，一抬头，才察觉那恶人一直在旁边审视她的吃相，不由得又瞪他一眼。

她怕番麓真将她的棉被扯走，除了狠狠瞪眼之外，却是不敢再骂出口一字。

"你总是这样瞪镇北王？"番麓忽然问。

醉菊愣了愣，才想起他仍将自己当成白娉婷。她当然不会向番麓解释这个问题，抿嘴道："不干你事。"

番麓没再作声，静静打量着醉菊。

他的目光既无礼又大胆，醉菊纵然裹着被子，也有里面光溜溜的身子被人窥见的错觉。她忍耐了一会儿，实在受不了，迎上番麓的目光，恶声恶气地问："你看什么？"

番麓不答，又盯着她看了一会儿，才道："传言都说你长得不美，我看倒也不差嘛。"

醉菊心里一阵发悸，警惕地看着他，十指将棉被抓得更紧。

两人都不说话，空气变得黏稠起来，让人难以正常呼吸。

番麓也不走开，就不言不语地打量着醉菊。

　　醉菊觉得他的目光比狼还可怕，浑身的汗毛都竖起来了，脊梁上感觉撞到一个硬硬的东西，原来自己已经不知不觉退到床的另一边，抵着墙壁。

　　"这是哪里？"醉菊开口问。

　　番麓扯了扯唇角，不答。

　　醉菊暗怒："你笑什么？"

　　番麓道："我正和自己打赌，一炷香之内你会开口和我说话，果然。"他邪笑着露出了洁白的牙齿。

　　"你怕我？"

　　"哼，你想得美。"

　　话音未落，番麓猛兽一样扑了上来。

　　"啊！"醉菊惊呼一声，被强大的冲力压在墙上，动弹不得。睁开眼时，眼帘里骤然跳入番麓近在咫尺的脸。

　　"你……你干什么？"

　　"看你的样子，显然未经人事。"番麓毫不留情地捏住她的下巴，"你跟了楚北捷这么久，难道他从未碰过你？"

　　醉菊从小跟着宠溺她的师傅，出入各处都有"神医弟子"的名头关照着，就连东林王族中人对她也是规规矩矩，何曾被一个男人这么贴身威胁过？

　　番麓热热的鼻息喷在她脸上，比将她扔在狼群里更可怕。醉菊又怕又羞，急道："走开，你快走开！"

　　"你到底是谁？"

　　"白娉婷，我是白娉婷！"

　　"白娉婷？"番麓"哼"了一声，放开她，下了床。

　　醉菊恍如死里逃生，松了松气，往墙里贴得更紧。

　　番麓是探子出身，人又机敏，最懂察言观色、窥探敌情。到了这个时候，还有什么不明白的？

　　这个女人，不是白娉婷。

　　不管她为何头上插着那夜明珠簪子，她都不是白娉婷。

　　丞相得知白娉婷已死，大喜之下立即升了他的官，让他成为且柔城的城守。

　　他冒着死罪，弄虚作假，谎报白娉婷的死讯，满以为奇货可居。结果，竟是一个天大的笑话。

　　番麓满脑子转着不同的念头，眼角扫了扫正戒备地盯着他的醉菊。

　　这个女人不是白娉婷，那她就一点价值也没有。

　　再说，这件事如果被丞相知道了，那可是死路一条。

杀人灭口？

他的手，缓缓伸向放在桌上的轻弩。

触到那熟悉的牛筋捆绑的把手，他又停了下来。

杀了她又有何用？如果白娉婷再次出现在世人眼前，就算杀了眼前这个女人，谎话一样会被拆穿。

番麓转头，凝视着床上对他充满敌意的女人。

乌黑的大眼睛，浓密的青丝，倔强的唇。

那日为什么会鬼使神差般救了她呢？

除了奇货可居外，她还有什么地方值得自己冒那么大的险，不惜玩命地把她从狼嘴里抢回来？

他盯着她，又看了半天，才道："这个地方叫且柔，是云常的一个小城。"

他瞅着醉菊，嘴角又扬起那种只属于他的邪气的笑容："我刚刚接任这里的城守，是这里最大的官。你要是想跑，我会像逮兔子一样把你逮回来。"

他顿了顿，又补了一句："然后，像剥兔子皮一样把你剥得光溜溜，挂在城墙上。"


阳凤在床上饮了药，略躺了躺。她心病一去，浑身都觉得舒爽，心里牵挂着娉婷，招手唤了侍女过来。

侍女怯生生道："夫人，上将军说了，白姑娘就在走廊尽头的那间客房里，只等大夫把完脉开了药方，上将军就过来见夫人。白姑娘有人照看着呢，夫人只管好好养病。"

阳凤在床上坐了起来，垂下脚去找鞋："你别怕上将军，有我呢。放心，我不逞强，只瞧一眼就回来躺着。刚刚那么一照面，我还没看清楚娉婷的模样呢。站着干什么？快来扶我一把。"

侍女生怕则尹生气，见了阳凤的模样，又怕惹了阳凤，两头为难。最后只好上前扶了阳凤，再多叫了一个人过来，两人扶着。

侍女央求道："真的只见一眼就好？要是上将军怪罪下来，夫人好歹替我们说句话。"

"知道了。"阳凤忍不住笑道，"就你们机灵。都怕上将军，难道就不怕我？"双臂搭在两名侍女肩上，一步一步走出房门。

刚上走廊，则尹刚巧和大夫一同走出客房。则尹抬头看见阳凤，黑了脸，大步走过来，双手将阳凤抱起，无奈地责备道："叫你好好躺着，怎么又下床了？娉婷人在这里呢，要见什么时候不能见？"

两个侍女被他冷冷一瞅，吓得往后缩了缩。

阳凤被他抱在怀里，又舒服又惬意，抬头对心爱的男人甜笑道："你别怪她们，她们怎敢违我堂堂上将军夫人的令？夫君，娉婷怎样？病得重吗？"

"她是身体太虚了，一路颠簸，也不容易。"则尹一边抱她回房间，一边沉声道，"她有孕了。"

阳凤愕然，满脸诧色。

"那一定是楚北捷的孩子。"她低低道。

"不错。"则尹叹道，"昨日若韩的书信中提到，东林王病重了。他两个王子都死在我们大王和何侠手上……"他俯身将阳凤放回床上，为她掖好锦被。

"娉婷腹中的，是东林王族的血脉啊。"阳凤幽幽吐了一句，又问，"那楚北捷呢？他人在哪里？"

"所有人都在打听他的下落。自从他知道娉婷的死讯后，就好像消失了一样。我们大王正为此事高兴呢，在王宫里办了三天的筵席。如果大王知道娉婷未死，还怀着楚北捷的孩子，一定会立即赶来的。"则尹顿了顿，目视着阳凤。

阳凤也挺踌躇，想了良久，叹道："楚北捷虽然可怜，但也可恨。别看他今日为了娉婷伤心欲绝，日后不知何时遇上国家危难，生死关头，兴许又把娉婷送给别个了。依我看，天下都当娉婷已去，不如将错就错，让娉婷清清静静地过日子。"

"这……"

"这当然也要看娉婷的意思。我去和她说，她会想明白的。"阳凤斟酌了一会儿，"这般乱世，我不会再让娉婷离开我的眼皮子底下。富贵也好，清苦也罢，我们姐妹一起，好歹有个照应。"

则尹知道阳凤心中还为堪布之战一事内疚，这是一辈子也无法补偿娉婷的。只要阳凤安好，还有什么不可以的？则尹做事最不犹豫，毅然点头道："好。如果娉婷真的打算和我们一同隐居，那我们就立即收拾行装，离开这里另觅他处。这个地方已经不安全，若韩知道，大王知道，楚北捷也摸了来，保不定日后还有谁会找到我们。"

"这次隐居后，再也不要和北漠有任何瓜葛了。就算是若韩、大王，也断了音信吧。"

则尹凝视着她，沉声应道："好。"

"夫君……"阳凤一阵感动。

冰雪融化，春风已在途中。

娉婷，记得我们在何肃王子府唱歌取乐，折了杨柳枝，笑拂水纹……记得我们在敬安王府弹琴竞技，贺你生辰……

如今何肃已贵为一国之君，敬安王府则化为了灰烬。

何侠一走千里，入了云常，做了驸马。

人世沧桑，不经历过的，绝难猜想。

但真好，你和我，都还在啊。

则尹为着阳凤的病早日好起来，下了严令，不许阳凤下床。另行派人照顾娉婷，自然也是百般周到，各种珍贵补药用得流水似的，毫不心疼。

阳凤无奈，只能忍了七八天。她遵从医嘱，日日按时喝药，很快就好起来，偶尔则尹带儿子过来探望娘亲，她就喜滋滋地抱着儿子，又吻又亲，附耳道："庆儿啊，你待会帮娘去看看娉婷姨姨。她肚子里有个小弟弟，以后可以陪你玩呢。"

则庆才将近周岁，怎会明白阳凤的话？只见他乌溜溜的眼珠左看看右看看，不时咧开嘴对着阳凤呵呵笑。

则尹在一旁看着他们母子，好笑道："你怎么知道娉婷肚子里面是个小弟弟？"

"猜的嘛。娉婷好点了吗？"

则尹脸色微黯，摇头道："她不大说话，看来还在伤心。醉菊是她的侍女？"

阳凤也摇头："敬安王府没有这个人，若是侍女，也是楚北捷给的。"她没有见过醉菊，虽知道她葬身狼口，下场可怜，却没有娉婷那样悲伤。

换了话题，问则尹道："你看娉婷的意思，她心里到底还想不想着楚北捷？楚北捷行事可恶，但娉婷腹中有他的骨肉，我只怕娉婷又会心软。"

则尹一愣，他带兵打仗头头是道，论起这个来可是一窍不通，挠头道："女人的心思难猜得很，我怎么看得出来？"

阳凤娇媚地横他一眼，笑道："我能看出来呀。上将军，人家的病早就好了，你就大发慈悲解除不让我下床的禁令吧。岂不闻流水不腐、户枢不蠹？病人也要适当走动才能好得快呢。"

则尹见她笑靥如花，身心皆醉。想着阳凤被困在床上也已经好些天了，不由得心软，抚着她软软垂在两鬓的青丝道："你别逞强，才好一点就到处走。现在冬雪刚融，天冷着呢。你要见娉婷，我抱你去吧。"俯身将阳凤抱在怀里。

小则庆被留在床上，大声叫嚷，以示不满。

则尹笑着看他："乖儿子，你还小呢，等以后大了，抱自己的女人去。"

阳凤见他这般教育儿子，连连摇头，好笑又好气。

两人甜甜蜜蜜地进了客房，晴天般的心情却因为房中的一片寂静顿时打了折扣。

"娉婷？"

娉婷醒了，她也受了则尹"不得下床"的严令，此刻坐在床上，上身挨着床头靠枕，下身盖着锦被。听见阳凤的声音，似有些惊喜，转头看过来，长长青丝缓缓

从肩膀上滑落:"阳凤?"

昔日的风流依稀还剩几分,只是脸蛋凹下去了,看起来娇弱得直教人心疼。

"娉婷,娉婷……"阳凤眼睛一红,几乎哭起来。

则尹将阳凤从臂弯里放下,让她和娉婷并排坐在床上挨着。

"哭什么?"娉婷轻轻抓着阳凤的手,轻笑道,"听说你的病好多了,今日总算可以出来了?"抬头瞥一眼。

则尹铁塔似的站在旁边,一脸老婆就是要如此保护的表情。

"嗯,好多了。"阳凤问,"你呢?"

娉婷感激地道:"我也好多了,多亏了上将军。"

"安胎药都按时吃着吗?"

"嗯。"娉婷低头,温柔地抚了抚自己已经微微突出的小腹,"孩子很乖,今天没踢没闹呢。"

阳凤叹道:"你也知道孩子要紧,就别总是暗地里伤心。娉婷,不要再自责。那个醉菊已死,你就算糟蹋了自己的性命,又怎能将她唤回来?她既然和你亲密,在天上一定也不愿见你如此。"

则尹皱了皱眉,觉得这话像在哪里听过。

娉婷听见"醉菊"二字,笑容不翼而飞,长叹着,抬起眼睛来看着阳凤:"我也知道这个道理。但是心里还是难受,想起她,就像针扎似的疼。本来叫她下山,是想救她的命的,逃得了一个总好过两人都饿死冻死。没想到反而害了她……"

阳凤见她又伤心起来,连忙岔开话题:"我今天来,是要和你商量一件事的。先说明,我已经想好了,以后再不容你离开我四处漂泊,害我牵肠挂肚。我们换个地方,一道隐居可好?事到如今,你就算不为自己,也要为孩子想想。你别只管伤心,要好好打算将来。"

娉婷知道阳凤说得有理,不欲让她又担心,强打起精神,思忖着点头道:"隐居也好。但你家上将军名气太大,身边大批侍从侍女,带着万贯家财,怎么隐得起来?就算换了地方,不到三天,恐怕又有北漠的将领找了来。我不想再让别人知道我还活着,还是独自带着孩子另找个安静的地方吧。"

阳凤见她没提楚北捷那可恶男人,言谈间又恢复了几分往日深思熟虑的神采,大感欣慰,可听到后面,才知道娉婷另有打算,急道:"那有什么!侍从侍女都可以遣散,我们既然打算隐居,难道还留恋上将军府的奢华?"

娉婷瞅了瞅她,摇头道:"你和我不同,我是吃过苦头的——被官吏抢了包袱,爬过雪山,挨过饿,知道艰苦的滋味。你从小就在王子府锦衣玉食,到了北漠又是上将军夫人,哪里懂得世态炎凉?"

阳凤在床上坐直了身子，正容道："娉婷，我可不是开玩笑。上次让你离开上将军府去东林见楚北捷，我事后几乎悔断了肠子。你独自隐居的事，不许再提。你从前在敬安王府也是锦衣玉食，千金小姐似的，怎么你吃得了苦，我就吃不了？"阳凤似忽然想到什么，遣散了侍从侍女，过清贫日子，可不是她一个人的事，怎么也该问过则尹一声，想到这不由得停了话音，转头去瞥则尹。

则尹沉声道："不要紧，我会处理。"

他当年求得阳凤答应嫁给他，早许下诺言归隐山林，全心全意和她过日子。侍女侍从家财，又算什么？

阳凤知道他的心意，又感动又感激。

娉婷在一旁看着，猛然想到楚北捷，心头一阵刺痛，不能自已。唯恐让阳凤看出端倪，在枕上别过头去，悄悄拭了眼角沁出的一滴泪珠。

则尹说到做到，当晚将所有侍从侍女都召到大厅，道："我已经答应夫人，这次归隐，绝不再出山。荒山野岭，我们夫妻也用不着这么多人伺候。你们都年轻，男的有心报效国家，尽管回都城去，我给你们写荐书，请若韩上将军给你们安排一个去处。至于侍女，有家的回家，无家的也自行离去，另寻归宿。这屋里的家具、摆设，多半是我沙场厮杀挣来的赏赐，都是宫廷里的宝物，你们把这些分了，变卖成钱，或者当嫁妆，或者养老。"

此言一出，众人哗然。

则尹神色不变，沉声道："我的脾气你们是知道的，一令既下，三军都不得不听，何况你们？不要婆婆妈妈，天下无不散的筵席，潇洒而聚，快意而散，才是我北漠儿女的本色。还有一事，这里多了个人，你们多少也猜到她是谁。天下都以为她死了，她活着的事，一个字也不可以泄露出去。你们随我多年，我信得过你们，但还是要你们发下一个毒誓，绝不将此事告诉任何人。"

话说到这里，谁都明白则尹心意已决。

侍从们跟随则尹走南闯北，都是一腔热血的汉子，多半都盼望则尹有朝一日像上次那样重返都城为国效力。听了则尹的话，当即慨然发誓，绝不泄露白娉婷仍活着的消息一字一句。

侍女们多半从小在上将军府里长大，对则尹忠心耿耿，虽不懂军国大事，但知道白娉婷是上将军夫人好友，也跟着许下诺言。

则尹办事利落，当即吩咐笔墨，快刀斩乱麻般，为侍从们分别写好荐书。又将剩下的珍玩宝物逐件分给各位侍女，好让她们日后不愁饥寒。忙到深夜，总算将各事安排妥当，偏偏遇上一个难题。

侍卫魏霆是唯一坚持不肯离开的，他红着眼睛道："我跟随上将军这么多年，

哪里有别的去处？上将军知道我的臭脾气，别的将军使唤我，我是不会听的。上将军就算归隐种田，也需要有人帮忙挑水赶牛吧？若不肯留下我，我今天就死在这里。"说罢拔剑横在脖子上。

他为人直率不会看脸色，在军中不知和多少将军起过冲突，连若韩他也敢当面顶撞。但他打仗时悍不惧死，忠勇可嘉，为了这个，他被则尹看重，一直提拔着放在身边。

则尹知道他的脾气，只要自己一摇头，说不定他真的就抹了脖子。想起魏霆在他领军时曾经得罪过不少北漠大将，推荐回去也是受气的多，只好点头道："也罢，你就留下吧。"

除了魏霆，还有从小看着则尹长大的许伯和奶娘，这两人年岁已高，则尹自然是要带在身边，为他们养老送终的。

"万事已经周全，还需寻一个妥当的隐居之处才好。"

娉婷思量了一会儿，道："我倒想起一个地方，是个宁静的小村庄，就在松森山脉另一侧的山脚下，有田可耕种，有草地可放牧。虽然清贫一点，但那里的人心肠都很好。"

"连你也赞好的地方，一定不错。"阳凤对娉婷的建议向来信任，便问则尹道，"就那里，好吗？"

则尹宠溺地看着她："你若喜欢，就选那里吧。"

"还有一事，"娉婷道，"我想把醉菊的坟也移过去，总不能让她一人孤零零留在这里。"

阳凤道："这个好办，我们请出遗骨，带着上路。"

"醉菊的师傅，是东林神医霍雨楠。听说他只有醉菊这一个弟子，视醉菊若掌上明珠。"娉婷从袖子里拿出一封信笺，"我写了一封信，请上将军派人为我送给他。如果问起是谁写的，就说是醉菊的一个朋友吧。"

则尹接过："你放心，一定送到。"


当天回了房，则尹却问阳凤："这封信，到底送还是不送？"

阳凤愕然："为何不送？"

"霍雨楠是东林名医，常常出入王宫，和东林王族有很深的交情。这信一送去，霍雨楠恐怕就会生出疑心。既然死的是醉菊，娉婷又在哪里呢？就怕他们猜出其中关键。"

阳凤这才明白过来，色变道："娉婷现在肚子里有了楚北捷的骨肉，楚北捷又不知踪迹，王族里的争斗最为可怕，万一牵涉到王位之争……他们会不会派兵来追杀娉婷？"

则尹点头："我担心的就是这个。"

"这么一说，这信绝不能送。"阳凤只管保住娉婷平安为先，哪管得了什么东林的神医？想了想，打定主意，伸出手道，"给我。"得了信，将它就着烛火一燃。

看着青烟袅袅升起，低声喃喃道："娉婷，我知道你心肠极好，不忍醉菊的师傅苦寻他徒儿。但你的安危也是要紧的，这次就让我做主吧。"

隐居山庄众人都秉承则尹雷厉风行的作风，虽恋恋不舍，但也没有哀伤犹豫。

几日内，大家散得七七八八，各居室内的古董珍玩摆设也搬了个空。

剩下则尹一家三口、娉婷、许伯、奶娘，还有魏霆，一共七人，带着则尹留下的部分金银，出发上路，真正告别藕断丝连的北漠王室。

# 第四十六章

贵常青得知白娉婷死讯，心中一块大石落地，高兴地赏了功臣番麓一个城守的职位，叮嘱番麓保守秘密。

不知是否真的否极泰来，眼看战云密布，云常就要生灵涂炭，居然奇峰突起，不但仗打不起来，楚北捷还因为白娉婷的事一蹶不振，以致失了踪迹，东林王室乱成一团，再无力觊觎云常。

而驸马爷的虎符，也因为没有战事而重新回到公主殿下的手中。

"呵呵……"贵常青笑着感慨，"看来白娉婷这步棋子，真的是走对了。"

他不希望别人知道白娉婷的死与云常有关，将消息瞒了许多天，等天下因为北漠将领们的公开拜祭而传遍了白娉婷的死讯，才进宫面见耀天公主。

"死了？"耀天公主吃了一惊，压低声音问，"我不是吩咐了丞相，既然大战已息，就让那白娉婷自生自灭好了。为何不放过她？"

"公主误会了。公主的吩咐，臣怎会不听？白娉婷想绕过云常边境的关卡，从松森山脉进入北漠，结果聪明反被聪明误，在山上遇到了狼群。"

耀天公主半信半疑，静默了一会儿，蹙眉道："驸马知道吗？"

"消息已经传遍了，驸马爷应该也知道了。"

耀天公主长叹一声。

贵常青奇道："公主怎么了？白娉婷死于非命，对公主来说不是一桩好事吗？"

耀天公主苦笑道："驸马知道白娉婷死了，心情一定不好。他心里难过，我又怎会高兴？"

贵常青见耀天公主对何侠这般重情，心里隐隐觉得不妙，转个话题道："对了，上次公主下令，要给军中设立专用的钱粮库。这道王令，臣暂时给压下了。"

耀天公主诧异地看着贵常青："军务紧急，赶着办理还来不及呢，丞相为何压下？"

"臣觉得，这样有点不妥。"

"他是堂堂驸马，管着一个钱粮库，有什么不妥？"

"公主，请听臣一言。"贵常青站起来，走前两步，温言道，"驸马现在手中已有兵将，唯一可以控制他的，就是钱粮。如果他连钱粮都有了，公主手上哪里还有可以约束驸马的东西？"

耀天公主微微叹了一声："我也知道丞相是为我着想。但我和驸马是夫妻，他为了云常日夜操劳，我们反而猜度他，处处制约他。丞相，这样真的好吗？别忘了他和我已是一体，将来，他的儿子就是云常的君主。"

自古男女之情，最难割舍，多少人陷了进去，拔也拔不出来。

耀天公主若只是一个普通女子，这么想是千好万好的，偏偏她又是云常王权的代表。

贵常青知道难劝，却又不能不劝，咳了一声，轻声问："公主还记得出嫁之日，曾对臣说过的话吗？"

"出嫁之日？"耀天公主露出回忆之色，浅笑道，"怎么会忘记？那日耀天忐忑不安，请丞相入室密谈。"

"公主说，如何才能留住何侠的人和心，要臣日后好好为公主思量。"贵常青躬身道，"臣当时答应公主，必为此殚精竭虑。"

耀天公主听了，将目光移到他处，幽幽道："可如今，为什么我觉得丞相的所作所为，将驸马爷的人和心，都拉得离我越来越远呢？"

"公主……"

"丞相不必说了。"耀天公主开口截住他的话，顿了顿，神色中透出一股决心已下的威严，"我已经答应了驸马，要设立军中专用的钱粮库。此事利国利民，丞相勿再多言，迅速去办。"

贵常青欲言又止，再看看耀天公主的脸色，知道已无法挽回，只能低头道："臣……遵命。"叹了一声。

贵常青为官多年，兢兢业业，耀天公主从小视他为长辈，还不曾这样当面驳回他的意见，公主心里也觉得难过，默默坐了一会儿，柔声道："丞相还有什么别的事要和我说吗？"

贵常青正好有话要说。

"咳……"贵常青道，"还有一事。"

"嗯？"

"臣想请公主送一个人给驸马爷。"

耀天公主微愕，看向贵常青："什么人？"

"是臣新认的干女儿，名唤风音，虽不甚美，但性情温柔，善弹琴，也会唱歌，

而且对云常王室忠心耿耿。"

耀天公主明白过来，心里一阵不自在，冷冷道："丞相是要我送一名姬妾给驸马？"

"云常法令列有明文，驸马与公主不同住，驸马府里至少要有一个姬妾侍寝。驸马爷上次几乎就立了白娉婷为姬妾。白娉婷既死，公主这次何不大度一点，送一个给驸马爷呢？"

耀天公主脸色难看："谁说驸马府中定要有姬妾？我是公主，法令既然能立，就能废。"

贵常青笑道："公主错了。法令可改，人心又怎么能改？与其让驸马爷自行选立一个会与公主争宠的，不如公主送出一个会帮公主看住驸马爷的。有她在，驸马爷也不好轻易另立姬妾，再说，万一驸马爷的心思被谁勾走了，公主至少有个报信的人。"

耀天公主胸膛急遽起伏，摇头道："不行。别的都可商量，只有这个不行。"

贵常青知道此时不宜冒进，退了一步再道："既然如此，臣先告退。公主好好想想，等想好了，再下决定也不迟。"说罢，躬身告辞离去。

耀天公主看着垂帘一阵耀眼晃动，屋内只剩自己一人。

本来好好的心情为着贵常青的提议变得糟糕透顶，不由得暗恨起贵常青来。

拦还拦不住呢，如今竟要送一个过去？

想着云常法规可恶，女儿家出嫁，就该与夫婿一同生活才对。怎么公主倒偏偏可怜，定要留在王宫内，夫妻仿佛成了银河两边的星，一颗在王宫，一颗在驸马府，干看着难受。

只是……

何侠英气勃勃，威名震动天下，他这样的英雄，见的世面本就大了，如今做了驸马爷，名利权势全有，不知多少闺秀暗中瞅着他脸红，怎能保他没个三心二意的时候？

万一驸马真的看上谁，要立其为姬妾，自己堂堂公主，难道真要废除法令，让天下人都耻笑她的妒心？

耀天公主不满地看着镜子，镜中自己嫉妒的眼神吓了她一大跳，忙随手扯过一条纱巾，覆了镜子。

这时，绿衣在帘外道："公主，新进贡的干花送来了。"

耀天公主心情正烦躁，不想被人打扰，扬声道："拿开。没大事不许禀告。"

绿衣听她话中隐有怒气，被吓了一跳，低声道："是。"偷偷吐吐舌头，不知道丞相和公主说了什么，将公主气成这样。

刚要捧着装干花的碟子走开，又听见耀天公主命令："绿衣，你就待在那。"

绿衣忙停了脚，道："是。"站在帘外等着。

为什么身为公主，就要住在王宫里呢？这般没有常理……

耀天公主想着贵常青的提议，仔细琢磨，又不是没道理。

那风音"不甚美"，就算驸马贪图新鲜，十天半月后，兴许也就慢慢淡了。

"性格温柔，善弹琴，也会唱歌"，那也只能陪驸马取乐解闷。

风音是丞相找来的人，耀天公主对风音的忠心是完全放心的。一则端茶倒水，近在枕边，驸马一举一动都洞悉无遗；二则万一驸马真被别的女人勾住了，也可以由风音出手应付，吵闹纠缠，当那个丑角。

"如此看来，也不是全无道理。"耀天公主自言自语，微微颔首。但想起何侠身边要多个姬妾，眉头仍是深蹙，只觉得浑身没有一个地方舒坦，说不出的气闷。

绿衣站在外面，听耀天公主在里面来来回回地踱步，将窗边坠着宝石的垂帘狠狠拽着搓着，弄得丁零作响，不一会儿，又一点动静都没了。

隔了许久，才听见里面传出声音："绿衣。"

"公主，绿衣在。"

"你派人去和丞相说，就说……"里面的声音又停了下来。

绿衣竖着耳朵，等了半天，疑惑地抬眼偷看帘内。

耀天公主站在屋中央，挺着身，雕像似的一动不动。

"公主？"绿衣试探着问了一声。

耀天公主无奈地吐了一口气，脸色死灰："你就说，公主想通了，丞相尽管去办吧。王令会写好送到驸马府。"


何侠马不停蹄忙了一天，回到驸马府还没有喝一口水，王宫的使者就携着王令来了。

在屋内接了王令，命人送使者出门。冬灼见左右无人，低声抱怨道："下面已经这么多眼线了，还不心足，连枕头边也要塞一个。我看八成又是丞相搞的鬼。"

何侠拿着王令，脸色铁青，没有作声。

不一会儿，侍从过来禀报，"驸马爷，府外有一队马车过来，说是公主送给驸马爷的风音姑娘到了。"

何侠眼中掠过怒意，淡淡道："我知道了，这就去接。"一路放开步子，跨出驸马府门槛时，铁青的脸已经带了笑容。

"风音姑娘，劳累了。"何侠亲自上前，优雅地扶了马车中的女人下车。

风音落了地，对何侠缓缓屈膝行礼："驸马爷。"声音娇怯，抬眼看何侠时，

眼神也是怯生生的。

一同进了府，何侠将她引到后院，边走边道："王令刚到，姑娘的房间还未来得及布置。不如先到厅中喝茶，吃过晚饭，侍女们就该弄好了。"

风音低着头道："风音是奉王令来伺候驸马爷的奴婢罢了，何须另行布置房间？驸马爷就将从前侍女住过的房随便赏一间给风音好了。"停下脚步，刚好就站在娉婷曾住过的房门前。

冬灼勃然变色，忍不住跨前一步，却被何侠警告地扫了一眼，只能咬牙退下。

何侠柔声道："既然如此，这间房空着也是空着，委屈姑娘住这里了。"

"多谢驸马爷。"风音温婉地笑了笑，朝何侠微微屈膝，"风音先去房中整理行李，再来伺候驸马爷用膳。"

"去吧。"

看着她推开房门，跨了进去。何侠一声不吭，转身就走。冬灼黑着脸跟在后面。转过假山，听见身后传来铮铮琴声，显然是风音正在房中拨弄那张古琴。

冬灼刹住脚步，磨牙道："贵常青，你这个老不死的，欺人太甚！少爷，你怎么……"抬头时，发现何侠已经去远了。

白雪化尽，春天终于到来。

又是摘花入鬓时。

比之前年，四国情势，已是又一番局面。

归乐王宫内，大王与王后一族的关系如薄冰下的暗流，旋涡越转越急。

北漠上将军则尹正式归隐，带着夫人娇儿离开旧所。

东林大王在失望和悲愤中病逝，东林王后在群臣跪拜下，庄严登上大殿中央最高的宝座。

而随着白娉婷的死讯而来的，是东林镇北王楚北捷的失踪。

当世两大名将失其一，另一位小敬安王何侠却没有妄动。

要称雄天下，须先卧薪尝胆。

云常驸马宝剑在手，不动声色。

云常郊外。

夜深月明，草虫低吟。

林中的小屋内，有白发老者盘坐席上，年轻的学生恭敬道："弟子有一事不明，想向老师请教。老师在北漠传道授业已有多年，深受爱戴，为何定要离开北漠，到这云常来？"

老者笑道："人老了，就怕死。四国即将大乱，不来云常这个最安全的地方，倒要躲到哪里去？"

学生奇怪道："老师怎么知道云常最安全？"

"呵呵，天下名将，一个楚北捷，一个何侠。现在还剩谁？"

"楚北捷不知踪迹，何侠正在云常都城当他的驸马。"

"小敬安王怎会是甘心当驸马的人？"老者叹道，"归乐自取其祸，毁了敬安王府这道护国屏障，北漠走了则尹，东林失了楚北捷。一旦何侠领云常大军杀来，三国根本没有可以对抗何侠的大将。要避战祸，除了云常，还能是哪里？"

"老师的结论下得太早了吧。"

"何侠的将才，还有谁可以比肩？"

"有。"弟子道，"楚北捷。"

老者笑着看他，似宠溺地看着不懂事的孩子："楚北捷现在何方？"

那弟子倒也倔强，道："只要活着，他就仍是名将，仍是何侠的对手。"

"人活着有什么用？如果像行尸走肉般，就算和何侠碰了面，也不过白送性命。"

"有一个人，定可以让他重新振作。"

"谁？"

"白娉婷。"

老者笑问："白娉婷如今何在？"

弟子一愣，低头道："她已经死了。"

"不错，她已经死了。"老者抚着灰白的长须，低声长叹。

弟子还是不肯放弃，道："楚北捷若能为一个白娉婷振作，又怎知他不会为了别人振作？"

老者温和的目光落在弟子的脸上，苍老的双目深处昏昏黄黄，但仍闪烁着智慧的火光。

"你可曾听过白娉婷的琴？"

"弟子没有。"

"你可曾见过白娉婷的人？"

"弟子没有。"

"你可曾看过白娉婷请云常公主在战场上交给楚北捷的信笺？"

"弟子没有。"弟子低头答道，"弟子只听过她的名字，听过她的故事。"

白娉婷，敬安王府的白娉婷。

她的名字已传遍天下。

她的故事，却尚未结束。

# 第四十七章

松森山脉是一道天然的屏障，隔开了北漠和云常两国。

这个小村庄就位于松森山脉下，论地界还属于北漠领土，不过这地方偏僻又无军事用途，离关卡也远，村中人常常上山采药打猎，荒山野岭，哪管什么云常还是北漠。

松森山脉是我们的——阿汉总是嘿嘿笑着这样嚷嚷。

远眺着山峦上经年不化的雪在日光照射下闪着白灿灿的光，宛如一面光亮的银镜。村子里春耕的种子已经播下，而东边的大片草原上，嫩草喜气洋洋地舒展着手臂。

春天已经来了，无处不这样呐喊着。

"羊群叫得真欢啊。"阿汉一早就乐呵呵地提着一只鸡，兴冲冲地来了，他的大嗓门从不知收敛，"大姑娘，我们家的鸡够肥了，弄一只给你们宝宝吃。"

阳凤从屋里面走出来，竖起指头贴在嘴边，摇头道："阿汉啊，每次你都没记性。宝宝正睡觉呢，又会被你吵醒的。"

阿汉猛然想起，不好意思地挠头："嘿，我怎么又忘了？我家小阿汉也常被我吵醒呢。"

阳凤接过他手里的鸡，笑道："大姑娘出门去了，进来坐吧。"

"阿哥呢？"

"他和魏霆上山去了，说要猎点野味回来换米和油。"

则尹等人在这里住下后，只管放牧打猎，甚少和其他人交往。只有阿汉因为娉婷的关系，常来串串门。

他个性大大咧咧，好在从不多事开口问他们的来历。见则尹年长，就叫他阿哥，至于阳凤，当然就成了阿嫂。

"我不坐啦，我还要去看着马群呢。"

"哎，先别走。"阳凤叫住他，转身进屋，不一会儿，拿着一个小纸包出来，"阿汉嫂不是手上生了大疮吗？这个是草药，拿去熬给她喝。"

说起老婆手上的大疮，阿汉心疼得直皱眉："草药没用，喝了很多啦，还是鼓鼓一个，晚上疼得睡不着。"

"这个草药不同，我告诉你，这可是大姑娘从山上摘回来的。"

阿汉瞪大眼睛："大姑娘会看病？"

"她会的东西多着呢。看病嘛，虽不是神医，但也比你们那个楼大夫强多了。"阳凤将药包塞进阿汉手里，提醒道，"阿汉嫂治好了，自己高兴就好，可别到处嚷嚷。"

"知道。大姑娘不知道说过多少次了，不许和别人说嘛！嫂子，草药我收了，要真管用，我就再提一只鸡来。"阿汉提了草药，忽又转身，拍着脑袋道，"你看我真糊涂，我女人吩咐的事都给忘了。"

他从怀里掏出一包东西："这里两件衣裳，都是我女人缝的，粗是粗了点，不过布料还结实，一件给阿哥的庆儿，一件给大姑娘的娃娃。"

阳凤接过衣裳，先看小的那件，唇角逸出笑来："这衣服小了，长笑的肩膀可宽呢。"

"那么个小东西，肩膀能有多宽？"阿汉多少有点失望，"试试，说不定穿得下。"

阳凤领他进了屋，到了小小的木摇篮前面，用小衣比着摇篮里的小宝宝，真的差了一点。阳凤道："你看，肩膀不够吧。不过没事，我等下拆开再接一块布就好了。"

小娃娃躺在摇篮里静静睡着，脸蛋白白嫩嫩，鼻子挺得笔直。一般娃娃睡觉都是东动西动，他却睡得笔一样直，规规矩矩的。

阿汉仔细瞅了瞅他，啧啧道："这小娃娃长了一副好脸，大了不知会迷了多少女人去。长笑，长长久久，天天都笑……嘿，大姑娘起的名字真有意思。"

他看长笑睡得香甜，忍不住伸出一根指头逗逗长笑。长笑在梦中感觉被人触碰，不高兴地转转脖子，眼睛没有睁开，胖嘟嘟的手动了动，紧紧握住了阿汉的手指。

"呵，力气还真不小呢。"阿汉高兴地笑起来，"以后准是条顶天立地的汉子。"

"那当然。"阳凤淡淡笑起来，垂下眼，温柔地看着熟睡中的小宝宝。

长笑，楚长笑。

他的父亲，可是天下闻名的镇北王呢。

风音入住驸马府，占了娉婷的房、娉婷的琴。驸马府中人人都知她身后有着公主和丞相两重势力保护，哪敢把她当奴婢看？

连何侠平时也对她温言细语，不曾使唤。

如果耀天公主不驾临驸马府，她便是这府里的另一个女主人。

　　"还有什么？"

　　"还有……"风音蹙眉思索，"好像驸马收留了一个走投无路的人，像是归乐来的。"

　　"归乐来的？谁？叫什么名字？什么来历？"

　　风音摇头道："只隐隐约约听他们说过一次，反正是归乐来的人，别的都不知道。"

　　贵常青失望地瞥了她一眼，叹道："何侠的权势越大，我心里越不安。可惜公主不听我劝。风音，你可要尽心尽力帮着义父啊。"

　　风音点点头："义父放心。"

　　"何侠对你怎样？"

　　"他对我始终以礼相待，还吩咐下面的侍从要好好伺候我。"

　　"他爱听你弹琴吗？"

　　"他从不吩咐我弹琴。"

　　"你回去之后，还是每天都在房里弹弹琴。你的琴技很好，不要荒废了。"

　　风音欲言又止，抬眼偷瞧了贵常青高深莫测的脸一下，终于忍不住问道："为什么要这样呢？每次女儿在房中弹琴之后，驸马爷好像就会变得不大爱说话。"

　　贵常青问："你可知道，你现在用的是谁的琴？"

　　"我知道，那琴是白娉婷的。"

　　白娉婷，还是白娉婷。

　　人已经去了，名字为什么还被人念念不忘？

　　贵常青淡淡回答："那是他心上的一根刺。你时常拨一拨，让他牢牢记住——这里是云常，这里能做主的只有公主。公主要谁生，谁就生；公主要谁消失，谁就得消失。这，就是王权。"


　　军队独立钱粮库在耀天公主的首肯下正式设立，何侠在云常朝中的势力一步步膨胀。

　　东林王病死，王后遵遗命摄政。东林军失了镇北王，犹如失了主心骨，完全没了昔日的霸气。

　　何侠蛰伏多时，自然不会放过这样的好机会，草高马肥之季，趁着兵权 钱粮在手，终于向耀天公主请求出兵。

　　"这样……妥吗？"耀天公主蹙眉，将随手拿起把玩的果子重新放下，看向何侠。

　　何侠俊朗地笑着，回视耀天公主："公主觉得哪里不妥？"

　　未等耀天公主回答，一旁静坐的贵常青笑道："我云常的国策，向来是安居一方，自给自足，不与人纷争。照顾好了百姓，国家才能富强安定。"

耀天公主露出认同的表情。

何侠沉吟片刻，释然道："这样的大事，也不急于一时片刻下决定。明日朝会上，召集群臣商议再定夺。公主你看如何？"

耀天公主正担心何侠和贵常青当面冲突起来，连忙点头，又看看贵常青："丞相觉得呢？"

何侠的提议正中贵常青下怀，他在朝中有众多文官支持，云常向来重文轻武，凭何侠手下那些武将，说什么也无法在朝会中争得过他："驸马爷说得很对，这样的大事，应该在朝会上让群臣商讨一下，公主再行定夺。"

出战的事总算暂时搁置一边，两人又跟耀天公主聊了一些国事后，都有自己的要务在身，遂向其请辞。

耀天公主眼看着他们两人远去，舒了一口气。朝中驸马丞相两派暗中争斗愈演愈烈，到如今剑拔弩张，一触即发。手背手心都是肉，倒叫人为难。

歇了一会儿，脚步声又起，听得有一点耳熟。

耀天公主诧异地抬头："驸马怎么回来了？"

何侠朝她微微笑了笑，走到她身边，和她并肩站着，目光却投向窗外远处，道："我本来要回驸马府的，走到半路，忽然想起了一句话，忍不住又走了回来见公主。"

耀天公主奇怪地问："驸马想起了什么重要的话？"

"在我心里，那的确是一句很重要的话。"何侠唇边逸出浅笑，仿佛沉浸在愉快的回忆中，接着又带了一点感叹的语气，道，"只可惜公主可能已经忘记了。"

耀天公主情不自禁靠近了点，柔声道："驸马不说，耀天怎么知道是哪一句呢？"

何侠沉默半响，缓缓道："我在新婚之夜，曾向公主许诺，总有一天，我要亲手为公主戴上四国之后的凤冠。"

耀天公主心中微颤，失声道："驸马……"

"言犹在耳，为何现在却变成这样？"何侠苦笑着看向耀天公主，"但如果公主想要的只是一个坐守一隅的驸马，我定不会让公主失望。"

"驸马……"

何侠眸若灿星，从容道："我回来只是为了说这一句话。公主是一国之主，云常的大事还请公主自行做主吧。"言毕对公主恭敬地行了一礼，潇洒离去。

当夜，贵常青连发二十七封亲笔信笺，交付至都城各朝官的府邸，准备着连通一气，在朝堂上反对何侠的贸然出兵。

谁料第二天朝会一开始，耀天公主刚刚驾到，坐上王位，便高高在上地宣布了

王令：“东林是我国大敌，敌人既弱，就该乘机打击，不能给予东林喘息的时间。驸马！”

“在。”何侠朗声应道，跨出一步。

“为了云常将来的安宁，本公主命你领兵征讨东林。即日起，凭虎符统率云常七军，予你生杀大权。”

那些早想好了一肚子理由反对征战的臣子没想到耀天公主一出现就颁了王令，顿时傻了眼，一个个都看着贵常青。

贵常青脸色青紫，刚打算出列禀奏，又听耀天公主冷冷道：“东林镇北王领兵侵犯我们云常的日子还未过去太久，苟安一方，未必就可以保住百姓平安。众卿不要忘了过去的教训。”

这话说得斩钉截铁，所有人都明白了耀天公主的决心。贵常青心里一凉，那一步再也跨不出去，咬着牙看何侠领了虎符，知道事情已成定局，无可挽回。

一下朝，何侠和一群早就渴望立下军功的武将精神抖擞地离了大殿。文官们则三三两两围住了贵常青，满面愁容。

“丞相，你看这……”

“丞相，出兵是大事，不可草率啊。”

“丞相是否应该立即进宫，与公主殿下面谈？”

贵常青摇摇头，一言不发，也不顾众人簇拥，独自上了马车。回到丞相府，小儿子贵炎匆匆到大门前候着，一路跟着他入了内屋，关上门就问：“父亲，公主殿下真的已经下了王令，让驸马领军出征东林？”

贵常青脸色阴沉，点点头，瞥了小儿子一眼：“何侠已经领了虎符，可以调动云常所有大军，包括你手中的永霄军，还有你二叔统领的蔚北军。”

两人默然，门外忽然响起重重的脚步声，来人显然是个急性子。

贵常青道：“一定是你二叔来了。”

还未说完，房门应声而开，一个高大的影子遮挡住照进屋的大半阳光。贵常宁一身甲胄，高声问：“大哥，听说公主殿下下令，让何侠领兵出征东林？”

贵常青点了点头，脸色沉重。

贵常宁却露出喜色，哈哈笑道：“总算要打东林了，爽快！可惜我出去练兵，刚刚才回到京城，倒错过了看公主下王令的场面。”

贵家世代为云常重臣，到了这一代，以贵常青为首，文臣出了不少，但武将却只有二弟贵常宁和小儿子贵炎。贵常青知道二弟的秉性，横他一眼，叹道：“打仗是什么好事？何侠对我们贵家已暗生怨恨，在朝内他忌惮着我，还不敢怎样。我就怕他拿了虎符，出征时会将你们两军调到前线……”

"我只怕他不调我呢。打仗杀敌，本将军也是一刀一枪拼出来的，怕他不成？"

贵炎虽是武将，为人心思却比自己二叔要细，沉吟了一会儿，道："父亲是怕何侠大权在手，二叔在前线有什么闪失。这样吧，万一何侠果真将二叔的蔚北军调上前线，孩儿也领着永霄军请调。我们叔侄两位领军，再加上两路大军在手，何侠也奈何不了我们。独臂难挡四拳，他难道敢调动其他大军围剿我们？"

"不行，这样太危险了，万一……"

贵常宁打了个哈欠，摆手道："大哥不用担心。我觉得呢，最危险的是何侠不调我们两路大军，他领兵在外面灭了东林，回来功劳自然都是他的，我们贵家都要站到一边去。"

他为人大大咧咧，这话却说得也有道理。

贵常青瞧瞧小儿子，贵炎轻轻点了点头，显然也认同二叔的看法。贵常青想了良久，叹道："既然如此，只能走一步看一步了。实话说，何侠领大军出征，如果我们在军里没有大将互通消息，也不行。不过，二弟……"他转向贵常宁，肃容道，"大哥可有言在先，这次出征不同往日，行军中你千万不……"

"不可喝酒嘛。"贵常宁粗粗的黑眉拧了一下，一咬牙，"这次出征，我滴酒不沾。沾一滴，我就不是贵家的子弟！"

"你可千万要记住，不要一时兴起，又犯了这个毛病。"

贵常宁拍着胸口道："大哥，你放心，我小事糊涂，大事可不糊涂。"

贵常青嘱咐了二弟，目光落到小儿子身上。贵炎站了起来，朝贵常青深深作了个揖，缓缓道："父亲放心，孩儿会尽量不与二叔一同出阵，以免被何侠一网打尽。"

贵常青最疼爱这个聪明的小儿子，偏偏他不肯当文官，硬是领了军。贵常青柔和地看着他，叹了一声："到了前线，不要争强好胜不动就自请出战。"

将领和文官不同，将领们都是经历过沙场厮杀的，他们只敬佩有本事的人，不看家世资历。可恨何侠武功策略都高人一等，短短时间里已经博得军中大部分将领的忠诚。否则以贵家在云常根深蒂固的势力，又何必这样担心？

贵常青心里难受，起来开了房门，微风拂面而来。走廊尽头站着一个心腹侍从，贵常青召了他来："公主可曾派人来传召我？"

侍从偷看他一眼，小心翼翼答道："没有。"

贵常青脸色又是一黯，在门外站了片刻，吩咐道："你去吧。宫里要是来了消息，立即告诉我。"

战马已肥，战鼓将擂。

何侠兵权在手，又得了虎符，连钱粮也不再受制于朝廷。

公主啊，你难道真要用云常的未来赌这一把吗？

何侠虎符到手，第二天就调动大军。想着东林虽然没了镇北王，但镇北王一手调教出来的东林大军仍不能小看，何侠显示出虎视天下的气魄，将云常七军全部调动，贵常宁的蔚北军和贵炎的永霄军也在其中。

选了良辰吉日，耀天公主亲自在城门为驸马送行。

云常百姓涌到城下，看着城楼上驸马爷一身银白色的甲胄，恍如天将下凡，纷纷赞叹。

"瞧咱们驸马爷多威风！"

"东林这下可知道我们云常不好惹了，他们没了镇北王，再遇上我们驸马爷，保证竖着来，横着去。"

"打他个落花流水，让天下人知道我们云常可不是好欺负的！"

一年前被怒火熊熊的东林军压得抬不起头，今日这怨气总算可以出了。

连执意下令出兵的耀天公主也没有想到，一向生活安定的云常百姓也会如此支持这次出征。

耀天公主以美酒敬过了何侠，扫过城楼下密密麻麻的人群，轻声道："百姓们都知道驸马一定会凯旋。"

何侠笑问："那公主呢？"

耀天公主看向何侠："不管战事如何，驸马一定要平安回来。"

何侠瞅着耀天公主，眼眸像夜空中的星星一样闪亮，几乎让人无法直视。何侠没有答话，朝她露出一个自信的微笑，转身抽剑。

锵！

磨砺过无数次的宝剑出鞘，在阳光下锋芒尽露，刃上耀眼的光照得仰头的众人一阵目眩，蒙眬中只看见何侠的身影就站在光圈中，意气风发，不可一世。

"驸马万岁！"片刻的沉默后，不知从何处开始，爆发出一声高吼。瞬间蔓延至所有人。

"驸马万岁！驸马万岁！"

"驸马万岁！驸马万岁！"

"驸马万岁！"

……

从站列整齐的军队，到城楼下形形色色的百姓，无人不热血沸腾地呐喊。

何侠朗声长笑，俊逸的轮廓多了一股霸气，插剑回鞘，走下城楼翻身上了战马，策马在军前来回跑了一圈，让所有人瞧见他矫健的身影，接着一扬手，全场骤然安静下来。

他已不再只是驸马。

他成了云常强大的希望，代表了王权的蔓延。

何侠的目光缓缓扫过即将随他征讨天下的大军，满意地勾起一丝微笑，喝道："出发！"

一言既出，十万军发。

蹄声轰鸣，踏起淹没人影的一片浓浓黄尘。

耀天公主看着何侠斗志昂扬地离去，却像有什么落空了，双手按在心上，怔怔眺望着，直到何侠的背影消失在远方。

将都城远远抛在身后，眼前黄土大道延伸开去，看不尽前路。何侠走在大军的最前端，后面蹄声匆匆，冬灼赶了上来，紧紧跟随在他身旁，低低禀了一声："已经按少爷的吩咐布置好了。"

何侠不曾勒马，看着前方，微微点了一下头。

"冬灼，握紧你手中的剑。"何侠回头，看了身后庞大的军队一眼，眼中露出一丝冷冽的笑意，"这次，可是真的要见血了。"

冬灼也跟着他回头，远远瞥了后面高高飘扬的"蔚北""永霄"两面大旗，握着剑柄的手不禁紧了一紧。

他熟悉少爷的手段，不动手则已，动手必为雷霆之击，不留余地。

这才是小敬安王的本色。

# 第四十八章

　　马膘的时候，羊也长得肥了。今年雨水好，草原上的牧草长疯了似的，牛马羊都不缺吃的。放牧也舒服惬意，随便找个地方就行。

　　则尹是武将出身，力气大又不怕吃苦，领着魏霆种粮食又养马羊，阳凤她们闲时织点布，自给自足，日子倒过得很悠闲。

　　"长笑会走路了。"

　　"走路？我看他下地就会跑了，一天钻来钻去的，你不知道要抓住他多不容易。"

　　娉婷给这孩子取对了名字，果然是爱笑的。

　　阳凤见了他就高兴："一天到晚乐呵呵的，也不知道在笑什么？"

　　娉婷抱住了蹒跚的长笑，点着他的鼻子责怪道："你啊，走得还不稳呢，就想跑啦？要摔多少次才知道疼？"

　　则庆扯着娉婷的衣角，仰头道："抱抱。"

　　阳凤连忙把儿子抓到一旁，忍着笑摇头道："你还小，不能抱长笑呢。万一摔坏他怎么办？"又对娉婷道，"我看你把长笑给庆儿认个兄弟吧，他老爱黏着长笑。"

　　"何必认？他们老黏在一起，别人看了都以为是亲兄弟。"

　　"怎么会看成亲兄弟？庆儿看起来傻气，长笑天生就有一股霸气，你瞧他的眼睛和鼻子，真是活生生一个小……"

　　"镇北王"三个字堵在喉咙里，让阳凤说到一半便骤然没了声音。阳凤知道自己言语疏忽，心中不安，抬眼去看娉婷。

　　娉婷逗着儿子，脸上淡淡的，半晌后才苦笑道："不仅眼睛鼻子，连眼神也像。"不甘心地戳戳儿子嫩嫩的鼻尖，小声道，"像娘不好吗？为什么要像那个人？"

　　儿子啊，你知道镇北王吗？

　　镇北王的名字，是楚北捷。

他能挥动很重的剑，他能在千军万马中取下敌将首级，他有君临天下的威势，怀有异心的人见了他都会瑟瑟发抖。

他聪明、果敢、勇毅，是沙场上无敌的名将。

他应该正在东林王宫吧？秋天过后，冬日来临，会有隆重的贺筵为他庆贺生辰。

初六，我记得的。

他的生辰，是初六。

云常大军气势汹汹到了东林边境，多年安享太平的东林王族一梦惊醒，才知道没了楚北捷的东林竟是如此危机重重。东林王后立即授了虎符，命令臣牟统率东林大军对抗何侠。

但既然领军来犯的是何侠，无论是东林王后还是臣牟自己，都知道这是一场毫无底气的大战。

何侠到了东林边境，立即召集所有大将，抛出了第一个任务。

"探子回报，敌帅臣牟已经上路，东林援军很快会赶到这里。我军要稳住阵脚，首先要攻下雁林城。各位将军，谁愿意领军立这个头功？"说完，何侠面带微笑，扫视自己熟悉的几个武将。

武将向来凭战绩论功行赏，谁不想立头功？几名年轻的将领跃跃欲试，贵炎开口最早，排众而出："贵炎愿意为驸马爷取得雁林城。"

何侠似乎早猜到他会开口，听了微微颔首，温和地问："贵少将军知道雁林城现在由谁守卫吗？"

"知道，是楚北捷旧日手下，罗尚。"

"嗯。"何侠略略点头，脸上高深莫测，"罗尚是楚北捷一手调教出来的勇将，非常悍猛，人马也不少。贵少将军手下的永霄军恐怕攻不下雁林，不如派遣蔚北军同去，也好……"

"不必。"贵炎一口回绝，傲然道，"末将已经派人打探清楚，永霄军人数比雁林守军的人数多上一倍，攻城有余。区区一个罗尚，又不是楚北捷，何必要我二叔出马？"

贵常宁故意"嗯嗯"两声后，粗声道："杀鸡焉用牛刀。那么个小城，要我们云常两路大军去攻，东林军岂不笑话驸马爷？"

何侠看着他们叔侄两人一唱一和，也不动气，反倒应允下来："那好，本驸马就等着为贵少将军庆功了。"

贵炎夺了立功的机会，想起父亲的再三嘱咐，不禁多了个心眼，又拱手道："驸

马爷，末将领军攻城，有一个小小的要求。"

何侠问："什么要求？"

"万一真出了不测，大营派人救援，请驸马爷让我二叔领兵接应我。"

他年轻气盛，说得太直了，这么一来，明摆着担心何侠这位主帅在后方害他，对其他大将也不放心。

众将早为何侠的名将风范折服，对在朝中处处为难何侠的贵家并无好感，听了这话，个个斜着眼睛瞅着贵炎这个靠家荫平步青云的少将军。

何侠的"心胸宽广"却出乎众人意料，只听他沉吟着道："这个是小事，我答应你。"

贵炎轻轻松松得了何侠承诺，自己也觉得稀奇。众将在帐中讨论完军情，各自散去，贵炎和贵常宁一道回营帐。贵常宁边走边啧啧称奇："想不到他这么好说话。不过，对付雁林那么一座小城，永霄军绰绰有余，哪可能求援？他也不过是给我们一个口头人情。炎儿，你这次要做场好戏给大家看看，为我们贵家争口气。"

"那当然。"贵炎笑了笑，沉思片刻，换了正色，"不怕一万，只怕万一。二叔，侄儿领军在外，你在后方千万看紧点，万万不可……"

"不可喝酒嘛。"贵常宁不满地瞪他一眼，"二叔是这么不知道轻重的人吗？我和你父亲说好了，不喝酒，不误事。你放心！"

第二天，天还未亮，贵炎领着所辖的永霄军向雁林城进发。

到底是自家骨肉，贵常宁放心不下，亲自送他出营，沉声道："罗尚是楚北捷带出来的人，你要是遇了异常情况，不要逞强，立即派人回营报我。"

贵炎点头应了，年轻的脸上泛起自信的笑容："要是得了手，也立即派人告诉二叔。"

贵常宁哈哈笑起来："早去早回，二叔等着你的好消息。"

黎明之前，天色比夜里更暗。贵常宁看着贵炎的人马离去，自行回了大营。大营中其他不相干的几路军仍在休息中，小队小队的哨兵在外围巡视。

贵常宁想着今日也就是等雁林城的消息，没什么大事，索性回去补眠。他一路往回走，穿过自己的亲兵营，跨进军帐，顺手把沉甸甸的甲胄扔到床上，张嘴打了个哈欠。

这时一只手从身后无声无息掩过来，猛然捂住他的嘴巴。

"嗯嗯……"

贵常宁瞪大眼睛，他也算沙场老将，伸手便往腰后摸去，还未摸到剑柄，后脑勺发出咚的一声，他被人隔着纱布狠狠敲了一下。偷袭者劲大力巧，贵常宁挣扎了两下，瘫倒在地，没了知觉。

他一倒下，露出身后偷袭者的身形。穿着黑衣，脸上蒙着黑纱，只露出两只眼睛在昏暗的军帐中炯炯发亮。他瞅着倒在地上的贵常宁，眸中流露出高傲不屑的眼神，俯身探了探贵常宁的鼻息，从床下拿出几瓶贵常宁藏着的陈年老酒，又在怀里掏出一包迷药倒入酒里。

摇摇酒瓶，让迷药在酒中化了。

"这酒，敬你的大哥，云常的丞相大人。"偷袭者低低说了一句，音色清朗，居然是大营中身份最高的主帅何侠。

何侠扶起昏过去的贵常宁，将酒瓶凑了过去，撬开贵常宁的嘴就猛灌。他对姓贵的恨得咬牙切齿，毫不手软，连灌了贵常宁十瓶八瓶美酒，才把贵常宁放到床上，施施然潜迹离去。

嗒嗒！嗒嗒！嗒嗒……

"求援！"

到了中午，营外奔来一骑快马，骑马者穿着云常军服，浑身浴血，到了营门，仰头扯着喉咙道："求援！贵炎将军求援！快……快报……"

守营的都认得他是贵炎的心腹侍卫，大吃一惊，连忙开营门放他进去。

众将得了消息，纷纷赶到主帅军帐。

"求援！求援！"报信的侍卫跌跌撞撞过来，进门就扑通一声跪倒，喘着粗气道，"驸马爷，我军被东林大军在雁林城外伏击，情况危急，求驸马爷立即派大将救援！"

何侠早猜到如此，脸上却露出极惊讶的表情，冲前两步，站在那侍从面前喝问："怎么会这样？"

"是埋伏！贵炎将军领着我们刚靠近雁林城，两支东林军一起冲杀出来，我军腹背受敌。"

"埋伏？何人的军队？"

"伏兵领队的是楚漠然。"

"现在战况如何？"

"东林军占了地利，人数又比我方多。我军猝不及防，伤亡惨重，贵将军领着我们杀出一条血路，带着剩下的弟兄退到衡炼山的山谷里，死守着谷口，将军命我杀出来报信。驸马爷，敌人攻得很紧，弟兄们撑不了多久啦，请速派援兵！"

征讨东林第一战就中了埋伏，云常众将领脸色都一片黑沉。

"立即派援！"何侠当机立断，环视帐中一圈，"嗯？怎么不见贵常宁将军？"

不少将领早就注意到贵常宁缺席，见何侠发问，招了帐外去打探的小兵，问：

"贵常宁将军怎么没到？"

小兵刚从贵常宁军帐中回来，答道："贵将军喝醉了，怎么叫也叫不醒。"

贵常宁嗜酒如命，在军中是出了名的。听小兵这么一说，众人都皱起眉头。

"我们去看看。"

何侠领着众将领一起来到贵常宁的军帐，一掀帘门，好大一股酒味直冲鼻尖。一看，帐内酒瓶东一个西一个，全部都是空的。

贵常宁一身酒气，摊开四肢躺在床上，鼾声如雷。

他身边的侍从满头冷汗，不断用水擦拭贵常宁的国字脸，急呼道："将军，将军，快醒醒！贵炎将军求援啦！"

何侠沉声道："我答应过贵炎将军，万一他求援，只派贵常宁将军领军去救。这可怎么办好？"又向贵常宁的侍从命道，"快点，用冷水泼，想办法把他唤醒！"

侍从们也知道战况紧急，连忙抬了水来，哗啦一下，泼得贵常宁满头满脸。但贵常宁被灌了掺有迷药的陈年老酒，哪里醒得过来？鼾声依旧。

拼命回来报信的是从小跟在贵炎身边的心腹，想着自家将军生死只在一线间，暗恨将军的二叔不争气，猛扑上去跪在何侠脚下，嘶声求道："驸马爷，不能再等了，请驸马爷另派一位将军去吧。"

何侠俊朗的脸也显出一丝焦急，却又偏偏摇头："君子一诺千金，何况我是主帅？贵炎将军年少聪颖，临去前请求如有变故，定要贵常宁将军去救，一定有他的道理。我既然答应了，就不能反悔。"

那侍从急得几乎掉下眼泪，转身到了床前，也不顾身份尊卑，左左右右甩了贵常宁几个耳光，吼道："醒呀！醒呀！我的爷爷呀，你这不是存心要我家少将军的命吗？"

贵常宁挨了几个耳光，还是睡着，鼾声倒是停了。

众将领对贵常宁这个凭借家族势力登上大将军之位的莽汉本来就没有多少好感，现在见他这个样子，更加瞧不起他。

那侍从对贵常宁无计可施，满心绝望，又回身跪在何侠脚下，咚咚咚地磕头："驸马爷，驸马爷，我家少将军的性命就在您手上了。驸马爷，我求求您，您派兵吧！"又转身去求别的将领，"将军，将军们，求求你们！谷口那里，东林军的箭就像雨一样射下来，他们都是云常的子弟啊，将军们，求你们发发慈悲，向驸马爷讨个情吧……"

他杀出来时身上已经沾了一身血迹尘土，此刻磕得用力，鲜血流了一头一脸，非常骇人。

众将领都是沙场硬汉，虽然鄙夷贵常宁，却不禁对这小小侍从敬重起来。

何侠见他们将目光投向自己，知道日后要靠他们打天下，就不可以逆了众意，做得太绝，不等有人开口，已经沉声问道："哪位将军愿意前往援救？"

大家你看看我，我看看你，不一会儿，掌管永泰军的大将军祁田站了出来："末将愿意。"

"那好，请祁将军立即领军出发，援救贵炎少将军。"

救人如救火，因为贵常宁酒醉不醒，已经浪费了不少时间，祁田接了命令，立即领军出发。

永泰军消失在众人视野后小半个时辰，小兵才来主帅军帐禀报："驸马爷，贵常宁将军总算醒了。"

何侠和几位忧心忡忡的云常大将正在商量军务，一听这话，冷哼道："给我把他绑起来！"

几个亲兵立即去了贵常宁的军帐，一把拽住刚刚醒来还不曾看清楚东南西北的贵常宁，凶神恶煞地绑了他，他们事前得了何侠嘱咐，为防贵常宁咆哮抵赖动摇军心，将他的嘴也用粗布严严实实地堵上了。

贵常宁手下亲兵近侍都知道出了什么事，知道驸马爷大怒，没有胆子拦，也实在没有面子拦，只能眼睁睁看着自家将军被人绑走。

下午时分，前去援救的祁田风尘满身地回来了。

他带回了贵炎伤痕累累的尸体，向何侠复命："末将去晚了一步，赶到时东林军已全部退走，永霄军全军覆没，贵少将军当场战死。"

贵炎的尸身上插了十几支羽箭，惨不忍睹，纵使没有目睹此战的人也可以猜想到战况的惨烈。

"要是听我一言，永霄、蔚北两路大军一起攻城，怎么也不至于是这种下场……"何侠悲痛地沉默了一会儿，又怒道，"第一次交战，我云常七路大军就丧失了其中之一，叫我怎么向公主交代？来人，带贵常宁！"

贵常宁被五花大绑推进来，他醒来就被又绑又关，完全不知道发生了什么事，憋了一肚子气，打算见何侠的时候定要讨回公道。不料一进帅帐，发现帐内乌云密布，众人脸色比任何时候都要难看。空气中飘着一股血腥味，地上摆着一具尸体，尸身上穿着染满血尘的云常将军服饰。

等仔细看清楚了，贵常宁脑子里顿时嗡的一声，蒙了。

"贵常宁，你身为云常大将，掌管蔚北军，竟不顾军令，在帐中喝得大醉，贻误援救战机，致永霄军全军覆没，你还有什么话可说！"

何侠一示意，亲兵们掏出贵常宁嘴里的粗布。贵常宁看着不久前还活蹦乱跳的侄儿，眼前天旋地转，觉得闪电一道一道劈在自己头上，直着眼睛，喃喃道：

"怎么……怎么……"

何侠喝问："贵常宁，你认不认罪？"

贵常宁浑身颤动，猛然抬头："没有，我没有喝酒，我没有喝酒！我冤枉！"

其他将领亲眼看见他浑身酒气躺在床上呼呼大睡，见他当场抵赖，深觉不齿，眼里都不禁露出不屑。

"你还敢抵赖？如此大过，不杀你，我无颜见公主。来人啊！给我砍了！"

贵常宁看这个阵势，知道不妙，嚷道："我冤枉，我没有喝酒！我贵家世代为云常重臣，为云常立下赫赫功劳！何侠，你不能杀我！我要到公主面前和你对质！"

"我手持虎符，统率七军，不能杀你？"何侠冷笑，喝道，"来啊，拖出去！"

亲兵们早有准备，上前将绑得像粽子似的贵常宁拖了出去，不一会儿，就捧上贵常宁怒目迸裂的头颅。

有将领问道："雁林城一战受挫，云常七路大军损了一路。请问驸马爷接下来打算怎样对付东林军？"

"我们不对付东林军。"

"驸马爷的意思是……"

"我们回都城。"

众将领都觉愕然，只有冬灼早知道何侠另有计划，垂手站在一旁，脸色如常。

"七路大军损失其一，不是由于东林军强大，而是因为云常朝局党派倾轧。内患不去，如何对外进兵？"何侠道，"区区一个东林不在我何侠眼里，众位将军都是有大志的人，可愿与我一同先整顿内政，再领兵出征，纵横天下？"

众人都是聪明人，顿时明白何侠的打算。何侠当驸马时间也不短，贵家处处压制他，大家都看在眼里。如今何侠势大，要收拾贵家也是理所当然。

帐内一阵沉默。

何侠笑道："没关系，各位将军有话，尽管说出来。"

他一计铲除了贵家在军中的势力，声势大盛，神情冷傲，眼光一扫，人人都觉得有点心悸。

"流血流汗不要紧，我们这些军人就怕闲放着发霉，只要别把我关在城里无所事事，其他的事驸马爷说了算。"祁田斟酌了一会儿，咬咬牙，带头开了口。

他的心思，和其他武将不谋而合。

驸马摆明了是要清除贵家，与他们何干？将军们最怕就是没有仗打，闻不到血腥味，没有机会施展能耐，被文官处处压制。贵常青老成持重的偏安政策与军方向来不合，若换了有名将之称的驸马爷主事，对于军队来说，倒是一件好事。

众人交换一个眼色，当下做了决定，朝何侠拱手齐声道："我们都听驸马爷的！"

　　"好。"何侠矜持地点了点头，"那请各位将军立即拔营，随我返回都城。"

　　云常，且柔城。

　　杨柳拂面的季节，却与囚室无关，从冬到夏，囚室始终都是四面墙，一扇窗。

　　铁锁的机关被解开的滴答声响起，从囚室外走进来的，还是番麓。

　　"怎么又不吃饭？"

　　"不想吃。"桌上干净的饭菜几乎未曾动过。醉菊坐在床边，低头整理着膝上的衣裳。

　　番麓顿了顿，轻声道："不吃就算了。"

　　他这么轻易放过自己，这反而让醉菊惊讶。这男人把她当成了一只猪，每天关在圈里就是不停地喂食，她不吃的话，他定会惹出许多事来硬逼着她吃完。怎么今天忽然转了性子？

　　"喂……"

　　番麓站住脚："怎么？"

　　醉菊走过去，狐疑地打量他："出什么事了？"

　　"与你无关。"这是醉菊向来用来气他的话，今天却被番麓拿来反击了。

　　醉菊被他堵得一愣，哼道："不问就不问，了不起吗？"回去床边坐着，一边整理自己的衣裳，一边道，"喂，你就算不能放我，也让我写一封信给我师傅吧。算我求你，别忘了，我可救过你的命。"

　　忽然听见哐当一声，醉菊猛然抬头，番麓已经不在了，门又被锁了起来，气得醉菊咬牙："这坏人，总有一天让他被狼吃掉才好。"

　　整理好了衣裳，醉菊把它们叠起来放进柜里。

　　囚室里也不能说一点没变，床帐被褥时常换新的，都是番麓挑的花色，他眼光还不错。几个月前，番麓搬了衣柜进来。再接下来，梳妆台、首饰盒、胭脂水粉……渐渐齐了。绿色的纱窗、丝绸的被面，还有垂幔、风铃、铜镜，要不是窗有铁条，门有机关锁，这简直就是一间小姐的闺房。

　　那个男人，来来去去，每次都落下一点小东西，也不直接递给醉菊，只调侃醉菊两句，气得醉菊牙痒痒。可等他的背影消失在门外后，醉菊才发现桌上放着一根银钗或梳妆台边多了一个小小的泥偶。

　　她被关了这么久，闷坏了，每天只盼着见个活人，就算是番麓这样的坏人也不要紧。可这两天番麓来去匆匆，放下饭菜就走，也不知道出了什么事。醉菊不

免忐忑不安起来。

滴答。

门又打开了。

醉菊抬起头。

番麓大步走了进来，往椅上一坐，不说话，直瞅着醉菊。

醉菊奇怪地问："怎么又回来了？"

番麓似乎有心事，闷了一下，才开口道："驸马爷领军征讨东林，半路又回了都城。听说军队得了确凿证据，贵家企图谋反，大军围了都城，到处搜捕逆党，凡是贵家的亲信，一个都不放过。"

他停了停，又道："我是丞相提拔起来的人，说不定也在被绞杀之列。要是我死了，你高兴吗？"

醉菊怔住，老实说，听了这件事，她倒一点也不觉得高兴，垂下眼睛，半天才轻声道："这些是都城里的党派倾轧，关外面小城的官员什么事？你这人，只会欺负我这样的女子，遇到大事，怎么就杞人忧天起来了？"

"驸马爷的手段，让人心寒啊。"番麓没有一点平日里不正经的表情，静默了一会儿，沉声道，"他说丞相虽然谋反，但毕竟是云常老臣，不忍用兵刃伤害，下令将丞相关在房中，给水不给食。丞相熬了四天四夜，在承认谋反的文书上画押按印后，才服毒死去。"

"啊！"醉菊低呼一声，惊疑道，"那公主呢？公主怎么会让何侠这么做？"

"大军在何侠手中，将领们都只听何侠的，公主已经没有办法控制大局。况且，她怎能不支持自己的丈夫？难道她要让丞相杀了何侠？"

云常都城，现在一定风声鹤唳，人人自危。

醉菊向来见惯了番麓可恨的样子，今天见他面无表情地坐在面前，反觉得不自在，于是没话找话道："你担心什么？你不是云常最厉害最精干的探子头吗？要是何侠下令捉拿你，你躲进松森山脉好了，在那里，猴子也摸不到你的影子。"

不料番麓问道："那你怎么办？"

"我？"醉菊愣了愣，低头道，"正好，你放了我，我要回东林去见师傅。"

"不放。"番麓断然拒绝。

醉菊气急，抬头恶狠狠地问："为什么？"

"路太远，你一个女人，我不放心。"

"你……你……"

"你什么？"番麓站起来，向门口走去，扔下一句话在身后，"今天饶了你，下次再不好好吃饭，我剥了你的裤子，打你屁股三百下。本城守一言既出，驷马难追，给我记住了。"

　　哐当一声，门依旧锁了，剩醉菊一人切齿不已："坏人，坏人！巴不得你被何侠杀了才好呢！番麓，你这个恶棍！"

# 第四十九章

反扑朝中老势力的一战，打得迅速而精彩。数十万大军团团包围都城，耀天公主惊惶失措下被发现有了身孕，这可帮了何侠一个大忙，公主殿下当即被"请"进深宫中静养，不得再过问烦琐国事。

不出数日，贵常青临死前按印的谋逆供认状被送到耀天公主面前，随即被张贴在云常都城城门处，与许多贵家逆贼的头颅一起，供百姓辨认。

"想不到，丞相他……居然……"

"贵家是云常世代重臣啊，怎么竟出了逆贼？"

"人心难测，难测啊……"

证据源源不断出现，每天都有人揭发贵家过去的逆行。连贵常青自己都已承认了谋反，根本没有机会了解内情的升斗小民又怎会弄明白谁是谁非？

何况这次征讨东林出师不利，就是因为贵家两位不争气的将军，一个逞强、一个嗜酒，整路大军，上万云常子弟的性命，断送在他们手里。

凡是家里有男丁在军队的，谁不痛恨这样不顾士兵死活的将军？

令人欣慰的是，国难之际，驸马爷展现出卓越的军事政治才能，迅速将逆党连根拔起，而且在很短的时间内重新任命官员，不到一个月，曾经让云常百姓热血沸腾的场面再度出现。

锦旗蔽日，十万军发。

英姿勃发的驸马爷再度领军出征。

"天下之大，没有我们云常军到不了的地方！"城楼上，何侠挥剑长击。

何侠身边，已经看不见公主端庄的身影，她正在深宫中孕育着云常未来的大王。

士兵们依然欢呼沸腾，雀跃不已。

他们为何侠欢呼，为何侠沸腾。

他们拥有了一个英雄。

归乐曾有何侠，东林曾有楚北捷，北漠至少还有一个则尹。但如今，楚北捷不知踪迹，则尹归隐。

而何侠，已经属于云常。

有何侠在，没有云常军到不了的地方。

更让人猜想不到的是，何侠领兵离开云常都城五十里后，下令全军扎营，召集各路将领到帅帐中。

众人一到，何侠即道："大军转向，不去东林。"

他总是奇峰突出的思考方式早已被众将熟悉，大家并没有十分愕然，只是问："不去东林，那去哪里？"

"从现在开始，大军化整为零，昼伏夜行，在北漠边境会合。"

大家稍微明白过来，这是要对北漠下手了。

先对付北漠也是对的，东林军虽然现在没有了楚北捷，但毕竟破船还有三斤钉，不易对付。北漠军实力向来不强，又没了则尹。打仗就如吃柿子，应该先选软的吃。

祁田征战经验丰富，思索了一会儿，想起另一个不能忽略的问题，恭敬地问何侠："驸马爷想打北漠，这当然好。但东林是我们的大敌，归乐也在虎视眈眈。万一我们和北漠打起来，其他两国乘机参战，我们岂不三面受敌？"

"谁也不想三面受敌，所以北漠人绝不会想到我们会忽然向他们发动进攻。"何侠淡淡笑道，"各位将军放心，我既敢拿北漠开刀，自然想好了迅速击溃北漠大军的方法。东林现在由王后做主，说起打仗，妇人总会犹豫不定，在她下定决心派遣大军夹击我们时，北漠军的势力已经被我们扫荡干净了。"

众人的胆气却没有何侠那么壮："扫荡北漠后，还要对付东林，我们哪有精力对付归乐？"

"这正是最有趣的地方。"何侠豪气顿生，扬声道，"照行进来！"

帘门应声而掀，一名瘦削武将大步跨了进来，不卑不亢地朝众将拱了拱手，束手站在何侠身边，显得颇为沉稳。

何侠介绍道："飞照行曾是归乐大将军乐震手下第一心腹，他就是这次阻挠归乐王出兵坏我们好事的关键。"手一扬，朝飞照行微微颔首。

飞照行沉声道："归乐王后曾命我暗中带信给驸马爷，密报归乐大王打算伏击驸马爷的车马。只要我写一封信，让人送到归乐大王面前，告发归乐王后和乐氏一族，归乐内部立即大乱，再不会有余力关注云常和北漠的战事。"

蔚墨军沉景奇道："归乐王后所在的乐氏一族在归乐的势力如日中天，怎么会向驸马爷密报？她竟敢背叛归乐王？"

飞照行简单答道："为了不让白娉婷进入归乐大王何肃的后宫。"

众将释然。

听见娉婷的名字，何侠眼中一黯，沉默半晌，才打起精神来："飞照行的密信已经在送往归乐的途中。北漠王现在对我们毫无戒心，东林前阵子受了我们的威吓，不敢轻易出战。诸位，此时正是夺得北漠的最好时机。"

何侠这番布置周密细致，令一开始不大有信心的将领们精神大振，面露喜色，朗声应道："末将随时听候驸马爷调遣！"

就这样，云常大军，在征伐东林途中销声匿迹，不知去向。


"哇哇……哇哇哇……"

娉婷匆匆走进屋里，看见小则庆正被阳凤按在膝盖上，小屁股袒露出来，阳凤手上手下，打得他的嫩肉啪啪作响。

"阳凤，你这是干什么？"

阳凤显然余怒未息，一伸手，指着地上道："你看看，他把什么东西从床底拖了出来，还和长笑一道玩？要是弄伤了长笑，这可怎么办？"

娉婷低头看，地上明晃晃的一把宝剑，也吃了一惊："这两个孩子真太淘气了，长笑，你也该打。"把站在一边的长笑拉过来数落。

长笑还不大会说话，长得胖嘟嘟，眼睛明亮清澈，看见娘回来了，直咧嘴笑。

"阳凤，你也别打则庆了。我看准是长笑捣的鬼，别看他小，现在会走会跑了，不知道多可恨呢。"

则庆和长笑一样，也不爱哭，很快，挨了几下的小屁股不疼了，他便扭着要下地。阳凤打了几下，也着实心疼，只好放他下地。

"呵……笑笑……笑笑……"则庆下了地，一溜烟地远离痛打他小屁股的娘，直冲到乐呵呵的长笑身边，抓住长笑就往外跑，"竹子、竹子……"他跑得比长笑快多了，长笑被他踉踉跄跄拖出木门。

"则庆，不许又去摇晒衣服的竹子。"阳凤追出门口，教训道，"你快放手，小心长笑摔倒。"

"阳凤，好啦。"娉婷走到她身后，将双手搭在她肩上，笑道，"瞧你紧张的样子。不用担心长笑，让他们摔吧，小孩这样才会长大。"转身拾起地上的宝剑。

真是柄好剑，剑刃如薄冰，轻轻一抖，似乎在日光下泛起一圈圈凉气，森寒入骨。娉婷翻过剑柄，果然，上面刻了"神威"二字，不禁默然。

片刻后，怅然问道："震慑天下的神威宝剑，你怎会在这蒙尘？可惜了……"

阳凤转过身来，发现娉婷持剑凝视，心里一跳。当日楚北捷上山寻妻，得知娉婷死讯后失魂落魄离去，这事她从没告诉娉婷，楚北捷留下的神威宝剑也被塞到了床底下，谁知道神差鬼使，竟被两个小鬼拖了出来。

阳凤想了一想，低声道："这是楚北捷留下的，他曾到我们之前隐居的地方找你。"

见娉婷静默无言，阳凤忍不住又问："娉婷，你还想着那个男人吗？"

娉婷不答，只在屋里站着，良久之后，缓缓将剑插回鞘中，挂了起来，转身出去唤道："长笑，来，来，娘给你唱一段好听的小曲。"秀气的脸上，流露出宠溺的笑容。

"娘……娘！"长笑咯咯咯地笑着扑过来。

"我也听！"则庆跟在长笑身后，抢在长笑之前占据了娉婷身边的位置。

艳阳高照，小屋前，池塘水波微漾。

有人柔声清唱。

"故乱世，方现英雄；故英雄，方有佳人。奈何纷乱，奈何纷乱……"

儿啊，娘心里有一个故事。

故事中有英雄，也有佳人。

佳人英雄，曾经对月起誓，永不相负。

永不、永不，相负……

歌声温婉动人，爱蕴于心，怨启于唇，两个小家伙安安静静挨着娉婷坐在门槛上，虽不懂里面的深意，也听得如痴如醉。


一曲未完，则尹的身影出现在篱笆前，他匆匆走进来，脸色沉重。

娉婷一瞧则尹的表情，立即停了唱曲，站起来疑道："怎么了？"

则尹黑着脸摇了摇头，身后紧跟着魏霆，两人脸色都极难看，一言不发，跨进屋中。

叫奶娘将两个小子带到别处玩，关上门，则尹才沉声道："大王去了。"

阳凤吃了一惊："大王一向身体安康，怎会这样？"

"是何侠。"魏霆悲痛答道，"何侠送来信函邀请大王在边境会面饮宴，云常、北漠向来有同盟之谊，大王不疑有他，应邀前往……"

"何侠那个恶贼，竟在酒中下毒，外面埋伏刀手，大王和随行的大臣亲卫当即毙命。现在消息已经传遍全国，到处人心惶惶。"想起北漠王对自己的垂青，则尹这曾经的虎将也两眼通红。

阳凤一脸不敢置信："何侠疯了吗？大王遇害，在附近护卫的北漠大军一定会发动进攻。"

"北漠大军绝不敢动手。"身后传来清脆果断的声音。

三人回头，娉婷站在桌子边，思忖着续道："何侠既然敢毒杀北漠王，那么，

他在边境一定有足够的兵力对付反击的北漠大军。"

则尹凛然道："云常如果敢调遣全军攻打北漠，东林和归乐一定不会坐视。何侠胆敢漠视三面被攻的危险？"

"上将军，你未曾和何侠对阵过吧？"娉婷抿了抿唇，不知是怨是叹，轻声道，"他在战场上，从不做没有把握的事。"

"是否要立即派人通知若韩小心？"

"……"

"来不及了……"


飞照行一封告密信，激化了归乐王和乐氏一族之间的矛盾。

白娉婷的事不能明说，于是王后被归乐大王找了个借口逐进了冷宫。

但乐家在归乐的势力已经扎根，清除起来相当不易。早有准备的国丈乐狄在大王动手之前，走了有生以来最聪明的一步棋，将儿子乐震捧成大将军，并且在归乐大王发难之前，让儿子离开都城，外出练兵。

就这样，归乐大王在内，大将军乐震拥重兵在外，两方对峙，就差当场撕破脸了。

当北漠王被害的消息传来时，归乐正陷入内乱的阴影中，谁也无暇顾及何侠的对外扩张。

对于何侠的行为，四国中反应最为紧张的是东林。

"众卿说话呀。"

东林王宫中，东林王后坐在宝座上，不安地扫视着阶下沉默的大臣们："军报你们都看过了，难道就没有话要说？臣大将军，你说说看。"

臣牟叹了一口气，硬着头皮站出来："娘娘，臣还是那句话，何侠要是对付了北漠大军，接下来就会进攻我们。当务之急，是要立即派遣大军，与北漠夹击云常。"

"万万不可。"楚在然苍老的声音响起来。

王后的两个王子死在北漠王的谋害之下，她心里也是千万个不愿意帮助北漠度过危机，听见楚在然出言反对，忙温言道："老丞相有什么提议，尽管直说。"

楚在然颤巍巍走出来，仰头奏道："娘娘，我们东林今时不比往日啊。若有镇北王在，何必惧怕何侠？可如今，镇北王不知踪迹……老臣以为，何侠能不招惹，就不要招惹。"

臣牟急道："何侠野心勃勃，我们不招惹他，他也会来招惹我们。王爷不在，我方势弱，更要主动出击，配合北漠大军迎战何侠，这样才可以保住我们自己。"

"兵凶战危，此时只宜自保。"

"现在出击，才是自保之道。"

"有话慢慢说，老丞相……"

"云常和北漠大军大战后，也需要时间休养生息。我们可以利用这段时间，好好练兵……"

"臣大将军别激动，待我们细细商议……"

"还商议什么？等何侠胜了北漠后，东林就成为他下一个目标。只怕我们兵还在练，敌人已经杀到家门了！"

"不要吵了！"大殿中两方争论不休，东林王后的目光从东到西，从西到东，终于忍不住一掌拍在扶手上大喝道，争吵的大臣们顿时安静下来。

"兵战是国家大事，不能仓促决定。"东林王后揉揉太阳穴，叹道，"此事众卿再思量一下，明日再议。"

臣牟皱起浓眉，焦急地跨前一步："王后娘娘，不能再犹豫了。北漠上将军若韩已经集结大军迎战，何侠兵法厉害，只怕没几天，北漠大军就会被击溃。"

东林王后微怒："不是说了还要思量一下吗？臣大将军不必多言了。"站起来，匆匆转入后面的帘帐内。


东林王后的反应完全在何侠意料之中，没有了归乐和东林的威胁，何侠才能够以所有兵力对付北漠。

接下来发生的事情，震惊四国。

在松森山脉脚下，一个名叫周晴的地方，仿佛凭空从地底钻出来的云常散兵集结成一支强大的军队，迎头对上悲痛于国君之死，来势汹汹的北漠哀兵，在何侠的精心谋划和指挥下，这场规模空前的大决战成了一场大屠杀。

云常大军彻底击溃了若韩的队伍，北漠军死伤无数，保命逃出的不到十分之一——那曾是北漠最庞大、最主要的军事力量。

周晴之战，再次证明了何侠杰出的军事才能。

随后，何侠的势力扩张之迅速超过了所有人的想象，在击溃了若韩的大军后，何侠以闪电般的速度消灭了北漠其他几路援军，然后转身将目光投向错失了时机的东林。

云常的将士从未想过攻占一个国家会如此轻而易举，胜利像美酒一样迷惑了他们的心智，使他们斗志更加昂扬。

数十万利刃，划开了东林的关卡，鲜血喷溅中，何侠的旗帜始终飘扬在最前方。

在追随他的将士眼中，他已如同战神。

血腥沾染了千里土地，以云常为中心，战争的阴影向四面八方蔓延，云常大军一寸寸拓宽了疆土。

北漠军大败，北漠王族尸骨无存。

东林军大败，大将军臣牟血战而死。楚漠然领着残兵，护卫东林王后逃离东林王宫。白发苍苍的老丞相楚在然不愿被俘受辱，在云常兵破门而入之前，服毒自尽。

没有人想过，何侠能在这么短的时间内做到这一切。

"云常军来了！云常军来了！"

"逃啊！快逃啊……"

"爹爹！爹爹你在哪？"

黄土大道两旁枯骨遍野，败军和逃离家园的百姓形成滚滚人流，人人争先恐后，扶老携幼地拼命逃亡。

但又有谁，快得过何侠的战马？

# 第五十章

战火蔓延，就连偏僻的小村落也不能幸免。

国破的悲痛尚未稍弱，被何侠统治的阴云已经笼罩在这些与世无争的百姓头顶。

"宣，云常驸马令，村中百姓按人头算，每口上交粮食三担，后日交齐，不得延误。"

村口被集中起来的人群大哗。

"每口三担，让我们怎么过冬？"

"真是不让人活了！"

"老里长……"有人一把扯住宣读完命令的里长，央求道，"你也知道我家里的日子，我老婆病了，粮食都换药去了。别说三担，一担也交不出啊。"

里长愁眉苦脸，压低声音道："我能有什么办法？我家里几个孩子都算人头，也正为粮食犯愁呢。老罗，不交不行啊，这些都是要当军饷的，迟一点就会要你的命，那些云常兵杀人可是不眨眼的。"

老罗傻了眼，抹抹眼泪，颓然道："我们大王在时，可从没要我们一次交三担粮食。何侠，哼，何侠凭什么占了我们北漠？"

"你还敢提大王，不要命了？"里长紧张地看看四周，狠拽了老罗破破烂烂的袖口一下，警告道，"老老实实的吧，连若韩大将军都不知道躲哪儿逃命去了，你逞什么强？"

正说着，一阵马蹄声轰然响起，吓了众人一跳，个个抬头往村外望，远远瞧见一队云常兵马朝这边冲过来。

"怎么了？"

"什么事？"

士兵们到了村口，勒住马匹，村民们仰头看去，明晃晃的利刃在阳光下耀目得刺眼。

"你们谁是管事的？"当前一个，看起来是士兵们的队长，骑在马上傲然问道。

里长被推了出来，战战兢兢道："大帅，我是这里的里长，不知道有何吩咐？"

"你就是里长？"队长上下打量了里长一眼，"驸马爷的征粮令，你知道了吗？"

"是、是，已经宣读了。"

"有人闹事吗？"

"没有没有，我们可都是良民。"

"嗯。"队长哼了一声，拖长了声调道，"本来你们这些北漠人，都该拿去给我们云常军人当奴仆的，不过驸马爷仁慈，留下你们供应军饷物资。给老子好好种田养马，还有，驸马爷颁布了分界令，从今天开始，任何村庄发现了外来人，必须立即报告，胆敢隐瞒不报的，全村当谋反处置。听清楚了没有？"

里长心惊胆战，连忙点头，强笑道："是是，听清楚了，我们都是良民、良民。"

那队长见他吓得手脚发抖，不屑地笑了起来："良民？前面五十里的交口村也说他们是良民，竟然私藏了几个北漠败兵，全村一百一十七口，全部被我们给屠了。哼哼，我看要在这里挂几颗带血的脑袋，你们才知道什么是真正的良民。兄弟们，我们走！"

吆喝一声，马蹄声又响。马队从村民面前耀武扬威地过去，扬起一阵烟尘。

村民等他们去远了，才敢抬头看看身边的人，低声道："啧啧，一百一十七口……瞧瞧那刀，上面好像还有血呢。"

老罗猛然跌坐在地上，捂住脸痛哭起来。

"老罗，你哭什么？"

"别问了。"旁观者叹了一口气，"他妹子嫁到了交口村。"

所有人心里沉甸甸的。

亡国了。

受尽欺凌，生死不由己。

阿汉气鼓鼓地大步迈进篱笆，一屁股坐在院里的石凳上，冲着则尹嚷嚷："阿哥，不行了，我受不了了。我要当兵，打何侠这个贼子去！什么日子啊？粮食，哪来这么多粮食？养活了兵，我女人孩子怎么办？"

"阿汉，快闭嘴，别惹祸。"阳凤从屋里匆匆出来，责怪地瞥了阿汉一眼，轻声道，"何侠下了令，揭发一个有逆心的人就赏五两金子呢。你这样嚷嚷，小心被人告上去。"

"粮食被抢了，屋子也被搜了，连刚长大的鸡也没了，我还怕什么？"阿汉愣头愣脑道，"我不怕死。"

"那你老婆孩子呢？"

"我……"阿汉喉咙哽了哽，到底还是垮下了肩膀，"想活有什么用？根本不让人过日子……"声音弱了下来。

院中一阵让人窒息的沉默。则尹一直不作声，默默擦拭着手中的锄头，仿佛那不是一把锄头，而是当年配在上将军腰间的宝剑。

魏霆忍不住走过来，低声道："这样下去，真会被活活逼死，倒不如……"

"不如什么？北漠军已被打散，谁可以对抗何侠的大军？"

"难道我们真要当亡国奴，让子孙都受这样的欺凌？"魏霆加重了语气，压着嗓门，"以上将军的名望，此时出山，定一呼百应。"

魏霆的话似乎唤起了昔日的壮志，则尹眼眸骤然亮了亮，他浑身颤抖了一下，方正的脸绷得紧紧的，神采在两颊流星似的掠过，渐渐地，又黯淡下来。

假如出山，确实会有不少热血的北漠子民跟随他。但这样聚集起来的力量，即使再翻个倍，也绝不是何侠大军的对手。

他对抗的不是别人，而是何侠。

他见识过楚北捷的厉害，对于与楚北捷齐名的何侠，即使自己的兵力与对手相当，他也没有多少胜算。

何况兵力悬殊？

屠杀，何侠带给那些不甘被压迫的北漠子民的，只有屠杀，那会是一场比周晴大战更悲凉的屠杀。

"上将军……"

"不要再说了。"则尹放下锄头，"带上水和阳凤煮好的饭，该下田了。"

远方的消息在乌云下隐晦地传到偏僻的乡村里，流传于窃窃私语和惊惧的目光中。

大王唯一的兄弟、北漠的中谈王爷号召北漠逃散的士兵集合起来，反抗何侠，不到十天就聚集了三万人。但声势浩大的义军被何侠手下大将在北漠都城郊外三十里的地方击溃，中谈王爷被活捉，处以凌迟酷刑。

而一路败退的东林军聚集所有兵力，再度与云常大军交战，企图一鼓作气抗击何侠。但何侠略施小计，在山谷中设下伏兵，让东林军再次遭到重创，尸骸遍地，鲜血染红了东林的复闸河。

归乐岌岌可危，云常大军终于逼近归乐都城。归乐王恐怕会递交降书。一度与归乐王对峙的大将军乐震，见情势不对，立即领军避过云常大军锋芒，向归乐边境逃亡。

一条又一条消息，都在述说着何侠的胜利和云常军的辉煌。重重光环笼罩下，是被军队补给压榨得苟延残喘的亡国百姓。

先是粮食，然后是每户必须上交三斤铁器，以供应军队打造兵器需要的原料。

集市一片萧条，铁器店大门紧关。

村民们忧心忡忡。

"三斤铁，难道家里烧饭的锅子也要交上去？我不交！"

"不交，你要像老罗一样？"

村子里最拮据的老罗交不出粮食，如今，干瘦的头颅被高高挂在了村口。他病了多年的老婆，第二天在屋梁上挂了绳子，吊死了。

大家不作声，都觉得喘不过气来。

"交了锅子，怎么煮饭？"

"你是要命还是要锅？"

"交了锅子也不够啊。"

老里长昏黄的眼眸看着相处多年的乡亲，嚅动着干裂的唇："那就把锄头也交上去……"

"那何侠……就这么不讲理？"

"他手上有大军。"

"我们北漠的军呢？"

"输了。没人打得过何侠。"

"天下那么大，真没有人打得过他？这是什么世道！"

"我听说有一个……"人群里飘出一句怯怯的话。

众人绝望的眼睛猛然睁大，目光集中到说话者身上。

"谁？"

只听过只言片语的村民苦思冥想："好像叫什么北王，什么楚什么……"

"那他人在哪？"

"这……我就不知道了……"

众人一片失望，刚刚有了点光彩的眼眸又黯淡下去，或蹲或倚着墙角，默默发呆。

今天要三斤铁，明天又要什么呢？

砸了锅，加上一把用惯了的锄头，总算交够了官兵要的铁。艳阳似乎没有发觉它眼皮底下人们的忧愤抑郁，依然精神奕奕地照耀着大地。

则尹在田里汗流浃背地挥舞着锄头，这是家里剩下的最后一把锄头。

大王死了，国亡了。

官兵来来往往，肆意地策马踏过他们辛苦耕种的田地。则尹的心仿佛被石头压着，石头很重，活生生要把这颗心压裂了，压得流血。

他曾是上将军，他曾手握北漠最高兵权，领着斗志昂扬的军队，自豪地展示

464

北漠的军威，他曾发誓保卫他的大王和北漠的百姓。

可如今，大王已死，北漠百姓却被践踏在侵人者的马蹄下。

若对手不是何侠，若不顾虑妻儿，他是否还会在这里默默挥动着锄头，让那些暴戾的官兵夺去他辛苦劳作的成果？

阳凤每晚都用担忧的眼神睐着他。只有看见庆儿，还有长笑，两个不知忧愁的小家伙，则尹才会觉得心上的石头稍微轻了一点。

但只要一转身，石头又沉甸甸地压了上来，几乎让人窒息。

"阿哥！阿哥！"

则尹闻声抬起头，黄豆大的汗水淌得满脸都是。

阿汉喘着气从小路上跑过来："阿哥，不好了！魏老弟和官兵拗起来了！"

则尹一震，扔下锄头跑上田边："在哪？"

"在村外的山坡上，挨着大草地的地方。"

不等阿汉说完，则尹转身就朝村口跑。

魏霆，他了解魏霆。

那个脾气暴躁的汉子，从前在军中连上级将领的脸色也不看，就知道冲锋陷阵，咬着牙打仗，宁折不曲的臭性子。

特意要他去大草地，就是为了不让他在村里接二连三听见何侠一道又一道逼死人的军令。怎么偏偏又和云常兵碰上了？

一路狂奔着到了山坡，则尹瞳孔一缩，目光停在一片草地上。草地上一片凌乱，不知被多少人践踏过。殷红的血迹，延续到山坡的另一边。

"魏霆！"则尹叫着，转过山坡。

魏霆躺在山坡下，仿佛是一路滚下去的，草地上血淋淋一条轨迹。则尹冲了过去，半蹲下，把他轻轻扶起："魏霆，你怎么样？"

"他……他们……"魏霆头脸都是肿的，身上伤口冒着血，不知是刀口还是矛伤，"抢了马……还有……羊……我……"

"别说话，别动。"则尹沉声说，"我知道了。"

阳凤和娉婷被则尹抱回的魏霆吓了一跳，奶娘赶紧将两个孩子带到别的屋里，两个女人则七手八脚地为魏霆包扎伤口。

"马和羊……都……"

"别说话了。"阳凤柔声叮嘱挣扎着说话的魏霆，叹了一声，"抢了东西也就算了，为什么把人打成这样？"

则尹道："他活着，已经算不错了。"

魏霆与他们一同隐居，如同家人一样，现在却成了这副模样。为魏霆包扎好了

伤口，留他在床上休息。其他人出了房门，都若有所思。粮食上交后剩得不多，阳凤熬了一碗粥给魏霆，其他人都吃山芋当晚饭。

忙了一天，终于可以休息了，但阳凤躺在床上，怎么也睡不着，看了看身边沉睡的则尹，她起身下了床。

初秋，晚风极舒服。她走到小屋前，却瞥见一道寂寞的人影，在小院中静静迎风而立。

"娉婷？"

娉婷缓缓地转身。

月光下，阳凤看见她正用手摩挲的东西，那把原本挂在墙上的神威宝剑，正安静地躺在娉婷怀里。

阳凤走到她的身边。

"你也睡不着？"

"那个人，真的不知踪迹了？"

时光凝聚成一点，亮点幻化为光圈，重重光圈内，出现的还是同一张脸。

英气、硬朗、霸道、傲然……

攻归乐，他一招以退为进，毁了赫赫扬扬百年不衰的敬安王府；攻北漠，他在堪布城下，只凭三招杀得北漠众将心惊胆战，从此听见他的名字，就像遇了噩梦；攻云常，他让云常全国震动，上至公主，下至百姓，人人惶恐不安。

东林镇北王，楚北捷。

这位东林王位的继承人，这位天下敬畏的沙场名将，各国君主深深忌惮的男人，竟在云常军荼毒天下的时候，消失了踪迹。

"娉婷，这些事，你懂得比我多。我只想知道，难道天下就没有人能阻止何侠了吗？"

"少爷……唉，何侠……"娉婷深深叹气，苦笑道，"可以阻止他的，天下恐怕只有一个人，你心里也明白他是谁。阳凤，我是否应该……"

"不！"阳凤仓促打断娉婷的话，满脸惊惶，连连摇头，仿佛正陷入一个曾经经历过的噩梦，好一会儿，才镇定下来，垂下头，幽幽道，"你不要问我。这和当日堪布城危有什么两样？我错了一次，绝不要错第二次。娉婷，我发过誓，无论发生什么，都不会求你出山。况且，他已经失踪很久了，就算你出去，又上哪儿找他？"

娉婷听了，久久不语，捧着神威宝剑，转身进了屋里。长笑在摇篮里睡得正香，月光温柔地洒在他的小脸上，印出漂亮帅气的轮廓，宛如从他父亲的模子里出来似的。

娉婷瞅着儿子，微笑着喃喃道："长笑，长笑，你知道娘为什么要给你取名长笑吗？娘希望你这张小脸总是笑呵呵的，每天都有让你高兴的事。

"儿啊，愿你日后不要遇上聪明的女人。

"太聪明的女人，总有一个地方很笨。心里打了结，自己怎么也解不开。

"她若不喜欢你，你会难过；她若太喜欢你，那你们俩都会难过。"


云常，且柔城。

"你骗我！"

"我骗你什么？"

"你说会帮我送信给师傅的。番蘦，你这个骗子！"

番蘦轻易抓住醉菊擂打自己胸膛的玉手，皱眉道："说多少次你才明白？东林现在乱成一锅粥，到处都是流窜的败兵和逃亡的百姓，连东林王后都不知道躲到哪里去了。送信的人根本找不到你师傅……还打？你还敢打？喂，我还手啦！"

他最近诸事不顺，丞相死后，何侠那边的官员百般挑剔他们这些被丞相提拔起来的外官。

一会儿要粮饷，一会儿又说送过去的奏报不清楚，明摆着要给他这个城守颜色看。

这一边，醉菊知道东林战乱，忧心忡忡，整天吵闹不休。

"骗子！"醉菊被他扼住了双腕，只好用乌溜溜的大眼睛瞪他。

"我什么时候骗过你？"番蘦没好气地问。

"你哪次对我说过真话？"

番蘦不满，脸色沉下来："我当然有对你说过真话。"

醉菊双腕被他抓得难受，挣又挣不脱，俏脸气得染了红晕，仰起头质问："真话？哼，什么时候？"

番蘦认真想了想，答道："我当初和你说过一句话——传言都说你长得不美，我看倒也不差嘛。嗯，这句绝对是真的。"

醉菊微愕，脸上气出来的红晕迅速蔓延，很快就过了耳后，连脖子都是热的。她安静下来，才发现自己几乎靠进了番蘦怀里，咬着下唇，羞道："喂，快放开我啦。"

"谁是喂？"

醉菊狠狠睨他一眼，见他嘴角一翘，不知道他又想出什么坏主意，倒有些怕了，只好不甘心地道："城守大人，放开我的手啦。"

番蘦得意地笑起来，这才松了手劲。醉菊把手缩回来，一看，手腕通红，那可恨的男人手劲真不小。含怨瞥他一眼，坐回床边，想起也许正在难民中蹒跚的师傅，

又担心又心痛，眼睛红了一圈。

番麓见她低着头不作声，完全没有平日那般泼辣活泼，也觉得无趣，走过来挨着她坐下："我会派人再送信过去，希望他们可以找到你师傅。"

醉菊挪了挪身子："别靠那么近。"声音像蚊子一样轻。

"你说什么？"番麓一边大声问，一边又蹭了过去，这次挨得更紧了。

醉菊猛然站起来，跺脚道："你这人……男女授受不亲，你不懂吗？"

"你这女人！"番麓站起来，比她高了一截，居高临下道，"女人都是口是心非的，你不懂吗？"

"谁口是心非？"

"你！我靠过来，你心里挺高兴的，怎么嘴里就说不喜欢？"

"我……我……"醉菊气得几乎哭出来，不断跺脚，"我什么时候高兴了？人家正担心师傅，你还来欺负人……早知道就让你死在松森山脉，让狼咬你的肚子，吃你的肠子……"

说到一半，庞大的阴影已经覆到眼前，惊得醉菊蓦然闭嘴，踉跄后退一步，不料腰间却忽然被什么紧紧搂住了。

红唇被番麓的舌轻轻掠过，一片火热，几乎快烧起来了。

"啊……"醉菊大惊失色，眼睛瞪得比任何时候都圆，直直看着番麓可恶的笑脸。

番麓松了手，笑嘻嘻道："今晚别想着你的师傅了，想着我吧。"手在僵化的醉菊眼前扬了扬，便转身离开处理公务去了。


阳凤走进屋里，床上已经空了，不见则尹的踪迹。她心中微微一动，轻轻走到旁边的小房里，探头一看，则尹正弯腰在堆得老高的杂物里翻找东西。

"找什么呢？"她低声问。

则尹僵住了，好半天才缓缓直起腰，转过身来。月光下，阳凤看清楚了他的眼睛。

那是一双充满神采的眼睛。

当这双眼睛显出这般神采时，它的主人一定下了一个重要的决定。

一个不可更改的决定。

阳凤记得，那一年则尹作为北漠王的使者拜访归乐，就在何肃王子府里，她隔帘弹了一曲后，举起纤纤玉手，掀开了那么一点点帘子，在那一瞬间看见的，就是这双很有神采的眼睛。

阳凤的心，像被撞了一下。

事后，则尹告诉她，就在那个时候，他已经决定，就算得罪所有归乐王族，也要把她娶到手。

他长得不英俊，比起小敬安王来，少了三分风流俊逸。可他黑而亮的眼睛，仿佛把什么都不看在眼里，仿佛天下没有什么事能让他犹豫。

"夫君，在找什么？"阳凤再次轻声地问，心中的一点点假设带着惊疑的萌芽，她小心地靠近，看清楚了则尹的脸色。

"没找什么。"则尹坚定的眼神，在面对阳凤的直视时闪躲了一下。

在阳凤的凝视下，他把粗糙的掌，悄悄地握成了拳。

阳凤静静眺着他，目光似乎穿透了他的肺腑，洞悉了他心中的一切秘密。

他们已经做了多年的夫妻，从归乐王身边私逃，来到北漠，归隐，出山，堪布之战，再归隐……

一路一路，漫长走来，现在有了庆儿。他们原以为许下归隐相守的诺言，真的可以谨守。

一个归乐名琴，一个北漠上将军，昔日荣华，都遥寄于乱世风雨中。

只在今夜月下这么一对望，仿佛许多的日子，都浓缩成了短短一瞬，都明白过来了。

"左边的箱子。"阳凤幽幽道。

"嗯？"

"你的剑，就放在左边的箱子里。"

看着娇柔的妻子，则尹的眼眶，骤然热了起来。

"阳凤……"

纤纤五指遮住了他的嘴，阳凤仔细端详着他，仿佛看一辈子也看不够，仿佛从来没有好好看清楚他的模样。

"真好，庆儿长得像你。他爹爹……是个英雄呢。"阳凤偎依进夫君温暖的胸膛里，竭力感受着他的气息，终于狠了狠心，直起腰肢背过身，"我会在这里等你。"

她咬着牙，跨出小房。回屋挨着床坐下，两脚似乎已经完全找不到知觉了。她也不困，痴痴坐着，就那么在夜色下，石化了一般，痴痴坐着。


隐隐听见屋外脚步声，声音越去越远，每步都踏在她不安的心上，直到听不见了，许多往日的景象开始在脑子里浮现。阳凤静坐着，月儿悠然地下去，太阳缓缓爬上来，橙红色的光照出她一脸的泪痕。

"阳凤，该起来了。"娉婷掀开门帘，看见阳凤的背影，愣了一愣，转头瞧瞧空空的床，"则尹呢？"她的声音骤然低下来。

"他走了。"

"走了？"娉婷走近，阳凤的表情证实了她的猜测。

"天啊……"娉婷倒吸一口凉气,"你怎么不拦着他?你不是要他发誓陪着你隐居吗?你不是不要他再管这些事吗?"

阳凤侧过脸来看她,失魂落魄似的,仔细盯着娉婷瞧了一会儿,似乎清醒了点,反而淡淡笑起来:"我从前不喜欢他打仗杀人,是因为那都是别人的心思。为了权势,为了保住王位,北漠王只当他是个杀人的工具、会拿剑的泥偶。可现在,让他拿起剑的,是他自己。"清晨的微风拂过阳凤的脸,吹动她额前温柔的刘海。

"这是他自己想做的事,没人逼、没人求,他心甘情愿的。我不能拦着他。"

她说得含糊,娉婷却明白了,叹道:"那你和庆儿怎么办?"

"我和庆儿会好好活着,像他父亲一样,照自己想的样子活着。"阳凤朝娉婷露齿一笑,刹那间美得惊心动魄。

外面传来笑闹声,两个小的一起醒了,奶娘赶来,一手抱起一个,去喂稀粥。

娉婷陪了阳凤半日,站起来默默出了房门。太阳底下,长笑和则庆欢快地在稻草堆里钻来钻去,咯咯笑个不停。

"爹……爹……"到了晚上,则庆仰头到处找那熟悉的身影。

阳凤一把搂住他,轻声道:"庆儿啊,爹要去做一件他很想做的事。你会好一阵子见不到爹呢。"

则庆老成地点点头,其实什么都不明白,不一会儿,又开始翻箱倒柜,想把藏起来的爹爹找出来。长笑不知从哪里蹿了出来,也一块帮忙。

严苛的军令一道又一道地下来。家里的米缸渐渐见底,再过十来天,恐怕连孩子们也吃不上稀粥了。

魏霆躺在床上无法动弹,知道则尹走了,用力地点了点头,没再说什么。

如此过了几天,云常大军的举动忽然异常起来,上头的命令连续来了几道,说要缉拿北漠残兵,抓到一个就有不少赏金。同样,胆敢窝藏的会被株连。

官兵匆匆来,匆匆去,每来一次,村中都鸡飞狗跳,人人惶恐不安。

阳凤和娉婷,都为则尹担心起来。

# 第五十一章

占领了东林都城后，何侠一方面派兵追捕东林残余的王族和将领，另一方面，下达了焚烧东林王宫的命令。

在云常兵的火把挥舞下，东林的都城被浓烟笼罩，火焰在王宫上方吞吐着火舌，烧红了半边天空。

"王宫……王宫啊！"留在都城中的东林百姓仰头，在熊熊火光和利刃下，泪流满面。

何侠这一道残暴的命令并非只为泄愤。庞大的军队耗费巨大，要控制任何国家从未拥有过的广阔疆土，必须速战速决。

毁灭一个国家，必须先毁灭国民的信心和希望。

当矗立百年的辉煌的东林王宫被云常兵一把火烧成一片平地时，对东林尚存一丝希望的百姓的信心开始瓦解。

百年来东林王族的象征在火中消逝，这对所有东林子民来说，就像一记重拳打在已经不堪重负的心上。

曾经保护他们的强大的镇北王不知踪迹，他们的希望，又能寄托在谁身上？

这个不幸的消息，像长了翅膀一样飞遍东林的每一个角落，使陷于困境的东林人更为绝望。

"大王，我该怎么办？"听罢远方传来的消息，东林王后屏退禀报的士兵，颓然坐下。

东林国土已经失了大半，百姓流离失所，王宫化为灰烬。

曾经显赫一时的东林，怎会到了这种境地？

大将军臣牟战死沙场，楚漠然和罗尚拼死护着她离开都城，身后杀声震天，士兵们的热血飞溅在她的华服上。

她到这个时候才真正明白，为何镇北王这样的名将会被天下人视为千金不易的珍宝，为何当东林将士提起镇北王时，脸上会流露出得意的表情。

　　她不再是安居深宫的贵妇，如今，她只能穿着粗糙的衣服，洗尽铅华，被所剩不多的东林将士保护着，藏在偏僻的荒地或森林里，躲避云常军的追捕。

　　在沉沉的黑暗和对未来的不安中，王后常常回忆起从前。
　　那时候东林多强大，有四国中最善战的军队，有大王，有镇北王。
　　一切的不幸，究竟是从哪里开始的？
　　"白娉婷……"王后口里，低沉缓慢地吐出这个令任何人都无法释怀的名字。
　　当初白娉婷介入东林和北漠的大战，使何侠有机可乘。
　　那天下闻名的小敬安王，后来的云常驸马，当他与北漠王合谋毒杀她两个幼小的儿子时，已为东林今日的不幸埋下了伏笔。
　　东林两位王子的死使楚北捷和白娉婷互疑，又使他们彼此爱得更深。
　　当他们爱得更深时，云常北漠的大军来了。
　　王后心寒，这些连环毒计，都是那个摧毁她故乡的云常驸马想出来的……
　　一步一步，让楚北捷失去了白娉婷，让东林失去了楚北捷，最后，在地图上抹去东林的痕迹……
　　"娘娘！娘娘！"惊呼声随着急促的脚步声传来，简单的门帘被霍然拉开，露出罗尚紧张万分的脸，"前面发现云常大军的踪迹，好像是朝这边来的。娘娘，我们要立即撤离。快！快！"他喘着气说。
　　又来了？
　　精疲力竭的感觉覆盖了王后，但她不能被捕，她是王后，如今东林王室的象征。
　　王后咬着牙，缓缓站起来。
　　"马匹已经备好。娘娘请立即上马，漠然会带人阻挡一阵，再赶来与我们会合。"
　　王后上马。
　　远方火光冲天，云常铁骑正气势汹汹追击而来。
　　罗尚众兵拥着她，策马扬鞭，夜逃疾奔。
　　白娉婷啊，如果你在天有灵，睁开眼睛看看这乱世吧。
　　你所遭遇的不幸，我愿意，用我十世轮回的不幸来偿。
　　但请你大发慈悲，为了无辜的百姓，将镇北王还给我们吧。
　　他已经是这天下，唯一的希望。

　　北漠偏僻的小村庄，今日弥漫着与往日不同的隐晦诡异气氛。
　　"听书吗？"
　　"听书？"

"村外……山坡下……小道上……来了一个说书的。"

大家都在窃窃私语，不时小心翼翼地观察周围，仿佛怕拿着剑的云常兵忽然从地底冒出来。

所有人的神色都藏着秘密，隐隐知道那不是寻常取乐的说书，隐隐充满了期待，忍不住要去听一听。

这让人窒息的乱世，人们太需要哪怕一丁点期待了。


傍晚，山坡下出现了人影，开始是单独的，一个，一个，探头探脑小心地走来，渐渐地，也有三三两两一起来的。

来的人脸上都带着畏惧，生恐被人发现，但猛然瞧见同路的熟人，眼里便冒出一丝惊喜的亮光，彼此用目光鼓励着。

聚集到那一小块被遮挡了月光的黑沉沉的草地时，依稀能看出，来的不但有年轻男人，还有女人。

"呵，别挤呀。"

"阿汉，你也来了？"压低的声音，是熟悉的同村人。

黑暗中传来阿汉憨憨的笑声："那当然，我媳妇也来了。"

有人嘘了一声："别吵，说书了……"

顿时安静下来。

这是一场奇特的说书。说书人坐在草地上，昏暗的光线只让人大概瞧见他身体的轮廓，听书的人紧张地等待着，却没有人开口说一个字。

说书人清清嗓子，声音低沉，抑扬顿挫，虽不悦耳，却有一种鼓动人心的力量。

"各位乡亲，我今天要给大家说一回书。我要先说一句，这书就发生在不久以前，是一件真事。那些凶狠的云常人不想让天下知道，但我们这些没了家园的北漠说书人偏偏听说了。我们把它编成故事，四方去说。我知道，这些日子，每天都有说书人被杀头，但说书人是杀不完的，一个人说给了十个人听，十个人就会说给一百个人听。我不怕死，我和那些被杀了头的说书人一样，只想让所有北漠人都知道有这么一个故事……"

黑暗中，说书人顿了顿，似乎在整理思路。

不知为何，所有听书人这时候都不自禁地屏住了呼吸，似乎已知道下面将要听到一些惊心动魄的事。

"我们的苦日子，是一个大魔头带来的。这个大魔头叫何侠，他从前是归乐的小敬安王，后来成了云常的驸马。就是他，在筵席上毒杀了我们的大王，逼我们交粮食，抢走我们的马和牛、羊，屠杀我们的亲人。我们的若韩上将军，领了北漠大

军抗击他，但打输了。何侠打垮了我们北漠的大军，就像打断了我们北漠人的脊梁骨一样啊……"

说到如今的惨况，人人心有戚戚焉，又悲又恨，纷纷难过地垂下头。

说书人语调悲愤，停了一停，却忽然换了一种振奋的口气道："可你们还记得，我们的则尹上将军吗？他当初隐居的时候，东林的楚北捷来了，他便出山，把楚北捷打回家去了。这次何侠侵犯我们北漠，则尹上将军怎会坐视不管？乡亲们啊，上将军又出山了！"

人群中一阵小小骚动，似乎每个人都被希望迎面冲撞了一下，眼前浓重的黑暗淡了一点。

"上将军，我们还是有上将军的……"

"上将军，他在哪？在哪？"

"别吵，听我说完。"说书人一开腔，四周又安静下去，人人聚精会神地听着，"则尹上将军是很会带兵的将领，他知道，以北漠目前的军力是打不过云常的，两军对峙的大战只会害死北漠所剩不多的好战士。上将军不能这么做。"

"于是，他告别了家人，离开了隐居的地方。他知道，何侠是云常军的主帅，没有了何侠，云常军就垮了。上将军思考了很久，最后决定，单枪匹马向何侠下战书。"

人群中发出一声"啊"的惊呼，似是女子的声音。

众人都急着往下听，阿汉却忍不住道："何侠手上那么多兵，一起涌上来，我们上将军一定会吃亏呀。"

说书人道："不会。何侠虽然是个魔头，但也是天下少见的枭雄、有名的剑术高手。上将军送战书的时候，故意让云常的将领们都知道了消息，如果何侠不敢迎战，或者动手脚，是会被将领们瞧不起的。而上将军就是看准了何侠心高气傲这一点。"

"我们上将军……打得过何侠吗？"黑暗中，有人紧张地问。

说书人叹了一声，他的叹气，让所有人的心悬了起来。

"不容易啊。上将军剑术很高，何侠剑术也很高，如果说胜负，也许何侠的胜算更大一点。"

"那，那……没胜算，为什么上将军还要挑战啊？这不是送死吗？"

"是啊……是送死。"说书人又叹了一声，沉声道，"大概也有人这样问过上将军吧。上将军当时说：万一侥幸杀了何侠，那是北漠的幸运。但，即使杀不了何侠而送了自己的性命，他也是死得其所。唉……唉……英雄啊，我们北漠有自己的英雄啊……"

他摇着头感叹了好一会儿，众人关切则尹生死，心急如焚："老人家，你就快说吧，他们那一战到底怎样了？"

"输了。"说书人吐出两个字，所有人的心都往下一坠。

说书人叹道："当日，上将军孤身匹马，持剑而来。何侠应战，四周围满了云常将领和士兵，为何侠呐喊助威。上将军明白，即使他杀了何侠，也活不过今天。两个都是当世高手，剑光霍霍，互不相让，缠斗百招，何侠到底剑术高超，瞅准一个空当，挺剑一刺，刺中了上将军的腹部……"

"啊！"

"天啊……"

人群中惊呼阵阵，都觉得被何侠一剑刺中的那个就是自己。

说书人不管人群中的骚动，沉浸在那一幕将被永世流传的悲壮中："上将军本来可以挡住那一剑的，但当何侠的剑刺过来时，他没有回剑抵挡，而是不顾生死地挥剑，直砍何侠咽喉。何侠也算厉害，这样也可以低头避开，但我们上将军拼死的一剑又岂是好避的？那一剑虽没有砍下何侠的脑袋，却刺伤了他的右肩。"

说书人又顿了一顿，似乎在回味那惊心动魄的场面，缓缓而低沉地继续："上将军腹部中了一剑，掉下马来。何侠坐在马上，肩膀上血流如注。北漠人啊，你们真应该瞧瞧何侠当时的脸色，真的应该瞧瞧啊。云常的将领见主帅受了伤，大惊失色，赶紧上前要为他包扎，何侠摆手制止了，低头问我们的上将军：这样做值得吗？你们可知道，上将军怎么回答他吗？"他停了下来。

听书众人一阵沉默，感觉呼吸都不属于自己，仿佛自己就站在决斗之地，看着何侠骑在马上居高临下，而他们的上将军则尹虽身负重伤倒在地上，却始终勇毅傲气。

好一会儿，终于有人低声问："老人家，上将军是怎么回答何侠的？"

说书人的脸在黑暗中动了动，似乎在淡淡地微笑，又感叹又钦佩地道："上将军仰起头，对何侠笑着说：值得。因为从现在开始，所有的北漠人都会知道何侠并不可怕，何侠也会流血，何侠也会受伤。终有一天，何侠也会失败。"

说书人咬字极清楚，每一个音缓和而沉重，进了每个人的耳朵，进了每个人的脑子，融进每个人的热血里。

"我的故事很短，讲到这里就完了。让我喝一口水吧，我还要赶路，到下一个村庄。"他摸索到脚边的水罐，递到嘴边喝了一口，又道，"这个故事，我也是听别人说的，别人也是听别人说的。不知道是怎么传出来的，但我们都知道，这是真的。只要大伙听了这个故事，记在心里，那上将军的血，就流得值了。别忘了，我们还有若韩上将军呢。虽然现在不知道他在哪，但迟早，他会和则尹上将军一样，出来对抗何侠的。"他艰难地从地上站起来，挂起拐杖。

"老人家……"有人叫住他，"那则尹上将军后来怎样了？何侠杀了他吗？"

说书人摇摇头："谁知道呢？这个故事一人传一人，我听到多少，就告诉你们多少。"又继续往前走。

黑暗中，村民们目送着这个蹒跚的老人离去，眸光若无数点燃的小小火把。

从现在开始，所有的北漠人都会知道何侠并不可怕。

何侠也会流血。

何侠也会受伤。

终有一天，何侠也会失败。

"若韩上将军，还会出来领兵吧？"

"我们打得过何侠？他可是天下名将。"

"打不过又怎样？"

众人心里仿佛都藏了一团火苗，三三两两散去，余下两个纤柔的身影，静静站在原处。

"阳凤……"

"他还活着。"阳凤默然站了半天，一字一顿，"他一定还活着，活着等着看何侠再一次流血、受伤，活着看何侠失败。"一句话间，泪珠已经无声无息坠了七八滴。

娉婷伸手过来，握着阳凤冰冷颤抖的手。

她没有开口。

她无力安慰，无法安慰，这也是因为，阳凤比她更坚强，更懂得则尹，也更懂得爱。

天下两大名将，一属云常，一属东林。

但北漠并非一无所有。

北漠有英雄，有好汉，有热血男儿，铮铮铁骨。

不仅则尹一个，还有许多许多，平凡的北漠人。


第二天，消息传来，在村庄前面十五里，发现了说书人被乱剑砍碎的尸体，白发苍苍的头颅，被云常士兵悬挂在树干上，警告所有散布谣言的北漠人。

阿汉和村里几个年轻的男人，趁着夜深将他的头颅偷了回来，悄悄安葬在村外的山坡上。

没有墓碑，只有一抔黄土，但有不少人，自发地去拜祭这位不知名的说书人。

包括娉婷和阳凤，带着她们幼小的孩子。

这是丰收的秋天，硕果累累，马壮羊肥。

天下苍生，在惶惶不安中，不幸见识了杀戮、暴政、压迫，也有幸见识了热血和英魂。

拜祭回来后，娉婷没有犹豫地走进屋里，一把取下墙上的神威宝剑。

"我不要你为了我出山。"阳凤伸手过来拦着她，眼眶红得仿佛要滴下血来，目光却分外坚毅，"娉婷，别为了别人，逼自己做不愿意做的事。"

"我不是为了你。我是为了自己。"娉婷持剑入怀，缓缓转头，眸中流光四溢，一字一顿道，"我要放弃那些愚蠢的幽怨，去找回我心爱的男人、我孩子的父亲。我要他疼爱我，保护我，让我和我的孩子，永远不会再受这样的欺辱和凌虐，永远不必再目睹这样的惨事。"

优美的唇微微扬起，逸出一个自信艳丽的笑容。

"阳凤，和则尹一样，这件事也是我心甘情愿做的，是我自己的心愿。"

她找来了阿汉："大个子，你家不是还藏着一匹马吗？把它借给我好吗？"

"大姑娘，你要马做什么？"

娉婷怀里捧着宝剑，柔柔笑道："我要去找一个人，一个可以打败何侠的男人。这路途可能很遥远，所以我要借你的马。还有，请你帮助阳凤，照顾我的长笑。"

阳凤看着好友柔弱的身影，忍住心中剧痛，暗中抹去脸上泪珠，强作从容，道："兵荒马乱，你孤身一人，上哪去找那个已经失踪多时的镇北王？"

"别担心。"娉婷晶眸妙转，用她动听的声音，坚定地道，"只要他还活着，我就会找到他。"


云常都城中的百姓，以盛大的仪式欢迎他们满载荣耀归来的驸马爷。

何侠骑在高头大马上，一路接受着众人的欢呼，飞照行扯动缰绳，策马跟了上去，他不敢与何侠并肩，落后何侠半个马身，低声问："驸马爷，入城之后，先去王宫吗？"

何侠摇头，冷冷道："何须先去王宫，冬灼正在驸马府等着我们。"

入了驸马府，冬灼果然等在里面。何侠势力如日中天，冬灼也跟着水涨船高，几乎掌管了云常都城里面的大小事务。

何侠、飞照行、冬灼三人入了书房，这次会谈没有任何云常官员，说话也没什么忌惮。

何侠问："云常的官员们怎么说？"

"云常的官员暂时还安稳，不过他们依旧很感念云常王族。"一直留在云常都城监察情况的冬灼，对于各官员的动态了如指掌。

飞照行道："要让小敬安王登上大王之位，是违反云常律法的。因为不管小敬

安王立下多少功劳，身上却不可能有云常王族的血统。"

冬灼道："我试探了都城里几个德高望重的大臣，看他们的态度，对于建立新国，推举新王，都不大赞成。"

何侠脸色不悦，冷笑道："识时务者为俊杰。数十万大军在我手里，他们敢与我为难，莫非想重蹈贵常青的覆辙？"

"军队中的将领也受过云常王室深恩，恐怕不会支持小敬安王的做法。"飞照行又宽慰道，"此事其实也不难，都是一些人的愚忠脑筋作怪。只要云常王室消失，他们无所依靠，便会立即归附到小敬安王羽下。那时候，没有人会反对新王登基，国名国号，也可以重拟。"

冬灼听飞照行意思，竟是要对公主下手。冬灼对云常王室没有多少感情，但耀天公主对何侠一向不薄，杀她未免不义，他脸色微变，沉声道："公主已经被软禁在宫中，不会再对我们造成任何威胁，何必赶尽杀绝？再说，她肚子里已经有了少爷的骨肉。"

飞照行看透了归乐权贵之间的明争暗斗，深悉内幕，是个只讲实际利益的男人，进言道："只要有女人，何愁没有子嗣？现在小敬安王看似风光，其实脚下基石不稳，只有尽早确立名号，正式登上王位……"

"照行……"何侠一直负手站在窗边，此刻开口，沉声道，"先不忙争辩。你刚刚回来，先下去休息吧。"

飞照行微愕，看了脸色不好的冬灼一眼，识趣地道："照行先告退。"

等飞照行出了书房，何侠幽幽叹了一口气，才道："冬灼，你自幼跟随我，有话就说吧。"

何侠大军四处出征，冬灼虽然留在都城，但对云常大军的所作所为都有耳闻，早有一肚子话想等何侠回城，痛快地吐出来。但此刻被何侠一问，冬灼心里却滞了一滞。

他从小在敬安王府长大，眼看着少爷从天之骄子沦落为四处逃亡的钦犯；眼看着少爷精心谋划当上了云常驸马，却被云常朝廷中的顽固势力压得抬不起头，受尽怨气；又眼看着少爷一朝翻身，三尺青锋，尽屠仇家。

起起伏伏，跌跌撞撞，眼前这被万民景仰畏惧的天下名将经历过多少坎坷，冬灼最为清楚。

大概曾经吃过太多苦头，受够了气，何侠掌权之后，性情日益暴戾，手段之狠毒，连冬灼都深感心寒。

冬灼抬头看着何侠。

少爷的身影俊逸潇洒如初，但怎么看都觉得隔得越来越远，朦朦胧胧的，像两人间飘着不少白雾，活生生扯开了他们之间的距离。

"少爷……"冬灼话里微带央求，"得饶人处且饶人。贵家是罪有应得，可公主不同。难道少爷心里，对公主真的没有一点情分？"

何侠长身而立，听了冬灼的话，默然不语，初进门时的暴戾不悦一丝丝从俊美的脸上褪去，眼角处多了几分似曾相识的柔和。

这一刹那，他仿佛又是那个敬安王府中风流多情的何侠了。

"牵涉到政治和权力，还有地方能让情意容身？"身边只有一个最亲近的冬灼，一向战无不胜、志得意满的名将何侠，苦笑中带了一丝无力，"冬灼，你跟随我十几年了，我从前是这样无情无义的人吗？"

一人之下，万人之上，只是一个动人的幻影。

敬安王府手握兵权，家世显赫，但归乐王一声令下，顷刻土崩瓦解，家破人亡。

驸马又如何？耀天公主一个不懂军事的纤弱女子，竟可以不顾他苦心经营的努力，轻易阻止了迫在眉睫的东林云常大战。

而他，永远地失去了娉婷的笑容和琴声。归来时，只瞧见人去楼空，满院落寞。

教训，太多了……

何侠闭紧双目，将眸中的疲累和无奈掩盖起来。

# 第五十二章

铁蹄声惊破四国的天空，胜者耀武扬威，肆意杀伐；败者刀剑加身，死无全尸。

金银赏赐，酒酣舞热，各种穷奢极侈的挥霍享乐之下，是在兵荒马乱中无法求存的惶恐百姓和四处逃亡躲藏的各地义军。

暂时没有被战火侵蚀的，只有环境险恶到连云常军也觉得占之无用的茂密森林——北漠边境处，延绵百里，树木茂密至阳光无法穿透，无数恶兽毒虫终年在阴暗中潜伏的百里茂林。

即使是常年生活在附近的樵夫猎人，也只在林子边缘谋生，极少敢深入这片神秘莫测的大森林。

谁还记得，在这片茂密的森林中，有一处山峰。

典青峰。

山峰峻秀峭立，曾有一位统领千军的女子，坐在山腰的水源尽头，轻轻掬起一汪清水。

山水清澈，像她的明眸；山水清甜，如她的歌声。

她有名动天下的琴技，纤纤十指，却在堪布城危之际，被迫握紧了北漠的兵权。

那时，领着大军驻扎峰下，与她遥遥对峙的，是那天下名将——镇北王。

当日暗流涌动，杀机潜藏，阴谋诡计在这里轮流上演，最后，不过成全了她。

和他。

沧海桑田未至，前事似已不再。

谁又会明白，悬崖前那娇弱身影几乎纵身一跳的凄怆、再度对月起誓的毅然、同乘一骑耳鬓厮磨的甜蜜，还有，当云崖索道蓦然崩断时，他们人在空中，不惜一切的拥抱。

没。

没人明白。

"王爷为何要来？"

"为了你。"

别人不明白，有什么关系？风知道，云知道，低垂枝条的树，红熟落地的果，听了，瞧见了。

天上的明月，见证了。

"我们对月起誓，永不相负。"

爱你如斯，怎会相负？

怎能相负？


山谷下野果又熟，当日娉婷倚靠过的大树仍在。

引起天下轰动，而后销声匿迹的镇北王，就在这里。

他已忘记了一切。

忘记了东林、归乐、北漠、云常，忘记了兵权、王位，忘记了马上凯旋、万民欢呼敬仰的风光。

他只记得，他失去了什么。

"你害死了娉婷。你恨她，你把她送给了何侠，你让她孤零零地死在雪地里。"

红衰翠减，萧萧伤秋。

豪情壮志，似江水无语东流。

他不在乎世人嗤笑他的落魄颓废，他不在乎天下名将的威名。因为，他已经失去了娉婷。

娉婷，敬安王府的白娉婷。她的名字传遍天下，她的故事脍炙人口。

但只有他，才真正知道她是怎样一个女人，有怎么让人魂断神伤的美。

"故嗜兵，方成盛名……"

"故盛名，方不厌诈……"

他听过，世间最美的琴演奏的最美的歌。

"兵不厌诈……"

"兵不厌诈……"

琴声悦耳，似飞流瀑布，似山间小涧，又似云中飞鸟。

时光悠悠错身而过，思念无一刻停止，纵使他呼吸的是曾亲吻过娉婷青丝的山风，纵使他将自己深深藏在这片蕴含着回忆的深谷中。

他依然像第一天知道失去娉婷时那般痛苦。

楚北捷坐在树下，他不知道已经这样度过了多少日子，也不知道将这样继续过到何时。山谷中的野果四季结实，不必担心受饿，随手拿起放在嘴里咀嚼，果汁清甜的不少，偶尔有一两个苦涩不堪，倒和心中的痛楚十分相衬，也就无所谓地咽了

下去。

山风掠过，为林子带来几分寒意。

夕阳西下，留下几朵残红的云，藏在山的另一边，欲语还休。

楚北捷虽然失魂落魄，从小打熬的好筋骨却仍在，不惧冷风，也不惧夜深后会出来寻找食物的野兽，在树下坐到明月升起，想起娉婷，如被火焚烧的心撕裂般地痛起来。

他从树下站起来，缓缓向自己粗陋的小木屋走去。

每日都是一个简单的循环，就连楚北捷自己也从未想过，他会为了一个女子消磨壮志，自甘被山林所困。

楚北捷抬头，草草搭建的小木屋就在眼前，于山谷中孤零零伫立，了无生气，和它的主人一样。

此时回想，才知道和娉婷在一起的日子，那些听曲、观星、赏雪的日子，何等宝贵。

呀——木门无锁，应手而开，围绕门轴缓缓转出一个弧度，屋里简单的陈设如平日般一一映入眼底。

一抹不曾意料的色彩，却蓦然跳进楚北捷眼帘。

楚北捷站在门前，慢慢地，抬起了眼。那抹飘逸的色彩在眼眸深处缓慢地凝聚，宛如一点火花，燃亮了镇北王眸中深藏的锐利，让掩盖锋芒的厚尘消失殆尽。

屋中，多了一道背影。

纤柔、娴静，默立在屋内，仿佛有无尽的明亮盈盈透出来，渲染在四周，使那简单的一桌一椅、粗简的门窗，都沾上了明朗的色彩。

天下只有一人，仅用一个背影，便能这般精彩地拨动天地之弦。

楚北捷呆立在门外，眼中爆出精光，他看见了奇迹。

一生一世，不敢奢望的奇迹。

楚北捷发誓，他看见了这一生中，最美丽的景象。

娉婷，一定是娉婷……

除了娉婷，还有谁知道云崖索道下这片深谷中曾经经历的悲伤欢喜？

还有谁知道那一夜他们相偎相依，甜蜜溢散于空气？

还有谁，懂得这片茫茫野林藏着的往事？

娉婷，只有他的娉婷。

那曾经与他一同坠下云崖索道，一同在这个结满野果的深谷中哭过笑过相拥过的娉婷。

苍天见怜，芳魂仍在。

娉婷，娉婷，你终于肯来见我一面。

楚北捷猛然冲向前一步，又硬生生刹住脚，屏住了呼吸。

别，别惊吓了她。

若吓了她，说不定眼前丽影会顷刻化成烟，变成雾，随风去了。

于是，昔日盛名累累的镇北王，手足无措地停在原处，用炯炯目光贪婪地端详着他心爱的女子，唯恐发出惊扰美景的一点声息。

娉婷，你终于，终于，愿再与我相见。

我要向你忏悔，为我曾经带给你的任何一丝伤害。

我要用我的一切，我的生死，我的荣辱，为你补偿。

舍生忘死又何妨？只求别再让我失去你。

那是天下最残忍的惩罚。

楚北捷眼睛一眨也不敢眨地盯着那背影，往事一幕幕如排山倒海般涌来。

痛苦、悔恨，还有滔天的爱意，翻上心头，瞬间膨胀，几乎将胸膛胀破。这位沙场上最勇悍的将领再也控制不住自己，低声念出那个一直以来狠狠煎熬着他的名字："娉婷？"

是你？

是你吗？

明月又当空，是你仍记得我们的誓言，魂飞千里，前来看我？

屋中的背影动了动，姿态这般优美，宛如微风掠过初春娇嫩的萌芽，如此从容，如此温柔，如此真切的梦。

那张魂牵梦萦的脸，一寸一寸，缓缓呈现在眼前："王爷回来了？"

是娉婷，真是娉婷！

楚北捷蓄满热泪的黑眸，依稀看见笑靥如花。

浅笑的双颊苍白憔悴，但那一分绰约风姿仍在。

她来了。

在无数个思念撕裂心肺的痛苦日子后，她到底还是来了。

被消磨的意志和力量，仿佛正从脚下的泥土涌入身躯，蔓延至千脉百络，楚北捷几乎要当堂跪下，感谢这连绵百里的茂密森林。

它给了他一个奇迹，属于今生今世的奇迹。

他伫立，痴看，看他最心爱的女人，向他婀娜走来。

"王爷，娉婷请罪来了。"

圆润动听的声音，每字都如珍珠一般撒落玉盘，他本以为再也听不见了。

万水千山，岁月如烟，蒹葭何处？

眼前的娉婷这般真实，这样的美梦让人不愿醒来。

在沙场上杀得敌人胆战心寒的镇北王，竟没有勇气举起手轻轻一触，生怕指尖若触及，一切就成了泡影。

只能用深邃的眼眸凝视着她，激动得无法言语。

为何请罪？要乞求原谅的，不应该是我吗？

"娉婷犯了一个所有女人都会犯的错。"娉婷深深看着他，柔声道，"娉婷让深爱她的男人受苦了。"

她扬唇，逸出一丝苦笑："只是，娉婷也为王爷伤透了心呢。"

佳人近在眼前。

娉婷抿着唇，巧笑倩兮。

她笑得那般美，楚北捷终于忍不住，试探地伸出手，握住了娉婷的手腕。

掌心，触到了一片柔软温暖。

温暖？

楚北捷难以置信地看着眼前实在不似魂魄的娉婷，松了手掌，又再度小心地握紧她的玉手。

暖。

滑腻的肌肤很暖，暖得楚北捷隐忍已久的泪水，终于如珠般大颗大颗滴淌下来。

活着，她还活着？

不是魂魄，这是活生生的娉婷！

如获至宝的惊喜，撞得楚北捷狠狠一震。

"娉婷……娉婷，你还活着？"他张开臂膀，不顾一切地将娉婷紧紧拥入怀里。

这真切的感觉，令他泫然泪下。

娉婷乖巧地伏在他怀里，轻声道："娉婷并没有葬身狼口，让王爷担心了。王爷生气吗？"

"不，不。"楚北捷激动地摇头。

喜悦充斥了每一个毛孔。

生气什么？娉婷活着，她活着，她活着！

这是世上最幸福的事，还需要为了什么生气？

幸福在他四周欢呼雀跃。

感谢天地，感谢山川森林，感谢所有冥冥神灵，娉婷还活着！

楚北捷喃喃低语，虔诚恩谢赐予他奇迹的上天。

熟悉的、属于娉婷的香味飘入鼻尖，他紧抱怀里的纤细身躯。他仿佛失去了说话的能力，不知该用怎样的言语表达内心的快乐和激动。

他用全身的力量感受着怀里的娉婷，感受她娇小身躯的每一丝温暖，每一下心跳，每一个小小的动作。

他诚惶诚恐，小心翼翼，努力控制着自己颤抖的双臂，拥抱着心爱的女人。

此生此世，再也，再也不会放手。


云常都城上，旭日东升。

在经过一个漫长的夜晚后，驸马终于进宫来了。

王宫添加了不少新贡上的宝物，越发美轮美奂。雕梁画栋，未曾改动，只是保卫王宫的侍卫里里外外都换了人。现在的侍卫个个都是百里挑一的勇士，只遵从驸马的命令，谨慎小心地守卫着云常名义上的主人——耀天公主。

"驸马爷。"

"参见驸马爷……"

穿过重重侍卫，最后到达王宫中最精美幽静的院落，何侠抬头，扬起英气俊美的脸。

他看见了耀天公主。

高楼上，他身怀六甲的妻子倚窗而坐，摒弃了繁复华贵的公主服饰，代以简单飘逸的纯色绸裙，青丝如瀑布般垂下，柔顺地披在肩后。

看着她，何侠心头泛起复杂难名的感觉。

她是何侠权力的来源，在何侠最困苦的时候，给予了何侠一个崭新的希望。

但，她也是何侠获得权力的阻碍。

只要云常王族一息尚存，何侠就绝无可能拥有对自己死忠的军队，建立新国。

他将永远无法登上王位。

打下的疆土再多，他也只能是云常驸马，或未来云常大王的父亲。

他要对自己的妻子下跪，将来，也必须对自己的儿子行礼。

何侠心情沉重，缓缓拾阶而上。

"公主。"

耀天公主坐在窗前，听到他的声音，许久才慢慢转头，露出半张美丽苍白的脸庞，低声道："驸马总算肯来见我了。"

何侠朝她郑重地行了一礼，向前几步，坐在她对面："公主身体还好吗？"

"我很好。"耀天公主徐徐答了一句，目光落到何侠右肩上，神色变了变，瞬间又恢复没有起伏的平淡，问，"驸马身体还好吗？"

何侠低头，看了看自己的肩膀，淡淡道："则尹向我下书挑战，不枉他曾为北漠军队最高统领，竟能伤到我。公主担心我吗？"

耀天公主答道："驸马已经是天下最有权势的人了，何须我来担心？"

何侠与她的明眸轻轻一对，瞧见她眼里掩饰不住的失望、伤心，还有意料之中的恨意。

"公主在恨我？"何侠叹气。

"如果我说是，驸马会杀了我吗？就像杀了丞相，还有其他人一样？"

何侠俊美的脸露出一丝怜惜，长身而起，将耀天公主也扶了起来："公主请随我来。"

他领着耀天公主，站在高楼露台上，远眺四方。

"公主请看，我们的战马已经踏遍天下，再没有可以阻挡云常大军的关卡。四国都将入我囊中，何侠向公主许下的诺言即将实现。公主和我是夫妻，难道不为我感到高兴吗？"

耀天公主垂下眼睛，许久才动了动红唇："驸马，我是该为驸马快得到天下而高兴，还是该为我云常王族的末路感到伤心呢？"

"公主……"

耀天公主忽然抬头，一把握住何侠的手，柔声道："如果驸马真的对耀天还有爱意，请驸马向我立下誓言，绝不妄动建立新国的念头。答应耀天，我云常王族不会消失在这场胜利连连的征战中。"

她盯着何侠的眸子清澈明亮。耀天公主虽然已被软禁，但毕竟是云常最高贵的王族，手中握着得到云常举国上下承认的王权。何侠一时竟不敢与之对视，情不自禁挣开她的手，转身用背影对着她，叹道："公主为何这样想不开？我们是夫妻，就算我成了大王，公主必为王后，身份一样尊贵。再说，公主肚子里已经有了我们的骨肉……"

"驸马不会成为大王。"耀天公主在他身后愕然片刻，再开口时，声音已经变得冷硬。

她一字一顿道："我腹中的，才是未来的大王。"

何侠听她语气变冷，转过身来，放软了声音："公主……"

"驸马不用说了，请回吧。"耀天公主态度坚决地打断了他的话。

何侠微愕。

耀天公主脸色平静，尊贵地站着，天生的从容和骄傲从骨子里渗出来。何侠在这一刻深切地感受到，他美丽温柔，总会被他用言语打动的妻子，其实由始至终只代表了，一个古老的王族。

# 第六卷

# 江山壮丽

烟花散尽。

注矣。

# 第五十三章

百里茂林，小木屋中充满喜气洋洋的生机。

虽然很安静，但欢愉的气息，让人难以忽略地流转着。

木床上，躺着被幸福缠得太紧，压根睡不着的两个人。

"今晚的星星特别亮。"楚北捷抱着失而复得的娉婷。

娉婷轻轻笑起来。

"什么这么好笑？"

"王爷总算会开口说话了呢。"她柔美地笑着，见楚北捷的目光停在自己脸上，对上他深黑的眸子，不由得羞涩地敛了笑容，轻声问，"王爷看什么？"

楚北捷看了很久，才叹："娉婷，你真美。"

娉婷心里感动，低声道："王爷瘦多了。都是娉婷不好。"

"这与娉婷无关，是本王心甘情愿的。我喜欢娉婷，所以才愿意为娉婷做任何事，愿意把每分每秒都用在娉婷身上。"

娉婷沉默半晌，幽幽道："男儿大志，不是应在四方吗？"

"能一心一意，百折不挠，就是大志。"楚北捷轻轻抚着娉婷的青丝，慨然道，"我的大志只有一个，就是让你变成天下最幸福的女人。"

娉婷抬头，眸中水波荡漾，轻声问："王爷真的这么想？"

楚北捷朝天竖起二指，正色道："我楚北捷对天发誓，刚才说下的话，今生今世，一字一句，绝无更改。"

娉婷感动地瞅着他，泪在眼中欲坠不坠，垂下眼："那……王爷可愿意为娉婷做一件事？"

楚北捷柔声道："别说一件，一万件又如何？只要是娉婷的心愿，没人能阻止楚北捷为你实现。"

娉婷抬起眸子，静静凝视心爱的男人片刻。那英气的眉还是那样浓黑，挺直的鼻梁、薄薄的唇，都和梦中思念的一样。

原来，他的举手投足，从不曾离开她心田半寸。

这是她深爱的男人。


三生中，恐怕只有一世，能有这般的深爱。

爱深，痛也深，受够了苦，却忍不住飞蛾扑火般，又转了回来。

她伸手，从床边的包袱中取出一物。

"王爷曾将此剑留在隐居别院，以保护娉婷安危。"娉婷双手捧着宝剑，徐徐问道，"如今，王爷可愿再以此剑扫荡荒乱，统一四国，给娉婷一个可以安逸度日的太平天下？"

楚北捷一直与外界隔绝，不曾听说战乱的消息，不禁一怔。以娉婷的心性，不到万不得已，绝不会提出这样的请求。

"王爷不愿吗？"娉婷低眉轻问。

楚北捷一生戎马，最不怕的就是战场杀敌，何况提出这个请求的是娉婷，哪会不愿？一怔之后，朗声笑道："给妻子一个安逸太平的天下，这是所有男人都该做的事。"

当即接过宝剑，熟悉的感觉会聚掌心，当日被丢弃在灵堂里的神威宝剑，回到了主人的手上。

沉甸甸的、冰冷的神威宝剑……他仍记得剑柄上的每一道花纹。

这柄宝剑曾经指挥千军万马，杀得敌人丢盔弃甲。

一旦出鞘，天下震动。

这是，镇北王的剑。

楚北捷眸中，再度闪烁着傲视天下的光芒。

他心爱的女人已经回来，他的剑已在手。

他的壮志，已苏醒。

百里茂林赐予他一个奇迹，他要还这个世间另一个奇迹。

他将用手里的剑，为世上最动人的女人，征服天下。


东林王宫虽然已被焚毁，但东林王族一日尚在，这个国家就未曾彻底灭亡。

何侠自征战开始，便马不停蹄，四处奔走，指挥各地战役。他对付敌人手段利落，毫不犹豫，但想起怎么处置耀天公主，却非常踌躇。

回到云常都城的几天，飞照已经几次提起这事，何侠都是不耐烦地把此事推后："目前不急，等对付了东林和归乐的王族再说。"

飞照行再三劝道："驸马，此事可大可小。不早点处理，恐怕将来会成大患。"

何侠何尝不知？

他麾下四处征战的大军，除了少数是收服的降兵和新征入伍的散兵，主力都来自云常军队。假如耀天公主被软禁的消息外泄，或者她带头否认何侠的统帅大权，那将会动摇目前胜利局面的根基。

难道真要对他的妻儿下手？何侠为这事烦恼，此刻人不在战场，闻不到熟悉的血腥和硝烟味，光对着笙歌美酒，反而更心焦气躁。看见他可怕的脸色，朝中大臣人人自危，不知是否无意中得罪了这位驸马爷，生怕贵家惨事发生在自己身上。

幸好没过几天，军报又送了上来。

"发现东林王族藏匿的地点，我们的军队已经把他们团团包围。"

"好！"何侠笑道，"东林王族苟延残喘了好些日子，这次绝不容他们再逃掉。传令，把他们围得紧紧的，但先别动手。本驸马要亲自收拾他们。"

遣退了传令兵，何侠立即点兵出发。他心思缜密，知道云常都城中有的大臣只是怕死，并未真心臣服于他，需要留点心眼，遂命令飞照行留下，和冬灼一同看守都城。

不料，不到三天，带军奔出都城才行了两百多里，飞照行竟一路快马赶了上来，在路上截住何侠的人马。

"驸马爷在哪？"

何侠勒了缰绳，回头一瞧，飞照行满脸风尘，身边只带着几个亲卫，顿时知道都城不妙，扬声道："照行过来！"

遣开众人，将飞照行领到偏僻处，何侠下马就问："都城出了什么事？"

事情紧急，飞照行没工夫抹去脸上的灰，从怀里掏出一封书信，脸色凝重地递给何侠。

何侠接过书信，打开扫了两行，脸色已经变得难看异常，再往下看，眉毛渐渐纠结成一团，脸上如同罩了一层寒霜，沉声道："这是王令。是……公主的字迹？"眸光一沉，冷得慑人。

"是。字迹已经找人对照过，不是伪造，确实是公主的亲笔。"

"哪来的？"

飞照行禀道："从一个偷偷出宫的宫女身上搜得这封书信。"

何侠恼道："公主身边的宫女不是都不许离开公主一步的吗？这么多侍卫看守着，怎么还能让一个宫女出了宫，身上还带着这样的信？"

"驸马爷息怒。"飞照行冷静地道，"这事已经查清，是一名侍卫收了贿赂……那侍卫已经被关押起来了。因为担心还有隐情没有揭出来，正在继续审问。"

"要仔细地审。"何侠眸底像结了一层冰，脸色却恢复了几分从容，"那宫女拷问了吗？说了些什么？"

飞照行道："宫女胆小，没动大刑就吓得全都说了，这信由公主写好交给贴身侍女绿衣，绿衣再交给她，命她暗中交给掌印大人，再由掌印大人交给一些官员传阅。"

"一些官员？"何侠冷笑道，"到底是哪些官员敢不要命？名单呢？"

飞照行躬身道："掌印大人手中一定有名单。属下离开都城前，已经派人将掌印大人秘密逮捕，正在严刑拷问。这事非同小可，属下已严令不得走漏任何消息。冬灼留下看守都城，属下便追来禀报驸马爷。"

飞照行办事利索，处理恰当，颇有应变之才，何侠不禁赞赏地看他一眼。

飞照行禀报完毕，顿了一顿，接着沉声道："驸马爷，请立即回都城吧。现在要紧的不是东林王室，而是云常都城。公主已经动手了，万一真让他们里外通了消息，事情就难办了。文官们胆小怯懦，不足为惧，但公主毕竟是云常名义上的国君，除了驸马爷，谁也不敢对付公主啊。"

"公主竟亲笔写下王令，要大臣暗中筹备，连成一气，剥除我的领兵之权……"何侠看了手中的王令一眼，怒意又升，五指一收，几乎将王令捏碎在掌中，轻轻磨着牙，没有作声，半晌才缓缓回过神来，问道，"信被截的事公主知道吗？"

"应该还不知道。那宫女是在去掌印大人府邸的路上被截住的。公主身在宫中，被侍卫们层层看守，任何人都不得和公主以及公主身边的侍女说话。"

何侠点了点头："我和你立即回都城。这事不能再拖延，一定要快刀斩乱麻。"

飞照行猛点头道："正是。"

事不宜迟，何侠下了决定，立即点了一半人马随他回都城。剩下的一半，选出一位将军率领着继续上路。何侠下令道："到了东林，传本驸马的帅令，立即动手对付被包围的东林王室。东林执掌大权的那个王后给我活捉过来，那是本驸马的战利品。其他的不必留活口。"

布置妥当后，便和飞照行带着人马转身朝来路奔去。

一行人马不停蹄，日夜兼程秘密赶回都城。入了城门，飞照行低声问："驸马爷，是否先去王宫？"

何侠摇头："先回驸马府。"

一到驸马府，问起情况，掌印大人早熬不住拷问，把暗中联系的官员名单交了出来。何侠接过名单，扫了一眼，当即扬声唤了一名信得过的副将进来，下令道："立即传我的军令，就说都城里面潜入了归乐的刺客，全城戒严，任何人不得随意上街走动。"

下达了戒严令后，又对冬灼道："名单里面的文官大多数在都城，先以戒严令

为理由，派兵将他们在各自府邸里看管起来，小心不要走漏消息。"

冬灼答应了一声，连忙出去亲自吩咐布置。

"有一件事，要你立即去办。"何侠转头看飞照行，"军中将领受我恩惠极多，对我也很信服，如果云常有重大变动，许多人会选择支持我，但大将军商禄除外。商禄世代受云常王室重恩，一味愚忠，为人古板木讷，不识变通。我若正式登位，他一定会是军方中第一个出来反对的人。"

话说到这里，飞照行已经明白过来了："驸马爷吩咐。"

"商禄如今正驻守在北漠，我这就写一道军令，命他即日开拔前往归乐，寻找机会和归乐大将乐震决战。你携着军令，亲自走一趟，到北漠宣令，而且，我要你领着蔚北军和商禄一起剿灭乐震大军。这次大战，商禄为副将，你是主将。你知道该怎么做了吧？"

飞照行心思剔透，点头道："将军百战死，壮士十年归。两军对垒，死伤难免，商禄身为云常大将，沙场捐躯也是在情在理的。请驸马爷放心。"

何侠当下挥笔写了两道军令，一道给商禄，一道授予飞照行归乐之役主将大权，放下笔后，淡淡笑道："商禄要处置，乐震也不能放过。这次两路大军齐出，兵力是够的，我只担心你和乐震昔日有主仆之情，临场心软。"

飞照行恭恭敬敬地接过军令，答道："我为他们乐家出生入死，却落个兔死狗烹的下场，哪里还有什么主仆之情？乐震才能平庸，靠祖上功劳才当了大将军，我一定将他打得落花流水。"接着一边把两道军令小心翼翼折好放进怀里，一边压低了声音道："驸马爷，那宫里……"

何侠截断他的话头："宫里的事，我会处置。你去吧。"

遣退飞照行，华丽的书房一下子安静下来了。

何侠独立许久，从怀里掏出公主的亲笔信。这封信前几日被他气恼时用力揉捏，已经皱得不堪。他把信铺在桌上，缓缓抚平了，重新看了一遍，俊脸上平静无波，一双眸子犀利得发亮，炯炯目光里，不知藏了多少复杂的心绪。

冬灼在外面吩咐完事情后就往回赶，一脚跨进书房，看见何侠的背影，不禁怔了一下，另一脚停在门槛外，没跨进来。

何侠的背影仿佛由郁愁凝结而成，颀长的身子沉重似山，哪怕用尽全身力气也无法挪动一分似的。

"是冬灼吗？进来吧。"

僵在门口的冬灼，听见何侠这话才跨了进来，缓缓走到桌边与何侠并肩，低头一看，桌面上赫然是耀天公主写的王令。他自然知道那上面写了什么，心里叹了一声，低声问何侠："少爷打算怎么处置公主？"

"你们都问我同样的难题。"何侠苦笑。他抿起薄唇，这动作使他看起来比平日冷冽，"如果这封信成功传到各位官员处，而我在都城之外，一旦他们起事成功，救出公主，云常的军心就会动摇。"

"少爷……"

何侠不理会冬灼，继续沉声道："重新出现在臣民面前的公主掌握大局，无论我有多少战功，打赢了多少仗，夺得了多少难以想象的胜利，云常大军的士兵都会渐渐背弃我。因为我的对手，是云常理所当然的一国之主。士兵和百姓不懂得选择有才能的人效忠，他们只知道愚蠢的忠诚，只知道对王室效忠。"

何侠说的每个字仿佛从冰里凿出来似的，冬灼听着，浑身打了个冷战，他动动唇，想要开口，却觉得唇舌像被冻僵了一样，什么也说不出来。

确实，假如耀天公主有机会剥除何侠的权力，何侠将一败涂地。王令上触目惊心地写着：企图建立新国的驸马将会以谋逆罪名被判处极刑。

书房中的空气凝结在一起，再清爽的风也吹不开这股因为权势争夺而带来的阴寒。

"你说，公主她真心喜欢我吗？"何侠忽然侧过脸，问冬灼道。

冬灼闷了半天，硬着头皮劝道："少爷，公主在王令上这么写，也是为了云常王室的存亡，情势所迫。她心里……心里……"

何侠看着冬灼，忽然温和地笑起来："她心里其实舍不得杀我，对吗？"

冬灼看着何侠的微笑，霎时觉得心里发毛，他本想点头说是，但挣扎了半天，最后终于长长叹息了一声，无奈地说了实话："少爷想得不错，如果公主执掌大权，就算公主舍不得，也一定会迫于大臣们的压力而判处少爷极刑。"

何侠心里正烦恼此事，这句老实话就像一根银针挑破了何侠心头的脓包。冬灼不管三七二十一地说了，也不知何侠如何反应，垂下眼不敢看他。

半天，听见头顶上幽幽叹了一声。

何侠道："我要准备一份礼物，进宫去见公主。"

北漠，堪布城以东八十里，江铃古城。

荒废的城池，城墙大半已经倒塌。

黄沙掩面。

"上将军，喝点水吧。"

士兵呈上来的水浑浊发黄。江铃古城环境恶劣，水源草料都严重不足，但地处偏僻，城内秘道四通八达，就算引起云常大军的注意，也有侥幸逃脱的可能。

若韩接过水勺，喝了一小口后递给了身边的将士："你们也喝点。"

北漠军在周晴一战中被何侠击溃。若韩逃得性命，之后三番两次组织残余兵力反抗，但对上名将何侠，每次都被打得落荒而逃。

实力悬殊，北漠兵力将才都远远比不上对方，至今能保住性命和身边这一群将士，已属不易。

虽然如此，每一位北漠将士却没有动过向何侠投降的念头。

身边的小兵仰头看着火辣辣的日头，忽然问："上将军，你猜这次森荣将军能带多少人马回来？"

"会不少。"若韩答道，不由得心中微热。

他想起了自己以前跟随的将军，北漠最骁勇善战的上将军，则尹。

自从则尹上将军当众向何侠挑战的故事被传扬开，秘密到各处要求加入义军的百姓越来越多。

所有人都知道，这个故事是真的。

何侠也会流血，终有一天，何侠也会战败。则尹上将军，如是说。

只要斗志仍在，希望就不会被磨灭，即使被屠戮，也会源源不断地有后来人顽强地抗争。

在遥远的从前，我们北漠国，就是这样被热血铸就的吧。

这一次，森荣一定会带回更多热血的北漠男儿。

"上将军，森荣将军回来了！"城头的哨兵大力挥手禀报。

若韩猛然站起，向城外望去，远处沙尘中果然出现几骑人马，疾速向古城奔来。

"看清楚了？"

"看清楚了，是森荣将军没错。"眼尖的哨兵肯定地回答，但接着又有一些疑惑，"奇怪，这次的人怎么这么少？"

若韩心中也正有相同的疑问。

受到则尹上将军的激励，秘密参军的人与日俱增，为什么森荣这次只带了几个人回来？难道有什么不测？

森荣数骑回得飞快，不一会儿已到城下，向城头招手，守城士兵连忙放他们进城。若韩大步走下城头，朝刚刚下马的森荣问道："这是怎么回事？新兵只有这几个？"

森荣接过下属递上的水，也不管有多浑浊，仰头喝了一大勺："新兵很多，但我没带过来。"

"怎么？"

"三军易得，一将难求。嘿……"森荣心里一定藏着喜事，脸色喜不自禁，嘴巴忍不住咧开。

"你出去一趟，难道找了个将才回来？"

"可不是一般的将才，简直就是将神！一个绝对可以打败何侠的将领。"

若韩以为他信口雌黄，不禁眉头大皱。

何侠被称为名将并非浪得虚名，天下有谁敢如此托大，有把握打败何侠？

现在兵疲粮少，环境恶劣，最忌动摇军心。森荣一向大大咧咧，怎么知道将领之话一出口若不能兑现，一定会打击士气？若韩不由得低声道："森荣，不要胡言。你曾与何侠对阵，难道不清楚何侠的本事？什么可以打败何侠的将领，这怎么可能？除非……"若韩蓦地停下，叹了一声。

他想起娉婷。

昔日堪布城那痛快淋漓的一战，犹在记忆深处，刀刻一般。

何侠在周晴大战中鬼魅莫测的手段，只有白姑娘堪布城头临阵一曲迫退楚北捷十万大军的从容可与之匹敌。

可惜，佳人已逝。

若韩曾经无数次地假想，如果周晴一战由娉婷当主帅，那么战果将如何？

"上将军何必叹气？来来来，我给上将军看一样东西。"森荣笑起来，凑前一步，将背上的包裹解下来，拉着若韩走到一旁，一边打开，一边提醒，"上将军小心，这宝贝耀眼，可别把眼睛看花了。"

若韩见他兴致勃勃，心里开始觉得奇怪，耐心等他打开包袱后，骤一看，只是一些或红或黑或蓝的染了尘土的布料，依稀还有点老旧的血污，再定睛一看，两颊猛然一抽，竟宛如被人使了定身法一样，瞪着那打开的包袱再也动弹不得。

森荣早猜到他的反应，得意扬扬：" 怎样？"

若韩瞪大了眼睛，死盯着那包袱。别人或许看不出来，他却认得，那些破旧的布料正是当年堪布大战后，北漠众将为了表示对娉婷的感谢和忠诚而奉上的披风。

染血的披风对于将领来说意义非常，只有在崇敬无法用言语表达时，他们才会献上自己的披风。那包袱里，有则尹上将军的披风，还有森荣的、若韩自己的……

过了好一会儿，若韩终于反应过来，身体激动得颤抖。

"这……这……森荣……"他两手一伸，紧紧拽住森荣，语无伦次地问，"白姑娘她……你的意思，难道是……她没死？"

森荣得逢喜信，本想逗一逗若韩，见若韩如此激动，倒觉得不忍，当即点头，大声答道："没错，白姑娘没死，她还活着。"

"活着？！"若韩的眼睛亮起来，"那她人呢？"他能晋升为上将军，本来就是心思细密之人，心随念转，立即转头，目光射向随森荣一同回来的几个人身上。

其中一人身材娇小，见若韩目光扫来，也不闪躲，纤纤玉手一抬，摘下遮住面

目的大斗笠："若韩将军，别来无恙？"

巧笑倩兮，风韵四溢。

那一分谁也比不上的从容淡雅，除了白娉婷还有谁？

若韩站在原地，凝视娉婷足有一炷香之久，才缓缓举步走到娉婷面前，深深作揖，之后慢慢地直起身子，仿佛还是不能相信眼前的一切似的盯着娉婷看，最后终于长长吐了一口气，感慨道："若韩今天终于明白，什么叫上天的恩赐。"

娉婷浅笑道："上将军先不要感谢老天。娉婷这次为了对抗何侠的云常大军而来，可是要凭这些昔日的披风，向上将军讨债的。"

若韩见了久违的娉婷的微笑，如沐春风，信心大增，朗声笑道："若韩甘愿把性命一同奉上，还小姐堪布城救命之恩。呵呵，其实就算没有这些披风，没有堪布之恩，只要小姐是为对抗何侠而来，就没有什么是我们不能给小姐的。"

"那好……"娉婷眸中妙光流转，悠悠道，"娉婷斗胆，请上将军答应娉婷一个要求。"

"小姐请说。"

"娉婷带了一个人来，希望上将军可以带领所有的人马，忠心跟随他，听他的号令。不管这个人是谁，上将军都必须承认他是主帅。上将军答应吗？"

若韩愕然："天下间谁有这般能耐，竟能使小姐甘心让出主帅大权？"

娉婷抿唇，似在思索，不一会儿，重展笑靥，轻轻叹道："战况紧急，为达目的无所不用其极，我本想诱上将军答应了再说的……算了，就让上将军见了本尊，再考虑是否答应娉婷这个要求吧。"目光向旁一转，柔柔唤了一声，"王爷……"

若韩骤听这两个字，恍如被雷电猛劈了一下脑袋，顿时天旋地转。

不可能，那人该不会是……

目光缓缓移过去。

娉婷身边一个高大的男人取下斗笠，露出一张棱角分明的脸，虎目蕴光，目光与若韩一碰，笑着沉声道："楚北捷上次夜袭北漠兵营，实在是寻妻心切。冒犯了，将军见谅！"

挺拔身形，屹立如山，正是销声匿迹多时的镇北王。

震荡一波一波袭来，一波更比一波强烈，若韩见的风浪再多，此刻也不禁愣了半响，像见了鬼一样看着楚北捷。

两位当世名将，除了何侠，原来另一员尚存。

威武依然，仍是那种睥睨天下的自信眼神。

"上将军可愿意抛开东林和北漠的旧恨，追随王爷，对抗何侠？"娉婷的声音，仿佛从遥远的地方传到若韩耳边，留下轻轻的一轮又一轮的回响。

若韩眸中的涣散渐渐退去，用复杂的目光注视着楚北捷。此人曾经领兵进犯，险些灭了北漠，后来还冒险潜入北漠兵营，将他耍得团团转，骗得则尹上将军的下落。

但此人，确实是世间唯一可以对抗何侠的将才。

"上将军？"森荣不知何时已经到了若韩身后，轻轻推了他一下。

若韩一震，完全清醒过来。娉婷等人都将目光集中在他身上。若韩抬头一看，追随自己的将士正从城头各处探出头来窥视鼎鼎大名的楚北捷。

所有人，都在屏息等待他的答复。

若韩仰头，大声问："将士们，你们都看见了。这位就是东林的镇北王，那个曾经差点灭了我们北漠的楚北捷。如今他来这里，要我们追随他，对抗何侠的大军。你们说，我应该拒绝吗？"

周围寂静一片，连一声咳嗽都没有。

若韩再问了一次，四周仍是一片沉默。

"好……"若韩环视一周，"我明白了。"

他看向楚北捷，沉声道："北漠王族已经被何侠屠戮殆尽，北漠的疆土正被云常大军肆意践踏，这个时候，最愚蠢的事莫过于放不下当年北漠与东林的仇恨……谁可以打败何侠，解救这片大地养育的百姓，我就奉谁为主帅，追随他征战沙场。"

楚北捷淡笑，手肘微动，清脆的铿锵之声随之回响在众人耳旁。

烈日下，天下闻名的神威宝剑寒光四射，镇北王之剑已出鞘。

"我会打败何侠，解救这片大地养育的百姓。将士们，你们谁愿意追随我？"

每个人都听见了，楚北捷低沉而蕴藏着力量的声音。

四周，比方才更寂静。

人人屏息的寂静。

"有谁，愿意追随我楚北捷？"楚北捷高声喝问。

娉婷缓缓仰头，目光静静扫过一张张被尘土弄污的脸。

"我。"人群中轻轻响起一声。

"我。"另一个声音。

"我！"有人大声喊了出来。

"我，我愿意！"

"我！"

"我，还有我！"

"我！"

"我！"

……

应声如雷，古城中爆发出一阵接一阵的吼声。

追随镇北王。

追随这个北漠昔日的敌人，追随这个可以把绝望从大地上驱赶走的男人，追随这位可以打败何侠的名将。

大王死了，王宫毁了，家园被践踏了，父母妻儿正被云常铁骑凌虐。

但他们有活下去的意志，有不屈膝的勇气，有无法被摧毁的斗志，有不怕洒落黄土的热血，还有……还有镇北王。

"镇北王！"

"镇北王！打败何侠！"

"打败何侠！打败何侠！赶走云常军……"

江铃古城沸腾了。

一张张年轻的脸上，除了尘土、污垢、伤口、血迹，还有激动的笑容和滚烫的泪水。

若韩撑大眼眶，忍着不让感动的眼泪淌下，抽出腰间的剑，向前跨出一步，大声道："若韩对剑发誓——从今天开始，我不再是北漠的上将军若韩，我是镇北王的将领若韩！镇北王，也请你记住自己的承诺！"

"我会打败所有令生灵涂炭的人，包括何侠。"楚北捷沉声应道，目光转向娉婷，变得无比温柔，"因为我答应了我最心爱的女人，给她一个安宁幸福的天下。"

娉婷万万想不到楚北捷竟在这个时候当众表达爱意，虽然四周呼声雷动，楚北捷的话只有若韩、森荣几个站得近的熟人听见，但她的脸颊仍红了一片，不知如何应对，垂眼片刻才勉强恢复原来风流从容的模样，轻声建议："如今士气正盛，正所谓名正而后言顺。这是王爷复出后的第一支军队，是否该起个正式的名号？例如……镇北军。"

她的话里另有一番意思。这次将会集各国被击散的兵力于麾下对抗云常大军，那么楚北捷的军中不再是只有东林兵，所以绝不能用"东林"二字，以免勾起他国参战将士的心病。

楚北捷领军多年，怎会听不出娉婷的意思？笑着点头道："对，是该起个名字。"挥剑朝天一横，喝道，"众将士静一静，听我说句话！"

他一开口，周围顿时安静。人人期待地看着这位无敌的主帅。

"从今天开始，我们就是抵抗何侠的大军。"楚北捷缓缓道，"这支大军，不叫镇北军，也不叫北捷军，更不会叫东林军。它的名字，叫亭军！"

娉婷低呼一声，难以置信地抬头瞥了楚北捷一眼。

"有人会问，为什么叫亭军。"楚北捷强壮的臂膀蓦然伸出来，将娇小的娉婷搂得贴在怀中，扬声道，"因为我最心爱的女人，叫白娉婷。我答应过她，要为她扫荡荒乱，统一四国，给她一个安逸的天下。我挑战何侠，是因为我要保护娉婷，保护我楚北捷一生中最珍贵的东西。

"将士们，你们追随我，不是为了权力、财富、田地，不是为了满足贵人们争权夺势的野心，也不是迫于王令，更不是为了我楚北捷。

"到底是为了什么，要冒着危险追随我？

"你们难道不是和我楚北捷一样吗？

"是为了保护自己心爱的人而流血，是为了自己所珍惜的人而受伤，是为了自己的心愿而舍弃生命！

"告诉我，你们和我一样！

"告诉我，亭军的将士们，永远不会忘记这支军队为什么叫亭军！

"告诉我，亭军的将士们，永远不会忘记自己心爱的人，忘记自己最珍惜的一切！永远不会忘记自己为什么而战！

"大声告诉我，这支军队叫什么？"

楚北捷的声音，穿越了古老的城墙，穿越了万丈晴空。

瞬间的静默后，是爆发的吼声。

"亭军！"

"亭军！亭军！"

"亭军！……"

整座江铃城在呐喊，在震动。

娉婷依在楚北捷温暖的怀里，热泪默默淌了楚北捷一胸。

森荣走过来，佩服道："镇北王一定是天下最厉害的情人。"

"是否天下最厉害的情人我不知道。"若韩叹道，"但我可以肯定，他绝对是天下最懂得激励军心的统帅。"

# 第五十四章

云常王宫，亭台依旧。

夕阳已下。

耀天公主坐过的王椅，静静地摆在大殿内，抚过的垂帘，在风中孤寂地晃动，抹过的胭脂剩了一半，孤孤单单，搁在镜前。

何侠穿过重重侍卫，从王宫的大道一路走来。沿着内廊，路越走越狭。在最僻静的角落，何侠停下脚步。一把沉甸甸的大锁，紧紧锁着眼前小屋的木门。

耀天公主和她的贴身侍女绿衣，已被移来此处囚禁。只有最得何侠信任的侍卫才会被派来此处看守小屋。

"驸马爷。"侍卫队长走过来，向何侠请安，小心地问，"是否要开门进去？"

何侠乌黑的眸子幽幽盯着上锁的木门。

耀天公主在里面。

他的妻，他未出世的孩子的母亲，那位曾经温柔体贴、笑靥动人的公主，那位亲笔写下王令，要以谋逆之名问罪于他，要判他极刑，要将他置于死地的云常国主，就在这小屋之内。

他盯着门上的锁，仿佛它并不仅仅铐在门上，还铐在心上。他站在那儿，沉默了很久，才缓缓摇头："我不进去，别说我来过。你把这个递进去，告诉公主，王令我看到了，掌印大人已经被秘密处决。这是我给她的回礼，是那位她赏赐给我的风音姑娘帮忙做的。"

侍卫队长应了一声，小心翼翼将何侠手上托着的一个锦盒接过来，走到门前，取出钥匙，开门进去。

开门的瞬间，何侠抬头往里面一瞥，刹那之间，什么也没看清。

不一会儿，木门从里面打开，侍卫队长出来，重新把门仔细锁好，过来向何侠复命："礼物送上去了，都是按驸马爷的话转告的，没有多说一个字……"

"啊！"猛然听见屋内一声惨叫。

那叫声凄厉可怕，完全走了调，但认得公主声音的人都听出那是她的声音。

能被挑来这里守卫的侍卫都不是常人，但一听那惨叫，几乎所有侍卫，连同侍卫队长本人在内，都情不自禁打了个寒战。

惨叫之后，又是咣当一声，似乎是什么重重砸在紫金地砖上了。

众人料定是耀天公主打开锦盒，被里面的东西吓了一跳。但驸马爷到底送了什么，竟能让公主那般恐惧绝望？

侍卫们惊惧交加的目光下，何侠脸色平静得骇人。

只有他知道那锦盒里装着什么。

锦盒里，装着一样宝贝，至少从前，公主和贵常青都当它是一样宝贝。

他们以为，它能弹奏出可与娉婷媲美的琴声；他们以为，它有资格去碰何侠为娉婷精心布置的一切，拿娉婷用过的梳，盖娉婷睡过的被，抚娉婷弹过的琴。

但在何侠眼中，那绝不是什么宝贝，那是他们折磨自己的一件兵器。

驸马府里天天回荡的每一声琴韵，都是那双手上尖利的指甲，在何侠心上狠狠剜的一下。

风音那双会弹琴的手，长在旧主身上，还不如砍下来，血淋淋地装在锦盒里当礼物。

昔日的种种羞辱折磨，小敬安王双手敬奉上，归还原主。


"公主！公主！你怎么了？公主啊！"绿衣的声音支离破碎，战栗着透过木门，传了出来。

屋外的人都竖起耳朵，猜想里面的动静。绿衣叫了几声，不知为何骤然停止，顿时屋里屋外死一般地安静。

过了一会儿，绿衣又尖叫起来："来人啊！快来人啊！

"公主受惊了，叫御医！快叫御医啊！

"侍卫大哥，外面的侍卫大哥，求求你们，快禀报驸马爷啊！

"公主……公主啊……天啊，血！"

木门猛然发出砰的一声，不知什么狠狠撞在了上面，惊得众侍卫的心咯噔一坠。门里传来指甲拼命刮门板的声音。

"血，血！来人啊！来人啊！来人啊……"绿衣哭着喊叫。

众侍卫被她狂乱的叫声弄得胆战心惊，都偷眼瞅着何侠。

何侠听着绿衣的叫声，吩咐道："你们都下去，没有我的允许，任何人都不许靠近。"

待卫们听着能让人做噩梦的惨叫，巴不得早点离开，立即退个干干净净。

"求求你们，叫御医来，谁都可以，叫谁都可以啊……"绿衣犹在屋内连声哭喊，接着又传出几声碰撞声，似乎她回到耀天公主身边去了，慌乱中撞翻了桌椅。

哐！

盛水的盆也打翻在地上。

"公主，公主，你醒了？"绿衣的声音稍微收敛了一点，"公主，你还好吗？吓死奴婢了……"

"绿衣，我好疼……"是耀天公主的声音。

隔了一会儿。

"血，怎么都是血……"耀天公主虚弱而惊惶的声音传了出来。

"公主，公主！你不要乱动啊……来人啊！救命啊！公主受惊早产了，快来人啊！"绿衣又开始哭叫，比方才叫得更撕心裂肺，"驸马爷，驸马爷你快来啊！公主早产了，公主……公主她不行了啊……"

站在门外的何侠，眸中黯淡的光如快熄灭的火种，闪出最后一丁点儿火光。

"公主，公主！救命啊，救救公主吧，求你们开开门吧。我们要御医，就算给一点药也好啊！"木门发出巨大的声响，绿衣疯狂地捶打着门，嘶哑地叫嚷着，"求求你们，求求你们！公主早产了！御医，御医！驸马爷，驸马爷，你好狠心啊……"

驸马。

云常驸马，一人之下，万人之上。当初是谁，清冷的眸子一瞥，不过唇边一抹温柔笑意，便将端坐在王座上的天之骄女诱下云端。

轻偎低傍，鬓影衣光。

庭花娇样，暗羡鸳鸯。

记得洞房花烛夜，他取下她头上的凤冠时，耀天公主曾叹："洞房花烛夜，站在我面前要共此一生的男人文武双全，英雄盖世。此情此景美得像梦一样，真有点生怕这不过是美梦一场。"

笑靥被烛光映照，似酒后微醺的红。

公主，我的妻啊，这不是美梦，这是一场噩梦。

我与你最终必殒其一，这是谁也避不开的噩梦。

"救命啊！谁来救救公主……求求你们，求求你们……"绿衣令人心碎的声音回荡在耳畔。

何侠俊美的脸扭曲着，手心忽然一阵冰凉，他猛然低头，才发觉自己不知何时已到小屋前握住了门上的铁锁。他一惊，松开手，蓦地退了一小步，站住了。

"快来人啊，救命啊！求求你们，救救公主吧……"

"驸马爷，驸马爷你不能这么狠心啊！求求你们告诉驸马爷一声吧，公主快死了……"绿衣一声接着一声哭喊，"就算要杀公主，驸马爷总不能连自己的骨肉也不要吧？求求你们，门外的大哥，通报一声吧，给驸马爷报个信吧！"

杀公主？

何侠摇头，不，他从来没有想过要杀她。他想过夺兵权，废她的王位，但从来不曾想过杀她。

为什么要杀她？她是他今生今世的妻，是他未来的王后。他说过，会让她成为天下最尊贵的女人。他不想动手，真的不想动手。

可他的妻子却写下王令，连通官员，定他谋逆之罪。王令斩钉截铁，明明白白地写着将来要判他极刑。

差一点，只差一点，说不定被困在里面的就是他，鲜血淋漓的就是他，被千刀万剐的，就是他！

噩梦，这是一场噩梦。

绿衣的哭喊中，夹着耀天公主一声声惨叫。

"啊……啊啊！绿衣，我不行了……啊！"

"公主，御医……马上……马上就过来……"

"不不，我不要御医，我要驸马……驸马……"

"公主……"

"快去，找人传唤驸马，要他来……"

绿衣放声大哭："公主，驸马他……"

"绿衣，我要见他……我不行了，我想见他。快去，他不会不见我的……"耀天公主微弱的声音断断续续，却带着说不出的执着。

公主！

一直泥塑般立在门外的何侠，蓦然挣了挣，踉跄撞到门前，五指一收，紧紧握住了冰冷沉重的铁锁。

冷冰冰，沉甸甸。

这是他心上的锁，他命里的锁。

只要公主尚在，王令的事，就会不断重演。没有任何事能改变这结局。

何侠握着铁锁，汗涔涔而出，掌心又冷又湿。

耀天公主还在呻吟："驸马……给我找驸马来，他不会不见我……给我找他来……啊！好疼……"

她停了片刻，忽然拔高声调，嘶声道："驸马，驸马你来啊！是我写了王令，就算你恨我，要杀我，可我们夫妻一场，难道你竟不肯见我最后一面？驸马……驸

马……"

何侠握锁的手，骤然剧烈地抖了一下。

公主，公主，我不能见你。

你是何侠的妻，是何侠今生唯一的妻。

我不恨你让贵常青暗中压制我，我不恨你使我失去娉婷，我不恨你。

我只恨天，恨这场噩梦，恨这让你写下王令判我极刑的一切，恨这让我无法保全你的一切。

热泪，淌过因为痛苦而扭曲的脸。

何侠摸着门上的锁，听着耀天公主声声呼唤，无力地跪倒在屋外。


凌晨，沉重肃穆的丧钟惊动了正要开始一天忙碌的云常百姓。

远眺，云常王宫雪白一片，满眼凄凉。

悲伤的百姓听闻，身怀六甲的云常之主，他们的公主，因为身体虚弱导致早产，在伤心欲绝的驸马怀中香消玉殒。

他们所不知道的是，在同一个夜晚，许多朝廷官员被军队以各种罪名秘密处决。


东林，夜幕沉沉，星辰不语。

楚漠然伏在林中，警惕地凝视着远处闪烁的火光。

火光连天，形成一道弧形，将他们藏身的这片山林包围起来。

箭在弦上，引而不发。

危急的情势已经持续了几天。东林王族的最后一点力量被困在这里，动弹不得，无论己方或是敌方都明白，现在的平静只是暗藏杀机的一种假象。

身边的草丛里响起窸窸窣窣的声音。

"不知道何侠什么时候会到？"罗尚小心地靠过来，和楚漠然并肩，一同看着远处包围了他们数天的敌军。

楚漠然低声道："就算何侠是从云常都城出发的，也该到了。我看明天傍晚之前，他们就会全力进攻。"

楚漠然等人心上的石头突然又沉了两分。

敌众我寡，对面云常大军令人望而生畏的阵势，凭楚漠然和身边仅剩的这些人马，别说护住王后，就连从这场厮杀中逃出一个活口也是奢望。

难道曾以强兵称霸四国的东林，真的到了绝路？

两人伏在林中，看着夜幕下云常兵营里人影幢幢。在压抑的气氛下，罗尚压低声音道："王后娘娘的病情，又加重了……"这个向来乐观的汉子，此刻语气里也带上了深深的忧愁。

"噤声！"楚漠然忽然低喝一声，"看！"

罗尚顺着他的目光看去，远处的敌方兵将被调动起来了，阵营正在缓缓移动，显然正在做进攻前的准备。

"看来何侠已经到了。"罗尚低声说。

楚漠然冷冷地点了点头，目光犀利，远远监视着敌军动向。云常大军有条不紊地在山坡上摆好阵势，围困这片密林的云常兵本来就人数众多，不知这次何侠到来又带了多少人马，兵马源源不断出现在视野中，每队都有专人手持火把，大军延绵开来，就如一条盘旋在山峦之间的火龙。

楚漠然和罗尚跟着楚北捷征南伐北，打过无数大仗，却从未遇过这般强弱悬殊的对战，心里一阵发凉。

楚漠然看了看罗尚，咬牙道："生死存亡之战将至，你去护住王后娘娘。这里我带人抵挡一阵。"

罗尚看看远处那如林的刀光矛影，再看看自己身后这一群人数少得可怜的伤兵，明白此战东林军无人能活命。他跟随楚北捷多年，见惯了生死，到了关键时刻倒也不婆婆妈妈，沉声道："好兄弟，多杀几个敌人，黄泉路上我们比一比谁杀得多。"语毕猛拍楚漠然肩膀一下，便往密林中退去，向东林王后报告这个坏消息。


呜……

悠缓的号声，在对面山坡上响起，划过了天空。

咚、咚……

号声之后，是浑厚的战鼓声。鼓声很有节奏，一开始，有间隔的两三声，如阴了多日的天终于若有若无地滴下了几滴雨珠。渐渐地，似酝酿已久的雨势终于暴发，鼓声渐渐密集，节奏越来越快，声音越来越响，仿佛大地也随着这气势吓人的鼓声而战栗，让每一个听见这鼓声的东林士兵心跳得越来越快。

当洪亮的鼓声响彻九霄时，摆好阵形的云常大军终于移动了。

漫天火光，刀影，气势汹汹地向着这片被包围多日的密林逼来。

"站起来吧，敌军势大，潜伏无用。"楚漠然从匍匐多时的林木中站起来，转头看向身后随他一同潜伏的东林士兵，"生死之战开始了，东林的男儿们，挺直你们的腰杆！"

敌阵最前方的一名战将正挥剑指挥大军逼近。

踏破安宁的铁蹄，分外衬出密林此刻的寂静。

东林王族的代表——王后，还有东林最后一分兵力，就藏在这份寂静中。

　　楚漠然抛开生死，看着庞大的云常军队像乌云一样渐渐笼罩过来，展现出跟随楚北捷征战沙场多年磨炼出来的勇悍，全然不惧，抽出腰间剑，静静等待生死相搏的一刻。

　　熊熊火光缓缓逼近，映红了林木。

　　楚漠然领着生死与共的将士，在冷冽的晚风中挺剑而立。

　　每个人都屏住了呼吸。

　　东林，生我养我之地，将洒上我的热血，埋葬我的身躯。

　　无人惧怕，他们追随过天下无双的镇北王，看过生死刹那间极致的辉煌。

　　必死的觉悟，迫出沉稳冷然的眼神。

　　云常大军越压越近，马蹄声渐渐急促。

　　"杀！杀！杀！"云常士兵喉中的低吼，汇集成可怕的巨声，回荡在山中。

　　那位云常将军猛一挥剑，奔跑中的战马皆放开四蹄，云常大军像一头被解开镣铐的巨兽，以最快的速度向楚漠然他们冲杀过来。

　　来吧！

　　楚漠然握紧手里的宝剑。

　　他知道自己势必会被这洪流吞噬，就如东林势必在这火光中成为历史。

　　"杀！杀！"

　　涌来的火光清晰地照亮了他们的脸。

　　铁骑、金戈、剑光，遮满视野。千军万马带着呼啸的风迎面而来。凝重的空气再也无法阻隔强弱悬殊的两方。

　　楚漠然紧盯着云常大军最前端的指挥将领，那一定是这次决战云常的主将。

　　"杀啊！"

　　快马冲到身前，敌将居高临下，一剑朝楚漠然当头挥下。

　　楚漠然举剑抵挡的瞬间，听见了破空声。

　　嗖！

　　战鼓隆隆，杀声震天中，他竟听见了破空声，仿佛所有厮杀声都不如这犀利的声音来得慑人。

　　"啊！"一声惨叫蓦然从马上敌将口里惊天动地般地发出。劈向楚漠然头顶的一剑尚在空中，敌将就身躯猛震，从马上直挺挺栽了下来。

　　一支黄澄澄的金箭，从他的后脑刺入，直贯前额。

　　好强的弓，好快的箭，好准的眼力。

　　所有人都被这极恐怖的一幕震住了。

　　双方兵刃几乎撞击的刹那，云常主将突如其来的死亡，比任何事都让亲眼看见此景的云常士兵震撼。

瞬间，只是一瞬间。

主将，竟折于交战之初的瞬间。

沉景将军阵亡了。

云常七路大军之一，蔚墨军的大将军沉景，被人在阵前一箭射杀。

什么人能有这般本领？

金箭从后脑射入，箭手在后方。云常士兵心惊胆战，回首朝自己大军的后方望去。

他们看见了。

后方山坡上，一骑出现在月下。

楚漠然看清那身影，浑身剧震，激动得几乎握不住手里的剑。

这是真的吗？

那人一手牵缰，一手持弓，勒马立于山坡顶端。月光虽亮，众人却看不清他的脸，朦朦胧胧中，只觉得光华隐隐从他身上透出。面对着云常的千军万马，他睥睨一切的倨傲，宛如天神下凡。

那么远的距离……

他就是金箭的主人？

骑士亲自回答了这个问题，他抽箭，弯弓，动作如行云流水。破空声又起，气势骇人，眨眼间，金光又至。

"啊！"又一声惨叫，打碎因沉景之死而变得窒息的天地。

众目睽睽下，一位云常副将也从马上摔下，倒在沉景的尸身旁边。

太可怕了！

云常大军恐惧地骚动起来。他是谁？谁有这般可怕的本领？

电光石火间，云常士兵终于回过神意识到他们正身处毫不容情的沙场。

有人比他们更早反应过来。

剑光向交战前列的云常士兵闪电一样挥去。

"王爷！王爷回来了！"楚漠然劈倒几个已经失去斗志的云常士兵，脸上满是遇到奇迹般的惊喜，狂吼道，"兄弟们，跟我一起喊——镇北王回来了！"

"镇北王回来了！"

"镇北王回来了！镇北王回来了！"

满山遍野，被一声声高呼覆盖。

刀光剑影中，"镇北王"这三个字如同最锋利的武器，削去了云常大军的斗志。

镇北王，曾经领着东林军，征战天下的镇北王。

连云常的驸马爷——云常的战神，也不敢轻视的镇北王。

在千军万马中，一箭取了沉景大将军性命的男人。

楚北捷勒马坡上。月光下，云常士兵看见了更可怕的一幕——楚北捷的身边，陆续出现了许多人马。

在山坡的另一边，云常大军的后方，东林竟另有伏兵——由镇北王率领的伏兵。中计了！

他们竟被镇北王领军前后夹击。这一瞬的觉悟震碎了云常大军失去主心骨的战斗力，不知谁第一个尖叫一声扔下手里的长戈，往别处逃命。

"镇北王！是镇北王！"

"逃啊……快逃啊！"

失去主将和副将的云常大军，成了一盘散沙。

楚漠然领着人马，从两侧截杀。见到传说中已经消失的名将楚北捷忽然出现，那些丢下武器逃命的云常士兵再也没有对战的勇气。

"杀啊！"

"啊！"

惨叫声不绝于耳。逃窜的云常大军宛如一条撞上巨石的浊流，向四面八方溃散。

镇北王，东林曾经失去的擎天柱石，回来了。

血腥味弥漫在林中、坡上、月下。

楚漠然无暇追击溃败的云常军，跨过满地云常士兵的尸骸，向山坡上的身影飞奔而去。

他用有生以来最快的速度奔跑着，直到可以清楚地看见那张熟悉的脸，那一抹他以为再也看不见的从容。

"王爷！"带着满身血迹，楚漠然扑倒在楚北捷脚下，"你……你总算回来了……"他向来沉稳内敛，此刻竟激动得无法自已，心中千言万语却无法吐出一个字，只有泪如泉涌。

在楚漠然身后赶到的东林士兵个个神情激动，全部扑通跪下，有的还忍不住大哭起来。

楚北捷一把拽起楚漠然，喝道："沙场上男儿流血不流泪，哭什么？"认真打量他满是血尘的脸后，沉声道，"很好，漠然，你做得很好。"他得知东林众人被困，马不停蹄赶来，终于救回楚漠然等人，心里也极为激动，只是不习惯在众人面前流露，又问，"王嫂还好吗？"

"王后娘娘就在林中。幸亏王爷来得及时。"谈到正事，楚漠然收敛激动的神色，脸色黯淡下来，低声道，"王爷，娘娘病重了。"

楚北捷片刻默然后道："我去看看她。"又转头向后，声音放柔了许多，"娉婷，随我一道好吗？"

楚漠然这才注意到楚北捷身后的婀娜身姿，不由得吃惊："白姑娘？"娉婷取下面纱，微微一笑："漠然，许久不见了。"转头对楚北捷道："娉婷随王爷去。"说罢让楚北捷将她抱上马背，将手轻轻放入楚北捷的大掌中，两人共骑，缓缓下了山坡，朝林中走去。

众人都跟着下山，一起回到林中的小营地。

靠近营地，正遇上罗尚发疯似的冲出来，几乎一头撞上刚刚下马的楚北捷。罗尚一抬头，看清楚北捷的脸，惊叫道："真的是王爷！居然不是骗我的？"

不可能的奇迹忽然发生，他激动得忘了上下尊卑，一把握住了楚北捷的手。

楚北捷拍拍他的肩膀，赞赏地看他一眼："好小子，你也长进了。我要先进去看王嫂，其他的以后再聊。"牵着娉婷走进帐中，剩下罗尚犹不敢置信地站在原处。

罗尚猛然拽住之后走过来的楚漠然，一脸严肃地问："我们不会是已经在黄泉了，所以才碰上王爷的吧？"

第五十四章

# 第五十五章

帐内点着昏黄的烛。

楚北捷牵着娉婷跨入帐门，一眼就瞧见了躺在床上青丝几乎白了小半的王后。

这位昔日雍容的一国之后，现在脸色灰白，细密的皱纹被忧愁催生，爬满了曾经精致美丽的脸庞。

她陪伴东林大王度过了最后的岁月，在东林被荼毒的日子里受尽了煎熬。

"王嫂。"楚北捷轻轻走到床畔，低声呼唤。

王后浓密的睫毛微微颤抖，她缓缓睁开失去光彩的眼睛，用了很长的时间，才将眼前的脸看得仔细。

"是你回来了。"王后微微喘息了一声，无力地吐字，"听说你赶走了围困我们的云常军。"

"王嫂，你受苦了。"

王后摇了摇头，脸上挤出一丝苦笑，目光转到楚北捷身后，忽地一凝。

楚北捷有所察觉，向后退了一步，握住娉婷软若无骨的手，让她安心。

帐内的气氛异常起来。

王后的目光在娉婷身上停了许久。

"白娉婷？"她的声音很低，三个字缓缓吐出唇齿，里面藏了咀嚼不尽的过往。

娉婷躬身，深深行了一礼："王后娘娘。"

"白娉婷，白姑娘……"王后道，"请你过来，让我仔细瞧一瞧。"

娉婷应了，轻轻举步，停在王后床前。

昏黄烛光下，两人复杂的目光遇到一起。

她们第一次看清彼此的脸。

往事随风而去，记忆却难以消退。

丧子之痛，被掳离开隐居别院之伤，恩恩怨怨中，王后失去了儿子，楚北捷失去了白娉婷，东林失去了镇北王。

最后，在云常铁蹄大举进犯下，东林，失去了国之尊严。

她们被命运纠结于一处，伤人自伤，今日，才终于看清对方的脸。

王后默默凝视娉婷，问：“你恨我吗？”

娉婷反问：“王后恨我吗？”

往事，仿佛在电光石火间于脑海深处闪过，一现即逝。

徒余硝烟寥寥，感叹无数。

王后将目光从娉婷脸上挪开，落在她身边的楚北捷身上，幽幽叹了一声。

“大王死前，曾经问过我一个问题。”王后的眼神寂寞中包裹着回忆，“大王问，如果我们夫妻各自出生在敌对的两个国家，今生能否长相厮守。”

她没有继续说下去，脸上流露着追忆的神情。

“王嫂是怎么回答的？”许久，楚北捷终于开口问道。

王后看向楚北捷，唇角逸出一丝微笑，没有回答楚北捷的问题，低声道：“大王一直盼望镇北王回来执掌东林王权。现在，我总算可以放心走了。”

“王嫂，你会好起来的。”楚北捷半跪在王后床前，温柔地握住她的手，仔细看着这位苦苦支撑东林到现在的深宫贵妇。他们是一家人，许久之前，兄友弟恭，叔嫂和睦，在宫中一同饮宴，登楼台，听歌舞，笑看孩儿们嬉戏。

“能不能好起来，都不要紧了。”王后淡淡笑道，“镇北王，我们都做过不少错事呢。”

思及向来对自己信任有加的王兄，楚北捷痛苦地闭上双目，沉声道：“北捷有错，让王兄失望，让王嫂吃苦了。”

王后幽幽瞥了他们两人一眼，疲倦地合上眼睛，夫君临死前的一幕，从她眼前缓缓而过，跟随其后的，是东林王宫里冲天而起的火焰。

她长长叹了一声：“天下哪有不犯错的人？”又看向垂眼不语的娉婷，“我和大王难道就没有错吗？当日与云常驸马何侠私下达成协定，用镇北王爱若性命的白姑娘换取云常北漠联军撤退。明知道是错的，但还是做了错误的决定。比较起来，反而是白姑娘，所犯的都是无心之失。”

娉婷摇头，浓睫缓缓上挑，黑白分明的眼睛瞥了楚北捷一眼，叹道：“王后错了。娉婷知道天下即将大乱，却仍因为心里的怨恨而假死隐匿，不愿和王爷解释误会，行事迟疑，致使生灵涂炭。这才是明知道错了，也不肯回头的愚行。”目光与正巧回头的楚北捷颤颤一触。

楚漠然和罗尚在帐外屏息等候，心中兴奋的余波久久未散。林里幽深，还未到凌晨，四周一片黑暗，众人的眼中却都灿然发亮，仿佛提早瞧见了明日定会升起的

太阳。

"真的，是真的……"每过一会儿，罗尚就低声喃喃一句，满脸喜色。

楚漠然大力地拍上他的肩膀，转头看看四周一同经历多次苦战最终留下来的兄弟们，不久前大家还誓死一战，没想到竟能绝处逢生，都有说不出的欢喜感慨。

等候多时，帐门微微动了动。

罗尚霍然从地上跳起来："出来了。"

所有人立刻齐刷刷站起来，精神百倍，热切地盯着帐门。

楚北捷和娉婷出来了。

"王后已将东林王权交付本王，从现在开始，东林所有兵马听从本王调遣。"楚北捷沉稳从容的声音掠过每个人的耳畔。

东林大王之后，楚北捷本来就是东林人心中的王位继承人，众望所归，此刻更没有人不接受这个简单的王权移交过程。

"战情急迫，没有时间叙旧了。"楚北捷抬头看看天色，"云常大军此刻溃散，只是军心乱了而已，实力并没有被削弱多少，他们很快就会重新集结。我们必须在他们大张旗鼓再次进攻之前撤离此地。漠然——"

"在！"

"立即整顿队伍，准备拔营。"

"领命！"

"罗尚。"

"在！"

"你负责保护王后娘娘的安全，挑选稳健的好马，马车上放置软草。"楚北捷低声吩咐，"小心，不要让王后娘娘再受颠簸了。"

"末将立即去办。"

楚北捷指挥若定，一口气下了几道命令。这些人都曾跟着他出生入死，早习惯了听他号令，如今看见昔日威武的镇北王回来了，他们顿时找回了主心骨，行动起来分外利索，只听见连串"领命！""领命！"的应声，众人便纷纷离开去办自己负责的事。

全营行动迅速，不到半个时辰，诸事打点妥当，各人回来向楚北捷复命。于是拔营飞撤，一路向南边的山峡深入，小心隐藏踪迹。

楚北捷又另外派出人马，在路上布置种种假象，迷惑敌人，使云常大军不能确定他们的路线。

当晚行军途中临时休息的时候，楚北捷在空旷的林地里召集所有将领议事。

楚北捷隐居两年，一复出就为了东林王族被困之危四处奔走，还没有工夫停下来对目前四国的状况做全面了解。

楚漠然特地详尽地禀报道："何侠获得钱粮库的掌管权后，大量增加军队的开销，使云常军在短时间内征召到很多勇猛的士兵。他们由何侠亲自操练，又经过多次大战的锤炼……现在的云常大军，再也不是当年那支蛰伏着只求自保的军队了。"

"而东林和北漠的大军，都已被何侠率领云常大军击溃。"想起眼下四国恶劣的形势，罗尚接着沉声道，"现在唯一有希望可以勉强抵挡云常大军的，仅余归乐国的大军。"

"归乐目前正在内乱，归乐大王何肃和大将军乐震对峙，他们自顾不暇，哪有工夫管云常的大军？"若韩道，"我在北漠秘密设下了几个征募士兵的据点，自从则尹上将军挑战何侠之后，来投靠的年轻人每天都在增加，目前算起来已有一万多人。只是我们没有兵器，也没有战马。"

"复闻河之败，彻底损耗了我们东林军的元气，不少士兵看不到希望便逃命去了，剩下的人都在这里。"楚漠然转头，看看身后冷冷清清的营帐，"算上伤兵，不超过五千人。"

一阵沉默。

比起云常三十万人的大军，他们仅存的将士满打满算，也只有一万五千人。

经过一天的赶路，大家再次见到镇北王时的激动已经慢慢平复。严峻的现实摆在面前，他们有了可以领兵的镇北王，可兵马从何而来？

楚北捷沉吟片刻，挥手道："大家先去休息，明日还要急行军，不能让云常大军追上我们。"

众人知道主帅需要时间深思，纷纷离去。只有楚漠然依旧跟在楚北捷身后，像从前那样陪他在睡前巡视一遍营地。

两人在宁静的晚风中，看着已渐渐微弱的篝火，缓缓举步。

"你刚刚没有说到臣牟的消息。"

"臣牟大将军……在云常大军攻进都城时，战死了。"楚漠然沉重地道，"楚老丞相年老体衰，无法随同我们撤离，听说他不愿被俘受辱，服毒自尽了。"

两人的心情一样沉重。楚北捷长叹一声，负手在后，继续默默巡视。

自从楚北捷回来，楚漠然还是第一次有机会和他私下详谈，心里无数疑问，忍不住道："王爷，白姑娘她……"

"她还活着，她原谅了我，回到我的身边。"

"当日……不是说她腹中已经有了王爷的……"

楚北捷猛然停下脚步，刚毅的脸上隐隐流露出一丝悲痛。楚漠然随他多年，极少见这位威严自傲的王爷无法控制自己的情绪，暗悔说错了话。

却听见楚北捷沙哑着嗓子道："她经历那么多危难，能活到现在已经不易，哪可能保得住孩子？本王……"拳头握了又松，松了又紧，"本王不忍问她……"

那苦命的孩子，多半是不在了。

他见了娉婷后，连日为了四国的乱况而奔波，从百里茂林到江铃古城，再从北漠到东林，和娉婷细说往事的时间确实不多。

那么一点点空当，光说甜蜜的话和感激上天都远远不够。而且，他堂堂镇北王，孤身对着敌人千军万马都能面不改色，可每当想提起孩子的问题，却找不到一丝勇气。

他无法想象，被云常士兵追捕、陷入重重困境的娉婷，是在怎样的情况下，绝望地失去了腹中的骨肉。

这件惨痛的事，是否已经成为娉婷心上一道血淋淋的伤口，以至于重逢至今，娉婷也闭口不谈？

楚北捷在自己的帐篷外伫立，复杂的心情让他久久无法挪动脚步。

楚漠然的疑问，正是扎在他心头的一根刺，他极想拔出，但问出这个问题，会不会又对娉婷造成伤害？

她好不容易才回到他身边，楚北捷宁愿舍弃自己的性命，也不愿勾起娉婷一丝伤感。

那个孩子……不能提起……

"王爷要在外面站多久？"帐帘掀了起来，娉婷出现在帘内，柔声问道。

她走出来，牵起楚北捷的手，和他一同入帐，浅笑道："娉婷向来知道王爷用兵的本领，就算形势再严峻，也不会让王爷烦恼成这样。到底漠然和王爷说了什么，竟能让王爷露出这样犹豫难过的神色？"

楚北捷握着娉婷柔软的小手，暖玉温香，近在咫尺，身处极乐也不过如此，这般良辰美景竟要被他心中不得不求证的疑问生生打破。他咬了咬牙，终于下了决心。"娉婷，当日在隐居别院……"

"王爷，派出去的探子回来了。"在最不恰当的时候，士兵禀报的声音在帐外响起。

楚北捷却不知为何，暗中松了一口气，连忙掀帐而出："快报！"

云常都城，满目素色。

"什么？"身着素服的何侠拍案而起，讶道，"楚北捷忽然出现？！"

"正是。"传信兵单膝跪下，不敢抬头，"许多士兵都说亲眼看见镇北王在山坡上张弓一箭，就把沉景大将军活生生射死了。"

"他有多少人马？"

"沉景大将军手下的士兵都说不清楚。"

何侠恼道："两军交战，他从后伏击，杀出来多少人马，怎会不清楚！"

"启禀驸马爷，当时……当时他们一见镇北王，都吓糊涂了，尚未交战，大军就已经溃散……"

"混账！"何侠一声喝断士兵的话。

传信兵立刻噤若寒蝉，不敢作声。

"只不过看见山坡上一个影子，还没有交战，上万人马就被吓跑了。"何侠在房中来回踱步，狠狠道，"这沉景带的是什么兵？他就算活着回来，本驸马也要治他一个练兵不严之罪。"

自从耀天公主死后，完全掌握了云常大权的驸马爷日益阴鸷，目光总在不自觉间流露隐隐狠意，令人不寒而栗。

传信兵跪在地上，听着何侠在头顶上霍霍来回，心里仿佛揣了一面小鼓，咚咚乱响。忽然听见外面一声禀报："驸马爷，从东林王宫来的传信兵到了。"

"叫他进来。"

房门被推开，另一个风尘仆仆的传信兵进来跪倒，气喘吁吁道："禀报驸马爷，镇北王忽然在东林都城出现，射杀了好几名云常士兵。"

"什么！"何侠停住，"说仔细点。"

"镇北王六天之前出现，在东林都城外张弓射杀了几名城楼上的士兵。"

"怎么不派人去追？"

"大将军立即派兵马出城追赶，只是镇北王一得手，立即领着身边几骑转身离去。等我们赶到城外，他们已经去远，夜色又深，极难追踪。"

"夜色？"何侠眯起眼睛，"他是六天前的晚上到东林都城的？"

"是。"

何侠看向先到达的传信兵："你刚刚说，楚北捷在六天前的晚上出现在东林王族藏身的密林附近的山坡上？"

"是，驸马爷。"

"这两地相距甚远，楚北捷怎么可能同时出现在两个地方？"

"这……这……"

"看清楚他的脸了吗？"何侠问从东林都城回来的传信兵。

"虽然没有看清，但是据当时在场的士兵说，他身边的人都在大喊镇北王……"

"蠢材！听见对方叫喊几声就当他是镇北王吗？如此玩忽，岂不误导主将？"

何侠喝道，"来人啊！把他给我拖出去！"

"饶命啊！驸马爷，饶命啊！属下不敢胡说，万万不敢玩忽！现在东林人都在说镇北王回来了，确有其事，属下一定会查个详细……"传信兵连连磕头。

冬灼拿着书信匆匆跨进门来，看见一脸铁青的何侠，又瞧瞧拼命求饶的传信兵："少爷？"

何侠见他手里拿着军报，定有要事，冷冷下令："本驸马暂且饶你性命，再犯不饶！下去吧。"

两个传信兵捡回自己的小命，连滚带爬退了出去。

"少爷，楚北捷在北漠都城出现。"

"什么时候的事？"

"六天之前。"

何侠冷笑："六天之前，楚北捷在三个地方出现，东林都城、密林、北漠都城——傻子也想得到是怎么回事。"

冬灼恍然大悟："有人利用楚北捷的名声，冒充楚北捷，动摇我军军心！倒也是，楚北捷失踪已久，东林王宫被焚，他要出山早就出山了，怎么可能到这个时候才忽然出现？"

何侠闭目片刻，听了冬灼之言，他睁开眼睛，目光中跳跃着一缕复杂的光芒："不，若假冒楚北捷便可动摇我军军心，那么云常军攻进东林之初，假冒之事就应该发生了。这恰恰说明楚北捷是真的出山了。在三地同时现身的惑敌之计，正是想骗得我们以为这是旁人冒充的。可惜，瞒得了别人，瞒不了我何侠。"

冬灼大为吃惊，半天才倒抽一口凉气，劝谏道："如果真是楚北捷本人，少爷是否应该尽起大军，立即赶到东林对付他？"

"楚北捷善于藏匿踪迹，你可知道若在东林辽阔的荒原上截击他需要多少兵马？多少时间？"何侠俊美清朗的脸暗藏犀利，唇角微扬，"传令，准备行装。我要前往归乐。"

冬灼一脸不解："飞照行和商禄两军已经派往归乐，足以对付正处于内乱的归乐。何必少爷亲去？"

"打蛇要打七寸。冬灼，你可知道楚北捷的七寸在哪里？"何侠眸眸一转，高深莫测地看向冬灼。

"楚北捷的七寸？"冬灼被问住了，一时皱眉苦思。

何侠见他不解，微微笑道："楚北捷的七寸，就在'兵马'二字。"

一针见血。

冬灼恍然大悟。

东林、北漠两国精兵尽失，楚北捷要获得大量精兵，只能打归乐大军的算盘。何侠立即赶去归乐，只要一举消灭归乐大军，就等于击破了楚北捷获得兵力的最后一个机会。

巧妇难为无米之炊。没有兵马粮饷，楚北捷能有什么作为？

就算他是天神，也不可能凭借一个人的力量打赢偌大的云常军。

定好对策，两人一前一后跨出书房。

"到这个时候，我还是很难相信楚北捷会忽然出现。"冬灼边走边喃喃，"他为什么会无缘无故在这个时候出山？"

"楚北捷的出现绝不是无缘无故的。"

"少爷？"

"必有缘故。"何侠沉声道，精光灿然的眸子幽幽转向后院，影影绰绰中，依稀瞧见娉婷曾住的居所。

那房门，依然紧闭着。

天下之大，还有谁，能让绝望隐居的楚北捷出山？

第五十五章

# 第五十六章

楚北捷率众将士日夜赶路,隐匿踪迹,一边不断派出精干的探子,打听各方消息。

总算寻觅到一处隐蔽的营地后,众人集合在残破的大帐内,再度商议诸事。

"白姑娘的计策果然非常有用。"若韩欣然禀报,"镇北王出现在密林的当日,我按照白姑娘所言,安排了身形和镇北王相似的几个人在各地现身击杀云常兵,并且要他们自称镇北王。现在整个云常军人心惶惶。"

罗尚兴奋地点头:"这真是一石二鸟之计。云常普通士兵都吓破了胆,流言四起。但一个人绝不可能同时在几个地方现身,那些云常将领都认为这是惑敌之计,就算何侠接到通报,也会以为这是谣言。只要他不立即派遣大军围剿我们,我们就有喘息休养的机会。"

"何侠那小贼一定是中计了!"森荣爽朗地笑道,"探子回报,何侠接到四方传来的急报后,并没有集合大军赶赴东林,反而立即出发到归乐去了。可见他也不相信镇北王就在东林。哈哈,说到底,还是白姑娘谋定而后动,计策高明。"

娉婷坐在楚北捷身旁,被众人连连夸奖,淡雅的脸上非但没有喜色,反而轻轻叹了一声,逸出一个苦笑:"娉婷实在汗颜,何侠亲自赶赴归乐,恰好说明娉婷这个惑敌之计被他识破了。"

"什么?"众人脸上的笑容一时凝住。

楚北捷在桌下轻轻握着娉婷的小手,转头看了娉婷一眼,从容笑道:"何侠赶到归乐的那天,归乐大军覆灭的时刻就到了。对于我们来说,要想从归乐得到兵力的补充,已成妄想。"

云常军力日益强大,继北漠、东林大军溃败后,如果连归乐大军都遭覆灭,哪里还有足以对抗何侠的兵力?

总不能以一万五千的兵马和云常几十万大军硬碰硬吧?

刚刚才为迷惑了何侠而高兴的各位将军明白了形势,脸色顿时变灰。

何侠收服了归乐大军后,将再无后顾之忧,凭云常现在的实力,大可以在将来好整以暇地调重兵包围他们，像猫捉耗子一样慢慢玩弄。

楚北捷见众人信心低落，微笑起来，对娉婷调侃道："白姑娘计策高明，是否有办法对付眼前这恶劣的局面？"

娉婷回他一个温柔的眼神，心有灵犀道："王爷一副胸有成竹的样子，可见良策在手，又何必问娉婷？"

楚北捷朗声笑起来："娉婷在考本王？"桌下将她的手握得更紧。

东林王后病情稍好了点，也被扶到软垫上斜倚着，此时她插话道："哀家几乎是看着镇北王长大的，对镇北王领军的能力笃信不疑，再糟糕的局面他也可以从容应付。倒是白姑娘的本事，让哀家很想见识。"

她是楚北捷的王嫂，话一出口，分量不轻。娉婷知道她有意考自己，于是妙目流转，缓缓扫了帐内一圈，才轻启红唇："云常兵多，我方兵少，这是何侠最大的优势。现在，我们必须将他这个优势转为劣势。"

楚漠然皱眉："优势如果能转为劣势，那当然最好。可是如何能做到呢？"

森荣说话最直率："简直就是不可能。"

"怎么不可能？"娉婷淡淡反问一句，语气虽轻，却流露出暗蕴的自信，一字一句如玉珠落盘般，清晰地分析道，"云常军队表面上的'日益壮大'，是因为吸收了大量的降兵俘虏。森荣将军，请问这庞大的云常军队，有多少士兵是何侠一手带出来的？"

罗尚抢在森荣之前回答了这个问题："现在的云常军主要由两部分组成，一部分是云常的正规军，另一部分是其他国家的降兵。降兵当然是半路加入，忠诚度不高，至于云常的正规军，也不是何侠的原班人马。如果云常军中出现大变动，何侠很难控制局面。"

"这也是何侠不惜采取暴虐政策，宁愿激起民怨也要不择手段在最短时间内收服四国的原因。他必须在自己可以掌控的时候完成大业，因为他根本就承受不起一次大规模的军中动乱。"楚北捷低声接着道。

以驸马之名统领大军，上有实亡但名仍存的云常王族，下有口服而心未服的文武大臣，外有含恨归降的东林、北漠将士。

云常目前看似威风八面的大军，其实缺乏扎实的根基。

何侠深明此理。

"他原也不是什么坏人，只是……"娉婷脸上不经意地掠过一丝模糊的悲伤，但很快振作起来继续道，"我们现在要做的，就是在云常大军内引起一场极大的骚乱。"

对策一旦确定，觉得前路茫茫的各位将领顿时来了精神。

"妙！"森荣大笑起来，击掌道，"与其辛苦地扩张我们自己的军队，不如想办法破坏敌人的军队。"

楚漠然比较淡定，冷静地分析道："知易行难。何侠也是有名的将领，练兵自有一套，云常大军不会说乱就乱。"

"漠然说得有理，要使云常大军发生骚乱，必须从多方面入手。其实，已经有人帮我们做了第一件事。"楚北捷鼓励地看着楚漠然，"漠然应该可以猜得出来本王说的人是谁。"

楚漠然认真地思索片刻，忽然眼睛一亮，抬头道："对了，是北漠上将军则尹。他单枪匹马在千万云常士兵面前向何侠挑战，虽然落败，可是也伤了何侠。此事已经悄悄地传遍各地。何侠也是会受伤的，这对深深敬仰何侠，把何侠当成天神一样尊敬的普通士兵来说，一定会在他们心里留下阴影。"

楚漠然显然是答对了，楚北捷对这位跟随他多年的下属露出欣慰的笑容，赞赏地点头，叹道："则尹虽然曾是本王的对手，但他这份刚毅热血，令本王极为钦佩。"

"好一条汉子。"罗尚沉声道。

若韩和森荣是跟随则尹多年的将领，听他们说起北漠这位上将军，眼睛都不禁微微发热。

"哀家想了第二个方面，其实这事，也已经有人做了。"东林王后也加入讨论，"就是向四方散布镇北王出山的消息。镇北王和小敬安王是当世两大名将，自从镇北王失踪后，天下人都将小敬安王视为无人可敌的战神。所以，镇北王的出现，会动摇何侠好不容易在云常军中建立的不败形象。"

楚北捷露出一丝苦笑，转头对娉婷道："本王真的有点后悔。当初与何侠在归乐边境对阵时，如果本王不佯装撤退，而是直接与何侠硬碰硬大战一场，在青史上留下镇北王曾在战场上打败小敬安王的一段，那本王的出现，会令那些正追随何侠的将领更紧张。"

娉婷露齿而笑，低声道："王爷似乎忘了，当时娉婷正为归乐大军出谋划策。若是真的硬拼下来，我和少爷联手，王爷未必能占多大的便宜呢。"

楚北捷被她灵动的眸子一瞥，身上每个毛孔都舒畅得想要唱歌，失笑道："是本王自大了，请娉婷大军师见谅。"

两人目光轻轻一碰，都觉脸红心跳，似乎说不完的情话都涌到了喉间，恨不得痛快倒出来。只是众人在前，讨论的又是生死攸关的战局，怎能这般不识轻重？娉婷悄悄收了目光，在桌下想将手抽回来，微微一动，竟被楚北捷握得更紧了。

"第三个方面，我看应该针对云常的内局。何侠只是驸马，这个名分不高不低，十分尴尬，所以他正加紧筹划建立新国，想正式登基为王，把名号给打正了。

"他真的统一四国，建立新国的话，不但东林、北漠、归乐不存，就连他自己的大本营云常，也会被抹去国号，云常王族就会消失。"

若韩冷冷道："要让一个国家延续百年的王族消失，并非那么容易。云常的大臣和将领一定会有人心怀不满。就像对付云常丞相那样，何侠也一定会想办法迫害那些不认同他的云常人。"

"听说云常的耀天公主死得蹊跷。我看何侠不但对付那些不认同他的将领大臣，甚至连他自己的妻子也不放过。"

娉婷听了，脸上黯然。

森荣倒是兴致勃勃："他们明争暗斗，我们正好来个渔翁得利。借机散布何侠谋害耀天公主的谣言，让一向忠于云常王族的军队军心大乱。"

"是否要想办法和那些被何侠迫害的云常将领秘密接头？说不定他们会背弃何侠，投靠到我们这边来。"楚漠然道。

"此计不能轻举妄动，万一反被何侠识破，将计就计，我们就危险了。"娉婷道，"如今我们双方并非公平较量。何侠错了一步，尚可凭借强大的势力挽回，我们稍错毫厘，就会全盘皆输。"

楚北捷赞同娉婷的意见，道："本王的意思，先派出密探，仔细打探云常内情，弄清楚哪些人有可能投靠我们，哪些人即使对何侠不满，也绝不会背叛云常大军。和前者秘密接头，怂恿他们起义。"

东林王后明白过来，接着道："后者则暗中刺杀，栽赃给何侠，激化云常人与何侠的矛盾。"

楚北捷笑道："王嫂见识高明呢。"

"镇北王说得如此透彻，再不懂的人也会明白了。"

楚北捷又道："前述种种只是造势而已，就如在一片干枯林木上泼满了油，但要引起滔天大火，还必须有火星。"

这是关键之处，此话一出，众人都屏息听他说下去。

不料楚北捷却偏过头，对娉婷笑道："不如，本王和白大军师打个赌？白大军师若能想到擦出火星的法子，本王便亲吻白大军师的小手十下，以示感激。"他已心痒多时，此刻情不自禁，竟把情话脱口而出。

气氛紧张的军事会议顿时蒙上一层暧昧甜蜜的色彩。

众人面面相觑。

自诩最熟悉镇北王性情的楚漠然，也忍不住立即冒出一头冷汗。

娉婷乌黑的大眼睛里满是惊讶，她向来沉静淡然，忽然当着众人的面被楚北捷将了一军，脸上顿时爬满红云，眼珠轻转间已想好对策，露出微笑："法子不是没有，

不过王爷的赌注要改一下，娉婷若答对了，王爷要许诺十天不碰娉婷的手才行。"

不等楚北捷拒绝，娉婷徐徐道："破坏敌人的军队，历来有两个最实在的法子。一个是兵戎相见，打对方一个落花流水，让敌人以后听见王爷的名号就不战而溃。"

"我们要尽量缩小与何侠的兵力差距，才可以正面决战。这法子暂不能用。"楚北捷摆手，意味深长道，"请教第二个法子。"

"第二个法子，就是断敌粮草。士兵们饿着肚子，怎么可能不大乱？"

楚漠然道："这又是说起来容易做起来难的事。何侠深谙兵法，十分明白粮草的重要性。要断他几十万大军的粮草，哪有那么容易？"

娉婷眸子微动，传给楚北捷一个顽皮的眼神，柔声道："如果娉婷答错了，不知道王爷要罚什么？"

楚北捷皱眉喃喃："白大军师擅自改了个这么让人头疼的赌注，本王不想和你赌了，法子还是让本王自己想吧。"

"迟了呢，赌注已下。"娉婷浅笑，看向众人，"要截断何侠粮草，只能兵行险着，夺取云常的粮草重地。"

若韩露出惊色："囤积粮草的重镇，必在云常境内。我们孤军深入，万一被发现……"

"不入虎穴，焉得虎子。"娉婷从容不迫，巧笑倩兮，风流尔雅，"我们不但要潜入云常，还必须神不知鬼不觉地占领对方的城池。确实，如果有一丝消息泄露，惹来云常大军围攻，那我们就死无葬身之地了。"

"这……"森荣倒吸一口凉气，"这怎么可能？"他虽不怕死，但绝不赞成贸然送死。

东林王后缓缓道："连失踪多时的镇北王从天而降这种世人都认为是不可能的事都发生了，还有什么是不可能的？白姑娘请继续说下去。至于那座我们必须夺取的云常城池，不知白姑娘心里有没有定论？"

楚漠然道："囤积云常大军粮草的重要城池，是祖西。但那里是云常军最重要的城池，不知有多少兵力把守，就算我们拼死占领了，也不可能不让何侠发觉。"

"谁说要占领祖西？"娉婷摇头，眼中闪烁着智慧的光芒，"囤积粮草的城池固然重要，但各路粮草运送到祖西的必经之城，不是也同样重要吗？"

此言一出，众人眼里顿时大放光芒。

森荣猛然往膝盖上狠拍一下："对！哈哈，有道理。我们暂时占不了有重兵把守的祖西，却可以对付还在路上的粮草。"

罗尚也显得非常兴奋，站起来对着娉婷就是一揖，迫不及待讨教道："请白姑娘不要再吊我们的胃口，痛快地把谜底说出来吧。到底要占领云常的哪座城市？我握剑的手开始发痒了呢。"

娉婷受他一掇，倒不好意思起来，当下便说出谜底，吐出两个字："且柔。"

"且柔？"

娉婷徐徐回头，看入带笑的楚北捷眸中，轻声问："娉婷的谜底已经坦白，王爷以为胜负如何？"

楚北捷故作无奈，沉痛地叹了一声："你赢了。"

众人正竖起耳朵等他回答，听此一言都情不自禁笑起来，之前军帐中沉滞压抑的气氛被一扫而空，连东林王后也忍不住掩着袖轻笑。

"好，我们来详谈正事。首先，是如何孤军深入云常，不让敌军发觉地接近且柔城。"笑过之后，楚北捷长身而起，眼神恢复犀利，从怀中掏出一卷布帛，在桌上铺开，"大家过来看。"

众人纷纷靠前，围着桌子仔细端详这幅画得清晰细致的地形图。

"这是本王昨夜根据多日来探子的军报绘成的地形图。此处，就是我们要攻占的目标，且柔城。"


云常。

且柔城内，风光明媚。只是城守大人的心情，颇为糟糕。

"又暗中回来了？"番麓反复拨弄着手里的轻弩，懒洋洋地问。

"是。"

"不是昨日才出城吗？"

"禀城守大人，卑职按大人的吩咐，昨日确实恭请葡光、葡盛两位大人出城了，他们临行前还好酒好菜招待了一顿。只是不知为何，两位大人今天换了平民的衣服，又进城来了，在酒楼妓院里玩乐，说他们是体察民情，微服暗访城守大人您的政绩来着，一日不查清楚，一日不会离开。"

"狗屁的民意！"番麓忍了多日，火气终于难以压抑，猛然将轻弩往桌上一摔，震得桌上的瓷杯猛地一跳，哐当倾倒，茶水泻了一桌，"这两个小人，靠陷害对何侠不满的云常大臣受宠。现在居然勒索起本城守来了。"

"大人，城守大人……"身后的师爷杜京拈着山羊胡子凑到番麓耳边，急道，"大人小心言辞，云常现在人人自危，驸马爷正派人四处探察那些对他不服的人呢。这些话，要是让葡光、葡盛两位大人在驸马爷或者驸马爷的心腹面前透露一丝半点……"

番麓冷哼一声。

何侠对付异己手段毒辣，风驰电掣，番麓怎会不知？

他是贵常青提拔上来的城守，算贵常青那边的人，何侠恨贵家入骨，自然不会对他有任何好感。

现在何侠外要对付归乐，内要对付那些掌握实权的云常大臣将领，暂且不会有精力和他这个小小且柔城的城守计较。

但是将来呢？

万一何侠真的建立新国，登基为王，大的枝节皆处理完毕，还不好整以暇地修理他们这些小兵小将？

将来堪忧，这是不必说的了。而现在，那些投何侠所好的小人就已经欺上家门了。

"他们在且柔除了喝酒作乐，还干了些什么？"番麓收敛了怒容，挂上心不在焉的讥笑。

下属见他不再大怒，才敢继续禀报道："两位大人吃喝玩乐都不付账，说是要酒楼老板来城守府要钱。"

"帮他们付。"

"那……春艳楼的老鸨，她也过来了……"

"也帮他们付。"

"还有……"

"不必说了，都帮他们付。好好伺候，由他们闹。"

打发了下属应付那葡光、葡盛，还要处理且柔城中大小事务。番麓心中不平，挥笔批了几道公文，再也坐不住了，召师爷杜京过来，道："这些东西太杂，你先把重要的挑出来，写个大概意思，等下给我看吧。"说完站起来出了书房。

到了院子里，按照习惯右转，几个大步，不经意就到了极熟悉的房门前。刚巧醉菊捧着一叠衣服出来，差点撞在番麓身上，吓了一跳，眼睛向上一挑，瞪他道："你在当门神呀？石头一样挡着人家的路。"

自从东林被云常侵入，醉菊的师傅和其他相识的人都没了消息，料想醉菊即便逃了也没有地方去，番麓便将房门的锁给收了，让她自由在府中走动。

"你又把我的衣服拿去补了？"番麓的目光落到她手上。

醉菊被他一问，脸蛋微红，立即把手上捧着的衣服全塞到他怀里，咬着唇道："谁有那个闲工夫帮你补衣服？我又不是你买的奴婢。"

"那你拿我衣服干什么？"

"我……"醉菊听见他冷冷地追问，心头火起，磨牙道，"我嫌你太讨厌，连衣服都脏兮兮的。明知道府里那个老妈子洗衣服不干净，还不赶快换个人。堂堂一城之守，连这点识人之明都没有。今天跟你说明白了，我再也不会帮你重洗衣服啦！"

"哦……我明白了。"番麓最喜欢看她脸红，把头凑过去，附在她耳边，嬉笑

524

道，"你是嫌我搂着你的时候，味道不好闻。其实那只是衣服的味道不好而已，本城守自己身上的味道，可是非常非常干净好闻的。"

醉菊被他的轻薄话骇得心儿狂跳，捂着心窝退了一步，跺脚道："你这人真可恶。我帮你洗洗衣服，碍着你什么了？竟要说这种话来欺负我。"

番麓和她大眼瞪小眼："你这女人才可恶，越来越会撒娇了。明知道本城守什么都不怕，就怕你撒娇。我堂堂一城之守，怎能让你这样欺负？"

"你……你、你……"醉菊被他的强词夺理弄得愕了好一会儿，一咬下唇，揉着眼睛转身就冲回房里。

番麓高声道："别哭，别哭，好吧，本城守收回前言，你一点儿也不可恶，你爱怎么欺负我就怎么欺负，大不了我不反抗。"一边说着，一边捧着满怀的衣服追了进去。

他自己性情古怪，故意惹急了醉菊，又花百般心思哄她。

醉菊哪有这么容易被他哄到？扭着身子用背对着他，气道："我不要见你，我这就收拾包裹，去找我师傅。"

"我陪你。"

"谁要你陪？"

番麓唇角勾起邪笑："好，你不让我陪，那我陪别的女人去。"

醉菊霍地转过身来："你这人真讨厌！要走就快点走，别在这里烦我。"

两人正在赌气，番麓的下属匆匆赶了过来，禀道："城守大人，葡光、葡盛两位大人到府门口了。"

番麓知道那两个人吃饱喝足，又来生事，眉头微微皱起，沉声道："知道了。你们准备上房，好好招待，找几个漂亮小姐陪他们喝酒，别让他们烦我就行。"

下属领命去了。

醉菊好奇道："瞧你眉头皱成那样，谁敢惹城守大人不快？"

"两只讨厌的臭虫。"番麓不想多说，又吊儿郎当道，"别管臭虫，我们的事还没说完呢。"

"什么我们，你是你，我是我。"

"唉，我投降。"番麓贴过去一点，压低声音道，"本城守告诉你一个秘密，算是赔罪，如何？"

"什么秘密？"

"那个洗衣服不干净的老妈子，是我特意安排的。我就知道有人会笨得上当，帮我把衣服都重洗一遍……啊，别打，别打！叫你别打，你还那么用劲。喂喂，我还手啦……"

　　这么一闹，又花了好些工夫才把醉菊哄得肯和自己说话。番麓心里的烦闷大半散去，看看天色，已经不知不觉过了半日时光，站起来伸个懒腰："不和你玩了，我要处理公务去了。且柔城百姓的安乐日子可全靠我这位城守大人呢。"

　　醉菊横他一眼："真是大言不惭。快点去吧。"

　　"今晚再来陪你吃饭。"

　　"不许你来。"

　　番麓趁她没防备，在她脸蛋上轻轻扭了一下："那你过去陪我吃饭。"

　　醉菊再要发火，番麓已经脚步轻快地走远了。

# 第五十七章

镇北王和白娉婷的珠联璧合使低落的士气高涨起来，军事会议后，众将心中有了明确的目标，步出营帐时，连脚步也轻松了几分。

但大家也都明白，兵行险着，镇北王和白姑娘的策略大胆却也危险，是一步也错不得的。

会议结束后，楚北捷一把拉住打算随众人出帐的娉婷："刚刚才大展神威的白大军师，你不留在我这个主帅身边，要到哪里去？"

娉婷回头笑道："王爷别忘了我们的赌约。娉婷赢了，王爷十天都不能碰娉婷的手呢。"

楚北捷眼中光芒忽地一闪，竟毫不犹豫地把腰间的神威宝剑抽了出来，往娉婷面前一递："娉婷砍本王十剑好了，以替那十日之约。"

娉婷被眼前的森然剑光吓了一跳，连忙将剑插回鞘中，蹙眉道："王爷这招苦肉计使得不得人心。是王爷先招惹娉婷的，而且王爷身上连且柔的地图都藏了，还故意坏心眼地考人家。方才要是答不出来，岂不愧死娉婷？"

楚北捷沉声道："本王没使苦肉计，看你就在眼前，十天内却连碰你的手都不可以，那比挨上十剑更难受。思念之苦，甚于身躯之伤。本王舍难取易，天公地道。"英俊的脸上满是认真。

娉婷心头微颤，被他说得没了言语，深深低下头去，半晌才用微不可闻的声音道："就算那十日之约作罢，王爷也不能每时每刻都握着娉婷的手吧。"想了想，到底还是忍不住露出嗔色，不甘道，"王爷咄咄逼人，逼着娉婷放弃赌约，不行，这'一箭之仇'娉婷定要报的。"灵巧的眸中微微荡起涟漪，又甜又怨地瞅着楚北捷。

楚北捷见她温婉玲珑，扬唇笑起来，低声道："告诉本王你要去哪。"

被这么一问，娉婷脸色微黯，轻轻道："我总该亲自去见一见霍神医。醉菊她……"幽幽叹气，眼圈已经微红。

楚北捷心里一阵发疼。

　　两人重逢后，娉婷对于过往诸般辛酸避而不谈，就算偶尔不经意提起，也是几个字轻描淡写，不愿细述。

　　他却非常明白，种种坎坷给娉婷造成的伤害至今尚未痊愈，醉菊的死，更使娉婷深受打击。

　　常年被冰雪覆盖的松森山脉上，到底隐匿了怎样的惨事？

　　他们的孩子，也葬送在那片茫茫白雪之中了吗？

　　他至今不敢问娉婷那个可怜的孩子到底是怎样失去的。对娉婷来说，那一定是无法承受的伤痛。

　　"我陪你去。"楚北捷握紧了娉婷的手。

　　娉婷缓缓摇头："王爷见谅，娉婷想独自面对醉菊的师傅。"

　　"娉婷……"

　　"若是日后娉婷真有需要……"娉婷抬头，睫毛颤颤地瞅着楚北捷，"王爷一定会在娉婷身边吧？"

　　楚北捷的心被她楚楚可怜的目光瞅得无力，立刻沉声许诺："一定。"

　　娉婷听了，嫣然一笑，轻轻抽出被楚北捷握在掌中的手，转身翩翩去了。

　　楚北捷站着看她出了帐门，怅然若失。一会儿后，发觉身后有人注视，立即恢复机敏心神，转身豪爽地笑起来，摊开手无奈道："王嫂想笑就笑吧。常言道，一物降一物——楚北捷碰上白娉婷，从来都是无计可施的。"

　　帐中诸将已经离去，东林王后侧倚在躺椅上，嘴角蕴笑："镇北王过谦了，方才那招苦肉计就使得头头是道，怎么能说无计可施？温柔乡，原是英雄冢。大抵男人遇上心爱的女人，都会像镇北王这般吧。"幽幽地往帐门外一瞥，心神乘风而起，瞬间飞过万里，直抵昔日东林王宫那一片夺目华贵。

　　想当初，重重金殿，美酒欢歌，宿着鸳鸯。

　　她陪在大王身边多年，却在最后离别之际，才深深地明白过来。

　　她不但是东林的王后，更是这男人的妻子。

　　往昔被东林王族的荣耀之名笼罩，此刻失去之后，才知道真正值得回忆、嗟叹不已的，是她与他之间那份情。

　　无关东林，无关王族，无关大王与王后。

　　只是夫与妻，他与她。

　　为着那些繁缛的礼俗，她有多少次情不自禁地想要握紧他的手，偎入他的怀，却想起身为一国之后的本分，生生忍住了心中那点点滴滴的爱意。

　　"王嫂？"

　　"啊？"东林王后蓦然惊觉过来，唤道，"镇北王，请过来哀家身边。"

楚北捷走前两步，在她对面坐下。

"镇北王是否打算把东林的兵马也归入亭军？"东林王后问。

楚北捷本来就打算和王嫂言明此事，坦率地点头道："正是。"

"亭军……"东林王后将这二字放在嘴里咀嚼，苦笑道，"大王当日曾说，镇北王性情烈，并不适合生在无情的王家，这是他对弟弟最忧心的地方。但是现在，哀家却不知道对镇北王这种性情应该忧心还是庆幸。如果不是镇北王深爱白娉婷，又怎会奇迹似的出现这支敢与何侠对抗的亭军？"话锋一转，又问，"哀家想确切地知道，东林军归入亭军后，假如将来亭军大胜，镇北王掌握大权，那么东林的命运将如何？东林王族又将如何？"

楚北捷沉默片刻，毅然咬牙道："不瞒王嫂，本王会建立新国，另立国号。"

"那东林……"

"东林已是过去。本王出征并非为了扩张东林，而是为了给娉婷一个安宁的天下。如果平定大乱后仍以东林为尊，实际上等于东林征伐了三国，这和何侠有什么区别？其他三国的将士、百姓也一定会耿耿于怀，时刻想着反抗，天下不会出现真的安宁。"楚北捷目光坚毅，沉声道，"这是本王给娉婷的承诺，绝不更改。"

东林王后目光蓦然转厉，看向楚北捷。

楚北捷不避不让，淡淡直视："王嫂如果生气，尽管责罚北捷，但这件事，北捷主意已定。"

东林王后深深看他良久，眼神渐失了犀利，无奈地叹了一声："国之根本，本来就是人，对吗？"

"王嫂？"楚北捷微愕。

"天下哪有不透风的墙？耀天公主与镇北王在东林云常大战前的一番对话，早被许多人打探到了。"东林王后苦笑，露出追思的表情，"王宫被焚之后，哀家常常在想，我东林建国之时，是怎样一番景象？应该也是千万将士、黎民百姓上下一心、众志成城，不惜洒尽热血，盼望着自己和妻儿老小都能过上安宁幸福的日子吧？"

为什么百年之后，国刻在心中，却忘了人？

千千万万的人，千千万万的生离死别、爱恨缠绵。

东林王后悠悠的目光扫过楚北捷的脸，长长吐出一口气，猛然下了决心："国家重要，难道百姓就不珍贵吗？没有安居乐业的百姓，东林也是名存实亡。镇北王，你放手去做吧。"

楚北捷不料东林王后竟有这般决断，猛地站起来，接着单膝跪下，一字一顿道："王嫂之恩，楚北捷没齿难忘。"

想不到原以为最难过的一关，竟这样轻易闯过了。

"去吧。平定大乱，结束这生灵涂炭的局势，还天下以安澜。"东林王后轻轻扬唇，逸出一丝憧憬的微笑，"王族也好，平民也罢，让所有人都记住——既有幸生而为人，就该知道自己生而有价，就该知道自己并非让人践踏的蝼蚁。"

镇北王会建立一个庞大的帝国。

这个帝国的庞大，不仅仅在于兵强域阔，更因为这个国家的每一个人都会渐渐懂得尊重自己，不轻贱自己。

不视自己为傀儡，不视自己为工具。

他们不会被驱赶着走上战场。

当大战来临时，他们会自己选择——是否为了保护自己的未来而战，就如今日的亭军一样。

假如，他们的鲜血染红沙场，那片被火热的血浸染过的土地，将长出最茂盛的野草。

"白娉婷……"东林王后仰天长叹，"好一个白娉婷。"


归乐，暮色萧索。

深宫冷落院中人，再无蜂蝶慕幽香。

久未动过的门锁发出轻微响声，褪尽华衣的归乐王后在幽暗中迟钝地抬头，瞥见门外威严而熟悉的身影。

归乐王何肃跨进房门，说道："你大哥乐震与飞照行一战后，惧怕云常大军再度袭击，已经领着残兵远远逃离都城了。"

他语气平静，出奇地没有震怒。

归乐王后被幽禁多日，还是第一次听见兄长的消息，沉默片刻，冷冷地问："大王是来赐死臣妾的吗？"

何肃好一会儿没有作声，缓缓走近自己的妻子，伸出食指，像从前恩深情重时那般，轻轻挑起她瘦削的下巴。

"王后，难道不想再见绍儿一面？"何肃忽问。

归乐王后震了震，不敢置信地看向何肃："大王……肯让臣妾见绍儿？"儿子毕竟是娘的心头肉，她的声音微微颤抖。

"为什么不肯？"何肃叹气，反问。

归乐王后自知必死，大不了白绫毒酒二者选其一，早做好了一了百了的准备。没想到何肃亲临，言辞举止竟和料想中的大为不同。毕竟是多年夫妻，又听他提起儿子，心肠顿时软了三分，神态便没有之前那般冷傲，低下头，幽幽应道："臣妾泄露大王伏兵之事；父亲擅权；大哥违抗王令，拥兵自重，和大王对峙。乐氏一门，犯的……都是死罪。"

"王后也知道自己的罪？"何肃想起归乐现在的乱况，不由得冷哼，见王后低头不语，又缓缓长叹一声，道，"王后起来吧。寡人赦免你的罪，命你重回正宫，仍为后宫之主。"

"什么？"王后惊讶地仰起头。

乐震领兵与都城对峙，和造反没有两样，这是王族最忌讳的，绝不可能得到赦免。

但大王的表情，却丝毫不像在开玩笑。

夜色下的冷宫一片昏暗，何肃屹立在门前，身影近在咫尺，但要看清他眸底的一分一毫，又似乎隔得远了，只捕捉到一片模模糊糊的影子。

王后端详着本来已与自己恩断义绝的何肃，再次低下头，咬牙道："大王还是杀了臣妾吧。臣妾十五岁嫁入王子府，大王登基，即封臣妾为后，想当日何等恩爱，怎料会有今日？如今木已成舟，无法挽回，就算大王赦免，臣妾还有什么脸面当这王后？臣妾只是懊悔，怎么会一时起了妒心，暗中命人向何侠泄露大王伏兵所在……不过区区一个白娉婷，就算让她进了后宫，只要大王高兴，又算什么了不得的大事？为了一个女人，致使归乐大乱，臣妾……臣妾真是愚不可及……"说着，娇肩剧颤，伏地恸哭。

她贵为王后，养于深院，起居只在宫中，何肃实在是唯一一个她放在心里的男人。往日华衣美食，艳婢环绕，又有父兄每日在眼前论事讨赏，仿佛当着这个王后，就不得不有满腔心计，防着掖着，思谋较量。

此刻华衣尽褪，青丝懒梳，冷冷宫院内闲看浮云悠然，心里偶尔记起的，却是那些往常以为微不足道的小事。

当初如何战战兢兢地跨进王子府，洞房花烛夜，偷偷掀了红巾一角，悄悄瞥了何肃第一眼；如何满心欢喜地在何肃耳边低语，说她腹中有了他的骨肉；如何在后宫里盛装打扮，当着众人的面，从容地接了王后的玺印。

好好一双夫妻，就这么一步一步，和家仇国恨缠到了一起，如今除了斩不断理还乱的丝丝心痛，还剩什么？

王后正哭得肝肠寸断时，肩膀被一双大掌轻轻抚了抚。她抬起满是泪水的脸庞，被何肃从地上搀扶了起来。

"王后不要哭了。实话和王后说吧，乐震领军私逃，都城兵力空虚，如今何侠领着云常大军，已经把我们团团围困了。"

"啊！"王后吃了一惊。她被软禁多时，没有人敢向她传递外间的消息，她怎么会知道情况已经糟到这个地步？

"强弱悬殊，明知必输，这场仗不打也罢。明日此时，寡人会打开城门，亲自

向何侠递交降书。"何肃苦涩地笑了笑，"国都快没有了，王后和国丈、国舅那些叛国大罪，又有什么不可赦的？"

王后见何肃话里满是无奈与消沉，和从前冷硬骄傲的模样截然不同，心里更疼更悔，颤声道："若不是臣妾的过错，归乐就不会内乱，大王大军在手，何侠岂能说来就来？臣妾……"

"别再说了。"何肃截断她的话，沉声道，"侍女们捧着衣裳饰物，都候在门外。王后就照往日的模样好好打扮吧。王后已经很久没有陪寡人喝酒了，今夜我们夫妻对饮，不要外人打搅。"

王后默默凝视何肃，终于缓缓行礼："臣妾遵命。"

何肃转身出去。外面等着的侍女们一等大王出去，都鱼贯迎了上来，手捧着方盘，里面都是王后往常心爱的衣裳饰品，连胭脂水粉和各味熏香都齐全了。

"王后娘娘。"见了久未露面的王后，众人齐齐行礼，脸上都暗带悲色，看来大王明日要归降何侠的消息已经传遍宫中。

被伺候着沐浴更衣后，王后细画秀眉，打扮得恍如神妃，才婀娜摆驾大王寝宫。

何肃果然早已命人准备了酒菜，隔着珠帘，就着月下风景对案满饮。

良辰美景，珍馐美酒，王后想起不久之前还被软禁在暗无天日的冷宫里，似幽梦一场，不禁感叹人生叵测。

两人都有无限心事，默默坐着，饮了几杯。何肃忽问："王后怎么不说话？"

"臣妾……"王后描画得精致非常的脸闪过一丝迷惘，"臣妾不知道该说些什么。"

何肃仔细打量对面的妻子一眼，忽然笑道："寡人忽然觉得，自你成为后宫之主后，以今日最美。"

王后被他一赞，沉重的心忽然轻轻地一飘，宛如身边蒸腾着朦胧纯白的雾气，微微躬身道："心无旁骛，才能清澈见底。也许是因为今日臣妾心里再没有装着什么要隐瞒大王的事情了吧。"

"说得好。"何肃举了举杯，"今夜的王后，让寡人想起了多年前初进王子府的王后。岁月如梭，我们做夫妻原来已经这么些年了。"他的语气也不经意地像多年前那样温柔。

王后脸上露出带着一丝感动的惊讶："大王……还记得臣妾初进王子府的模样？"

"怎会忘记？"

"是吗……"王后举手抚着发鬓，轻声道，"不瞒大王，臣妾也是记得的。"

王子府，那时何肃的王子府。

有欢歌笑语，有清越琴声。

何肃年少时的好友，一群归乐望族之后，常常聚在那儿谈天说地。或练剑，或弹琴，或论书画，或言大志。喝彩的喝彩，谈笑的谈笑。阳凤本就是王子府的人，何侠更是带着娉婷成了常客。

偏偏乐家家规森严，她又贵为王子妃，身份与旁人不同，不能和众人一起笑闹，只能隔着重重院墙，听他们的笑声隐隐传来。

原来……当日的一切，原来大王还记得。

可是，如今领军将归乐都城重重包围的云常驸马何侠，他会记得吗？

第五十七章

# 第五十八章

血色骄阳，从归乐都城的东边冉冉升起，替代月的柔和光华，以君临天下的姿态，将光芒迫向心情沉重的归乐子民。

晨曦照亮都城外迎风飘扬的云常大旗。

兵临城下。

今日之后，以美艳歌舞、精巧点心闻名天下的归乐国，将不复存在。

在云常大军闪亮的锋刃下，城门缓慢而沉重地一寸一寸打开。

归乐大王何肃，携王后以及归乐众臣，去冠赤脚，步出城门。数不尽的归乐百姓怯生生地跪下，被士兵们用长矛拦在大道两旁，噙着眼泪，苦苦压抑着哭泣声。

国没了。

一切都完了。

当日敬安王府一夜大火，风起云涌，深受归乐百姓爱戴的小敬安王成了反贼，四处遭到缉拿。如今，小敬安王回来了，但归乐，他们的国，却完了。

归乐都城外的平原上，何肃在云常大军之前，舍弃至尊身份，向敌人跪下。

"罪人何肃，无能治理归乐，致使民不聊生。自古，珍宝皆为能者得之，何肃愿向云常驸马奉上归乐国国玺，以表归顺之意。"沉抑的话，一字一字从何肃喉间挤出。

何肃双手捧着国玺，缓缓举起送上。

传世国玺，无价之宝。

何肃跪着，将国玺高举过头，双臂微微颤抖。

他从没想过，偌大的归乐，会断送在他的手上。

父王临终前，窃窃密嘱："敬安王府诸事，须万分小心。"

他确实非常小心，登基后秘密谋划，谨慎布置，时机成熟便狠下辣手，烧尽敬安王府一草一木，之后布下天罗地网追堵，最终杀了敬安王和敬安王妃，只落下一个何侠。

可笑的是到了今日他才明白"万分小心"那四个字，是如何沉重。

王后和一干大臣脸色苍白，恍若失了魂魄，跪在何肃身后。

云常大军齐整肃静，兵刃寒光闪闪。

何侠神清气爽，意气风发，一手提缰，目光向下缓缓一放，在国玺上漫不经心地瞥了一眼，唇角扬起："收了吧。"

身边一名心腹亲兵应道："是。"下马接了过来。

何肃只觉得手上一轻，国玺已经落入他人手中，蓦然真切地感受到归乐终于真正属于他人，手脚一阵发虚，几乎瘫倒在地。

失疆丧国，怎有面目再见先祖？

但此刻心里再怎么悲痛，也不能不顾大局，想着身后众人的生死只在何侠一念之间，何肃忍痛低头道："恭请云常驸马领军入城，王宫各殿已经腾清，供云常驸马使用。"

脊背上传来异样的感觉，何肃知道坐在骏马上的何侠正居高临下地注视自己。半晌，听见头顶上一个熟悉的声音徐徐道："我们当年一同念书，曾听先生说过，亡国之君若要示其诚意，通常会甘为胜者下役，执鞭随镫。不知大王对何侠……是否真有诚意？"

归乐众臣不安地骚动，何肃脸色剧变。

思及旧恨新仇，看来今日何侠不但要他的性命，还要将他置于人前百般羞辱。

人为刀俎，我为鱼肉。自己死不足惜，但……

何肃攥紧双拳，藏在袖中，低头咬牙道："请让何肃为驸马牵马入城，以示诚心。"

"大王……"王后在身后低低惊呼，轻声哭泣起来。

其余老臣，纷纷掩面而泣。

"不要多言。"何肃毅然截断王后的话，忍着何侠的羞辱，从地上站了起来，如踩着荆棘似的，一步一步走到何侠马下，伸手去牵骏马的辔头。

未触到辔头，却被某样东西轻轻拦了下来，原来是一根马鞭。

何肃不解地抬头，以为何侠另有刁难。

何侠却冷冷道："我虽恨你，却不至于如此。"手一挥，扬声喝道，"进城！不去王宫，我要去看看敬安王府。"

"进城！"

"进城！"

"进城……"

这两个字被士兵们一个接一个地传下去，起起伏伏，仿佛无数回音。

云常大军，像一头刚刚睡醒的巨大野兽一样，缓缓进入归乐都城。

何侠骑在马上，王旗随侍，亲兵簇拥，何肃带着一干降臣沉痛地跟随在后。

进了城门，熟悉又陌生的感觉向何侠狂涌而来，这座古老的都城是他出生成长的地方，他曾嬉戏游走于柳巷，策马欢娱于大道。

归乐，归乐的敬安王府，归乐的小敬安王。

归乐双琴，归乐的阳凤，归乐的白娉婷。

这一切到底是怎么发生的？

没人能明白何侠的心情。

自敬安王府被焚后，这是他第一次光明正大地进入归乐都城。

报仇的誓言已经实现，何侠却发现，这并不能使他心里时刻涌动的那份不甘和痛楚消减。

他得到了归乐都城。此城已经没有了敬安王府，没有了爹娘的笑脸，没有了娉婷，只剩下一个何肃，成了今生今世的仇人。

他报了深仇，赢得了一个国家，却不知道能把这个天大的好消息告诉谁。连耀天公主，都已不在了。

马蹄声声，载他回从前的家园。停步时，花溅泪，鸟惊心，只余一片颓垣断壁。

"敬安王府被大火烧毁后，一直荒废。"

何侠下马，在长满了青苔的王府大门前凝视许久，终于一步步缓缓踏上熟悉的阶梯，跨进门槛。

昔日宾客盈庭、车水马龙的景象，历历在目。

父亲在堂前与朝中大臣畅谈政事，母亲被侍女们簇拥着闲聊宫中趣闻。偶尔见何侠从院外匆匆走过，母亲就会从椅上站起身来，隔着纱窗嘱咐："侠儿，外面人多，乱着呢。出门一定要带上侍卫，不要独自领着娉婷乱跑。"

"知道了。孩儿并不是出外玩乐，何肃王子派人来叫孩儿，说他们正在王子府里听一位有名的先生讲兵法呢，让我也快去。"

"既然如此，你快去吧。别骑马，若是摔了可不是好玩的，还是坐马车好……"

"知道了，娘。"

"还有，若是时候晚了要在王子府用膳，记得……唉……这孩子……"

母亲未嘱咐完，何侠已兴冲冲转出院门，找到娉婷，也不管她正在忙什么，牵着她的手就跑，一溜烟地出了王府大门就上马挥鞭，去得无影无踪。

过往的一幕幕在杂乱的蒿草、焦黑的壁瓦中忽远忽近，每一处死寂都伴随着无数回忆，挥之不去。

要忘记过去，竟是这样难。

何侠驻足院中，俊脸冷漠如冰，下令："布置此处，摆宴，本驸马要在这敬安王府里，与归乐旧君畅饮一回。"

他如今权势滔天，一声令下，谁敢怠慢？

荒草被拔除，落叶被打扫干净，被沙土覆盖的打磨得光亮的地砖重新露了出来，每扇门前都铺上了长毯。

红绸绿缎和各色丝幔缠绕上焚迹斑斑的柱石，迎风招展，舞出一庭绚烂。

满屋残物收去，置上崭新的桌椅茶几，上放各色新鲜瓜果。

夕阳西下，偌大的敬安王府布置妥当，已经用了一天的工夫。

晚霞中，被焚烧得只剩一半的砖墙衬着从归乐王宫里腾挪过来的珍奇古玩，格格不入，迫人感伤。

酒水菜肴鱼贯送上，何侠端坐庭中，命侍卫退后百步，遥遥护卫。

归乐王后持壶，低眉敛容，静坐一旁。

和何侠对饮的，只有何肃。

"干。"何侠举杯，在空中虚碰一下。

何肃虽满腹心事，但事已至此，也没有什么放不开的了，死尚不惧，还怕一杯酒？举杯道："干。"仰头饮下，一股辛辣直下喉头。

酒入愁肠，更添愁意。

再看四周，华丽的布置仍掩不住敬安王府的道道疮痍，这一切，都出自何肃的双手。他忍不住长叹一声："没想到你我还有一起饮酒的时候。"

归乐王后倾前，默默为他们的酒杯加满。

"世事难料，对吗？"何侠怅然而笑，问何肃，"你知道我为什么要邀你喝酒？"

"我不知道。"

两人相识多年，年少时也算是极好的玩伴，怎料会有今日？两双犀利的眸子撞在一起，毫不退却地直视对方，许久才各自缓缓别过。

何侠捏着酒杯，沉声道："我要谢你。"

"谢我？"

何侠俊俏的脸上蒙了一层薄薄的烟，让人看不清他眸底的苦涩："我能有今日这般威风，不谢你，又要谢谁呢？"

敬安王府遭变故之前，他从没想过会有今日。

他本来，只是风流倜傥、笑傲四国的小敬安王。

有国可护，有家可归，有爹娘和娉婷、冬灼陪着，受千万将士爱戴，准备着为归乐洒热血、断忠肠。

但一切变得如此突然，令人无暇喘息。何侠永远无法忘记，他回眸看着敬安王

府火光冲天的那一瞬。

归乐王后静坐一旁，瞧出何侠平静神色下的无限恨意，不禁打了个冷战。

何肃却笑了，低声问："你是在恨我当日对敬安王府下手？不错，你我一同长大，情同兄弟，敬安王也如同我长辈一般。为了护这王权，我当日确实太狠。"

何侠道："不必说了，我明白的。"

"你明白？"

"不错，我明白。"何侠仰头，又喝一杯。

苦酒，一杯连一杯的，都是苦酒。

何肃毁了敬安王府。

而他，曾经光明磊落的小敬安王，在北漠使毒杀计毁了心爱的侍女娉婷；在云常王宫中，紧锁那扇门，听着耀天公主死去，那是他身怀六甲的妻子。

怎会不明白？

夕阳黯淡，空庭萧瑟。

何侠举杯，与毁了他敬安王府的仇人对饮，杯杯苦涩。

四周让他心痛得几乎发狂的颓垣败瓦，全是此人所赐，他却在这神圣的旧地，摆宴与之对饮。

因为，他实在找不出还有谁可以和他一同喝这苦涩的酒，分享敬安王府这一片荒芜。

还有谁？

爹娘呢？娉婷呢？

耀天公主，他那将举国兵权交付于他的娇妻，又在哪里？

光阴不忍停留，叹息而去，暮霭沉沉，笼罩天地。侍卫们无声无息，在四周添上烛火。

两人默默对饮，王后轮番斟酒。

何肃一直没有看向王后，只是毫无表情地举杯饮个痛快，他抬头看看天色，此刻月已中天。他狠了狠心，将空空的酒杯往案几上一放，慨然道："时辰已到，不管是毒酒还是刀枪，尽管来吧。但别忘了，你答应过我，只要我甘愿自尽，就保我妻儿平安。"

哐当一声，银制的酒壶掉在地砖上，洒了一地美酒。

归乐王后凝在当场，半晌才悲哭道："大王！大王你……你……"说着扑到何肃脚边，死死咬着发紫的唇，再吐不出一个字来。

她只道投降归顺、献出国玺就可保存性命，怎料是夫君用他自己的性命跟何侠交换她与绍儿的平安。

昨夜之前，她还觉得他们夫妻已形同陌路，但此刻，心窝却仿佛被铁棒捣碎了似的，痛不欲生。

何侠看着归乐王后伏在何肃脚边恸哭，脸上掠过一丝朦胧的感伤，片刻后，表情却变得冷峻："这女人和她父兄夺权乱政，为祸归乐，令你丧失一切，你居然还护着她。这等可笑的妇人之仁，真不像你的所为。"

何肃听了，低头看着伤心痛哭的妻子，眉目里透出一点点暖意，低声道："我原本为了乐震造反的事恨透了她，软禁她之后，有好几次我差点下王令命她自尽。在云常驸马的招降信到达前，我甚至还想着，是否要在我死之前杀了她……"

他悠长地吐出一口气，似在回答何侠，又似在自言自语："招降信中言明，只要我愿意献国后自尽，会保全我王族中两人性命。可怜天下父母心，为了绍儿，我自尽又有什么不可？而第二个想要保全的人，我左思右想，到了最后，我想用性命来护住的，竟然还是她……"

"大王！"王后仰头凄然叫了一声，哽咽道，"臣妾该死，臣妾罪该万死啊！"

"你不能死，绍儿已失去了父亲，怎能再失去母亲？"何肃惨然一笑。他自从登基后，身边美人众多，又醉心于王权，对王后日益冷淡，现在死别就在眼前，才发觉这女人在他身边伴了这么久，自己是真正的心有不舍，柔声道，"成亲当日，我答应过你，要一生一世爱护你。此誓言这些年我都忘记了，直到今天，不知为何又忽然想了起来。王后别哭，我只是实践自己的承诺而已。"

何侠站在一边，冷冷睨着。

他携恨而来，讨伐归乐，一路上云常军所向披靡，战无不胜，直到今日兵临城下，不费吹灰之力，迫得何肃献国自尽，原想着该是吐气扬眉，不知何等畅快……不料胜利并非万灵仙丹，得到归乐并没有治愈他的心病，入了都城，敬安王府满目荒凉更让他彷徨若失。

看着何肃向妻子柔声道别，归乐王后痛不欲生，何侠无声站在一旁，环视自己身边，空无一人，入目的只有敬安王府的一片废墟，点缀着绫罗绸缎，孤寂随风弥散。

一股被世人背叛遗弃的恨意，如火山爆发般，轰然涌上何侠心头。

"你也不是非死不可。念在你我年少时的交情，本驸马现在给你一个机会。"何侠冷冷笑道，"归乐王族三人，只要一人甘愿自尽，便可保全另外两个。如何？"

归乐王后没想到忽有转机，蓦然止了哭声，转头看向何侠，极认真地问："小敬安王说的是真的？"若是如此，只要她甘愿自尽，就能保住丈夫和儿子。

何侠尚未回答，何肃已经沉声道："王后不要多言。这事已经说定，没有必要更改。"

何侠不料何肃竟如此坚决，脸上勃然变色，一手按了剑柄，一个劲地冷笑。忆

起耀天公主，面前这两人的一言一行、每个眼神，都似剐了他的心一般可恨，令他杀意顿生。

"大王……"归乐王后眼圈通红，哀求道，"臣妾死不足惜，只要大王可以……"

"可以什么！"何肃瞪她一眼，目光里藏着深沉的怜意，见她哭得脸颊上满是眼泪，忍不住弯腰，轻轻替她拭去泪水。他知道这是最后和妻子说话的机会，语气说不出的温柔，叹道："我是你的丈夫，怎么可以不保护你？天下又有哪个丈夫，可以忍心看着妻子在自己面前死去？"

他不知自己对妻子的肺腑之言，恰似一把尖刀，直插何侠心口。

天下又有哪个丈夫，可以忍心看着妻子在自己面前死去？

何侠听在耳里，脑子里嗡的一声，仿佛瞬间炸开了，眼前一片空白，身子晃了两晃，才勉强站稳，手心处冷汗津津，触到剑柄，不假思索地抽了出来，切齿道："你该死！"

何肃猛然抬头，剑光已到眼前。他出生即为王子，虽不及何侠本事，但也是刚毅骄傲之人，原本就打定了主意要舍命保护妻儿，于是不惊不惧，站在原处闭上双目，只等着那一下剧痛来临。

何侠宝剑挥下，见何肃闭目等死，神态安然，恨火烧得更烈，只觉一剑下去太便宜他了。目光一转，落在正飞身扑上欲以身挡剑的归乐王后身上。他剑法高强，当即剑随意转，剑刃挪了少许，向下一挑。

"啊！"一声凄厉的惨叫。

何肃猛然睁大眼睛，低头一看，妻子已倒在血泊之中。

"王后！王后！"何肃跪下，将王后抱在怀中，声音已经嘶哑。

王后喉间中剑，鲜血如泉涌一般，身子已经软了，只能无声无息地睁着眼睛，欣慰地看了何肃一眼，缓缓闭上眼睛。

何肃见她的手软软垂下，再没有一丝动静，顿觉浑身冰冷，慢慢地抬起头看向何侠，红着眼睛，一字一顿问道："你为何如此？"

何侠眼角微微抽搐，脸上木然，仿佛失了魂魄，嘴上却冷冷道："本驸马只是想告诉你，天下确实有丈夫亲眼看着妻子死在自己面前的事。"

"何侠！"何肃怒吼一声，猛然站起，"你不得好死！"他以为王后与自己日益疏离，从不知王后死在自己面前竟会让自己如此心碎，心中蓦然剧痛，竟伸出双手，疯了一般朝何侠飞扑而去，不顾一切地去掐何侠的脖子。

何侠一剑击杀了归乐王后，虽挂着冷笑，言语尖刻，但其实心里槽然一片，似乎醉意上了头，大约知道自己做了什么，又不太相信那是自己做的。

何肃向他袭来，侍卫们都在百步之外，无法立即赶至。但何侠的武艺本来就胜何肃一筹，此刻手中又有剑，怎会容何肃近身？当何肃的人影扑来时，何侠向后一退，想也不想地提剑就刺。

一股热血喷洒得何侠一头一脸，他这才恍如梦醒，终于定睛看清楚近在咫尺的何肃死不瞑目地睁大双眼怒视他。

何肃被何侠的长剑穿胸而过，立即毙命。

何侠一松手，何肃的尸身连着长剑一起，再无挣扎地倒在归乐王后身边。

"驸马！"

"驸马爷……"亲兵们冲了过来。

何侠摆摆手，命他们退下。

敬安王府空荡荡的中庭里，只有他一人孤零零站着。

那一对夫妻，静静躺在血泊中，乍一看，似在咄咄逼人地用他们的生死与共讥讽已经君临天下的何侠。

他何侠征服四国，铁骑踏遍江河山川，号令行于天下，居然被一对亡国帝后的尸身讥讽？

可笑！

"哈哈哈……"何侠放声大笑。

幽静的夜里，萧索的敬安王府传来阵阵空洞的笑声。

夫妻？

这一对夫妻，不是憎恨彼此吗？若不然，怎么会闹得举国不宁，白白葬送了归乐？

"若敬安王府不曾遭遇变故，耀天是否还有福气嫁给夫君为妻……"

何侠猛然转身。

身后，空空如也。

那熟悉的温柔的声音属于记忆中那如花的笑靥。

昔日，纤纤十指拨开摇曳的珠帘，有人露出一双灵活的眸子，深深地凝视他。

她在马车里默默垂泪，在寝宫中矜持地端坐，在驸马府陪他喝酒看歌舞……真想忘了这些。

全部都忘记。

一点都不剩地忘记！

何侠怔怔看着何肃和王后的尸身，沉重的空气压得他无法挺直脊梁，终于承受不住，跪倒在地。

他痛苦地垮下双肩，用手将双眼深深掩起。

忘不了，他忘不了。

敬安王府已是一片废墟。大胜之后，无人站在他身边，无人为他高兴，无人为他担忧。

此时此刻，他终于明白自己有多么想念耀天公主。

他以为只是充当他取得权力的工具的妻子，怀着他的骨肉哭泣着死去的耀天公主，原来他一直在深深思念。

在他取得云常王权的刹那，心疼是那般强烈，让他完全麻木。

锁。

锁在门上，耀天公主在哭。

"不不，我不要御医，我要驸马……驸马……

"快去，找人传唤驸马，要他来……

"绿衣，我要见他……我不行了，我想见他。快去，他不会不见我的……"

何侠的身躯，剧烈颤抖起来。

锁，锁。

锁在门上。

沉甸甸的锁，锁住了那间小屋，锁牢了他与权势仇恨。

打开它，打开它吧。那不过是一把锁，那不过是一扇木门，里面却有他的结发妻子和他们的骨肉。

"打开它！打开那把锁，快，给我砸烂它，砸烂它！"何侠捂着头狂吼，俊美的脸因为痛苦而扭曲。

他已拥有四国，挥手之间便可重现灯火辉煌、车水马龙，却无力改变这片让心空荡荡的死寂。

所有人，都无情地去了。

家在哪里？

亲人又在哪里？

耀天公主临死前的声声呼唤，无处不在，迫入耳中。

"开锁……开锁！来人，开锁！"

"驸马爷？驸马爷？"

耳畔传来真切的声音。何侠蓦然抬头，目光犀利。

面前的人小心翼翼窥探他的神色："驸马爷命属下开什么锁？属下这就去。"

是他的心腹亲兵。

何侠愣愣看着他，渐渐清醒过来，长舒了一口气，麻木地站直了身子。目光转向下，何肃夫妻的尸身已经冷了，血凝在地上。何侠瞅着那片血色，脸上掠过狠色，沉声命道："杀了他。"

亲兵见了他的神色，一阵心悸，低头看看已经冰冷的何肃，轻声道："禀驸马爷，这男人已经死了。"

"不……"何侠脸色苍白，瞪着双眼，冷冷道，"去，把何肃的儿子杀了。归乐王族，一个也不许留。"

他眼中精光骇人，亲兵听了命令，不禁愣了愣。何侠去书何肃，答应只要何肃归降自尽，就留他王族两人性命。如今何肃和王后都死了，为何还要杀一个微不足道的小太子？

"驸马爷，那归乐太子，您不是说过……"

"我说过什么？"何侠怒喝，"好大的胆子，你敢违抗我的军令？来人，给我拖下去，重打二十军杖！"这名亲兵被拖下去后，何侠又连声叫了人来，下令道，"给我去把归乐太子杀了，立即去！我不许何肃的儿子活着。"

他已拥有天下，自己的骨肉却活不成。为何仇人的儿子还能活着？

何肃的儿子早被看管起来，要杀他何难？

很快，派去的士兵回来复命："驸马爷，何绍已经杀了。"

何侠听了，并无喜色，只道："是吗？"在风中静立半晌，转头看看四周的亲兵侍卫，人人都在悄悄注视他，眼中多了惊惧之色。

何侠心里一阵难受，轻轻道："那何肃答应了自尽却反悔，居然和王后一同反抗，企图杀我，所以我才诛杀归乐王族。"想起刚才那名靠近他的亲兵，又问，"桐澄呢？"

"禀驸马爷，按驸马爷的军令，拖出去打了二十军杖，正跪在外面等驸马爷发落呢。"

何侠道："给他上药，让他休息两天，好好疗伤。"

环视四周，敬安王府竟如斯陌生，不禁长叹了一声。


夺取云常国且柔城的目标既定后，楚北捷率将士在营地休养十天，一方面也在等各方兵力会合。

这日，众将正在军帐内商议，罗尚忽然兴冲冲地掀开帐帘进来："北漠的华参到了。"

帐中众人都喜道："快请进来。"

话音未落，华参风尘仆仆地跨了进来。他是则尹退隐后被若韩提拔上来的年轻将领，虽然经历了周晴大败，但锐气未减，马上颠簸，被灰蒙得一头一脸，却依然神采奕奕。他目光在帐中一扫，落在若韩身上："上将军。"对着若韩一拱手，中气十足道，"接到上将军的密信，末将立即就起程了。北漠士气很旺，每天都有不

少人找到我们的秘密募兵处……"

"不忙禀报，先来认识一下。"若韩见了自己的下属，也很高兴，引他见了各位将领，最后把他带到楚北捷面前，"这位就是镇北王。"

华参看着楚北捷，眼里闪烁着警惕又敬畏的光芒。

楚北捷知道要带领这群昔日是敌人的将领并不容易，对他的目光毫不在意，打量华参片刻，问："带了多少人马过来？"

对于要向楚北捷禀报军情华参还是感觉有些古怪，于是用目光征询若韩的意见后，才答道："在北漠我们的营地里已经聚集了不少人，但想到一路上要避开云常军耳目，所以只领了一千人过来。虽然大多是没上过战场的新丁，但我敢保证，个个都是好汉。"

娉婷从听见华参来到的那一刻，心就开始怦怦地跳个不停。此时，站在楚北捷身边，按捺着心中激动，出声问："华将军，有没有阳凤的消息？"

华参目光一转，看见一个清秀的女子站在楚北捷身边，虽不是他见惯了的那种达官贵人身边的绝美姿色，但气质淡雅，落落大方，立即猜到她是何许人，恭敬地应道："有。末将已经派人按照白姑娘在信中所写的地址，找到了上将军夫人。"娉婷曾助北漠对抗东林，北漠将领在心里都与她比较亲近，华参对她的态度比对楚北捷自然多了。

娉婷急问："他们都好吗？阳凤看了我给她的信，说了什么没有？"

华参笑道："上将军夫人说，人各有志，目前她并不打算带着孩子藏进安全的山区，不得不婉拒白姑娘的好意。"

娉婷有点愕然，盯着华参带着笑意的脸，一会儿后眼睛一亮，低呼道："天呀，她居然带着孩子到这里来了！"

仿佛几十只白鸽同时在心上扑棱着翅膀飞了起来，向四面八方撒下带着芬芳的喜悦。

阳凤来了。对争战深恶痛绝，一直以来只想避开一切纷扰的阳凤，竟然也来了。

孩子们呢？

长笑，我的长笑。

娉婷顿时按捺不住，抬脚直往帐门去，走到门前，又猛然停住脚步，转身急走回来，牵着楚北捷的手往外拉。

她向来从容，此刻却少有地激动，连楚北捷也摸不着头脑。不过娉婷乖乖将小手送上，楚北捷当然不会放开，一边任她牵着，随她疾步走出帐门，一边柔声问："是去接阳凤吗？"帐帘一掀，两道人影便消失在帘后。

见他们两人竟这样出了军帐，众将既愕然，又不禁羡慕。

华参站在原地，半晌方转头对若韩叹道："这位白姑娘当真厉害。我原打算卖个关子，只一句就被她猜了出来。"

若韩心情很好，拍拍他的肩膀，笑道："可惜了，你没亲眼瞧见堪布之战的情景。"

随华参一起到达的人马正在饮水进食，三五成群，东一圈西一圈地坐在草地上休息。

娉婷拉着楚北捷快步到了营门，一眼就看见士兵中一抹与众不同的身影——阳凤虽面容疲倦，仍不减温柔丽色。

阳凤也早就远远看到娉婷过来了，对娉婷招招手，浅笑道："娉婷。"

"阳凤！"娉婷惊喜地喊了一声，放开楚北捷，拉起阳凤的双手，紧紧握住，上下打量她，眸子里荡漾着隐藏不住的激动。两人手拉着手，面对面互看了很久，娉婷才打破沉默，带着责怪的语气叹道，"你真是的，兵者凶险也，应当远避之。为什么不听我的劝告？这里很危险。"

"你不甘蛰伏，又怎么说服别人苟且偷安？我也要做自己最想做的事，就是来到兵营，亲眼看到这场大乱是怎么被平定的。"阳凤柔和的脸上多了一分坚毅，微笑着继续道，"我说过，我要亲眼看着夫君的话实现。"

这种坚定的眼神，在失去则尹之前的阳凤身上绝不会看到。

娉婷不禁微诧，低声道："那孩子怎么办？"

阳凤还未来得及回答，一个小小的脑袋忽然从阳凤身后探出来，露出大大的笑脸："姨姨！"

"则庆，你又长高了啊。"娉婷爱怜地摸摸他的头，目光不由得四下寻觅。

阳凤知道娉婷在找谁，抿唇笑着："不用找啦，在那边呢。"纤手往娉婷身后一指。

小孩子长得真快，才多久，长笑似乎也高了不少。小家伙比则庆还要顽皮，刚到陌生的地方，对一切充满了好奇，连娘亲到了跟前都没注意到就溜开了，刚巧被一样眼熟的东西吸引住。

"刀刀……"

长笑记性很好，他从前玩过这闪亮晃眼的东西，还连累则庆被阳凤狠狠打了小屁股，现在又见了，一眼就认了出来，情不自禁地扒在楚北捷的大腿上，踮起脚尖去扯楚北捷腰上的神威宝剑。

楚北捷低头一看，一个小东西正抱着他的大腿，抬头看着他，清澈的眼中乌黑的大眼珠滴溜溜地转，小手向上伸，在努力扯他腰间的宝剑，对他这个不怒自威的

镇北王竟无一丝惧意。

这小家伙胆子真大。

当初，连王兄的两位小王子也不敢这样肆无忌惮地爬到他身上来。

楚北捷凝神打量腿上这小东西，鼻梁挺直，眼神倔强，竟越看越爱。忽又想起自己和娉婷的骨肉却无声无息地被厄运吞噬了，心里一阵揪痛。

没想到，则尹的两个儿子都会走路了。

浓浓的羡慕涌上心头。

他向来不大亲近小孩，这下却软了心肠，不由自主地弯下腰将长笑抱起来，苦笑着轻轻捏长笑胖胖的脸蛋一下："好顽皮的小子，怎么不乖乖跟着你娘？"

玩得正兴奋的长笑被点醒，连忙左右张望，终于瞅见熟悉的身影，立刻大叫起来："娘！"

稚嫩的声音悦耳非常。长笑边叫着边向娉婷和阳凤所在的方向伸出双手，挣扎着要离开楚北捷的怀抱。

楚北捷一时竟不舍得松手，随着他将目光转向娉婷和阳凤那边，娉婷正巧转身向他们看来。

到底母子天性，娉婷听见长笑的叫唤，心里像被软软的绳子猛然勒了一下，本来已将心里的激动按捺下来，此刻却再也忍不住，目光刚触及长笑，眼泪就夺眶而出。

娉婷走到楚北捷面前，将活蹦乱跳的儿子接过来，紧紧搂在怀里，柔声道："长笑，长笑，娘好想你。"腮边挂着晶莹的泪珠，眼中满是温柔。

长笑还不懂离别滋味，见了娘亲，高兴得不停地在娉婷怀里磨蹭，呵呵直笑。

楚北捷站在一旁，呆若木鸡。

从长笑在娉婷怀里，对着娉婷叫第一声"娘"开始，他就僵化成石了。

他似乎看到一道彩虹霍然而起，直架长空，散发出强烈的七彩光芒，接着是第二道、第三道……

仿佛无数光彩在眼前流转，团团围住那一大一小的身影。如此甜蜜温馨，美好得让他不敢相信那是真的。

无数道彩虹迅猛地胀满了他的心，嘣的一声，突如其来令他不知所措的欣喜竟将心房胀破了，激动随着一股旋风横扫了他全身每一处。

娉婷抱着长笑，转过头来，触及楚北捷的眼神，羞涩地低头，脸上带着歉意，低声道："王爷，这是长笑。"

只是这么轻轻柔柔的一句，却比天宫仙乐还要动听。楚北捷知道，自己今生今世也不会忘记这一句话。堂堂镇北王，竟在众人面前涌起要大哭一场的冲动。

长笑，这是长笑。

是娉婷的儿子。

也就是他的儿子！

他整个人仿佛在云端快活地飞翔！

楚北捷深深凝视面前这一对洋溢着幸福笑容的母子。他不敢流露出任何神情，因为脸上哪怕一丝细微的动弹，都有可能引发他在喉间汹涌的狂喜，让快要压抑不住的欢喜之泪如泉奔涌。

这个小家伙，是他和娉婷的……

楚北捷努力了半天，两三次暗中提气，却仍激动得说不出一个字。

娉婷见他如此，不禁有点紧张地瞅着他。

长笑转头看见他，又把神威宝剑给盯上了，高兴地大叫一声："刀刀！"伸手要从娉婷怀里爬到楚北捷身上去。

阳凤牵着则庆，在一旁含笑看着。

仿佛无数高亢的声音在楚北捷耳边咆哮，他如果不猛跳起来，对着苍天大吼几声，就无法平复心头热辣辣的火流，但他的身体完全不听使唤，只能呆在原地。

他嗓子里干干涩涩，好不容易才用沙哑的声音从嘴里挤出几个字："等一下。"

娉婷等人顿时愕然，看着楚北捷猛然转身，飞一样冲进最近的营帐内。他一进去，里面的士兵呼啦啦全部从帐门涌出，都带着一脸莫名其妙的疑惑，显然是被楚北捷赶出来的。

众人屏息围着那营帐，里面突然传出破空声。

唰！唰唰……

即使和帐篷有一段距离，仍能清晰听见利刃破空之声此起彼伏。

镇北王似乎正在帐内疯狂地挥剑。

厚重的帐皮瑟瑟发抖，整顶帐篷仿佛随时都会裂开似的。

好一会儿，那剑声霍然而止，整个营地也跟着肃静起来。

呼啦！帐帘被猛然掀起，正紧张等在帐外的众人都被这威势吓了一跳。

楚北捷一身大汗，从里面大步跨了出来，一手按在腰间的神威宝剑上，目光炯炯有神，恢复了镇北王一向的镇定自若，只不过微红的眼眸还是泄露了一切。

他走到娉婷面前，盯着长笑，理所当然地一把将长笑抱了过来："好儿子，叫爹。"

长笑性格倔强，平时绝不会这么听话，也许真是血浓于水，这次却出乎意料地乖巧，果真奶声奶气地叫了一声："爹。"低头又去扯楚北捷的披风。

楚北捷被他一声"爹"叫得满心欢畅，喉头轻轻一哽，把长笑紧紧搂住。臂中软软小小的身子轻飘飘的，他握惯了剑的手仿佛力道稍重就会把这小东西弄碎了。

如此稚嫩，让人心疼。

但偏偏是这个稚嫩的生命，偏偏是这一声稚气的"爹"，比天下最锐利的兵器、最彪悍的铁骑更让他充满信心。楚北捷鼻中又酸又热，感觉着儿子在自己怀里，为人父的喜悦铺天盖地涌了过来，转瞬间又意气风发，放声大笑。

天下还有谁比他更幸运？

万里江山，不如这稚嫩的一声，更不如娉婷一个笑容。

楚北捷哈哈大笑了许久，高兴得几乎又要落泪，但到底忍住了，低声对娉婷叹道："王妃报这'一箭之仇'，报得好狠啊。"语气万般无奈。

娉婷之前所受的种种委屈，此刻尽化乌有，瞧见楚北捷激动，心里也觉得愧疚，低了头，用蚊子般的声音轻轻道："王爷不问，叫娉婷怎么开口呢？此事娉婷确实任性了，王爷不要生气，娉婷任凭王爷责罚好吗？"

楚北捷炯炯有神的眼睛盯着她，仿佛要用目光将她包裹起来，永远永远藏在眸子最深处。

生气吗？

这种感觉，似曾相识。

营地上方的风无声拂过，骤然将他扯回危崖下的羊肠道，当日众多弓箭手埋伏四周，箭在弦上，何侠从头顶上方闪身出来，英气逼人，迫他订下五年之约。

那一日，他在马上，娉婷，在他怀里。

那一日，他那般生气，那般愤怒。

就是那一日，他生平第一次尝到了伤心欲绝的滋味，第一次明白他真的爱上了一个女人，第一次下定决心踏上千回百折的情路。

直至爱和恨、幸福和悲伤被密密麻麻地交织在一起，分不清彼此的滋味，才知道此情不渝。

不，不再生气了。

怎会生气？他已拥有了这么多。

楚北捷一手抱着长笑，狠狠地往他的小脸蛋上蹭了几下，一手牵着娉婷，唯愿时间永远停留在这一刻。

娉婷被楚北捷厚实的大手握着，抬头看他亲密地抱着活泼可爱的儿子，曾经只在梦中看见的情景，此刻都已成真，眼眸不断传来刺热的感觉。

她咬着下唇，凝视这美景良久，对楚北捷低声问："王爷气消了吗？"

"王妃的气消了吗？"楚北捷苦笑道，"诈死是一次，今天又是一次，本王也算吃够苦头了，请王妃手下留情，别再这样惩罚本王。昔日我做的错事，都饶了我吧。"

娉婷羞得不敢抬头，唇角逸出甜甜笑意，反手握紧了楚北捷的大掌："王爷，周围都站着人呢。"

"有人又如何？"楚北捷扫视周围一圈，忍不住朗声笑起来，"让他们也知道，天地间最不能开罪的，就是自己心爱的女人。"

不错。

女人永远都有办法惩罚自己的男人。

她们只愿意将心思用在心爱的男人身上，一如她们只愿为心爱的男人心碎。

# 第五十九章

云常且柔，城中还算太平，百姓犹不知这方寸小城已成了威震天下的镇北王窥视的猎物，依旧安然度日。

只有城守大人的怒气与日俱增。

下属们都知道城守大人气从何来，葡光、葡盛那两位大人到处惹是生非，故意找城守大人的碴，将且柔城搅得乌烟瘴气，就算泥人也有三分土性，城守大人能隐忍到现在不发作，已算不错了。

"他们又回来了？"

"是。"下属面露难色，"恭恭敬敬送出去几次，都是第二天就回来了。"

番麓吊着嘴角，目光向后一转。

杜京连忙跨前一步，弯腰附耳禀报："银子都按大人您的吩咐送过去了。"

唉，那两位大人的胃口也太大了。谁叫他们的城守大人当初站错了队，成了贵丞相派系的人呢？如今贵氏一倒，他们见到谁都矮一截，否则也不至于被两个外派官员压得如此凄惨。

他这师爷也连带着倒了大霉，山羊胡须不知道掯断了多少根。

"大人……"下属献策道，"那两位大人不肯离去，还不是看着我们且柔城有两个小钱。听说他们之前到显纳城，显纳城守送了他们两颗鸡心大的红宝石，他们就乐呵呵地走了。属下想……"

番麓冷哼一声："鸡心大的红宝石？我上哪去给他们找鸡心大的红宝石？银子已经送了他们不少了！"

杜京站在番麓身边，欲言又止。

番麓使了个眼色，那下属识趣地退了下去。

"大人，其实事情也简单。"杜京踱上来，转着小眼睛道，"大人没有珍宝，可且柔城里有人有嘛。且柔虽是小城，可还是有几户殷实人家，总有祖传的宝物能让葡光、葡盛两位大人看得入眼。"

番麓脸色一变："你要我勒索百姓的传家之宝送他们？"他从军中的探子头头历练出来，杀人放火都只是随手功夫，但说到勒索百姓，却从未朝这条道上想过。

杜京苦笑，搓着手道："就是知道大人必定不肯，所以小的一直没敢说。但是大人，这葡光、葡盛两位大人一直在这，也不是办法啊。万一真惹恼了他们，他们回都城向驸马爷放点谣言，大人的处境就危险了。他们和驸马爷身边的红人飞照行将军，也极有交情。"

番麓像吃了一块肥猪肉一样腻味，皱眉道："传家之宝珍贵非常，谁肯轻易送出来？恐怕买也买不来。"

杜京愁眉苦脸："我们现在不是存心作恶，实在是求自保而已。大人您是一城之守，手里握着百姓的身家性命，开口借件东西，还不是小事一桩？我可是真心为了大人着想。"

番麓听完他的话，难受得要命。当这破城守，实在不是什么有趣的事。自从何侠掌权，他的日子一天比一天难过，想想还不如待在军中做探子快活。

但现在云常朝局风雨交加，贵系逃得一命的人马个个战战兢兢，唯恐一个疏忽立即惹来杀身之祸，谁还会笨得自寻事端？

他也不是什么善男信女，思前想后一番，咬着牙点头道："就这么办吧。只是不知道城里谁家有这样的宝贝。"

杜京见他点头，松了一口气，忙殷勤应道："这个不劳大人烦心，小的已经准备好了一张清单。"从袖子里掏出一张帖子，打开正要照着念。

门外匆匆进来一个府役，禀道："大人，葡光、葡盛两位大人又回来了。"

"请他们进来，上房安顿。"番麓紧拧着眉头，转头朝杜京摆手道，"不要念了，你就看着适合的选吧，反正快点把他们打发走。今天该有粮队到达，我先去城外安置一下。也好，免得和他们碰面，老子真担心瞧见他们恶心的脸，忍不住一弩把他们给废了。"说完从桌上提起那从不离身的轻弩，从后堂轻巧地溜了，剩下头疼的杜京挤出满脸笑容，去城守府大门迎接那两位贪得无厌的大人。


醉菊人在后院，如今她可以在城守府里随意走动，比从前自由了不少。只是待久了，难免有点闷，于是在后院辟了一小块地方栽种草药。

种子撒下去也没多久，只长出三三两两的嫩苗。

她对草药有一种天生的爱护，小心地一株株施了肥，捶着腰缓缓站起来。

一个眼熟的府役走过来禀道："醉菊姑娘，大人说了，他出城去，怕是赶不回来吃饭了，请姑娘先吃。"

醉菊"嗯"了一声，闷闷的。

番麓这人，在面前时恨不得他快点消失，一不在面前，又让她不经意间有点闷闷不乐。

"晚饭就送到屋里吧。"

晚饭送上来，醉菊独对灯影，随意夹了两三筷，就失了胃口。

看来云常的军粮队又在且柔城经过了。隔三岔五来这么一次，真叫人心烦。

想到军粮，不由得想起这乱世，想起不知身在何方的师傅，还有芳魂缥缈的娉婷，看着墙上映出自己孤零零的身影，醉菊更是难过。

放下筷子，不知不觉眼圈就红了。

有那个可恨的番麓在，虽然总让她气得牙痒痒，但至少她不会像此刻这般心酸。

醉菊抬起袖子抹泪，一阵调笑声忽然从窗外飘了进来，有男有女，不一会儿，又听见女子嘻嘻笑着，矫揉造作地唱起了小曲。醉菊站起来走到门外，正巧瞅见一个小丫头经过院里，便朝她招了招手，蹙眉问："又是哪个来了？这般吵闹。"

小丫头答道："还不是那两个什么大人，又来了。杜师爷叫来了个什么春的红牌，正陪他们喝酒唱曲呢。"

醉菊知道小丫头话里的那两个人仗着得了何侠的垂青，给番麓惹了不少麻烦，也是满心厌恶，朝灯火通明的阁楼上瞪了一眼。心想回房待着也会被吵得心情烦躁，索性出了门，到府后的小亭边走走。

到了小亭边，晚风拂面，果然比阁楼那边舒服多了。醉菊心情稍好，坐在亭里，正琢磨着番麓不知什么时候才回来，忽然听见身后传来窸窸窣窣的脚步声，心波微漾，脱口道："大坏人，你回来啦？"回头一看，脸色却骤然变了。

大腹便便的葡光在阁楼里喝了个八成，见弟弟葡盛拉着那个叫迎春的红牌当场就要做好事，干脆自己也扯了个叫桂花的下楼，打算找个房间，乐上一宵。

不料喝得多了，下楼时晕乎乎地停了几次，再一回头，已经不见了那位桂花姑娘。天色已黑，他在院中昏头昏脑地到处撞，居然撞到了小亭边。

忽然听见一个清脆悦耳的女声道："大坏人，你回来啦？"

葡光抬头一看，月下一个女子俏生生坐在那里，姿色当真不错，心里顿时大叫好运，色眯眯笑道："宝贝，我这就来了。保管叫你欲仙欲死……"仗着酒意，向前一扑，摸到醉菊嫩滑的小手，便把难看的脸往上挨。

"呀！"醉菊一下没提防，被他一碰，惊叫一声，从石凳上猛地跳起，伸手一推，把满肚肥油的葡光狠狠推到一旁。

手上被他摸到的地方一阵滑腻恶心，醉菊从小跟着师傅，处处受人敬重，除了那该死的番麓，还没有哪个男人敢调戏她，想想还不解气，又靠近葡光，啪啪两下，给了他两个嘴巴。

她是女子，平日哪里打过人，劲也不大。

葡光挨了两记巴掌，不但不退开，反而浑身酒气地蹭上来，淫笑道："好香的手，小美人，再给哥哥一下……咱俩有来有往，你赏哥哥香掌，哥哥赏你好东西吃，让你开开荤……"

醉菊哪里听过这些，不懂他话里意思，当即愣了一下。就在这时，一支利箭破空而来，嗖的一声，正中葡光胸膛。

这一箭来得毫无预兆，又疾又准。葡光两眼像青蛙似的往外一鼓，一声都没出，身子就软软瘫了下去，倒在醉菊脚下。

醉菊吃了一惊，向后猛然退开一步，脊背正巧撞入一个人的怀里。她惊惶地回头，瞧清楚身后人的脸，顿时松了一口气："是你……"

莫名其妙安下心来。

番麓脸色极为难看，在原地瞪着眼睛站了片刻，一手提着轻弩，一手抓了醉菊的手臂，将她往前扯。

醉菊被扯得一个踉跄："你干什么？"

番麓把她扯到葡光的尸体前。醉菊虽也行医多年，但毕竟是女子，还是怕见死人的，不由得想往后避，不料被番麓狠狠抓紧了，不许她退开一点。

他单手在轻弩上又装了一支箭，递给醉菊："拿着。"

醉菊见他脸色可怕，乖乖接了。

番麓对着葡光的尸身扬扬下巴："射他。"

"他已经死了。"

"你射不射？"番麓凶神恶煞地瞅着她，一双眼睛都发红了。

醉菊稍一犹豫，番麓已经不由分说地靠了过来，抓着她的手，一举，一扣。醉菊闭上眼睛，箭已飞了出去，嗖的一声，深深扎入葡光的喉头。

人才刚死，血还是热的，从颈间喷出的血飞溅了一地。

番麓从醉菊手里把轻弩拿回来，拍拍她的脸颊，要她睁开眼睛，沉声道："再有人敢对你说那些话，二话不说给他一箭，听见没有？"

他此刻又凶又蛮，没有平日一丝吊儿郎当的样子。醉菊不敢逆他的意思，点了点头，又满脸疑惑地问："他对我说的话，都是什么意思？"

番麓横她一眼，不知想到什么，又露出古怪神色，高深莫测地笑起来："倒不是什么坏话，只是这话只可以我对你说，不可以别人对你说。"

醉菊虽然还是不大明白，但已猜到不是什么好话，瞪他一眼："狗嘴里吐不出象牙。"隐隐约约有点脸红，把头低了下去。

番麓嘿嘿笑了笑，转身要走，醉菊赶紧一把将他拉住了："你去哪里？"脚边

还有一具模样恐怖的尸体，她可不要一个人被扔在这里。

番麓耸肩道："他们两个亲兄弟，这个死了，另外一个当然也要送去给他做伴。难道留着另一个让他报仇不成？你看着这具尸首，别不见了。"说完大步走开，在院里几个闪身就没了踪影。

醉菊站在原地，低头看看葡光在月光下的尸身，旁边小池塘荡漾着诡异的冷光，不觉身上凉飕飕的，双手搂紧了身子。

番麓这一去，竟去了半个时辰。

看着葡光的尸体，醉菊分分秒秒像在火上熬着似的。每当听见周围有动静，她就心惊胆战地缩起脖子藏在亭后，生怕引来别人发现了葡光的尸体。葡光是云常官吏，若被人发现死在且柔城，可不是小事。

四下寂静后，她又伸长了脖子，一个劲盼番麓快点来，偏偏什么影子也没有瞧见，心里怨了番麓一遍又一遍，嘀咕着等他回来一定饶不了他。

忽然，人影一闪，醉菊眼中立即一亮。

番麓肩上扛着软绵绵的葡盛，轻松地回来了。

"你总算回来了，害我担心死啦。"醉菊心像飞起来一般，见到番麓，也不觉得怕了。

番麓看着她："你怎么还在这里？"

醉菊一愣，问："不是你叫我看着尸首，别不见了吗？"

"一具尸首有什么好看的？他又不会跑掉。"番麓挤挤眼，笑起来，"我和你说笑呢，你居然当真？"

醉菊被他气得几乎晕过去，磨牙道："我是想帮你的忙，你倒来戏弄我。"

番麓上下打量她："瞧你这样子，也只能帮倒忙。"

他之前的杀气全不见了，又挂上那副不正经的嘴脸，踢踢地上的葡光，掂量着肩上的葡盛，皱眉道："真沉，一肚子民脂民膏。早知道终归要一箭解决他们，前几天何必喂那么多山珍海味？"转头对醉菊道，"我要一个一个把他们藏起来，你在这儿乖乖等我。"

醉菊点了点头，看着番麓扛着葡盛走远，才猛然醒悟过来，露出愤愤之色："可恶，谁要乖乖等你？"连跺了几下脚，也不管地上还有一具尸首，怒气冲冲回房去了。

她心里只顾着生气，竟没了之前开始那般惊惶害怕。

进房坐了许久，一点睡意也没有，只是怔怔看着门外。到了半夜，番麓果然过来了，进门后就大模大样坐下，拿起桌上的茶壶就往嘴里灌，似自言自语道："尸首要藏，染血的地板也要洗刷，忙了我一个晚上。唉，那两个家伙比猪还沉，扛着他们找藏尸的地方真不容易，走了好远，肩膀酸得连手都提不起来了。"越说越可怜。

醉菊虽然恼他，但知道他这样辛苦起因都是为了自己，心里过意不去，于是站起来，走到他身边，讪讪地问：“哪里酸了？”

“肩膀。”

醉菊轻轻为他揉捏。她跟着师傅，推拿之类的都学过，手法老到，就是劲小了点。

番麓也不在乎她的劲是大是小，被她这样揉着就是难得的福气，眯起眼睛，啧啧道：“真舒服，这肩膀一定是前生修了福气，才有这么漂亮的手为它揉捏。”

醉菊瞪他：“我就知道，你下一句准没好话。你再敢说一个字，我就不帮你揉了。”

番麓叹了一声，倒真的乖乖闭了嘴。

过了一会儿，醉菊问：“他们死了，你怎么对上面交代？”

番麓不答。

醉菊道：“你说话吧，只要你别说难听的话，我就帮你揉。”

番麓这才说道：“他们不是死了，而是得了足够的金银珠宝，心满意足地离开了。”

“怎会这样？”

“安排假象我最拿手。不然收拾两头肥猪，我用得了半宿吗？”

他确实是安排假象的高手，骗倒天下的白娉婷被狼群所噬就出自他之手。

醉菊想起他去杀葡盛竟用了半个时辰，应该是事前要做些布置，便不再追问。

两人在房里聊天，说着闲话，不知不觉都有了些困意。

醉菊瞅他：“你明天没公务？还不快去睡？”

番麓打个哈欠：“睡什么？再有一个时辰天就该亮了。你见了死人，晚上黑黢黢的，你一个人会怕。我在这里陪你到天亮，天明了你再睡，到处有光，就不会怕。”

醉菊听他这么说，心顿时软得要化开似的，声音也轻了下来：“我不怕的。你累了一夜，这么熬着可不是办法，快去睡吧。”

番麓又叹道：“不瞒你说，我一旦杀了人，之后几天夜里都会做噩梦，根本睡不着。”

醉菊蹙眉道：“我开个安神的方子给你，好吗？”

“安神的方子我也有，一定管用，就是药引难找。”

醉菊好奇道：“是什么稀罕药材？我帮你想想去哪找。”

“肯让我抱着睡觉的神医醉菊一个……”话音未落，肩膀已经挨了醉菊一拳，番麓只得无奈道，“我就说药引难找嘛。”

# 第六十章

今夜梦魂难寻，楚北捷无法入睡。

伏在他怀里的长笑，却早已乖乖地睡了。均匀地呼吸着，小小的身子软绵绵的，贴着楚北捷肩膀的小脸热热的。

"真的可以放下来？"楚北捷抱着长笑一动也不敢动已多时，此刻压低了声音，不放心地问。

"嗯。"

"放下会把他弄醒吧？"

"不会，他已经睡沉了。"

楚北捷瞅了瞅怀里的儿子，皱眉道："我看他会醒。"

婷婷又好气又好笑，走过去从他手里娴熟地抱过儿子，安置在毯子上。

"轻点。"楚北捷紧张地开口，"小心别弄醒了，他会哭吧？"说着一步跨到毯子前，低头目不转睛地仔细瞧着，眸子在烛光下炯炯发亮。

婷婷放好长笑，直起身子瞅着楚北捷，忍不住掩嘴轻笑起来："都说父严母慈，我看王爷倒反过来了。"

楚北捷也知道自己太过紧张，一把抓住她的柔荑，将她轻轻拉过来，咬牙道："这又是谁害的？"不由分说，低头去咬婷婷小巧的耳垂。

"哎呀……"婷婷低叫一声，耳上轻轻发疼，接着泛起温热濡湿的感觉，原来楚北捷咬过之后又将舌头盘在上面舔了起来。婷婷顿时红了脸，伸手抵着他的胸膛，羞道："王爷这是干什么？"

"本王正在思量，如何不战而屈人之兵。"楚北捷沉声笑了，热气喷进婷婷耳中，"王妃服输吗？"

"王爷这招，胜之不武……"

他铁打似的身板，怎会被婷婷轻易推开？磨蹭够了，才一手牵了婷婷，无声无息走了出去。两人出到帐外，天上星光明亮，眼前一片清幽。

556

楚北捷叹道："这般好心境，该有琴声来配才好。"转头望着娉婷。

娉婷道："荒郊野外，哪里有琴？"

楚北捷笑而不语，深邃的眸子盯着她。娉婷一阵脸红耳赤，在楚北捷的目光下，怕是无人能保持心如止水的境界，于是索性笑着牵了楚北捷的手，绕过静悄悄的兵营，寻了一处僻静的小林子，一道坐下。

"既无琴，娉婷唱支曲给王爷听，好吗？"

楚北捷问："什么曲？"

娉婷露齿而笑："唱一支降曲，给王爷赔罪如何？"

"哦？"楚北捷沉默片刻，柔声问，"娉婷为何要向本王赔罪？"

娉婷不知为何，竟蓦然怔了一怔，垂下浓密的睫毛，思索片刻，慢慢道："因为娉婷的任性，让王爷吃了那么多的苦头，所以心怀内疚吧。"

她低着头，楚北捷怜意大起，将她搂进怀里，沉声道："只要你和长笑都在我身边，吃多少苦头都算不了什么。"

娉婷自与他重逢，已非第一次被他这样抱着。但此刻的感觉，竟比前些日子更为安心，也许是长笑被楚北捷抱在怀里的一幕已铭刻在她心头。

她情不自禁地抱紧了楚北捷，将头埋在他宽阔的胸膛里，低声问："王爷后悔遇见娉婷吗？"

楚北捷没有回答，伸手托起她小小尖尖的下巴，热吻落了下来，覆住她优美的红唇。

星光闪烁，林子被拉出疏疏的斜影，默默护卫着一双蜜意正浓的璧人。

"今晚让本王唱支曲给你听吧。"楚北捷终于不舍地松开了娉婷，淡淡笑着，凝神想了一会儿，竟真的唱起来。

"故春盈，方恨秋思；故秋思，方恨离情；不离不弃……"

他的声音低沉浑厚，豪迈多情，在林间久久回荡。

"不离不弃……"

清音舞静夜，林风嗟年华。

无琴。

但楚北捷低沉的歌声，并不需要琴声来配。

他用心低唱，仅仅"不离不弃"四个字，已足以让昔日絮飞蝶舞的敬安王府随风，让堪布城外怒马鲜衣的对峙随风，让这一路上无数次绊倒他们、刺痛他们的哀伤往事，随风。

歌声在林中徘徊飘荡，嵌入一幕幕往事，娉婷听得如痴如醉，睫毛一颤，眼泪直直坠下。泪珠在舒展的青草上飞溅成花的瞬间，歌声停止了。

　　林中极静，娉婷能听清楚楚北捷每一个悠长的呼吸，甚至每一次心跳。

　　"娉婷，我今日终于懂了。"楚北捷一曲既了，极认真地说道。

　　娉婷举袖，不动声色地擦擦眼角："王爷懂了什么？"

　　楚北捷宠溺地用双臂将她圈着，沉声道："懂了你的百转千折，不改初衷。"

　　"百转千折，不改初衷……"娉婷低声咀嚼。

　　"聪明的白娉婷，愚蠢的白娉婷，善良的白娉婷，狠毒的白娉婷……都是我所爱的白娉婷。"楚北捷长长舒出一口气，反问，"我怎会后悔？"

　　娉婷眸中泪光闪烁，缓缓抬头，看清楚他眼中的光芒，坚定毅然。

　　仿佛从某处传来冰块破碎的声音，渐渐变成驱散阴云的雷鸣，隐隐回荡心田。

　　让哀怨和隐埋的恨意，都烟消云散吧。

　　她曾身怀六甲，哭倒在洒满药汁的冰冷地上，将绝望倾倒于五湖四海。

　　身后，是他带领的千里追兵，千军万马，杀气腾腾。

　　曾经对月而起的誓言，要覆盖如此如此多的往事，要经得起如此如此多的考验。

　　她将目光移向天边，忽然惊喜地轻声道："月亮出来了。"

　　"在哪？"

　　纤细白嫩的手往天上一指："在那，王爷没看见？"

　　楚北捷没有转头望天，而是直直看着她，像要用眼中那两汪幽深的黑潭将她淹没。片刻后，俊朗的脸上逸出一丝浅笑："看见了，在这呢。"

　　他低头，吻在她颤动的睫毛上。

　　两人说了一夜无绪的傻话，竟都不觉一丝倦意。清晨，天蒙蒙亮了，微弱的光里，雾气一缕一缕从林中飘起，他们这才双双回帐。往毯子上一看，长笑早就醒了，没哭没闹，正在聚精会神地琢磨毯子边缘的流苏如何扯得下来。

　　"才睁开眼睛就开始皮了。"娉婷说着把他抱起来，长笑对那流苏兴趣正浓，小手紧紧拽着不放，连着毯子也被他扯起来一角。

　　楚北捷直夸："好小子，这股韧性像极了我。"

　　长笑转头，见楚北捷靠过来，兴奋地尖叫一声，手指松开，流苏也不要了，毯子立即掉到地上，小家伙只管伸出两只小手往楚北捷那边倾。

　　楚北捷更乐："你看，他多亲我。"大手一伸就把长笑抱了过去。

　　娉婷笑道："他哪里是亲你？那是看上你的神威宝剑了。"

　　果然，长笑一钻进楚北捷怀里，就一心一意要拽楚北捷腰上的剑柄。神威宝剑不轻，他个子小，被楚北捷抱在怀里，弯着腰用力伸手也弄不到，于是不甘地叫起来："刀刀！"

　　"好儿子，你喜欢，爹送你。"

"有你这么当爹的吗？儿子才多大，送这么一把明晃晃的利器。"

一家三口正和乐融融时，楚漠然掀开帐帘走了进来，神清气爽地禀报："王爷前几日发密信召的那些人手，已经到达了。"

"嗯，这一两天也该到了。"楚北捷又问，"来了多少人？"

"二十多个。"

"十之八九都来了。这种时局，凭书信可以召到这些已经不错了。"楚北捷抱着一直动个不停的长笑，对娉婷道，"你和我一起去见见他们。这些都是我从前的部下，为着各种原因退隐了，每个人都有自己的本事。"

娉婷道："都说有本事的人现在大都隐居起来了呢。能让王爷在这紧要关头召回来的，一定都是不可多得的人才。"说着把长笑接过来，往地上一放，拍拍他圆滚滚的小脑袋，"长笑乖，去找则庆玩去。"

长笑兴高采烈，抬腿就从帐帘溜出去了。

楚北捷倒有点不放心："他怎么知道则庆在哪？这里乱哄哄的。"

"阳凤的帐篷就在隔壁，不用担心，他准找得着。"

两人还有很多正事要做，不能老念着孩子，立即随楚漠然去见了那批刚到的部下。果然个个都是军旅中难得的高手，有人擅长迷阵机关，有人擅长狙击追堵。

楚北捷久经沙场，对军需极为看重，召来的人除了沙场搏杀的好手，也有供给调配、疗伤救治的能者。

"霍神医的医术当然是高超的，但他向来给权贵看病，治得精细。而打仗时伤者众多，时间又急，最重要的就是快。说到快，只有常年跟着行军的大夫最在行。"

在楚北捷指引下，娉婷一一见过了那些召来的人。之后他们两人便匆匆赶去商议军事。

一入军帐，将领们几乎都到了，就等他们。

楚北捷喜事临门，早上抱过儿子，此刻手上挽着娉婷，满面春风，进门就爽朗地笑道："北漠新兵昨日已到。东林这边，本王召集的旧部下今早也抵达了。再过三两日诸事筹备妥当，就可以按照先前定下的策略，潜入云常，主动出击。各位将军觉得如何？"

众人脸色却没有楚北捷那般好。楚北捷敛了笑容："怎么了？"

帐中静默了片刻，若韩道："王爷请看看这份刚到的军报。"抽出军报，递到楚北捷面前。

军中的规定，军报中凡是十万火急的事，一律用朱色书写，好让接报的将领一眼就看清楚关键。

楚北捷接过打开一看，首先跳入眼帘的就是一行细密的血色朱字——归乐王族

尽遭何侠诛杀……

娉婷就站在楚北捷身旁，浓睫微微一挑，立即瞥见了那一行朱红色的字，脸色顿时大变。

整个归乐王族？

那就不仅是何肃，还包括归乐王后和年幼的太子。

手握屠刀的，是何侠，是敬安王的后人，是百余年来忠心耿耿保护归乐王族的敬安王府的人。

是少爷……

军报里的字晃动起来，娉婷顿觉胸闷，小臂上忽然一热，已被楚北捷牢牢扶稳了。

众人知道归乐是她的故乡，归乐大王虽然登基后对敬安王府众人不仁，但怎么说也是和她一同长大的，难免恻然。

楚北捷将她搀到椅上，要她坐定了，低声问："还好吗？"

东林王后走过来对娉婷说："这里闷得人心头发慌，我陪你出去走动一下，顺便看看长笑到哪儿去了。"

娉婷回过神来，环视帐中一圈，见大家脸上都隐隐透着关切，反而镇定下来，缓缓道："我没事，坐着就好。军情紧急，各位继续，不要耽搁。"

楚北捷应了，拿着军报看下去。后面洋洋洒洒，足有百字，详细写了其他打探到的情况。看完后他把军报放在桌上，淡淡地问："各位将军怎么看？"

罗尚把大家心里最大的忧虑说了出来："归乐已经亡国。乐震被飞照行杀得落花流水。现在，四国中最后可以牵制何侠的兵力也被铲除了。"

"接下来，何侠会全力对付我们。"若韩语气沉重。

无法不沉重。

归乐大军一败，四国已经尽入何侠掌中。

以何侠目前拥有四国的实力，要对付他们这区区亭军，可以说是不费吹灰之力。

帐中的将领都是能统领军队、独当一面的人，精于分析敌我状况。倒不是心存怯意，但你一言我一语，分析出来的情况，十之八九对何侠有利。

敌人实在太强大了。

楚北捷屈指叩案，静静听着他们交谈。

不多时，将领们该说的都说了，话声停了下来，帐篷中顿时一片安静，只听见有条不紊的指节叩案声。

咚、咚、咚、咚……

人人都盯着楚北捷山一样稳重的身影，那宽阔硬挺的背脊，仿佛天下任何事都不能使其屈服。他们静静等着，寂静深一分，楚北捷坚毅的神色就重一分。无往不胜的气势，从不疾不徐的咚咚声里透出，隐隐散于帐中。

众将不约而同闭紧了嘴，他们知道，楚北捷正在思考。

咚。

叩案声戛然而止。

不知为何，大家紧绷的心弦都跟着霍然松动了。

楚北捷转过身来。众人以为他要说出想好的对策，兴奋地等他开口。不料他的目光却迎上了娉婷，沉声问："何侠是否会立即离开归乐，全力以赴对付我们？"

此问大出众人意料。

顿时，所有的目光都移向了坐在一旁的娉婷。

娉婷静坐了一会儿，脸色不再那么苍白，袅娜而起，将桌上的军报打开，扫了一眼，又看见那一行朱字，心仿佛被细针刺了一下，微微蹙眉，低声道："不会。"

这和众将的猜测截然不同。

但她的话向来经过缜密思虑，极有分量，无人置疑。众将互相交换眼色时，东林王后开口问道："娉婷姑娘怎么知道？"

一只粗糙的大掌伸过来，紧紧握住了娉婷的手。娉婷抬头，深深看了楚北捷一眼，把头转过去，柔声问东林王后："王后娘娘可知何侠为什么要不择手段地得到天下？"

"为了权势、浮名。"

娉婷紧抿着唇，露出一丝苦笑："是为了敬安王府。"

敬安王府。

曾经宾朋满座、笙歌达旦的敬安王府。

小池静谧，凉风拂柳，华贵而不奢靡，一夜之间被烈火吞噬的敬安王府。

"归乐大军溃败，四国之中，再没有大军能威胁何侠的地位。"娉婷续道，"四国尽在他掌中，何侠还有什么愿望呢？在归乐，回到敬安王府，触景感怀，何侠一定会迫不及待地让被毁的敬安王府重新拥有至高无上的辉煌。"

"姑娘是说……何侠会留在归乐，重建敬安王府？"楚漠然皱着眉思索，"但以小敬安王的为人，应该不会明知王爷已出山，却置之不理，专注其他事情。"

楚北捷露出笑容："漠然，你没听清楚，娉婷的话里不是有'至高无上'四个字吗？"

"我明白了！"罗尚心中灵光一闪，叫起来，"何侠是要立即登基！建立新国，登基为王，这才能使敬安王府变得至高无上。"

若韩也猛拍一下椅子扶手，叹道："一旦名分确立，何侠就是名正言顺占据天下了，民间反抗的力量将被大大削弱。"

"若他再稍微要点手腕，用怀柔政策安抚四方……"

"最后，才慢慢对付我们。"

"众望所归时他要对付我们，更是易如反掌。"

如此一来，虽没有双方立即对阵那么危急，但情势终归险恶，怎么想都是个将要被人瓮中捉鳖的兆头。

各人的脸色又都沉了下去。

楚漠然想了想，看向楚北捷："到底该怎么做，请王爷快下决定。"

楚北捷微微笑了笑，娉婷见他开口要说话，抢在前头轻声道："不许再考我，主帅是王爷你呢。"

楚北捷怕她因为这军报心里难过，本想逗她一下，让她放下少许烦忧，可听她这么一说，反而不好让她再出头，压低声音道："王妃是要看为夫的发号施令吗？本王遵命就是。"眼中精光一凝，向着帐中众人逐个看去，那气势竟不输于挥师十万的瞬间。

众人知道他要定计了，精神一振，屏息静听。

"归乐大军败得太快，时间于我已经不多。不要再做筹备了，我和漠然，带领一千精锐兵士，潜入云常，夺取且柔。"

罗尚跟随楚北捷多年，笃定且柔之役一定有自己的份，偏偏没听见自己的名字，脸色猛变，差点就跳起来："王爷，我……"

"不要急，你另有任务。"

罗尚这才放心坐了下来。

"新国不是说建就可以建的。何侠必会请大法师校勘天时，寻找吉兆，安抚天下。他要吉兆，我们就给他制造一些不祥之兆，扰一扰他想要的民心。"楚北捷果断地说道，"若韩、罗尚、华参，本王今天召来的那二十多名旧部都是精干的好手，你们一人领几个去，再各自从军中挑选机灵能干的兵士，组成三队，分别潜入各地。"

若韩听得比较明白，问："是要我们在各地制造不祥之兆，引起百姓的恐慌吗？"

楚北捷点头，又问："这些都是迷惑人的功夫，和上战场不同。如今到处都是云常兵，若韩要小心，最要紧是隐藏好踪迹，不要被人发现了。那些不祥之兆，你们放手发挥，做得到吗？"

若韩还没有回答，一个声音插了进来。

"泥土渗血，空中的燕子无故坠亡，土偶流泪……是不是这些？"

楚北捷一看，原来是华参，朝他笑了一笑："想不到华将军是此中高手。不错，确实就是这些。"

"这些事倒也不难。"华参皱眉，"只是这样花工夫让百姓不安，对何侠数十万大军来说却无关痛痒，没什么实际的用处。"

做装神弄鬼的事当然比不上夺取且柔来得激动人心，罗尚也正为这个任务暗发牢骚。但一听到华参对楚北捷说话的语气不大好，罗尚立即反问："华将军怎么知道这些事没有实际的用处？要知道，攻敌之计，攻心为上……"

楚北捷抬手一摆，制止了罗尚往下说，对华参道："有什么用处，很快华将军就会知道了。"不再谈及此事，继续部署道，"剩下的人都留在大营，由王嫂统领，潜入深山，静待消息。"转身对东林王后微微拱了拱手，沉声道，"王嫂一切小心，万一有敌靠近，只管躲，不要硬碰。"

东林王后自从掌管了东林王权，历经了几度危难，早不是从前那个藏在深宫里的妇人，听楚北捷这么一说，也不推辞，缓缓点头道："镇北王放心，哀家绝不会逞强，只照一个'稳'字做，把大营看顾稳妥，等你们回来。"

"那本王就放心了。"

楚北捷三言两语就布置好了三方面的人马。大家都是能征善战、纵横沙场的将士，在这里早待腻了，恨不得快点儿有事做。楚漠然站起来道："属下先去准备一下。带去且柔的人，属下先挑一千五百精兵出来，然后再让王爷从中挑选一千，如何？"

楚北捷道："没那么多工夫。本王信你的眼光，跟我们去的人马都由你来挑，命令他们立即换上轻装，随时准备出发。"

罗尚也站起来，边松动筋骨，边道："我们这边分成三队，哪队潜入哪国，怎么谋划，还需要仔细商议。若韩将军、华参将军，来，我们找个地方商量一下。"

几名将领风风火火一去，东林王后也站了起来："接了镇北王的命令照看大营，哀家现在也要去巡视一下了。"走了两步，忽然又停了下来，转身问娉婷，"醉菊那孩子，我记得是在云常出的事，对吗？"

娉婷料不到她忽然提起醉菊，心里微痛，轻声回答："是在云常和北漠交界的松森山脉……"

"嗯……"东林王后点了点头，思忖着道，"这次镇北王去且柔，能不能把霍神医带上？他一直想到云常去，哀家担心他出事，三番两次用哀家的病当借口挽留。但瞧他的样子，迟早是要去一趟的。跟着你们一起去，哀家还放心点。"

楚北捷和娉婷交换了个眼色。

楚北捷这次率兵前往且柔，是潜入敌人腹地，实在是凶险万分。霍雨楠是醉菊的师傅，娉婷绝不愿他发生不测。

娉婷道："醉菊的尸骨并不在云常。我隐居的时候，带去北漠边境葬了。"

"万万不能让他看见醉菊的墓茔，老人家受不了的。"东林王后叹道，"唉，

第六十章

你们年轻，还不懂的，老人受不了这种打击，若见了墓茔，更不得了。哀家就是想叫你们带他走一转，敷衍过去就好……"说着这话，不禁想起自己死去的儿子，眼圈猛地红了，只是忍着不肯落泪。

这样一来，楚北捷便不好拒绝了，应道："王嫂放心，若是霍神医要去，本王一定会好好照顾他。"

楚北捷送东林王后离去，再回帐，见娉婷还站在原处。他看惯鲜血淋漓，是个杀人无数的将军，偏偏就怕瞧见自己的女人伤心。

娉婷离开两年重回他身边，他总觉得她是个随时会碎的琉璃娃娃似的，只要见娉婷露出郁色，他就不免担心。于是轻轻走到娉婷身边，放柔了声音问："在想什么呢？你怎么不去找长笑？"

娉婷知道他担心自己在为醉菊难过，抬头瞅着他，露出浅浅的笑容："王爷今日的部署，是料想着何侠会立即建立新国。万一娉婷猜错了，何侠不将注意力放在登基为王上，而是立即领军到东林来围攻我们，岂不大错？"

"娉婷怎么会猜错？你是最了解何侠的人。"

娉婷幽幽叹了一声。

楚北捷问："怎么？娉婷对自己信心不足吗？本王对你可是有十成信心的。"

"我本来也以为自己很了解他，他要做什么，我若没有全猜中，也会猜中七八分。"娉婷将目光轻转，停在那份军报上，叹息道，"可我从来没有猜想到，他不但杀死了何肃，还将何肃的王后和幼子一并杀了。何肃王子和我们是一起长大的，他杀何肃，定是为了报敬安王府被毁之仇，我也没什么好说的。但那小太子只有几岁，他出生的时候，我们曾一起欢庆，少爷还送他一个翡翠坠子，用金丝线挂在他脖子上……"

楚北捷不等她说完，一把将她紧紧抱在怀里，一遍一遍亲吻她的眼睑，柔声道："不要再说了，再说你又要难过了，你难过，我也会跟着难过。我快要前往且柔了，你还要我睡不着觉吗？"

娉婷被他吻得一脸通红，躲开了道："被你这样天天烦着，人家也睡不着呢。嗯，我们都去了，带不带长笑去呢？"

楚北捷倒呆了一下："你也跟着去？"

"难道我不去？"

楚北捷道："这么危险，你不要跟着去。"眉头拧了起来，英气勃勃的脸多了几分阴沉。

娉婷一点也不怕他这脸色，反而将头轻轻靠在了他的肩膀上，问："王爷不愿意让娉婷留在身边吗？"

这一句问得婉转缠绵，楚北捷被人灌迷汤的次数不知多少，偏偏对娉婷一人灌的迷汤毫无抵抗力，将眉皱成一团，但声音已没了方才的坚决："当然不是。"

"王爷把娉婷留在这里，不怕回来的时候，妻儿都不见了吗？天下这么大，娉婷好想带着长笑，四处游历一番呢。"

楚北捷一把抓住她，往她侧腰乱挠："岂有此理，你又威胁本王，竟习以为常了。"

娉婷扑哧一声笑起来，在楚北捷的大掌下扭着身子要逃开："不敢，不敢了，王爷要娉婷留下，娉婷遵命就是。"

楚北捷没有想到她那么容易说服，停了手，把她拉到面前，仔细为她整理了额前的乱发："快出发了，我要去看看长笑。"

"他一定在和则庆玩呢。"

两人找到长笑，他果然在阳凤身边，正与则庆玩得像两个小泥人似的。两个小家伙见了楚北捷，都缠上来想扯楚北捷腰间的神威宝剑。楚北捷想着将要离开儿子，抱着长笑又亲又捏，许久才恋恋不舍地把扭动着身子一心想去玩的儿子放下。长笑哪里知道父亲的心事？一下地就咯咯笑着和则庆跑远了。

过了一个时辰，楚漠然准备就绪，过来禀报："人马已经挑选好了，就等王爷的帅令。"

楚北捷点了点头，斟酌了一会儿，对楚漠然道："你另外给娉婷选一匹乖巧的马。"

楚漠然应了，立即就去办了。

娉婷等楚漠然走了，才笑着瞥楚北捷一眼："不是已经屈人之兵了吗？欺负得我答应了不去，怎么又要给我选马？原来你真怕我带着长笑浪迹四方。"

楚北捷气得咬牙，抓住她的手就把她往怀里扯："你哪儿也休想去，本王亲自当狱卒守着你好了。"

这两年里因为娉婷他受够了各种折磨，想来想去，还是带着娉婷在身边。尽管危险，但若出了什么事，至少能在她身边保护她。

要是再来一次当年松森山脉下连挑云常四关的疯狂寻觅，那才叫痛不欲生呢。

"长笑怎么办？"

思及长笑，楚北捷何尝不是怜爱不舍、左右为难？半晌他才咬牙道："暂且托付给阳凤吧，大营里安全点。我看紧了儿子他娘，就不怕丢了儿子。"

娉婷虽然不舍得，但把长笑托付给阳凤，也算放心，便点头答应了。接着伸了个懒腰，伏在楚北捷怀里，再没有动弹。

楚北捷之前被她气得无可奈何，此刻低头一看，温玉在怀，柔美诱人，倒觉得

带着娉婷是件好事。大手撩拨她的乌发，正想把钗子取下来，好好温存一番，帐外脚步声忽然传来，只能硬生生克制自己，停了手。

有人掀开帐帘进来，又是楚漠然，他向楚北捷禀报道："白姑娘的马匹已经挑好了。"

娉婷早在楚漠然进来前就睁开眼睛，挣出楚北捷怀抱，走到一边去整理行装。

"为免云常兵发现异常，最好夜行。传令下去，今晚早点做饭，饭后出发。"

暮色苍茫中，一支军容严整的队伍悄悄在林中起程。穿山越岭，直奔且柔。

那座不起眼的云常小城，静静屹立在远方，丝毫不觉改变天下的征程，即将由它而始。

当镇北王携带着心爱的妻子，身下战马发出第一声嘶鸣时，一切已经注定——在伟大辉煌的亭朝开国史中，且柔这座小城，将被人们永远记住。

# 第六十一章

晨晖的照耀中，飞照行领着凯旋的军队行进在平坦大道上，远处归乐都城的城门已映在他眼底。

归乐溃败的残军已经被消灭干净。他随身携带的两个匣子内，分别放着乐狄和乐震的首级。

这一对父子，曾是他的主人。他曾追随他们，为他们拼命，流血流汗，最后却成了捕到兔子后的狗、射下飞鸟后的弓。

不甘！他不甘心。

这股不甘心使他毫不犹豫地选择了背叛。背叛成就了他。

呜……呜……古老的号角发出悠长而低沉的声音，迎接他的归来。

城门已经大开，飞照行在齐鸣的号角声中，骑着高头大马，带着澎湃的快意踏进曾经的归乐都城。

归乐已不存在。何肃已死，归乐王族已灭。

大道两旁，跪满恭迎他的百姓。这些亡国的子民显然是被士兵们从家里驱赶过来的，哆嗦着跪在地上，千万道目光或惊愕或畏惧或悲愤，交错着从各处射来，集中在他的身上。

这些绝对没有好感的目光，却不曾削弱飞照行的兴奋和得意。

不必理会，这些卑微屈膝的百姓，无从知道何肃的懦弱和无能。他们不知道，王者，必须果断、狠辣、无情。

谁又比得上何侠？那个雄心勃勃、骁勇善战、剑法和目光都一样凌厉的小敬安王。

旁观者清。

飞照行比何侠更明白，耀天公主是何侠的一道难关。

当她在云常王宫里咽下最后一口气，天下已经没有什么能束缚何侠、阻止何侠。

云常国丧，却让飞照行雄心大振。人生就是一场赌博，要赢得风光，就要有眼

光。飞照行曾错跟了乐震，但这回他总算押对了宝。

他跟随何侠，得到了千载难逢的机会。

过了城门，越往城里走，街道上越冷清，偶尔看见的，都是在云常士兵反射着寒光的锋刃下，惶惶不安的面孔。

一名何侠的心腹侍卫在大道上截住了意气风发、正要往王宫去的飞照行："小敬安王不在王宫，飞将军请往敬安王府。"

飞照行颔首，勒转马头。敬安王府是何侠旧家，他待在那里也在情在理。

他在敬安王府前下马，入目便是一片疮痍，愣了一下，才跟着那名侍卫，跨进高高的门槛。

王府里绿苔处处，草木极深。

隔着被火烧得一片焦黑的雕柱远远望去，何侠独自一人立于一片荒芜中。

这独立的背影，即将拥有一片大好河山，从此千秋万世，让后人传颂他的名字。

飞照行不敢大意，走过去站定了，恭敬道："禀报小敬安王，末将已将乐狄、乐震的首级带回来了。"

何侠早知道他来了，转身打量他一眼，笑道："辛苦了，你做得很好。我已经准备了赏赐。来啊，念。"

一名侍卫走上来，展开手里的卷子，逐一念下来，果然赏赐不少。飞照行从前跟着乐震，也常出入归乐王宫，听出何侠的赏赐里面竟有好几样是归乐大王视若无价的珍宝。

何侠在主位上坐了下来，脸上淡淡的，似乎在笑，眼里笑意却又不是很浓，让人看不出个究竟。

飞照行等那侍卫念完了，行礼谢了赏赐，"末将是托小敬安王的福气才打了一场不辱帅旗的仗，怎敢讨这么多赏赐？"又小心地问，"乐狄和乐震的首级，小敬安王尚未过目，是否……"

"不必了。"何侠摇头，"我还信不过你吗？"

两名美艳的侍女捧上热茶，分别奉给何侠和飞照行。飞照行谢过何侠，双手接过茶碗。晶莹透亮的茶碗，一看就知道是难得的珍品，但在这萧瑟门庭中，又显得格格不入。

何侠似乎看出他在想什么，啜了一口热茶，说道："我曾经把这里挂满彩绸，摆上精致的家具，却仍不能使这里恢复一点一丝的生机。我也曾经命人修葺这里颓倒的墙，但一动工，我又下令停了。你知道为什么吗？"

飞照行放下茶碗，坐端正了，才谨慎地回答："昔日的敬安王府就是昔日的敬安王府，再怎么重修，过去的也回不来了。"

何侠薄薄的唇动了动，似乎扬起了一个微笑，但很快就消逝了："不错，若失去，就永远回不来。为什么人在取舍的时候，总是看不透这点？我真的很后悔。"他的眉目之间，居然隐隐流露出些许悲痛的神色来。

飞照行没想到何侠会忽然和他说这些掏心的话，既受宠若惊，又愈加谨言慎行。

在他心目中，何侠是当世无双的枭雄，这种人智勇超群，野心勃勃，言行缜密，善于把心事藏在深处，应该最忌讳别人了解他们。

飞照行低着头把茶碗重新捧起来，小饮了一口，假装在润嗓子。

"我诛杀了何肃一族。"何侠说完又问，"你听到外面的传言了吗？"

飞照行点头道："已经听说了一点。"

"你怎么看？"

"亡国的王族，不过是蝼蚁罢了。小敬安王已坐拥天下，杀几只蝼蚁又有什么不可？"

"我也不必瞒你。"何侠瞅着他，又是微微一笑，"外面的传言倒也没说错。何肃并没有在归降后与王后谋划刺杀我，归乐王族三人是被我无故诛杀的。"

飞照行一愕，正不知如何答话，何侠已经转了话锋："商禄将军战死了，永昌军现在由谁掌管？"

飞照行道："战场上失了主帅，只能当机立断，暂时由末将掌管。"

何侠悠悠道："冬灼也大了，该给他历练的机会。现在云常都城局势稳定了，我正要调他到沙场上学一些本领，永昌军就给他管吧。你下去之后，交割一下。"

飞照行应了一声。

不知为何，何侠今日感触特别多。他叹了一口气，从椅上站了起来，又对飞照行说道："你来，随我到处走走。"

于是飞照行跟着他，在敬安王府里缓缓移步。

庭院已经完全荒废了，池塘里漂满浮萍，水面上偶尔突出气泡，在水里游来游去的，不是色彩鲜艳的锦鲤，倒像是灰黑色的小野鱼，也不知道是如何到这池塘里的。

虫豸在杂草中一声一声地叫着。

他们一前一后，在草丛里深一步浅一步地走着。何侠走了许久，忽然作声："没想到这么快，连归乐也亡了。"言辞间竟有不少感慨。

飞照行暗奇，他得到了天下，反而比原先更不快活了。边想边偷偷瞧何侠的背影，直直挺挺，宛如绷紧的弦。

也许是眼下已没有足以与何侠抗衡的大军存在，飞照行这次重见何侠，总觉得比往日生疏了许多。至高无上的威严，此刻已从何侠身上散发出来了。

"归乐大军也被消灭了，四国已经可以一统，我打算下诏书，以小敬安王的名义，建立新国，定国号为敬安。"

飞照行踌躇了一下，试探着劝道："建立新国固然重要，但此刻镇北王的事还未了，是否应该……"

"不用担心。楚北捷就算有天大的本领，也不能只身抵挡我数十万大军。光杆的将军，何足畏惧？"何侠冷笑道，"待我登基之后，他就不再是东林的镇北王，而是我敬安国的逆贼，杀他是天公地道的事。能有这么一个对手不容易，反正有时间，我要慢慢对付他。"

听何侠的意思，竟是四国一统已是大势，再没有他在乎的敌手，倒有点舍不得将楚北捷一下子逼死，要猫戏耗子似的慢慢弄死他。

也不能说何侠自大，想四国之内，能和何侠对抗的大军都被一一剿灭了，楚北捷一个人能有什么本事挑战云常大军？他若敢公开招募叛军，云常大军会立即围剿，以十倍之数攻之，楚北捷必死无疑。

飞照行虽觉得不妥，但何侠字字笃定，似乎已无法回转，只好不再作声，点了点头。

何侠蓦地停下脚步："有一件事，要交给你去做。"

"是。"

"我要你收集各国珍宝，尤其是上乘的珍珠宝石，还要找一批镶嵌珠宝、打造饰物的能工巧匠。"

飞照行明白过来，问："是要打造一顶王冠？"

何侠摇头，竖起两根手指："是两顶。一顶王冠，一顶后冠。两顶都要精美绝伦，不能有一丝差错。"

飞照行应了，又听何侠几句嘱咐，才告辞出了敬安王府。

回到给他临时安排的府邸，飞照行想来想去，总觉得有点不妥，于是将一个留守在归乐的心腹召了过来，问："小敬安王回到归乐后，是不是看上了什么女子？"

那心腹仔细想了想，摇头道："没听说他近女色。他回到归乐都城后，只是在敬安王府里处理各种事务。也难怪，敬安王府众人已逝，他重回故地，难免要凭吊一番。"

飞照行听罢，似有话哽在喉咙，但又说不出什么，总觉得自己漏掉了一些事。正在思考，有下属来报，何侠赏他的东西已经送来了。

飞照行亲自出去接了，开了其中一箱来看，都是极名贵的东西。何侠赏赐不吝千金，看来以后绝不是个吝啬的大王。飞照行暗暗高兴，赏了送东西过来的侍卫不少钱。

何侠的侍卫长也亲自来了，笑嘻嘻恭喜了飞照行，又说："兄弟我奉命过来，还有一件事，就是冬灼将军要掌管永昌军的事，请飞将军用一下帅印，交割清楚。"

飞照行早就知道这事，于是痛快地在递上来的文书上盖了印，算是将永昌军交割清了，才送走了那群拿了不少赏钱的侍卫。

因为心里高兴，尽管一路征伐满身疲惫，飞照行也没有早早睡下，唤来帐下几名将领一同喝酒庆祝。

"来来，干！这一杯敬我们驸马爷早日荣登大宝！第二杯敬我们将军步步高升，前程无量……"

一名副将忙压低声音道："别再提'驸马爷'三字，上面已经下了令，从今起一律称呼'小敬安王'。张将军，你可要小心，莫犯了忌讳。"

"嘿，我沙场上厮杀的莽汉，哪里晓得什么忌讳？干！"

那副将还要劝说，张将军胡乱摆手，一脸不耐烦地嚷道："晓得了，晓得了，很快连'小敬安王'也叫不得了，要叫'皇上'了。听说那些文官现在都自称微臣了呢。"

这些将领领兵出战时，军纪在身，都须禁酒，早就口馋了多日，此刻兴高采烈，几壶美酒连着灌下，最后飞照行也在迷迷糊糊中被人扶上了床。

飞照行睡得正蒙眬时，却不知为何浑身一冷，被吓醒过来。

他猛一睁眼，直挺挺地从床上坐了起来，心怦怦急跳，一股隐隐的不安泛上心头。

一定有什么不对劲。

他很在意自己的预感。

当初乐震准备杀他灭口，他也是凭着忽然涌上心头的不安，警觉起来，连夜狂奔出城，逃过一劫。此刻的惊悸让他不由得分外小心起来。他把白天何侠和自己的对话反反复复想了许多遍，但又找不出有什么蹊跷。

何侠要他办的事，他都办到了，不但灭了东林大军，杀了乐狄、乐震，连商禄也一并除掉了。难不成自己在什么事情上出了纰漏？

如果说自己平常对钱财有一些贪念，何侠对此也应该心里有数，不至于为这些小事对付自己才对。

到底是哪里不对劲呢？

难道又是兔死狗烹，鸟尽弓藏？飞照行一惊之后，连连摇头。

不不，何侠不是乐狄，不是乐震。他是小敬安王，有雄才大略，有容人的气度。仗打完了，新国将立，即将成为天下之主的他威仪凛然，也是顺应大势。只要荣华富贵仍有他飞照行一份就是了。

飞照行冥思苦想，想不出个所以然，终于又迷迷糊糊睡去了。

但从此对着何侠，倒多了三分小心。

兵贵神速，楚北捷已领着人马直扑且柔。开始楚北捷还担心路上劳顿，娉婷会吃不消，但娉婷也是常跟着军队远行的，很快就让他没了顾虑，一心赶路。

一千精兵，在边界化整为零，潜入云常腹地，又悄悄在且柔城外会合。这些士兵都是历经大战后留存下来的精锐，个个精得像鬼一样，没有一个出岔子，一点消息也没有走漏。

云常军尚不知镇北王已率兵近在咫尺。且柔城里的百姓更是对这场劫难毫无警觉。

而番麓，根本不知道自己已经成为镇北王的猎物。

这位且柔城守，正为另一件与楚北捷毫不相干的事头疼。

"他们是存心逼死我！好啊，来吧，老子在军中这么多年，还没受过这种窝囊气呢！"刚刚传来的公文被番麓揉成一团，狠狠扔在地上。屋前屋后都可以听见城守大人的咆哮。

"我怎么知道那两个大人跑哪里去了？这么多人亲眼看着他们离开了且柔，他们又喜欢到处巡视，说不定早巡到边境去了。人不见了，为什么下令要老子追查？老子上哪追查去？他奶奶的！"

负责传信的府役早被吓得抱头溜开了，只剩下师爷杜京皱眉看着番麓像被人捅了屁股的老虎似的在屋里走来走去。

城守大人今天的怒气真是非同小可啊。

"大人请息怒，这公文虽然没道理，毕竟是上头的意思，我们也不能不管啊，这事……"

"我也知道不能不管。"番麓咆哮了一顿，火气都发泄完了，终于浑身轻松，又笑起来，用脚尖碰碰地上那团公文，猛一发力，把它踢到角落去了。

他大模大样地坐上椅子，吊儿郎当地把腿架到桌上。"嗯，那就追查。师爷，给老子在且柔城内外贴布告，画上那两头……不，两位大人的像，记得画得像一点，然后在上面写……"他把笔端咬在齿间，含糊不清地吩咐，"云常丢失官员两名，城守大人奉令寻找。活要见人，死要见尸。寻见人，赏银一百两；寻见尸，赏银两百两。就这样办吧。"

杜京听他那腔调，明白他心里恼葡光、葡盛那两位大人，但又不清楚他是不是在开玩笑，哭笑不得道："大人，一两百的赏银，恐怕少了点，依小的看，还是加一点为好。呃……若寻见尸，最好别加了……"

"好，好，师爷看着办吧。"番麓摆摆手，打个哈欠，"今日的公务处理完了，你快去张贴布告，城守大人我要休息去了。"

转到后院，找到醉菊，一把抓起她的手腕，直向门外去。

醉菊被他拉着，莫名其妙道："又怎么了？瞧你一副逃难的模样。"

"天气好，陪城守老爷出门散心。"

醉菊听了，停下脚步，把手往回抽："放手吧，我的小花小草都还没浇水呢。为了你大老爷散心，要害它们枯死不成？"

番麓死抓住她的手腕，就是不肯松开，回头看着她："今天上面来了公文，大消息，葡光、葡盛两位大人失踪了，上头下令要我追查。喂，你到底陪不陪我出去？"

醉菊吃了一惊，左右看看。

葡光、葡盛怎么死的，没人比他们两个更清楚。

何侠当权后，以酷律治国，云常上下人心惶惶。这事若被查出来，那还得了？看来她和番麓要找个地方细细商量。正想着番麓带她出门是不是要避开耳目谈这事，人已经被番麓扯着，大摇大摆出了城守府。

且柔虽是座小城，街上倒挺热闹。番麓穿着便服出门，醉菊向来不喜欢穿太艳的衣服，两人走在路上，也没怎么招人注意。

"糖葫芦要不要？"

"豆腐脑，来一碗？"

番麓在街上走走停停，只要瞧上喜欢的，掏钱就买了，然后递给醉菊。刚开始，醉菊一味摇头，她不要的，番麓就随手送给路上的小孩子。到后来，醉菊没办法，还是收下了番麓送的一个小面人。

走了一个下午，番麓尽说不相干的话，压根没提葡光、葡盛的事。

醉菊拿着面人，忍不住问道："喂，怎么办啊？"

"什么怎么办？"

"我们怎么办？要离开且柔吗？"

番麓转头打量她，戏谑道："你当真以为我们要逃难？"

醉菊看他那神态，不像说假话，但番麓的话从来都不可全信的，于是压低了声音追问："那你为何要带我出门呢？上面不是说了要你追查吗？万一被发现了，你有一百个脑袋也不够砍。"

"早说了带你出门是陪我散心，你做贼心虚，硬往别的事情上面想。"番麓翻个白眼，朝城门那边扬扬下巴，"老爷我已经开始追查了，瞧见城门上的布告没有？"

谈起正事，醉菊比他认真多了，知道贴了布告，立即要去看，话也不说，牵了他的手就往城门走。

向来都是番麓抓她的手，醉菊主动握住番麓却是第一次。

番麓被她柔若无骨的手一牵，心猛跳了几下，斜眼去瞅醉菊。醉菊本是无意的，

一心担忧着，根本没有留意番蘸的神色。

　　杜京做事一点也不拖拉，城门上果然已经贴了布告。布告前人头攒动，葡光、葡盛恶名昭著，百姓们见了布告，竟都一脸平静，只当看闲话一样。醉菊挤在人群里看完了布告，暂且只是追查那两位大人的去向，心里稍稍松了一口气，低声问："这是你要师爷写的吗？"

　　番蘸"哼"了一声，骂道："他奶奶的，杜京这家伙改了老子的布告。师爷都不是好东西。"

　　醉菊吃了一惊："他改了什么？"

　　"本来写着丢了两头猪，现在怎么变成丢了两位官员？"

　　醉菊扑哧笑出来，又忍住笑意瞪他一眼："亏你还是城守老爷，整天不正经，就想着逗人家。"

　　番蘸斗嘴从不服输，这次居然只"哼"了一声，没有回嘴，只是对醉菊说："布告已经看完了，我们走吧。"

　　两人牵着手往回走，番蘸忽然压低了声音问："你怕见死人吗？"

　　醉菊蹙眉："你又要杀人？"

　　她只是随口问问，不料番蘸却道："正是。"

　　醉菊心里一颤，握紧了番蘸的手。

　　番蘸声音比刚才更低了，仿佛耳语一样："有个不长眼的，从刚才就跟着我们了。你别怕，我引他到暗巷里，就当上山打兔子，射他几个窟窿。"

　　拐了几个弯，周围的喧闹声渐渐小了。两人走在巷子里，巷子越走越窄。两边靠得极近的土墙夹着巷子，连阳光都照不进来。

　　越往巷子里走，越显得阴暗。

　　番蘸本就是个野性子的，当这个城守后每天对着一卷卷文书，恨不得有人来当箭靶子让他过过瘾。他这种当过探子的人感觉分外灵敏，知道跟踪他们的只有一人，便放心地寻了一条死胡同。到胡同尽头的土墙前，番蘸转过身来，一手牵着醉菊，一手将腰后的轻弩取下擎在掌上，锐箭无声无息上了弦，问醉菊："你想我射他脖子，还是射他心窝？"

　　醉菊见箭头寒光闪闪，哆嗦道："你别问我。"将番蘸的手握得更紧了。

　　番蘸心里更加高兴，嘴角往上一勾，冷笑道："跟着的这位仁兄出来吧，咱们聊聊天。"

　　墙角后一道人影动了动，不一会儿，有一人缓缓踱步出来，微笑着道："见到你真叫人高兴。也不来信告诉我们一声，不知道我们都在担心你吗？"竟是对着醉菊说话。

醉菊瞪大了眼睛，失声道："楚漠然！"

楚漠然点点头，这才把目光转向番麓，字字清晰道："城守大人，你运气真好。要不是醉菊姑娘陪在你身边，你恐怕已经身首异处了。"

番麓嘻嘻笑起来，转头对醉菊道："我比较喜欢脖子，一箭下去，立即能让他闭嘴。"正要扣下机关，忽然浑身一僵。

一把冰凉的利刃，无声无息从他身后伸了出来，不偏不倚，恰好架在他的脖子上。一个低沉的男声笑道："我也比较喜欢脖子。"

番麓对自己敏锐的感觉非常自信，从没有人能这样无声无息地潜到他身后，心里大吃一惊。他最擅长探敌深浅，听身后的男人话语间从容谈笑的气势，已经知道遇上高手，识时务地垂下手里的轻弩，强笑道："绕来绕去，原来我是那只倒霉的兔子。"

醉菊往后一瞧，更加吃惊，捂着嘴叫起来："天啊，是王爷……"

楚北捷站在番麓身后，瞥醉菊一眼："你可让婷婷伤心多时了。"

"白姑娘？"醉菊一连受了几次刺激，连忙用手抚着胸口，仿佛眼前冒出了一团一团烟火似的光芒，让人感动得直想哭。她吸了几口长气，断断续续问，"白姑娘她……她还活着？太好了……太好了……孩子呢？那孩子……"

"晚点再闲话家常吧。你看，我脖子上还有东西呢。"番麓截断她的话。

醉菊心情正激动，一手擦着眼泪，瞪他道："你这时候还敢对我大呼小叫！你知道你身后的人是谁？小心他一刀抹了你的脖子。"

番麓听他们对话，已经猜到身后是镇北王。

别的对手对他来说当然不在话下，但遇上镇北王的利刃架在自己脖子上的情形，他再厉害十倍也逃不过去。他比别人看得开，索性听天由命，收了惧意，嬉皮笑脸问道："你舍得？"

当着楚北捷和楚漠然的面，醉菊被他这么一问，大为窘迫，涨红了脸："你你……你一直欺负我，我要王爷杀了你为我报仇！"

番麓正要说话，脖子上的刀锋突然一掠，顿觉微微刺痛。

"呀！"醉菊看见番麓的脖子被划出一道血痕，吓得差点魂飞魄散，惊呼道，"王爷，王爷，我说笑的，你千万别……"

楚漠然见他们两人这般模样，早就猜到几分，向楚北捷投去一个询问的眼色。楚北捷默默点了点头后，楚漠然正容道："打情骂俏，闲话家常，以后再找时间。城守大人，这次我们来，是想和你谈点事情的。"

番麓机敏过人，镇北王忽然现身且柔这样一座小城，还能为了什么事？回言道："你们盯上我这个小小城守，不过为了那些过路的军粮。实不相瞒，何侠因为贵

丞相的事，把我们这些城守不当人看，小猫小狗都敢来作践老子，老子早受够了窝囊气。一句话，要我向镇北王投诚也没什么，但我有一个条件。"

楚北捷听他一开口就道破自己的来意，不禁微微诧异，心想：这么一个稀罕的人才，怎么被委屈在小小且柔了？见他说了一堆，忽然提出条件，已猜到七八分，把刀刃稍微松了松，不再贴紧他的脖子，然后朝楚漠然示意。

楚漠然问："什么条件？"

番麓想了想，居然改口："呃……错了，我且柔怎么说也是一座城池，一个条件来换不划算，我要两个条件。"

楚漠然也是第一次遇到生死关头还这么吊儿郎当的人，当场愕住。

醉菊知道他的为人，抬眼看他脖子上渗出的血珠，暗自着急，在心里骂他这个时候还敢招惹楚北捷，嘴上却急道："你少说两句行不行？"不知道为什么，她的手一直在发抖，想着为了白姑娘，王爷多少也会给自己两分颜面，又用哀求的眼神去看楚北捷，"王爷，他这人性子如此，你别怪他。"

番麓看她那样子，心里比吃了蜜糖还甜，不顾自己性命还未保住，哧的一声笑出来。

醉菊又急又恼，狠狠掐了一下他的手。

楚北捷冷眼看这两个人之间的小动作，思忖片刻，沉声问："把你的两个条件都说出来。"

番麓早知道楚北捷会接受，笑道："第一，我要醉菊。"

醉菊低呼一声，脸红过耳，站也不是，藏也不是，垂了头不敢看人，小声骂道："我又不是一样东西，你怎么可以向王爷要呢？"

番麓道："我是在和镇北王谈条件，与你何干？"一句话堵得醉菊几乎气晕过去。

楚北捷点头道："这个条件，本王答应你。"

番麓问："她又不是一样东西，你能让她答应跟着我？"

"这个容易。"楚北捷缓缓道，"我用刀刃对准你的指头，然后问她答应不答应。她说一句不答应，我就切你一个指头下来。保证没有切够十个，她就会答应了。"

连番麓也不禁愕住，喃喃道："这个方法倒够绝的。"

三个男人静了静，不由得一同大笑起来，楚北捷借着这个当口儿，把刀从番麓的脖子上撤了下来。

醉菊被他们笑得脸色通红，咬牙道："男人真不是好东西，你们都是一伙的。"又恶狠狠对番麓道，"就算你手指脚趾都被切了，我也懒得理会。我又不是卖身给王爷的奴婢，你们谁也管不着我！"

楚北捷淡淡道："试试就知道了。"

醉菊暗自心惊。她知道楚北捷向来说一不二，而且，听楚漠然的话，楚北捷本来就打算杀了且柔城的城守。

醉菊见过权贵们谈笑间生杀予夺的事，生怕自己真把番麓给害了，竟不敢再倔强，闭紧了嘴不再作声。

楚漠然问："第二个条件是什么？"

番麓笑道："还没有想好呢。以后提可以吗？"

楚北捷见番麓机敏过人、性情豪放，对他已生出赏识之心，加上他对醉菊的那般心思，于是开诚布公，微笑道："可以。"

番麓问："镇北王带了多少人进来？"

"进来的只有我们两人。"

"居然只有两个人？"

番麓暗暗吃惊：他胆子可真够大的。凭镇北王的来头，他若是被发现了，立即会引来全城官兵，万一被困住，绝无生机。

楚北捷却轻描淡写道："两个人已经足够了。"

他和楚漠然本来只是打算进城打探情况，没想到刚刚潜进城守府，就遇见城守大人微服私访，更想不到的是，他带在身边做伴的，竟然是娉婷一直痛心思念的醉菊。大好机会，楚北捷当然不会放过。没想到一条死胡同竟让且柔一役峰回路转、柳暗花明。

三人都是智勇之士，立即商定晚上再在城守府邸里碰面。

楚北捷准备告辞时，番麓问："你不怕我反悔？"

楚漠然瞅醉菊一眼，应道："有醉菊当人质，不怕你反悔。"

番麓脸色一变，沉声道："你们休想带她走。"他想了想，脸上浮起威胁的笑容，"我要是一刻不见她在眼前，立即向上面告发你们。不然你们现在就把我杀了。"

楚北捷见他如此紧张醉菊，倒觉有趣，低声道："我们不带她走。你带着醉菊当人质，我们带着她师傅当人质，两边都安心了吧。"

这时，胡同外传来人声，楚北捷警觉地朝楚漠然使了个眼色。时间紧迫，两人朝番麓点了点头，不再多言，迅速去远了。

番麓站在原地，看着他们远去。

镇北王果然名不虚传，别的不说，那潜匿刺杀的功夫，就少有人能匹敌。和楚北捷打交道，除非有一国之君那样森严的护卫，否则任谁都要提心吊胆。这么想着，手臂忽然被用力摇了几下。

番麓转头一看，醉菊一脸兴奋，眼睛睁得圆圆的："你听见没有，是师傅！师傅也来了，啊……我没有听错吧？我没有听错，是不是？"她深深喘了几口气，捂

着怦怦跳的心，叹道，"老天爷啊，所有的好消息都在今天收到，出来散心真是对极了！白姑娘没死，王爷来了，师傅也来了……"说到后面，竟揉着眼睛轻轻哭起来。

番麓本来一脸不耐烦，见她哭了，只好哄她："高兴的时候应该笑，为什么哭了？天黑了，我们回去吧。"

醉菊仍轻轻哭着，摇头道："我心里一下子有太多事情，太乱了，脚也软软的。你别管我。"

番麓嬉笑起来："我为你把且柔城给卖了，我心里更乱呢。不过，从现在开始，你是我的人了，我就吃点亏，抱你回府好了。"

他这么一说，醉菊不由得忧虑不安地看他一眼，轻声问："你为了我要和云常从前的敌人联手，心里是不是挺难受的？"

番麓"哼"了一声："云常王族都死绝了，何侠将来一定建立新国，我这样做，谁也不能说我卖国。要卖，也不过是卖了何侠而已。有什么好难受的？"

楚北捷初探且柔就收获不少，心里高兴不已。回到且柔城外的营地时，他对楚漠然吩咐："今天的事，你先不要对别人说，我要给娉婷一个惊喜。"

楚漠然道："霍神医也会喜出望外呢。"

"那当然。"

两人商量好后，一同进帐，一圈的人都在等他们的消息。娉婷正担心楚北捷久去未归，见了他的身影，才暗自松了一口气，站起来迎上去问："且柔城里情况如何？我这里和大家商量了一下，拟了几条计策出来，但每条都有点破绽。要想在不惊动云常军的情况下占了这座小城，可一点也不容易。"说完，将桌面上刚刚写好的卷子递给楚北捷。

楚北捷大略看了几眼就放下了，脸上浮起笑意："本王想到了一个最好的办法。"

他是主帅，此时如此笃定，那"办法"自然是个好办法。众人大喜，纷纷问道："王爷有什么办法？"

"我们几个光明正大地进城，按照规矩拜见城守大人，大家坐下来平心静气地谈谈条件，劝他帮我们对付何侠。"

众人本来认真地听着，但在楚北捷轻描淡写地说完后，都不由得泄了气，个个苦笑道："王爷拿我们开玩笑呢。"

娉婷却深知楚北捷绝不拿军政大事开玩笑，想了想，问楚北捷道："王爷今天潜入了且柔城守府？那位城守是何侠提拔上来的，还是贵常青提拔上来的？"

这问题一针见血，楚漠然垂手站在一旁，心中大叫厉害。

要不是因为番麓身处贵常青一派，受到何侠一派的蛮横压制，就算有醉菊在，番麓也不见得会一见楚北捷的面就卖了且柔。

楚北捷见娉婷乌黑的眼眸瞅着自己，忍不住握了她的小手，轻声道："又让娉婷猜到了，本王真想让出这个主帅的位置呢。除了这个，还有别的原因，娉婷再猜一猜。"

旁人见他们两人亲密无间，于是都不作声，含笑看着。

娉婷低声道："要再猜一点，大概是王爷出手了，让那城守尝到了几分厉害吧。"

楚漠然忍不住赞叹道："不愧是白姑娘，这也能猜出来。王爷潜伏刺杀的功夫可是令敌国大将都心惊胆战的。"

楚北捷仍是笑着："还要猜深一点。"

娉婷蹙眉想了半天，摇头道："再深就不行了，我又不是神仙。"

"给你一个提示，今夜我要带霍神医一起进城。"

"哦？且柔城守有极看重的人染了重疾？"

要是这个城守受何侠一派排挤，又遭楚北捷出手胁迫，再加上救治骨肉至亲的急切，要他通敌，倒真的有可能。

楚北捷道："谁没有极看重的人呢？反正且柔的事情已胜券在握，这次连本王都不得不感叹天意造化的垂青。晚上你和我们一起去就明白了。"

快到傍晚时，楚北捷真的领了娉婷，请来霍雨楠，挑选了几名精干的下属，大家换了装扮，趁城门未关时从容不迫地入了且柔城。

楚漠然趁着娉婷不注意，悄声问楚北捷："属下想着想着，还是觉得有点犯险。万一那城守反悔，将王爷出卖了怎么办？我们跟着王爷倒不怕什么，属下只担心白姑娘和霍神医……"

楚北捷平静答道："你还没有遇上心爱的女子，等你遇上，就知道那人为什么绝不会反悔了。怎么，你不信本王的眼光？"当主帅识人最为重要，楚北捷看人极少出错，他这样一说，楚漠然也放下心来。

一行人来到城守府外，向府役报称是城守大人的故友，从外地来投奔番麓的。府役早得了番麓的吩咐，知道这一两日会有这么些人来到且柔，于是立即跑进府里通报。

不一会儿，番麓亲自迎了出来，一见楚北捷就拱手道："好久不见，老兄身体还好？"言毕亲热地携了楚北捷往里走。

跟随楚北捷的几个精兵都不知道这城守大人的葫芦里卖的是什么药。出发前他们都想着，到敌人的城守府来必定是九死一生，此刻见了城守的模样，才稍稍放心，但仍不敢大意，手都握着剑柄，寸步不离地护在楚北捷身后。

只有娉婷相信楚北捷不会莽撞行事，这样做必有把握，于是莲步轻盈地随他进了城守府。

番麓领着众人进了内室，遣退不相干的人后，才松开楚北捷的手。楚漠然在一旁介绍，指着娉婷道："这位就是白姑娘。"

娉婷从未见过番麓，哪里知道这男人和自己假死一事有着错综复杂的关系？只当他是初识之人，有礼地微微颔首。

番麓知道，若不是这个女人，自己此生都不会和醉菊相遇，想起醉菊，心里微漾，朝娉婷古怪地笑了笑。

楚漠然又指着霍雨楠道："这位就是霍神医。"

此话一出，番麓露出肃容，居然扑通一声，双膝跪了下去。

霍雨楠大惊，知道这人对镇北王紧要非常，连忙要扶他起来："不敢，不敢，城守大人哪位贵亲病了，请带老朽去看看。老朽不才，医术上倒还过得去。"

番麓硬挺挺跪直了："没有人生病，只是求您老一件事。我叫番麓，人长得帅，身体也壮，射得一手好弩，对人一心一意，聪明伶俐，学什么都比别人快……"

他连珠炮似的唠唠叨叨说了一堆。除了楚北捷和楚漠然，其他人都听得一头雾水。番麓终于把自己有的没有的长处都数完了，又问霍雨楠："您看，我这样的后生，您老人家还满意吧？"

霍雨楠被他弄得晕头转向，以为番麓是想拜在自己门下学医，可他今生只有醉菊这个徒儿，并不想再收一个，但又知道此人对镇北王的大计甚为重要，万万不可得罪，只好含糊道："城守大人如此俊杰，令人称羡啊。"

一听这话，番麓立即接着道："那请您老受我三个响头。"

"不，不！使不得……"

霍雨楠话音未落，番麓已经咚咚咚地连磕了三个响头，然后直起身来，脸上没了之前的一本正经，嘻嘻笑道："这下可不能赖了。您老受了我三个响头，我以后就管您叫'岳父'了。"

此言一出，不但霍雨楠，连娉婷都愣住了。

众人面面相觑，番麓却像打了一场大胜仗似的，生龙活虎地从地上跳起来，冲着楼下大声叫道："媳妇！番麓的媳妇，快出来拜见你的师傅，也就是我岳父。"

他把醉菊骗到小屋里，再三答应了只要楚北捷一出现就告诉她。但楚北捷他们来到后，番麓却没有立即通知醉菊，而是先用迷魂阵在霍雨楠这里硬是要了个"女婿"的名分。

醉菊一直在小屋里忐忑不安地等着师傅和白姑娘的到来，猛然听见番麓在楼上喊话，马上站起来，疯了似的往楼上跑。一跨进房门，看见满屋子熟悉的面孔，先是对着娉婷哽咽着叫了一声："白姑娘……"目光再一转，终于亲眼瞧见消瘦了许多的师傅就站在面前，虽然心里早有准备，但整个人还是怔了。

一时间，房中静得连针落地的声音都可以听见。

醉菊呆呆站了半晌，双肩猛然颤动，大哭起来："师傅！师傅！"

霍雨楠瞪着眼睛。

醉菊露面的刹那，他已经什么都听不见了，只觉得自己就像踩在云彩上，从天而降的惊喜让他心里所有的忧愁都在瞬间消散。

醉菊，是醉菊那个小丫头……

那身板，那尖尖的下巴，那乌黑的眼睛，那表情……都是醉菊那孩子的。

一双不失睿智的老眼里渐渐笼罩上一片氤氲，他嗫动着唇，却没有吐出一个字。

一阵温暖涌来，有人紧紧抱着他，那人的哭声钻进他耳里，那声音熟悉得让他这个老人也忍不住想痛哭一场。

"师傅……师傅，徒儿总算见到你了……"

霍雨楠低头，眼中一片朦胧，看着心爱的徒儿就伏在自己怀里百感交集地哭着，竟也无措起来，只知道像从前那样，用手轻轻抚她的背，什么都顾不上问，只喃喃道："孩子，孩子……"

娉婷屏息看着这一幕，直至心口胀得发疼。旁边有人扯扯她的袖子，她缓缓把脸别过去，眼中晶莹欲坠，楚北捷对她笑道："到我怀里哭吧。"

娉婷伏过去，忍不住抽泣起来。

这两位姑娘哭得梨花带雨，连霍神医的眼圈也是红的。

楚漠然在一旁抿着嘴笑。其他人终于明白楚北捷说的"胜券在握"缘由为何。

番麓静静站了一会儿，见醉菊还哭个不停，凑过去逗她："别哭了。你师傅答应让我做女婿，我已经给他老人家磕了三个响头。喂，你也磕三个吧。"

醉菊抹了抹脸上的眼泪，瞪他道："谁要你磕头！"她刚才哭得厉害，此刻眼睛又红又肿，嗓子也有点嘶哑了，她又问番麓，"我的师傅，你怎么可以叫'岳父'？"

番麓对醉菊言听计从，痛痛快快道："好，那我也叫师傅好了。"

霍雨楠见了徒儿，满心欢喜，好不容易止了泪，见他们颇有默契地吵嘴，再细看醉菊两颊，居然泛出红晕，顿时明白过来，心里的欢喜又多了一重，鼻子竟又有点忍不住发酸，赶紧呵呵笑道："叫'岳父'就好，只要你好好待我徒儿，也不用磕头，'岳父''师傅'随你叫。"

醉菊大羞："师傅啊！"

她不叫还好，这一叫，所有人都笑了。

娉婷在楚北捷怀里抹干了眼泪，抬头正要说话。楚北捷怕她怪自己隐瞒了见到

醉菊的事，赶紧道："正事要紧，我们先不要闲聊了。"

众人都知道情况紧急，立刻回过神来。番麓摆开一张桌子，把一卷轴往上面一铺开，不再嬉皮笑脸："这是且柔附近的地形图，上面朱色的五条线，就是军粮经过且柔的路线，他们都会在且柔歇脚。"

这幅地形图是番麓自己绘的，比一般的地形图细致了许多。楚北捷看罢，赞赏地看了他一眼，微微点头。

醉菊不懂行军打仗，在师傅那里哭了一场，又想起娉婷，于是对霍雨楠道："师傅，我们到隔壁去，醉菊帮你捶捶背好吗？"说完又看看娉婷。娉婷满脸泪痕，朝她笑了笑，眼里满是无法言喻的欢喜。醉菊走过去笑着对娉婷说道，"白姑娘，我们到隔壁去吧。"

娉婷也迫不及待地想和她互诉离情，于是两人一起搀着霍雨楠到了隔壁房间。

三人围坐在一起，醉菊亲自沏茶上来，一人分了一杯，然后一边慢慢为师傅捶背，一边将自己和娉婷分开后的事讲了一遍。因为怕师傅和娉婷生番麓的气，醉菊把番麓做的坏事隐去了十之八九。

霍雨楠听了，笑道："你口口声声说他坏，其实人家也没做什么坏事啊。"

娉婷则问她："你喜欢他吗？"

醉菊脸颊微红，蹙眉娇嗔道："谁喜欢他！"

霍雨楠和娉婷一看，心里都明白：醉菊是真的喜欢他。

三人聊着天，隔壁的男人们也谈得热火朝天。

楚北捷向番麓说了他们一开始的打算，番麓顿时笑起来："这事王爷找对人了。我在军中混了多年，军中的事都很清楚。云常军里哪些将领可以笼络，哪些将领立场坚定，我通通清楚。"

楚北捷大喜，当机立断道："这样最好，烦请番城守立即列出名单，我们好逐一算计。"

娉婷在隔壁向醉菊诉说了别后的经历，想到她们都以为对方死了，各自被悲伤日日夜夜煎熬，不知流了多少泪，不禁欷歔不已，又说起活泼可爱的长笑，才渐渐止了眼泪。

聊完了天，娉婷回到隔壁房间，一进门，她便问："商量好了吗？"

楚北捷转头笑道："天赐我良才。呵呵，军粮的事，稍有变更，这下一定要请白军师帮忙了。"说完对娉婷作了个揖。

娉婷知道他又和自己说笑，转身让过，对楚北捷说道："我不中王爷的圈套，受了这个礼，一定有事让我为难。军粮的事，到底有什么更改的地方呢？"

她目光转了一圈，周围众人神神秘秘，个个一脸兴奋，一定是楚北捷想了什么妙计出来。

　　楚北捷睐着她笑，过了一会儿，才道："我们不下毒，下药。"

　　娉婷听了，蹙眉思索，片刻后秀眉忽然舒展开来，幽幽叹道："真是妙计。王爷放心，王爷要的药，娉婷能制出来。"

　　其他人见惯了娉婷的足智多谋、神机妙算，只是微笑听着。番麓不由得朝娉婷多打量了两眼，暗自吃惊。

　　商议结束后，番麓安排众人在城守府住下，只对府役们说这些人是自己的老朋友。别了楚北捷等人后，他依旧向醉菊的房间走去。

　　刚到房门，醉菊突然跑出来，挺身站在门前："你来干什么？我今晚要陪师傅聊天。"

　　番麓戏谑地看着她："那明晚呢？"

　　"明晚也不许你来。"

　　番麓耸耸肩，转身就走。

　　"喂。"醉菊怕他生气，赶紧把他叫住了，问他道，"你见了他们，觉得怎样？"

　　番麓想了想，忽然长叹："我终于明白为什么何侠和贵丞相铁了心肠，不择手段也要阻止他们在一起了。"

　　楚北捷，白娉婷，这两个人在一起，天下还有谁能与他们一较高下？

　　如今看来，当初何侠举一国之兵力，与北漠联盟，把白娉婷从东林抢过来，倒是大有道理……

第
六
十
一
章

# 第六十二章

风絮满帘，空庭寂寥。月色下，何侠独坐无眠。

在众人的再三劝谏下，何侠住进了归乐王宫，但这一片金碧辉煌，又何曾比荒草丛生的敬安王府多出一分生气？

难以入眠。

有形的对手被除掉后，无形的危机，悄悄出现。

被铁蹄踏平的四国，在消灭了所有敢于抵抗的正规军队后，反而出现了新的隐患。

流言已经四起。

而暂无对手的云常大军，比从前更难掌控，将领们的贪欲，更难以满足。

何侠烦躁地在窗边踱步，过了一会儿，才按捺着心情重新坐下来，细看桌上的奏章。

派出去探察楚北捷下落的军队一点消息也没有传回来。楚北捷不愧是楚北捷，竟如此沉得住气，在云常大军对付归乐时，没有乘机公开招兵买马，没有登高一呼，召集余党残兵反抗。这些何侠预料中的甚至故意让楚北捷有机可乘的事，楚北捷一件也没有做。

楚北捷只是像风一样，东边刮起一点消息，西边刮起一点消息。小小伎俩却将云常几万兵马耍得团团转。

倒是北漠，有传言说北漠从前的上将军若韩在暗中招募新兵。

有点出乎意料。

"来人。"

帘后转出两名侍卫和两名值夜的官员，分两排站定了，垂手齐应道："在。"

何侠问："北漠招兵的事，进行得怎样了？"

"北漠上千个村庄，每天都有年轻人逃离，不知去向。微臣已经一连下了几道命令要严惩这些人，但那些可恶的北漠人就是不怕死。听说若韩那个小贼在北漠偷偷建了不少招募新兵的地方，微臣派兵剿灭了两三个，但……"

"没问你那些乱军。"何侠冷冷道，"我问的是我们在北漠贴告示招募新兵，有多少人来投军？"

站在前排的一位官员头低得更低了，踌躇片刻，听见何侠的冷哼，只好硬着头皮禀报："到目前为止，有……三五百吧。"

何侠心里一怒，差点一掌击在桌上，硬生生按捺住了，沉声问："我不是说了，招兵的条件要从宽吗？"

那官员战战兢兢道："微臣按照小敬安王的吩咐，公告北漠百姓，投军有丰厚的赏赐，全家人要缴的赋税也能减免一半……"说到这里，何侠的目光扫过来，吓得他不敢往下说了。

自从建立新国的消息传出，何侠便打算任用各国人才，对他们这群云常官吏的脸色就不怎么好了。

上次掌管王族茶品供应的崔大人进门禀报，也不知道说错了什么，竖着进去，出来的时候已经打横着断了气。侍卫抬着崔大人的尸首，鲜血滴答滴答地滴在青石砖路上，吓得在门外的其他官员脸色煞白，有两位年迈官员当场就晕了过去。

"那归乐这边呢？"何侠继续问。

另一位主管此事的官员早猜到何侠会问，心里早有准备，踏前一步，小心地答道："发出公文后，大概有四百人。"

连归乐也这么少？

何侠英挺的眉皱了皱。当年敬安王府尚在时，他双臂一振，不知多少归乐男儿愿意不顾生死地为他效命。

如今倒成了这样……

眉心间一股钻心的疼，他伸手，不动声色地揉了两下。然后放低了声音："也不能全怪你们。传我的令，从今日开始，将各地的赋税都减三成。大军不得骚扰百姓、强抢强征，有不按此令的，不管是兵还是将，格杀勿论。还有，何肃他们一家……给他们依照国君的礼制，厚葬了吧。"

旁边的侍女见他略有倦意，静静奉上醒神的热茶。何侠端茶在手里，闻了闻，却没有喝，又问："新国将建，四方的祥瑞吉物都找齐了没有？"

下面的人正担心他问这个，一听都苦了脸。

"瞧你们的脸色，看来是一件也找不着了？那好，这事暂且不谈。"何侠又道，"最近到处有流言，说什么败象已露，祸乱将丛生。你们都知道吗？"

那两位官员木头一样站着，偷偷交换眼色，谁也不敢先开口。

何侠正一心一意筹建新国，谁敢向他禀告四国都出现了不祥之兆？

近来，北漠、东林、归乐各处，都忽然出现了不少古怪的征兆。泥土渗血、空中的燕子无故坠亡、土偶流泪……本来就兵荒马乱，如今出了这些事，更是人心惶惶。这些不祥之兆被一传十，十传百，越传越玄乎，越传越吓人，说来说去，都是建立新国便会惹来大祸。

这些传言，也渐渐流入军中。

云常大军里，原本就有不赞成建立新国的大将，虽嘴上不敢说什么，但心里说不定也在嘀咕。至于其他三国的降军，更是十个有八个对何侠愤恨不满。

何侠见他们不敢作声，也不发难，只笑道："这些鸡鸣狗盗的伎俩也能把你们吓成这样，不过是有人暗中捣鬼而已。传令，各地加强戒备。你们挑几个能干的人分赴各处调查，把这些小把戏全部揭穿！"又低头批阅了几道奏章，才吩咐道，"下去吧。"

两位官员如逢大赦，赶紧倒退着出来。跨出门后相互看了一眼，大家身上的衣裳都已湿透了，晚风一吹，尽是入骨的寒意。

冬灼接到命令掌管永昌军，这两天已经从云常都城赶到了这里。他自幼跟着何侠，身份非同一般，别的文官武将一律按制安排住处，他到了归乐，直接就住进了王宫里。

那两位官员前脚刚走，冬灼后脚就走了进来，一看何侠正靠着椅背闭目，似乎在养神，扫了桌上堆积的公文一眼，轻声道："少爷累了，不如早点休息吧。"

连说了两次，何侠才缓缓摇头，睁开眼睛对冬灼道："不了。你这两天也够忙的，快去睡吧。"

冬灼答应了一声，却依旧站着，半天没有挪动脚步。

何侠见他不肯走，不禁笑道："你这小子，现在出去大小也是个将军了，怎么还是婆婆妈妈的？好，不走就待着。我刚好想问你把永昌军管得如何了？"

"商禄练兵还是有一套的，我这两天到城外永昌军的驻地看了两次，士兵们操练得还不错，可见以前底子打得牢。只是……"冬灼有点踌躇，"也许是我没有领军的经验，之前也没有军中的衔级，那些下属将领表面上对我恭敬，背后却对我这个将军不大信服。"

何侠轻轻"嗯"了一声，没说什么。

冬灼正为这事感到疑惑，不由得问道："论行军打仗，飞照行应该是个人才。他为少爷除掉了商禄，少爷为何不让他把永昌军也管了？"

何侠听到飞照行的名字，蓦然冷哼一声。冬灼心里一跳，连忙闭了嘴。

富丽堂皇的宫殿里，令人窒息的静默扑面而来。

冬灼几乎是和何侠一起长大的，从前他们说话随心所欲，百无禁忌，可最近几年何侠的心思越来越难揣测，有时候他冷冷的一个眼神能叫人心里直冒寒气。昔日的少爷离王位越来越近，似乎就离自己越来越远了，此刻只是冷哼一声，帝王的无上威严和腾腾杀气就全逸了出来。

冬灼这么想着，不禁有点难过。

过了一会儿，何侠缓了脸色，见冬灼小心翼翼站在那里不敢吭声，便招他过来，低声道："有一件事交代你去做。飞照行瞒着我，在外面和一群狐朋狗友勾结，贪污勒索，无恶不作。你替我把他这些罪证都找来，务必小心行事，不要走漏了消息。"

冬灼愣了一下。

不用问，少爷这是要处置飞照行了。以少爷的手段，不动则已，一动便是雷霆万钧，飞照行恐怕在劫难逃了。

少爷现在坐拥四国，这其中飞照行功劳不少，这些冬灼非常清楚。不知道飞照行惹了少爷哪里？看少爷的意思，恐怕是一找齐罪证就将他正法，连改过自新的机会也不给。

冬灼正惊疑不定，何侠问："听清楚了吗？"

"听清楚了。"冬灼低声应道。

何侠目光淡淡地往他脸上一扫，忽问："你是否觉得我太过无情？"

冬灼赶紧摇头。

何侠目光犀利地看着他，眸子黑得发亮。冬灼在他的注目下简直无所遁形，仿佛什么心事都被看出来了，分外局促不安。

何侠打量了他一会儿，收回目光，自失地笑了笑："谁能想到事情会变成这样？我快建立新国登基为帝了。你这个莽莽撞撞的小东西，也成了统领一路大军的大将军。娉婷……"何侠骤然把话止了，俊美的脸上露出一丝难以言喻的感伤。

娉婷，那个从小就陪在我身边的娉婷，那个此刻应该在旧日的归乐王宫里，为我的功成名就弹奏一曲的白娉婷呢？

无法忘记她回荡在敬安王府里的欢快笑声，像银铃一样清脆悦耳，又像花瓣一样轻盈绚丽。

循着她的笑声，何侠总是可以轻易地找到她，把她从小院里拉出去，神采奕奕地道："娉婷，我们骑马去。"

我们一同骑马去，画画去，读书去，听曲去……

一同，上沙场去……

何侠盯着烛灯，火光摇曳，在他恢复几分柔和的脸庞上跳动。

这一刻，冬灼仿佛又见到了昔日敬安王府里那位风流多情的小敬安王。

晚风徐徐吹拂，引得殿中四面大开的窗上挂着的及地丝幔柔媚起舞。

冬灼小声问："少爷，你也觉得娉婷还活着？"

"楚北捷出山了，除了娉婷，还有谁能让他出山？"提起楚北捷，何侠骤然的温柔不翼而飞，神色霍然一变，眸中闪烁出锐利的光芒。

冬灼想了想，忍不住道："到现在，谁也没有亲眼见到楚北捷的人，更别说娉婷了。不管怎么说，我们也要见了人……"

"见到我就杀了她！"何侠忽然咬牙，重重往桌上一拍。

冬灼耳朵里顿时一阵嗡嗡乱响，整个人呆住了，半晌才吞吞吐吐地问："少爷……你说的是……是楚北捷吗？"

楚北捷出山，极有可能与娉婷有关。这事冬灼从何侠的只言片语中也猜到了大概。如果娉婷真的帮着楚北捷对抗少爷，那可怎么办？两小无猜的两个人，现在如两山对峙，随时会兵戎相见，实在是糟糕到不能再糟糕的事了。

冬灼为这个暗自烦忧了多时，一直不敢开口问何侠。他还保留着往日敬安王府里的那分天真，借着眼下这绝好的机会，想要听听少爷的意思，看看少爷和娉婷之间还有没有回转的余地。他不信他们会那么狠心。

何侠冷着脸，一字一顿道："不，我说的是娉婷。"

那绝不是说笑的神情。

冬灼从未料到何侠会这样决绝，浑身骤然一阵发冷，心里好像有一双尖利的爪子在用力撕扯着，他疼得难受，不得不向后退了一小步。

何侠目露凶光，狠狠盯着桌上的公文，仿佛那就是他的敌人一样。过了许久，他绷紧的脸才渐渐放松了，露出一分无可奈何的凄然，苦笑着喃喃道："她为什么要这么做？就一点情分也不念吗？"烛光映照下，俊脸上竟是一片惨白。

两人默然相对，都觉得无话可说了。

何侠挥手道："去睡吧，明天有明天的事。"

冬灼应道："是。"默默低着头，退出门外。

身后隐隐约约传来何侠低沉的声音。

"飞天舞，长空梦，情意不曾重……"夹着长叹，似若有所失，内里藏着说不出的懊悔。

回到住处，冬灼才猛然想起，方才少爷吟咏的，是当日在驸马府中，少爷与耀天公主一同饮宴时，少爷趁着酒兴，击剑而歌的一句词。

那夜，有满院欲化未化的白雪。

北漠的舞姬们穿着五彩斑斓的舞裙，腰间系着鼓，灵巧跳跃间双手击鼓，新奇有趣，讨得耀天公主十分欢心。

夫妻俩兴致极好，在月下对饮。

耀天公主嫣然巧笑，何侠击剑而歌。

飞天舞，长空梦。

情意不曾重。

冬灼终于明白，为什么少爷对飞照行起了杀意。

他永远不会忘记，当听见飞照行对少爷进言说要除掉耀天公主时，自己心里那种像被无声的闪电划破的感觉。


且柔。

也许是战乱的关系，百姓们无家可归，四处流浪，最近入城的人，陆陆续续多起来。

"人多就人多，人多有人多的好处。很好，很好！"番麓听了下属的禀报，不以为然地笑起来。

城守大人最近几日神清气爽，心情好得不能再好，丝毫不见前几日的烦躁不安。此刻他正跷着二郎腿和师爷闲聊，突然想起一件事，吩咐道："我这些从前军中的旧相识个个会杀人，还有几个是不喜欢和旁人打交道的，也讨厌别人打听他们的动静。你可要小心，不要惹了他们。"

杜京知道番麓就是军中出来的人，他这番话可不是开玩笑的，便唯唯诺诺应了："大人的朋友，小的怎么敢打扰？万万不敢，万万不敢。"

"嘿，谅你也不敢。"番麓扬着唇笑了笑。

他知道若城守府里藏着镇北王的消息走漏，那可不得了，说不定云常几十万大军立刻就围上来了。不过，楚北捷等人都是身经百战、智勇双全的将士，机敏过人，应该不会露出破绽。府里的下人们也都没什么眼力，只有师爷杜京是比较聪明的，也许会看出什么来。

番麓也不担心，已交代了楚漠然派一个高手监视杜京，一旦杜京发觉了什么，立即手起刀落，杀他灭口。

他毕竟是城守，在小小且柔城里，他就是个土皇帝，想藏住什么人又有何不可？下属禀报最近进城的人增多，他猜想十有八九是楚北捷带来的人马分散进城了。

番麓脸上正带着笑，忽然听见一个脆生生的声音在问外面的府役："城守大人在哪里？"

番麓从椅子上跳起来，高声应道："我在这里呢！"

不一会儿，醉菊推门走进来，手上托了一个方盘，见到番麓，微微笑了笑："原来你也有认真做事的时候。"袅娜走过来，把方盘往桌子上轻轻一放，托盘上有一碗热气腾腾的米粥。

番麓看见醉菊，又瞧见那碗粥，打从心眼里笑出来，嘴上却故意说道："我已经吃过早饭了。"

醉菊也不生气，只说："哦，那给师爷吃吧。"

"他敢吃我的东西？"番麓把碗抢到手里，紧紧不松手。

杜京连忙摆手："不敢！不敢！大人，小的先下去处理公务了。"

杜京知道这是番麓的家务事，不该掺和的事他绝不掺和，立即告退，还体贴地帮他们把门关上了。

番麓端了碗，一会儿说太烫，一会儿说淡了点，但还是美滋滋地把米粥吃完，打了个饱嗝，赞醉菊道："自从见了岳父，你可乖多了。"

醉菊问："我以后也这么乖，好不好？"

番麓连连点头："当然好，当然好！"

醉菊说："师傅说我应该识大体，顾大局，不要碍事。我不妨碍你办公了，等一下再来陪你。"说完起身走了出去。

难得醉菊如此温柔乖巧，番麓高兴不已，想着醉菊说他做事认真，便硬生生克制住想立即抛下公务黏着醉菊的冲动，开始精神抖擞地处理公务，打算办完就溜去陪醉菊。

待番麓快忙完时，醉菊果然又推门进来了，笑盈盈瞅着番麓问："你现在还好吗？"

番麓反问："很好，有什么不好的？"细看醉菊的神色，突然心里咯噔一下，变了脸色，"你在粥里面放了什么？"说着猛地站起来，顿觉全身力气少了十之八九，两腿都在发抖，浑身都有点麻麻的。

醉菊抿着唇笑着走过来，在他手腕上仔细地把了一会脉，喜道："白姑娘就是厉害！竟然无法从脉象上诊出来，真的瞧不出是被下了药。"

番麓恨得牙痒痒，伸手去抓醉菊。但此时他全身气力不足，动作迟缓，醉菊一闪身就躲过了。番麓气道："你为什么拿我试药？"

醉菊原本还在笑的，听他一问，立刻把脸冷了下来，瞪着他，两手叉在腰间："我问你，你怎么和师傅说，我已经……已经和你……同房了？"

番麓本来气极，听她红着脸问起这个，忍不住跌坐回椅上，捂着肚子毫无仪态地笑起来。醉菊只能狠狠地瞪着他。

番麓笑够了，才道："那是谣言，算你下药下得有道理，我认罚就是。不如这样，我们今晚就把谣言变成事实，所谓生米煮成熟饭……"还未说完，已经被醉菊狠狠擂了几拳。

番麓哀叫几声，又问："喂，这玩意药效有多久？"

醉菊捶了他几下，心里舒服多了，答他道："这个因人而异，有的人要久一点才能恢复，有的人很快就恢复了。"接着，扬扬得意地对番麓说道，"你不知道配这个药多辛苦，我是懂医的，在一旁帮忙，看着花花绿绿的草药都觉得头晕，难得白姑娘竟然知道这么多。这个药下在米里面，银针验不出来，吃了的人只是浑身没劲，接着慢慢地会有几种情况：有的人手脚麻痹，有的人昏昏欲睡，身上却没有病征，保管让那些云常兵疑神疑鬼。你瞧，这不挺有趣吗？"

　　番麓朝她翻个白眼，叹道："我知道你是因为被拿来试药的那个是我，才会笑得这样开怀。唉，万一这药效不是你们想的那样，你可就是谋杀亲夫了。"

　　醉菊朝他吐吐舌头："你猜对了，我就是为这个高兴。"说完不再理会被她整得惨兮兮的番麓，径直回后院去了。


　　娉婷因为几天来忙着配药，一直不眠不休，药一配好，人就有点撑不住了。霍雨楠连忙为娉婷诊脉，开了方子。晚上醉菊把还没有恢复过来的番麓赶跑了，过来陪了娉婷大半夜。

　　娉婷劝醉菊："你一直在一旁帮忙，也够累的，快去休息吧。要是你也病倒了，那可怎么办？"

　　醉菊说："我再陪你一会儿，等你睡着了我就回去休息。"

　　娉婷道："你在这，我只想和你说话，更无法睡了。"

　　醉菊听她这样说，只得笑着回房去了。

　　娉婷靠着枕躺了一会儿，渐渐入睡，迷迷糊糊间觉得有人在抚她的额头，睁开眼睛一看，月光从窗外透进来，楚北捷就坐在床头，身上的夜行服还没有脱下，显然刚刚才回来。

　　她喃喃道："王爷回来了？"

　　"额头怎么这么烫？"

　　"王爷回来得正好，今天我们已经把药配出来了呢。药效正合我们的意，明天再重配一次，多配一些，足够使用。"

　　娉婷挪动身子，楚北捷顺手把她搂着，皱眉看着她。

　　娉婷知道他要责怪自己不爱惜身子，抿唇笑了笑："王爷这次出去，事情办成了吗？"

　　"潜入军营，一刀下去就成了。这次只用了一把随身的刀，没用神威宝剑，以免留下痕迹，泄露身份。"楚北捷单手把腰上的刀解下来，神色自若地道，"我日后若走投无路，倒可以去做一名刺客。"

　　娉婷柔声道："我知道王爷不屑做这种暗地里的勾当。若我们有足够的兵马，

王爷一定更愿意在沙场上和敌将分个胜负。"

楚北捷抱紧了她，沉声道："为了你，我什么都愿意做。何况两军对阵，无所不用其极，暗杀又算得了什么？"

两人耳鬓厮磨片刻，娉婷轻轻问："外面有什么消息吗？"

楚北捷本不想让娉婷知道，见她问起，又不好隐瞒，叹道："我派若韩等人到各处制造异兆，引起百姓恐慌，好让何侠有所忌讳不能立即登基。但这一计瞒得过别人，却没有瞒过何侠。他调动人马，派云常军中精干的将士追查……找到了我们的人的踪迹。"

娉婷低呼一声。

楚北捷默然片刻，接着道："华参死了。罗尚那边还没有消息，完全没了联络，恐怕也是凶多吉少。我已经命若韩立即停下一切动作，不要再引起别人的注意。"他顿了顿，又道，"不管怎样，现在因为这些异兆，反对何侠选这个时候建立新国的名门望族为数不少。何侠也知道自己要建立新国，云常的文臣武将未必个个赞同，所以急于招募自己的人马。他在北漠和归乐大肆招兵，可没有人愿意投军。"

娉婷叹了一声，把自己深深藏进楚北捷的怀里："少爷越来越不得人心了。"

归乐的小敬安王，昔日振臂一呼，不知多少归乐人忠心为他效命。

诛杀献国归降的归乐王族，实在是何侠犯下的致命大错。

娉婷忽然打了一个冷战，她发现自己竟在算计少爷犯下的每一个错误，筹谋着怎么利用……

世事如此弄人，未免过于无情了。

少爷，他已重回敬安王府，但娇羞花解语、温柔玉暖怀的日子，却一去不返。

如此明月下，少爷心里思念的，会是谁呢？

# 第六十三章

归乐都城，王宫里人人噤声，连走路也要踮起脚尖。

能一言决人生死的小敬安王，今日大怒。

飞照行匆匆走进去，瞧见何侠还带着微愠的脸色，便垂了双手，谨慎地站在一边，等着何侠发话。

"你来了。"何侠看见他，没有问最近交代他办的事，反而指指桌上堆满的公文，对他说道，"你看看，这些无知的蠢货！我再三说过，那些什么不祥之兆全部是有人在搞鬼，派出的人马已经抓了几个潜伏在各地妖言惑众的乱党，他们居然还一个劲地联名递这些给我，请求不要急着建立新国，说什么上天有怒意。什么怒意，上天不愿我小敬安王登基吗？"

飞照行见他气得不轻，连忙表示赞同："小敬安王说得是。这些无知的人根本不知道国家大计，小敬安王何必为他们生气？末将认为，建立新国的事，还是要按小敬安王的意思去办。"

"我原也想这么办，可是不行。"何侠气消了一些，叹道，"楚北捷那边，一点动静也打探不到。我疑心那些将领是不是想着自己已经劳苦功高了，或者畏惧楚北捷，所以没有尽力搜捕。要是知道楚北捷的踪迹，我真想立即领兵清剿……"他似乎觉察出自己的失态，稍微停了停，端起茶碗来喝了一口，然后平静地说道，"最近事情很多，招兵不顺利，军粮本不想再从云常征调，但北漠、东林、归乐都经历了多年的战火，许多土地都荒废了，一时无法供应那么多的军粮。"

由于粮草的问题，大部分休整的军队都留在了云常。何侠因为待在云常王宫里会时时处处想起耀天公主，心里疼痛难忍，所以迟迟不愿回去。

飞照行暗中思量，贵炎的永霄军一开战就全军覆灭了，后来何侠把各国降兵整编成新的永霄军。云常七路大军，现在归乐有两路，北漠、东林分别驻扎一路，剩下三路都在云常。天下还没有完全稳定，何侠作为主帅离开云常太久，确实有点危险。

要是换作以前，飞照行定会对何侠进言，但自从那次无端心悸后，飞照行对任

何事都多留了一个心眼。他站在一旁思量了一番，提议道："楚北捷是个祸患，虽然暂时藏起来了，但绝不能疏忽。他应该藏在东林，一路人马找不到，再多派人马搜剿就是了，总会搜到点痕迹的。不如派末将或者崔将军的甘凤军去东林一趟，协同围捕。"

何侠沉默下来，脸色不佳地低声道："这个消息今早才传到这里。你大概还不知道，崔临鉴被暗杀了。"

"啊？"

崔临鉴是最近被何侠提拔上来的一位年轻将领，人只有二十二岁，却非常精明能干，因为感激何侠的知遇之恩，对何侠忠心耿耿。他的死，对本想在军中安插自己的亲信，逐步控制所有兵权的何侠来说，是一个沉重的打击。

"就在自己的军营里面，半夜被人刺杀，头就挂在帐帘上。"

飞照行问："难道是楚北捷下的手？现在甘凤军整路人马缺了主帅，得立即指派一位将领掌管才行。"

"你说谁来接管最好？"

飞照行当然不会推荐自己，于是进言道："临危选将，很难找到适合的人。云常境内，祁田将军的永泰军离甘凤军的营地最近，不如将两军人马归并一处，暂时由祁田将军掌管？"

何侠缓缓摇头，拧起秀挺的眉："楚北捷是有这样的身手，但未必是他。不熟悉云常军队内部的人，是不会选崔临鉴下手的。这事只怕没有那么简单。"

飞照行何等聪明，立即听出何侠的意思。崔临鉴一不是云常人，二不是云常军中的老资格，云常各位大将对于他做甘凤军统领都心有异议，祁田便是其中怨言最多的一个。

难道是军中的权力争斗，有人胆大包天下手暗杀了一路大军的统领？

飞照行暗暗埋怨自己说话不慎，显得自己在帮着祁田似的，后悔不已，连忙转回正题道："搜查楚北捷，是否还是多派点兵马？末将还在忙着办小敬安王交给的差事，恐怕一时脱不开身，不如增派祁田将军的永泰军过去？"

何侠点头道："就派他过去吧。"走到桌前，提笔写了一份军令，加盖了自己的帅印，交给一名侍卫，这才问飞照行，"王冠的事，办得怎样了？"

飞照行禀报道："巧匠已经找到了，两个是归乐的，另外一个正派人去东林接过来，都是有名的大师，遇到战火躲藏起来了，找起来真不容易。各色宝石基本上已经齐全，但王冠上中间最大的一颗，计划用上好的蓝宝石，这个暂时只找到一颗，用在王冠上是足够了，后冠就……"

"给后冠先用。"

"这……"飞照行迟疑了一下。

"先把那蓝宝石用在后冠上，王冠不用急，再慢慢找。记住，手工一定要精美，用料一定要上乘，尤其是后冠。"

飞照行疑惑地看着何侠，他那帅气的脸上似笼罩着一层难以散去的浓雾，整个人明明站在眼前，却仿佛隔了很远。飞照行只好连声应是，退了出去。

回到下榻处，手下的安将军又兴冲冲来了，约他一道去喝酒。

安将军在云常军里是老资历。贵常宁死后，飞照行接管蔚北军，这方面他比冬灼经验老到，明里暗里加意笼络蔚北军中的几位将领，倒和他们处得很好。见了安将军，飞照行笑道："又是喝酒？将军挣了不少功劳，小敬安王给的赏赐也不少，怎不在这里买块地起个宅院，再娶几个美人享福？这可比喝酒有趣多了。"

安将军摆手道："我就好喝两口好酒。枕戈待旦的人，也不知道什么时候完蛋，女人一个就够了，多娶几个，将来又多几个寡妇。"叹了一声，接着道，"而且女色也不是什么好事。你看楚北捷吧，为了个女人销声匿迹，听说最近又出现了，嘿，我看那也只是流言。咱们驸马爷呢……"忽然想起何侠已经严令下面的人不许再称他"驸马爷"，立即停了话头。

飞照行心里无端一惊，笑着问："小敬安王如何呢？"

安将军挠头道："小敬安王也够情深意重的……可惜咱们公主，怎么这样命薄，竟难产死了？要是活到现在，那是享不尽的荣华富贵啊……"

飞照行越听越不对劲，脸色微微变了，心里一边琢磨着一边问："我最近奉命制一顶后冠，尺寸大小正有点拿捏不准……小敬安王日后登基，恐怕还是要寻一位新后吧？"

安将军直肠直肚，没注意飞照行的脸色，大掌连摆了几下："哪来的新后？飞将军您看见小敬安王身边有过什么女人吗？就算日后要娶，我看最多也是个侧妃。所以我说小敬安王对咱们公主不错，听说云常那边正大修公主的陵墓呢！啧啧，那些小人暗里中伤，说是驸马爷害死了公主，依我看，以他们夫妻俩的情分，那是万万不会的。"

飞照行听他说完，心里一直杂乱无章的思绪仿佛被隔空而来的一只手三两下理了个清清楚楚，霍然明白过来，整个人僵在了那里。

安将军这才发现不妥："飞将军，你怎么了？"

飞照行木然道："我忽然想起一点急事，非要立即办妥不可，改日再奉陪吧。"径自走回了里屋，将房门推上，满天灿烂阳光都被挡在外面。

彻骨的寒意从脚底涌上来。

何侠动了杀机。

为着耀天公主，何侠想为她报仇。

怪不得呢，这么多官员，偏挑他来制这顶后冠。云常那边还大张旗鼓地修着耀天公主的陵墓，眼下又有风声说有人正追查他的劣迹……转头一看，这些个竟是一张已经铺到头顶的大网，要罩住他这条大鱼。

前几日他还在憧憬富贵的前程，现在都成了泡影。何侠已是天下最有权势的人，要取他飞照行的命，易如反掌。

当日虽然是他再三进言除掉耀天公主，但那是真心实意为了何侠手里的权力着想。何侠自己逼死了公主，现在懊悔不已，却要拿他来泄愤。

飞照行冷汗涔涔而下，气愤又颓丧，握紧了双拳，眼里凶光蓦地一闪，咬着牙自语道："难道老子只能缚了手让你宰？天下哪有这么便宜的事？"

掌上一阵刺痛传来，低头一看，原来手握得太紧，指甲已刺进肉里去了。


下药的计划进行得非常顺利。

番麓身体强壮，醉菊用的分量又极少，不过两三天，番麓已经完全恢复了，醉菊就派给他一个任务："想办法把这个混到军粮里。"说完提了提手中那一大包袱的药。

"怎么混？军粮都是麻袋装起来的，难道要我一袋袋拆开下药？你当那些看粮官都是傻子吗？"

"你才是傻子呢，没人叫你拆开麻袋。"醉菊弄了一点药末演示起来，"一点药粉，放到水里面溶了，往麻袋上一倒，药不就渗进去了？"

这个主意倒不错。这么一小碗药水倒在麻袋上，神不知鬼不觉。就算麻袋里只有一点粮食被药水浸湿了，但军中煮饭向来是整袋米整袋米下锅的，只要煮成一锅，还不人人中招？

醉菊把包袱递过来，番麓没接，死皮赖脸地问："我帮你做成这件大事，有什么奖赏？"

醉菊不屑道："没你别人就做不了吗？这么简单的事，王爷随便派谁冒充你的亲信巡视一下粮队就办成了。我是看你闲着也是闲着，帮你找点事做罢了。"

番麓不满地哼哼了几声，还是把装药的包袱接过来转身走了。

随后几天，隐隐约约有消息传来。

云常军里先是怀疑出了瘟疫，但军中大夫都不知道究竟。于是就从各处找来几位有名气的大夫，后来诊断说，不是瘟疫，怕是水土不服。

"他们也不笨，一开始就疑心军粮有问题，把粮食验了又验，但就是查不出什么。本城守恪尽职守，立即派人誊抄一份且柔的毒物志送了过去，特意指明有的植物的毒恐怕是银针验不出来的，要用熏干的松尾草加水来验，水变黑的话就是有毒。看来又会让那群大夫忙活一阵。"

番麓一番话，引得内室中的人都哈哈大笑。

只有醉菊瞪他道："为什么骗人？多此一举！万一引起他们的疑心，你可就惹下大祸了。"

娉婷坐在醉菊身边，闻言轻轻握了握醉菊的手，把头转过来，笑着低声解释："是有这种毒的，他倒没有骗人。"

楚北捷也道："我们打算和那位将军碰个面，先让番麓去讨好一下，有个交情也不错。"

醉菊这才知道错怪了番麓，本想向番麓认个错，抬头一看，番麓正得意扬扬地朝她挤眼，那句"抱歉"就咕噜一声被她吞到肚子里面去了。

楚漠然问："还有什么消息？"

"好消息很多，好像连老天都在帮我们呢。"番麓现在负责打探云常内部的消息，大家围着他坐成一个圈。番麓一提起军国大事来，更是眉飞色舞，精神百倍，侃侃道，"先说镇北王刺杀崔临鉴，镇北王用的是刀，而不是神威宝剑，这一招着实让人佩服。"

楚北捷淡淡道："选中崔临鉴下手，完全是你的功劳。没有你，不可能造成眼下这样的局势。"

番麓听了楚北捷这一句，知道他已把目前的局势猜出了个大概。此刻楚北捷让番麓来把情况说一说，只是好让他这个"云常城守"更快融入楚漠然他们这些原班人马中。番麓不禁感激地看了楚北捷一眼，继续说道："崔临鉴的死，使何侠对祁田起了疑心。因为何侠正在筹谋用年轻将领取代云常军中的老将，这使云常老将们怨言四起，而崔临鉴就是何侠提拔得最高的一名年轻将领，对了，他不是云常人。"

楚漠然听得很仔细，问番麓："你还有归乐都城的眼线不成？如何肯定何侠对祁田起了疑心？"

番麓嘿嘿笑了笑，道："我哪有本事在何侠身边安插眼线？不过要知道这个一点也不难。因为崔临鉴被杀，甘凤军失了统领，何侠不但没有命最近的祁田接管甘凤军，反而派他到东林去搜剿镇北王。"瞥了楚北捷一眼。

醉菊扑哧一声笑起来："那祁田可倒霉了。他的永泰军现在人人手脚无力，又找不出病因，怎么可能到东林去？延误了军令，何侠一定找机会刁难他。"见众人都默然向她看来，醉菊有点脸红，低声问，"我是不是哪里说错了？"

番麓道："就是因为你说对了，我们才觉得非常惊奇。"

醉菊瞪起眼睛，还未回嘴，番麓又看向娉婷，拱了拱手，叹道："白姑娘果然

名不虚传，佩服，佩服。"

娉婷道："城守大人过奖了。此计审时度势，因势利导，以弱图强，全是王爷想出来的，并不是娉婷的功劳。"

番麓摇头："话不能这么说。没有白姑娘，谁又配得出那么绝妙的好药呢？"

醉菊想了好一会儿，终于明白过来，当日楚北捷定下下药的计策时，就想着离间何侠和祁田。刺杀、配药、下药、让番麓和祁田套交情……竟是一连串有关联的事。醉菊偷偷啐了一声，自言自语道："说起打仗来，你们男人可真是个个工于心计，想什么事情都绕一个好大的圈子。"忽然想起娉婷这位军师就坐在旁边，她立刻吐吐舌头，抬起头朝娉婷做了个鬼脸。

霍雨楠最近也很有兴致听他们商议军事，所以今日也占了一席，发言问道："瞧现在的情况，王爷想要动摇云常军心的目的已经达到，是不是该出面拉拢祁田了？"

娉婷思忖着摇头："时机未成熟，军中大将不会那么容易叛变的……"

"本王也觉得时机未成熟，祁田不会立即背叛何侠。"楚北捷朝娉婷露出一个迷惑人心的帅气笑容，话锋一转，"不过战事紧迫，本王还是打算立即去见一见祁田。"

"王爷？"

"时机未成熟，可以催它早点熟嘛。"

番麓一听兴奋起来："请王爷把我带上。我从前在永泰军待过一阵子，对它还挺熟悉的，说不定能帮上什么忙。"

楚漠然立即问："你和祁田交情深吗？"

番麓打个哈哈："我当时职位很低，哪有机会和祁田大将军碰面？不过探子最擅长识人，他不知道我，我却常常暗地里观察他。"

事不宜迟，众人商议了一会儿，立即就定了下来。

楚北捷和楚漠然带上十名高手，再加上一个番麓，立即微服出城。

番麓还是第一次和他们出去，醉菊有点放心不下，扯扯番麓的袖子，叫他跟着自己到了角落里，低声问："你真要一起去？"

"当然。"番麓伸出一双大掌，"你看，我的手痒死了。"

醉菊说："不知道为什么，我心里怦怦直跳，你这次出去，可一定要小心。"

番麓奇道："心乱跳吗？哎呀，那可是凶兆，军中最忌讳这个。来，让我摸摸，是不是真的乱跳了。"

醉菊原本被他前一句话吓得脸色苍白，不料后一句居然是……气得翻了老大一个白眼，一掌将番麓伸过来的魔爪打掉，扬长去了。

楚北捷这十几人出了城，一路策马，到达永泰军驻地附近时，天已经黑了下来。大家埋伏在不远处，隔着一片空地，窥视对面军营的点点灯火。

楚北捷低声部署："我直入营中去寻祁田。漠然和番麓也潜入营中，随时接应。剩下的人留在这里，万一里面出了意外，你们立即从东面冲杀，只管放火，别和他们硬碰，帮我们制造一点混乱就够了。"

寥寥几句，吩咐了个大概。这些人都是个中高手，知道随机应变，也不需要楚北捷多说。

楚北捷炯炯有神的眼睛盯着对面，终于抓住一个空当，下令："走。"楚漠然和番麓跟着他，都是一身黑衣，蒙了面纱，仿佛三道影子一样，无声无息溜进了敌营。

这里是永泰军长期驻守的地方，营地上不是临时搭起的牛皮帐篷，而是一片有层层栅栏的多重院落，一溜一溜的砖房纵横交错，就像一座布置得很朴实的府邸，被围在最中间的大屋灯火通明，那就是祁田的住所。

楚北捷一路躲开来回巡逻的小队，径直潜入主将的营房。楚漠然和他默契已深，悄悄地往主将营房的西侧隐去。

番麓在永泰军里待过，比楚北捷和楚漠然都熟悉这里。他胆子奇大，路过一间小房，瞥见里面没人，便钻进去翻了一套永泰军的兵服穿在身上，然后大摇大摆地走出来。

这里巡逻、岗哨的规矩都是多年不变的，只要暗中偷听到当夜巡逻的士兵的口令，就可蒙混过关、平安大吉。番麓站在暗角里，观察着来来往往的小队碰头。

"公主平安。"

"云常大吉。"

番麓心道，耀天公主已经死了，这祁田还算有良心，没有忘了旧日主人。既然已经知道口令，就不必再躲躲藏藏，番麓从暗处晃了出来，乘机四处察看，一路上遇到问话的，都用口令对答。别人见他是云常口音，口令对，举止也像军里同僚，怎会疑心？

想着这时楚北捷应该已经潜到祁田那里了，番麓便也一直向里走，打算帮楚北捷望风。未到最里，番麓蓦然停了下来，看向左边的一间屋子。他记得从前这屋子里是不放什么东西的，现在守卫却明显加强了，屋门上还插着一面小旗子，迎风招展时，似乎可以看见一个龙飞凤舞的"侠"字。

他这探子的眼睛比鹰还犀利，顿知里面藏着蹊跷。

于是缩在一边，打量起那间屋子，一会儿后忽然露出狡黠的笑容，转身就走："幸亏老子在这里待过。"他借着夜色，径直朝有水声的地方走去，喃喃道，"我就想起这里有条河。"他这个人从来都待不住，天生就是当探子的料，每到一个地

方必定把当地的地形探察清楚，永泰军这个常年驻守的地方当然也不例外。

番麓当日就曾经潜入这条河里，知道下面的暗流可以通到刚才那片房子底下。

他像泥鳅一样钻进水里，没有溅起一点水花。到了水中，憋气沉下去，一直往深处游，过了一会儿，身上的感觉似乎有了变化。他浮起来，露出水面时刚好头顶着坚硬的岩壁，岩壁和水面之间只有一点缝隙，不过已经足以让他露出口鼻呼吸。

番麓又吸了一口气，潜了下去，这一次潜得比刚才更远，水里黑黑的，只能摸索着前进，胸口渐渐地有点发热……忽然，他撞到了一样东西，伸手一摸，立即知道那是一根铁杆，心中大叫糟糕。

从前这里是没有铁杆的，怎么忽然添上了？这样一来，便无法前进了，但要潜回去，也是绝对不可能的。

胸口越来越疼，番麓想起临走前醉菊对他说的话，心里叹道：难道真是命该如此？

分外懊悔不该一时逞能，竟死得这样冤枉。

此时胸口里已仿佛被火烧着一样，番麓不敢张开口，他明白这个时候张口的话，不但徒劳无用，而且根本就是送死。只得握紧那一排铁杆，拼命地摇晃。

窒息的痛苦煎熬着他，他脑子里乱哄哄的，只知道奋力挣扎。

正在这时，手中的铁杆微微动了动，虽然很微弱，却让番麓精神大振，他更加用力地摇晃，用脚在水里猛踢。

鼻子里的气息已经用光了，他的力气渐渐变小。迷迷糊糊了一阵，他恍惚听见醉菊的声音，猛地打了个冷战，又挣扎起来。

就快绝望的时候，铁杆又动了动，这下比刚才动得更大了，似乎是根基松动了。番麓连忙俯身，两道铁杆之间，居然刚好能让头钻过去。

真是天助我也！

生死关头，番麓把身子奋力从铁杆中挤过去，也顾不上身上擦伤多处，拼死一搏，往水面游去，不料水面就贴着厚实的岩层，哪里可以让他浮出水面？

番麓心里一沉，一手摸索着头顶的岩层，拼了老命向前游。游了一会儿，浑身力气似全被抽走时，手腕上忽然凉凉的，番麓大喜，猛地蹬起，头脸都露出了水面，冰冷的风终于扑面而来。

番麓大口大口地喘着气，湿漉漉地从水里爬了上来。他随身带着用油纸包裹妥当的火折子，点燃后朝四周一看，嘀咕道："奶奶的，哪个天杀的居然把这里改做了水牢，害老子差点被淹死。"

看来，发现这条地下水道的不止番麓一人。这里明显经过了一番布置，地下的水流被利用起来了，怪不得在水下装了阻止人进来的铁栅栏。

也许制铁栅栏的人想着反正是水下的东西，偷工减料，无人查看，那铁杆才那么容易松动，正好救了番麓一命。

番麓想着身在敌境，便熄了火折子，小心翼翼地转进牢房，里面的墙上点着一盏油灯，火苗只有黄豆那么一点，照得四处昏暗暗的。

两个看守的士兵正趴在桌上呼呼大睡，脚底下一堆酒瓶子。这是永泰军的大营里，门外又守着许多士兵，里面的人以为该是密不透风、万无一失了，谁想到会有一个煞星从水里冒出来呢？

番麓走到两个士兵身边，给了每人后脑勺一下，狠狠地把他们敲晕过去。

"老子倒要看看这里面关着谁这么要紧……"

往牢房里面看去，里面坐着一个身形高大的汉子，眼睛在暗处闪闪发亮，眼神非常犀利。

番麓隔着牢门问："喂，你是谁？"

那男人肩上腿上都缠着绷带，他冷眼见着番麓穿着云常兵服湿漉漉地出现，还敲晕了守卫，却连眉毛都没有挑一下。他打量了番麓两眼，反问："你又是谁？"

他被关了许久，头发和胡子都乱糟糟的，遮掩了大半张脸，番麓一时看不出他的来历，但他一说话，就显露出大将的气势。番麓愣了一下，再仔细瞧他的眉目，居然越看越觉得熟悉，终于恍然大悟，脸上露出震惊的神色："你是北漠的则尹！"

天下人都以为则尹向何侠挑战后就被杀了，谁料到他竟被秘密地囚禁在永泰军的大营里！

"我见过你，你就是北漠的上将军则尹。"

则尹不作声，算是默认了。他一见番麓就知道这是来自云常军中的人，暗里警惕以防是何侠的诡计，打定了主意能不开口则不开口。

"你怎么会被关在这里？关在这里多久了？"

番麓连问了几个问题，则尹都不回答。他知道则尹怀疑他，心想自己冒着性命危险潜入，你居然一点也不领情，于是老大不高兴，把脸冷了下来："你不想知道我是谁吗？"

则尹听他的口音语气，越来越确定他是在云常军中待过多年的人，多半是何侠派来的密探，皱眉道："要说就说，不说就滚开。"

"老子是你儿子则庆的干爹！"他这几天听娉婷向醉菊诉说别后的经历，当然也就知道阳凤和则庆。

话音未落，则尹已在牢房里猛地跳了起来，急急走前几步，又猛地刹住脚步，沉声道："很多人知道我儿子叫则庆，你休想诈我。"

番麓重重"哼"了一声，也不理会他，径自搜了两个守卫的身，拿到钥匙，开

了牢门，自言自语道："可怜的干儿子，干爹本想救你亲爹一命的，可惜……看来他不想见你了，只想在这里等死。日后你没有亲爹疼惜，干爹又不在身边，你和你娘孤儿寡母被人欺负，想想真是可怜啊。"

则尹闻言微微一震。

他被囚多时，一点儿也不知道妻儿的消息，想着他们失去自己的保护，不知会被别人如何欺负，常常心如刀绞。

番麓也不看他，伸个懒腰道："我要走了，外面有人等着我呢。水下面可以逃生，要不要跟我走，随便你了。"说完就朝来路转了回去。

则尹稍稍犹豫后，立即跟了上来。他寻思着，即便出去了，也绝不对这人泄露一个字，这样一来，就算是敌人的诡计，也得不到什么结果。

永泰军大营外面，两道影子已经悄悄潜了回来。

埋伏在外面的人见了他们，都松了一口气。楚北捷和楚漠然伏下身，问他们道："番麓回来了吗？"

大家都摇头。楚漠然心里微微一沉，低声道："我再进去一趟。"

"不必。这里他比我们熟，再等一会儿。"

众人忐忑不安地等了一会儿，心里把番麓骂个狗血淋头，连楚北捷也锁起了眉头。要是番麓陷在里面，这可怎么和醉菊交代？要是闯进去救人，别说救不出来，恐怕什么计划都被毁了。

正担心得不得了时，番麓终于露面了，浑身湿漉漉的，因为一路匍匐过来，身上沾了不少沙尘，黑色的夜行衣竟成了灰黄色的。

一见楚北捷，番麓也不解释自己去了哪里，反而先问："王爷见到祁田了吗？"

楚北捷本想训斥他两句，但眼下不是时候，便淡淡道："本王潜入的时候，他正在看何侠送来的急令，斥责他为何违抗军令，迟迟未领军赴东林。"

楚漠然看见番麓回来，总算替醉菊放了心，露出一丝笑容，有意缓解气氛："其实光看祁田见过王爷后没有命人立即追捕，就知道他有点动摇了。"

番麓接着道："祁田可真够倒霉的，和何侠的关系越来越糟。何侠怀疑他杀了崔临鉴是一条，怀疑他借故士兵染疾，不遵号令是一条……老子现在又给他添了一条大的。"

楚北捷听出番麓话里别有深意："添了一条什么大的？"

番麓笑道："他弄丢了何侠下令要秘密看守的重犯，算不算糟糕呢？前面两条何侠只是疑心，却不能为了没有真凭实据的事对付祁田这位大将。丢失犯人却是重罪，何侠一定会借机处置他。祁田恐怕不投向我们也不行了。"

楚漠然问："他丢了什么犯人这么要紧？"

"北漠的则尹上将军，要不要紧？"

众人大讶。

"人现在哪里？"

番麓一副懒洋洋的样子，居然还打了个哈欠，指指身后的山坡："我藏起来了，先过来和王爷说一声。你们从前是沙场上的敌人，不要见了面就厮杀起来，这可是我用性命换回来的。"

楚北捷大喜，低啸一声，十余人已经向后面的山坡扑了过去。

# 第六十四章

祁田的处境的确艰难。

自从何侠大权在握，对待他们这些战功赫赫的云常大将的态度就渐渐变了，虽然赏赐不断，但将帅之间生疏了许多。祁田也是聪明人，怎会看不出何侠正努力培养自己的势力？提拔崔临鉴做甘凤军统领就是一个很好的例子。

这意味着将来如果何侠建立新国，绝不可能以云常为尊。看形势竟是四国子民都平起平坐的意思。

这在云常人的心里，是一件极不妙的事情。

楚北捷深夜秘密来访，祁田当时正为何侠的斥责心烦意乱，也不知道为何，当楚北捷宛如天神一样出现在他眼前时，他竟没有呼喊侍卫。

销声匿迹多时，似乎已成为民间一个炫目神话的镇北王，何侠的死敌，忽然不可思议地在自己面前侃侃而谈。这是祁田从未料到的事。

楚北捷的话，不能说没有道理。

"何侠对付贵家的手段，祁将军曾亲眼目睹。贵家毁于他手，云常王族毁于他手，将来也难保祁大将军不会毁在他手里。祁大将军出身云常望族，难道就不为自己的家族想一想后路？"

祁田沉声道："休想挑拨离间。我没有对不起小敬安王的地方，他怎会对付我？"

楚北捷见他此话说得底气不足，笑容又深了一分："那耀天公主哪里对不起他了？"

祁田身躯微震："公主殿下是因难产而薨。"

他本以为楚北捷会继续挑拨，不料楚北捷只幽幽叹了一声："祁将军要这样想，本王又有什么办法呢？英雄好汉，都应轰轰烈烈死在战场上，像贵常宁那样，死后又岂能瞑目？"

楚北捷穿着夜行衣，却依然给人光明正大的感觉，比之何侠的风流倜傥，别有一分豪迈胆略。

祁田看着他离去，手按在剑柄上。

楚北捷暗夜潜入，却没有对他动手，这个和崔临鉴截然不同的境遇如果让何侠知道了，只怕又会加重对他的疑心。

他犹豫了片刻，终于还是没有惊动侍卫。

主帅和大将之间相疑到这个地步，想想也令人寒心。

祁田浑浑噩噩过了一夜，清晨天还未亮，亲兵跌跌撞撞地进来禀报："将军，不好了，水牢里的犯人逃跑了！"

"什么？"一夜未睡的祁田猛然从床上挣起，眼睛瞪得像铜铃一样大，喝问，"怎么跑的？派人去追了没有？"

"似乎是从水下面逃走的，水下那铁栅栏松动了，也不知道他是怎么弄开牢门的。将军，是否要立即禀报小敬安王？"

祁田呆了片刻，沉声道："此事不许泄露风声。你们都管好自己的嘴巴，本将军自有打算。"遣退了亲兵，起来穿了衣裳，坐也不是，站也不是，只是一味发愁。上阵杀敌，流多少血他也不在乎，但说到官场上的事，那可真叫他心烦了。

唉，真是屋漏偏逢连夜雨。


归乐王宫。

大殿上，冬灼正向何侠禀告："探子发现若韩在北漠出没，似乎还在秘密招募兵马。"

"若韩吗？且让他慢慢招募。"何侠不在意地挥了挥手，"我正想有个人把那些有反叛之心的人召集起来，好一次肃清。放心，我自有对付若韩的办法。"

何侠尚未知道则尹已被救走。

当日留下则尹一命，大有用处。这位昔日的上将军对北漠的影响，相当于楚北捷之于东林。留着他的性命，就是为了防备日后北漠的散军聚集起来抵抗。

北漠上下都以为则尹早已为国捐躯，试问，若在阵前忽然将北漠将士爱戴的则尹上将军一推向前，利刃横其颈，北漠叛军岂不立即军心大乱？

关键的筹码，要留在关键的时候用。这是何侠一向出手即胜的策略之一。

"祁田将军的奏报刚刚送到。他说不敢违令，只是最近永泰军中出了怪病，士兵们个个手脚无力，浑身发痒……"

"哼！"何侠冷冷道，"这样搪塞的借口也说出来了。既然是病，确定是什么病没有？"

冬灼做事比较认真，如实答道："祁田将军不像是在搪塞。我这里同时接到几个消息，云常各大军营似乎都出现这样的情况，一开始还担心是瘟疫，幸亏士兵们

病得都不重，没有人死去。"

何侠一听，留意起来："验过军粮没有？"

"已经验过了，一点问题也没有。看来问题不是出在粮食上。"

何侠却冷冷笑道："验不出来，那就更可疑了。你难道忘了楚北捷那边或许有谁？各处大营都出了问题，不是一队军粮的事呢。好大的胆子，居然敢潜入我云常腹地。"

冬灼知他指的是娉婷，心头一震，皱眉道："要这样在军粮里动手脚，绝不可能。难道他们有本事潜入祖西破坏？"

殿上众臣，尤其是武将，都纷纷摇头不信。

何侠也知道冬灼说得有理，思忖片刻，脸色微微一变，喝道："拿地图来！"

摊开地图，何侠仔细一看，手指往图上一指，倒吸一口气："亏他们想得到，这也能让他们有机可乘。"

众臣都在阶下，伸长了脖子也看不见何侠指着地图上的何处。只听何侠忽然问："现在且柔的城守是谁？"

连忙有人查了官吏表，禀道："是番麓。"

何侠一听，原来是贵常青那边的人，对心里的推测更是确信。将地图一合拢，沉声道："楚北捷现在必定在云常。立即准备行装，我要亲自领兵回云常！"

他骁勇善战，从无败绩，一说到领兵征战，雷厉风行，一脸彪悍之色。众臣即便有疑虑，也不敢进谏，纷纷高声应是。

武将们知道有仗可打就等于有功劳可以分，更是摩拳擦掌，兴奋不已。

何侠对飞照行道："照行，归乐我放心不下，你办事稳妥，我留下你来照应。这里原有一批守城的精兵，一概拨给你掌管。蔚北军的将士这次就随我亲征吧。"

飞照行心里一凛。

何侠三言两语就剥了他的兵权，他好不容易笼络过来的几名将领也一并被调走，要是何侠出征前留下一道密令处置他，他的小命岂不是不保？

飞照行暗暗握紧了拳头，表面上却不动声色应道："是。"

何侠看着他当场用了帅印，将蔚北军的兵权交出来，点头道："大家都去准备吧，三个时辰后城门出发。"

众臣齐声应是，立即散去。

飞照行独自出了宫门，身后忽有人喊道："飞将军留步！"

转头一看，原来是何侠的侍卫长，领了四五个侍卫一起追过来，笑着对飞照行道："小敬安王吩咐，让飞将军掌管守城的精兵，我奉命带将军去接续一下。"侍卫长神情自若，满以为不会露什么蛛丝马迹。

哪里想到飞照行比常人精明许多，早就对何侠起了疑心。

飞照行目光下移，瞥见侍卫长身后的几个侍卫都双手下垂，动动指头就可以拔出剑，怎会不明白他们的意图？看来何侠已经下令要处置他了，他心里冷笑几声，脸上却露出欣然笑容："那好，辛苦兄弟陪我走一趟了。"

各自上了马，刚转过拐角，飞照行把剑一拔，对着侍卫长的胸膛就是一刺。对方哪里想到他会先发制人？惨叫一声，摔下马去。

飞照行一勒缰绳，掉转马头就跑。剩下几人看他离去，才猛然醒悟，叫嚣着追赶上去。此时何侠正下令要在城门处整军待发，因此城门大开。飞照行穿着将军服，一路奔到城门，守卫的士兵们连忙对他行礼，他们还未回过神，飞照行已连人带马一阵风似的远去了。

何侠得了消息，顿时大怒："这么一件小事也办不了！"

但大军即将出发，只能命一名副将领兵去捉拿飞照行，自己安排妥归乐诸事，穿上戎装，赶往城门去了。


且柔，因为则尹平安归来而回荡在城守府里的笑声几日未歇。

楚北捷和则尹这一对沙场上的旧敌，因为娉婷和阳凤以及动乱的时局，终于成了刎颈之交。

"唉，就是有点想儿子。"

"我也是啊。"

两名大将，一说起儿子，都不免唉声叹气。

则尹道："镇北王比我好一点，起码白姑娘陪在你身边。可怜阳凤和庆儿现在还不知道我平安，不知道伤心成什么样子。"

娉婷正巧从外面走进来，掩嘴笑道："小别胜新婚，阳凤伤心了多少，等她见到你，就会欢喜多少。"

楚北捷是过来人，能体会则尹的感受，沉声安慰道："这是没有办法的事。东林那边我们的兵力极少，为了不引起云常军的注意，我们只能尽量不和那边联络。"

这时，番麓牵着醉菊也进来了，见了楚北捷，便问道："镇北王什么时候再去见祁田一次？"

"我逃了出来，他无法和何侠交代，这一阵子一定坐立不安。鱼煎得够火候了，应该端上桌了。"则尹哈哈大笑。

楚北捷也正有这个打算，索性把大家都召了过来，说道："事不宜迟，我们再去见一见祁田。"这次楚漠然、则尹等同去，番麓被留下看守且柔。

番麓有点丧气，上次去只敲晕了两个小兵，却没杀人，手痒得很，没有想到这

次连去都没得去了。

醉菊抚着胸口道："好极了，好极了，猴子被关在城里了。"说着斜眼去看番麓。楚北捷没让番麓去冒险，她心里很高兴。

众人又像上次那样出发。送行时娉婷对楚北捷说："王爷快点回来，我总觉得有点心惊肉跳的感觉。"

楚北捷微笑道："你离了我，心里总是不安的。不怕，我很快就回来。"然后在她颊上轻轻亲了一口。娉婷闭着眼睛，柔顺地接受了。

番麓在一旁笑着对醉菊说："你瞧瞧人家，多乖巧体贴。我上次出发前，说要帮你抚一下胸口……哎哟！"话还没说完，大叫一声，显然挨了醉菊一掌。

这次和上次不同，楚北捷等人清晨就出发，到永泰军营地时，还是白天。但这里几乎是石砖屋，比普通军营多了很多掩护的地方。他们几个悄悄潜入大营，祁田的营房所在的院子静悄悄的，屋外一个人也没有，似乎是被祁田遣开了。楚北捷看到这形势，多少有了点把握，索性也不隐藏身形，朝祁田的营房大步走了进去。

祁田正在屋里皱眉，眼角有光一闪，连忙转身，看见楚北捷就站在面前。

楚北捷从容笑道："祁将军想好了没有？本王今日是来听回音的。"

祁田沉声问："则尹上将军是镇北王救走的吗？"

楚北捷微笑不答。

"你可知道，只要我高声一呼，你就死无葬身之地？"祁田低声问。

楚北捷面带笑容，目光坚定不移，与他直视良久，淡淡反问："那祁将军为什么不高声一呼呢？"他举手投足间自有一股笑看风云、波澜不惊的王者气度。

祁田瞪了他一会儿，终于软了下来，长叹道："这几天，我想了很多……我本来打定主意，如果镇北王再次潜入，就算拼了自己的性命，也要把你留下。能够为云常尽忠职守，舍弃一条性命又算什么？"

他面前的桌上有两封展开的书信，他拿起其中一封，递给楚北捷："但我到底是成国的武将，最恨背叛者。镇北王请看……要不是这封刚刚送到的信，恐怕我一见到镇北王，就已经扬声叫人了。"

楚北捷接过信，低头先看落款，上面写着"飞照行"三个字，笔迹潦草，显然这信是匆忙中写的。

"这飞照行不是何侠身边的心腹大将吗？"

"正是，这上面有飞照行的印，不会有假。"祁田点了点头，脸上忽然露出一种难言的愤慨与心痛，声音竟有点嘶哑，"他在信里说了何侠是如何……如何害死我们耀天公主的。"

楚北捷顿时明白过来，心里暗自奇怪这信怎么来得这样巧，接着将信的内容仔细看了一遍。飞照行虽在逃亡中，但叙事并不凌乱，将何侠如何软禁、如何逼死耀天公主说得有声有色，各种惨况描述得淋漓尽致，连自己这个外人读来都觉得难忍，何况是多年来忠诚于云常王族的大将？

如果飞照行把这封信誊写个十封八封，递到云常所有大将手上，那何侠的处境可就不妙了。只是不知道飞照行为了什么忽然背叛何侠，竟然不惜决裂到这种地步。

祁田等他看完了飞照行的信，忽然问：“镇北王是从且柔过来的吗？”

他一语道出且柔，老成如楚北捷也不禁微震，急问：“祁将军怎么知道？”

祁田将桌上的另一封信递给他：“另外这封信几乎和飞照行的信同时送到。何侠要我立即领兵出发，助他围攻且柔。哼，我只想给他一个迎面直击，打他个落花流水！”

楚北捷几乎是将信夺过来，匆匆看了几行，脸色已经大变：“糟了！”

何侠领兵围攻且柔，他竟在这个时候把娉婷他们留在了且柔！

楚北捷心中焦急万分，表面上却更为沉静，问祁田道：“祁将军能指挥永泰军对付何侠吗？万一永泰军将士不遵号令，那怎么办？”

祁田隐隐知道有事发生，直言道：“永泰军里都是云常子弟，只要我把飞照行的信给他们一念，保管没有人会为何侠继续效命。不瞒镇北王，自从攻破了北漠、东林、归乐，我们云常子弟就越来越被轻贱了。”

“好！”楚北捷道，“那请祁将军立即随我前往且柔，对抗何侠。”

“我当然想立即赴且柔和何侠一战，可恨我的人马最近都患了怪病，士兵们个个手足无力，连马背都爬不上。”

楚北捷此趟既然有把握拉拢祁田，早就让娉婷帮他做好了准备，连忙道：“这个不怕，本王带了药剂过来，冲水后每人喝上一小口，便药到病除。”说着拍拍背上的包袱。

祁田张大嘴巴，恍然大悟。

“还有一事。”祁田皱眉道，“不是我低估镇北王的能力，但何侠并不简单，他领着两路大军围剿且柔，我永泰军只有他一半的兵力，恐怕不敌啊。虽然他手下两路大军里也多是云常子弟，但两军对阵，哪有机会细说缘由？”

楚北捷想起娉婷，心急如焚，手紧握着神威宝剑的剑柄，手心里直冒冷汗，但也知道祁田说得有理，思忖片刻，问祁田道：“附近除了甘凤军，是不是还有一支永霄军？”

“不错。以前的永霄军在进攻东林时已全军覆没，现在是由各国投降的士兵整编而成。”

"以哪里的人为多？"

祁田心中不禁赞楚北捷深谙兵法、机敏过人，答道："多数是北漠和东林的降兵，归乐的不多。何侠怕他们心不服，特意优待，粮饷都是寻常士兵的两倍。不过他们的统领常谅将军虽是云常人，但对何侠却忠心耿耿，就算他看了飞照行的信，也未必会和我一样憎恨何侠。"

楚北捷长笑道："那怕什么？"走到门口，低喝道，"你们都过来。"

埋伏在外面的几名大将听他一唤，知道大事已成，纷纷进了屋内。

十万火急，楚北捷迅速部署："何侠正带两路大军朝且柔杀来，随时会攻城。我和祁田将军领永泰军立即去且柔。此地北边三十里还有一路永霄军，统领名叫常谅，是何侠的心腹，士兵们多数是东林人、北漠人。则尹、漠然，我要你们两人潜入永霄军，不惜任何手段杀了常谅，把永霄军给我弄到手。"

众人知道何侠正杀向且柔，都大吃一惊。则尹和楚漠然身负重任，不敢稍有疏忽，领了楚北捷的命令，转身就走。

楚北捷深吸一口气，看向祁田："祁大将军，让我们去为耀天公主报仇吧。"

娉婷，你一定要好好地等我赶回来！

# 第六十五章

空中忽然传来鹰的长啸。

"奇怪……"番麓闻声抬头，盯着在空中盘旋的一个小黑点，"这样盘旋，倒像是经过驯养的猎鹰，为什么会忽然飞到我们这里？"

娉婷随着他的目光向上一看，看清楚了那只在高空中似乎有点焦躁不安的鹰，蹙眉道："王爷在来且柔的路上安排了一支小队留在东林和云常的边境上监视云常军的动静。领头的就养了一只老鹰，难道是它？怎么飞过来了？"听那老鹰啸个不停，似乎事情紧急，娉婷连忙入房内将楚北捷留下的鹰环取来，抓着一摇，鹰环下面的铃铛响个不停。

这鹰环是鹰的主人为了联络消息专门留给楚北捷的，那老鹰听了铃铛声，知道找对了地方，又是一声长啸，俯冲了下来，来势吓人。

番麓眼疾手快，一把从娉婷手里夺过鹰环，往旁边的石桌上一扔。紧接着，那老鹰就到了眼前，很有灵性地收起翅膀，稳稳当当地停在了石桌上，用爪子紧紧抓着鹰环。

鹰足上系着一小布条，番麓伸手想去拿。

醉菊站在远处，急道："小心它啄你！"

话音未落，布条已经到了番麓手上。番麓笑道："这鹰比你温顺，不会乱啄人。让我看看它送来了什么好消息。"可展开布条一看，脸色顿时变了。

醉菊和他相处多时，从未见过他的脸色如此难看，忙问："怎么了？"

"何侠带领两路大军，已经向且柔杀过来了。"

"啊！"醉菊惊叫一声，连忙捂住嘴，去看娉婷。

娉婷听了番麓的话，花容失色，猛地站了起来，身子不禁晃了晃，连忙扶住了石桌，问："来的是哪两路大军？何时会到且柔？"

番麓苦笑道："布条上就写了一句，我哪里知道？不过看这潦草的字迹，情况一定很紧急。"

醉菊急问："何侠来了就糟糕了！姑娘有什么好法子？哎呀，怎么王爷偏偏选今天离开！"

娉婷摇头道："幸亏他选了今天……"话音到末尾渐渐没了声。

番蘸沉声道："你们立即离开。这里有我顶着，能敷衍何侠一时是一时。"脸上露出少见的慷慨之色。

醉菊大急，几乎哭了出来。

娉婷思忖片刻，蓦然把头抬了起来，当机立断道："立即全部撤走。他冲着且柔而来，一定是全知道了。不等你说一个字，他的剑就刺过来了。"

霍雨楠等人也匆匆赶来了。听娉婷这么一说，霍雨楠道："不至于这么危急吧？老鹰比人快多了，应该还有时间，不如等王爷回来，走得也有把握一点。"

娉婷坚决摇头："不，立即全部撤出且柔。番蘸，你快想办法通知我们城内的人，不必会合，立即出城，都朝永泰军的方向撤。"

番蘸皱眉道："祁田那边不知道情况如何，如果他不肯随我们一道，而是领军来助何侠一臂之力，路上撞上永泰军，我们岂不自投罗网？"

娉婷叹道："何侠领着两路大军过来，我们这里只有区区千人，不管王爷能不能把永泰军争取过来，我们留在且柔必死无疑。要是永泰军随了王爷，我们能早点碰上，反而还有一线生机。"

她三言两语已将道理说个透彻。众人终于明白形势确实严峻，心里都是一沉。当下连行李等一概都不要了，立即准备离开。

番蘸招来几名府役，给每人塞了一张大额银票，和颜悦色地吩咐道："今天老爷我吩咐你们一个美差，每人去写十张公告，贴在城内各处显眼的地方。半个时辰内全部办好回来，再赏你们一人一张银票。"

几个府役手里从来没有攥过这么一张大额银票，喜得合不拢嘴，低头哈腰道："大人要写什么公告，小的一定写得漂漂亮亮的。"

番蘸竖眉道："放屁！谁要你们写得漂亮？要快，一定要快！上面就写几个字——快走，东边！就这四个字！别问什么意思，照我的吩咐去做就是。听清楚了，半个时辰内全部给我办妥！"

赶走几名府役，番蘸风风火火就往城守府后门走。醉菊等人已经把马棚里最好的马都牵了出来，一见番蘸，立即扔了一根缰绳给他。番蘸翻身上马，喝道："走！"

顿时马蹄声轰然而起，一行人风驰电掣般冲到了城门处。今日没有集市，城门关得比平日早，番蘸到了城门下，仰头喝道："开门！快给老子开门！"

守城士兵一见是城守大人，立即慌慌张张地应是。只这片刻，府役们贴的公告似乎已发挥了作用，陆续有人骑着马从城内四处赶来。这些人正是潜伏在且柔城里的楚北捷手下的精兵，城门准备打开时，竟已聚集了上百人。

城门呀呀地打开，露出了仅容一人通过的缝隙。番麓一马当先，刚想冲出去，一支利箭破空飞来，番麓头一偏，箭擦着他的脸飞过，铮的一声，钉在了城门上。

醉菊大叫："不好，他们已经来了！快把城门关上，也许能抵得一时！"

"不可。"娉婷冷静道，"仓促放箭，那是前哨到了。趁他们合围之势未成，快冲出去。幸好，我们比何侠快了一点。"说着微微笑了笑。

这紧要时刻，她的笑容竟比阳光还要灿烂。

众人看到娉婷的从容，都不觉定了心神，胆气为之一壮。

城门处本就放了许多守城士兵用的厚盾，番麓随手取了一只，喝道："跟我冲！"

双脚一夹马肚，又冲了出来。

这一次又有利箭飞来，三三两两，射得虽急，却不是战场上那种一排排射来、铺天盖地的强箭。番麓知道娉婷料对了，现在埋伏在且柔城外的只是前哨小队，心里暗自庆幸，举起厚盾，将利箭一一挡下。此时城门已经大开，身后众人像番麓一样，都取了厚盾护身，没盾的人藏在有盾的人后面，形成小小的阵势，团团围住娉婷、醉菊、霍雨楠三人，一起冲杀出来。

他们不顾一切地冲过城门前面的大片空地，终于和敌人照了面，原来那队前哨是最早到达且柔城外的，总共只有百来人，人数竟不比娉婷他们多，而且大多数是弓箭手。番麓大喝一声，扔了厚盾，从腰里拔出长剑，挥剑就刺。后面的人马已跟了上来，他们都是楚北捷精挑细选的高手，顿时刀剑齐下，厮杀成一团。

番麓剑术不高，但速度极快，对手也不是什么高手，不一会儿就听见几声连续的惨叫，已有几个云常兵溅血摔下了马。

娉婷唯恐他有闪失，忙道："番麓不要恋战，快走！"

番麓知道她一番好意，但也明白这些弓箭前哨近搏时都是孬种，要是自己先退，被他们在背后射冷箭就不是好玩的了，于是高声道："你们快走，老子料理了他们就跟来。"

呜——呜——呜——

他刚把一名敌人挑飞，一阵号角声忽然响起，雄浑悠远，仿佛穿透众人的耳膜，直撼五脏六腑。

娉婷色变道："糟了！云常大军已到！快走！"

众人闻言，心中一凛，此时那前哨小队已被杀了十之八九，于是赶紧勒马就往东边冲去。娉婷快马加鞭，回头一看，身后远处浓尘滚滚，千军万马正踏土而来。

"杀啊！"

惊天动地的杀声，从后面直追上来。

少爷，少爷追来了……

不，是何侠。

杀了耀天公主的何侠，杀了北漠王的何侠，杀了归乐王族的何侠。

大地即将被踏碎。

狂风呼啸，风沙迎面扑来。嗖嗖嗖嗖，一阵箭雨从后面袭来，紧紧护在娉婷周围的几名大汉摔下马去。

醉菊惊呼起来。

娉婷大喝："不要看！向前跑！"说着朝醉菊身下的马臀狠狠抽了一鞭。

每一阵箭雨袭来，都会有几名护卫倒下。逝者的血，染出一条希冀微薄的生路。

中箭的马儿嘶鸣着，拖曳着那些护卫的尸体，惊惶地奔跑着，最终倒在似乎永不止息的箭阵中。

号角声从天边延续到耳际，撕扯着人的心肺。

身后箭如雨下，情势异常惨烈。未到达前方不远处的小山坡，本来一百来骑仅剩十余人护卫在娉婷身边。

仿佛来自地狱的马蹄声，离他们越来越近。

鲜血不断在娉婷身边飞溅，护卫们被锐利的弓箭射中时，他们滚烫的鲜血在空中划出无数优美的弧线。

为什么？

小敬安王，为什么？

多少英魂葬送在这天地间，你的温柔、你的风流、你昔日如风般洒脱的笑容，又埋在了哪里？

鲜血染就的江山，你夺来干什么？

迎面的狂风刺痛双目，护卫的热血和冷漠的天地交织出一片绚烂景色，娉婷在这一片苍茫中，任泪水氤氲了双眼。

云常、北漠、东林、归乐……

贵常青、耀天公主、何肃……

这一片天地，到底吸食了多少鲜血，才孕育出这般绝美的山河？

"嗯……"身后闷哼声又起。坠地声紧接着传来，又一名热血汉子永远地留在了这片土地上。

不多时，娉婷身后仅剩三五人。

霍雨楠年纪最大，醉菊把最好的马分给了他，故他一路都没有落在后面。醉菊见师傅一直在前面，也安心了一些。

番麓本来一直护着醉菊和霍雨楠，这时生怕娉婷有闪失，从前面移到娉婷身侧，沉声道："我护着你。"

娉婷摇头："护着醉菊。"

番麓看她一眼，娉婷挥手就是一鞭，打在番麓的左臂，狠狠命道："护着醉菊！"

这么一拖，身后追兵又近了一点，他们仿佛是被疯狂的狼群追逐的小小猎物。

耳边忽然传来醉菊的呼声，她的坐骑挨了一箭，吃疼地扬起前蹄，竟蓦然人立起来。醉菊一个没有抓稳，直直从马背上摔下来，尚未落地，已被番麓冲上去捞在怀里。

连续几箭射来，番麓一手将醉菊护在身前，一手将宝剑舞得猎猎作响，将射向醉菊的箭一一挡下。忽然背上一下剧痛，知道自己中了一箭，他怕醉菊担心，咬着牙没有哼出来，只管策马向前冲。

这个时候，娉婷身边最后一名护卫也摔下了马背。


大势已去。

紧随身后的追兵渐近，为首的正是身披红袍的何侠。娉婷他们拼死冲出且柔时形成的阵势，被何侠手下的弓箭手一轮一轮射破，渐渐地，只剩下三四个幸存者。

当最后一个护卫倒下时，熟悉的纤柔背影蓦然跳进眼帘。

何侠的心，仿佛在那一刻，跌入了轮回。

遥想当年，文窗频启，翠箔高卷。

娘亲携着一个小姑娘，笑盈盈踏雪而来。

"瞧，多讨人喜欢的女娃娃，和我们敬安王府有缘呢。"

"侠儿，你知道什么是缘分吗？"

不。

不！

哪里来的缘分？哪里来的敬安王府？

小敬安王，又去了哪里？

猛回过神时，眼前不过才过了瞬间。但箭雨已停歇，弓箭手们都看着他，等待他下一道命令。

"怎么不放箭，谁叫你们停下的？"何侠怒喝。

夺过身边护卫的大弓，搭箭上弦，瞄向前方。

身边一人忽地横空扑了过来，叫道："住手！"他起势太急，不料撞到何侠的手。何侠手一松，利箭嗖的一声破空而出。

锐利的箭镞，划破空气，穿越数量悬殊的两队人马之间那片被血浸染的空地，带起轻微的呼呼声。

箭，已离弦。

他射的，亲手射的。

何侠看着那箭飞向前方，那一刹那，时间仿佛停止、倒流。发箭的五指麻痹，他不觉得那是他的手，胸口空荡荡的，他不觉那里面有自己的心，一种汪洋也无法容纳的悲凉，狠狠痛击了他的四肢百骸。

"这些年来我们一起读书一起玩耍，甚至一起上马出征，一同出生入死。

"但你只把我当成哥哥，我也只当你是妹妹。我实在不想你受委屈。

"当年是谁说一定要找个最合意的郎君，否则宁愿终身孤老的？"

但，不能是楚北捷……

为什么，偏偏是楚北捷？


那箭直射娉婷后背，但由于没有蓄满力气，到跟前已有些势弱了。醉菊恰好在番麓怀里回头看到这一幕，吓得差点魂魄飞散，嘶哑着嗓子喊道："低头！"

娉婷闻言，不假思索地把身子向前一倾，一支冷箭立即呼啸着贴着她的后背飞了过去，让她骇出一身冷汗。

何侠远远看到娉婷并未中箭，心里稍微缓了一缓，随即却大怒，一鞭狠狠抽在冬灼身上，喝道："你好大的胆子！"

"少爷，那是娉婷，是娉婷啊！"冬灼扑上去，只管抱着他在马上垂下的大腿，大哭起来。

何侠举起手里的马鞭，竟有些抽不下去了。再一抬头，娉婷等人又和他的大军拉开了一段距离。何侠轻轻一脚把冬灼踢到一边，冷然道："回来再惩治你。"接着抽出宝剑命道，"不要放箭，继续追！活捉他们！"

云常大军轰然应是，惊天动地的马蹄声又响了起来。

娉婷等人已跑得没有力气了，无论怎样挥鞭，身下的马儿还是渐渐慢下来。身后震天的杀声慢慢接近，众人咬紧牙关，只打算拼死冲上前面的山坡。

刚到坡下，娉婷身下骏马悲嘶一声，两只前蹄竟双双跪了下去。娉婷滚落地上，翻了两个滚，抬头一看，尘土在眼前飞扬，那片黄尘之中，恍恍惚惚看见的，是一张极熟悉的脸。

何侠，小敬安王，云常驸马，荼毒四国的暴君。

少爷……这个从小一起长大的男子……

那曾经俊逸风流、顾盼生辉的人，现在有了一双痛苦的眼睛。

寂寞的痛苦，无法寻觅到出路的痛苦。

那是一种，不死不休的痛苦。

娉婷在猝不及防间，被他眸中的痛苦击中。

只这一抬头，她就已怔住。

再多的恩怨都可以有爱恨生死这样简单的结束。能够了结，也是好事。

思及此，娉婷情不自禁地朝他微微一笑。

娉婷落马后，何侠的目光就未曾离她片刻。此刻她微微一笑，竟似有无穷法力，将身边吵嚷的杀声，都化为清风白云。

何侠勒马。

他一勒马，身后大军纷纷勒马。一阵此起彼伏的战马长嘶后，这片刚刚还被震天的杀声和飞溅的鲜血笼罩的战场，忽然出奇地安静下来。

天地之间，安静下来。

是你吗？

在我面前的，是我熟知的你吗？

还是我们都已经遗忘了，你我从前的模样？

一丝若有若无的清风，掠过何侠和娉婷对视的目光，两人之间仿佛有一片秋叶落在水面般，漾起一圈圈战栗的涟漪。

就在这极短的一刹那，一道尖锐的长啸划破了这片安静的天地。

"娉婷！"浑厚沉稳的呼唤蕴蓄着百折不挠的信心，让每个人为之一震。

一人一骑蓦然出现在山坡上方，宛如天神降世，在所有人还没有反应过来之前，以迅雷不及掩耳之势，冲向落马的娉婷。

浓眉锐眼，威势迫人。

黑色披风鼓满了风，像一对翱翔的翅膀招展于他身后。

楚北捷，已经到了。

镇北王，到了。

何侠反应极快，一见楚北捷，策马直冲向娉婷，挥剑就挑，可剑未及娉婷身前，眼前一阵白光，楚北捷的神威宝剑无声无息挥至，何侠连忙回剑一挡。

锵！

两柄绝世宝剑碰击的电光石火间，不知何处鼓声骤起，过了一会儿，山坡上赫然出现万千旌旗，上面写着"永泰"两个大字，无数将士，从山坡上潮水一样涌了出来。

祁田策马立在帅旗之下，眼含热泪，拔剑高声道："弟兄们，跟我喊，何侠杀了公主！"

"何侠杀了公主！"

"为公主报仇！杀啊！"

"杀啊！杀啊！"

万千恢复了体力的云常士兵……喊着，像发怒的野兽一样冲杀下来。两方人马如两股汹涌的洪流撞在一起，渐渐融合成一片映出红光的血肉横飞。

"杀啊！报仇！为公主报仇！"

"何侠杀了公主！"

"公主！"

"耀天公主！"

何侠见到永泰军在楚北捷身后出现，已知不妙，暗恨自己手段不够狠辣，没有及早除掉祁田，现在后悔已经无用。

楚北捷见娉婷落地，心疼不已，对着何侠出手简直拼上性命，神威宝剑招招致命，直刺而出。何侠挥动手中宝剑奋力挡下几剑，一步也不曾后移。

身边将士乱成一团，纷纷陷入缠斗。刀光剑影中，分不清彼此。

何侠、楚北捷是第一次正面交手，几个回合后各自双臂都是一阵酸麻，不禁气喘吁吁看着对方，暗叹：都说是勇将，果然不负盛名。

何侠还了一剑，笑道："镇北王好本事，竟能说动我一路大军叛离，可我这有两路大军，以一敌二，你以为可以胜我？"

楚北捷手下并不留情，宝剑横出，从何侠右肩上掠过，脸上却一派轻松，微微笑着反问："小敬安王手上有兵吗？这千万的将士，又有哪一个是心甘情愿为你效命的？"

此言正刺中何侠死穴，他听着永泰军大喊耀天公主之名，心里已有阵阵刺痛袭来，更何况被楚北捷讥讽，沉下脸道："看剑！"宝剑刺出去，未到楚北捷面前，却忽然转了个方向，直刺跌坐在一旁的娉婷。

"你敢！"楚北捷大怒，飞身向前护着。

何侠扬唇微笑，剑锋又一偏，直直掠向楚北捷喉间。楚北捷见他剑锋忽到眼前，坦然无惧，神威宝剑竟然后发先至，闪电般劈向何侠握剑的臂膀。何侠就算刺中他，也要失去一只右手。何侠怎肯如此？飞快撤剑。

两人一来一往，虽然是眨眼的工夫，但以性命相搏，都已精疲力竭。何侠自远而来，暗忖自己的体力定不及休养多时的楚北捷，如不想个计策，怎么能赢他？

他知道楚北捷在意娉婷，遇险必然会不顾自身安危护着娉婷，于是抓住这个致命之处，寻思着如何向娉婷下手。

楚北捷近来并未有过劳师远征，正在最巅峰的状态，此刻要在乱军中护住娉婷，仍气势强大，稳如泰山。

又过了几招，何侠渐露疲态，楚北捷取胜心切，不觉轻轻挪了一挪，不料何侠冷笑一声，蓦然侵前，以膝碰膝和楚北捷硬撞一记，接着左手一翻，竟无声无息擎出一把寒光闪闪的小刀，向楚北捷身后的娉婷刺去。

楚北捷正应付他右手上的宝剑，眼角一动，猛然发觉他左手有刀，眼看已经阻挡不及，急喊："娉婷！"一颗心沉了下去。

娉婷被楚北捷护在身后，没有看清楚他和何侠过招的情势，此时恰好探头一看，刀刃已到眼前。她顺着刀刃，看向那只手，清澈如水、毫无怨恨的目光直射入何侠双眸深处。

何侠心里像被谁忽然伸手哧地撕了一块，手上情不自禁一缓，脸上带起一片落寞，旋即又被扭曲的痛苦覆盖了。

"少爷！"

娉婷的叫声，传入耳内。何侠退开几步，低头看自己，肩上、胸前已是一片鲜红的血迹，剧烈的疼痛这个时候才蔓延开来。

楚北捷大步逼近，忽然一个人影扑上去，拦住他的去路，举刀就砍。楚北捷随手提剑挡了，正要一剑结果这个敌人，娉婷忽然冲过来抱住楚北捷的手，叫道："不！不要杀冬灼！"

楚北捷瞧他一眼，隐约就是当日从他的王府里逃出的小鬼，居然也穿着将军服饰。再看何侠，他已经上马在厮杀的士兵中跑出一阵了。

何侠忍着伤痛，策马远离楚北捷，喝道："集队，听我号令，向西边集中。"今日错在让楚北捷奇兵突出。何侠自恃自己手下的兵力比较多，只要集中起来，整合一下，打垮永泰军并不难。

一阵阵痛楚，从肩上、胸口涌起。

何侠的人马正困于近身肉搏，听了何侠的号令，一个传一个道："集中，向西！向西！"纷纷向西边集中。

永泰军一开始是靠了哀军之盛，以一敌二，此刻已经有点难以继续。于是两方人马，又渐渐分开，摆成两阵。

楚北捷借这个空当，把娉婷带上坐骑，抱着她问："受伤了吗？"

娉婷若有所失，摇了摇头，忽问："他伤得重吗？"

楚北捷因为何侠差点伤了娉婷，恨不得将他千刀万剐，但见娉婷的神色，竟有点伤心，只好含糊答道："我不知道。希望他伤得重点吧。"

祁田也杀得一身鲜血，见何侠的人马又集结起来，情况大为不妙，急忙从士兵中策马过来，问楚北捷道："镇北王，这可怎么办？我们兵少，恐怕不行。"

楚北捷微微扬唇，还未说话，号角声忽然又传来，这次竟是在西边响起。云常七路大军，各有不同的号角，祁田静心一听，喜上眉梢："是永霄军！"

何侠也听见号角声，大惊道："永霄军？"他知道这一路大军多半是东林、北漠人，用来对付楚北捷是万万不成的，所以围剿且柔，并没有命他们前来支援。现在不召而至，一定不是好事。

看向西边，烟尘滚滚，旌旗若隐若现，士兵们从茂密的林中如蚂蚁般倾巢而出。则尹神采飞扬，一马当先，驰了出来，遥遥喝道："何侠，可还记得我则尹？"

"则尹"二字一出，永霄军中的北漠士兵轰然爆出欢呼。

他们心目中神将一样的上将军出现了，谁还愿意当何侠的降兵？

何侠这才知道则尹已经逃出自己的掌心。

何侠身边众将人心惶惶，都侧头看着他，等着他下命令。何侠神情并不惊慌，一脸平静地坐在马上，远远看去，似一座已经石化的雕像。

楚漠然策马立在则尹身旁，高声道："将士们，今日则尹上将军在此，镇北王也在对面。不要放过何侠！"

东林的降兵听了镇北王之名，早已欣喜若狂，拼命摇动手里的长矛。

大地轰鸣。

此时，双方兵力已经相当。永泰军、永霄军分别在东西两面夹着何侠的两路大军，南边是且柔城，只有北边无遮挡。对方三名大将——东林的镇北王、北漠的则尹、云常的祁田，都是威震沙场的勇将。自己这边的主帅小敬安王却已被镇北王所伤。到了这时，就连一直深信何侠的将士，也不禁生出怯意。

何侠一手牵着缰绳，一手握着宝剑，虽然脸色苍白，神情却出奇地平静。

身边一位副将低声问："小敬安王，我们是否冲杀出去？"

"冲杀？"何侠听了，眼眸略转了转，淡淡笑了起来，"你看北边。"

那副将集中目力看向北边，远远的地方，竟有不同寻常的动静。何侠手下的将士现在已是草木皆兵，骤然看见又有旌旗竖起，顿时吓得不轻。渐渐地看清楚最大的一面旗帜上，赫然写着"亭军"二字。

原来若韩藏身北漠，比楚北捷等人早一步接到何侠领兵回云常的消息，知道大事不妙，匆忙领着这几千人的亭军来援救，几天几夜不歇，终于在此刻赶到了。

这样一来，何侠大军顿时四面皆无路可逃。

人人胆怯。

副将急道："请小敬安王快下命令，迟了恐怕不妙！"

何侠却似乎没有听见，只看着北方招展的大旗，喃喃道："亭军……亭军……原来叫亭军。"他聪明绝顶，一猜就知道这个名字是谁取的，又是从何而来。想到自己刚才对着婷婷那一刀终归没下手，嘴角逸出一丝无比欢畅的笑意，心里被撕开的口子似乎成了真的伤，泛出钻心的痛。楚北捷一剑造成的伤势，终于再也无法苦苦压抑，他迟缓地抬起手捂着左胸的伤口，一股热流从指尖潺潺涌出。

砰！

踏平四国，正如日中天的小敬安王，摔下了马背。

"少爷！少爷！"冬灼从将士中猛扑出来，跪在何侠身边。

冬灼一直在一旁担心着何侠，但害怕自己出言不慎又惹何侠生气反而激化了他的伤势，所以一直不敢靠近。

何侠浑身鲜血，已经气若游丝。冬灼虽然近来常常对何侠生出陌生之感，但从来没有想过会看着何侠这般模样。

"少爷？少爷！少爷……"唤了几声，不见何侠回答，冬灼放声痛哭。

他这一哭，众人知道大势已去。一面是且柔城，另三面被围，敌兵的统帅是镇北王，哪里还有胜算？

何侠的大军，不知是谁先扔下了手里的剑，接着是第二个人、第三个人……兵刃落地声此起彼伏，不一会儿，蔚北军、永昌军的士兵们统统放下了手中的兵器。

能够活着，谁又愿意死呢？

楚北捷带着娉婷策马缓缓而来，后面跟着祁田等众将，还有浩浩荡荡的大军。投降的士兵为他们让开一条道路。远远看去，像一艘长而宽的大船划破了水面。

娉婷见到何侠躺在地上，满身鲜血，摇晃了一下，挣扎着下马，轻轻走上前。楚北捷唯恐何侠未死，又出手加害她，形影不离地跟在后面。

冬灼正在痛哭，见眼前出现一对沾满了尘土的绣花鞋，满眶泪水地抬头。

娉婷轻声道："让我看看，好吗？"

冬灼迟疑了一会儿，终于让到了一边。

娉婷在何侠身边缓缓跪下。

如血残阳下，一切真实得如此残忍。

她熟悉的这张脸，她熟悉的这双善舞敬安剑法的手，她熟悉的这个人，正在悄然离去。

"你别动，就站在那儿。我帮你画幅画，可好看呢。"

那是何侠对她说的第一句话。

那么灵动的笔法，为什么描绘的故事却如此凄怆？

闻名天下的小敬安王，几乎就要成为四国之主的小敬安王，你真的不曾有过一点后悔？像我一样，后悔无辜生命的消逝，后悔热血的白白流淌，后悔没有抓牢一点一滴珍贵的幸福。

"少爷？少爷？"娉婷用手抚摸何侠的脸。

俊美的脸庞被鲜血浸染了，却仍如此苍白。

何侠的嘴唇微微动了动，缓缓地睁开了眼睛，目光却茫然无距。他仿佛感觉到娉婷的手轻柔地抚在自己脸上，扯起一个浅浅的微笑："你来了？"

只三个字，已让娉婷泪如雨下，她哽咽应道："我来了，少爷。"

何侠似已不能视物，睁着没有神采的眼睛，微微喘了几下，又轻轻问："你怎么叫我少爷？"声音分外温柔。

娉婷微怔。

何侠笑得更开怀，宛如用他所有的生命在欢笑般，忽然又道："公主，公主，你看，我答应你的后冠，我带来了……"

后冠，我答应你的后冠，我用天下最美的宝石，请来最好的工匠，给我的爱妻打造的后冠。

看，我已经得到了天下，才知道天下最大的用处，不过是博得你一个浅浅的矜持的笑容，一如当日我落魄地走进云常王宫，你掀开珠帘，赐予我的那个笑容一般。

我会为你舞剑，为你的发髻插上娇艳的花。

我记得你瀑布般的乌发，似绸缎般光滑。

我记得你喜欢我赞你的柔荑，纤巧玲珑，秀美无瑕。

我的爱妻，你将是天下最尊贵的女人，从此以后，没有人敢再欺负你。

我不会再让你在那漆黑的小屋里无助地哭泣。

"后冠，后冠……"何侠低低地呻吟。

他沾满鲜血的手颤抖着，想从怀里掏出那顶并不存在的后冠，可用尽了气力仍无法将手探入衣襟。

娉婷跪在他身旁，紧紧握着他的手，仿佛只要她一松手，就再也抓不住他快被风带走的生命。

何侠空洞的眼中却闪烁着喜悦。

他的唇依旧有着优美的形状，只是苍白得没有一丝血色。他嚅动着唇，边喘息边道："公主，后冠……后冠……"他顿了一会儿，气息急促起来，眼睛猛地瞪大了，拔高了声调问，"你看见了吗？看见了吗？"

娉婷用一只手紧紧捂住自己的嘴，忍住哭声，另一只手更紧地握着他已不大温热的手掌，哽咽道："看见了，我看见了。"

何侠长长舒了一口气，俊美的脸上逸出一丝笑容，那是昔日的小敬安王温柔的让人如沐春风的笑容。

他耗尽了力气，把手从娉婷手中抽了出来，缓缓地举起，似乎想抚摸他心目中的公主，但手伸到一半，就再也无力向上了。

何侠把最后一丝力气，灌注在不断颤抖的指尖上。

他的指尖和耀天公主柔美的脸庞之间，竟是如此遥远。他心甘情愿用尽一生一世，触及彼端。

只是，一生一世，已到尽头。

五指在空中战栗着挣扎了半晌，终于无力地垂下。

娉婷怔怔跪着，当何侠永远闭上他的双眼时，她藏在心底最深最深处的一根弦，被掠过的风轻轻拨断了。

去了，少爷去了。不再是小敬安王，不再是一代名将，不再是荼毒四国的魔王，他只是何侠。

爱上耀天公主的何侠，到死都思念着爱妻的何侠。

富贵荣华，权势虚名，与他再无关系。

仿佛看见昔日的情景铺天盖地向她涌过来，一转眼，又什么都没有了，四周只余浓稠的黑暗。

黑暗中，她仿佛又见到了何侠炯炯有神的眼睛。

曾经明亮的常带着笑意的眼睛，蓄满了痛苦，却仍在失去神采的最后一瞬间，在尽力去拿那顶不存在的后冠的一瞬间，氤氲了幸福。

她的少爷，在弥留的这一刻，知道了自己最深爱的女人原来一直爱着自己，属于自己。

原来他并非总是寂寞，他如花般的妻子，贵为云常之主的妻子，下密令要将他处死的妻子……总是陪伴着他，听琴，观舞，赏月……

当他得到了一切，当他失去了一切，当他用自己的性命作为代价，他终于明白过来：他们之间那些柔情蜜意，那些缠绵悱恻，那些让心头颤动的欢喜和哀愁，都出自一片真心。

烟花散尽。

往矣。

哀伤侵蚀了骨血，娉婷筋疲力尽，软软地向后倒下。

她跌入了一个温暖的怀抱。

那是楚北捷的怀抱。

无论何时何地，都会令她安心的怀抱。

第
六
十
五
章

# 尾 声

名震一时的小敬安王，以一座小城前的一场惨败结束了自己敬安国的美梦。

云常失去了王族，北漠和归乐亦然。分散于各处的军队群龙无首。多年的征战后，百姓们都渴望安宁的生活。

天下一统是大势所趋，所有人需要的，是一个公认的王者。

还有谁，能比镇北王更有资格登高一呼，成就大业？

何侠一生的心血，到头来，只成就了他今生今世最大的敌手。

"刀刀！"

"是剑！"

"刀刀！"

"是剑！"则庆无奈地挠头，第一百次纠正固执的长笑。

长笑第一百零一次地坚持："刀刀！"

则庆转头求援："爹，爹，你快来和长笑说，这是宝剑，不是刀。"

"你这个傻小子，长笑喜欢说它是刀，那就是刀好了，虚名都是人起的。"

这时，番麓的大嗓门传来，不一会儿就见他掀开帘子，大摇大摆地带着醉菊走了进来："则尹上将军，我今天可是过来喝一杯很重要的茶的。"

醉菊横他一眼："得了！你也不害臊。"

"我为什么要害臊？我可是救命恩人呀。"

"天下有救命恩人逼人家把儿子给自己当干儿子的吗？"

番麓哼道："当我干儿子有什么不好？则庆这小子还占了便宜呢。"

醉菊皱眉："他占了什么便宜？"

"他平白无故多了一个貌美如花的干妈，不是占了大便宜吗？"一句话把醉菊说得无法回嘴。

两个小家伙有趣地看着他们吵嘴，则尹坐在一旁，笑着看热闹。

阳凤为了则尹的事，分外感激番麓，早就商量好了让则庆认这个干爹。听说番麓来了，阳凤立即出来招呼，正巧听见番麓最后一句话，站在门边，柔柔笑道："不错，则庆这孩子果然占了大便宜。"

她这么一说，大家都笑了起来。

番麓为人虽然古怪，但大家都和他交情不错。他今日要认干儿子，把这当成正事来做，大张旗鼓邀请了各位朋友来观礼。到了中午，大家纷纷登门，若韩第一个到，接着就是楚漠然、罗尚等人，后来连楚北捷也来了。

且柔一役后，大家都在为各国百姓的生计奔忙，今天还是第一次碰面，观礼之后，自然不会立即散去。

番麓弄了几坛子好酒，全部拍开了，顿时酒香四溢。

有好酒，自然就热闹。大家天南地北聊起天来，不免说到何侠。霍雨楠喝了一口酒，忽然叹道："当初我们的局势那般艰难，谁想到何侠会葬送在小小且柔呢？我们真的非常侥幸啊。"

则尹问："老神医，我们侥幸在哪里？"

"永泰军和永霄军愿意立即追随王爷，否则岂不大糟？"

番麓摆手道："冰冻三尺，非一日之寒。岳父啊，打仗永远都是攻心为上的。何侠虽然看起来势大，但他手下的将士对他没有忠诚之心，早就埋下战败的祸根了。"

番麓说得很有道理，若韩等人都是深谙兵法的，纷纷点头。

霍雨楠慢条斯理道："可是当时我们即便有了永泰军、永霄军的支持，和何侠仍是两路大军对阵两路大军，我们这边只不过多出几千人的亭军，而听说且柔附近还驻扎着云常的其他大军，万一那甘凤军赶来，岂不也是大糟？"

楚漠然恭恭敬敬答道："老神医，甘凤军和永泰军、永霄军不同，甘凤军没有王爷带过去的解药，那时正在腿软呢，无法赶过来的。"

则尹正色道："就算他们能赶过来，恐怕也不会站在何侠这一边。甘凤军里大部分是云常人，如果他们知道是何侠逼死了耀天公主，一定会背弃何侠。"

阳凤提醒道："你们不要王爷王爷地叫了，以后要叫皇上了。"

楚北捷笑道："要是做了皇上以后不能和你们这样聊天，我还是别做这个皇上好了。"接着，露出肃容，"我当初答应娉婷的，只是给她一个安宁的天下而已。"

"要是皇上你不用心治理，天下又怎么能真的安宁呢？"

楚北捷笑了笑，忽然想起一事："敬安王府的事现在如何了？"

大家对这件事都很在意，处理这件事的是若韩的下属，自然纷纷看向若韩。

若韩道："事情进行得很顺利。百姓们对敬安王府还是怀有敬意的，要不是何侠他……反正皇上下旨要重修敬安王府，把它改建为供平民子弟使用的书院后，许

多当地的百姓都主动跑去帮忙，不但带上粮食自己管伙食，还不收工钱。还有人把自家珍藏的书籍献出来。冬灼这小子不声不响的，但做事情很实在，把那里打理得井井有条。"

楚北捷道："娉婷很为他担心。我正想着要不要等敬安王府的事了结后，下一道旨，要冬灼来王宫一趟，让娉婷见见他。"

若韩皱着眉思忖着道："他给我递了一份文表，说想留在敬安王府，为敬安王、敬安王妃，还有何侠守灵。而且，等敬安王府重建好，书院开张后，他还想留在书院里教书。不过要是皇上下旨的话，他当然会奉旨到这来。"

楚北捷摇头道："不必勉强，就让他留在那里吧。敬安王府的事交给他，娉婷也会安心一点。"

酒酣人散，楚北捷也要把留在这里已好长一段时间的长笑带回去。阳凤一路送他们出门，低声问："娉婷好点了吗？"

楚北捷脸上一黯："心病难治，恐怕要慢慢来。"

阳凤叹了一声："她和何侠从小一起长大，伤心也是难免的。"

楚北捷也明白，叹道："放心吧，我会好好照顾她的。"

携着长笑回宫后，远远就看见了娉婷。他最心爱的女人独立廊下，脸上带着不变的淡雅悠然，剔透的双眸看向不远处的湖心，仿佛即使是阴暗无光的湖底，也会被她澄清的慧心窥见玄虚。

长笑嚷道："娘！娘！"跑到娉婷跟前便扑过去。

娉婷听见儿子的声音，收回投往湖心的目光，转头抿唇微笑，弯腰把儿子抱了起来。楚北捷走过去，顺势环着她的腰："站在这里若有所思，在想什么？"

长笑被娉婷抱了一会儿，又挣扎着要下地去玩。娉婷把他放下，拍拍他的脑袋："小心点呀，不要乱玩刀刀。"叮嘱完儿子才直起身回答楚北捷的问题，"我在想后冠。"

楚北捷大奇："你竟会在意那种东西？"

娉婷摇头："不是我的那个，是耀天公主的那个。"

楚北捷知道她仍为何侠难过，双臂紧了紧，让她舒服地贴在自己胸前，放缓了声音问："想耀天公主的后冠干什么呢？"

娉婷半晌不语，低眉想了很久，才道："还记得我们从前的事吗？"

楚北捷想了想，笑道："我们从前的事，我件件都记得清楚。你指的是哪些？说来给我听听……"

娉婷闭目思忖片刻，轻启朱唇，数道："狭道立五年之约，东林两位王子之死，娉婷隐居别院绝食之争，只大略一数，我们竟至少有三次……"

楚北捷不解地问："三次什么？"

娉婷仰起头看着楚北捷，明眸流转，答道："那三次，只要你稍一狠心，对娉婷不再留情，我们就成了何侠和耀天公主。"

楚北捷笑道："我不是何侠，你也不是耀天公主。"

娉婷深深看他一眼，幽幽叹道："不错。所以我不是耀天公主，你也不是何侠。"

这一声叹息，仿佛把生生死死的哀愁悲伤都叹尽了。她依在楚北捷怀里，只觉得无比温暖舒适。

聪明的我，愚蠢的我，善良的我，狠毒的我……都会是被你宠爱的我吗？

娉婷在楚北捷温暖的怀中，露出甜甜的笑容。

日落西山，月儿又快出来了。

我们曾对月起誓，永不相负。

这般爱意，此生再也难负。

尾声

# 番外 危情

要弄懂一个男人，可能要花一辈子的时间。

而有的男人，你可能花上一辈子也弄不懂。醉菊想。

番麓就是那个可恶的男人。他比女人更像水，没有定态，若细看，吊儿郎当的时候，眼里往往闪着犀利的光；若忽然变得恶狠狠的，会像个要吃人的魔王，可不一会儿，戏谑的笑意又会在魔王的嘴角浮出来。

那男人是个恶人。

他悠闲地举着轻弩，将醉菊驱赶到纯白一片的绝境，又不知为了什么，发了疯似的从狼群的尖牙利爪下把醉菊抢了回来。

他虽救了醉菊的命，却没还给醉菊自由。

"你要是想跑，我会像逮兔子一样把你逮回来。"说这话的时候，番麓的嘴角挂着邪气的笑。

醉菊狠狠瞪着他，暗地里发誓，她绝不会让他逮到。

但这个誓言无法实践，整整一年，她根本连逃跑的机会都没有。

番麓是囚禁人的行家，他总能看穿醉菊筹划已久的逃跑计划，轻而易举地笑着戳破醉菊的美梦。

"为什么？"醉菊不甘心地问。

"你不是军人，你没学过徒手搏击，你没学过怎么囚禁俘虏，你没学过如何在荒山野岭追踪敌人。"番麓反问，"你怎么可能从我手里逃掉？"

"为什么要关着我？杀了我不是更好吗？反正我也不想活了。"

番麓又反问："你真的不想吗？"

醉菊愣住。

刚从昏迷中醒来时，混沌间想到娉婷的处境，她确实是不想活了。

但如今呢？

若这么不明不白地死了，师傅怎么办？

她只能将吼声放小了，冷哼道："我想不想活，与你何干？"

番麓愣了愣，也冷哼道："等我想明白这个问题，说不定你就别想活了。"

且柔的城守府，铁桶似的囚室，醉菊仍是锲而不舍地寻找逃跑的机会。

番麓这次终于恼了，抓着她的双腕，凶狠地将她压在墙上："你就这么想回东林？"

"谁说我要回东林？"

"那是想去松森山脉了？"

"与你无关！"

"果然……"番麓仍旧压得她动弹不得，唇角勾了起来，一副诡计得逞的模样，缓缓道，"原来白娉婷还在松森山脉。"

醉菊吃了一惊，紧紧抿上唇，把头别了过去。

娉婷……娉婷如果还在松森山脉，只怕只剩下一副……

"你那时是拿着夜明珠簪子去找援手吧？"番麓硬将她的下巴扳回来，看见她眼中闪动的泪光，盯着她半晌，沉声道，"看来白娉婷在松森山脉不是冻死，就是饿死了。"

"胡说！你胡说！胡说，胡说！"醉菊冲着番麓大叫，哭道，"她一定被人救了，说不定她有了气力，可以自己走下山，说不定她……"

她骤然止了哭声，吃惊地发现自己正在番麓的怀里。她长这么大，除了师傅，从未和一个男人靠得如此近。被番麓搂着，就像浑身被火包裹着。

醉菊惊叫一声，猛然把番麓推开："别碰我！"

她几乎用了全身的力气，番麓退开两步，站稳了，脸色变了变，转身离开。醉菊终于不再屏息，大大吸了一口气。

番麓晚上又来了，端着醉菊的晚饭，自备了一壶烈酒。醉菊低头吃饭，他坐在对面，也不用杯，直接提着酒壶往嘴里灌酒。

当烈酒灌进喉咙时，他的目光停在醉菊身上。目光邪恶，黑沉的眸子深处隐藏着暴戾的火苗。囚室内的一切如同绷紧的弦，仿佛稍一触及，就会有可怕的事情发生。

饭菜几乎贴着醉菊的脊梁下去，她觉得自己正面对着一头野兽。放下碗后，她退到了床的最里头。但囚室就算再大十倍，她也无法逃开番麓醉醺醺仍杀气腾腾的目光。

那一夜番麓什么话也没说，不说话的他更像一头潜伏着的猛兽。

醉菊以为最糟的事情已经让自己遇到了，此刻她终于明白，还有更糟的事在后面。

此前的番麓邪气凶恶、可恨可恶，此刻的番麓却让人觉得可怕。

番麓一夜无话。在醉菊快被他的目光逼疯的时候，他终于站起来离开了。

醉菊看着他的背影消失，仿佛死里逃生一般，一摸额头，汗津津的。

噩梦并没有就此结束，连续十天，番麓都带着烈酒到囚室来。有一回，他醉醺醺地挨到了床边，通红的眼睛直盯着醉菊，身影缓缓笼罩过来……

醉菊忍不住尖叫起来。

叫声惊醒了番麓。他晃了晃身子，一甩头，离开了。

醉菊受不了这样的折磨，女人的天性让她明白番麓目光中的含意。她无助地看着坚固的囚室，这个与世隔绝的地方比以前更安静，更冷漠了。

如果他真的……

那我就死。

醉菊攥紧了拳头。

这样的日子不知熬过了多少，番麓终于不再喝酒，而像从前一样对着她没话找话。

"怎么最近不想法子逃了？"

"哼！"

"啧啧，我还打算你再乱动脑筋的话，就真的剥得你光溜溜的。谁知你竟然听话了。可惜，可惜。"

"你……"

他仿佛变戏法般，摇身一变，又变成了吊儿郎当、喜欢戏谑醉菊的番麓。

送晚饭来的时候，他忽然问："你想去松森山脉看看吗？"

醉菊诧异地抬头。

番麓脸色平静得似乎在说无关紧要的事。

"想去吗？"

"啊？"

"不想便罢了。"番麓转身。

醉菊叫起来："想！我想去！"

番麓停下脚步，背影看起来不再吊儿郎当，反而显得有些凝重。

醉菊盯着他的脊梁。

傻瓜，他是骗你的。

傻瓜，他在逗你玩，就像逗一条养在笼子里的小狗。

"等我安排好了公务，我们就出发。"番麓只说了一句。

醉菊几乎以为自己听错了，她愣愣地站在囚室里，不敢置信地反复思索着其中的蹊跷。

番麓已经离开了。

醉菊原本是不相信的，但三日后，他们真的踏上了去往松森山脉的路。

番麓没带任何随从，只有他们两人。

且柔离松森山脉并不近。当初番麓带着昏迷的醉菊从松森山脉回到且柔，用了半个月。现在两人骑马去，最快也要十天。

一路上他们不入城镇，不住客栈。幸亏已到夏天，荒山野岭中找片草地过夜，倒也惬意。

醉菊猜道："你怕我泄露你的秘密？"

"嗯？"

"你隐瞒云常丞相，谎报娉婷的死讯。要是我在人群中嚷嚷一句，你就死定了。所以你不敢带我到有人的地方。"

番麓懒洋洋地靠在岩石上，冷冷道："我只是不想亲手割断你的脖子。"

两人都希望早日到达松森山脉。番麓身为城守，此次算得上是擅离职守。越接近松森山脉，醉菊的心就越受煎熬。

娉婷，你究竟如何了？

希望，我不会在那片岩石中找到你。

两人快马加鞭，终于来到了松森山脉脚下。

番麓找了片隐蔽的丛林藏起坐骑，亮出腰间形状独特的铁钩："让你见识一下真正的探子是怎么攀山的。"

他带了两副工具，一副给了醉菊。

松森山脉对番麓来说就像家一样熟悉，他在林中如灵猴，在草丛中如野狮，醉菊看着他轻松地跃过岩石，对毒花毒草和各种天然陷阱了如指掌。

当日和娉婷走了几天几夜，历尽辛苦才到达的岩区，此次由番麓领路，不到一日就到了。

醉菊叹为观止。

"就是这里？"

"嗯。"

每一块岩石都没有改变。

站在岩区前面，醉菊清晰地记起那时的风雪。

呼啸的风，娉婷苍白的脸，还有，那根在黑暗中会透出绿光的夜明珠簪子。

"我会赶到阳凤那里，叫他们派最会攀山的高手来，身上还会带着最好的老参。我会在那里做好准备，熬好草药等你。"

三天，生或死，只有三天。

"娉婷！娉婷！"醉菊忍不住对着荒凉的岩区喊起来。

番麓远远站着，看着她在岩石之间焦急地寻找。

找了一遍，又找了一遍。

天色渐渐暗下来，直到醉菊的身影在岩石中变得模模糊糊，番麓才缓缓走了过去。

精疲力竭的醉菊终于停了下来，喘着气坐在一块石头上，听见番麓的脚步声，抬起头，轻轻道："找不到，我找不到。"她忍不住大哭起来，哭声中带着欣喜，"太好了，她一定是走了，一定是走了……"

她喜出望外，双手情不自禁地紧紧抱着番麓的腰哭道："她一定还活着，我知道她不会死的。"

过了一会儿，她抬起头，第一次对着番麓露出微笑。番麓还未来得及回应这个微笑，喘息的瞬间，醉菊骤然回过了神。

这个男人，这个男人是……

她凝住了笑容，把头低下去。紧接着，醉菊更惊愕地发现，自己的双手正抱着番麓的腰。

"啊！"她轻轻叫了一声，急忙松开手，把他推开。

心在怦怦乱跳，她责备自己一时的轻浮，没有勇气去看被她推开的番麓。

整个松森山脉仿佛石化了似的，一片沉默。

"呵呵……"

沉默之后，番麓的冷笑格外让人心寒。

他们在岩区中过了一夜。

也许是松森山脉的顶峰有终年不化的积雪，醉菊觉得这一夜特别寒冷。

清晨醒来后，她被番麓的目光吓了一跳。

他的目光再次变得阴鸷深沉，在松森山脉中，让人联想到择人而噬的猛兽。

醉菊无言地随着他下山。番麓没有再使用那副神奇的攀山工具，他慢慢在林中走着，醉菊跟在他后面，越走越忐忑不安。

阴云密布在番麓的眼中。

如果娉婷真的平安，她何不趁这个机会逃走？醉菊心中一动，偷瞧前面的番麓。

他一个劲地往前走，压根没有回头瞅醉菊一眼。

醉菊小心翼翼地跟着他，在山道的一个转弯处，猛地冲向旁边的密林。

狂风又开始呼啸了。

醉菊不敢看身后番麓是否追来了，她知道番麓追踪敌人的能力非常可怕，所以她只能不停地跑。林里的树已经长出绿叶，不再像冬天那样光秃秃的，但醉菊仿佛又回到那个冬天，那拼命逃亡的经历又在上演。

她发疯似的跑着，不敢停下，不敢回头。越过小片小片的岩区，穿过茂密的草丛，在林中，一棵棵参天大树在她两旁疾速倒退。

似有一把火在她的胸腔里熊熊燃烧，烧得她胸口一阵阵发疼。

她不知道自己跑了多久，跑了多远，当她再也坚持不住的时候，双膝软了下来，只得挨着一棵大树拼命喘气。

"跑够了？"头顶上突然传来冷冷的男声。

醉菊猛一抬头，倒吸一口凉气。

番麓悠闲地坐在树枝上，冰一样的眼神冻得她全身一震。

在醉菊再次迈开脚之前，番麓一个翻身，敏捷地从树上落到她面前。

"我没有说过逃跑的下场吗？"番麓叹了一口气，"你为什么还是要试？"

醉菊明白过来："你是故意的。"她退后一步，又惊又怒，"你这个小人，你敢……啊！"

番麓一把抓住了她："小人敢做的，我都敢。"

五指一张。哧！撕开了醉菊的衣襟。

"不！你放开我，放开我！"

哧！又一块衣料被扯了下来。

醉菊终于明白男人的力量有多么可怕。她哭起来："我不逃了，你快放开我。"

"晚了。"番麓压了过来。

"不，不要！"

番麓粗重的鼻息喷在她的颈上，牙齿咬上她白嫩的肌肤。

"不！"醉菊无助地摇头。

地上的沙石磨得她细嫩的肩膀直发疼，恐怖的乌云盘旋在眼前。

醉菊拼命后仰着头，身上冷飕飕的，上衣大半化成了碎片，散落在四周，只余下最后一件亵衣，却也无法保护她。

"求求你……"

"晚了。"

醉菊绝望地闭起了眼睛。

就在这时，身上忽然一轻，番麓停下了动作。醉菊惊讶地睁开眼睛，看见番麓站了起来，露出警惕的表情。

"谁？"番麓低喝。

"大姑娘长得挺不错嘛。"人影三三两两从林中出来，包围了他们，带头的男人贪婪地看着醉菊，舔了舔嘴角，"老兄，吃独食可不太好。你头一个来，剩下的给我们兄弟也尝尝，怎样？"

山贼？醉菊的心紧缩起来，她蜷成一团，遮掩着自己的身体。

番麓沉吟了一会儿，点头道："吃独食是不太好。"一边说着，一边脱下自己的外衣，扔在醉菊脚边。

"哈，算你识趣。"

"可老子偏偏喜欢吃独食。"番麓轻蔑地笑起来。

众山贼一愕。

"好一个不怕死的。"山贼头子狠狠地一扬下巴，"兄弟们，上！"

十几个山贼亮出明晃晃的刀，冲过来。

番麓立即取出轻弩，射出两箭，倒了两个。

"宰了他！"

嗖！嗖！又是两箭。但山贼人多势众，还是逼了上来。于是番麓扔掉手中轻弩，抽出剑。锵！挡了对方一刀。

"啊！"身后的醉菊轻轻叫了一声。番麓急忙回身挥剑，刺中了一个扑向醉菊的山贼。

就在此时，一柄尖刀无声无息刺向番麓，番麓躲避不及，右臂上顿时传来剧痛，鲜血滴在地上。

锵！番麓换刀到左手，举手挡住一刀，回头大喝："你怎么还在！"

醉菊已经捡起他的外衣，套在自己身上："我……"

"滚吧！"番麓冷冷地说了两个字，脸色蓦然一沉，刀刺戳入皮肉的刺耳声音再度传来。番麓被伤燃起火气，两眼发红，吼道，"老子和你们拼了！"拦在醉菊面前，不退反进，向前杀了几步。

醉菊趁着这个空当，用尽力气往后逃去。

她又跑回刚才那条山道上，大树一棵一棵在两旁倒退。

跑啊，跑啊！

不用回头，她知道自己跑远了，身后的杀声越来越小，快听不见了，而这次她不用担心番麓会追来。

他已经鲜血淋淋，不会再鬼魅般在她头顶出现。

耳边的风声呼呼作响。

醉菊跑到一片岩区里，钻进一个小小的岩洞。岩洞很隐蔽，应该可以避开后面追赶的人，假如有人会追来的话。

呼，呼……

她在狭小的岩洞里大口喘息。

过了很久心还在不争气地急跳，身上依旧凉凉的，她抚了抚身上的衣裳，粗糙的感觉让她惊觉这是番麓的外衣。

她逃出来了，真的逃出来了。

自由了。

醉菊静静坐在岩洞里。心一直悬着，忐忑不安。她打算过了夜再离开，这样也许可以避开可怕的山贼。

可是……他怎样了？醉菊不由得站起来，又按捺着焦虑的心情坐下。

没过一会儿，她又忍不住站了起来。

他死了吗？

那个恶人？

那个坏蛋？

那个下流无耻卑鄙的小人……他死了吗？山贼人多势众，一拥而上，会杀死他，会剁碎他的尸体！

醉菊打了个哆嗦。

不，不……不会的……

坏人可以活千年，像他那样的坏人可以……

她寻找着走过的路，这条路她今天走了两遍，已经有点熟悉了。一开始她只是犹豫地走着，到后来，不知为何，她竟疯狂地跑了起来，比逃命时跑得更快。

醉菊跑回了刚才的地方，猛然站住了。

四周一片安静，连鸟儿的鸣叫也听不见。血腥味弥漫在这片林子里，地上猩红的都是凝固的血，尸体横七竖八地躺着。

醉菊胆战心惊地走近，寻找那坏人的尸体。

不，她并不希望找到他的尸体！

醉菊仓皇地迈过那些尸体，她看过比此时还惨烈的满地鲜血和尸骸，就在镇北王的隐居别院里。

可那时她却没有现在这么担心。

他死了吗？

死了吗？

脚突然碰到一样东西，她低头一看，眼泪直淌下来。

是轻弩，他最喜欢抓在手里把玩的轻弩。

醉菊跪下，拾起轻弩，又站起来，在林中踉踉跄跄地找着。

哪里，在哪里？

不会被他们抓走了吧？他杀了这么多山贼，若还活着，不知道会被怎么折磨，说不定……

醉菊猛然停了下来。

半人高的草丛中似乎躺着什么，虽看不清，但醉菊却像知道什么似的直冲了过去。

浑身是血的背影那么熟悉，他就静静躺在草丛中。

醉菊跪下，颤抖着伸出手探他的鼻息。

谢天谢地，还活着！

"喂！喂！"醉菊将他翻过来。

番麓脸上沾满了血和土，他微微睁开眼睛看了看，有气无力地骂道："笨东西，你怎么还在？"

醉菊一时愣了，不由得切齿道："你怎么还活着？"

番麓唇角微微扬起弧度，头一歪，真的没了知觉。

"喂！喂！喂！你这个恶人，不要真的死啦！"

醉菊弄不懂番麓，她也不大弄得懂自己。

绝好的机会，她却傻乎乎地跑了回来，拖着一个要死不死的恶人下山。重伤的番麓死沉死沉的，比一头猪还重。醉菊拖着他每走一步都要喘气。多亏了番麓给了她那副工具，又教了她如何使用。她终于带着他下了山，找到了他们藏起来的坐骑。

她急着想医治番麓的伤，甚至忘记了该找人给师傅送个信。唯一对得起师傅的是，被与世隔绝地囚禁了这么久之后，她的医术却不曾生疏。

拼了命地赶到有人烟的地方，从番麓的袋里掏了钱，按她自己开的方子买草药，熬药，给他包扎伤口，忙得精疲力竭。

"你还在？"番麓昏昏沉沉，睁开眼睛第一句就问这个。

醉菊麻利地帮他换药，一边以大夫的严厉眼光瞪他："你流血过多，少说话。"

"你是大夫？"

"哼。"

番麓懵懵懂懂，又昏睡了过去。

他身体壮，伤口复原得很快，可总是没有力气似的，一天到晚昏睡，吃饭也只能靠醉菊喂。

醉菊暗中焦急，费尽心思，只盼他快点好起来。

这天，醉菊端着熬好的药进门，骤然发现他已经起来了。他穿好衣服，轻弩拿在手上，神采奕奕，一副整装待发的模样，和前些天的虚弱截然不同。

"我们走吧。"

"我们？去哪？"

"当然是回且柔。"

醉菊明白过来，大叫一声，摔了汤碗就往外跑，却被番麓截在门口。番麓邪气地笑："又忘了逃跑的下场吗？"

醉菊气急："你这个小人！你早就好了，装作不能下床，你……"

"我是小人，惹急了我，我还能更小人一点。"番麓抬起她的下巴，指尖轻薄地划过她的红唇。

醉菊一阵哆嗦。

"我救了你的命。"她不甘心。

"我也救过你的命。"

醉菊气得发抖："我救了你的命，可没打算把你关起来。"

"所以说……"番麓点头，"我是小人嘛。"

她被番麓抓着，又回到了且柔。

仍是与世隔绝的囚室，仍是天天都被迫见那个恶人戏谑的笑脸。

醉菊不懂。不懂那个男人。要不是后来天下大乱，她可能一辈子都会被关在这里。

她可能一辈子，都不会懂那个可恨的男人。

完

番外 危情